Stella Tack

# KISS ME ONCE

Stella Tack

# KISS ME ONCE

Ravensburger

Als Ravensburger Taschenbuch
Band 58555
erschienen 2019

MIX
Papier aus verantwortungsvollen Quellen
FSC® C111262
FSC www.fsc.org

2 3 4 5 6 E D C B

Originalausgabe

Dieses Buch wurde vermittelt von der Literaturagentur
erzähl:perspektive, München
(www.erzaehlperspektive.de).

Umschlaggestaltung: Anna Rohner unter Verwendung von Fotos von
© piyaphong/Shutterstock; © Maram/Shutterstock und © MrVander/Shutterstock

Lektorat: Tamara Reisinger

Printed in Germany

ISBN 978-3-473-58555-7

www.ravensburger.de

Für Libby & Pat Redmond

*Thanks for saving me*

# IVY

Ich ließ mein blitzblaues Mini Cabrio auf den weiß markierten Parkplatz rollen und stellte den Motor ab. Das monotone Brummen, das mich die letzten drei Stunden begleitet hatte, erstarb plötzlich. Mein mit Anhängern völlig überfüllter Schlüsselbund klimperte, als ich ihn abzog und damit auch dem Radio den Saft abdrehte. Ich nahm die Sonnenbrille von meiner Nase, warf sie in meine Handtasche und sprang aus dem Auto.

Himmel, hatte ich lange gesessen! Ächzend streckte ich mich, zog meinen hochgebundenen Pferdeschwanz fester und schloss den Wagen ab. Die schwüle Hitze Floridas ließ die Luft förmlich flirren, sodass ich mich beeilte, in den Laden zu kommen. Hoffentlich funktionierte wenigstens die Aircondition. Der 7-Eleven sah nämlich genauso aus wie der vor fünf Kilometern. Weißer Kasten, grüne Streifen, abblätternde Farbe und ein leicht defektes Neonschild, sodass die 7 mehr wie eine 1 aussah. Vor fünf Kilometern hatte ich im letzten Moment doch noch gekniffen. Zu deutlich hatte ich noch die Worte meiner Mutter in Erinnerung, dass man sich dort drinnen weit Schlimmeres als nur No-Name-Produkte einfangen konnte. Aber dieses Mal wollte ich es durchziehen. Ich straffte die Schultern und gab mir selbst einen imaginären Tritt, dann betrat ich den Laden. Sofort spürte ich, wie mir die Klimaanlage eiskalte Luft direkt ins Gesicht pustete. Als ich einen kurzen Blick auf mein Spiegelbild in einem der Fenster erhaschte und die pinken Haarspitzen sah, die sich in der feuchten Hitze kringelten, konnte ich nicht anders, als zu grinsen. Da sollte noch einer behaupten, das Ergebnis sähe niemals so aus wie auf der Packung. Ich hatte mein Shirt gestern beim Färben zwar mehr eingesaut als meine Haare, aber das, was letztendlich Farbe abbekommen hatte, sah grandios aus! Das dunkelblaue Chanel-Kostüm, das mir meine Mom rausgelegt hatte, lag immer noch zu Hause auf dem Bett. Stattdessen trug ich eine Jeans-Short aus dem Walmart, kombiniert mit einem weißen T-Shirt, auf dem ein Regenbogeneinhorn Ballett tanzte. Ich konnte mich nicht erinnern, jemals so billige Sachen getragen zu haben, aber bei Gott – ich liebte jedes einzelne Stück! Sogar die No-Name-Flipflops an meinen Füßen, von denen meine Mutter immer behauptete, dass sie schon allein vom Hinsehen eine Plastikvergiftung bekäme. Aber als ich sie im Walmart an der Kasse hatte hängen sehen, war gleich ein Paar in meinem ohnehin schon vollen Einkaufswagen gelandet. Die Einkaufstüten und -kisten stapelten sich nun bereits bis zum geschlossenen Verdeck meines Minis. Den Walmart konnte ich also als Destination-Stop auf meiner Liste abhaken. Jetzt war der 7-Eleven dran.

Neugierig blickte ich mich um. Das Innere des Ladens war genauso schäbig, wie er von außen aussah, und sofort drang mir der aufdringliche Geruch nach Zitronenreiniger in die Nase. Meine Flipflops quietschten auf dem billigen Linoleum, während ich – mit einem der klebrigen Einkaufskörbe in der Hand – zielgenau auf das Regal mit den Isodrinks zusteuerte. Und da war es. Mein Ein und Alles. Das, wofür sich die letzten drei Stunden bereits ausgezahlt hatten.

»Gatorade!«, rief ich voller Freude. Ein Grinsen breitete sich auf meinem Gesicht aus. Die wenigen Kunden in meiner Nähe guckten mich zwar ziemlich komisch an, aber das war mir im Augenblick vollkommen egal.

»Kommt zu Mama!«, flötete ich und schaufelte jede blaue Flasche, die mir in die Finger kam, in den Korb. Dabei war mir auch egal, dass die Isodrinks nicht gekühlt waren und sich schon eine leichte Staubschicht auf den Etiketten abgesetzt hatte. In den Dingern war sowieso nichts Natürliches enthalten, was hätte schlecht werden können. Glücklich tätschelte ich den Inhalt des schweren Korbs und hielt auf das Regal mit den Süßigkeiten zu. Meine Augen wurden groß. Ich hatte noch nie so viele Süßigkeiten kaufen können, wie ich wollte. Sofort landete eine Jumbopackung Rainbow Nerds in meinem Korb der Sünde. Gefolgt von Twinkies, Pop-Tarts, Twizzlers, Reese's-Keksen und Oreos mit Minzgeschmack. Fünf Minuten später sah mein Korb aus, als hätte ich für die Geburtstagsparty einer zuckersüchtigen Achtjährigen eingekauft. An meinem achten Geburtstag hatte es damals nur Lachs-Kanapees mit Kalbsbries gegeben, weshalb ich diesen Einkauf als Akt der ausgleichenden Gerechtigkeit ansah. Als Krönung warf ich daher auch noch ein paar Double Chocolate Fudge Cookies dazu. Mein achtjähriges Ich hätte bei diesem Anblick vor Freude bestimmt angefangen zu heulen. Okay, mein achtzehn Jahre altes Ich war ebenfalls kurz davor, in Tränen auszubrechen. Aber ich hielt mich zurück. Der Verkäufer sollte mich nicht für noch durchgeknallter halten als ohnehin schon.

»Hallo!« Ich grinste breit, als ich meinen überquellenden Korb triumphierend auf seinem Tresen abstellte.

»Hey«, nuschelte er zurück und musterte mich skeptisch. Er musste etwa in meinem Alter sein, vielleicht ein wenig älter. Bestimmt studierte er nebenher. Ein anderer Grund fiel mir nämlich nicht ein, warum man diesen Job hier freiwillig machte. Ich ertappte mich dabei, wie ich ihn anstarrte. Der Ärmste hatte ein unvorteilhaftes Akneproblem und einen Hals, der so lang und dünn war, dass ich seinen Adamsapfel hüpfen sah. Aber dadurch wirkte er viel natürlicher als die Jungs, die ich bisher kennengelernt hatte. Ich konnte mich nicht dran erinnern, wann ich das letzte Mal einen Menschen mit solchen Hautproblemen gesehen hatte. Die meisten, die ich kannte, konnten vor lauter Botox und Lasereingriffen nicht einmal mehr lächeln. Aber dieser Junge wirkte so … *normal. Natürlich* war vielleicht das bessere Wort. Ich fühlte mich ein bisschen, als hätte ich einen kleinen Kulturschock. Es war alles so ganz anders, als ich es erwartet hatte. Das war zwar irgendwie traurig, aber gleichzeitig fand ich es faszinierend.

»Wie gehts?«, erkundigte er sich höflich bei mir, während er begann, den Süßkram zu scannen und in eine grüne Tüte zu packen.

»Wundervoll, danke! Und selbst?«, erkundigte ich mich überschwänglich, was ihm ein verhaltenes Grinsen entlockte.

»Muss schon gehen. Heiß heute, nicht wahr? Bist du auf dem Weg zum College?«, erkundigte er sich.

»Ja. Zur UCF, ich fange in den nächsten Tagen dort an. Wie kommst du darauf?«

Der Typ lachte, was seine Grübchen aufblitzen ließ. »Ach ja. Erstes Semester«, sagte er, während er meine Einkäufe in die Tüten verfrachtete. Er befüllte inzwischen schon die dritte. »Man sieht es den Neuen immer sofort an. Da ist alles noch so anders und aufregend. Zu diesem Zeitpunkt glauben sie noch, neben dem Büffeln ein Leben zu haben. Deshalb kaufen sie sich auch all die Dinge, die sie zu Hause nicht essen durften.« Spöttisch zog er eine dunkle Augenbraue hoch, während er demonstrativ eines der neonblauen Gatorades in die Tüte warf. Mir stieg die Röte in die

Wangen. »Glaub mir, am Ende des Semesters bettelst du deine Mom an, dass sie dir einen grünen Salat macht.«

Niemals!

»Also … gehst du auch auf die UCF?«, erkundigte ich mich und versuchte, nicht ganz so neu und aufgeregt zu wirken. Was gar nicht so einfach war, denn bis gestern hatte ich – wegen des Koffeins – noch nicht einmal Schwarztee trinken dürfen. Wüsste meine Mom von meinem beinahe schon exzessiven Konsum an Gatorades, würde sie wohl einen Herzinfarkt bekommen, mich enterben und in eine Klinik für Anonyme Koffeinsüchtige stecken. Nicht zwingend in dieser Reihenfolge.

Mein Versuch, eine coole Miene zu ziehen, musste wohl ziemlich in die Hose gegangen sein, denn sein Lächeln wurde noch breiter.

»Drittes Semester, Englisch und Kunst auf Lehramt. Falls du in einem Fach Mrs Garcia bekommst, nimm die Beine in die Hand und lauf, ehe sie auch noch deine Seele in die Finger bekommt.«

Ich prustete. »Danke für diese aufbauenden Worte. Sollte ich auch einen Pflock mitnehmen?«

»Nein, Weihwasser sollte vorerst reichen. Zumindest, um dir genügend Zeit zu verschaffen«, antwortete er vollkommen ernst und reichte mir die raschelnden Tüten. Insgesamt fünf. »Das macht 90 Dollar und 58 Cent.«

»Augenblick!« Ich wühlte zwischen undefinierbaren Dingen in meiner Handtasche herum, bis ich endlich meine Geldbörse gefunden hatte. Ich zählte die Scheine bar ab und schob ihm hundert Dollar über den Tresen. »Passt so und danke für die Tipps.«

Ich wuchtete mir die Tüten über die Schulter und wollte gerade wieder zurück zu meinem Mini wanken, als eine große Hand mir überraschend zwei wieder abnahm. »Warte. Ich helfe dir noch tragen.«

Perplex hob ich den Kopf und sah zum ersten Mal das weiße Namensschild, das auf seine Brust gepinnt war. »Es bedient Sie: Jeff«, entzifferte ich die krakelige Handschrift. »Danke … Jeff, aber das muss nicht sein. Ich bin ein großes, starkes Mädchen.«

»Gerne. Und *natürlich* muss das sein. Zu einem großen, starken Mädchen fehlen dir nämlich noch ein paar Zentimeter«, zog er mich auf.

Ich zögerte. Nicht, dass hier so viel Kundschaft rumlaufen würde, dass er sofort jemanden bedienen musste, aber so viel spontane Hilfsbereitschaft war mir doch ein wenig unangenehm. Die Worte von meinem Vater und Harry, die ich in den letzten Jahren immer wieder gehört hatte, hatten eindeutig Spuren hinterlassen. *Nicht in fremde Autos steigen, nichts annehmen, keine privaten Dinge ausplaudern.* Zu groß war die Gefahr, dass mich jemand erkannte und im nächsten Augenblick auch schon die Presse oder gar Schlimmeres auf der Matte stand. Anders als sonst hatte ich diesmal keine Bodyguards, die mich durch das Chaos schleusten. Ich war allein. Meine Knie zitterten vor Nervosität, doch ich konnte nicht länger hier rumstehen, denn Jeff war schon nach draußen gelaufen. Ich holte tief Luft und eilte ihm hinterher.

Nach der angenehmen Kühle im 7-Eleven war die Hitze draußen wie ein Schlag ins Gesicht. In Florida zu atmen, war in etwa so einfach wie auf dem Meeresboden. Ächzend holte ich den Autoschlüssel aus meiner Handtasche und sperrte den Mini auf, der kurz aufblinkte. Jeff steuerte schnurstracks darauf zu und wollte schon die Kofferraumtür aufmachen, als ich ihn mit einem kurzen Aufschrei davon abhielt.

»Nicht!« Ich rannte zu ihm und drückte die Klappe wieder zu.

Dahinter rumpelte es bereits verdächtig. »Wenn du das jetzt aufmachst, fällt alles raus.«

Jeff hob abwehrend die Hände. »Sorry! Wohin dann mit den Tüten? Auf den Rücksitz?«

»Nein! Der … äh … ist auch voll. Warte kurz …«

Ich lächelte, öffnete die Fahrertür und quetschte mich mit meinen raschelnden Tüten hinters Steuer. Vorsichtig platzierte ich die Tüten auf den Haufen, der auf dem Beifahrersitz bereits jede Sicht verstellte. Ich drehte mich wieder zu Jeff herum, damit er mir die restlichen Tüten reichen konnte. Da auf dem Beifahrersitz inzwischen auch schon alles voll war, drückte ich sie kurzerhand zwischen meine Sachen auf dem Rücksitz. Wir zuckten beide zusammen, als wir das Rumpeln von Gatorades hörten, die in den Fußraum hinabpurzelten. Ups.

»Danke für deine Hilfe, Jeff«, sagte ich schnell und schloss die Tür. Gerade als ich den Motor gestartet hatte, klopfte Jeff noch mal vorsichtig an mein Fenster. Ach herrje, langsam wurde er ein wenig aufdringlich. Trotzdem ließ ich das Fenster ein Stück herab und sah ihn fragend an.

Jeff grinste. »Kein Ding, ich helfe gerne. Ich würde dich ja nach deiner Nummer fragen, aber ich denke mal, meine Chancen, dich wiederzusehen, sind höher, wenn ich dir stattdessen Nachhilfe anbiete … falls du im kommenden Semester welche benötigst.«

»Wirklich?« Ich lächelte schwach. »Ich weiß nicht, ob ich welche brauchen werde, aber falls, komme ich gerne auf das Angebot zurück.« Als ob ich Nachhilfe brauchen würde.

»Immer gern.«

»Das ist nett von dir.«

»Ja, so bin ich. Freund und Helfer hübscher Erstsemesterinnen. Falls du Interesse hast, findest du mich in der Verbindung Delta

Phi. Frag einfach nach Jeff, die anderen schicken dich dann zu mir.« Jeff räusperte sich, klopfte auf das Dach meines Autos und trat einen Schritt zurück.

»Delta Phi. Ich werd's mir merken. Bis dann.« Langsam fuhr ich vom Parkplatz. Als ich einen Blick in den Rückspiegel warf, sah ich noch, wie Jeff mir zum Abschied winkte und dann grinsend in den Markt zurückschlenderte.

Okay, irgendwie war er süß gewesen. Und unglaublich nett. Aber was noch besser war: Er hatte keine Ahnung gehabt, wer ich war. Und diese Tatsache ließ mich ebenfalls bis über beide Backen grinsen.

# RYAN

*Ivy H. Redmond.*
*18 Jahre alt.*
*Blonde Haare.*
*Blaue Augen.*
*Sommersprossen.*
*1 Meter 62 groß.*
*Blutgruppe 0.*
*Schuhgröße …*

Ich ließ die Akte sinken und zog eine Augenbraue hoch. »Ernsthaft? Ihre Schuhgröße?«

»Du verbringst das Semester mit ihr, Junge. Irgendwann wirst du mir für diese ganzen Informationen noch danken.« Harry lachte und schlug mir auf die Schulter.

Fuck! Der Mann mochte vielleicht über fünfzig sein, aber sein Schlag war alles andere als sanft. Ich zwang mich, nicht vor Schmerzen das Gesicht zu verziehen, und überflog erneut die *Raw Facts* über meine neue Klientin. Auch wenn mir ein paar der Informationen absolut unnötig vorkamen. Ich meine, ernsthaft? Warum musste ich wissen, dass sie heimlich Gatorade trank? Aber Harry – aka mein Dad – würde keine Ruhe geben, ehe er sich nicht sicher war, dass ich mir auch wirklich alle Details eingeprägt hatte. Dafür kannte ich Harry viel zu gut. Ein angepisster Harry war kein guter Harry, weshalb ich mich wieder auf die Akte konzentrierte.

»Wofür steht eigentlich das H. von Ivy H.?«, erkundigte ich mich.

Mein Vater winkte ab. »Sie hat einen zweiten Namen, nach ihrer Großmutter oder so, ist aber nicht so wichtig. Lies weiter.«

Ich schaffte es gerade noch, nicht genervt die Augen zu verdrehen. Stattdessen fasste ich musterschülerhaft den nächsten Absatz zusammen.

»Ivy ist in Florida geboren und aufgewachsen. Einzelkind. Erbin von geschätzten dreißig Milliarden Dollar der Firma RedEnergies, inklusive diverser Tochterunternehmen. Hervorragender Notendurchschnitt in sämtlichen Fächern. Sie hat Harvard und Princeton abgelehnt, um ein Stipendium an der UCF anzunehmen. Sie hat … Warum zum Teufel lehnt man Harvard ab?« Erneut ließ ich die Akte sinken und starrte Harry an.

»Ivy ist ein kleiner Sturkopf«, brummte mein Dad, während er sich im Nacken kratzte. »Ich arbeite jetzt schon … was in etwa fünfzehn Jahre für die Redmonds. Zumindest lange genug, um noch zu wissen, dass sie schon als kleines Kind immer mit dem Kopf durch die Wand musste. Ihr Vater ist ein ehemaliger Absolvent von Harvard und investiert, soweit ich weiß, auch in einige fakultäre Fachbereiche. Bei ihrer Mutter verhält es sich ähnlich mit Princeton. Ich glaube, Ivy hatte daher auch das Gefühl, dort nicht die Anonymität zu besitzen, die ihr die UCF bietet.«

Ich konnte nur den Kopf schütteln. Typisch reiche Kids. Ich konzentrierte mich wieder auf die Akte in meiner Hand und überflog die nächste Zeile: *Isst am liebsten Froot Loops zum Frühstück.* Ich schnaubte. Welche Achtzehnjährige tat das? Und warum zum Teufel musste ich das wissen? Sollte sie nicht eher goldbestäubten Kaviar oder so essen?

Unwillkürlich musste ich an diese Reality-Shows über die Reichen und Schönen denken, die sich meine Mom so gerne ansah. Da warfen die Kids ständig Champagner auf Boote und verpulverten in Nachtclubs an einem Abend mehr Kohle, als ich in einem Jahr verdiente. Ivy Redmond war bestimmt genauso.

Ich seufzte. Meinen ersten Job hatte ich mir irgendwie anders vorgestellt. Ich hatte mir in der IBA, der International Bodyguard Association, die Seele aus dem Leib trainiert. Hatte mir zweimal die Nase brechen lassen und insgesamt fünf Nasen zurückgebrochen. Plus/minus einen Arm. Aber das war ein Unfall gewesen. Als ich endlich meine Ausbildung in der Tasche gehabt hatte, kreisten meine Jobvorstellungen eher darum, wichtige Politiker zu beschützen. Nicht darum, verzogene Achtzehnjährige davon abzuhalten, sich mit einem Hundert-Dollar-Schein Koks durch die Nase zu ziehen.

»Hier steht, dass sie mit einem Pseudonym an der Universität eingeschrieben ist. Als Ivy Bennet. Wer hat sich denn diesen Scheiß ausgedacht?«

»Ich«, murrte Harry.

»War ja klar, du Fantasiebestie.« Lachend las ich weiter. »Sie ist allergisch gegen Sellerie, hat eine Hundehaarallergie und bekommt zudem extrem schnell einen Sonnenbrand, weshalb ich immer darauf achten muss, dass sie genügend Sonnenschutz verwendet. Harry, ernsthaft? Ich bin ihr Security, nicht ihr Babysitter!«

»Oh doch, mein Junge, genau das bist du. Dafür wirst du bezahlt und wenn da steht, dass du sie jeden Morgen aus dem Bett klopfen sollst, damit sie nicht ihre Vorlesungen verschläft, dann wirst du auch das machen. Steht auch alles im Kleingedruckten«, brummte Harry gutmütig und sah sich noch einmal in dem schmalen Wohnheimzimmer um, das wir soeben auf seine Sicherheit überprüft hatten.

Ich warf einen Blick auf das Kleingedruckte. Und tatsächlich, das stand da wirklich. Offensichtlich war Ivy Redmond ein Morgenmuffel.

Seufzend faltete ich die Akte zusammen und steckte sie mir so gut es ging in die hintere Hosentasche. Dann sah ich mich ebenfalls noch mal im Raum um. Das Zimmer war so gut wie leer. Die Matratze lag nackt auf dem Gitter des klapprigen Bettgestells. Der Schreibtisch sah einfach, aber zumindest solide aus. Langsam ging ich ans andere Ende, um die Fenster zu checken. Sie sahen genauso aus wie die in jedem anderen Zimmer des Wohnheims auch – jedoch mit dem Unterschied, dass diese hier kugelsicher waren. Quasi das Dormitory-Upgrade für Ivy Redmond. Ich bezweifelte allerdings, dass sie wusste, welche Extras ihr Daddy hatte einbauen lassen.

»Weiß sie schon, dass wir Zimmernachbarn sind? Ich kann mir nicht vorstellen, dass sie von dieser Nachricht sonderlich begeistert gewesen ist«, erkundigte ich mich bei Harry, der die versteckte Sicherheitsanlage hinter dem Kleiderschrank inspizierte. Ich war es ja selbst nicht gewesen. Aber es gehörte nun mal zum Job.

»Sie weiß zumindest, dass sie Begleitschutz bekommt. In welchem Ausmaß, haben wir ihr aber vorerst verschwiegen, sonst wäre die Streiterei für alle Beteiligten nur *noch* anstrengender gewesen.«

Ich zog eine Augenbraue hoch und lehnte mich gegen den Türrahmen. »Nur so als nette Frage am Rande: Was denkt sie denn, welche Art von Begleitschutz sie bekommt? Weiß sie, dass ich neben ihr in der Uni sitzen werde wie ein Stalker?«

Harry zögerte und ich sah tatsächlich so was wie schlechtes Gewissen über seine kantigen Züge huschen. »Tja, was das angeht, muss ich dich noch um etwas bitten …«

»Oh nein.«

Harry verzog die Mundwinkel und kratzte sich verlegen am Nacken. »Sie weiß zwar, dass ein Security auf sie aufpasst, aber vielleicht kannst du das ständige … Observieren ein wenig dezenter verpacken und so tun, als ob …«

»… ich der nette Student von nebenan wäre? Harry!« Ich schnaufte. »Im Ernst: Das kann doch nur schiefgehen. Spätestens wenn ich darauf bestehe, sie sogar bis zur Toilette zu begleiten, wird sie wissen, wer ich bin. Zumindest wenn ihr IQ über den einer Erdnuss hinausgeht.«

Wenigstens besaß Harry den Anstand, rot zu werden. »Wie du das machst, ist ganz dir überlassen, Junge. Aber sei nett. Ich glaube, sie kann einen Freund ganz gut gebrauchen. Ivy ist ein liebes Mädchen. Ihr werdet euch bestimmt gut verstehen, sonst hätte ich dich nicht für diesen Job ausgesucht.«

Ich verschränkte die Arme vor der Brust. »Nein, du hast mir diesen Job aufgedrückt, weil du hoffst, dass ich hinschmeiße und stattdessen wieder die Studienbank drücke, um später deine Security-Firma zu übernehmen, Dad.«

Er seufzte und zuckte ergeben mit den breiten Schultern. »Ich denke immer noch, dass es das Beste für dich wäre zu studieren. Du bist jung. Genieß das Leben. Der aktive Außeneinsatz läuft dir schließlich nicht davon.«

»Du kennst meine Meinung dazu.« Ich schaute demonstrativ zur Seite. Keine Ahnung, wie oft wir dieses Thema inzwischen schon durchgekaut hatten.

Harry schien Ähnliches zu denken, denn er nickte nur und

stapfte aus dem Zimmer. »Schön, wenn du den Job wirklich machen willst, nur zu … Halte ein bis zwei Semester durch, danach sehen wir weiter.«

Schwungvoll stieß ich mich vom Türrahmen ab und folgte meinem Vater aus dem Wohnheim.

Es war gerade mal Mittag und wir hatten bereits alle Vorbereitungen getroffen, um für Ivy Redmonds Sicherheit garantieren zu können. Schweigend gingen wir zu dem schwarzen SUV, mit dem Dad mich heute Morgen samt meiner Umzugskisten hergebracht hatte. Die Luft im Inneren des Wagens stand praktisch vor Hitze, als Harry sich hineinhievte.

»Brauchst du sonst noch was, Junge?«, erkundigte er sich und tippte mit gerunzelter Stirn auf dem Navi herum. Dieser Mann mochte der Chef einer Security-Firma sein und sogar einen Anschlag in kürzester Zeit erfolgreich vereiteln können, aber bei alltäglichster Technik stellte er sich manchmal etwas ungeschickt an. Resigniert nahm ich ihm das Navi aus der Hand und gab sein Reiseziel zurück nach Miami ein.

»Keine Sorge«, sagte ich, nachdem ich ihm das Navi zurückgegeben hatte, und klopfte ihm beruhigend auf die Schulter. »Ich komme klar. Das Mädchen kommt erst übermorgen. Ich habe also sogar noch genug Zeit, mir alles anzusehen, bevor ich zum Babysitter mutiere.«

»Gut. Du hast alle Handynummern, falls etwas schieflaufen sollte?«

»Ja. Alles da.«

»Vergiss nicht, jede Woche deinen Bericht abzuliefern.«

»Ich mach sogar kleine Post-its rein und male Herzchen zur bildhaften Unterstreichung.«

»Haha, du und zeichnen? Deine Scherze waren auch schon mal besser, Kleiner.«

»Vielleicht sollte ich Kunst studieren. Wäre doch schade um mein Talent.«

Harry verdrehte die Augen. »Sehr witzig. Vergiss bitte nicht, deine Mutter anzurufen«, brummte er.

»Klar, mach ich. Und sag den Zwillingen, dass sie ihre Finger von meinem Zeug lassen sollen. Nur weil ich nicht da bin, dürfen sie noch lange nicht in mein Zimmer.«

Mein Dad lachte. »Kann ich machen, aber wir wissen beide, dass sie nicht auf mich hören werden. Okay. Mach's gut, Ryan.«

»Tschüss, Dad«, sagte ich und schlug die Autotür zu.

Harry hielt sich nicht mit weiterem Geplänkel und tränenreichen Verabschiedungen auf. Musste er auch nicht. Die letzte Stunde hatten wir den Fall Ivy Redmond zur Genüge durchgekaut. Ich wusste, was zu tun war. Und ich würde ihm sowieso wöchentlich Bericht erstatten. Nachdenklich starrte ich dem SUV hinterher und spielte dabei unbewusst mit meinem Lippenpiercing. Tja, da war ich jetzt. Allein auf einem Campus, der berühmt war für seine Verbindungspartys und seine hübschen Mädchen. Mir blieben also noch siebenunddreißig Stunden, um genau diese Dinge in vollen Zügen auszukosten, bevor meine Klientin hier auftauchte und ich beweisen musste, wie verdammt gut ich in meinem Job war.

# IVY

Ich war da. Holy Moly! Ich war so glücklich und aufgeregt, dass ich beinahe ein wenig Gatorade verschüttet hätte. Fasziniert starrte ich auf die Verbindungshäuser der University of Central Florida, an denen ich im Schritttempo vorbeifuhr. Durch das halb geöffnete Fenster blies mir ein warmer Wind ins Gesicht. Die Verbindungen verströmten allesamt das typische Südstaatenflair: grüner, perfekt gestutzter Rasen, eine Veranda und griechische Zeichen an der Front und – obwohl die Uni offiziell noch nicht begonnen hatte – bereits ziemlich viele Studenten, die sich trotz der brütenden Mittagshitze im Freien tummelten. Irgendwo musste auch gerade eine Party gefeiert werden, denn die Musik war nicht zu überhören.

Während ich langsam die Auffahrt entlangfuhr, hüpfte mein Blick von einem Verbindungshaus zum nächsten. Ich wusste gar nicht, wo ich zuerst hinsehen sollte. Auf der linken Seite war eine Verbindung, die sich Gamma Sigma Eta nannte. Und daneben, ganz in Blau gestrichen, lag Alpha Tau Omega, wo sich Mädchen auf der Veranda rekelten, die allesamt aussahen, als wäre das Aufnahmekriterium an perfekte 90-60-90 gebunden. Ich wurde noch langsamer, denn rechts von mir warfen sich gerade ein paar Jungs – teilweise ohne Shirts! – lachend einen Football zu.

Jeese! Was musste ich tun, um dieser Football zu sein? Ich würde alles tun, um … Kreischend trat ich auf die Bremse. Trotz der geringen Geschwindigkeit schnitt mir der Gurt in die Schulter. Die Reifen quietschten kurz, während der Typ erschrocken zurücksprang.

»Scheiße! Pass doch auf, wo du hinfährst!«, fuhr er mich an und schlug wütend auf die Motorhaube.

Schwer atmend zuckte ich zusammen und hob entschuldigend die Hände vom Lenkrad. »Sorry! Ich hab nicht aufgepasst.«

»Ganz offensichtlich nicht«, schimpfte er. »Hör auf zu gaffen und fahr mit deiner Barbie-Karre weiter!« Abrupt drehte er sich um und eilte in Richtung Kappa Sigma davon.

»Wa…? Hey! Kein Grund, so gemein zu werden«, rief ich aufgebracht.

Doch mein Beinahe-Autounfallopfer zeigte mir nur den Mittelfinger. Einen tätowierten Mittelfinger, um genau zu sein. Obwohl es höllisch heiß war, trug er eine schwarze Jeans und ein farblich angepasstes T-Shirt samt grinsendem Totenschädel. Plötzlich fiel mein Blick auf seine Piercings. Irgendwie wirkte der Typ ziemlich einschüchternd. Na toll, fast hätte ich ein Mitglied von Zeta Delta Untot getötet. Sofort bekam ich wieder ein schlechtes Gewissen. Schnell rief ich ihm ein »Trotzdem noch mal sorry« nach. Prompt bekam ich wieder den Mittelfinger zu sehen. Was für ein netter Typ. Hoffentlich sahen wir uns nie wieder. Mit finsterer Miene starrte ich ihm hinterher, während er in dem Verbindungshaus verschwand, aus dem die laute Musik zu kommen schien. Na, das war ja ein guter Start.

Ein lautes Hupen hinter mir ließ mich erschrocken im Sitz zusammenfahren. »Wird das heute noch was?«, brüllte mir ein Typ in einem schwarzen Hummer zu. Ich winkte entschuldigend, legte den Gang ein und folgte den Schildern, die mich vom Verbindungsviertel ins Herz der Uni führten. Aber als ich zu den Parkplätzen abbog, musste ich feststellen, dass Abstellplätze für fahrbare Untersätze an der UCF offenbar Mangelware waren. Ich fuhr gefühlte zwanzig Minuten in dem kleinen Parkhaus herum, bevor ich außerhalb des Betonklotzes noch einen Platz fand. Okay, zugegeben: Es war nur eine sehr schmale Lücke, die zwei Autos zwischen sich freigelassen hatten, und als ich haarscharf an der Sachbeschädigung vorbeischrammte, waren zwei Sachen für mich ziemlich klar. Erstens würde ich die Türen nicht öffnen können, ohne dabei die anderen Autos zu demolieren – ich musste also aus dem Cabrio klettern und mein Zeug vorerst hier drinnen lassen. Zweitens würde ich diesen Platz nie wieder im Leben hergeben – aber das lag hauptsächlich daran, dass ich nicht wusste, wie ich aus der Lücke wieder herauskommen sollte.

Mit zittrigen Fingern stellte ich den Motor ab und ließ mich mit einem Seufzen, das tief aus meiner Brust kam, in den Sitz zurückfallen. Von der katastrophalen Parksituation einmal abgesehen, hatte ich es endlich geschafft. Ich war an der UCF. Ich war da! Alleine. Ohne meinen Vater. Ohne Harry oder einen der anderen Securitys. Mein Magen schlug vor Aufregung Purzelbäume, während mein Gehirn auf Hochtouren arbeitete. Was sollte ich als Erstes tun? Mir standen so viele Möglichkeiten offen. Da es erst Mittag war, hatte ich noch mehr als genug Zeit, den Campus zu erkunden, mich mit anderen Studenten anzufreunden, eventuell noch mal nachzuprüfen, zu welcher Verbindung die Shirtless-Jungs von vorhin gehörten und ob die nicht auch Mädchen aufnahmen, und mich bei der Wohnheimvermietung zu melden. Ob ich eine Mitbewohnerin bekam? Oder gar einen Mitbewohner? Bei dem Gedanken musste ich lächeln. Möglich wäre es auf jeden Fall, da nur die Waschräume getrennt, die Zimmer selbst aber gemischt waren. Zumindest hatte ich es so auf der Website gelesen.

Meine Fantasie lief prompt Amok. Möglicherweise war mein Mitbewohner ein heißer Sportstudent, der mir ein paar Übungen am Reck beibringen wollte. Oder ein Schauspielstudent, der mit mir unbedingt die Kussszene für sein nächstes Stück üben musste …

Das Klingeln meines Handys war wie ein eiskalter Kübel Wasser, der meine Fantasie zur Ordnung rief. Mit einem Seufzen kramte ich in meiner Tasche nach dem Handy. Als ich jedoch sah, wer meine Tagträume unterbrochen hatte, zögerte ich. *Daddy Doom*. Meine Finger schwebten unentschlossen über dem Display. Ich hatte den Anruf zwar erwartet, jedoch mit ein paar Stunden mehr Puffer gerechnet, bevor auffiel, dass ich nicht – wie angekündigt – nur eine Shoppingtour nach Miami gemacht hatte. Na ja, shoppen war ich schon, allerdings bei Walmart und nicht bei Chanel. Und danach war ich einfach weitergefahren, anstatt erst in zwei Tagen anzureisen – mit einem Koloss von Bodyguard, der mir an den Hacken klebte. Nachdenklich schielte ich zu meiner Tasche. Ich könnte den Anruf einfach ignorieren, mir stattdessen das Nötigste schnappen und dann ganz zufällig das Handy im Wagen liegen lassen … aber wem wollte ich etwas vormachen? Wenn ich nicht zumindest ein kurzes Statement abgab, dass es mir gut ging und ich nicht entführt wurde, gäbe es innerhalb der nächsten halben Stunde einen internationalen Fahndungsbescheid. Kurz und schmerzlos. Mit einem Seufzen drückte ich auf den grünen Hörer und hielt mir das Handy ans Ohr.

»Hey, Daddy …«

»Ivy! Wo zum Teufel bist du?« Die Stimme meines Vaters war so laut, dass ich erschrocken das Handy weghielt. Schnell drückte ich leiser und begann, meine Tasche zu packen.

»Ah, habe ich vergessen, das zu erwähnen?« Natürlich hatte ich das. »Ich bin ein wenig früher losgefahren und gerade an der UCF angekommen.«

»Du bist was?« Ich konnte förmlich sehen, wie die Ader auf seiner Stirn deutlich hervortrat und sein Kopf vor Zorn rot anlief, während er in seinem schwarzen Nadelstreifenanzug im Büro auf und ab lief und ins Telefon brüllte.

Carl Redmond war ein toller Vater. Aber er regte sich ziemlich oft auf. Besonders in letzter Zeit. Was wohl vor allem meine Schuld war. Ich versuchte, *kein* schlechtes Gewissen zu bekommen.

Ich räusperte mich verlegen, während ich die Umzugskisten auf dem Beifahrersitz zur Seite schob, um die Unterlagen für die Wohnheimanmeldung aus dem Handschuhfach zu holen. »Ich bin an der UCF, Daddy«, wiederholte ich ruhig.

»Bist du von allen guten Geistern verlassen? Weißt du, was du uns allen für eine Angst eingejagt hast, als du einfach nicht nach Hause gekommen bist? Deine Mutter wollte schon die Polizei rufen.«

»Ach Daddy, es ist ein Uhr mittags, nicht drei Uhr morgens.«

»Dir hätte sonst was passieren können«, schimpfte mein Dad. Er brüllte zwar nicht mehr, aber ich konnte immer noch hören, wie er wütend in seinem Büro herumstapfte. »Ich dachte, du bist inzwischen verantwortungsbewusst genug, um auf diese Alleingänge zu verzichten. Du weißt ganz genau, wie gefährlich es sein kann, wenn du ohne Geleitschutz unterwegs bist. Was hast du dir dabei gedacht, einfach so zu fahren? All deine Sachen sind doch noch hier!«

Ja, all meine Chanel-Kostüme, knielangen Röcke und unbequemen High Heels. Sprich alles, was mir meine Mutter zusammengepackt hatte. Mein altes Leben und das, was damit zusammenhing, lag immer noch zu Hause auf meinem Bett. Mein neues Leben hatte ich mir für knapp zweihundert Dollar im Walmart gekauft. Aber das würde Dad nicht verstehen, deswegen schwieg ich lieber.

»Es ist nichts vorbereitet!«, brüllte mein Vater plötzlich wieder. »Du bist ganz allein dort. Es war geplant, dass ich noch mit deinen Dozenten spreche, bevor die Kurse anfangen …«

»Daddy!«, unterbrach ich ihn scharf. »Ich habe dir klar und deutlich gesagt, dass ich allein an die UCF fahren möchte. Ich will auch nicht, dass du mit meinen Dozenten redest. Wir haben das oft genug durchgekaut. Deine Bedingung für die öffentliche Uni war, dass mich einer deiner *Men in Black* begleitet, schön und gut. Aber ich lasse es nicht zu, dass du hier einfährst wie der Präsident persönlich. Das wäre mein sozialer Selbstmord!«

»Es geht hier nicht um sozialen Selbstmord, sondern um deine Sicherheit, Ivy!«

Ich schnaubte. »Bisher hat noch niemand versucht, mich umzubringen oder zu entführen, aber wenn du noch ein bisschen lauter brüllst, kommen bestimmt noch ein paar potenzielle Meuchelmörder angerannt.«

»Werd nicht frech, junge Dame. Du steckst bis zum Hals in Schwierigkeiten.«

Eigentlich steckte ich knöcheltief in Gatorade, aber das würde ich ihm jetzt nicht auf die Nase binden. Da folgte ich ganz dem Motto meines letzten Glückskekses: *Die Klugen wissen zu schweigen.* Ich presste die Lippen fest aufeinander und atmete ein paarmal tief durch. Da ich meinem Vater sehr ähnlich war, tat er wahrscheinlich das Gleiche.

»Es geht mir gut, Daddy. Ich habe schon alles organisiert und werde mich jetzt im Wohnheim anmelden. Wenn dein Security hier eintrifft, soll er bei mir klingeln.«

»Ivy, du wirst nicht …«

»Hab dich lieb!«

»Ivy! Du bleibst, wo du bist. Ich werde deinen Bodyguard anrufen. Er soll dich sofort …«

»Bye!«, unterbrach ich ihn mitten im Satz. Ohne auf seine Reaktion zu warten, legte ich auf. Himmel! Mein Herz schlug so schnell, als wäre ich gerade einen Marathon gelaufen. Meine Hände verkrampften sich um die ledernen Riemen meiner Handtasche. Gleichzeitig fühlte ich mich aber irgendwie auch verdammt gut. Triumphal. Als hätte ich gerade eine kleine Schlacht gewonnen. Oh, das würde noch mächtig Ärger geben. Keinen Zweifel. Aber nicht jetzt. Dad wusste, wo ich mich befand. Er war zwar nicht glücklich darüber, aber zumindest gab es keinen Grund mehr, die US Army zu meiner Rettung zu schicken. Trotzdem zweifelte ich nicht daran, dass ich in den nächsten Stunden meinen Begleitservice auf der Matte stehen haben würde. Also musste ich die kurze Zeitspanne ohne Babysitter noch nutzen. So schnell ich konnte, packte ich die restlichen Unterlagen in meine Tasche und ließ die Fensterscheibe wieder hochfahren. Keine Ahnung wie, aber irgendwie schaffte ich es doch, aus dem Auto zu steigen, ohne das Auto neben mir zu beschädigen. Nachdem ich den Mini abgeschlossen hatte, ging ich einfach der Nase nach. Das Handy ließ ich dabei wohlweislich im Auto.

# RYAN

Mein verdammtes Handy hatte keinen Akku mehr. Zum denkbar ungünstigsten Zeitpunkt aller Zeiten. Ich wollte gerade das letzte grüne Schwein abschießen, sah den roten Vogel in der absolut perfekten Bahn darauf zusteuern, als das Display einfach schwarz wurde.

»Fuck!« Ich warf das Ding vor mir in den Rasen und verschränkte seufzend die Arme hinter dem Kopf, während ich in den blauen Himmel starrte. Keine Ahnung warum, aber irgendwie wirkte der Tag heute lauter und greller als sonst. Sogar die Musik, die aus dem Verbindungshaus hinter mir drang und meine Trommelfelle zum Vibrieren brachte, war irgendwie viel zu laut. Es konnte erst ein oder zwei Uhr mittags sein, aber bereits jetzt waren alle komplett dicht. Eigentlich könnte der Tag für mich nicht besser laufen. Ich war vorhin zufällig einem ehemaligen Highschool-Kollegen über den Weg gelaufen. Ihn als Freund zu bezeichnen, würde zu weit gehen, da wir in vier Jahren Highschool höchstens ein paar Runden Football gespielt und uns im Gang zugenickt hatten. Aber offensichtlich hatte das an Sozialkontakt ausgereicht. Shane hatte mich sofort wiedererkannt und auf eine dieser Verbindungspartys eingeladen. Alfa Zeta … was auch immer. Anscheinend war die Aufnahmebedingung, dass man Steroide zum Frühstück isst und mit den Hanteln ins Bett geht. Zumindest sahen die Mitglieder so aus, als könnten sie die Mädchen von gegenüber, Delta Dulfta, was auch immer, mit einer Hand hochheben. Ich hatte für heute Abend sogar schon ein Date in Aussicht. Und eigentlich hatte ich mich bisher auch super amüsiert.

Doch dann hätte mich dieses eine Mädchen mit ihrem Auto fast über den Haufen gefahren. Keine Ahnung warum, aber seitdem war meine Stimmung im Keller. Schon eine ganze Weile saß ich abseits der grölenden Partymeute und versuchte, mich mit Angry Birds abzulenken. Aber dann hatte mein Handy den Geist aufgegeben. Jetzt starrte ich missmutig in den Himmel und versuchte, die vorbeikriechenden Wolken mit imaginären Vögeln abzuschießen. Ich war dabei zu verlieren. Verdammt.

Immer wieder warf ich einen Blick auf mein Handy, als würde ich auf einen Anruf oder eine Nachricht warten, was natürlich sinnlos war, weil das Ding ja keinen Saft mehr hatte. Meine Laune war inzwischen auf den absoluten Nullpunkt gesunken. Nicht nur, weil ich jetzt nicht mehr zocken konnte, sondern auch, weil ich in solchen Dingen normalerweise sehr zuverlässig war. Das iPhone war ein überteuerter Gimmick aus der Firma meines Vaters und besaß eine extralange Akkulaufzeit. Im Notfall hatte ich eigentlich auch immer eine Powerbank dabei, aber die steckte irgendwo in meinen Umzugskartons.

Ich stand auf und lief unruhig auf und ab. Vielleicht setzten mir der Wechsel an die UCF und mein bevorstehender Job doch mehr zu, als ich mir zuvor eingestanden hatte. Was überhaupt keinen Sinn machte. Es war vollkommen idiotisch, mir jetzt schon Sorgen über meinen Auftrag zu machen. Ivy Redmond würde erst übermorgen ankommen und es war egal, ob sie mich mochte oder nicht. Sie war nur das Sprungbrett zu meiner Karriere. Ein, höchstens zwei Semester musste ich durchhalten, um meinem Vater zu beweisen, dass es sich gelohnt hatte, für diesen Job das College zu schmeißen. Um ihm zu zeigen, wie verdammt gut ich darin war, Leben zu retten. Viel zu gut, um wie er hinter einem Schreibtisch zu versauern und alles nur noch durch Statistiken, Daten und Berichte zu koordinieren. Wahrscheinlich war ich ein undankbarer Sohn, aber ich wollte diesbezüglich einfach mehr.

Mist, der leere Akku machte mich immer nervöser. Wenn ich während meiner Ausbildung eins gelernt hatte, dann war es, auf mein Bauchgefühl zu hören. Denn oftmals konnte eine intuitive Reaktion den Unterschied bedeuten, ob eine Kugel in deiner Schulter steckte oder eben nicht. Ohne hinzusehen, schnappte ich mir das Handy und sprang auf die Beine. Ich sollte das Ding wirklich aufladen, bevor …

Plötzlich krachte etwas hart gegen meinen Rücken.

»Was zum …?« Fluchend kam ich ins Stolpern. Rosa Haarsträhnen füllten mein Gesichtsfeld und ich hörte einen überraschten Schrei, der mir in den Ohren klingelte.

Ich reagierte instinktiv. Obwohl ich gerade selbst zu Boden fiel, drehte ich mich blitzschnell herum und schlang schützend die Arme um die Taille des Mädchens, damit es auf mir landen würde. Pfft. Mir schoss die Luft aus den Lungen, während sich ein schlanker, warmer Körper an mich presste. Ein Knie drückte mir ziemlich unangenehm in die Leiste, was mich schmerzerfüllt aufstöhnen ließ. Himmel! Das waren die spitzesten Knie der Weltgeschichte.

»Fuck! Hast du was mit den Füßen oder findest du mich einfach nur umwerfend?« Schwer atmend starrte ich das Mädchen an – und blickte in die größten blauen Augen, die ich jemals gesehen hatte. Wow.

Helles Haar mit rosa Spitzen fiel ihr in wirren Wellen um die Schultern und kitzelte meine Brust, während sich schmale Finger in mein schwarzes T-Shirt krallten. Blasse Sommersprossen tanzten auf einer niedlichen Stupsnase, die sich erschrocken kräuselte, als sie sich wie von der Tarantel gestochen aufrichtete.

»Holy Crap! Tut mir leid! Geht es dir gut?«

Ich konnte mir ein Grinsen nicht verkneifen, besonders als sie begann, meine Arme nach möglichen oder unmöglichen Brüchen abzutasten. Dabei saß sie breitbeinig auf mir, sodass mein Blick direkt auf ihren Brüsten landete – und ach du Scheiße! Wenn das mal nicht die heißesten Brüste vom ganzen Campus waren. Das konnte selbst das tanzende Einhorn auf ihrem T-Shirt nicht verstecken. Schnell wandte ich mich wieder ihrem Gesicht zu. Doch je länger ich sie betrachtete, desto mehr hatte ich das Gefühl, sie irgendwoher zu kennen …

»Hey, hast du mich nicht vorhin fast überfahren?«

Das Mädchen erstarrte. Ihr Mund klappte auf und formte ein entzückendes O, während ihr Blick von meinem Unterlippenpiercing zu den silbernen Steckern in meinen Ohren und dann weiter zu den etwas längeren schwarzen Stirnfransen wanderte, die ich mir wegen der Hitze mit einer kleinen Klammer hochgesteckt hatte. Amüsiert beobachtete ich ihr Mienenspiel, das von Besorgnis zu dezenter Panik wechselte, als sie die schwarzen Tattoos entdeckte, die aus meinem V-Ausschnitt hinausragten.

»Ähm, ja«, stotterte sie und sah dabei aus wie ein verschrecktes Kaninchen, das vor dem großen bösen Wolf die Ohren anlegte. »Noch mal sorry deswegen, ich hab nicht aufgepasst.«

»So wie gerade auch nicht?«, fragte ich verärgert.

Schuldbewusst zuckte sie zusammen. »Tut mir leid«, murmelte sie leise.

War ihr bewusst, dass sie immer noch rittlings auf mir saß?

»Aber das war nicht mit Absicht, ich hab einen Football an den Kopf bekommen«, fügte sie mit einem entschuldigenden Lächeln hinzu und deutete auf das ovale Ding, das ein Stück neben uns im Gras lag. Was?

»Hey!« Shane kam grinsend auf uns zugejoggt. »Sorry! Der Pass ging ein bisschen zu weit. Geht es euch gut?« Die Frage war zwar an uns beide gerichtet, doch sein Blick klebte dabei an dem Mädchen, dem er helfend die Hand entgegenstreckte. Amüsiert beobachtete ich, wie sie Shane anstarrte, als hätte er ihr gerade ein unanständiges Angebot gemacht.

»Alles okay?«, hakte Shane nach, als sie seine Hand immer noch ignorierte.

Langsam wanderte ihr Blick zu seinem nackten Oberkörper – und blieb dort hängen. Das T-Shirt, das dieses übertriebene Sixpack eigentlich verdecken sollte, musste er wegen der Hitze ausgezogen haben.

Shane entging ihr Blick natürlich nicht. »Wie wär's, soll ich dir aufhelfen? Ich lad dich als Entschuldigung gern auf einen Drink ein«, sagte er mit einem Augenzwinkern. »Oder soll ich dich weiter auf Ray hocken lassen? Sieht aus, als hättet ihr es gerade ziemlich gemütlich.«

»Was?« Verwirrt sah sie auf mich runter.

Ich versuchte, ein Grinsen zu unterdrücken, und deutete auf ihre Beine, die sich um meine Hüften schlangen. Nicht dass ich was dagegen gehabt hätte, aber normalerweise wusste ich den Namen der Lady, der ich so viel Körperkontakt zu verdanken hatte. Zumindest von den meisten wusste ich ihn.

»Oh, verdammt!«

Ihre Wangen liefen knallrot an und sie schoss so schnell in

die Höhe, dass sie prompt wieder über meine Beine stolperte. Ihre Augen waren vor Entsetzen weit aufgerissen.

Gerade wollte ich sie beschwichtigen, dass es Schlimmeres gab, als ein leicht durchgeknalltes Mädchen auf sich sitzen zu haben. Doch dann wurde mir klar, dass sie gar nicht mich ansah. Fast panisch eilte sie zu einer gigantischen Handtasche, aus der eine Flasche Gatorade herausgefallen war. Scheiße, das Zeug gab es immer noch? Ich dachte eigentlich, die Gesundheitsbehörde hätte das Giftgemisch längst aus dem Verkehr gezogen. Aber offensichtlich nicht, denn der neonblaue Inhalt breitete sich ziemlich schnell über dem Rasen und in ihrer Tasche aus.

»Oh nein, die Unterlagen für das Wohnheim«, jammerte sie und schraubte die Flasche verzweifelt zu. Mit spitzen Fingern hob sie ein paar vollkommen durchnässte Anmeldeformulare hoch.

Shane starrte peinlich berührt auf die tropfenden Zettel, während er den Football von einer Hand in die andere warf. »Uh, sorry noch mal. Der Ball hat dich bestimmt ganz schön hart am Kopf erwischt. Ist dir schwindlig? Brauchst du 'n Coolpack oder so?«

Das Mädchen wurde ganz blass um die Nase und schüttelte hektisch den Kopf, dabei taumelte sie ein wenig.

»Hey, geht's dir gut?« Besorgt sprang ich auf die Füße und hielt sie am Ellenbogen fest.

»Ja … nein … meine Anmeldezettel!« Sie klang tatsächlich verzweifelt, während sie vorsichtig versuchte, den pappigen Haufen trocken zu wedeln. Das Gatorade spritzte dabei in alle Richtungen.

»Keine Panik«, meinte Shane und ließ den Ball auf seinem Zeigefinger kreiseln.

Scheiße, langsam ging er mir damit echt auf die Nerven. Konnte der das Ding nicht mal *eine* Sekunde weglegen?

Ich warf Shane einen finsteren Blick zu, bevor ich mich wieder an das Mädchen wandte. »Er hat recht, wenn es noch lesbar ist, dann kannst du es noch verwenden. Ansonsten musst du nur zur Verwaltung gehen und dir dort neue Formulare holen. Ist doch für das Wohnheim, oder?«

»Ich … ja …« Sie sah auf und nickte hektisch, wobei sie leicht zusammenzuckte. Ihr tat also doch der Kopf weh. »Ich sollte in einer Stunde mein Zimmer zugeteilt bekommen«, fügte sie leise hinzu.

»Zeig mal!« Shane rupfte ihr die Anmeldezettel aus der Hand, was das nasse Papier sofort auseinanderreißen ließ.

Ich fluchte. »Scheiße, Shane! Lass mal stecken. Ich mach das schon.« Ich nahm ihm die durchweichten Zettel ab und versuchte, noch etwas zu entziffern. Alles, was ich genauer lesen konnte, war, dass ihr Name mit I begann. Isa? Iris? Der Rest war absolut hinüber. »Ich befürchte, du musst zur Verwaltung«, teilte ich ihr mit.

»Shrimp! Und wo ist die Verwaltung? Mein Campusplan ist ja jetzt auch komplett nass.«

Als ich ihren deprimierten Blick wahrnahm, zog sich etwas in meiner Brust zusammen.

»Tja also, ich geh dann mal wieder zurück. Nimm dir ein Bier, Süße, geht auf mich«, meinte Shane. »Kommst du mit, Ray?« Er sah mich abwartend an, während er den dämlichen Football wieder von einer Hand in die andere warf. Wenn er nicht bald damit aufhörte, würde ich ihm das Ding noch da reinstecken, wo die Sonne nicht hinkam.

»Nein, lass mal. Ich helfe …« Ich drehte mich wieder zu dem Mädchen herum. »Wie war noch mal dein Name?«

Sie biss sich auf die Unterlippe und sah unter ihren hellen Wimpern zu mir hoch.

»I…, ähm, Haidi.«

Haidi? Und was war mit dem I? Auf dem Zettel stand eindeutig ein I. Aber was wusste ich schon, vielleicht hatte das Gatorade einfach den Rest vom H weggeätzt. »Cool, also ich begleite Haidi zur Verwaltung«, sagte ich zu Shane, zu Haidi gewandt fügte ich augenzwinkernd hinzu: »Nicht dass du am Ende doch noch jemanden umbringst.« Amüsiert beobachtete ich, wie ihr die Röte in die Wangen schoss. Niedlich.

»Klar, wie auch immer.« Shane zuckte mit den Schultern. »Wir sehen uns später, Ray.«

»Klar, bis später.«

Wir nickten uns zum Abschied kurz zu und ich nahm mir im gleichen Augenblick vor, den Kontakt in Zukunft auf dieses Nicken zu beschränken. Langsam fiel mir wieder ein, warum ich neunundneunzig Prozent der anderen Kids in der Highschool nicht hatte ausstehen können.

»Es ist wirklich nett, dass du mir helfen willst, aber du musst das nicht tun. Ich komme schon klar. Außerdem fühle ich mich ein wenig komisch dabei, mir von dem Typen helfen zu lassen, dem ich fast meinen ersten Mord samt Fahrerflucht zu verdanken habe«, sagte Haidi neben mir.

Lachend guckte ich auf sie runter. Verdammt, war sie klein. Wie eine Elfe, nur … heißer. »Fahrerflucht? Wärst du etwa nicht stehen geblieben, um zu schauen, ob ich noch atme?«

Unweigerlich blieb mein Blick an ihren vollen Lippen hängen. Die Vorstellung, dass Haidi sich über mich beugte, um mich mit einer Mund-zu-Mund-Beatmung wiederzubeleben, ließ mich noch breiter grinsen.

Haidi musterte mich skeptisch. Ihre Augen verengten sich und sie kräuselte die Nase, als wüsste sie ganz genau, welch schmutzige

Fantasien mein Hirn gerade produzierte. »Weiß nicht, meine *Barbie-Karre* ist nicht zu unterschätzen. Wenn ich mal wen platt walze, steht er für gewöhnlich nicht wieder auf«, stichelte sie und verschränkte die Arme vor ihrer Oberweite, die …

Räuspernd zwang ich meinen Blick nach oben. »Tja, wenn du mit dem Ding in Pink angekommen wärst, hätte ich mich wahrscheinlich freiwillig überfahren lassen«, zog ich sie auf.

Haidi funkelte mich böse an. »Okay, klar, wie auch immer. Ich muss dann mal die Verwaltung suchen. Du musst wirklich nicht mitkommen. Sorry noch mal wegen dem Beinaheunfall und … ähm … dem Umrennen.« Damit warf sie ihre Tasche über die Schulter, machte auf dem Absatz kehrt und lief los.

Verdutzt blickte ich ihr nach, den fliegenden blonden Haaren mit den pinken Spitzen und einem Paar schlanker blasser Beine hinterher, die sich schnell von mir entfernten. Rannte sie gerade vor mir davon?

# IVY

Aaaaah. Peinlich. Peinlich. Peinlich. Ich spürte, wie mir das Blut in die Wangen schoss. Bestimmt war ich knallrot im Gesicht – wie ein Hummer, der in der unerträglichen Hitze zu kochen anfängt. Ich verpasste mir innerlich einen Tritt für den peinlichsten Auftritt meines gesamten Lebens. Ohne mich noch einmal umzudrehen, flüchtete ich über das kurze Rasenstück der Verbindung und versuchte dabei, möglichst nicht auf den herumliegenden Bierdosen auszurutschen und mir den Hals zu brechen.

Warum musste so was auch immer mir passieren? Konnte ich nicht einmal in meinem Leben cool sein? Oder zumindest so viel Glück haben, nicht ausgerechnet den Typen über den Haufen zu rennen, den ich davor schon fast überfahren hatte? Einen total einschüchternden Kerl noch dazu! Dieser Ray sah aus, als könnte er auf dem Cover für *Sexy Ink* posieren. Meine Mutter hätte mich gar nicht erst in die Nähe von jemandem gelassen, der so aussah wie … wie … na ja, eben wie Ray. Nicht dass er schlecht aussah. Wenn ich ehrlich war, sah Mr Beinaheunfall sogar richtig gut aus. Holy Moly! Wie ein tätowierter Panther. Schlank, groß, geschmeidig und sein Lächeln brachte mich einem halben Herzinfarkt nahe. Ich schauderte und rannte gleichzeitig schneller. Meiner lebhaften Fantasie davon, die schamlos schnurrend in Rays Armen zurückgeblieben war. Irgendwie hatte mich diese Begegnung verstört. Seine grünen Augen ließen mich nicht mehr los. Als würde man in zwei funkelnde Smaragde blicken, in denen eine Persönlichkeit schimmerte, bei der sich mir sämtliche Nackenhaare aufstellten. Ich konnte seinen Blick immer noch auf mir spüren.

Prompt meldete sich auch mein Verfolgungswahn. Um mich selbst zu beruhigen – und um sicherzugehen, dass Ray mir nicht doch folgte –, drehte ich mich noch mal um und stellte fest, dass ich bereits ein ganzes Stück die Straße runtergelaufen war. Doch ohne meine Brille sah ich ein wenig verschwommen – meine Kontaktlinsen hatte ich in Miami vergessen –, weshalb ich die Studenten, die vor einer blau gestrichenen Veranda herumstanden und aus roten Plastikbechern tranken, nur undeutlich erkennen konnte. Kein Ray in verschwommener Sicht.

*Er könnte sich aber auch hinter einem Baum verstecken.* Ich schüttelte den Kopf, um den unsinnigen Gedanken zu vertreiben. Warum sollte er so etwas tun? Nicht mal ich hatte so viel Pech, mir gleich in den ersten zehn Minuten am College einen Stalker anzulachen. Aber … nun ja … *Was, wenn er dich erkannt hat und nur auf eine Gelegenheit wartet, dir zu folgen?*, flüsterte eine Stimme in meinem Kopf, die verdächtig nach Harry, dem Security meines Vaters, klang. Automatisch straffte ich meine Schultern, nahm eine gerade Haltung ein und kniff die Pobacken zusammen. Selbst als imaginäre Stimme hatte Harry diese Wirkung. Zu tief saß der Drill, den er mir seit meiner Kindheit eingeimpft hatte. *Immer wachsam bleiben. Körperkontakt vermeiden. Nichts annehmen. Mit niemandem mitgehen. Unter keinen Umständen die Handynummer hergeben.* Und falls mich jemand bedrängte, sollte ich so schnell wie möglich eine geschützte Ecke suchen und sofort Harry oder einem der anderen Securitys Bescheid geben, damit sie mich mit dem SUV abholen kommen konnten.

Die letzte Maßnahme hatte ich erst zweimal in Anspruch nehmen müssen. Einmal, als ein paar Paparazzi mich beim Shoppen erkannt und zu aufdringliche Fragen zum Crash der RedEnergies-Aktien im letzten September gestellt hatten. Und einmal, weil meine ehemalige Freundin Chloé felsenfest davon überzeugt gewesen war, dass ein fremder Typ ihre neue Valentino klauen wollte. Im Nachhinein betrachtet, hatte er uns eher wegen Chloés Sonnenstudiounfalls so angeglotzt. Beide Male hatte ich nur meinen Notfall-Pager drücken müssen, und Harry hatte innerhalb von wenigen Minuten auf der Matte gestanden. Nur konnte ich das jetzt gerade leider nicht tun. Mein neuer Security würde erst später eintreffen. Meinen Pager hatte ich zwar in meiner Handtasche, aber Harry war zweihundertfünfzig Meilen weit weg. Also musste ich die Situation selbst in die Hand nehmen und verflucht noch mal aufhören, herumzulaufen wie ein kopfloses Huhn.

Ich zwang mich dazu, langsamer zu gehen und die stickige Luft einzuatmen. Meine Lungen brannten vom Laufen, aber zumindest half der Sauerstoff ein wenig, mein rasendes Herz zu beruhigen. Ich atmete tief ein und aus, versuchte, die antrainierte Vorsicht gegenüber anderen Menschen – insbesondere bei fremden Menschen – meditativ wegzuatmen, bis mir von dem ganzen Sauerstoff schwindlig wurde. Ein Stück weiter vorn zweigte die Straße bereits zu den Parkplätzen ab. Kurz überlegte ich, zurück in mein Auto zu steigen und meinen Vater um sofortigen Geleitschutz zu bitten. Es waren nur knappe drei Stunden bis zum Campus. Harry könnte eventuell Steve schicken, bis … nein! Ich war kein Angsthase. Ich würde das hinbekommen! Ich musste das alleine schaffen. Demonstrativ ging ich in die andere Richtung, weg vom Parkplatz.

Vor mir breitete sich eine große Parkanlage aus. Das satte Grün half mir dabei, meine Angst unter Kontrolle zu kriegen. Meine

Knie zitterten zwar immer noch, aber ich blickte nicht zurück. Stattdessen strebte ich entschlossen ein rotes Backsteingebäude an, das wie eine Fakultät oder ein Wohnheim aussah. Obwohl ich mir natürlich vorher den Campusplan angesehen und eingeprägt hatte, musste ich nun doch feststellen, dass ich absolut keine Ahnung hatte, wo ich mich gerade befand. Seufzend blieb ich stehen und suchte in den durchnässten Unterlagen nach dem Campusplan. Es musste doch möglich sein herauszufinden, wo um alles in der Welt ich war. Oder wo sich die Verwaltung versteckte. Angestrengt studierte ich die feuchten Linien. Dabei versuchte ich penibel, das bereits eingerissene Papier nicht noch weiter zu beschädigen. Mit der Fingerkuppe fuhr ich über ein paar Balken, die wohl den Parkplatz markierten. Und daneben … Verwirrt legte ich den Kopf schief. Diese Striche und Kreise halfen mir nicht wirklich, mich zu orientieren. Laut Campusplan lag die Verwaltung bei einem Wohnheimkomplex, der wie ein Y aussah. Direkt neben einem Gebäude, das wie ein X aussah. Aber als ich mich umschaute, konnte ich weder ein X noch ein Y entdecken. Das Haus vor mir ähnelte eher einem verzogenen, schiefen L. Frustriert schnaubte ich. So würde ich nicht weiterkommen. Also musste ich auf dem Plan nach Dingen suchen, die in meiner unmittelbaren Umgebung waren. Das auffälligste in meiner Nähe war eine Statue von Ben Franklin, der jemand eine Harry-Potter-Narbe verpasst hatte. Ich starrte wieder auf den Plan und nach nur wenigen Sekunden hatte ich sie gefunden. Direkt neben … Gebäude T. Argh!

»Brauchst du Hilfe?«

Warmer Atem traf meinen Nacken.

*Wenn dir jemand von hinten zu nahe kommt, halte ihn dir vom Leib – nutze alles, was du hast, selbst wenn es nur einer deiner Pumps ist!*

Erschrocken fuhr ich herum und schleuderte der Person hinter mir die durchnässten Zettel ins Gesicht. Es war zwar kein Pump, aber meine Flipflops schienen mir auch nicht unbedingt geeigneter als Waffe. Zumindest schien es einen erblindenden Effekt zu haben, denn der Typ jaulte auf und wischte sich hektisch das Papier aus den Augen.

»Hölle, brennt das Zeug!«

Holy Turkey! Es war Ray. Er blinzelte heftig, während er sich immer wieder übers Gesicht wischte und Papierklumpen ausspuckte. Um nicht getroffen zu werden, wich ich ein paar Schritte zurück, bis ich mit dem Rücken gegen Ben Franklins Knie stieß. Kampfbereit hob ich meine Handtasche. Das Ding war so vollgepackt mit Gatorade und anderen Sachen, dass ich ihn damit noch bis übermorgen k. o. schlagen könnte. Irgendwo musste auch noch Pfefferspray und eine Vergewaltigungspfeife sein, aber bis ich die endlich ausgegraben hatte, hatte ich schon längst zugeschlagen.

»Was willst du von mir?«, rief ich und war unglaublich stolz darauf, wie taff ich klang.

»Ähm, dir helfen? Zumindest hatte ich das vor, bevor du mich mit Säure beworfen hast.« Ray blinzelte mich anklagend unter seinen nassen schwarzen Wimpern an. »Scheiße!« Ächzend wischte er sich über die Augen. »Wenn das Zeug wegen dem Gatorade so brennt, solltest du wirklich aufhören, es zu trinken. Das kann nicht gesund sein.«

Das schlechte Gewissen, das sich gerade einschleichen wollte, war sofort wie weggeblasen. Denn niemand beleidigte mein heiliges Getränk. Herausfordernd verengte ich die Augen zu Schlitzen. »Es ist auch nicht gesund, wenn man eine Handtasche zwischen die Beine geschlagen bekommt. Also sag, was du von mir willst, oder hau ab!«

Ein halb verärgerter, halb belustigter Ausdruck huschte über Rays Gesicht. Einmal mehr wurde mir bewusst, wie sehr mich sein Aussehen verunsicherte. Ray war vielleicht kein Anabolika-Muskelprotz, aber er war trotzdem ziemlich groß und durchtrainiert. Die Tattoos auf seinen Armen leuchteten in der Sonne wie schwarze Schlangen und verliehen ihm eine gefährliche Ausstrahlung. Mein Herz schlug plötzlich schneller, während ich mich Schutz suchend enger an die Statue drückte – genau gegen das spitze Knie von Benjamin Franklin. Autsch!

Ray knabberte an seinem Unterlippenpiercing, während er mich mit seinen grünen Katzenaugen abschätzend musterte. Keine Ahnung, was er sah. Ich hoffte auf eine wütende Kriegerprinzessin Xena. Aber wahrscheinlich sah er nur ein verängstigtes Häschen mit pinken Fellbüscheln.

»Was willst du?«, wiederholte ich.

Ray hörte auf, auf seiner Unterlippe herumzuknabbern, und hob beruhigend die Hände. »Hey, alles gut, Haidi. Ich wollte gerade in mein Wohnheim zurück. Und als ich dich gesehen habe, dachte ich, du willst vielleicht doch meine Hilfe.«

*Haidi?* Ach ja, fast hätte ich vergessen, dass ich mich vorhin mit meinem zweiten Vornamen vorgestellt hatte. Meine ehemalige Freundin Chloé hatte mich auch manchmal so genannt. Eigentlich mochte ich den Namen nicht besonders, trotzdem war es mir sicherer erschienen, mich nicht sofort als Ivy vorzustellen.

»Klar, du wolltest nur ganz zufällig zurück …«, sagte ich skeptisch. »Und was ist mit der Party?«

Ray zuckte lässig mit den Schultern und ging noch einen weiteren Schritt zurück. Meine Panik ebbte dadurch zwar ein wenig ab, doch das Misstrauen blieb.

»Ich bin selbst erst heute angekommen und muss noch auspacken«, fuhr er fort. »Außerdem sind mir die Typen auf die Nerven gegangen. Keine Ahnung, wie die das warme Bier literweise trinken können – das schmeckt wie Pisse.«

Ein freches Grinsen breitete sich auf Rays Gesicht aus, sodass ich ein Zungenpiercing zwischen seinen weißen Zähnen aufblitzen sehen konnte. Jeese!

Angestrengt versuchte ich, meine Angst hinunterzuschlucken. Zumindest glaubte ich, dass es Angst war, die mein Herz wie verrückt schlagen ließ.

»Okay, also, kannst du bitte aufhören, mich zu stalken?«, presste ich hervor. »Das macht mich dezent nervös.« Vielleicht half es ja, wenn ich ehrlich zu ihm war.

Ray lachte, trat jedoch einen weiteren Schritt zurück. Dabei fiel ihm das dunkle Haar in die Stirn. »Kein Problem. Stalken war ohnehin nie meine Stärke. Aber ich mach dir einen Vorschlag: Ich könnte ja mal ganz zufällig in Richtung Wohnheimverwaltung gehen und du könnest mir ebenso zufällig die paar Meter folgen. Danach kann ich beruhigt in mein Zimmer gehen und du musst heute Nacht nicht neben Benny schlafen.«

Er deutete kurz auf die Statue, gegen die ich mich immer noch presste, und steckte sich dann die herabgefallenen Haare wieder mit einer kleinen Klammer hoch. Ein paar Strähnen standen danach wirr von seinem Kopf ab, was irgendwie niedlich aussah und eine erstaunlich beruhigende Wirkung auf meinen Puls hatte.

Okay, es gab keinen Grund, Angst vor Ray zu haben. Er war – von seinem wilden Äußeren einmal abgesehen – wahrscheinlich ein ganz netter Kerl. Ich reagierte gerade nur ein wenig über. »Klingt gut«, gab ich schließlich zu.

Ray lächelte. Dabei bildete sich ein kleines Grübchen in seiner linken Wange. Und zum ersten Mal sah ich auch die leichte Einkerbung in seinem Kinn.

Ohne auf eine Antwort von mir zu warten, schob er die Hände in seine Hosentaschen und ging einfach los. In eine komplett andere Richtung als die, in die ich eigentlich hatte gehen wollen. Irritiert blinzelte ich ihm hinterher. Also, entweder wollte er mich in die Irre führen, k. o. schlagen und mich dann an einem finsteren Ort gefangen halten und Lösegeld erpressen … oder ich hatte absolut keinen Orientierungssinn. Wahrscheinlich letzteres. Schnaufend trottete ich ihm hinterher, hielt jedoch ein gewisses Maß an Sicherheitsabstand. Falls er etwas Dummes versuchte, könnte ich ihm immer noch Gatorade ins Gesicht spritzen.

Unauffällig ließ ich mich noch ein wenig weiter zurückfallen, um meinen Retter in der Not genauer betrachten zu können. Dabei konnte ich vor allem seine Kehrseite bewundern. Bisher hatte ich diese bei Jungs in meinem Alter hauptsächlich in Anzügen oder verdeckt von teuren Jacketts zu sehen bekommen. Höchstens noch in Golfhosen, die jede Schwärmerei für einen etwaigen knackigen Hintern sofort im Keim erstickten. Ray trug jedoch eine einfache Jeans, die wenig Spielraum für Interpretationen ließ. Dabei bewegte er sich so unglaublich geschmeidig, dass mir meine eigenen Schritte unverhältnismäßig laut vorkamen. Meine Flipflops waren das einzige Geräusch, das die Stille zwischen uns füllte. Nur hin und wieder begegneten wir auf dem Weg durch die grüne Campusanlage anderen Studenten. Ray ließ sich währenddessen durch nichts aus der Ruhe bringen. Er schien zu spüren, dass ich ihm nicht ganz traute, denn er sah kein einziges Mal zu mir zurück. Offenbar überließ er es mir, wie nah ich ihm sein wollte.

Nach ein paar Minuten entspannte ich mich endlich etwas und musterte neugierig den Campus, der für die nächsten Semester mein Zuhause sein würde. Die UCF schien im Großen und Ganzen eine riesige Parkanlage zu sein, in der sich die Fakultäten, Wohnheime und andere Gebäude verteilten. Das meiste war offenbar zu Fuß erreichbar und von den Bildern aus dem Internet wusste ich auch, dass es hier ein paar Cafés, einen Supermarkt und sogar einen Drugstore gab, der für die Studenten zur Verfügung stand. Ich würde also nicht mal den Campus verlassen müssen, wenn ich Klopapier kaufen musste.

Zwischen dem künstlichen Grün zogen sich breite Schotterwege hindurch, die teils von hohen, knorrigen Bäumen gesäumt waren. Die meisten davon waren mit dicht herabhängenden Flechten versehen und spendeten ein wenig Schatten. In regelmäßigen Abständen standen braune Parkbänke, auf denen es sich ein paar Studenten gemütlich gemacht hatten und in ihren Büchern schmökerten oder Kaffee schlürften. Die Gespräche und das sorglose Lachen hallten wie eine faszinierende Musik in meinen Ohren wider. Eine angenehme Gänsehaut überzog meine Arme und ich merkte, wie sich ein kaum wahrnehmbares Lächeln auf meine Lippen stahl. *Freiheit.* So sah also Freiheit aus und bald, nein, ab heute würde die UCF auch meine Karte in die Freiheit sein. Nicht mehr lange und ich würde mich endlich nicht mehr die ganze Zeit nervös umblicken, würde nicht mehr die ganze Zeit das Gefühl haben, schutzlos im Regen zu stehen. Solange ich hier war, würde ich den Notfall-Pager nicht mehr mit mir herumtragen müssen. Endlich konnte ich die Person sein, die ich schon immer sein wollte. Es brauchte nur eine Weile, bis mein Kopf das auch kapiert hatte. Entschlossen ging ich etwas schneller, sodass ich nun fast auf gleicher Höhe mit Ray war.

»Noch nicht viel los auf dem Campus«, brach er schließlich das Schweigen zwischen uns.

»Ja.« Ich lächelte ihn an und bemerkte mit pochendem Herzen, wie er die Geste erwiderte. Unauffällig wischte ich mir die nassen Hände an der Hose ab.

»Aber ich glaube, das wird sich bald ändern. Spätestens wenn die Anmeldungsphase für die Kurse, Clubs und Verbindungen beginnt«, redete Ray munter weiter. Er neigte den Kopf. »Hast du dich schon für eine Verbindung beworben?«

»Nein, ich habe mir zwar ein paar angesehen, aber ich bin weder katholisch noch sportlich genug, um infrage zu kommen«, erklärte ich ihm.

Er nickte. »Ganz unter uns: Ist vermutlich auch besser so. Sonst musst du am Ende noch auf die Heilige Schwesternschaft schwören, deine tugendhafte Jungfräulichkeit bis ans Ende der Collegezeit zu bewahren. Ich kann mir nichts Grauenhafteres vorstellen.«

Amüsiert sah ich zu ihm hoch. »Höre ich da etwa Verbitterung heraus? Sprichst du aus persönlicher Erfahrung?«

Getroffen fasste er sich an die Brust und stöhnte. »Du hast mich erwischt. Ich musste einen Keuschheitsschwur ablegen und bereue es seit fünf Minuten zutiefst. Aber immerhin bekomme ich gratis Essenscoupons.«

Wir lachten. Es war beinahe etwas schüchtern, ein Herantasten an den jeweils anderen. Aber ich musste zugeben, dass Ray einen tollen Humor hatte. Das ließ mich etwas mutiger werden.

»Ich habe mich bereits für ein paar Kurse angemeldet, auf die ich mich schon sehr freue«, sagte ich nach einer Weile.

»Cool. Welche Kurse hast du denn belegt?«

»Fix sind eigentlich nur die Pflichtvorlesungen fürs erste Semester. Aber ich habe auch noch genug Freizeit eingeplant für andere Kurse, die ich einfach so besuchen möchte.«

»Ah.« Ein Grübchen blitzte auf. »Und welche willst du abgesehen von den Basiskursen noch besuchen?«

»Alle!«

Er lachte und ein warmes Gefühl breitete sich in meinem Bauch aus. Verstohlen musterte ich ihn aus dem Augenwinkel. Meine Mutter beherrschte es perfekt, jemanden zu beobachten, ohne dass derjenige etwas davon mitbekam. Manchmal schien es fast so, als hätte sie Augen im Hinterkopf, vor allem dann, wenn sie sich mit jemandem unterhielt und dabei gleichzeitig verächtlich die Louis Vuittons aus der letzten Saison von der Person schräg hinter sich musterte und kommentierte. Sie schielte dabei nicht mal. Ich leider schon.

Ray schien davon allerdings wenig zu halten, denn sobald er meinen Blick auf sich spürte, drehte er sich zu mir und zog fragend eine Augenbraue nach oben. »Habe ich was im Gesicht?«

»Ähm … nein, nicht direkt«, nuschelte ich und spürte, wie mir die Hitze in die Wangen schoss. »Wie viele Piercings hast du?« Die Frage war raus, bevor ich mich zurückhalten konnte. Schnell biss ich mir auf die Unterlippe.

Ray grinste jedoch nur. »Zuzüglich der Stecker in den Ohren?«

*Sag Nein! Es interessiert dich nicht!* Doch anstatt auf meine innere Stimme zu hören, nickte ich.

»Lass mich mal überlegen.« Nachdenklich leckte er sich über die Unterlippe. Dabei musste er wohl mit dem Zungenpiercing gegen die Zähne gestoßen sein, denn ich hörte ein leises metallisches Klacken.

»Acht … nein, sieben. Das in der Augenbraue hat sich immer entzündet, darum habe ich es zuwachsen lassen.«

Fasziniert schielte ich auf seine schwarze Braue. Als er meinen Blick bemerkte, lehnte er sich zu mir herunter. Plötzlich war er mir so nahe, dass mir sein Geruch entgegenschlug, der so ... na ja, nach Seife, Pfefferminz und etwas Aromatischem roch, das ich nicht benennen konnte, was aber eindeutig kein Parfum war. Es erinnerte mich ein wenig an Räucherstäbchen.

»Hier war es!« Er deutete auf eine winzige, kaum sichtbare Narbe am Rande seiner linken Augenbraue. Die – nebenbei bemerkt – ziemlich sexy aussah. Kräftig und elegant geschwungen. Mein Blick huschte zu dem silbernen Ring, der an seiner Unterlippe aufblitzte.

»Hat das nicht wehgetan?«, fragte ich und tippte an meine Unterlippe. Seine traute ich mich nicht anzufassen, auch wenn ich es vielleicht gewollt hätte. Ein Funkeln stahl sich in seine Augen. Er schien sich offenbar Mühe zu geben, mich nicht auszulachen.

»Gar nicht. Allerdings war ich an dem Tag, an dem ich es mir stechen ließ, auch nicht ganz nüchtern. Willst du es mal anfassen?«, bot er mir prompt an.

Hektisch schüttelte ich den Kopf. »N...nein danke!«

Ray sog grinsend den Ring in seinen Mund ein. Als er wieder herauskam, glänzte er in der Sonne.

Okay, das in der Lippe mochte ich. Ein bisschen zumindest. Aber hatte er nicht von sieben Stück gesprochen? Neugierig suchte ich nach weiteren Metallsteckern. Das in seiner Zunge musste Piercing Nummer zwei sein. Im linken Ohr zählte ich zwei Stecker und einen Ring, und im anderen Ohr einen Stecker. Nach meiner Rechnung fehlte demnach noch eines.

»Das letzte kann man nicht sehen.« Er zwinkerte mir verschwörerisch zu.

Sofort schoss mein Blick nach unten und mein Mund klappte auf. Hatte er etwa ...? Jeese! Ich hatte zwar schon davon gehört, dass man sich den Genitalbereich durchstechen lassen konnte, aber diese Vorstellung war einfach nur verstörend.

Als Ray meinen entsetzten Gesichtsausdruck sah, prustete er los. »Du müsstest dich gerade selbst sehen.« Er versuchte, ernst zu bleiben, doch es gelang ihm nicht wirklich. »Wenn du es sehen willst, musst du mir nur mein Shirt ausziehen.«

Ray betrachtete mich mit einem verschmitzten Lächeln, während ich meinen Blick erleichtert wieder etwas höher wandern ließ. Also doch nicht Eier am Spieß, sondern nur die Brustwarze! Ich suchte nach dem verräterischen Ringabdruck unter seinem T-Shirt, doch ich sah nichts. Verwirrt sah ich ihn an.

»Wirklich? Du verarschst mich doch, oder?«, fragte ich skeptisch.

Rays Antwort bestand aus einem Augenzwinkern und einem wissenden Lächeln, das mir die Röte in die Wangen trieb. Seine Augen funkelten amüsiert.

Okay, es wurde mir hier eindeutig zu zweideutig. Mein prüdes Herz verkraftete das einfach nicht. Schnell rückte ich wieder etwas von ihm ab und wich seinem Blick aus.

»So, hier sind wir auch schon«, verkündete Ray nach einer Weile. Just in dem Moment, in dem ich mich unauffällig davonschleichen wollte. Erleichtert blieb ich stehen und betrachtete die vierstöckige Wohnheimanlage, die sich vor uns erstreckte. Viel schien auch hier noch nicht los zu sein. Nur ein paar wenige Fenster standen offen und aus einem der Zimmer weiter oben drang leise Musik zu uns herunter. Irgendwo lachten ein paar Mädchen. Der sauer vergorene Geruch nach abgestandenem Bier lag in der Luft und ich hätte lügen müssen, wenn ich behauptet hätte, begeistert von der Wohnheimanlage zu sein. Skeptisch sah ich zu Ray hinüber, der gerade ebenfalls das Gesicht verzog.

»So kurz vor dem Semester lassen alle, die schon hier sind, die Sau raus, bevor die Verwaltungsaufsicht die Zimmer kontrolliert. Deshalb findet hier morgen auch noch eine Party statt. Sehen wir uns da?«

»Ähm … vielleicht. Ich weiß ja noch gar nicht, in welches Wohnheim ich eingeteilt werde«, druckste ich herum, weil mir bei der Vorstellung, mit Ray eventuell das gleiche Wohnheim zu teilen, das Herz in die Hose rutschte. Holy Moly! Jetzt, wo unser Geplänkel vorbei war, wurde ich plötzlich wieder nervös. Ich räusperte mich. »Ich sollte dann mal gehen. Danke fürs Begleiten!«

Unsicher betrachtete ich wieder das Backsteingebäude, an das ein schmaler Anbau grenzte. Der Haupteingang des Wohnheims schien allerdings weiter vorn zu liegen.

»Die Verwaltung ist übrigens da hinten«, sagte Ray, als er meinen Blick bemerkte, und deutete auf den Anbau. »Und kein Ding. Wir sehen uns bestimmt bald wieder.« Er zwinkerte mir zu und zupfte neckisch an einer pinken Haarspitze, bevor er in Richtung des Haupteingangs verschwand. Mit offenem Mund starrte ich ihm hinterher.

# IVY

Ich zwang mich weiterzugehen, korrigierte nervös den Griff um meine Tasche und klopfte schließlich vorsichtig an die Tür der Verwaltung. Drinnen konnte ich gedämpftes Papierrascheln hören, gefolgt vom Piepen eines Druckers. Jemand fluchte leise. Zögernd drückte ich die Klinke nach unten.

»Hallo?« Ich streckte den Kopf in den Raum und sah ein schmales Büro, dessen Innenarchitekt irgendwann in den Siebzigern beschlossen haben musste, dass Matschbraun kombiniert mit Grellorange die Farbkombination schlechthin war. Der Geruch nach Filterkaffee und Mottenkugeln stieg mir in die Nase.

Hinter dem wuchtigen Tresen, der beinahe die Hälfte des Raums einnahm, stand eine füllige Frau mit dem Rücken zu mir und verpasste dem Ungetüm von Drucker gerade einen wütenden Schlag. »Verfluchtes Ding«, fauchte sie. Der Drucker stotterte hilflos vor sich hin.

»Hallo? Kann ich kurz stören?« Zögerlich schob ich mich in den Raum und schloss die Tür hinter mir.

Erst als sie das metallene Klicken der einrastenden Türklinke hörte, drehte sich die Frau mit einem frustrierten Schnauben zu mir herum. Ihre Wangen waren knallrot, Schweiß glänzte auf ihrer Stirn, und sie sah aus, als würde sie vor Hitze und Wut gleich umkippen. Was ich nachvollziehen konnte. Hier drinnen hatte es gefühlte zweihundert Grad. Offensichtlich hatte man in den Siebzigern auch die Aircondition vergessen und stattdessen in braune Vorhänge mit Paisleymuster investiert.

»Was kann ich für dich tun, Mäuschen?«, fragte die Verwaltungsangestellte. Ihre blonden Locken standen in alle Richtungen ab, während sie dem Drucker einen weiteren Schlag verpasste.

»Hi. Ich bin Ivy Bennet.« Unsicher, was ich jetzt tun sollte, beließ ich es bei einem freundlichen Lächeln.

Die Frau seufzte tief und warf dem Drucker einen weiteren giftigen Blick zu, bevor sie sich in ihren Bürostuhl fallen ließ.

»Alles klar, Mädchen, komm her. Nicht schüchtern sein.« Ungeduldig winkte sie mich näher. »Ich bin Libby. Was kann ich für dich tun?«

Zögernd trat ich nach vorn an den Tresen. »Ich bin gerade angekommen. Übermorgen startet mein erstes Semester und ich habe leider meine Anmeldezettel für das Wohnheim … vergessen.« Ein wenig geflunkert, aber es schien mir einleuchtender, als erklären zu müssen, warum meine Zettel völlig durchnässt waren und teilweise in Rays Gesicht klebten.

»Alles klar, kein Problem, Schätzchen, das haben wir gleich«, murmelte Libby, die mit flinken Fingern etwas in ihren Computer eintippte. »Ivy Bennet, wohnhaft in 33109 Miami Beach, ist das korrekt?«

Ich nickte und sah, wie sich eine Falte zwischen Libbys Brauen bildete.

»Hier steht … oh …« Sie warf mir einen schnellen Blick zu. Ein leicht nervöser Zug bildete sich um ihre Mundwinkel, während sie sich räuspernd ein wenig gerader hinsetzte.

Oh, oh. Ich ahnte, was sie gerade über mich gelesen haben musste.

»Miss Redmond …«

Jap, sie wusste es. Kein *Schätzchen* oder *Mäuschen* mehr. Kein *Miss Bennet*.

»Hier steht, dass Sie erst übermorgen anreisen. Ist das ein Fehler?«

»Nein, nein, das ist korrekt. Aber ich bin nun doch schon ein wenig früher angereist. Das ist hoffentlich kein Problem?« Ich schenkte ihr mein freundlichstes Lächeln. Ruhig bleiben. Alles würde gut werden. Ich versuchte, optimistisch zu bleiben, obwohl ich innerlich das genaue Gegenteil fühlte. Mein ganzer Körper verkrampfte sich.

»Miss Redmond ...« Libby zögerte und musterte mich wieder verhalten. »Hier sind strenge Verfahrensvorschriften angeführt, was Ihre Person betrifft. Zum einen ist Ihr Zimmer noch nicht bezugsfertig. Zum anderen steht hier, dass Sie sich ohne ausgewiesenes Begleitschutzpersonal gar nicht auf dem Campus befinden dürfen. Ist denn Ihr Vater oder eine andere erziehungsberechtigte Person bei Ihnen, mit der ich mich deswegen absprechen könnte?«

Meine Lippe zitterte leicht, als ich hineinbiss und zögernd den Kopf schüttelte. So viel zu meinem Plan der wilden Freiheit. Ich hätte wissen müssen, dass mein Vater mir schon im Voraus genug Steine in den Weg legen würde, um mir meinen ersten Tag zu vermiesen. Vielleicht klang ich jetzt kleinlich, aber manchmal hasste ich es, eine Redmond zu sein.

»Nein, ich bin alleine hier«, erklärte ich Libby so ruhig und entschlossen wie möglich, während ich stolz das Kinn hob. »Mein Security sollte aber bald eintreffen. Ich würde nur gern mein Zimmer zugeteilt bekommen, damit ich schon mal einziehen und auspacken kann.«

Libbys Lippen wurden noch eine Spur schmaler, als sie unruhig auf der Tastatur herumtippte. »So leid es mir tut, Miss Redmond ...«

»Ivy.«

»Wie bitte?«

»Bitte nennen Sie mich ruhig Ivy«, bat ich sie sanft.

Augenblicklich entspannten sich Libbys Schultern ein wenig. Jeese! Was hatte Harry denen über mich erzählt? Bestimmt hatte er wieder völlig übertrieben und eine ganze Reihe unnötiger Vorschriften aufgelistet.

»Ivy …« Libby lächelte mich freundlich an und diesmal erreichte es auch ihre Augen. »Ihr Fall ist ein wenig … ungewöhnlich. Die UCF ist ein öffentliches College. Eigentlich sind wir nicht für solche Fälle wie den Ihren vorbereitet. Wären Sie eine normale Studentin, würde ich Sie erst ab dem Zeitpunkt, ab dem Sie sich angemeldet haben, Ihr Zimmer beziehen lassen. Da ich Sie aber nicht frei auf dem Campus herumlaufen lassen kann, werde ich wohl Ihren Vater kontaktieren müssen.«

»Das ist nicht nötig. Er weiß, dass ich hier bin«, unterbrach ich sie freundlich, aber bestimmt. »Gibt es denn wirklich keine Möglichkeit, dass ich mein Zimmer heute schon beziehen kann?«

Libby seufzte und klickte sich wild durch ein paar Dateien. »Sie haben ein Zimmer im angrenzenden Wohnheim. Dorm zwei, also hier …« Sie reichte mir eine Broschüre über den Tresen, klappte eine Doppelseite mit dem Campusplan auf und markierte mit einem Kuli das Y-Gebäude. Daneben war das Foto einer hübschen Latina abgebildet, über deren Kopf das Logo der UCF hing. Darunter stichpunktartig die wichtigsten Regeln des Wohnheims.

»Im ersten Semester haben Sie lediglich Orientierungskurse, unter anderem Literatur, Biologie und Geografie. Zusätzlich können Sie sich aber auch zu Wahlfächern wie Kunst oder Schauspiel anmelden. Ihre Pflichtkurse sind allesamt in der Nähe. Hier, hier und hier.« Bei jedem Hier zeichnete Libby weitere Kreise auf dem

Plan ein. »Ihr Vater hat neben der Zuweisung Ihres Geleitschutzes auch um regelmäßige Kontrollen vonseiten der Hausverwaltung gebeten«, fuhr Libby fort und sah mich dabei mit einer Spur Bedauern an.

Ich weiß! Es war einfach nicht fair. Ich war achtzehn und mein Dad hetzte mir sogar am College ein ganzes Rudel Aufpasser hinterher.

»Soweit ich weiß, ist Ihr Security …« – sie guckte auf ihren Computerbildschirm – »… ein gewisser Ryan MacCain. Ah, und er ist auch bereits angereist. Ihm wurde das Zimmer neben dem Ihren zugeteilt. Ich werde ihn gleich anrufen und Bescheid geben, dass Sie hier sind und er Sie abholen soll. Danach werde ich mich mit Mr Redmond in Verbindung setzen.«

Mein Magen zog sich bei ihren Worten zusammen. Ich atmete ein paarmal tief ein und aus, um mich zu beruhigen. »Wie meinen Sie das, mein Security hat das Zimmer neben meinem?«, bohrte ich nach. Meine Stimme zitterte vor Wut.

Libby sah mich wieder entschuldigend an. »Unsere Zimmer und Sanitäreinrichtungen sind zwar geschlechtergetrennt, aber das Wohnheim selbst ist es nicht. Ihr Vater hat explizit darum gebeten, dass Ihre Begleitung aus Sicherheitsgründen das Zimmer neben dem Ihren beziehen kann. Außerdem wurde um ein Einzelzimmer gebeten.«

»Ein … Einzelzimmer?«, fragte ich und klammerte mich hilflos an den Tresen. »Nein! Das kann nicht sein. Ich habe doch sämtliche Anmeldungen selbst ausgefüllt und mich dabei für ein normales Zimmer samt Mitbewohnerin angemeldet.« Ich hatte mich schon so auf eine Mitbewohnerin gefreut. Fast genauso sehr wie auf die Kurse.

Libby räusperte sich. Ihr war deutlich anzusehen, dass ihr die gesamte Situation unangenehm war. Sie tat mir natürlich auch leid, aber meine Träume stürzten hier gerade ein. Einer nach dem anderen.

»Ich kann leider nur weitergeben, was ich hier in den Dokumenten lese, Miss … Ivy. Ihr Vater zahlt der UCF und der Betreuung dieses Wohnheims eine beachtliche Summe für diese kleinen Extras.« Libby verstummte, als sie meinen Blick einfing. Ich war kurz davor, jemanden umzubringen! Und mit meinem Vater würde ich anfangen.

»Er muss kein Geld zahlen …« presste ich hervor. »Ich habe ein Leistungsstipendium bekommen.« Das Stipendium hätte meine Karte in die Freiheit sein sollen. Ich war zwar kein Genie wie meine Mutter – was sie mir oft genug unter die Nase gerieben hatte –, aber ich hatte trotzdem so lange gebüffelt, bis ich an jedes College meiner Wahl hätte gehen können. Es war mir wichtig gewesen, finanziell unabhängig zu sein, denn das Geld meines Vaters brachte nur Ärger mit sich. Durch das Stipendium hatte ich mir ein Mindestmaß an Freiheit erarbeitet. Die Freiheit zu wählen, an welches College ich gehen wollte, und das war nicht Princeton! Mein Vater hätte sich nicht einmischen dürfen – aber er hatte es dennoch getan.

»Das ist zwar richtig«, fuhr Libby mit ruhiger Stimme fort, »trotzdem kommt Ihr Vater für das Zimmer auf. Ihr Stipendium deckt nur die Gebühren für Ihre Kurse und die dazugehörigen Materialien ab.«

Ich knirschte mit den Zähnen, kniff die Augen zusammen und atmete ein paarmal tief durch. Schnaufend lehnte ich meine Stirn gegen die klebrige Resopalplatte des Tisches. »Ich bring ihn um«, murmelte ich.

»Ach, Liebchen, Kopf hoch. Es ist alles nur halb so schlimm«, flötete Libby, während sie mir unbeholfen und sichtlich peinlich berührt den Kopf tätschelte.

*Nur halb so schlimm?!* Ich war mir ziemlich sicher, dass es sogar doppelt so schlimm war. Libby war vermutlich nur so taktvoll gewesen, mir nur die halb so schlimmen Dinge zu erzählen. Ich wollte gar nicht wissen, was mein Vater sonst noch so alles hinter meinem Rücken arrangiert hatte. Ich wusste, er wollte mich nur beschützen. Aber – *damn it* – es war *mein* Leben! Unser Deal beinhaltete weder, dass er mich ständig kontrollieren ließ, noch dass er sich in meine Wohnheimanmeldung einmischte. *Tja, du hast eben ein Schlupfloch offengelassen. Selbst schuld, wenn du glaubst, einen der besten Geschäftsmänner Amerikas ausstechen zu können.* Argh. Manchmal hasste ich mich selbst.

Ich atmete noch einmal tief ein, bevor ich flehend zu Libby hochsah. »Bitte rufen Sie meinen Vater nicht an. Es hat ohnehin keinen Sinn. Wenn mein Security schon da ist, sollte es reichen, wenn er mich begleitet. Ich werde einfach den Campus erkunden, bis ich mein Zimmer beziehen kann.«

Libby schien mit sich zu kämpfen. Kurz überlegte ich, sie mehr oder weniger unauffällig zu bestechen. Das war zwar keine feine Methode, aber erstaunlich effektiv.

Doch plötzlich nickte sie. »Also schön, Mäuschen. Aber du wanderst nicht auf dem Campus herum, solange deine Begleitung nicht hier ist. Sollte dir unter meiner Aufsicht etwas passieren, bin ich meinen Job los.«

»Okay«, stieß ich dankbar hervor.

Libby nickte noch mal, griff nach dem Telefonhörer, an dem tatsächlich noch eine Schnur hing, und begann eine Nummer einzutippen. Ich hörte es tuten. Einmal, zweimal, dreimal, dann sprang die Mailbox an. Unzufrieden knallte Libby den Hörer wieder auf, nur um gleich noch mal zu wählen. Wieder kam nur die Mailbox. Während Libby weiterhin versuchte, meinen Security zu erreichen, spielte ich wütend an dem eingerissenen Leder meiner Tasche herum. Je länger ich wartete, desto ungeduldiger wurde ich. Nicht, dass ich scharf darauf war, einen Babysitter an die Hacken geklebt zu bekommen. Trotzdem konnte sich der Kerl doch zumindest melden. Immerhin war das sein Job. Meine Träume von Freiheit und Selbstbestimmtheit konnte ich jetzt wohl endgültig in die Tonne werfen.

Libby schien ebenfalls immer ungeduldiger zu werden. Sie stieß ein frustriertes Schnauben aus und wählte erneut. »Sei doch so lieb und geh ihn suchen, Ivy«, sagte sie plötzlich zu mir, während sie weiterhin darauf wartete, dass mein Security endlich an sein Handy ging. »Dritter Stock, Tür B 12.«

»Ich soll ihn holen?«, fragte ich perplex und wenig erfreut.

Sie warf mir einen dieser typisch mütterlichen Blicke zu, die jede weitere Diskussion im Keim erstickten. »Ich kann hier leider nicht weg, Engelchen. Aber ich werde ihn weiter anrufen. Falls er nicht in seinem Zimmer ist, kommst du einfach wieder zu mir runter, okay?«

Nein! Nichts war okay. Trotzdem drehte ich mich um und ging zur Tür. Ich wollte gerade das Büro verlassen, als Libby mir erneut hektisch zuwinkte. Kurz brandete Hoffnung in mir auf, dass sie ihre Meinung spontan geändert hatte. Dass sie einfach beide Augen zudrücken und diese ganze Situation vergessen würde. Doch sie deutete nur auf eine zweite Tür, von der ich dachte, dass sie nur in einen Nebenraum führte. »Nimm den Weg hier, Sweetypie. Da geht es gleich ins Wohnheim, dann musst du nicht außen herum gehen.«

*Ivys Träume. Papierkorb. Löschen.*

»Okay. Danke«, murmelte ich und öffnete die knarrende Tür. Sofort wurde ich von einer Aircondition getroffen, die mir das Haar aus dem Gesicht pustete. Herrlich. Meine Flipflops quietschten auf dem weißen Linoleum, während ich durch einen kurzen Verbindungsgang das Wohnheim betrat.

Neugierig sah ich mich um. Das Wohnheim stammte wahrscheinlich ebenfalls aus den Siebzigern, aber im Vergleich zum Anbau war es deutlich besser in Schuss gehalten. Statt Braun regierten hier Beigetöne, die wohl mal ein Weiß gewesen sein mussten. Der Eingangsbereich war relativ schmal und es roch ziemlich stark nach Zitronenreiniger und alten Turnschuhen. Von hier aus führte eine schmale Treppe nach oben zu den Zimmern und Gemeinschaftsduschen. Im Eingangsbereich selbst gab es abgesehen von einem summenden Getränkeautomaten nur eine staubige Topfpflanze, die in etwa so echt war wie die Nase meiner Mutter. Doch hinter einer Milchglastür konnte ich ein paar Sofas ausmachen. Vermutlich lag dort der Gemeinschaftsraum.

Kurz überlegte ich, mir noch in Ruhe alles anzusehen, bevor ich meinen Security suchte. Ein Teil von mir konnte es trotz des Dämpfers, den mir Libby gerade verpasst hatte, immer noch kaum erwarten, ein echtes Wohnheimzimmer zu sehen. Ein Wohnheimzimmer, das für die nächsten Monate mein Zuhause sein würde. Bis ich mein Zimmer endlich beziehen konnte, könnte ich die Zeit nutzen und schon mal die Gemeinschaftsduschen erkunden. Ich würde dort duschen, wo es Dutzende andere Mädchen auch taten! Zähne putzen, wo es andere auch taten. Allein schon der Gedanke war so aufregend neu und anders, dass ich eine Gänsehaut bekam. Oder ich könnte schon mal den Partykeller suchen. In den Serien gab es immer einen eigenen Raum für Partys. So etwas würde es hier also bestimmt auch geben.

Ein anderer Teil von mir spielte mit dem Gedanken, einfach abzuhauen. Ich könnte diesen MacCain einfach in seinem Zimmer hocken lassen, den restlichen Tag in gestohlener Freiheit genießen und …

Seufzend schob ich mir eine lose Haarsträhne hinters Ohr. Leider war das nur Wunschdenken. Wenn ich jetzt einfach verschwand, war das vermutlich nicht nur dumm, sondern würde auch Libby in Schwierigkeiten bringen, sollte tatsächlich etwas passieren. Das war zwar eher unwahrscheinlich – die kleine Panikattacke vorhin zählte nicht –, aber man konnte schließlich nie wissen. Und so ungern ich es auch zugab, der Security konnte schließlich auch nichts dafür, dass ich mit ihm hier festsaß. Oder er mit mir. Je nachdem, aus welcher Perspektive man es betrachtete. Er war sicherlich auch nicht gerade begeistert davon, monatelang mit einem verwöhnten Mädchen auf einem Collegecampus festzusitzen. Ich sollte also zumindest so viel Anstand zeigen, den Menschen in meinem Umfeld das Leben nicht unnötig schwer zu machen. Denn das hatten sie es mit mir als einer Redmond ohnehin schon genug.

Ich atmete noch mal tief durch, dann setzte ich mich in Bewegung und rannte die Treppe nach oben. Hoffentlich machte mich Ryan MacCain nicht genauso nervös wie Ray.

# RYAN

Ich hasste Gemeinschaftsduschen. Das ganze Gruppenduschen war mir einfach unangenehm. Nicht weil ich ein homophober Idiot war, der dachte, mir würde einer der anderen Typen etwas weggucken, sondern weil ich es absolut eklig fand, die Haare meines Vorduschers vorzufinden. Wenn ich nicht so verschwitzt gewesen wäre, hätte ich mir wohl zuerst noch Badezimmerreiniger und Stahlbürste besorgt. Mein Bedürfnis nach einer kalten Dusche hatte jedoch meinen Ekel besiegt. Vor allem nach der Begegnung mit Haidi. Es hatte geschlagene fünf Minuten gedauert, bis das Engegefühl in meiner Hose nachgelassen hatte.

Seufzend schrubbte ich mir das schaumige Shampoo aus den Haaren, stellte den kalten Strahl ab und schlang mir das bereitgelegte Handtuch um die Hüften. Mit einem zweiten rubbelte ich mir über die Haare und musterte mich im Spiegel gegenüber. Das neue Tattoo an meiner rechten Schulter tat immer noch ein wenig weh, aber der keltische Lebensbaum sah unglaublich gut aus. Die Äste verzweigten sich und verwoben sich kunstvoll mit den anderen Zeichen, die sich bereits meinen Unterarm hinabzogen. Steve hatte ganze Arbeit geleistet. Gedankenversunken sog ich den Ring in meiner Unterlippe ein und merkte, dass sich die kleine Kugel am Ende gelockert hatte. Gerade als ich sie schnell wieder festschraubte, drang ein schnarrendes Geräusch aus einer der anderen Duschen. Jemand spuckte geräuschvoll in den Ausfluss und kurz darauf wankte ein Typ heraus, der meinem Spiegelbild nur ein kurzes Nicken schenkte, bevor er aus dem Bad verschwand.

Jeese! Welcher Trottel war auf die Idee gekommen, Spiegel und Waschbecken gleich gegenüber von offenen Duschen zu installieren? Wenn ich wollte, könnte ich jedem hier auf den nassen Hintern glotzen. Einmal rundum. Zum Glück war ich bis auf den Typen von gerade eben allein. Mein Nervenkostüm war seit meiner Ankunft heute Morgen ohnehin nicht das beste. Und das lag nicht nur daran, dass mir ständig Bilder von Haidis schlanken Beinen und ihren Sommersprossen im Kopf herumschwirrten. Oder von ihren großen blauen Augen. Die Kleine sah aus wie aus einem Manga! Und sie hatte die verdammt noch mal hübschesten Brüste, die jemals versucht hatten, mich zu überfahren. Also deren Besitzerin.

Verdammt! Ich klammerte mich am Waschbecken fest, bis meine Fingerknöchel weiß hervortraten. *Reiß dich zusammen, Ryan.* Ich atmete tief durch. Ja, die Kleine war süß, da gab es nichts zu leugnen. Aber ich hatte einfach keine Zeit, mich zu verlieben. Ich hatte hier einen Scheißjob zu erledigen und bei meinem Glück würde ich Tag und Nacht auf Ivy Redmond aufpassen müssen. Ergo hätte ich auch gar keine Zeit für eine Freundin.

Meine Laune sank noch mehr. Schnell klatschte ich mir das Antitranspirant unter die Achseln und fuhr mir probehalber über das Kinn. Aber da mein Bartwuchs allerhöchstens als spärlich bezeichnet werden konnte, beließ ich es bei einer Grimasse im Spiegel und verließ den dampfenden Duschraum.

Das Zimmer, das man mir direkt neben dem von Ivy Redmond zugewiesen hatte, lag am anderen Ende des Ganges, gleich neben dem Notausgang. Harry hatte sich wirklich um alles gekümmert. Strategisch war es genial, nur leider fror ich mir bei dem Weg den

Arsch ab. So heiß es draußen auch sein mochte, hier drinnen pustete die Aircondition 24/7. In einer Kälte, die schon fast ungemütlich war. Man hatte also die Wahl zwischen Hitzschlag oder Eiszapfen. Da ich auf beides nicht scharf war, durchquerte ich schnell den Flur.

Beinahe wäre ich über meine eigenen Füße gestolpert, als ich vor meiner Tür einen rosa Haarschopf entdeckte. Heilige Scheiße! Da stand tatsächlich Haidi vor meinem Zimmer und sah stirnrunzelnd auf die Zahlen an der schäbigen Tür. B 11. Eigentlich hätte ich B 12 beziehen sollen, doch Harry hatte kurzfristig beschlossen, dass es besser war, wenn meine Klientin näher am Notausgang wohnte.

Aber warum wartete Haidi jetzt vor meiner Tür? Ein vollkommen irrationales Grinsen begann sich in meinem Gesicht auszubreiten. Ich sollte lieber umdrehen und erst wiederkommen, wenn sie weg war. Aber verflucht! Ich wollte mit ihr reden. Die Neugier, herauszufinden, warum sie vor meinem ursprünglichen Zimmer stand, war groß. Leise schlich ich mich an sie heran und stützte mich neben ihr an der Wand ab. Es war erstaunlich, aber noch hatte sie mich nicht bemerkt. Sie war offenbar von der Tagträumerfraktion. Aber irgendwie fand ich das süß. Wie eigentlich alles an ihr.

Genüsslich schnappte ich mir eine ihrer Strähnen, die ich mir um den Finger wickelte, ehe ich sanft daran zupfte. »Hast du dich wieder verlaufen?«

Haidi fuhr herum und starrte mich mit diesen absurd riesigen Augen an. Ihr Mund klappte auf, als sie mich erkannte. Kurz sah es so aus, als wollte sie mir eine schnippische Bemerkung an den Kopf werfen, doch dann landete ihr Blick auf meinem nackten Oberkörper.

Amüsiert verschränkte ich die Arme vor der Brust. »Bevor du mich fragst, ob ich dich stalke … das hier ist mein Zimmer.« Demonstrativ klopfte ich mit den Fingerknöcheln an die dünne Tür von B 11 und sah, wie Haidis Wangen rot wurden.

Sie räusperte sich und funkelte mich wütend an. »Ich sollte dir ein Glöckchen umbinden, damit du dich nächstes Mal nicht so an mich heranschleichen kannst.«

Ich grinste und ließ den Brustmuskel ein wenig zucken. »Wirst du denn jetzt öfter vor meiner Tür auftauchen?« Ich konnte es mir nicht verkneifen, ein wenig mit ihr zu flirten.

»Nein!«, sagte sie schnell. »Ich suche nur jemanden.«

Neugierig legte ich den Kopf schief. »Ich nehme mal an, dieser Jemand bin nicht ich?«

Sie schnaubte und schüttelte so heftig den Kopf, dass ihr Pferdeschwanz wild hin und her schwang. »Nein. Er soll in Zimmer B 12 wohnen. Aber ich glaube, es ist gerade keiner da?«

»Mhm…« Verwirrt musterte ich sie. Warum suchte sie einen Jungen im Zimmer von Ivy Redmond? Und vor allem, warum nervte es mich, dass sie einen anderen Typen suchte? »Ich glaube, du verwechselst da was. In dem Zimmer wohnt noch keiner«, teilte ich ihr trotzdem freundlich mit. »Wen suchst du denn? Vielleicht kenne ich ihn ja?« Unwahrscheinlich, da ich mir die Akte mit den anderen Zimmernachbarn noch nicht angesehen hatte. Aber mit Haidi einen Unbekannten zu suchen, stellte ich mir allemal interessanter vor, als allein in meinem Zimmer zu hocken und Akten zu wälzen.

»Er …« Sie biss sich auf die rosa Unterlippe und sah unsicher zwischen mir und der Tür hin und her. »Ist nicht so wichtig. Wahrscheinlich habe ich nur etwas falsch verstanden. Ich sollte wieder runtergehen.«

Sie wollte gehen? Nein! »Hast du denn dein Zimmer schon zugewiesen bekommen?«, fragte ich schnell nach und versperrte ihr den Weg, als sie an mir vorbeigehen wollte.

Irritiert blieb sie stehen und guckte zu mir hoch. Am liebsten wäre ich ihr sogar noch näher gekommen. Nur ein Schritt und ich hätte ihre entzückenden Sommersprossen zählen können. Aber Haidi schien mir neben dezent durchgeknallt auch ziemlich scheu zu sein. Und ich hatte keine Lust, noch mal Gatorade in die Augen zu bekommen.

»Noch nicht«, sagte Haidi, während ihr Blick auf dem Schriftzug an meinem Rippenbogen hängen blieb. Ein Funkeln trat in ihre blauen Augen. Kurz schien sie abgelenkt zu sein, aber sie hatte sich schnell wieder unter Kontrolle. »Äh, ich kann erst später am Abend einziehen.«

»Weißt du schon, wo?«, bohrte ich nach. Hoffentlich klang ich dabei nicht zu sehr wie ein Stalker. Eigentlich sollte ich lieber die Klappe halten und sie gehen lassen, aber … ich wollte nicht.

Sie legte misstrauisch den Kopf schief. »Ich bin in diesem Wohnheim«, sagte sie vage.

In meinem Inneren ging eine kleine Party ab, aber nach außen hin versuchte ich, cool zu bleiben. »Wenn du willst, kannst du bis zu deinem Einzug bei mir die Zeit totschlagen. Es ist zwar nicht das Ritz, aber Netflix funktioniert«, bot ich unglaublich selbstlos an. Ich war gespannt auf ihre Reaktion. So ganz konnte ich die Kleine noch nicht einschätzen.

Prompt zog sie ein skeptisches Gesicht. »Ist das gerade eine Netflix-and-Chill-Anmache?«

Ich lachte. »Vielleicht. Wir können aber auch etwas anderes machen. Ich ziehe mir nur schnell was an und dann können wir ein Eis essen gehen. Also, falls du nicht zu viel Angst hast, mit deinem Beinahe-Mordopfer Zeit totzuschlagen.«

Sie zuckte zusammen und ein schuldbewusster Ausdruck trat in ihre Augen. Doch sie zögerte immer noch. Sie hatte also eindeutig Bedenken, mit mir allein zu sein. Warum auch immer. Meine Piercings konnten es jedenfalls nicht sein, die hatte sie eher fasziniert angestarrt. Fast so, als hätte sie noch nie welche gesehen. Aber wahrscheinlich wollte sie nur das Wohnheim nicht verlassen, falls der Typ, den sie suchte, doch noch auftauchte. Interessant, wie man einen Kerl nicht ausstehen konnte, obwohl man ihn noch nicht mal kannte.

»Unten im Gemeinschaftsraum gibt es einen Ben-&-Jerry's-Automaten. Wir können dort abhängen«, schlug ich vor, während ich einen Blick aufsetzte, den meine kleine Schwester den *heißen Hundeblick* getauft hatte.

Haidi sah mich an. Eine zarte Röte kroch ihr in die Wangen und zum ersten Mal stieg mir ihr Geruch in die Nase. Sie duftete verführerisch. Ein wenig nach Erdbeere und Seife.

»Okay«, sagte sie schließlich und ich stieß einen inneren Triumphschrei aus.

»Schön! Gib mir fünf Sekunden zum Anziehen.«

Sie schmunzelte. »Klar, ich zähle und gehe schon mal runter.«

Eigentlich wollte ich nicht, dass sie ohne mich ging. Die Angst, dass sie abhaute, sobald ich hinter dieser Tür verschwand, ließ mich seltsam rastlos zurück. Aber da ich sie schlecht hinter mir ins Zimmer zerren konnte, nickte ich nur, schlüpfte an ihr vorbei hinein und warf mir innerhalb von Sekunden eine dunkle Cargo-Short und ein blaues T-Shirt über. Die noch leicht nassen Haare steckte ich wie gewohnt mit einer kleinen Klammer zur Seite und war so schnell wieder draußen, dass ich Ivy noch auf den Stufen einholte.

»Bereit für das Eis deines Lebens?«, wisperte ich ihr ins Ohr. Das erschrockene Keuchen, das ich ihr entlockte, als ich einen Arm um ihre Schulter legte, war einfach nur niedlich.

»Du hast sie doch nicht mehr alle.« Lachend stieß sie meinen Arm von ihrer Schulter.

Ich grinste nur und führte sie in Richtung des Gemeinschaftsraums. Erst jetzt fiel mir ein, dass ich eigentlich mein Handy hatte checken wollen. Es hatte zwar geklingelt, als ich es vorhin zum Aufladen angesteckt hatte, aber da war ich schon auf halbem Weg zu den Duschen gewesen. Egal. Was auch immer es war, es konnte bestimmt noch ein paar Stunden warten.

# IVY

Ich hätte Nein sagen sollen. Ich war mir so sicher, dass Ray nichts als Ärger bedeutete. Vor allem, als ich ihm im Flur wiederbegegnet war. Eigentlich hätte ich in diesem Augenblick sofort umdrehen und in die Verwaltung zurückgehen sollen. MacCain würde sich schon noch melden. Wahrscheinlich war er gerade auf dem Campus unterwegs und würde jeden Augenblick zurückkommen. Bis dahin wollte ich das reiche Anstandstöchterlein mimen und im Wohnheim warten.

Das war zumindest der ursprüngliche Plan gewesen. Mit Ray in der Nähe schien mir die Sache mit dem Bravsein jedoch wie ein Ding der Unmöglichkeit. Alles an ihm sprühte vor Selbstbewusstsein, der Schalk funkelte aus seinen grünen Augen heraus, sodass sich mir die Härchen auf meinen Unterarmen aufstellten.

Während Ray mich durch das Treppenhaus nach unten führte, lief in meinem Kopf *I Knew You Were Trouble* von Taylor Swift in Dauerschleife. Verdattert starrte ich auf seine schlanken Finger, die sich sanft um meine schlossen. Keine Ahnung, wie er es geschafft hatte, plötzlich meine Hand zu halten. Gerade hatte ich noch seinen Arm weggeschubst, im nächsten Augenblick zog er mich auch schon an der Hand hinter sich her. Wenn ich gewollt hätte, hätte ich mich jederzeit von ihm lösen können. Aber … *damn it* … ich wollte nicht. Es fühlte sich einfach zu gut an, seine Finger passten perfekt zwischen meine. Und wie würde es sich erst anfühlen, wenn er mich richtig umarmte? Oder mich an sich presste? Schon im Park war mir aufgefallen, wie ausgesprochen durchtrainiert er war. Es war nicht so, dass einen sein Sixpack erschlug. Aber er hatte einfach unglaublich definierte Brust- und Bauchmuskeln. So was bekam man nicht, wenn man stumpf pumpte, sondern nur, wenn man sich viel bewegte. Über seinen Oberkörper und seine Arme zogen sich schwarze, kunstvoll aufgetragene Tattoos, die extrem gut aussahen. Vor allem der Schriftzug an seinem Rippenbogen hatte es mir angetan. Was auch immer da geschrieben stand, ich wollte unbedingt wissen, was. Nur müsste ich ihn dafür noch mal oben ohne sehen und dabei hoffentlich vor Nervosität nicht in Ohnmacht fallen. Ich bekam immer noch leichte Schnappatmung, wenn ich an den Wassertropfen dachte, der frech unter dem Bund seines tief liegenden Handtuchs verschwunden war. Die Hüftknochen hatten hervorgestanden und zusammen mit der Leiste ein scharfes V gebildet, bei dem … oh Gott.

»Woran denkst du gerade?« Rays Atem streifte meine Wange. Ich zuckte leicht zusammen und sah betont nicht in seine Richtung.

»An was total Ekliges«, murmelte ich und erntete ein ungläubiges Schnauben.

»So siehst du aus, wenn du an etwas Ekliges denkst?«

Ich zuckte mit den Schultern. »Vielleicht? Wie schaue ich denn?«

Er grinste frech. »Als würdest du gleich anfangen zu sabbern.«

Ein ersticktes Lachen brach aus mir heraus. Ray war einfach unmöglich. Mit seinen Tattoos und den Piercings hätte er auch genauso gut von einem anderen Planeten stammen können. Zumindest einem anderen als jenem, von dem ich stammte. Er war so vollkommen anders, als ich erwartet hatte. Und irgendwie schaffte er es, eine Schale zu knacken, von der ich gedacht hatte, dass sie mich für immer umhüllt hätte. Aber es tat gut, mit ihm herumzualbern. Und Ray schien es zu gefallen, wie ich über ihn – oder eigentlich über mich selbst – lachte.

Plötzlich spürte ich eine flüchtige, kaum wahrnehmbare Berührung an meinen Haarspitzen. Es war nur ganz sanft und zart, aber er schien eindeutig Kontakt zu mir zu suchen. Ich ließ es zu und tat so, als hätte ich es nicht bemerkt. Irgendwie gefiel es mir, wie er an meinen Haaren – meinen neuen Haaren – herumspielte. Und es gefiel mir, dass ihm mein neues Selbst sympathisch war. Mein Herz tat einen glücklichen Sprung, hielt jedoch jäh inne, als wir die Tür zur Verwaltung passierten. Zögernd blieb ich stehen. Ach ja, da war ja noch was.

»Geh schon mal vor«, sagte ich und deutete in Richtung des Gemeinschaftsraums. »Ich muss nur schnell Bescheid geben, dass ich … äh … hier bin.« Oh Gott! Lahmer ging es wirklich nicht.

Ray schien das ähnlich zu sehen, denn er starrte mich verwirrt an. »Du musst in der Verwaltung Bescheid geben, dass du mit mir ein Eis isst?«

»Äh, ja, so in etwa.« Bevor er weiterbohren konnte, huschte ich durch den Verbindungsgang zur Tür, klopfte schnell und streckte den Kopf hinein. »Libby?«

»Ja, Mäuschen?« Die krausen blonden Locken tauchten hinter dem grässlichen Drucker auf.

»Haben Sie meinen Security schon erreicht?«, erkundigte ich mich, während ich einen nervösen Blick hinter mich warf. Doch Ray war bereits in Richtung Gemeinschaftsraum verschwunden und ich konnte nur noch seine Schuhe auf dem Linoleum quietschen hören.

»Noch nicht, Liebes. Hast du ihn denn oben gefunden?«

»Äh … ja«, flunkerte ich. Hoffentlich sah ich nicht genauso schuldig aus, wie ich mich fühlte. »Sie können also aufhören, ihn anzurufen. Ich bin im Gemeinschaftsraum, falls Sie mich brauchen.«

»Sehr schön, danke fürs Bescheid geben, Liebes!« Libby ächzte, als sie einen Packen Papier hochhob und neben dem Drucker ablegte. »Ich hole dich dann, sobald dein Zimmer bezugsfertig ist.«

»Danke!« Schnell lief ich zurück. Dabei musste ich mich streng zurückhalten, um nicht vor Aufregung wie eine Irre zu quietschen. Ich hatte jetzt ein Eis-Date!

# RYAN

Ihr Lachen war mit Abstand das Schönste, was ich jemals gehört hatte. Hölle, klang das kitschig und abgedroschen. Normalerweise hätte ich mich für so einen Gedanken selbst ausgelacht, wenn es nicht so verdammt wahr gewesen wäre. Ich musste mich wirklich zusammenreißen, sie nicht die ganze Zeit anzustarren. Zum Glück schien sie auch etwas durchgeknallt zu sein, sonst wäre der Gentleman in mir wahrscheinlich sofort auf die Knie gegangen und hätte um ihre Hand angehalten. So ein Lachen sollte verboten werden.

Während ich schon mal in den Gemeinschaftsraum ging, überlegte ich, welches Eis Haidi wohl gerne aß. Dem diabetesfördernden Inhalt ihrer Handtasche nach zu urteilen, galt bei ihr wohl die Regel *je mehr, desto besser*, weshalb ich für uns beide Chocolate Caramel Cookie Dough herausließ. Und weil ich ein Sadist war, nahm ich nur eine große Packung, damit wir sie uns teilen mussten. Oder konnten. Oder durften, was auch immer. Während die Packung in die Öffnung runterpolterte, musste ich wieder an Haidis Gesichtsausdruck denken, als sie zur Verwaltung gelaufen war. Es schien, als hätte sie ein schlechtes Gewissen. Aber weshalb? Sollte ich fragen, was sie bedrückte? Seit sie mich bei der Verbindung niedergerannt hatte, kam sie mir irgendwie angespannt vor. Sie versuchte es zwar zu verbergen, aber die leicht hochgezogenen Schultern und das nervöse Zurückstreichen ihrer Haare verrieten, dass sie irgendwas beunruhigte. Nur was? Mein antrainierter Beschützerinstinkt war sofort angesprungen, und ich suchte schon die ganze Zeit an ihrer Haltung und dem Flackern in ihren Augen nach Anzeichen dafür, was der Grund für ihr zurückhaltendes Verhalten sein könnte. Aber was auch immer es war, das ihr Kummer bereitete, es ging mich nichts an. Haidi war nicht mein Job.

Ich warf einen kurzen Blick aus der Tür und musste grinsen, als ich Haidi aus der Verwaltung zurückkommen sah. Sie schien in Gedanken noch ganz woanders zu sein, doch mit jedem Schritt wurde ihr Lächeln breiter. Damit sie mich nicht dabei erwischte, wie ich sie anstarrte, warf ich mich auf das Ledersofa, das unter meinem Gewicht knarrte. Keine Ahnung, wer auf die grandiose Idee gekommen war, Kunstleder als Bezug zu wählen. Wahrscheinlich der gleiche Idiot, der auch Spiegel neben offenen Duschen installierte. Jedenfalls klebte ich innerhalb von Sekunden auf dem schmutzigen Bezug fest. Ich wollte gar nicht wissen, woher die Flecken auf dem Sofa kamen.

»Hey! Sorry, dass du warten musstest«, sagte Haidi und setzte sich im Schneidersitz mir gegenüber. Ich zog meine Beine ein und rutschte ein Stück zurück, um ihr Platz zu machen.

»Kein Problem. Eis?« Ich hielt den Kübel des ateriösen Verderbens in die Höhe. Sofort begannen Haidis Augen zu leuchten.

»Ich liebe diese Sorte«, rief Haidi.

Amüsiert betrachtete ich ihr vor Freude strahlendes Gesicht, bevor ich mich wieder zusammenriss, den Deckel abnahm und ihr einen der beiden Holzlöffel reichte. Mit Feuereifer stach sie in die cremige Masse und schaufelte sich so viel Eis in den Mund, dass sie Backen bekam wie ein Hamster.

»Oh Gog, ig bin im Eifimmel!« Stöhnend schloss sie die Augen und leckte anschließend genüsslich über die Lippen.

Scheiße! Schnell sah ich weg und nahm mir einen großen Löffel Eis. Erst Sekunden später wurde mir klar, was für einen gigantischen Fehler ich gemacht hatte. »Aaaah! Hirnfrost.« Fluchend umklammerte ich meinen Schädel und hörte, wie Haidi mich auslachte.

»Anfänger!« Sie spachtelte noch mehr Eis in sich hinein und ich merkte, dass meine geniale Aufreißerstrategie, uns ein Eis zu teilen, kläglich versagte. Haidi verputzte deutlich mehr als die Hälfte ganz allein. In Rekordgeschwindigkeit.

»He, lass mir auch was!«, forderte ich und stach in die Eismasse, wobei sich unsere Holzlöffel kreuzten. Herausfordernd funkelten wir uns über den Rand des Bechers hinweg an.

»Niemals. Alles meins!« Sie lachte und stieß meinen Stiel zur Seite.

»Willst du mich etwa herausfordern?« Ich zog provozierend eine Augenbraue hoch. »Ich warne dich. Ich kann Jiu-Jitsu!« Was nicht mal gelogen war. Es war Teil der Ausbildung gewesen.

»Jetzt habe ich aber Angst!«, zog sie mich auf. »Und ich kann Zumba auf der Wii! Also überleg es dir gut, ob du wirklich mein Eis essen willst!«

»*Dein* Eis?«

»Mein Schatz.« Sie zog den Kübel an sich. Aber ich weigerte mich, loszulassen und ließ mich von ihr mitziehen, sodass sich unsere Nasenspitzen fast berührten.

Ich unterdrückte ein Lachen, als Haidi mich herausfordernd anfunkelte. Wärme breitete sich in meinem gesamten Körper aus, während wir uns mit Blicken maßen. In diesem Augenblick musste ich meine Meinung revidieren: Haidi hatte keine Angst.

Während meiner Ausbildung hatte ich oft Angst in den Augen meiner Kollegen gesehen. Wir hatten oft genug geübt, Gefühle anhand von Mimik und Gestik zu erkennen. Das Zucken einer Augenbraue verriet manchmal mehr über eine Person als der Müll, der aus ihrem Mund kam. Aber Haidi war kein ängstlicher Mensch. Ihr Blick sprühte voller Entschlossenheit, Lebensfreude und einer Energie, die mich vollkommen gefangen nahm und meine Finger zittern ließ. Nein, Haidi hatte keine Angst. Im Gegensatz zu mir. Denn das hier jagte mir einen Heidenbammel ein. Wann hatte ich mich das letzte Mal so gefühlt? Wenn überhaupt jemals, musste es schon sehr lange her sein.

Ihr Atem streifte meine Lippen. Ihr Geruch stieg mir in die Nase und reizte meine Sinne. Schon nach wenigen Atemzügen hatte ich das Gefühl, high zu sein. Fasziniert betrachtete ich ihr Gesicht. Ich zählte fünf Sommersprossen auf ihrem Nasenrücken. Drei Flecken auf ihrem linken Wangenknochen. Sechs auf dem rechten. Drei Punkte befanden sich direkt über ihrer linken Augenbraue. Wie ein Sternbild auf einer Himmelskarte. Am liebsten würde ich diese drei Punkte nachfahren. Die Finger über ihre Haut wandern lassen, mich in ihrem langen Haar vergraben. Mich an ihr festklammern. Sie an mich ziehen und …

»Habe ich was im Gesicht?«

»Was?« Verwirrt starrte ich sie an. Sie runzelte die Stirn, was die drei Sommersprossen über ihrer Augenbraue zum Tanzen brachte.

»Habe ich was im Gesicht oder warum guckst du so komisch?«, wiederholte sie langsam, als wäre ich verrückt. Was ich auch war: verrückt nach Haidi.

»Du hast da Sommersprossen«, murmelte ich, und bevor ich mich zurückhalten konnte, griff ich nach vorn und fuhr die drei Punkte an ihrer Stirn nach. »Die sind so blass. Beinahe silbern. Warum?«

Haidi sah mich mit großen Augen an. Und dieser Augenaufschlag. Fuck! Ich war hier gerade dabei, mich in ernsthafte Probleme zu manövrieren. Mayday! Houston, wir haben ein Problem! Es hieß Haidi und war gerade dabei, mich mit drei Sommersprossen in den emotionalen Ruin zu treiben.

»Ich lasse mir die Sommersprossen bleichen«, antwortete Haidi zögerlich. »Die da …«, sie zeigte auf ihre Nase, »… sind die einzigen, die übrig geblieben sind. Ich weiß, dass es komisch aussieht. Normalerweise trage ich Make-up, um sie zu überdecken.« Haidi wurde rot und rückte ein Stück von mir ab. Ihre Hände glitten von dem Eis ab, das inzwischen schon beinahe komplett geschmolzen war. Na ja, zumindest der mickrige Rest, den sie übrig gelassen hatte.

»Man kann Sommersprossen bleichen lassen?«, fragte ich perplex. »Warum zur Hölle sollte man so was tun?«

Ich bereute die Worte bereits in dem Augenblick, in dem sie aus meinem Mund kamen. Etwas Dunkles trat in Haidis Augen und wieder nahm ich diesen Ausdruck von Furcht … nein, von Gehetztheit wahr. Als würde sie vor etwas davonlaufen. Aber wovor? Hing es etwa damit zusammen, dass sie sich ihre Sommersprossen hatte bleichen lassen? Oh Gott! Vielleicht hatte sie einen Ex, der so bescheuert gewesen war, nicht jeden einzelnen dieser wundervollen Sprenkel anzubeten? Ich würde ihn so was von töten!

»Ja, ich weiß, es ist bescheuert«, meinte Haidi und riss mich aus meinen Gedanken, die gerade stark gegen das fünfte Gebot verstießen. »Es hat auch extrem wehgetan.« Sie lachte künstlich und schnitt eine gequälte Grimasse. »Meine Haut war Wochen später noch rot und total aufgequollen. Außerdem bringt es nicht viel. Sobald ich rausgehe, kommen diese blöden Dinger nach und ich muss sie wieder bleichen lassen.«

Ich stellte den geschmolzenen Pott Eis auf dem Boden ab und setzte mich bequemer hin. »Du solltest damit aufhören. Deine Sommersprossen sind wunderschön«, erklärte ich ihr sachlich und sah mit Genugtuung, wie sich die dunklen Schatten vor Überraschung aus dem klaren Blau ihrer Augen zurückzogen.

»Meinst du das ernst?«

»Todernst! Wenn du willst, werde ich jeder einzelnen deiner wundervollen Sommersprossen ein eigenes Sonett widmen.«

Ein verhaltenes Lächeln huschte über ihr Gesicht. »Flirtest du gerade mit mir?«

»Gerade? Die ganze Zeit schon! Aber wie schön, dass es dir auffällt, dann kann ich mir das Sonett vielleicht doch sparen«, sagte ich und schenkte ihr mein bestes Bad-Boy-Grinsen.

Haidi lachte und stützte dabei das Kinn in ihrer Hand ab. »Sonett, ja? Warum kein Haiku?«

»Was zum Teufel soll das sein?«

»Ein japanisches Gedicht mit einer 5-7-5-Silbenstruktur.«

»Äh … ich kann kein Japanisch«, gestand ich.

Haidi biss sich auf die Unterlippe und legte den Kopf schief, sodass ihr das Haar ins Gesicht fiel. Hastig strich sie es zurück, doch als sie merkte, dass sich ihr Zopf gelöst hatte, zog sie das Haargummi ab, sodass ihr Haar in ungebundenen Locken hinabfiel. »Haikus müssen nicht Japanisch sein. Hier ein Beispiel.« Sie räusperte sich.

*»Wenn ich dich sehe,*
*Denke ich, wie es wohl schmeckt,*
*Wenn wir uns küssen.«*

Ach. Du. Scheiße. Mein Mund wurde trocken. In mir zog sich etwas zusammen, von dem ich nicht mal gewusst hatte, dass es sich zusammenziehen konnte, während mein Herz davonjagte. Hatte sie gerade wirklich das gesagt, von dem ich dachte, dass sie es gesagt hatte? Das war … das war … »Das war … das schlechteste Gedicht, das ich jemals gehört habe«, flüsterte ich rau. »Das reimt sich ja nicht mal.«

Sie lachte und grunzte dabei ein wenig. Schnell schlug sie die Hand vor den Mund, um das Geräusch zu dämpfen, aber ich hörte es trotzdem deutlich heraus. Oh Himmel! Wenn sie das noch mal tat, würde ich sterben. Oder sie küssen. Leider gab es keine Option mehr dazwischen.

»Haikus müssen sich nicht reimen. Es kommt nur auf die Silbenzahl an.«

»Das ist bescheuert!«

»Das ist eben ein Haiku.«

»Dann sind Haikus bescheuert.«

Plötzlich wurde sie ernst und schob beleidigt die Unterlippe vor. »Na gut, dann eben nicht«, sagte sie und sah weg.

Oh Shit! Ich musste mir dringend etwas einfallen lassen, wenn ich dieses Grunzen noch mal hören wollte. Und das wollte ich. Unbedingt. Schnell räusperte ich mich.

*»Wenn ich seh dein Haar,*
*Packt mich das Verlangen,*
*Daran zu ziehen.«*

Ich griff nach vorn, wickelte mir eine der seidigen Strähnen um den Finger und zog daran, bis Haidi gezwungen war, den Kopf in meine Richtung zu lehnen. Endlich war sie wieder da, wo ich sie haben wollte. Höchstens drei Zentimeter von meinem Mund entfernt. Träge lächelte ich sie an. »Und? Habe ich das gut haikutisiert?«

»G...g...ganz hervorragend«, hauchte sie. Ihre Augen wurden immer größer. Was allerdings auch daran liegen konnte, dass ich immer noch sanft an ihren Haaren zog.

»Du bist dran«, murmelte ich und streichelte mit der anderen Hand über ihr Knie. Schreckte sie zurück? War ich ihr zu nah? Zu schnell? Zu aufdringlich? Hatte ich überhaupt noch die Kontrolle über das, was ich hier tat? Die Antwort war in allen Fällen: nein. Zumindest sah ich weder Angst oder Ablehnung noch jenen gehetzten Ausdruck in ihren Augen. Nur dieses überwältigende Blau, das gerade dabei war, mich zu verschlingen.

*»Blau war die Farbe,*
*Mit der ich dich überfuhr,*
*Meines Barbie Cars.«*

»Das war sogar noch furchtbarer als das letzte Haiku«, wisperte ich.

Sie schluckte. Dabei war sie mir so nah, dass mir das leichte Zittern ihrer Lippen nicht entging. »Sorry. Denken fällt mir gerade ein wenig schwer«, gab sie zu.

»Mache ich dich etwa nervös?«, fragte ich.

»Ziemlich.«

»Gut«, flüsterte ich. Nur noch die Dicke eines Papierblatts trennte unsere Lippen. Ein Hauch von Nichts. Und doch war sie da, die Grenze, die ich nicht überschreiten sollte. Keine Ahnung, wann genau – wahrscheinlich zwischen dem grottigen Haiku eins und dem noch grottigeren Haiku zwei – war meine Hand von ihrem Knie zu ihrem Gesicht hochgewandert. Sanft umfasste ich ihre Wange und streichelte mit dem Daumen über ihr Kinn. Am Rand ihrer vollen Unterlippe entlang. Zitternd öffnete sie sich unter meiner Berührung. Plötzlich gab es kein Halten mehr, ich pfiff auf das Leben, die Konsequenzen, die blöden sich nicht reimenden Haikus, überbrückte den Hauch von Nichts zwischen uns und küsste Haidi.

# IVY

Plötzlich lagen seine Lippen auf meinen. Weiche Kurven, die sich an mich schmiegten und nach süßem Schokoladeneis schmeckten. Rays Unterlippe war ein wenig voller als die obere, und ich konnte spüren, wie sein Piercing meinen Mundwinkel berührte. Hatte ich zuvor noch gedacht, dass sich der silberne Ring kalt und wie ein Fremdgegenstand anfühlen würde, so wurde ich nun vom kompletten Gegenteil überrascht. Das Metall war beinahe heiß, während Ray seine Hände von meiner Wange nach oben in meine Haare wandern ließ. Ich fühlte jeden Zentimeter, den er dabei berührte. Gänsehaut breitete sich schrittweise von jener Stelle aus, die seine Fingerkuppen streiften, und ein kalter Schauer rieselte mir den Rücken hinab.

Mein erster Instinkt war, mich loszureißen. Immerhin wurde ich gerade von einem praktisch Fremden geküsst. Ich kannte nicht mal Rays Nachnamen. Doch ich blieb still. Mein Herz raste vor Aufregung und ich fühlte, wie etwas in mir nachgab. Etwas, was ich viel zu lange unterdrückt hatte. Es war zwar Ray gewesen, der seine Lippen vorsichtig auf meine gelegt hatte, der seine Hände langsam in meinen Haaren vergraben hatte, aber ich war es schließlich, die ihn näher zog und seinen Kuss erwiderte.

Ray stöhnte leise, als ich meine Fingerspitzen hilflos in sein Shirt krallte. Vermutlich hatte er in diesem Augenblick genauso wenig Kontrolle über sich selbst wie ich über mich. Seine Zunge stupste neckisch gegen meine und kurz darauf spürte ich den silbernen Stift ein wenig rau über meine Zunge kratzen. Gänsehaut breitete sich auf meinem ganzen Körper aus. Mein Atem beschleunigte sich und das Blut rauschte mir so laut in den Ohren, dass ich nichts anderes mehr hörte als das hektische Klopfen meines Herzens. Rays Herz schlug nicht minder schnell unter meinen Handflächen. Langsam ließ ich meine Hände zu seinen Haaren wandern. Die kleine Klammer hatte sich gelöst, sodass mir die dunklen Strähnen wie Seide durch die Finger flossen.

»Was … was machen wir da?«, japste ich.

Ray grinste. Es war ein solch verschmitztes Bad-Boy-Lächeln, dass sich mein gesamter Körper anspannte.

»Wir können uns ja darauf einigen, dass wir zusammen unseren Horizont erweitern«, flüsterte er und hauchte federleichte Küsse auf meine Kehle. Flatternd senkten sich meine Wimpern. Seine Hände lösten sich von meinen Haaren und streichelten langsam über meine nackten Arme.

»Ich glaube nicht, dass ich gerade einen Horizont habe«, gestand ich.

Ich spürte sein Lächeln an meiner Haut. »Sondern?« Er ließ seine Hände sanft zu meinen Schultern hochwandern, sodass ich erneut eine Gänsehaut bekam.

»Keine Ahnung.« Scharf sog ich die Luft ein, als er einen weiteren Kuss auf meine Kehle hauchte. »Wie nennt man das, wenn man etwas unglaublich Dummes tun will?«

»Abenteuerlust?«, schlug er vor, sog mein Ohrläppchen ein und biss sanft hinein. Das Piercing in seiner Zunge reizte meine empfindliche Haut noch zusätzlich.

»Oh Gott! …«

Ray drückte mich sanft aufs Sofa zurück. Während seine Finger durch meine Haare wühlten, beugte er sich über mich und knabberte neckisch an meiner Unterlippe. Mein ganzer Körper bebte, als aus dem Knabbern wieder ein Kuss wurde und seine Zunge meine berührte. Sein Geschmack explodierte in meinem Mund und …

»Ivy! Liebes, bist du da? Ist Ryan bei dir?«

Ich erstarrte.

Die Frauenstimme hallte wie ein Pistolenschuss durch den Raum und brachte die wundervolle Seifenblase um uns herum zum Platzen. Plötzlich stürmte die gesamte Umwelt wieder auf mich ein. Ich roch den künstlichen Zitronenreiniger, hörte das Ächzen der Aircondition … aber vor allem spürte ich, wie Ray sich versteifte. Seine Finger gruben sich in meine Haut, bevor er mich abrupt losließ und so schnell aufsprang, dass das Leder des Sofas knarrte.

Sofort vermisste ich seine Wärme und einen Moment lang war ich völlig desorientiert. Was passierte hier gerade?

»Ivy, Liebes? Wo bis… Oh, Ryan, wie schön, dich zu sehen! Ich hätte dich vorhin schon fast als vermisst gemeldet.« Libby stieß ein glucksendes Lachen aus, das nur verzerrt bei mir ankam.

Erschrocken setzte ich mich ebenfalls auf und versuchte verzweifelt, meine Haare glatt zu streichen. Libbys rotwangiges Gesicht strahlte mich über das Sofa hinweg an. Nein, streng genommen lächelte sie uns beide an. Mein Blick huschte kurz zu Ray, der wie eine aufgeschreckte Katze neben mir stand – die Haare immer noch von meinen Händen zerwühlt. Er starrte die Sekretärin an, als wäre er gerade Zeuge eines Autounfalls geworden.

»Wa…was?«, stammelte ich und lenkte Libbys Konzentration dadurch wieder auf mich. Ich hatte keine Ahnung, ob sie die Situation gerade richtig deutete oder nicht. Aber wenn sich zwei

Teenager schwer atmend im gleichen Raum befanden und nicht wagten, sich in die Augen zu sehen, gab es eigentlich nur wenig Spielraum für Interpretationen.

Libby lächelte jedoch nur unverbindlich und winkte mich zu sich. »Könntest du kurz mitkommen, Ivy? Mr Redmond ist in der Leitung und möchte mit dir sprechen.« Dann wandte sie sich an Ray. »Und mit dir auch, Ryan. Offensichtlich hat er dich genauso erfolglos zu erreichen versucht wie seine Tochter.«

Ray zuckte so heftig zusammen, dass ich endlich aus meiner Starre hochschreckte. »Was? Das ist Ray.« Verwirrt sah ich zu Ray, der mich voller Panik anstarrte. Und es war dieser Ausdruck des puren Entsetzens, der bei mir den Groschen fallen und etwas in mir zu Eis gefrieren ließ. Angefangen mit meinen Lippen, die zuvor noch gebrannt hatten von seinem Kuss. Nein! Das konnte nicht wahr sein.

»Ray? Oh, du meinst Ryan! Ihr habt also schon Spitznamen füreinander? Wie schön. Es wird deinen Vater sicher freuen, wenn er hört, dass ihr bereits gut miteinander auskommt. Ich glaube, er hatte diesbezüglich ein wenig Sorgen.«

»Hatte er das?« Mit zitternden Beinen stand ich auf. Meine Knochen ächzten. Eventuell drang ein ähnlich kläglicher Laut auch aus meinem Mund.

Ryans Kiefer waren angespannt, während er hastig in eine Ecke starrte. Sein Gesicht war sogar noch eine Spur blasser geworden. Das durfte nicht wahr sein. Verzweifelt hoffte ich darauf, dass Ray mich ansah. Dass er mir sagte, dass das alles nur eine dumme Verwechselung war! Ich wollte wieder dieses spitzbübische Grinsen um seine Mundwinkel sehen. Ich wollte hören, dass er Ray war. Ein einfacher Student. Ein normaler Typ mit unmöglichen Tattoos und Piercings. Nicht Ryan MacCain. Nicht der verdeckte Begleitschutz, den mir mein Vater aufs Auge gedrückt hatte, und für den ich nur ein Job war.

Sämtliche Luft wich aus meinen Lungen und alles, was mich den gesamten Tag über zusammengehalten hatte, zerbrach vor meinen Augen in Tausende kleine Stücke. Die ganze Aufregung, meine Träume, meine Hoffnungen, Rays – beziehungsweise Ryans – Kuss ... Das alles fiel in sich zusammen wie ein Kartenhaus.

Wie betäubt wandte ich mich wieder an Libby. »Mein Vater will mit mir reden?«

Sie nickte gutmütig. »Es klingt, als würde er sich große Sorgen um dich machen. Er hat weder dich noch Ryan auf dem Handy erreichen können.« Sie warf uns beiden einen tadelnden Blick zu. Aus dem Augenwinkel sah ich, dass Ryan die Zähne so fest zusammenbiss, dass sein Kiefer spannte.

»Ich habe mein Handy im Auto vergessen«, erklärte ich tonlos und folgte Libby in ihr Büro.

Ob Ryan uns auch nachkam, konnte ich nicht sagen, aber ich hoffte, dass er dort stehen blieb. Am besten für immer. Die aufsteigende Demütigung und bittere Enttäuschung schnitt mit jedem Schritt tiefer in meine Brust ein. Warum tat mein Herz schon so weh, wenn wir uns gerade erst kennengelernt hatten?

Mit tauben Fingern nahm ich den Hörer entgegen, den Libby mir reichte, und hielt mir das altmodische Ding ans Ohr. Es roch nach Schweiß und fühlte sich unangenehm schmierig an. Am liebsten hätte ich gleich wieder aufgelegt.

»Hallo?«, hauchte ich.

Mein Vater schnaubte. »Wo ist dein Handy?«

»Im Auto«, erklärte ich tonlos.

»Was tut es da?«

»Rumliegen.«

»Bist du von allen guten Geistern verlassen?«, schrie mich mein Vater an. Gott sei Dank waren diese alten Hörer so schlecht, dass sie schon beinahe als schallgedämpft durchgingen. Mit meinem Hightechlautsprecher hätte es mir sonst das Trommelfell durchgeblasen. »Du kannst doch nicht einfach verschwinden und dann auch noch unerreichbar bleiben. Ich sterbe hier vor Sorge um dich!«

»Tut mir leid«, sagte ich zaghaft. Ich wusste, dass er sich wirklich Sorgen gemacht hatte. Es war ihm deutlich anzuhören. Aber er erstickte mich damit. Nicht mal zweihundertfünfzig Meilen konnten ihn davon abhalten, mich ständig kontrollieren zu wollen. Und zwar mithilfe von Ryan MacCain, der geräuschlos hinter mich getreten war. Ich hatte ihn zwar nicht kommen gesehen, aber meine Nackenhaare hatten sich auf einmal aufgestellt.

Mein Vater schnaubte. »Du bist einfach unverantwortlich.«

»Ich weiß.« Das war ich wirklich. Der Beweis stand gerade hinter mir und atmete in meinen Nacken.

»Diese Sache kann nur funktionieren, wenn ich dir vertrauen kann, Ivy. Und im Augenblick zweifle ich daran, dass du bereits verantwortungsbewusst genug bist, um so viel Selbstständigkeit aufzubringen.«

»Ich weiß, aber …«

»Nichts aber, Ivy! Seit heute Morgen beweist du mir andauernd, wie jung du noch bist. Ich hätte auf mein Bauchgefühl hören sollen. Ich hätte dieser Collegesache nie zustimmen sollen.« Mein Vater schnaubte. »Ein Jahr soziale Arbeit in meiner Firma hätte dir bestimmt gutgetan. Vor allem, um ein wenig mehr über Verantwortung zu lernen. Und danach hättest du wie deine Mutter in Princeton studieren können. Sie ist übrigens gerade unten und hat schon das dritte Glas Bordeaux hinter sich. Wir sind maßlos …«

»Mutter hat immer das dritte Glas hinter sich. Egal, was los ist«, erwiderte ich plötzlich gereizt. Meine Finger krampften sich um den Hörer.

Mein Vater konnte mich gerne wegen meiner Fehler bzw. meiner Unverantwortlichkeit anbrüllen und zurechtweisen. Aber nicht wegen der Trinkerei meiner Mutter. Diesen Hut setzte ich mir nicht auf – und mein Vater ihn mir normalerweise auch nicht.

Ich machte mich schon bereit, mir mit ihm ein saftiges Schreiduell zu liefern, als mir eine große Hand sanft, aber bestimmt den Hörer aus der Hand nahm. Überrumpelt sah ich zu Ryan hinauf.

»Mr Redmond? Hier ist Ryan MacCain. Sie wollten mich sprechen?«, erkundigte er sich ruhig. Mir fiel auf, wie professionell er plötzlich klang. Wie ein Security. Was er ja auch war.

Mein Vater schrie etwas in den Hörer. Ich konnte zwar kein Wort verstehen, aber es klang nicht gerade freundlich. Die meisten Leute warfen bei diesem Ton ihre Nerven weg. Ryan schien sich davon jedoch nur minder beeindrucken zu lassen. Hätte er nicht die andere Hand zu einer Faust geballt, hätte ich ihm niemals angemerkt, dass er nervös war. Was tat er da? Beschützte er mich etwa gerade vor meinem eigenen Vater? Vor lauter Verwirrung schaffte ich es nicht, den Blick von ihm zu lösen. Stattdessen beobachtete ich gebannt sein Mienenspiel, während er penibel darauf achtete, nicht in meine Richtung zu sehen.

»Ich verstehe, Sir«, sagte Ryan gelassen. »Natürlich.« Er lächelte gequält. »Nein. Sie müssen sich keine Sorgen machen. Das Zimmer ist bezugsfertig. Es gab allerdings eine kurzfristige Änderung mit den Zimmernummern. Ivy wird Zimmer B 12 beziehen, damit sie näher am Notausgang ist.«

Aha. Mir wurde gerade so einiges klar.

Plötzlich umklammerte Ryan den Hörer so fest, dass seine Fingerknöchel weiß hervortraten. »Natürlich. Nein. Ich werde ihr persönlich helfen, die Sachen in ihr Zimmer zu bringen. Sowohl ihre Stundenpläne als auch der grobe Tagesablauf sind Ihnen schon zugeschickt worden. Mein Vater hat ebenfalls eine Kopie mitgenommen. Er sollte eigentlich bald in Miami ankommen. Ich … nein …« Endlich warf er mir einen Blick zu. Seine Augen blitzten wütend. »Nein, ich dachte, Ihre Tochter käme erst übermorgen an.«

Aha. Daher wehte also der Wind. Schnaubend verschränkte ich die Arme vor der Brust. Ich würde nicht allein die Verantwortung für dieses Verwechslungsspiel übernehmen. Schließlich war er mein Bodyguard! Hätte er nicht wissen müssen, wie ich aussah?

»Nein, es ist kein Problem. Ich habe alles im Griff«, log Ryan aalglatt. »Natürlich. Ja, grüßen Sie meinen Vater von mir. Natürlich. Hier …« Ryan warf mir den Hörer wieder zu. Hektisch fing ich ihn auf und hielt ihn mir ans Ohr.

»Ja?«, fragte ich patzig.

Mein Vater seufzte. »Halte dich an Ryan, okay? Ich weiß, du wolltest keinen Geleitschutz, aber ohne jemanden, der ein Auge auf dich hat, könnte ich keine Nacht mehr ruhig schlafen.«

»Wird er mir jetzt ständig an den Hacken kleben?«, erkundigte ich mich, obwohl wir dieses Thema schon mehrmals durchgekaut hatten. Nur, dass ich damals eben noch nicht gewusst hatte, dass ich mit dem Security schon am ersten Tag wild rumknutschen würde.

Mein Dad schnaubte. »Natürlich nicht. Sein Dienstplan ist flexibel auf deine Aktivitäten ausgerichtet. Er wird mit dir zu deinen Vorlesungen gehen. Und er wird dich begleiten, wenn du den Campus verlässt.«

»Und?«, bohrte ich nach. Wen wollte er für blöd verkaufen? Es gab immer ein »Und«. Eine versteckte Klausel, einen Unterpunkt, den er verschweigen wollte.

Mein Vater zögerte kurz. »Er wird dich auch begleiten, falls du ausgehst oder dich mit Freunden triffst. Aber er hat strikte Anweisung erhalten, dich dabei nicht zu stören. Er wird im Hintergrund bleiben und nur in Notfällen eingreifen.«

»Toll«, brachte ich hervor.

»Sei nett zu ihm«, bat mich mein Vater. »Seine Abschlussergebnisse waren hervorragend. Er wird seinen Job gut machen, solange du ihm nicht das Leben unnötig schwer machst.«

»Okay. Ich melde mich später wieder. Falls du wissen willst, ob ich auch aufs Klo gehen konnte.«

Mein Vater schnaubte. »Der arme Junge …«, murmelte er, bevor er auflegte.

Wütend funkelte ich den Plastikhörer an und gab ihn dann Libby zurück. »Also, kann ich jetzt einziehen?«

Sie nickte und händigte mir lächelnd zwei weiße Schlüsselkarten aus. »Verlier sie nicht!«, ermahnte sie mich. »Mit ihnen kommst du nicht nur in das Wohnheim und in dein Zimmer. Hier ist auch dein Essensgeld für die Cafeteria drauf. Dein Vater hat bereits Geld aufbuchen lassen. Für den Fall, dass du sie trotzdem verlierst, hat Ryan eine Ersatzkarte.«

»Natürlich hat er eine«, sagte ich und steckte die weißen Plastikkarten in meine Hosentasche. Die Handtasche hatte ich vor lauter Panik im Gemeinschaftsraum vergessen.

»Wie bitte?«

Ich lächelte freundlich. »Nichts. Danke schön.«

»Ach, Liebes. Das wird schon!« Sie tätschelte mir gutmütig die Hand.

Ich schenkte ihr ein schmales Lächeln, bevor ich mich langsam zu Ryan umdrehte. Er stand mit verschränkten Armen in der Tür und sah genauso angepisst aus, wie ich mich fühlte. Na, das konnte ja noch heiter werden.

# RYAN

Fuck. Ich würde meinen Job verlieren. Ich hatte es versaut. Meine Reputation war dahin; mein Leben als Security vorbei, bevor es überhaupt begonnen hatte.

Wie konnte ich nur so blöd sein und nicht erkennen, wer Haidi wirklich war? Ivy H. Redmond. Das H stand für Haidi. Verdammter Mist! Wieso hatte ich Harry nicht weiter danach gefragt? Es war eine gängige Taktik, sich mit dem zweiten Vornamen vorzustellen. Wie dämlich konnte man eigentlich sein? Ich hätte wissen müssen, wie sie aussah. Aber alles, was ich zuvor von ihr gesehen hatte, war ein Foto gewesen, das dem Original ungefähr so ähnlich sah wie ich Frankenstein. Einmal davon abgesehen, dass sie auf dem Foto vollständig blond gewesen war, musste sie ihre Sommersprossen unter einer zentnerschweren Schicht von Make-up versteckt haben. Nicht mal ihre Gesichtszüge ähnelten denen auf dem Foto. Aber vielleicht hatte sie diese Sache mit den Pinseln und Farben gemacht, dieses … wie nannte man das noch mal … Contouring? Zudem hatte sie auf dem Foto ein elegantes Chanel-Kostüm getragen und kein tanzendes Einhorn! Ich war davon ausgegangen, dass sie genau so aussah, und mit einem Aufgebot von ihrem Vater und ein paar begleitenden Securitys kommen würde.

Scheiße! Wenn herauskam, dass ich mit der Tochter meines Auftraggebers herumgeknutscht hatte, würde es mich Kopf und

Kragen kosten. Die Angst davor war so erstickend, dass es mir für einen Moment die Kehle zuschnürte. Wieso hatte ich sie überhaupt geküsst? Und vor allem die Art, wie ich sie geküsst hatte, war das Werk eines Fachidioten gewesen. Kein unschuldiger, verspielter Kuss, wie ich es geplant hatte – okay, zugegeben, nichts von der ganzen Aktion gerade eben war geplant gewesen. Schon gar nicht, wie katastrophal es geendet hatte. Aber ich hätte es nie so weit kommen lassen dürfen.

»Also bin ich dann wohl der Kerl, den du vorhin gesucht hast, oder?«, durchbrach ich das eisige Schweigen, das zwischen uns herrschte, seit wir die Verwaltung verlassen hatten. Ich war noch nie gut darin gewesen, die Klappe zu halten. Vor allem nicht in Situationen, die mir unangenehm waren. Und die hier kam eindeutig in die Top Ten.

Ivy funkelte mich böse an. Es sah fast so aus, als würde sie gleich Eispfeile aus ihren Augen schießen. Nach dem Telefonat mit ihrem Vater hatten wir uns auf den Weg zu ihrem Auto gemacht, um ihre Sachen zu holen, damit sie endlich neben mir einziehen konnte. Und ich hatte ihrem Vater versprochen, ihr dabei zu helfen.

Gedankenversunken beobachtete ich, wie Ivy ein paar Schritte vor mir auf den Parkplatz zusteuerte. Die Haare fielen ihr offen über die Schultern und ich musste wieder daran denken, wie ich vorhin meine Hände in den weichen Strähnen vergraben hatte. Etwas, das ich verflucht noch mal bleiben lassen sollte. Sie war mein *Job*. Es war meine Aufgabe, sie zu beschützen. Und das war's. Wir hatten uns zwar gegenseitig in diesen Schlamassel hineinmanövriert, aber jetzt mussten wir da schnellstmöglich wieder heraus. Sonst konnte ich nicht für ihre Sicherheit garantieren – von meinem Seelenfrieden ganz zu schweigen.

Aber ich hatte keine Ahnung, was wir jetzt machen sollten. Wir schafften es ja nicht mal, uns in die Augen zu sehen. Die Spannung von vorhin war immer noch spürbar, und jede Bewegung fühlte sich irgendwie merkwürdig und falsch an. Als hätte man uns plötzlich gezwungen, in eine komplett andere Richtung zu gehen.

Ich atmete ein paarmal tief durch. Cool bleiben. Ich musste das Ganze irgendwie wieder geradebiegen. Egal, wie, und egal, ob es sich anfühlte, als würden mir sämtliche Zähne gleichzeitig gezogen.

»Sollten wir uns vielleicht mal vorstellen, damit wir endlich wissen, wen wir vor uns haben?«, witzelte ich schwach.

Ivy blieb stehen und musterte mich mit hochgezogener Augenbraue. »Schön. Hi, ich bin Ivy Redmond. Achtzehn Jahre alt. Steinbock im Sternzeichen. Aber was rede ich da? Das weißt du bestimmt schon alles aus meiner Akte, mein Daddy bezahlt dich ja schließlich dafür, mir hinterherzuspionieren.«

Knirschend biss ich die Zähne zusammen und erwiderte ihren herausfordernden Blick. Sie wollte mich unter der Gürtellinie treffen? Bitte schön, das konnte ich auch. Ich legte ein träges Lächeln auf meine Lippen und beugte mich so weit vor, dass mir ihr Duft in die Nase stieg. »Hallo, freut mich, dich kennenzulernen, Ivy. Ich bin Ryan MacCain. Neunzehn Jahre alt. Skorpion im Sternzeichen und der Pechvogel, der das kurze Stäbchen gezogen hat, weshalb er jetzt sinnlose zwei Jahre mit einem reichen, verwöhnten Gör am College festsitzt. Ich freue mich schon sehr darauf, dich morgens aus dem Bett zu werfen, dir das Pausenbrot zu schmieren und dich davon abzuhalten, dir mit Jello Shots die Birne wegzuschießen.« Meine Stimme zitterte vor unterdrückter Wut. Auf sie. Auf mich. Auf diese ganze Situation.

»MacCain?«, echote Haidi langsam, als würde sie erst jetzt begreifen, wer ich war.

»Ja, ich nehme an, du kennst meinen Dad. Immerhin ist er der Bodyguard deines Vaters. Hast du dich vorher nicht erkundigt, wer dich babysitten darf?«

»Nein.«

»Das ist verdammt dumm von dir.«

»Ja, fast so dumm, wie mich nicht zu erkennen«, fauchte sie. »Oder hast du es gewusst?« Sie funkelte mich wütend an.

Fuck! Diese blauen Augen. Ihre Emotionen huschten so schnell durch das Blau, dass es mich an das Zusammenballen von Sturmwolken erinnerte.

»Was gewusst?«, fragte ich und musste mich im gleichen Augenblick räuspern, weil ich klang, als hätte ich einen Frosch verschluckt.

»Wer ich bin.« Ivys Unterlippe zitterte. Schnell biss sie drauf und straffte die Schultern. »War das alles nur eine Art blöder Scherz oder so?«

»Was? Nein!«, fuhr ich sie an. Mein aktuelles Gefühlschaos schlug wieder in Wut um. Das war gut. Wut war besser als … das andere Zeug.

»Wie kannst du mich dann nicht erkannt haben?« Ihre kleinen Hände ballten sich zu Fäusten. »Du musst doch meine Akte gelesen haben. Du musst doch ein Foto von mir gesehen haben. Wie kannst du mich da nicht erkannt haben?«

Tja, das war die Frage, die ich mir schon die ganze Zeit stellte. Wie konnte ich sie nicht erkannt haben? War ich blind gewesen? Scharf? Ein Idiot? Offensichtlich. Nur würde ich das ihr gegenüber niemals zugeben. Meine Stimme schlug von wütend zu provokant spöttisch um. »Auf dem Foto hast du ganz anders ausgesehen. Wo sagtest du hast du dein Chanel-Kostüm gelassen?«

Ivy presste die Lippen zusammen, ihre Nasenflügel bebten. Schließlich stieß sie einen Seufzer aus und ließ sich gegen ihre blaue Karre sinken, die wir inzwischen erreicht hatten. Offenbar hatte sie es nicht eilig, auszupacken. Sie verschränkte die Arme vor der Brust und funkelte mich an. Aber leider nicht auf die gleiche heiße Art wie vorhin. Sie versuchte sichtlich, ruhig zu bleiben. Was ihr in etwa so gut gelang wie mir. Nämlich gar nicht.

»Hör zu, Ryan. Ich bin hier, um endlich leben zu können. Du warst die Bedingung dafür«, begann sie.

»Aha?« Genervt von dieser ganzen Situation hob ich eine Augenbraue und sah, wie sie wieder die Zähne zusammenbiss.

Ihre Brust hob und senkte sich, als sie tief durchatmete und nach Worten suchte. Scheiße, ich wusste ja selbst nicht, wie ich mich verhalten sollte. Vor einer Viertelstunde war sie noch mein heißer Aufriss gewesen und jetzt war sie … mein Job.

»Hör zu«, sagte Ivy nach ein paar Sekunden, in denen wir uns nur ratlos angestarrt hatten. »Ich darf hier nur studieren, weil du mich begleitest, und ich werde versuchen, uns das nächste Semester nicht unnötig schwer zu machen, indem ich dir davonlaufe, aber …«

Ich verschränkte ebenfalls die Oberarme vor der Brust und wartete, was als Nächstes kam. Ivy atmete noch einmal tief durch.

»… aber trotzdem will ich keinen Typen, der mir ständig an den Fersen klebt. So wird es verdammt schwer für mich, Freunde zu finden. Oder überhaupt ein normales Studentenleben zu führen. Du machst nur deinen Job, das weiß ich, aber bitte …« Sie sah aus, als würde sie jeden Moment davonlaufen. Was ich ihr nicht verübeln konnte. Ich würde am liebsten auch wegrennen.

Ivy räusperte sich. »Ich werde niemandem davon erzählen, was gerade zwischen uns … passiert ist.« Ihre Wangen wurden feuerrot. Meine wahrscheinlich auch, doch gleichzeitig atmete ich erleichtert auf. Sie würde also nicht petzen. Dem Himmel sei Dank. »Im Gegenzug«, fuhr sie fort, »hältst du die Klappe über alles, was meinen Vater dazu bewegen könnte, mich von der UCF zu holen.«

»Das da wäre?«, erkundigte ich mich argwöhnisch.

Ivy schnaubte. »Praktisch alles, was nicht mit schlafen, essen und lernen zu tun hat. Vor allem …« Zögernd biss sie sich auf die Unterlippe, bevor sie noch mal neu ansetzte. »Vor allem …« Sie schluckte und sah mich frustriert an.

Ich versuchte, meinen Gesichtsausdruck so unbewegt wie möglich zu halten. »Ist das dann alles, Miss Redmond?«, fragte ich kalt. Viel zu kalt. Mein Herz schlug immer noch schnell, wenn ich an unseren Kuss dachte, aber mein Hirn war mit der ganzen Situation so überfordert, dass ich es nicht schaffte, wirkliches Feingefühl zu zeigen.

Sie zuckte zusammen. Ihre Lippen wurden schmal. Sie sah aus, als wollte sie noch etwas sagen, doch dann nickte sie nur. Auch gut. Wortlos sahen wir uns an, bis das Schweigen zwischen uns immer unangenehmer wurde. Ivy trat von einem Fuß auf den anderen. Öffnete ein paarmal den Mund, nur um ihn gleich wieder zu schließen.

Plötzlich drehte sie sich ruckartig um und riss die Kofferraumtür auf. Erschrocken sprang ich zurück, als uns eine Flut an schlecht geschlossenen Umzugskartons und 7-Eleven-Tüten entgegenkam. Ivy fluchte. Ein wenig fassungslos schauten wir auf Kleider, BHs, Handtücher, Cremes und Dutzende andere Sachen, die sich auf der heißen Straße verteilt hatten.

»Na toll«, sagte Ivy, bevor sie sich bückte und damit anfing, alles achtlos in die geknickten Kartons zurückzuwerfen.

Was hatte sie nur gemacht? Das Ganze sah aus, als hätte sie all ihre Sachen mit Gewalt in das kleine Cabriolet gequetscht. Ich starrte einen Moment lang auf ihren gekrümmten Rücken, bevor ich mich ebenfalls bückte und begann, ihr beim Aufräumen zu helfen. BHs und sämtliche andere prekären Kleidungsstücke ließ ich liegen und hob stattdessen ihre T-Shirts, Röcke und Shorts auf, die aussahen, als hätte sie die gerade erst im Walmart gekauft. Ich hatte eigentlich Gucci-Taschen, Jimmy Choos und Chanel-Schnickschnack erwartet, aber nicht … Verwirrt starrte ich auf das gelbe Minion-Shirt in meiner Hand. Was sollte das? Kein Wunder, dass ich sie nicht erkannt hatte. Ivy war … seltsam. Ich sah kurz zu ihr. Eine Frage brannte mir auf der Zunge, doch ich schluckte sie hinunter.

Nachdem wir alle Kleidungsstücke wieder eingesammelt und die unzähligen Einkaufstüten in den Umzugskisten verstaut hatten, wuchtete ich mir drei Kartons übereinander auf die Arme. Ich hatte erwartet, dass Ivy mich alles allein tragen lassen würde, doch sie hatte sich ohne zu zögern die restlichen Kisten geschnappt. Es waren zwar nur zwei, aber sie schien eindeutig Probleme damit zu haben, das geballte Gewicht zu stemmen. Zu meiner Überraschung beschwerte sie sich nicht ein einziges Mal. Stoisch trug sie die Kisten zurück ins Wohnheim und die Stufen zu ihrem Zimmer hoch, obwohl ihre Arme sichtlich zitterten.

Ich ließ Ivy ein paar Schritte vor mir gehen, damit ich sie besser im Blick hatte. Dadurch hatte ich eine perfekte Sicht auf ihren Hintern, der sich bei jedem Schritt rhythmisch anspannte. Die Short, die sie trug, endete kurz unterhalb ihrer Pobacken. Verfluchte Scheiße! Ich stolperte über die letzte Stufe.

»Alles okay?«, schnaufte Ivy. Irritiert sah sie dabei zu, wie ich hektisch die Kartons in meinen Armen ausbalancierte.

Ich schluckte und ging wortlos an ihr vorbei. Ich konnte nicht. *Wir* konnten nicht.

# IVY

Ryan ging einfach an mir vorbei. Sein Gesichtsausdruck war genauso aussagekräftig wie die weiße Wand neben uns. Also null. Vor meiner Tür blieb er stehen und ließ die Kartons einfach fallen. Mit einem lauten Knall landeten sie auf dem Boden. Der Deckel des obersten Kartons sprang auf und ein Flipflop hüpfte heraus. Ryan verzog keine Miene und sah mich abwartend an.

Provozierend hob ich eine Augenbraue. Was guckte er so dumm? Er hätte mir ja nicht helfen müssen.

Am liebsten hätte ich ihm eine gescheuert. Oder mir selbst für so viel Dummheit. Aber ich tat es nicht. Denn im Grunde waren wir beide für diesen Schlamassel verantwortlich. Obwohl er der Sohn des Security meines Vaters war, hatten wir uns heute zum ersten Mal gesehen. Er hatte nicht damit rechnen können, mich heute zu treffen. Genauso wenig, wie ich auf die Idee gekommen war, dass mein Bodyguard bereits an der UCF sein könnte. Niemand hatte mir davon erzählt. Ich hatte nicht mal gewusst, dass Harry einen Sohn hatte, der ebenfalls im Security-Geschäft arbeitete. Aber das war meine eigene Schuld, denn ich hatte nicht wissen wollen, wer meinen Babysitter spielen würde. Er würde schließlich noch früh genug auf der Matte stehen. Natürlich war es auch ein bisschen aus Trotz gewesen. Okay, aus sehr, sehr viel Trotz. Ich konnte eben manchmal ziemlich … dumm sein. Ein dämliches, naives Mädchen, das einfach mal etwas erleben wollte, ohne dass seine Eltern sich ständig einmischten. Ich hatte mich so sehr nach dem Leben gesehnt, dass ich mich dem nächstbesten Typen an den Hals geworfen hatte. Es stand mir also nicht zu, sauer auf Ryan zu sein. Auch wenn er sich gerade wie ein arroganter Arsch aufführte. Ich war verletzt, ohne wirklich zu wissen, warum. Dabei war Ryan im Grunde nur … Im Prinzip war er nur ein Aufriss. Und ich der seine. Wir schuldeten uns nichts und selbst mir war klar, dass es nicht klug war, sich mit dem eigenen Bodyguard einzulassen. Falls herauskommen sollte, dass Ryan etwas mit seiner Klientin hatte, könnte er seinen Job und seine Reputation verlieren. Und so, wie ich meinen Vater kannte, würde er dafür sorgen, dass Ryan danach höchstens noch als Tellerwäscher Arbeit bekam. Ich konnte Ryans Verhalten also durchaus nachvollziehen. Trotzdem fühlte ich mich … verletzt.

Ryan blickte mich immer noch mit ausdrucksloser Miene an. Aber was er konnte, konnte ich schon lange. Wortlos schloss ich die Tür auf und war überrascht, dass Ryan mir – ohne zu zögern – half, die Kisten ins Zimmer zu bringen. Seine tätowierten Armmuskeln spannten sich an, als er erst alle drei Kartons auf einmal hineinbrachte und mir schließlich auch noch meine abnahm. Eine Geste, die ich fast nett gefunden hätte. Wenn er dabei nicht so genervt ausgesehen hätte.

Am liebsten hätte ich ihm gesagt, dass er mir nicht helfen musste, wenn es ihm so offensichtlich gegen den Strich ging. Aber ich hielt mich zurück. Die Stimmung zwischen uns war schon so geladen, dass ein falsches Wort gereicht hätte, um uns zum Explodieren zu bringen.

Nachdem wir alle Umzugskartons reingebracht hatten, sah ich mich neugierig um. Mein Puls stolperte kurz, als ich mein neues Zimmer betrachtete. Die Ernüchterung darüber, dass ich es für immer alleine bewohnen würde, machte den Einzug weit weniger aufregend, als ich ihn mir vorgestellt hatte. Auch die Ausstattung war irgendwie nicht so *mindblowing*, wie ich es erwartet hatte. Der Raum war sehr spärlich eingerichtet: Links an der Wand des Acht-Quadratmeter-Raums stand ein schmales Bett, und ansonsten gab es nur einen Schreibtisch, einen Schrank und einen Spiegel. Mehr nicht. Der Prospekt, den Libby mir vor ein paar Stunden in die Hand gedrückt hatte und der ein paar Zimmer zeigte, präsentierte eindeutig nicht dieses hier. Aber wenigstens sah die Matratze neu aus.

Ich spürte, wie Ryan mich beobachtete, und versuchte, nicht ganz so enttäuscht auszusehen, wie ich mich gerade fühlte. Nein, das hier war eindeutig nicht das Ritz.

Seufzend begann ich in einer der Kisten herumzuwühlen, in der ich meinen Laptop vermutete. Ich suchte gerade nach Steckdosen, um ihn aufzuladen, als mir auffiel, dass Ryan immer noch im Zimmer stand. Ein wenig wie bestellt und nicht abgeholt.

»Danke, Ryan«, sagte ich betont freundlich. »Du kannst gehen. Ich werde dich heute nicht mehr brauchen.«

Ryan zögerte kurz, doch dann nickte er langsam. »Hast du heute eigentlich schon was gegessen?«

Mein Magen knurrte bei dem Wort *gegessen*. Und das nicht ohne Grund. Schließlich war es inzwischen schon später Nachmittag und ich hatte seit dem Frühstück nichts mehr als einen Kaffee getrunken. Trotzdem winkte ich ab und machte mich daran, den Mini-Kühlschrank, den ich im Walmart gekauft hatte, auszupacken. »Schon gut. Du musst mich nicht füttern.«

Er verdrehte die Augen. »Hast du oder hast du nicht?«

»Ich habe noch was Süßes in der Tasche«, antwortete ich abwesend.

Ryan seufzte. »Ich meinte: Hast du heute eigentlich schon was … *halbwegs Gesundes* gegessen?«

»Ich komme schon klar, Ryan. Danke.« Meine Stimme klang unglaublich müde und meine Augen brannten. Ryan sollte einfach verschwinden. Ich brauchte dringend etwas Luft zum Atmen. Zeit für mich allein. Um über all das nachzudenken, was heute schiefgegangen war – und was ich tun musste, damit ich es nicht noch schlimmer machte. Im Grunde sehnte ich mich nur noch danach, in mein Bett zu fallen und erst dann aufzuwachen, wenn die Welt wieder bunt und schön war. Oder es Pancakes zum Frühstück gab.

Ryan nickte nur und wenig später schloss sich die Tür mit einem Klicken.

Ich versuchte, mich wieder auf den Kühlschrank zu konzentrieren, doch die Anleitung ergab einfach keinen Sinn. Müde rieb ich mir die Stirn und gab es auf, diesen Kühlschrank heute noch aufbauen zu wollen. Wenn ich meine Klamotten auspackte, sollte das für heute auch reichen.

Beim Auspacken und Zusammenlegen meiner Wäsche fiel mir zum ersten Mal auf, wie chaotisch ich eingekauft hatte. In meinem Rausch hatte ich einfach alles in den Korb geworfen, was mir billig, bunt und vor allem nützlich vorgekommen war, sodass ich jetzt unverhältnismäßig viele Socken hatte, aber nur vier Unterhosen sowie einige Shirts, die mir zwei Nummern zu groß waren. Aber egal. Im schlimmsten Fall konnte ich einen Knoten hineinmachen und es als bauchfreies Top tragen. Aber was hatte ich mir nur bei dem quietschgelben Minion-Shirt gedacht? Wahrscheinlich ähnlich viel wie bei den Einhornsocken.

Kopfschüttelnd betrachtete ich die bunten Sachen. Mein Leben lang hatten die Farben elegantes Schwarz, schlichtes Nude und schmeichelndes Dunkelblau meine Welt dominiert. Meine Mutter hatte mir bis vor Kurzem sogar noch die Kleidung für den nächsten Tag herausgelegt. Ich war achtzehn, verdammt noch mal! Ich wollte selbst entscheiden, was ich anzog. Ich wollte selbst entscheiden, was ich aß und was ich in meiner Freizeit machte. Im Grunde hatte ich keine Ahnung, wer ich eigentlich war. Was ich mochte oder was ich tun würde, wenn ich selbst entscheiden könnte. Ich wollte auch endlich meine eigene Meinung sagen können. Nicht nur die Dinge, die von mir erwartet wurden. Ich wollte das aussprechen, was ich wirklich fühlte. Und ich wollte mit dieser Meinung gehört und respektiert werden.

Und wahrscheinlich war das auch der Grund, warum ich im Walmart etwas eskaliert war und einfach alles, was Farbe hatte, in den Einkaufswagen geworfen hatte. Völlig egal, ob es zu kitschig, zu klein, zu groß oder zu mädchenhaft war. Aber aus Angst, dass mir jemand diese Dinge – diese Entscheidungsfreiheit – wieder wegnehmen könnte, hatte ich einfach alles zusammengerafft, was ich hatte finden können. Die nächsten Tage würde ich die Sachen aussortieren, die mir doch nicht gefielen.

Völlig fertig ließ ich mich auf die nackte Matratze fallen und federte ein paarmal auf und ab. Sie roch neu. Ein wenig nach Chemikalien und überhaupt nicht nach Zuhause. Plötzlich kam mir der Gedanke, dass es mit Ryan vielleicht genauso war wie bei meiner neuen Kleidung. Ich hatte endlich die Möglichkeit gehabt, mir selbst einen Jungen auszusuchen – einen der *mir* gefiel und nicht meiner Mutter –, dass ich wohl ein bisschen übers Ziel hinausgeschossen war. Dabei hatte ich mich von meinem Übermut leiten lassen und meinen gesunden Menschenverstand einfach über Bord geworfen. Ich hatte es vermasselt.

Schnell wischte ich mir über die Augen und setzte mich auf. Wahrscheinlich musste ich einfach ein wenig schlafen. Es war immerhin ein langer, aufwühlender Tag gewesen. Und ich hatte heute mehr geschuftet, als ich es gewohnt war. Es war gar nicht so einfach, Selbstständigkeit zu erreichen, wenn man immer jemanden um sich hatte, der sich um alles kümmerte. Und die wenigen Male, bei denen ich es selbst versucht hatte – und sei es nur das Rasenmähen –, hatte meine Mutter dafür gesorgt, dass mein Tatendrang im Keim erstickte. Beim letzten Mal, als ich die Einkäufe ins Haus getragen hatte, war eine Ming-Vase zu Bruch gegangen. Das hatte sie mir nie verziehen. Maria, unser Hausmädchen, war die Einzige gewesen, die mir mehr zugetraut hatte, als hübsche Kleidchen zu tragen und höfliche Konversation zu betreiben. Selbst wenn ihre Versuche, mir das Kochen beizubringen, meist in einer Katastrophe geendet hatten. Maria hatte sich davon nie aufhalten lassen. Egal wie miserabel das Endergebnis danach auch ausgesehen hatte. Sie meinte, solange ich lernen wollte, würde sie nicht aufhören, es mir beizubringen. Auch wenn es ewig dauern würde. Bei der Erinnerung an Marias fröhlichen mexikanischen Akzent, der unsere große sterile Küche mit Leben erfüllt hatte, zog sich meine Brust schmerzhaft zusammen. Ich vermisste sie.

Ein plötzliches Klopfen riss mich aus meinen Gedanken. »Ja?«

Ryan steckte den Kopf ins Zimmer und musterte mich stirnrunzelnd. »Ich habe was zu essen mitgebracht«, verkündete er und stellte ein paar Plastiktüten, aus denen es verdächtig nach chinesischem Essen roch, auf meinen Schreibtisch. Noch während ich ihn verblüfft ansah, drehte er sich auch schon wieder um und knallte die Tür hinter sich zu.

»Nimm's wieder mit! Ich kann mir selber Essen bestellen«, schrie ich die Tür an.

Als Antwort knallte auch seine Zimmertür zu. Na toll. Finster starrte ich das Essen an, das unschuldig zurücksah und meine Nase mit seinen verführerischen Düften anlockte. Ich konnte es förmlich nach mir rufen hören.

Nein! Ich würde nicht auf die dunkle Seite wechseln – auch wenn sie chinesisches Essen hatte. Mein Magen knurrte vorwurfsvoll. Schließlich konnte ich dem Geruch nicht länger widerstehen und lief etwas ungelenk zum Schreibtisch. Seufzend öffnete ich die oberste Box, nahm eine Frühlingsrolle und biss genüsslich hinein. Hmm, lecker.

Als die Tür plötzlich wieder aufgerissen wurde, kleckerte ich mir vor Schreck prompt das T-Shirt voll. Ich wollte mir gar nicht vorstellen, wie dämlich ich gerade aussah.

»Waf if daf denn?«, nuschelte ich perplex und starrte auf die weiche Decke samt Kissen, die Ryan auf mein Bett geworfen hatte.

Ryan verdrehte die Augen. »Nach was sieht es denn aus? Morgen gehen wir deinen Sicherheitsplan für Notfälle durch. Wenn du raus willst, sag Bescheid.«

»Ähm … okay?«, nuschelte ich völlig verdattert, doch mein Security war schon wieder im Flur verschwunden. Ich hörte das scharfe Zuknallen seiner Tür und war wieder allein mit Frühlingsrollen, Chili-Shrimps, Rindfleisch süß-sauer. Und Ryans Duft, der überall im Raum hing.

# RYAN

Ich schloss die Tür hinter mir und musste erst einmal tief durchatmen. Im Nebenzimmer konnte ich Ivy herumlaufen hören. Ich stellte mir vor, wie sie wieder im Schneidersitz in diesem winzigen Zimmer saß, von Kartons umzingelt, die sie eindeutig selbst gepackt hatte, und ihr Zimmer einrichtete. Wäre ich nicht so überfordert mit dieser Situation gewesen, hätte ich mich neben sie gesetzt, mit ihr gegessen und ihr geholfen auszupacken. Wir hätten uns ausgesprochen, uns versöhnt und Ivy hätte wieder gelacht. Aber … ich konnte nicht. Vermutlich verhielt ich mich gerade wie ein Arschloch, aber ich wollte dieser Unterhaltung aus dem Weg gehen. Vielleicht hätten wir auch nur im Raum gesessen, etwas gegessen und uns angeschwiegen. Was ich aber auch nicht wollte. Okay, das Rindfleisch schon, aber das unangenehme Schweigen nicht. Weshalb ich also lieber hungrig in meinem Zimmer hockte und mich wie ein Vollidiot fühlte. Mein Karma war ohnehin nicht mehr zu retten.

Seufzend zog ich mir das verschwitzte Shirt aus und streckte mich auf der nackten Matratze aus. Ivy hatte ja jetzt meine Decke und das Polster. Irgendwo musste ich noch einen Schlafsack eingepackt haben, aber mir war gerade viel zu heiß dafür. Um mich abzulenken, versuchte ich, mich auf den aufgewirbelten Staub zu konzentrieren, der überall im Zimmer herumtanzte, doch meine Gedanken wanderten immer wieder zu Ivy. Als mein Handy vibrierte, ignorierte ich es. Aber schließlich griff ich doch danach. Ich wusste, was kam. Um es so schnell und schmerzlos wie möglich hinter mich zu bringen, scrollte ich durch die eingegangenen Nachrichten. Elf insgesamt. Fünf von Carl Redmond. Drei von meinem Vater. Zwei von meiner Mutter. Und eine … mein Herzschlag setzte kurz aus. Mein Daumen verweilte über der Nummer, die seit Jahren nicht mehr dort aufgetaucht war. Zumindest nicht auf meinem Handy. Warum ausgerechnet heute?

Nach all den Jahren hatte ich es inzwischen aufgegeben, auf eine Rückmeldung zu warten, auch wenn ich ihm beinahe wöchentlich auf die Mailbox sprach. Die ganze Familie hielt es so. Ohne zu wissen, ob er die Nachrichten überhaupt jemals abhörte.

Da war er wieder. Der Grund, warum ich hier war. Warum ich all das tat und warum ich Ivy auf Abstand halten musste. Meine Kehle war plötzlich staubtrocken. Ich überlegte kurz, zögerte. Doch im nächsten Augenblick, noch bevor mein Hirn die Entscheidung wieder zurücknehmen konnte, drückte ich auf die grüne Taste und hielt mir das Handy ans Ohr. Ich lauschte dem leisen Tuten. Mein ganzer Körper war steinhart vor Anspannung. Wahrscheinlich hörte ich auch auf zu atmen. Zumindest so lange, bis das Tuten von einer Stimme abgelöst wurde, die ich seit langer Zeit nicht mehr gehört hatte.

»Hallo, Ryan …«

# IVY

Das Geräusch einer zuschlagenden Tür weckte mich. Seltsam. Normalerweise schlief ich wie ein Stein. Mein Vater zog mich gerne damit auf, dass um mich herum die Welt untergehen könnte – und ich würde einfach weiterschlafen. Allerdings hatte ich auch nicht sonderlich gut geschlafen, da ich ungemütlich verrenkt eingeschlafen war. Der Laptop, auf dem immer noch eine Folge *Supernatural* lief, tauchte den Raum in blaues Licht.

Desorientiert blinzelte ich die Decke über mir an. Sie kam mir nicht bekannt vor. Genauso wenig wie der Rest des Zimmers. Wo zum Teufel war i… oh, im Wohnheim. Gähnend rieb ich mir die Augen. Nachdem ich den Laptop zugeklappt und auf dem Boden abgestellt hatte, versuchte ich, wieder einzuschlafen. Vergeblich. Denn je länger ich auf der ungewohnten Matratze lag, desto stickiger kam es mir in dem Zimmer vor. Es roch immer noch nach Essen und das Gefühl, keine Luft mehr zu bekommen, wurde immer stärker.

Seufzend stand ich auf, holte eine Flasche Gatorade hervor und tapste mit nackten Füßen zum Fenster. Während ich trank, blickte ich nach draußen. Die Aussicht aus dem Wohnheim war so anders als die aus der Strandvilla, in der ich aufgewachsen war. Daher dauerte es auch eine Weile, bis ich mich orientiert hatte. Als ich auf den dunklen Rasen blickte, sah ich zu meiner Verwunderung eine Gestalt mitten auf der Grünfläche sitzen und in den Himmel starren. Schräg. Wer saß denn mitten in der Nacht draußen? Noch dazu ohne T-Shirt? Erst als mein Blick auf die vom Mondlicht beleuchteten Tattoos fiel, wurde mir klar, wer da unten saß. Ryan. Meine Brust zog sich zusammen. Gebannt starrte ich ihn an, während ich unbewusst seine Umrisse auf der Scheibe nachfuhr. Das Ganze hatte beinahe etwas Unwirkliches an sich.

Doch je länger ich ihn beobachtete, desto mehr hatte ich das Gefühl, dass irgendetwas nicht stimmte. Ryans Haltung wirkte unnatürlich steif, irgendwie verkrampft. Und auch sein Gesichtsausdruck war angespannt. Mein Atem beschlug das Fenster, als ich mich so weit vorlehnte, dass ich mir fast die Nase platt drückte. Was machte er denn da?

Plötzlich sprang er ruckartig auf und lief unruhig auf und ab – wie ein Raubtier in einem Käfig. Vor Schreck ließ ich die Flasche Gatorade fallen, die ich zum Glück gerade ausgetrunken hatte. Sonst hätte ich jetzt auch noch eine schreckliche Sauerei aufwischen können.

Gebannt und gleichzeitig verwirrt beobachtete ich Ryan dabei, wie er wütend gegen etwas trat, das wie eine Dose aussah. Das Blech rotierte und knallte gegen einen Baum. Wenig später prallte auch Ryans Schuh an dieselbe Stelle. Holy Moly – mein Bodyguard hatte nicht mehr alle Tassen im Schrank! So leise wie möglich kippte ich das Fenster und lauschte. Ryans wütende Stimme drang nur schwach zu mir herauf, trotzdem konnte ich ihn fluchen hören. Mein Bodyguard hatte offenbar auch keine Teller mehr im Schrank.

»Dieser Idiot! Dieser verdammte, verschissene …«

Als auch sein zweiter Schuh gegen den Baum prallte, konnte ich nur irritiert den Kopf schütteln. Vielleicht sollte ich lieber Harry anrufen, um einen neuen Bodyguard zu bestellen … Meiner war offensichtlich kaputt. Nicht dass es mich wunderte, aber … na ja.

Ich beobachtete noch eine Weile, wie Ryan laut fluchend auf und ab lief, doch dann beschloss ich, wieder ins Bett zurückzugehen. Sollte mein Bodyguard doch machen, was er wollte.

Schnell schlüpfte ich unter die Decke und zog sie mir bis zum Kinn hoch. Ich schloss die Augen und versuchte, wieder einzuschlafen. Doch plötzlich fing meine Nase an zu jucken. Ich kratzte sie und drehte mich auf die andere Seite. Aber jetzt kitzelte einer meiner Zehen. Ich drehte mich noch ein paarmal hin und her, doch egal wie sehr ich mich bemühte, ich konnte nicht einschlafen. Meine Gedanken wanderten immer wieder zu Ryan.

Seufzend schlug ich die Augen auf und starrte an die Decke. Verdammt, so wurde das nichts. Solange Ryan da unten war, würde ich nicht schlafen können. Angespannt lag ich im Bett und versuchte herauszufinden, ob der Fleck dort oben eine Spinne oder doch nur ein großer Fleck war. Ich hoffte auf Letzteres. Die Spinnen in Florida konnten so groß wie eine Hand werden und ich hatte keine Lust, mir jetzt auch noch einen achtbeinigen Sparringskampf zu liefern.

»Verdammt …«, brüllte Ryan. Der Rest des Satzes wurde vom Wind davongetragen.

Verdammt was? Meine Neugier wurde immer größer. Aber als plötzlich eine Stille einkehrte, die schwerer auf meinen Ohren lastete als zuvor Ryans Gebrüll, wurde ich unruhig. Hatte er sich wieder beruhigt? Oder waren ihm die Sachen zum Werfen ausgegangen? Es blieb auch weiterhin ruhig und ich begann, mir ernsthaft Sorgen zu machen. Was war nur los mit ihm? Ein bitterer Geschmack legte sich auf meine Zunge. Ich atmete tief durch, schloss die Augen und versuchte, jeden Gedanken an Ryan zu verdrängen. Was auch immer ihn belastete, es ging mich nichts an. Er war nicht mein Problem, sondern ich seins.

Doch der Schlaf wollte einfach nicht kommen. Meine Augen flogen auf, irrten durch den Raum und … Plötzlich bewegte sich der Fleck über mir. Mein Herz machte einen Satz, genauso wie der Rest von mir. Verfluchte Spinnen! So schnell ich konnte, sprang ich aus dem Bett und stolperte dabei über die Flasche, die ich am Boden hatte liegen lassen. Shrimp!

Hektisch richtete ich mich wieder auf. Was sollte ich jetzt nur tun? Verzweifelt sah ich mich um. Mein Blick blieb an Ryan hängen, der immer noch draußen stand. Seine Schultern hingen herab und er sah irgendwie … verloren aus. Mein Magen zog sich zusammen. Vielleicht sollte ich doch zu ihm gehen? Vielleicht brauchte er ja jemanden zum Reden? Und mit dem Gefühl, sich verloren zu fühlen, kannte ich mich schließlich aus. Denn mir ging es meistens nicht anders. Ich gab mir einen innerlichen Ruck, zog mir schnell noch ein anderes T-Shirt über, das ich auf den Schreibtischstuhl geworfen hatte, und ging aus dem Zimmer.

Während ich durch den dunklen Flur hastete, versuchte ich mir einzureden, dass ich hauptsächlich wegen der Spinne flüchtete. Ryan war offiziell durchgeknallt, weshalb ich mich in Zukunft von ihm fernhalten würde – genauso wie von meinem Zimmer und der Spinne, die dieses besetzte. Trotzdem würde ich kurz nachsehen, ob es Ryan gut ging, und ihn danach fragen, ob wir die Zimmer tauschen könnten. Ich war schon halb die Treppe runter, als endlich der Bewegungsmelder anging und das Treppenhaus in grelles Licht tauchte. Ein wenig desorientiert lief ich weiter. Ein Wunder, dass ich mir im Dunkeln nicht den Hals gebrochen hatte. Unten angekommen, öffnete ich schnell die Tür nach draußen.

Sofort schlug mir die schwüle Nachtluft entgegen, Grillen zirpten. Irgendwo in der Ferne hörte man die dumpfen Töne einer Party, die wahrscheinlich in einer der Verbindungen gefeiert wurde. Vorsichtig, um mir nicht aus Versehen den Zeh an einem der Wassersprinkler zu stoßen, lief ich zu dem Rasenstück unter meinem Fenster.

Als ich Ryan entdeckte, blieb ich zögernd stehen. Er hatte sich zwar wieder ins Gras gesetzt, aber seine Hände waren immer noch zu Fäusten geballt. Er bebte und schnaubte wie ein Pferd, das gerade einen Spurt zurückgelegt hatte … Vielleicht war die Spinne doch die bessere Gesellschaft. Zumindest hatte ich nicht bedacht, wie Ryan reagieren würde, wenn ich einfach so auftauchte.

Nervös verlagerte ich mein Gewicht von einem Bein aufs andere, als plötzlich etwas unter meinem Fuß knackte. Ryans Kopf fuhr ruckartig zu mir herum. Scheiße! Jetzt war es zu spät für einen Rückzug. Seine Augen brauchten nur wenige Sekunden, um mich zu fixieren. Wie ein Wolf, der seine Beute anvisierte. Ich zuckte zurück.

»Was machst du hier?«, fragte er mich kalt.

Ich schluckte und hob unschuldig die Hände. »Ähm, gar nichts. Nur … nur fragen, ob du Hilfe beim Schuhewerfen brauchst«, sagte ich lahm.

Ryan schnaubte. »Du solltest schlafen, Ivy.«

»Du auch«, gab ich zurück.

»Ich bin älter als du, also darf ich auch länger aufbleiben«, konterte er ausdruckslos.

Genervt verdrehte ich die Augen. Ich spürte, wie wieder die Gereiztheit von heute Abend in mir hochschwappte. »Ach, ich bitte dich, du bist höchstens ein Jahr älter als ich.« Wütend starrten wir uns an. Ich weigerte mich, seinem Blick auszuweichen.

Es war Ryan, der sich als Erstes abwandte. »Bitte geh wieder rein«, sagte er leise. Harte Schatten durchschnitten sein Gesicht und ließen es älter wirken.

»Ich kann nicht«, flüsterte ich.

»Warum nicht?«

Ich zögerte, trat nervös von einem Bein aufs andere. »Da ist eine Spinne in meinem Zimmer«, sagte ich schließlich und hielt die Luft an.

Seine Mundwinkel zuckten kurz, doch ansonsten blieb er genauso ausdruckslos wie zuvor. »Das ist bestimmt nur ein Fleck«, meinte er schließlich.

Ich verschränkte die Arme vor der Brust und schüttelte den Kopf. Meine nackten Zehen krümmten sich auf dem kühlen Gras. »Der Fleck hat sich bewegt«, sagte ich.

Ryan seufzte. Seine Schultern sackten plötzlich nach unten, fast so, als hätte ihm jemand sämtliche Fäden durchgeschnitten. Vielleicht sollte ich doch einfach wieder gehen? Ryan sah nicht aus, als würde er sich in naher Zukunft bewegen. Aber der Schein konnte auch trügen … und ich wollte nicht riskieren, dass bei seinem nächsten Ausbruch nicht ein Schuh, sondern ich durch die Luft flog.

Als jedoch auch nach einer gefühlten Ewigkeit kein neuer Ausbruch kam, setzte ich mich zögernd neben ihn ins Gras. Vorsichtig stupste ich ihn mit der Schulter an. »Hey.«

Ryan sagte nichts darauf. Aber immerhin warf er mich nicht gegen den Baum. Das war schon mal ein gutes Zeichen. Unsere Arme berührten sich leicht.

Das Gras pikte ziemlich ungemütlich in die nackte Haut meiner Schenkel und etwas kitzelte mich. Ich wollte gar nicht so genau wissen, was es war. Geschweige denn, wie viele Beine es hatte. Das wollte man in Florida im Allgemeinen nicht unbedingt wissen.

Ryan rührte sich immer noch nicht. Weder schickte er mich weg, noch gab er ein Zeichen, dass er mich gerne bei sich hatte. Ich spürte, wie der Wind sanft über meine nackten Füße strich. Das Rauschen der Blätter erinnerte mich ein bisschen an die Wellen, die unermüdlich an den Strand schlugen – und denen ich mein Leben lang gelauscht hatte. Irgendwo war ein dumpfer Knall zu hören, gefolgt von Gelächter. Ryan seufzte schwer und fuhr sich müde über die Augen.

»Schwerer Tag?«, fragte ich und tat so, als wäre meiner besser gewesen.

Er schnaubte leise. »Ja, so in der Art. Tut mir leid.«

Ich lächelte. »Ich glaube, wenn, dann musst du dich bei dem armen Baum entschuldigen. Dein rechter Schuh hängt in seinen Ästen.«

Er warf mir einen genervten Blick zu, doch dann seufzte er wieder. »Nein, wirklich, Ivy. Es tut mir leid wegen heute. Ich hätte dich nicht küssen sollen. Das war … dumm von mir.«

»Schon gut«, flüsterte ich und spielte mit einem hohen Grashalm. »Dir geht's aber nicht wegen mir schlecht, oder?« Ich zögerte. »Du musst keine Angst haben. Ich werde meinem Vater nichts davon erzählen«, sagte ich leise. Schon im gleichen Augenblick bereute ich es, überhaupt den Mund aufgemacht zu haben, denn Ryans Gesicht nahm einen abweisenden Ausdruck an, während er ein Stück von mir abrückte. Sofort wurde mir klar, warum. »Wer sagt, dass es mir schlecht geht?«

»Keine Ahnung. Weibliche Intuition? Die Schuhe, die du gegen den Baum geworfen hast? Dein Gebrüll?« Zumindest das brachte ihn wieder zum Lächeln.

»Und was sagt dir deine weibliche Intuition noch so alles?«

»Mhm…«, ich tat, als würde ich angestrengt nachdenken, »dass du eine Dusche brauchst. Du müffelst.«

Er lachte erstickt. »Sorry.«

»Kein Ding.«

Vielleicht war es gar nicht so schlecht, Ryan an meiner Seite zu haben. Vielleicht konnten wir wirklich so etwas wie Freunde werden.

Zumindest dann, wenn mir mein Herz keinen Strich durch die Rechnung machte. Denn das dachte an etwas ganz anderes als an eine platonische Freundschaft.

»Kann ich irgendetwas für dich tun?«, brach ich das Schweigen, das wieder zwischen uns entstanden war.

Ryan sah mich verwirrt an. »Eigentlich ist es *mein* Job, für *dich* zu sorgen, nicht andersherum.«

»Wir sitzen doch im gleichen Boot, oder? Also ist es nur fair, wenn ich auch ab und zu auf dich achtgebe«, versicherte ich ihm ernst.

Ryan legte den Kopf schief und beobachtete mich nachdenklich. Dabei fiel ihm eine schwarze Haarsträhne ins Gesicht und es juckte mich in den Fingerspitzen, sie wegzustreichen. »Du bist so anders, Ivy.«

»Wie meinst du das?«

»Ich meine …« Er rang verzweifelt die Hände. »Warum bist du kein verwöhntes Rich Kid?«

»Sollte ich denn eins sein?«, fragte ich verwirrt.

»Ja«, rief Ryan aus und schien selbst überrascht von der Heftigkeit, mit der er das Wort ausgestoßen hatte. Er räusperte sich und verschränkte die Hände in seinem Nacken. »Ich meine: Warum bist du so nett? Du kennst mich nicht. Du wolltest mich nicht mal. Und trotzdem sitzt du mitten in der Nacht hier und leistest mir Gesellschaft, ohne zu wissen, warum.«

»Mhm…« Seufzend stützte ich das Kinn auf meinen angezogenen Knien ab. »Es ist nicht so, dass ich was gegen dich persönlich habe, Ryan. Sonst hätte ich dich nicht …« Ich war froh, dass es so dunkel war, und er meine roten Wangen nicht sehen konnte. Verlegen biss ich mir auf die Unterlippe. »Ich will nur nicht ständig eingesperrt sein. Das war ich schon viel zu lange. Einsam und immer gelangweilt. Und das hat mich zu einem Menschen gemacht, auf den ich nicht sehr stolz bin. Oder zumindest hat es mich Dinge tun lassen, auf die ich nicht sehr stolz bin.« Ich seufzte. »Da wo ich herkomme, ist es schwer, man selbst zu sein, und ich schulde es jemandem … nein, eigentlich schulde ich es mir selbst, herauszufinden, wer ich wirklich bin.«

»Und darum bist du hier?«

»Hier bei dir oder hier an der UCF?«, fragte ich.

Er zögerte. »An der UCF?«

»Ja.« Ich lächelte traurig. »Darum bin ich hier.«

Unsere Blicke trafen sich. Der Mond brachte seine grünen Augen zum Leuchten und warf tiefe Schatten auf sein Gesicht. Der Wind fuhr ihm durchs Haar und ließ es sanft tanzen. Schweigend blieben wir so lange sitzen, bis meine Füße einschliefen und mir die Augen fast zufielen.

Als ich gerade dabei war, an seiner Schulter einzuschlafen, stand er plötzlich auf, sodass ich zur Seite kippte. Genervt funkelte ich ihn an. Ryan klopfte sich ungerührt das Gras von der Jeans. Aber immerhin hielt er mir die Hand hin und half mir hoch.

Immer noch schweigend brachte er mich zurück in mein Zimmer. Er erzählte mir nicht, was ihn so aus der Fassung gebracht hatte. Und ich fragte auch nicht mehr nach. Aber zumindest warf er die Spinne hinaus. Danach konnte ich dann auch endlich wieder in Ruhe schlafen. Allerdings träumte ich von fluchenden Bäumen und wütenden Schuhen.

# IVY

Ich wachte von einem unglaublichen Lärm auf. Es dauerte ein paar Sekunden, bis ich begriff, wo ich war und wo dieser Krach herkam. Ächzend setzte ich mich auf, blinzelte ein paarmal gegen die Helligkeit und lauschte Dutzenden Füßen, die laut durch den Flur trampelten. Es dauerte weitere drei Sekunden, bis ich den vielen Füßen neue Studenten zuordnen konnte, die – so wie es gerade klang – Türen öffneten, wieder zuschlugen und Kartons über den Flur schleiften. Stimmen riefen kreuz und quer durcheinander und irgendein Mädchen lachte unglaublich schrill. Der fremde Geruch des Wohnheims stieg mir in die Nase und prompt begann mein Herz schneller zu schlagen. Ich war wirklich hier. Ich würde die nächsten Semester in diesem Wohnheim leben. Und ich würde Dutzende Menschen kennenlernen und im nächsten Jahr mit ihnen zusammenwohnen.

Der Gedanke machte mich gleichermaßen unglaublich glücklich wie auch schrecklich nervös. Holy Moly! Ich würde Menschen kennenlernen. Ganz normale Studenten, die keine Ahnung hatten, wer ich war oder wie viel Geld mein Vater verdiente. Ich musste keine Unterhaltungen über Zinssätze, Aktien und Kalkulationen führen. Kein Interesse an Golf heucheln oder so tun, als würde mir Foie gras schmecken. Denn hier gab es keine Foie gras, sondern … überfordert blieb ich an dem Gedanken hängen. Was gab es hier? Zumindest keine Angestellten, die mir Diätmüsli und frisch gepressten Orangensaft vor die Nase stellten. Ich würde nie wieder dieses schreckliche Zeug essen müssen, das nach Sägespänen schmeckte. Meine Mutter schwor darauf, weil es satt und gleichzeitig dünn wie ein Besenstiel machte. Aber eben auch genauso schmeckte. Ich hatte es gehasst. Jeden Morgen hatte ich allein an der Kücheninsel gesessen, hatte der Haushälterin beim Bügeln zugesehen und mühsam versucht, das Zeug runterzuschlucken. Aber jetzt, jetzt könnte ich essen, was auch immer ich wollte. Völlig unabhängig von der Kalorienzahl. Die mögliche Auswahl, die mir dabei durch den Kopf schoss, war so überwältigend, dass ich mich zurück ins Bett fallen ließ und an die Decke starrte. Konnte man Gummibärchen frühstücken? Oder Twinkies? Bestimmt war das möglich, ich musste es nur tun. Und als Allererstes würde ich einen Kaffee trinken.

Die Vorstellung machte mich so glücklich, dass ich schwungvoll aus dem Bett sprang, mir Duschgel und Handtuch schnappte und ins Bad huschte. Obwohl ich vorher noch laute Schritte gehört hatte, begegnete mir jetzt niemand. Auch im Gemeinschaftsbad war es leer, sodass ich mich ungestört fertig machen konnte. Sobald ich nicht mehr das Gefühl hatte, eine Geruchsbelästigung zu sein, wickelte ich mich in mein Handtuch und schnitt mir selbst im Spiegel eine Grimasse. Nachdem ich mir die Zähne geputzt hatte, tapste ich wieder zurück in mein Zimmer, wo ich entschlossen meinen Schrank durchwühlte, in den ich gestern noch alles fein säuberlich eingeräumt hatte. Was sollte ich anziehen? Nein! Was *wollte* ich anziehen? Wie auch bei der Essensfrage überforderte mich die Entscheidungsfreiheit ein bisschen. Insbesondere, als mir langsam klar wurde, dass ich wirklich von zu Hause ausgezogen war. Heute konnte ich essen, was ich wollte, anziehen, was mir gefiel. Und vor allem, ich konnte endlich die Person sein, die ich immer hatte sein wollen. Nur, was wollte ich? Wer wollte ich sein?

Als ich Miami verlassen hatte, hatte ich es noch gewusst. Ich hatte ein Ziel vor Augen gehabt. Eine genaue Vorstellung von meiner Zukunft an der UCF. Doch jetzt saß ich hier und hatte schlagartig keine Ahnung mehr, wie ich anfangen sollte, ich selbst zu sein. Und vor allem, wo fing ich an und wo hörte ich wieder auf?

Völlig überfordert starrte ich auf das schwarze Shirt in meiner Hand hinab. Der Stoff war schlicht und nichtssagend. Genau wie ich selbst in den letzten Jahren. Der Ausschnitt rund und edel, nicht zu auffällig. Warum hatte ich das überhaupt eingekauft? Nein, kein Schwarz heute! Ich brauchte Farbe. Schließlich fand ich einen Jeansrock mit hohem Bund und ein grünes Top, das zum Teil aus Spitze bestand. Beim Kaufen hatte ich es sehr hübsch gefunden. Meine Mutter hätte es eher als *nuttig* bezeichnet. Aber für den ersten Tag meines neuen Lebens war es *perfekt.* Schnell schlüpfte ich in die Klamotten, warf die Haare nach vorn und band mir die langen Strähnen zu einem hohen, unordentlichen Knoten zusammen.

Kurz überlegte ich, noch Make-up aufzulegen, doch sofort meldete sich ein bitter schmeckender Widerwille gegen diese Routine. Der Griff zur Make-up-Tube war so gewohnt, dass meine Finger irritiert zuckten, als ich mich dagegen entschied. Es hatte Tage gegeben, da waren so viele Schichten Concealer auf mein Gesicht gespachtelt gewesen – Schichten, die meine Wangenknochen höher, meine Nase schmaler, meine Lippen voller und meine Augen größer wirken lassen sollten –, dass ich jedes Gefühl in den Gesichtsmuskeln verloren hatte. Wie eine Porzellanpuppe. Perfekt. Schön. Gefühllos. Das hatte mir ein bisschen Angst gemacht. Und das tat es immer noch. Einen Moment lang drohte mich die Furcht, nicht gut genug auszusehen, zu überwältigen, doch mein Wunsch, endlich keine Maske mehr tragen zu müssen, gewann schließlich doch die Oberhand. Plötzlich unterbrach ein leises Klopfen an der Tür meine Gedanken.

»Ja?«, sagte ich verdutzt.

Die Tür schwang auf und Libby aus der Verwaltung strahlte mich an. »Ivy, Liebes! Bist du endlich wach?«, fragte sie gut gelaunt. Als sie meinen überraschten Gesichtsausdruck sah, lachte sie. »Es ist Mittag«, fügte sie hinzu. »Ryan ist schon seit acht Uhr auf den Beinen. Ich habe mir Sorgen um dich gemacht.«

»Oh, Entschuldigung.« Verlegen lächelte ich sie an. »Ich bin eine Langschläferin.«

»Ach so?« Libby sah mich verwundert an. Sie wirkte ein bisschen so, als gäbe es so etwas wie Langschläfer nicht in ihrer rosaroten Frühaufsteherwelt. »Na, wie auch immer. Ich wollte eigentlich nur fragen, ob du dich gestern noch gut eingerichtet hast.« Die Frage war zwar nett gemeint, aber mir war sofort klar, dass sie nur ihren Kontrollgang machte, um später alles meinem Vater erzählen zu können.

»Danke. Es geht mir gut. Ich wollte etwas frühstücken gehen und mich danach mit ein paar der anderen Studenten bekannt machen.« Ich bemühte mich um einen lockeren Ton, da ich wusste, dass sie jedes Wort eins zu eins an meine Eltern weitergeben würde.

Sie nickte zufrieden. »Das klingt nach einem guten Plan. Es gibt eine gute Smoothie-Bar am Campus, die auch leckere Sandwiches anbietet. Du solltest mit Ryan hingehen.« Ein seltsamer Ausdruck trat in ihre Augen. »Der junge Mann ist unten. Er scheint mir ein wenig zu viel Energie zu haben. Ist gut, wenn er die loswird.« Das klang beinahe, als sollte ich mit ihm Gassi gehen.

»Okay.« Ich pflasterte ein nichtssagendes Lächeln auf meine Lippen. »Mach ich. Danke, Libby!«

»Ach, nicht doch.« Wieder strahlte sie mich an. »Melde dich einfach, wenn du etwas brauchst.«

Ich nickte und sie schloss sichtlich zufrieden mit sich selbst die Tür. Seufzend sah ich auf mein Handy und überlegte kurz, ob ich Libby die Arbeit abnehmen und einfach selbst meine Eltern anrufen sollte. Doch alles in mir sträubte sich gegen diesen Gedanken. Der Widerwille war so übermächtig, dass ich das Handy in meine Handtasche warf, in die Flipflops schlüpfte und zur Tür hinausging.

Nur keine falsche Scheu zeigen! Ich würde das schon schaffen. Mich mit ein paar Leuten zu unterhalten, konnte ja nicht so schwer sein. Ryan zu finden auch nicht, ich musste nur den schlechten Scherzen folgen. Und danach würde ich frühstücken … oder eher zu Mittag essen. Mir den restlichen Campus ansehen und danach … danach … keine Ahnung. Aber irgendetwas würde mir schon einfallen.

Ich holte mir eine Flasche Wasser aus dem Automaten in der Mitte des Flurs und schraubte den Verschluss auf. Gerade als ich einen Schluck trinken wollte, öffnete sich die Tür schräg gegenüber und ein Mädchen kam heraus. Ihre hellbraunen Haare fielen ihr locker um die Schultern. Als sie mich bemerkte, schenkte sie mir ein freundliches Lächeln.

»Morgen!«, begrüßte sie mich.

Ich grinste und wollte antworten, verschluckte mich aber prompt an meinem Wasser. Hustend beugte ich mich vornüber und röchelte. Als ich wieder aufsah, war das Mädchen schon im Treppenhaus verschwunden. Na toll! Ade, potenzielle neue beste Freundin. Da hieß es noch, Frauen wären multitaskingfähig, aber offensichtlich überforderte es meinen Horizont, Wasser zu trinken und gleichzeitig Kontakte zu knüpfen. Seufzend schraubte ich den Deckel wieder auf die Flasche, verstaute sie in meiner Tasche und klopfte an Ryans Tür. Libby hatte zwar behauptet, er wäre unten, aber ich wollte nicht erst runtergehen, nur um danach festzustellen, dass er doch in seinem Zimmer war. Aber als nach ein paar Augenblicken kein verschlafenes Knurren kam und auch sonst nichts gegen die Tür knallte, ging ich davon aus, dass er entweder im Schlaf erstickt war oder sich wirklich unten befand.

Mit frischem Tatendrang machte ich mich auf den Weg. Im Treppenhaus wich ich einem Studenten aus, der gerade Kartons hochschleppte. Ich lächelte ihn an, bekam dafür aber nur ein angestrengtes Schnaufen als Antwort. Schnell schlüpfte ich an ihm vorbei. Nicht, dass ich noch eine Lavalampe gegen den Kopf geknallt bekam. Holy Moly! Ich wusste gar nicht, dass es solche Dinger noch gab.

Gerade als ich mich im Eingangsbereich umschaute, hörte ich Ryans Lachen aus dem Gemeinschaftsraum. Bei dem rauen Klang verknotete sich prompt mein Magen und ich krümmte nervös die Zehen in den Flipflops. Wie würde Ryan auf mich reagieren? Vor allem nach unserem Aufeinandertreffen gestern Nacht? In meinem Kopf liefen alle möglichen Szenarien ab.

Erstens: Er sah mich genervt an und warf mir einen Schuh an den Kopf.

Zweitens: Er sagte »Guten Morgen« und ignorierte mich ansonsten.

Drittens: Er freute sich, küsste mich und gestand mir seine ewig während Liebe.

Oh Gott! Entschlossen schüttelte ich den Kopf, gab mir selbst einen Ruck und folgte Ryans Stimme. Er saß auf dem Sofa und unterhielt sich mit zwei Mädchen. Bei der Erinnerung, was wir beide gestern auf genau diesem Sofa gemacht hatten, blieb ich ruckartig stehen. Eine Bewegung, die die Aufmerksamkeit der Mädchen auf mich lenkte. Irritiert sahen sie auf. Beide wirkten, als kämen sie frisch aus dem Barbiekarton: knappe Kleidchen, falsche Haare und ein fast genauso falsches Lächeln. Sie starrten mich so lange an, bis Ryan endlich auffiel, dass er keine Zuhörerinnen mehr hatte, und den Kopf nach hinten drehte. Seine Haare streiften dabei die Sofalehne und die Tattoos auf seinem Nacken bewegten sich geschmeidig. Unsere Blicke trafen sich. Das Grün seiner Augen schien sich zu intensivieren und ich glaubte, ein Lächeln über seine Lippen huschen zu sehen.

»Oh, du bist es nur«, sagte er schließlich.

Das Lächeln war verschwunden. Wahrscheinlich war es ohnehin nur ein Produkt meiner Fantasie. Die beiden Mädchen kicherten. Sie kicherten! Für einen Augenblick war ich sprachlos. Was ging denn hier ab?

»Und dann?«, fragte das Mädchen und setzte einfach das Gespräch fort, als wäre ich gar nicht anwesend. Ryan wandte sich wieder an die Mädchen. Da er halb von der Sofalehne verdeckt wurde, konnte ich seinen Gesichtsausdruck nicht genau sehen, aber ich bildete mir ein, dass er sie frech angrinste. Fassungslos beobachtete ich, wie er die Hand hob und ihr spielerisch über den Arm strich.

»Dann musste mir der Magen ausgepumpt werden und ich konnte drei Jahre lang keine Marshmallows mehr sehen, ohne würgen zu müssen«, sagte er und alle drei brachen in Gelächter aus. Das Mädchen rechts von Ryan hatte ein so penetrantes Lachen, dass sich mir sämtliche Nackenhaare aufstellten. Ein schaler

Geschmack, der mich an sauren Kaffee erinnerte, breitete sich in meinem Mund aus.

Unruhig sah ich mich um, versuchte jemanden zu finden, mit dem ich mich ebenfalls unterhalten konnte. Doch alle schienen entweder mit dem Einziehen beschäftigt zu sein oder waren bereits in einer Gruppe unterwegs. Ich kannte bisher nur Ryan und hatte den Tag eigentlich mit ihm verbringen wollen, doch plötzlich fühlte ich mich wie ein lästiges Anhängsel. Ryan redete einfach weiter mit den Mädchen, ohne mich auch nur im Entferntesten zu beachten oder mir gar anzubieten, mich dazuzusetzen. Alle drei ignorierten mich und mit jeder Sekunde, die ich nur dastand und mich hilflos umsah, wuchs der Kloß in meinem Hals.

»Ryan, ich würde gerne frühstücken gehen«, unterbrach ich das Gekicher.

Die Mädchen sahen irritiert auf. Vermutlich fragten sie sich, warum ich immer noch wie festgewachsen dastand und einen Schirmständer mimte. Ryans Nackenmuskeln spannten sich an.

»Es ist schon Mittag«, sagte er spöttisch, ohne sich zu mir umzudrehen.

»Ich habe trotzdem Hunger«, sagte ich und hoffte, dass er den Wink mit dem Zaunpfahl verstand und endlich seinen Hintern vom Sofa wegbekam.

Das Mädchen, das vorhin so penetrant gelacht hatte, guckte mich genervt an. »Drüben gibt es einen Starbucks«, sagte sie und deutete nach rechts. Schickte sie mich gerade weg?

»Ja, die haben einen tollen fettarmen Latte«, ergänzte die andere, als wäre ich blöd und wüsste nicht, was Starbucks war.

»Schön für den Latte, dann wird er sicher nicht dick«, sagte ich bissig und erntete verständnislose Blicke. Ich atmete einmal tief durch. »Kommst du, Ryan?«, stieß ich zwischen den Zähnen hervor. Ich versuchte, ruhig zu bleiben.

Er stöhnte, drehte den Kopf und funkelte mich wütend an. »Ich warte schon die ganze Zeit auf dich, Ivy. Du hast vorhin nicht auf mein Klopfen reagiert, also habe ich es mir hier gemütlich gemacht. Und jetzt unterhalte ich mich gerade, du kannst also sicher noch ein paar Minuten warten.«

»Wo wohnst du eigentlich?«, fragte das eine Mädchen und klimperte mit den Wimpern.

»B 11, ihr könnt gerne vorbeischauen«, antwortete Ryan und ließ mich einfach wieder links liegen.

Mein Magen ballte sich zusammen und die Wut von gestern kam wieder in mir hoch. Vielleicht sogar noch mehr als zuvor. Gestern war eine Ausnahmesituation gewesen. Wir waren beide erschrocken über das, was passiert war, aber das gerade? Nein, einfach nur nein! Ich war kein Snob, aber ein bisschen mehr Respekt hatte ich schon erwartet. Immerhin wurde er dafür bezahlt. Egal, was zwischen uns vorgefallen war und wie unangenehm die Situation jetzt war. Und ich würde garantiert nicht hier herumstehen und mir von Ryan meinen ersten Tag an der UCF verderben lassen. Wenn er weiter mit den blonden Tussis flirten wollte, war das seine Sache, aber ich würde nicht hierbleiben und dabei zusehen.

Schnell blinzelte ich die Tränen weg, die mir vor lauter Wut in die Augen geschossen waren, und atmete gegen den Schmerz in meiner Brust an. Dann drehte ich mich ruckartig um und ging. Sollte er doch bleiben, wo der Pfeffer wächst. Es war *mein* Leben. Und wenn ich um zwölf Uhr mittags frühstücken gehen wollte, würde ich das auch tun. Dazu brauchte ich nicht seine Einwilligung.

Mit mehr Wucht als unbedingt notwendig stieß ich die Tür auf und wurde von einem noch heißeren Tag als gestern begrüßt. Das Pflaster brannte sich förmlich durch die dünne Sohle meiner Flipflops. Ich atmete tief durch und ging in die Richtung, in der ich den großen Campusplatz vermutete. Gestern hatte ich mich zwar in dem Gewirr aus Gebäuden heillos verlaufen und war statt in der Verwaltung bei den Verbindungen gelandet, aber heute würde es anders ablaufen. Ich würde das schaffen. Alleine.

Entschlossen lief ich zur Parkanlage, die ich gestern mit Ryan auf dem Weg zum Wohnheim durchquert hatte. Heißer Beton wechselte sich mit knirschendem Kies ab und ein paar große Bäume warfen ihren Schatten über mich. Sonnenflecken kitzelten meine Haut. Obwohl ich immer noch wütend auf Ryan war, fühlte ich, wie die Anspannung mit jedem Schritt langsam nachließ. Mein Blick huschte über die hübsche Anlage und blieb an kleinen Details hängen, die mir gestern entgangen waren. Weiter rechts waren sogar Blumenbeete angelegt worden und in den Bäumen hingen ein paar Lampions – vermutlich noch vom letzten Semester. Es war auch bereits deutlich mehr los als gestern. Studenten tummelten sich auf dem Campus und ich zweifelte nicht daran, dass sich die Anzahl der ankommenden Studenten gegen Abend hin noch mal verdoppeln würde. Fast jede Bank war besetzt und die Luft war erfüllt von Gesprächen und Gelächter.

Ich war so sehr damit beschäftigt, mich umzusehen, dass ich vor Schreck fast aus der Haut gefahren wäre, als eine große Hand mich an der Schulter packte.

»Ivy, was fällt dir ein, einfach wegzulaufen?«

»Aah!« Keuchend fuhr ich zu Ryan herum, der sich schnaufend auf den Knien abstützte. Ich war so in Gedanken versunken gewesen, dass ich ihn gar nicht näher kommen gehört hatte.

»Ich laufe nicht weg«, sagte ich kalt und riss meinen Arm los. Seine Finger glitten an meiner Haut ab und hinterließen dort ein kribbelndes Gefühl. »Ich habe dir gesagt, wo ich hingehe.« Ohne auf eine Erwiderung zu warten, ging ich weiter.

»Ivy!« Kies spritzte auf, als Ryan mich blitzschnell einholte und mir den Weg versperrte. Wütend funkelte er mich an.

»Was?«, fauchte ich.

Ryan presste die Lippen zusammen. »So geht das nicht! Du kannst nicht einfach verschwinden, wenn dir etwas nicht in den Kram passt. Dir hätte sonst was passieren können! Ich hatte einen halben Herzinfarkt, als du plötzlich weg warst.«

Meine Augen verengten sich zu Schlitzen, während ich die Arme vor der Brust verschränkte. Der Zorn brodelte so heiß in mir, dass ich das Gefühl hatte zu kochen. »Sag mal, bist du wirklich so blöd oder nur rettungslos arrogant?«, erkundigte ich mich kalt.

Ryans Kiefer spannte sich an. »Wie meinst du das? Ich sage nur die Wahrheit. Wenn das hier funktionieren soll, müssen wir zusammenarbeiten.«

Mein Geduldsfaden riss endgültig. Offenbar war er schon längst überstrapaziert gewesen. »Zusammenarbeiten?«, kreischte ich, fassungslos, dass so viel Dreistigkeit aus einem so hübschen Mund kommen konnte.

Ryan zuckte zusammen und sah sich hektisch um. Ein paar Studenten starrten uns bereits an, aber das war mir im Augenblick so was von egal. Ich war laut, wenn ich laut sein wollte. Mein ganzes Leben lang hatte ich nur leise gesprochen, den Kopf eingezogen und gelächelt, aber damit war jetzt Schluss. »Das nennst du zusammenarbeiten?«, zischte ich und stieß meinen Zeigefinger in Ryans Brustkorb. »Oh nein, so läuft das nicht. Du kannst in deiner Freizeit so viel den arroganten Bad Boy raushängen lassen, wie du willst. Aber um eine Sache ein für alle Mal klarzustellen: nicht mit mir!« Mit jedem Wort stieß ich ihm meinen Finger fester in seinen Brustkorb.

»Ich … was?«, fragte Ryan überrascht. Keine Ahnung, ob ihn mein Ton oder das Stupsen so verwirrte, aber was es auch war, es zeigte Wirkung. Der starre Ausdruck wich aus seinem Gesicht. Seine Fassade, die bis gerade eben noch Gleichgültigkeit und unterdrückte Wut gezeigt hatte, bekam Risse. Dahinter sah ich so etwas wie Unsicherheit aufblitzen.

Ich schnaubte, drückte mich an Ryan vorbei und ging weiter. Nein, eigentlich rannte ich. Quer durch den Park. Mein Herz raste, pumpte heißes Blut durch meine Adern. Dieses Gefühl, endlich meine Meinung gesagt zu haben, war … unbeschreiblich. Mein ganzer Körper kribbelte, als hätte ich Champagner getrunken.

Hinter mir hörte ich zwar Ryans Schritte, doch er hielt mich nicht auf. Schweigend folgte er mir in gebührendem Abstand, was im Augenblick wahrscheinlich die einzig kluge Entscheidung war. *Ein* blöder Spruch und ich hätte meine Flipflops nach ihm geworfen.

Nach einer Weile wurde der Kies wieder von Beton abgelöst, der Weg wurde breiter und die ersten Uni-Komplexe kamen in Sicht. Die roten Baukastenhäuser, die zum Teil auch von moderneren Gebäuden abgelöst wurden, waren kreisrund angelegt. Im Zentrum befand sich ein großer Platz mit einem Springbrunnen, wo ich tatsächlich zwei Cafés sah, die sich lauschig wie an einer Piazza in das Gesamtkonstrukt eingeordnet hatten. Holy Moly! Ich hatte es gefunden.

Obwohl der Zorn jeglichen Hunger unterdrückt hatte, steuerte ich auf das kleinere Café zu, das mich ein wenig an eine italienische Trattoria erinnerte. Schon nach wenigen Schritten in diese Richtung wehte mir ein himmlischer Duft nach Cannoli und Kaffee entgegen. Es gab zwar bestimmt auch Smoothies, aber ich brauchte gerade etwas Härteres als Spinat, Ananas und Grünkohl.

Ich suchte mir einen Platz im Schatten und ignorierte Ryan, der sich mir gegenüber auf einen Stuhl fallen ließ. Ich konnte ihn schließlich schlecht zur Hundetränke schicken. Neugierig warf ich einen Blick in die Speisekarte, um die Auswahl an italienischem Gebäck und Paninis in Augenschein nehmen zu können. Da das Café nur zur Hälfte gefüllt war, kam die Kellnerin schon nach wenigen Minuten angelaufen und erkundigte sich, ob wir uns schon entschieden hätten.

»Einen großen Vanilla Latte mit extra Karamell, zwei Cannoli, eine Apfeltasche und ein Schinkenpanino, bitte«, bestellte ich mich quer durch das Angebot, weil ich mich nicht entscheiden konnte – und Hunger hatte.

Die Kellnerin notierte sich alles und lächelte dann Ryan an. »Und was kann ich dir bringen, Hübscher?«

Ryan musterte sie kurz, blieb an ihren Augen und den vollen Lippen hängen, bevor sich ein zweideutiges Grinsen auf seinen Lippen ausbreitete. Ich trat ihm so fest gegen das Schienbein, dass er fluchend das Gesicht verzog. »Verfluchte Scheiße!«, stieß er hervor.

»Wie bitte?« Die Kellnerin starrte ihn verwirrt an.

»Ja, Ryan, achte auf deine Sprache«, sagte ich zuckersüß und trat noch mal zu.

Ryan wich im letzten Augenblick aus und funkelte mich an. »Ich hätte gerne einen Espresso und ein Mozzarellapanino.«

Die Kellnerin blinzelte, notierte sich alles und rauschte wieder ab. Ziemlich schnell diesmal.

Sobald sie weg war, fegte Ryan die Speisekarte zur Seite und fauchte mich an. »Was sollte das denn werden?«

»Das weißt du ganz genau«, gab ich zurück und sah ihn wütend an. Unsere Blicke trafen sich und die Spannung zwischen uns steigerte sich. Ich glaube, sämtlichen Gästen in unmittelbarer Umgebung stellte es gerade die Nackenhaare auf.

Ein paar dunkle Haarsträhnen fielen Ryan ins Gesicht, als er sich vorlehnte. Seine Nasenflügel bebten und sein Geruch drang mir plötzlich in die Nase. Herb und ein wenig nach Pfefferminz. Ein Schauder rann mir den Rücken hinunter. Das letzte Mal, als ich ihm so nahe gewesen war, hatten wir uns danach auf dem Sofa geküsst. Auch jetzt trennte uns kaum eine Handbreit voneinander, während wir uns weiterhin anstarrten. Keiner schien nachgeben zu wollen. Und je länger wir so verharrten, desto mehr Details fielen mir in seinem Gesicht auf. Bislang hatte ich den schwarzen Sprenkel in seinem linken Auge noch gar nicht wahrgenommen. Oder das kleine Muttermal über seiner Augenbraue, das die Form eines kleinen Halbmondes hatte. Im Vergleich zu gestern war er heute etwas blass, wodurch das Grün seiner Augen nur noch kräftiger funkelte. Darunter lagen jedoch tiefe Schatten, als hätte er die ganze Nacht nicht geschlafen. Seine Haare waren zerzaust, wirkten nur kurz mit den Händen durchgekämmt und um seine Mundwinkel lag ein harter Zug, der beinahe wie Hoffnungslosigkeit aussah.

Plötzlich verschwand meine Wut und ich konnte wieder freier atmen. Gleichzeitig meldete sich aber auch mein schlechtes Gewissen. Was auch immer gestern passiert war, zerrte offensichtlich immer noch an seinen Nerven. Genauso wie an meinen. Ich hatte ja selbst bis weit über mittags gebraucht, um aus dem Bett zu kommen. Jetzt darauf zu bestehen, dass Ryan jeden Tag, jede Sekunde und vor allem sofort auf Abruf bereitstand, war nicht ganz fair. Er war schließlich auch nur ein Mensch und offiziell begann sein Dienst ja erst morgen.

Meine Wut war inzwischen komplett verflogen. Und je länger ich Ryan anstarrte, desto mehr hatte ich das Gefühl, es würde sich auch an seiner Miene etwas verändern. Die Anspannung schien aus seinem Gesicht zu verschwinden, seine Pupillen weiteten sich ein wenig …

Das Knarren des Stuhls, als Ryan sich plötzlich zurücklehnte, ließ uns beide zusammenzucken. Er öffnete den Mund und der Ring in seinem Mundwinkel blitzte auf.

»Ivy …«, begann er stockend. Doch im gleichen Augenblick wurde er von der Kellnerin unterbrochen, die unsere Bestellung brachte. Ryan presste wieder die Lippen zusammen. Ein unangenehmes Schweigen breitete sich zwischen uns aus, während die Kellnerin Unmengen an italienischem Essen vor uns abstellte und mit einem knappen Lächeln wieder verschwand.

Mitten in der Stille begann mein Magen plötzlich zu knurren. Sehr laut und sehr fordernd. Meine Wangen wurden heiß, während Ryans Mundwinkel zuckten. Seine Schultern sanken ein wenig herab. Er seufzte leise. »Guten Appetit«, sagte er schließlich nur und trank seinen Espresso. Schwarz und ohne Zucker.

Angeekelt verzog ich das Gesicht, mischte noch extra Zucker in meinen Vanilla Latte mit Karamell und löffelte die Sahne ab. Danach biss ich abwechselnd in den knusprigen Cannolo und den warmen Panino. Während sich mein Blutzuckerspiegel langsam wieder hob, wurde ich immer ruhiger.

Die nächste Viertelstunde verbrachte ich mit essen. Als ich kurz aufsah, bemerkte ich Ryans Blick, der jede meiner Bewegungen verfolgte, während ich genüsslich in die Apfeltasche biss.

»Waf?«, fragte ich und schluckte den Bissen hinunter.

Seine Augenbraue zuckte. »Ich glaube, ich habe noch nie ein Mädchen so viel essen sehen. Hast du keine Angst, dick zu werden?«

Achselzuckend trank ich einen weiteren Schluck von meinem Latte und unterdrückte einen unsexy Rülpser. »Ich musste mich jahrelang kalorienarm ernähren. Wenn ich noch *einen* Salat mit fettarmem Schafskäse sehe, raste ich aus«, sagte ich nur trocken. Die Erinnerung an die Diäten, die mir meine Mutter ständig aufgezwungen hatte, verdarb mir prompt den Appetit. Zum Glück hatte ich fast alles aufgegessen. Nur ein halbes Cannolo lag noch auf meinem Teller, den ich jetzt zu Ryan hinüberschob. Ich lehnte mich satt zurück und beobachtete Ryan, wie er sich das halbe Cannolo schnappte.

»Fettarmer Schafskäse?«, fragte er amüsiert, nachdem er den letzten Bissen hinuntergeschluckt hatte.

Ich seufzte. »Ja. Hast du das schon mal gegessen? Schmeckt nach Schaf.«

Er riss die Augen auf. »Was? Nein, wie furchtbar!« Er griff sich übertrieben schockiert an die Brust. »Und wann musstest du das essen? Wann immer die Köchin im Urlaub war?«

Ich guckte düster. »Nein. Meistens zwei bis drei Wochen lang jeden Tag vor wichtigen Events«, sagte ich knapp und das amüsierte Funkeln verschwand aus Ryans Gesicht.

»Wirklich?«, hakte er nach.

Ich zögerte kurz, doch dann nickte ich. »Ich musste schließlich in mein Kleid passen, das leider immer genau eine Nummer zu klein war.« Obwohl ich versuchte, es zu verbergen, klang meine Stimme ein klein wenig verbittert.

»Das tut mir leid«, flüsterte Ryan.

Ich schenkte ihm ein schiefes Lächeln. »Schon gut. Es gibt Schlimmeres auf der Welt, als ständig Salat essen zu müssen.«

Plötzlich wusste ich nicht mehr, was ich sagen sollte. Ryan schien es ähnlich zu gehen. Als das Schweigen zwischen uns immer unangenehmer wurde, fing ich an, nervös mit den Fingern auf den Tisch zu trommeln. Ich musste wieder daran denken, wie ich mich vorhin Ryan gegenüber verhalten hatte. Total peinlich. Aber ein Teil von mir war immer noch wütend darüber, dass er mich so abweisend behandelt hatte.

Ryan räusperte sich. Er zögerte kurz, doch dann schien er sich einen Ruck zu geben. »Bitte lauf mir in Zukunft nicht mehr davon.«

Ich atmete tief durch. »Dann gib mir keinen Grund dazu«, antwortete ich schlicht.

Er sah mich nachdenklich an, dann nickte er knapp. Dabei fiel ihm eine Haarsträhne ins Gesicht, die er sich schnell wieder zurückstrich. »Okay«, sagte er leise. Es war zwar kein richtiger Waffenstillstand, aber zumindest legte sich die Spannung zwischen uns.

Kurz darauf kam auch die Kellnerin wieder an unseren Tisch, räumte ab und fragte uns, ob wir noch etwas trinken wollten. Ich verneinte und bat um die Rechnung. Während wir warteten, kehrte langsam auch die gute Laune von heute Morgen wieder zurück.

»Was willst du noch machen?«, erkundigte sich Ryan, der eine Sonnenbrille vom Rand seines T-Shirts zog und aufsetzte. Holy Moly! Jetzt fehlten nur noch ein anständiger Haarschnitt und ein Knopf in seinem Ohr, und er konnte wirklich als Security durchgehen.

»Mhm…«, überlegte ich und spielte dabei mit dem Salzstreuer

herum. »Eigentlich wollte ich mir nur ein bisschen den Campus ansehen und danach den Rest meines Zeugs auspacken.«

Er nickte und als die Kellnerin die Rechnung brachte, zahlte ich für uns beide. Als stilles Friedensangebot.

# RYAN

Ivy bezahlte. Die Geste war vermutlich als Friedensangebot gemeint, doch ein Teil von mir sträubte sich dagegen. Ich wusste nicht, ob es daran lag, dass sie ohne mit der Wimper zu zucken eine Rechnung von über fünfzig Dollar beglich – Preise, die meiner Meinung nach für ein Studentencafé unverschämt hoch waren –, oder daran, dass eigentlich ich hatte zahlen wollen. Dieses Essen war zwar kein Date gewesen, trotzdem fühlte ich mich ein bisschen unwohl dabei. Um zumindest etwas beigesteuert zu haben, legte ich heimlich fünf Dollar Trinkgeld auf den Tisch.

Gedankenverloren sah ich Ivys schlankem Rücken hinterher, der zwischen den Tischen in Richtung Toiletten verschwand. Die Vorstellung, dass ich die nächsten Jahre sehr viel Zeit mit diesem Mädchen verbringen würde, war irgendwie eigenartig. Wenn alles glattlief, waren es zwar nur ein paar Semester, in denen ich mich um Ivy Redmond würde kümmern müssen, aber in dieser Zeit würde sich meine gesamte Welt um sie drehen. Meine Beziehung zu Ivy würde teilweise ziemlich intim werden, selbst wenn meine Aufgabe nur darin bestand, sie in die Vorlesungen zu begleiten, vor der Toilette auf sie zu warten, und sie dabei zu beobachten, wie sie ihr Leben lebte. Langsam wurde mir bewusst, warum mein Gehalt so unverschämt hoch war. Der Bodyguard eines Menschen zu sein, beinhaltete eindeutig mehr, als sich vor eine Kugel zu werfen oder Paparazzi abzuwimmeln. Ein Bodyguard begleitete seinen Schützling durchs Leben. Sah ihn lachen, weinen und war dabei ein fester Bestandteil seines Alltags. Diese Art von Beziehung basierte auf sehr viel Vertrauen. Etwas, das zwischen Ivy und mir noch lange nicht bestand. Wenn ich ehrlich war, war ich mir im Moment auch gar nicht sicher, ob ich diese Art von Beziehung überhaupt zu ihr aufbauen wollte.

Scheiße! Worauf hatte ich mich da nur eingelassen? Die Panik drückte mir kurz den Atem ab und ich musste ein paarmal tief durchatmen, bis ich wieder wusste, warum ich das alles hier tat. Ivy war mein Ticket in die Freiheit. Ivy war nur der Anfang. Nicht mehr und nicht weniger. Nichtsdestotrotz musste ich langsam anfangen, diese verkrampfte Stimmung zwischen uns zu kitten. Es konnte schließlich nicht sein, dass wir uns jedes Mal in die Haare bekamen, sobald wir uns sahen.

Nach wenigen Minuten kam Ivy von den Toiletten zurück. Ein frisch geflochtener Zopf hing ihr über der Schulter und das Sonnenlicht brachte ihre hellen Haare zum Leuchten. Sie lächelte einen Studenten an, der etwas zu ihr sagte. Die Sommersprossen auf ihrem Nasenrücken tanzten und ich spürte, wie mein Herz sich zusammenzog. Sie war wirklich hübsch. So ganz anders als auf den Fotos, die ich gesehen hatte. Am meisten verblüffte mich jedoch diese widersprüchliche Ausstrahlung: irgendwie unsicher, aber gleichzeitig sehr selbstbewusst. Eine gefährliche Mischung. Wie salzig und süß.

»Fertig?«, fragte ich, als Ivy wieder neben mir stand. Sie blickte mich kurz an, dann nickte sie. Fuck! Dieser Augenaufschlag. Und diese langen Wimpern.

Nachdem Ivy sich ihre Handtasche geschnappt hatte, gingen wir zusammen in Richtung des Springbrunnens, der so sehr nach Chlor roch, dass es mir beinahe sämtliche Nasenhaare wegätzte.

Ivy blieb trotzdem bewundernd davor stehen. Die Moskitos, die trotz der Mittagszeit um das Wasser herumschwirrten, schienen sie nicht im Geringsten zu stören. Sie holte ihr Handy heraus, lehnte sich mit der Hüfte gegen den Brunnen und schoss ein Selfie. Dabei war ihr allerdings die Sonne, die plötzlich hinter einer Wolke hervortrat, in die Quere gekommen, und sie hatte im falschen Moment die Augen zusammengekniffen.

Amüsiert beobachtete ich, wie sie frustriert das Ergebnis betrachtete. Als ich über ihre Schulter einen Blick auf das Foto warf, musste ich schnell ein Lachen unterdrücken, denn auf dem Schnappschuss kniff sie das Gesicht so sehr zusammen, dass sie wie ein Mops aussah. Ein niedlicher Mops.

»Soll ich ein Foto von dir machen?«, bot ich an. Ich konnte mir das Lachen nicht länger verkneifen.

Ivy guckte beleidigt. »Das ist gar nicht so einfach«, verteidigte sie sich.

»Ein Selfie zu machen?«, fragte ich ungläubig.

»Die Sonne hat mich geblendet.«

»Dann darfst du eben nicht in die Sonne schauen.«

»Ach ja? Na dann zeig mal her, wenn du es besser kannst.«

Ich seufzte, nahm ihr das Handy aus der Hand, legte einen Arm um ihre Schultern und zog sie an mich. »Sag: Ryan ist der Größte!«, wies ich sie an und in dem Moment, in dem sie mich wütend anstarrte, drückte ich den Auslöser. »Bitte schön.« Zufrieden betrachtete ich das Ergebnis.

Ivy lugte darauf und schnaubte. »Das zählt nicht! Du hast die Sonnenbrille auf.«

»Schön, dann machen wir eben noch eins ohne Brille.« Ich schob mir gerade das billige Gestell auf den Kopf, als uns eine Stimme unterbrach.

»Hey, soll ich vielleicht ein Foto von euch machen?« Vor uns stand eine junge Studentin. Ihr Gesicht wurde von einem schwarzen Bob eingerahmt und sie schien uns schon die ganze Zeit beobachtet zu haben, denn sie gab sich sichtlich Mühe, uns nicht auszulachen.

»Nein danke«, sagte Ivy im gleichen Augenblick, in dem ich »Ja bitte« sagte. Genervt sahen wir uns an.

»Komm schon«, raunte ich ihr zu. »Sonst hast du am Ende gar kein Erinnerungsfoto von deinem ersten Tag an der UCF.«

Ivy pustete sich eine Haarsträhne aus dem Gesicht. Sie funkelte mich noch ein paar Sekunden wütend an, doch dann nickte sie. »Okay, dann bitte ja«, sagte sie an das Mädchen gewandt.

Ivy wollte ihr gerade ihr Handy geben, als das Mädchen stattdessen eine runde gelbe Kamera hochhielt. »Wenn ihr wollt, kann ich auch ein Polaroid machen? Dann könnt ihr das Foto gleich mitnehmen«, bot sie an.

Ivy blinzelte irritiert. »Willst du Geld dafür haben?«

»Ach was.« Das Mädchen winkte ab und stellte lächelnd die Kamera ein. »Ich studiere Fotografie im dritten Jahr. Dieses Jahr ist Polaroid dran und ich wollte sowieso ein wenig üben. Ihr zwei seid ein süßes Paarmotiv.«

»Wir sind kein …«, fing Ivy an.

Doch ich zog sie bereits an mich. »Lächeln, Liebling«, sagte ich grinsend.

Als Antwort kniff sie mich in die Seite. Es tat nicht wirklich weh, sondern kitzelte eher. Ein Lachen entkam mir und genau in diesem Augenblick drückte das Mädchen auf den Auslöser. Es klickte und schon schoss ein kleines weißes Bildchen heraus. Die Studentin senkte die Kamera, nahm das Bild heraus und begann, es in der Luft zu wedeln.

»Eigentlich bringt das gar nichts«, erklärte sie uns amüsiert. »Aber ich kann nicht anders.« Sie musterte das Foto und reichte es uns, sichtlich zufrieden mit dem Ergebnis. »Hier, bitte schön! Ist toll geworden.«

»Danke«, sagte Ivy und nahm das Bild entgegen.

Neugierig schaute ich über ihre Schulter und musste kurz schlucken. Fuck! Auf dem Bild sahen wir wirklich aus wie ein Paar. Meine Arme waren um Ivys Taille geschlungen. Ich lachte und sah dabei tatsächlich … glücklich aus. Ivy selbst berührte mich mit einer Hand an der Brust. Sie sah zu mir auf und ein sanftes Lächeln umspielte ihre Lippen, während ihre hellen Haare in der Sonne glänzten.

»Es ist … nett«, presste ich hervor. »Danke noch mal«, fügte ich an das Mädchen gewandt hinzu.

»Kein Ding. Ich muss dann aber auch schon weiter. Viel Spaß noch euch beiden«, sagte sie und winkte uns zum Abschied noch kurz zu, während sie in Richtung Parkanlage davoneilte.

»Kann ich es behalten?«, fragte Ivy zögernd, nachdem das Mädchen außer Hörweite war, und drückte das Polaroid an ihre Brust. »Oder willst du es haben?«

Ich schnaubte nur. Erst jetzt fiel mir auf, dass ich immer noch einen Arm um Ivys Taille geschlungen hatte. Schnell ließ ich sie los und trat zwei Schritte zurück. Ivy atmete einmal tief durch.

Ich räusperte mich verlegen. »Was willst du noch sehen?«, erkundigte ich mich schnell, damit die Situation nicht noch unangenehmer wurde.

Sie schluckte. »Nichts mehr. Ich glaube, ich will zurück ins Wohnheim und meine restlichen Sachen auspacken.«

Ich nickte und setzte die Brille wieder auf. Schweigend gingen wir zurück ins Wohnheim. Unsere Schritte knirschten auf dem

Kies und ich merkte, wie Ivy ein paar Studenten sehnsüchtig beim Frisbeespielen beobachtete. Ich notierte mir, so ein Ding zu besorgen.

»Brauchst du noch was?«, erkundigte ich mich knapp, als wir ihr Zimmer erreichten.

Sie ließ sich aufs Bett fallen und schüttelte müde den Kopf. »Nein, du kannst jetzt wieder zu den beiden Mädchen gehen.«

»Welche Mädchen?«, fragte ich verwirrt.

Sie schnaubte. »Na, die beiden auf dem Sofa. Beide blond und die eine lacht wie eine Hyäne.«

Ach die! Stimmt. Wie hieß sie noch mal? Clara? Cory? Keine Ahnung, aber ihr Lachen war wirklich fürchterlich gewesen.

Ich ignorierte Ivys bissigen Kommentar und verdrehte nur die Augen. »Ich bin dann in meinem Zimmer«, sagte ich, damit sie mich nicht suchen musste, und schloss die Tür.

# IVY

»Ivy! Aufwachen!«

»Mhmm…« Brummend streckte ich mich unter der Decke. »Jetzt nicht, Maria. Ich will noch kein Frühstück. Ist noch viel zu früh«, nuschelte ich in mein Kissen. Eigentlich sollte sie das wissen. Vor zehn Uhr ging bei mir gar nichts.

»Ivy, hast du den Wecker nicht gehört?«, fragte Maria ungeduldig. Seit wann klang Maria so genervt? Und seit wann war ihre Stimme so tief?

»Mhpf, war zu laut«, nuschelte ich und war bereits wieder dabei wegzudämmern, als mich etwas im Gesicht traf. Kerzengerade schoss ich nach oben und sah mich verwirrt um. Mein Blick fiel auf einen Flipflop, der neben meinem Kopfkissen lag. Also das hätte Maria niemals getan.

»Ivy, steh endlich auf!«

»Was?« Erst jetzt entdeckte ich Ryan, der im Türrahmen stand und mich wütend anstarrte.

»Stell den verdammten Wecker nicht immer ab«, rief er und knallte die Tür wieder hinter sich zu.

Stöhnend ließ ich mich zurück in mein Kissen sinken. Warum zum Teufel hatte dieser Typ eigentlich die Schlüsselkarte für mein Zimmer? Ich musste ihm dieses Ding so bald wie möglich abnehmen. Er konnte schließlich nicht einfach nach Lust und Laune hier hereinspazieren. Noch dazu völlig ohne Grund. Es war noch nicht mal hell draußen – zumindest war es das nicht, als mein Wecker zum ersten Mal geklingelt und ich auf die Snooze-Taste gedrückt hatte. Ich liebte diese Taste wirklich sehr. Doch als ich jetzt zum Fenster sah, war es eindeutig hell draußen. Sehr hell sogar. Schnell schielte ich auf meinen Wecker und … Oh mein Gott, ich kam zu spät zur ersten Vorlesung! Der Schock traf mich wie ein Kübel kaltes Wasser. Plötzlich hellwach, sprang ich aus dem Bett und zog das Erstbeste aus dem feinen Klamottenstapel. Ein weiches Stück Stoff, das sich als quietschgelbes Kleid entpuppte. Nicht gerade das Outfit, das ich am ersten Tag an der Uni hatte tragen wollen, aber zur Not tat es das auch. Kaum hatte ich es angezogen, fiel mir siedend heiß ein, dass ich mich noch duschen musste. Meine Haare waren ungewaschen und die Zähne hatte ich auch noch nicht geputzt. So konnte ich niemals in die Vorlesung gehen.

Schnell schlüpfte ich in meine Flipflops, schnappte mir ein Handtuch samt Toilettenbeutel und sauste zur Tür hinaus. Dabei hätte ich fast Ryan über den Haufen gerannt, der mit verschränkten Armen neben meinem Zimmer stand und wartete.

»Was machst du? Wir müssen los«, rief er mir hinterher.

Ich ignorierte die Frage und eilte an Ryan vorbei in Richtung Bad. Dabei hätte ich beinahe zwei Studentinnen über den Haufen gerannt, die bereits auf dem Weg nach draußen waren. »Sorry!«, entschuldigte ich mich und bog um die Ecke. Abrupt blieb ich stehen, als ich die Schlange von Studentinnen sah, die vor den Sanitäreinrichtungen standen und offensichtlich warteten. Oh nein! Mir war bereits gestern aufgefallen, wie wenig Duschen es für ein ganzes Stockwerk gab, und ich hatte mich schon gefragt, wie das morgens vonstattengehen sollte. Die Antwort war wohl: gar nicht. Oder: früher aufstehen. Mist. Ungeduldig stellte ich mich an und versuchte abzuschätzen, wie lang es noch dauern würde, bis ich duschen oder zumindest aufs Klo gehen konnte.

Eigentlich hatte ich gestern noch alles für den heutigen Tag vorbereiten wollen, doch dann war ich bei einer Folge *Stranger Things* einfach eingeschlafen.

Heute Morgen hatte mein Wecker zwar geklingelt, aber ich … ich war es so gewohnt, dass mich Maria oder ein anderes Dienstmädchen aufweckte, dass ich einfach weitergeschlafen hatte. Ich Idiotin! So viel zum Thema Selbstständigkeit.

Gerade überlegte ich, einfach ungeduscht in die Uni zu gehen, als mich eine große Hand an der Schulter packte. Erschrocken wirbelte ich herum. Doch es war nur Ryan, der mich bereits den Gang zurückschleifte.

»Was machst du? Ich muss da rein!«, jammerte ich und bemerkte, wie uns ein paar Studenten verwundert nachschauten.

Ryan schnaubte nur ungerührt. »Wenn wir so lange warten, kommst du viel zu spät. Hier!«, sagte Ryan und hielt mir eine Tür auf. »Geh da rein, ich halte Wache.«

Entsetzt starrte ich auf den Männerwaschraum. »Das geht nicht«, rief ich mit leicht panischer Stimme.

Ryan warf mir einen ungeduldigen Blick zu. »Natürlich geht das! Er ist im Augenblick leer und wenn jemand reinwill, halte ich ihn auf, bis du wieder draußen bist.«

»Aber … ich … das ist mir peinlich«, sagte ich und tapste unruhig von einem Bein aufs andere. Ich musste dringend aufs Klo.

»Peinlicher, als zu stinken?«, fragte Ryan.

Ich schluckte. »Ich … oh, okay, drei Minuten. Danke!«

Hastig betrat ich den Männerwaschraum und lief sofort zur Toilette. Als ich endlich nicht mehr kurz davor war, an akutem Nierenversagen zu sterben, machte ich eine schnelle Katzenwäsche und flocht mir die Haare zu einem Fischgrätenzopf. Prüfend musterte ich mich im Spiegel. Okay, so betrachtet war das gelbe Kleid doch ganz süß. Ein wenig knapp vielleicht, aber es betonte sehr vorteilhaft meine Figur. Make-up ließ ich im Beutel, da dafür keine Zeit mehr war. Meine dunklen Augenringe kaschierte ich stattdessen mit einer großen Sonnenbrille.

Als ich wenig später wieder zur Tür hinaushuschte, wartete Ryan bereits ungeduldig auf mich. Wortlos hielt er mir meine gepackte Unitasche entgegen.

»Danke«, nuschelte ich. Offenbar hatte er doch nicht wie versprochen die ganze Zeit vor der Tür Wache gehalten.

»Glaub ja nicht, dass ich dich jeden Tag aus den Federn schmeiße«, knurrte er nur, stieß sich ab und ging nach unten.

Ich warf noch schnell mein Handtuch und meinen Toilettenbeutel in mein Zimmer, dann folgte ich Ryan in gebührendem Abstand. Trotz Sonnenbrille kniff ich die Augen zusammen, als wir aus der abgedunkelten Eingangshalle ins Freie traten.

Meine erste Vorlesung fand bei Mrs Garcia statt. Um Punkt acht Uhr morgens, was ich persönlich schon als unzumutbar empfand. Doch dass die Sonne dabei auch noch so unverschämt hell leuchten musste, war fast zu viel für einen morgendlichen Zombie wie mich. Ryan hingegen war offensichtlich ein Frühaufsteher – was ihn in meinen Augen um einiges weniger attraktiv machte. Okay, das war gelogen. Ryan war heiß wie die Hölle, vor allem, wenn er so wie jetzt neben mir über den Campus rannte. Aber zumindest dämpfte es ein wenig meine Schwärmerei für ihn. Vor allem, wenn er in Zukunft jeden Tag um sieben Uhr morgens vor meiner Tür stand und meinen Schlaf der Gerechten störte.

Im Moment hatte ich allerdings ganz andere Sorgen. Eine davon war, dass ich keinen Sport-BH trug. Und der wäre gerade wirklich nützlich gewesen. Aber wer hätte auch ahnen können, dass ich gleich am ersten Tag Frühsport treiben müsste?

Zum Glück war das Truman House, in dem die Literaturvorlesungen stattfanden, relativ nahe gelegen. Der Park entpuppte sich dabei als besonders praktische Abkürzung. Vor allem, wenn man wie wir quer über die Wiese lief und einfach sämtliche Verbotsschilder ignorierte, die das Betreten des Rasens untersagten. Als wir endlich in das Gebäude stürmten und die Treppen zum Vorlesungssaal A hochliefen, schnaufte ich wie ein Walross auf Landgang. Ryan hingegen besaß die Frechheit, nicht mal so zu tun, als hätte ihn dieser Sprint auch nur halb so fertiggemacht wie mich. Ich hasste Menschen mit Kondition.

Schnaufend lehnte ich mich gegen die Wand und fühlte mich absolut elend, mein Blutzucker war im Keller und ich hätte noch im Stehen einfach weiterschlafen können.

»Alles okay?«, fragte Ryan. Er musterte mich kritisch.

»Mhm, nur ein bisschen schwindlig«, gab ich zu und atmete tief durch. Und noch mal.

Etwas raschelte und plötzlich hatte ich eine braune Tüte unter der Nase, aus der es verführerisch duftete. Verwundert hob ich den Blick und sah, wie Ryan kommentarlos eine Thermoskanne aus seiner Tasche holte und mir beides in die Hände drückte.

»Was ist das?«, fragte ich verwirrt. Ich stand völlig auf dem Schlauch.

»Dein Frühstück«, sagte er knapp.

Als ich es endlich schaffte, die Thermoskanne aufzuschrauben, stieg mir sofort der Geruch nach süßem Kaffee in die Nase. Genau das, was ich jetzt brauchte.

»Das ist …« Ich spürte einen Kloß im Hals und schluckte. »Danke«, flüsterte ich.

Ryan nickte nur und deutete mit dem Kopf auf den Vorlesungssaal, in den schon die ganze Zeit Studenten strömten. »Bereit für deinen ersten Tag?«, fragte er leise. Er beobachtete mich aufmerksam, als wollte er keine einzige Bewegung verpassen.

Ich warf einen zögernden Blick in den Saal, klammerte mich an meinem Essen fest und nickte langsam. Bemüht lässig setzte ich einen Fuß vor den anderen. Plötzlich spürte ich eine federleichte Berührung in meinem Rücken und kurz darauf wurde ich von Ryan praktisch in den Raum geschoben.

Die Atmosphäre in dem Raum traf mich vollkommen unvorbereitet. So etwas hatte ich noch nie erlebt. Wahrscheinlich stand mein Mund offen, denn was ich sah, war kein Vorlesungssaal, sondern eher eine Arena mit einer endlos langen Reihe von schmalen Bänken und Stühlen, die sich stufenartig nach oben schraubte. Und ausnahmslos jede Bank war bereits besetzt. Es mussten grob geschätzt über zweihundert Studenten sein. Ein paar saßen sogar auf den Stufen und hatten ihre Rucksäcke zu einem Schreibtisch umfunktioniert. Papier raschelte, Stifte klickten und Tastaturen klapperten bei denen, die einen Laptop mitgebracht hatten.

Hier trafen so viele Arten von Menschen jeder Herkunft, Haut- und Haarfarbe aufeinander, dass ich mich wie erschlagen fühlte. Meine Sinne waren schlichtweg überreizt. Aber zum Glück blieb Ryan neben mir entspannter. Er war die Ruhe in dem Sturm, der gerade über mir zusammenschlug. Lediglich sein Blick verriet ein gewisses Maß an Anspannung und Wachsamkeit, während er blitzschnell die Menschenreihen absuchte. Sondierte er den Raum nach freien Plätzen oder nach einer potenziellen Bedrohung? Beides schien mir hier nicht vorhanden zu sein.

Zittrig holte ich Luft, als Ryan plötzlich schützend einen Arm um meine Schultern legte. Für eine Sekunde versteifte ich mich wegen der plötzlichen Nähe, die wir die letzten beiden Tage über peinlichst zu vermeiden versucht hatten. Für jeden Außenstehenden musste es wie eine nette Geste wirken, aber ich wusste, dass er mir nur helfen wollte. Und tatsächlich. Das sanfte Streicheln seines Daumens beruhigte meinen Puls so weit, dass ich wieder normal atmen konnte. Dankbar sah ich zu ihm auf.

»Keine Angst, ich pass auf dich auf«, flüsterte er und zog mich näher an sich heran. Mein Herz schlug schneller, während Ryan die Führung übernahm und zielstrebig die hinteren Bankreihen anvisierte. Keine Ahnung, wo er da noch einen Platz finden wollte, denn hier hinten teilten sich sogar zwei Studenten einen Stuhl.

»Warte kurz«, sagte er und ließ mich vor der Bankreihe stehen, während er sich geschickt einen Weg über Rucksäcke und ausgestreckte Beine hinweg zu zwei Mädchen bahnte, die mir seltsam bekannt vorkamen. Erst ein paar Sekunden später wurde mir klar, wo ich sie schon mal gesehen hatte. Ryan hatte vorgestern mit ihnen auf dem Sofa geflirtet. Durch den enormen Lärmpegel konnte ich nicht verstehen, was er zu ihnen sagte, doch seine ganze Haltung hatte sich verändert. Flirtete er etwa gerade mit den beiden? Perplex beobachtete ich, wie sich Ryans Lippen zu einem zweideutigen Lächeln verzogen, während sich seine Lider zu einem Schlafzimmerblick herabsenkten. Eine dunkle Haarsträhne fiel ihm in die Stirn, als er den Kopf zur Seite neigte und man den Ansatz eines Tattoos erkennen konnte, das sich sein Schlüsselbein hinaufzog.

Am Schlimmsten war jedoch, wie die Mädchen ihn ansahen. Wie ein verboten köstliches Appetithäppchen, das man ihnen vor die Nase gesetzt hatte. Ein bitterer Geschmack breitete sich auf meiner Zunge aus. Ich presste die Lippen fest zusammen und versuchte, nicht in Ryans Richtung zu schauen. Doch es gelang mir nicht wirklich. Und als ich sah, wie sich die Grübchen in seinen Wangen vertieften, zog sich mein Magen schmerzhaft zusammen. Die Mädchen kicherten. Ich wusste nicht, was Ryan gerade gesagt hatte, aber plötzlich standen sie auf und verließen die Bankreihe. Dabei ignorierten sie mich vollkommen. Ryan jedoch gab mir einen Schubs in Richtung der freien Plätze.

»Setz dich schon mal hin. Ich komme gleich«, raunte er.

»Was machst du? Ich dachte, du passt auf mich auf?«, zischte ich aufgebracht, doch Ryan winkte nur lässig ab, während er den beiden Mädchen hinterhereilte. Wütend sah ich ihm nach.

Schließlich setzte ich mich doch auf einen der frei gewordenen Plätze. Eine schwere Parfümwolke hing über den Stühlen in der Luft, sodass mir fast ein wenig schlecht davon wurde. Am liebsten hätte ich mich woanders hingesetzt, aber da der Raum vollkommen überfüllt war und die Alternative – nämlich der Boden – doch nicht so reizvoll war, blieb ich missmutig sitzen. Ob es auffallen würde, wenn ich Ryan in der Nacht mit seinem eigenen Kissen erstickte?

Da ich immer noch das Gefühl hatte, jeden Augenblick umzukippen, goss ich mir einen Kaffee ein und lugte in die braune Tüte. Darin waren ein Blaubeermuffin und ein Panino. Die Geste war so nett, dass ich verwirrt die Augen schloss. Ich verstand Ryan MacCain einfach nicht. Warum musste er nur immer den arroganten Bad Boy raushängen lassen, wenn er sich doch offensichtlich Gedanken um mich machte?

Seufzend schloss ich die Augen und schlürfte an dem Kaffee, und mein Magen entspannte sich langsam. Ryan musste wider besseren Wissens ein Pfund Zucker in den Kaffee geschüttet haben. Er war einfach perfekt.

»Entschuldige, ist der Platz neben dir noch frei?«, erklang plötzlich eine Stimme neben mir.

Ich öffnete die Augen, um zu sehen, wer mich da angesprochen hatte, und verschluckte mich prompt an meinem Getränk. Holy Moly! Vor mir stand ein Abercrombie-Model – mit durchdringend blauen Augen. Der Typ schnaufte, als wäre er gerannt, und Schweißtropfen glänzten auf seiner Stirn. Sein T-Shirt schmiegte sich so eng an seine Brust, als hätte es ihm jemand aufgemalt. Und wenn er lächelte, blitzte ein Grübchen an seinem Kinn auf.

Beinahe schüchtern deutete er auf den Platz neben mich. »Ist da noch frei?«, hakte er nach. Seine Stimme klang etwas verunsichert, was aber vielleicht daran lag, dass ich ihn einfach nur anstarrte.

»Äh, nein, äh, ja … klar, setz dich«, sagte ich völlig überfordert von so viel männlicher Perfektion und erntete dafür ein schönes Lächeln, für das andere bestimmt viel Geld ausgegeben hätten. Und ich musste es wissen. Meine makellosen Zähne hatten ein halbes Vermögen gekostet.

»Danke«, stieß er hervor und ließ sich neben mich fallen. Erschöpft schloss er kurz die Augen und fuhr sich gähnend durch das glatte blonde Haar. »Gott sei Dank bin ich noch rechtzeitig! Ich habe verschlafen und dachte schon, ich komme als einziger Vollidiot zu spät in die erste Vorlesung«, murmelte er und sah dabei genauso fertig aus, wie ich mich fühlte. Offenbar war ich doch nicht die einzige Person auf dieser Welt, die mit dem frühen Aufstehen überfordert war. Sofort wurde mir leichter ums Herz.

»Keine Sorge.« Ich schenkte ihm ein verschmitztes Grinsen. »Ich bin auch gerade erst vor einer Minute reingewankt.« Wie zur

Bestätigung knurrte mein Magen laut und wütend. Ich verzog gequält das Gesicht.

»Ich glaube, dein Magen redet gerade mit meinem«, sagte er lachend.

»Auch kein Frühstück gehabt?«, fragte ich schmunzelnd, griff in die Tüte und holte mein Panino heraus.

»Nein«, murmelte er betrübt. »Meine Froot Loops waren leer.«

Ich lachte. »Du magst Froot Loops?«, fragte ich ihn und biss genüsslich in mein Panino.

Er räusperte sich verlegen. Offensichtlich war es ihm doch ein bisschen peinlich. Aber schließlich zuckte er mit den Schultern. »Ein Teil von mir ist wohl nie darüber hinweggekommen, zehn geworden zu sein«, witzelte er, lehnte sich zurück und sah sich im Vorlesungssaal um, während ich den Rest meines Paninos aufaß.

Ich hatte mich schon fast damit abgefunden, dass unser nettes Geplänkel damit beendet war, als er sich wieder zu mir drehte.

»Weißt du«, sagte er leise. »Das Dümmste war, dass auf der Schachtel sogar ein Post-it klebte, auf dem *Neue kaufen!* stand.« Er fing an zu lachen. Und kurz darauf stimmte ich mit ein, weil, na ja, mir hätte das auch passieren können.

Ich biss mir auf die Unterlippe und musterte meinen Sitznachbarn neugierig. Seine Haltung war entspannt, während er mit einem Stift herumspielte, der schwer und gleichzeitig teuer aussah. Als Vorschulkind hatte ich einen ähnlichen besessen. Ich erinnerte mich noch genau an die rote Kappe und die Gravur am Ende, die ich damals zwar noch nicht hatte lesen können, die ich aber gerne mit der Fingerspitze nachgefahren war. Der Stift hatte ein kleines Vermögen gekostet und war so schwer, dass ich ihn mit meiner kleinen Hand kaum hatte halten können.

»Schreibst du nicht mit deinem Notebook mit?«, fragte ich neugierig und deutete auf die restlichen Studenten, die fast alle ihre Laptops vor sich hatten.

Er schüttelte den Kopf. »Ich muss gestehen, ich habe nicht daran gedacht, ihn mitzunehmen. Ich dachte, am ersten Tag würde es noch ein bisschen entspannter zugehen.«

»Sieht wohl nicht so aus.« Ich seufzte und holte meinen Muffin heraus. Der Geruch nach Blaubeeren und süßem Teig stieg mir in die Nase und gerade als ich hineinbeißen wollte, hörte ich neben mir ein lautes Knurren. Ich wandte den Kopf und sah, wie mein Sitznachbar rot wurde. Ich unterdrückte ein Grinsen. »Willst du ein Stück?«, bot ich ihm an.

»Ach nein, danke«, sagte er. »Mein Magen ist nur unglaublich indiskret. Ich werde gleich ein Wörtchen mit ihm reden müssen.« Genau in dem Moment knurrte sein Magen noch lauter. Was meinen Sitznachbarn nur noch röter werden ließ.

»Hier, nimm.«

»Wirklich?« Seine Augen wurden groß, als ich meinen Muffin in zwei Hälften brach und ihm eine davon hinhielt. Dankbar nahm er sie an. Zufrieden aßen wir vor uns hin, während wir uns hin und wieder schüchtern anlächelten.

Nach einer Weile räusperte er sich. »Fühlst du dich auch ein wenig überfordert von so vielen Leuten?«, erkundigte er sich, während er hungrig zu dem Rest des Muffins in meiner Hand schielte. Seufzend brach ich das kleine Stück entzwei und reichte ihm eine Hälfte.

»Ziemlich«, gestand ich und nahm noch einen Schluck von meinem Kaffee.

»Ich war vorher an einer privaten Highschool, da waren wir genau sechs Schüler in einer Klasse«, erzählte er mir. »Im Vergleich dazu ist das hier …« Er verstummte und ließ seinen Blick über den überfüllten Hörsaal schweifen.

Aber er musste auch gar nicht weiterreden. Ich wusste genau, was er meinte. Bei mir war es ähnlich gewesen. Ich hatte jahrelang Privatunterricht bekommen und nur wenige Kurse, wie etwa Reiten und Fechten, in einer Gruppe gehabt. Mich hatte der Anblick von so vielen Studenten in einem Saal auch vollkommen überwältigt. Wenn Ryan nicht bei mir gewesen wäre …

»Bist du hier eigentlich in einer Verbindung?«, unterbrach er meine Gedanken und maß mich mit neugierigen Blicken.

»Nein, ich wohne momentan noch im Wohnheim. Allerdings habe ich überlegt, einer beizutreten«, schwindelte ich, um das Gespräch nicht sofort im Keim zu ersticken, indem ich zugab, dass Verbindungen für mich nicht infrage kamen. »Bist du denn Mitglied in einer?«

Er nickte und fuhr sich durchs Haar. »Ja, ich bin Mitglied bei Delta Phi. Gestern fand die Begrüßungsparty statt, darum auch der Brummschädel.« Er gähnte ausgiebig. Dabei sah ich etwas an seinem Handgelenk aufblitzen, das meine Aufmerksamkeit erregte. Eine Uhr. Aber nicht einfach irgendeine Uhr. Es war zwar keine Rolex, aber wenn mich nicht alles täuschte, handelte es sich um eine Junghans aus der aktuellen Saison. Und die war aus echtem Platin.

Irritiert setzte ich meinen prüfenden Blick auf, der mir schon so einige Male dabei geholfen hatte zu erkennen, was ein echter Diamant und was doch nur funkelndes Glas war. Mit dem schlichten T-Shirt und der Jeans wirkte er zwar wie der hübsche Junge von nebenan. Aber als ich ihn genauer musterte, fielen mir einige Kleinigkeiten auf, die auf ziemlich viel Geld hindeuteten. Seine Bootsschuhe von Armani waren unverkennbar aus Echtleder, und die

Tasche, die er achtlos neben sich hatte fallen lassen, war wahrscheinlich ein unbezahlbares Einzelstück. Aber vor allem seine aufrechte und betont lässige Haltung war ein eindeutiger Beweis. Niemand sonst würde den Rücken so gerade halten. Ich zermarterte mir das Hirn, ob ich ihm schon mal begegnet war. Möglich wäre es.

Mein Sitznachbar schien meinen neugierigen Blick bemerkt zu haben, denn er streckte mir plötzlich die Hand entgegen. »Nachdem wir schon so feierlich den Muffin geteilt haben, sollten wir uns vielleicht auch vorstellen« Er grinste schief. Sein linker Schneidezahn war ein wenig spitz. »Hi, ich bin …«

»… im Weg. Das ist *mein* Platz.«

Wir zuckten gleichzeitig zusammen, als ein Schatten über uns auftauchte. Ryan stand direkt vor uns und bedachte meinen Sitznachbarn mit einem solch kühlen Blick, dass ich nur erschrocken blinzeln konnte.

Mein Banknachbar riss überrascht die Augen auf und hob abwehrend die Hände. »Wow, Mann, kein Stress. Ich habe gefragt, ob ich mich hinsetzen kann, und sie hat es mir erlaubt.« Er deutete auf mich.

Ryan funkelte mich an. »So, hat sie das?«

Am liebsten hätte ich die Augen verdreht, aber ich hielt mich zurück und zuckte nur mit den Schultern. »Du warst nicht da und ich wusste ja nicht, wann du zurückkommst.« Das *ob überhaupt* hing vorwurfsvoll zwischen uns in der Luft.

»Tja, es ist trotzdem mein Platz«, sagte Ryan mürrisch. »Also solltest du die Biege machen, Kumpel.«

Mein Banknachbar zögerte. Doch Ryans einschüchternder Blick schien schließlich seine Wirkung zu zeigen, denn er seufzte schwer und schnappte sich seine Tasche.

»Sicher, sorry. Wir sehen uns bestimmt noch.« Er lächelte mir zwar zum Abschied zu, aber leider sah es nicht mehr ganz so freundlich aus wie vorhin. Was ich ihm nicht mal zum Vorwurf machen konnte. Er musste sich gerade ziemlich verarscht vorkommen.

Kaum war mein Sitznachbar aufgestanden, setzte Ryan sich wortlos neben mich und starrte finster an die Tafel, die gefühlt kilometerweit unter uns war.

»Du hättest ihn nicht von seinem Platz werfen müssen«, sagte ich wütend.

Er sah auf und blähte die Nasenflügel. »*Sein* Platz? Es ist *mein* Platz! *Ich* habe ihn besorgt.« Ja, aber wie. Die Mädels waren auch nirgends mehr zu sehen. Wahrscheinlich lagen sie noch wundgeküsst in der nächsten Besenkammer und schwelgten in Erinnerung an die besten fünf Minuten ihres Lebens.

»Aber du brauchst den Platz doch gar nicht. Du hättest genauso gut in einer Ecke stehen und auf mich aufpassen können.« Meine Stimme zitterte vor unterdrückter Wut.

Ryan schnaubte. »Nicht bei so vielen Leuten. Das kann ich tun, wenn die Vorlesungssäle ein wenig leerer sind. Von mir aus warte ich dann auch draußen. Aber solange hier die Hölle los ist, bleibe ich neben dir sitzen. Punkt.«

»Wolltest du dich nicht so wenig wie möglich in mein Leben einmischen?«

»Wolltest du dich nicht bemühen, uns das Leben nicht unnötig schwer zu machen?«

»Was hat das denn damit zu tun?«

Ryan sog scharf die Luft ein. Gerade als er zu einer Antwort ansetzte, wurde eine Tür aufgerissen und eine dürre Frau stöckelte in den Raum. Es war, als hätte jemand auf die Stummtaste gedrückt. Zweihundert Studenten waren auf einen Schlag still. Die Frau ging in die Mitte des Saals, knallte ihren Aktenordner auf den Tisch und bedachte die Klasse – wenn man sie denn so nennen konnte – mit einem strengen Blick.

»Ich bin Mrs Garcia und ich unterrichte Klassische Literatur. Falls Sie der Meinung sind, dass Ihnen hier wie in der Highschool das Händchen gehalten wird und wir jede einzelne Zeile miteinander durchgehen werden, dann empfehle ich Ihnen, sich entweder einen anderen Studienzweig zu suchen oder Ihre Vorstellungen von universitärem Lernen grundsätzlich zu überdenken. In meiner Vorlesung lernen Sie keine Vokabeln oder lesen brav Ihre Texte vor. Sie lernen hier komplexe Textstrukturen zu analysieren, zu kritisieren und vor allem zu kommentieren. Gelesen wird zu Hause. Ihre Arbeiten werden mit Noten bewertet. Wer keine Arbeit abliefert, bekommt auch keine Note und damit auch nicht die nötigen Credits, um ins nächste Semester zu kommen. Wir behandeln in diesem Kurs Werke, von denen ich persönlich überzeugt bin, dass sie Ihnen in Ihrer Entwicklung als junge Erwachsene weiterhelfen. Ob Sie in meinen Unterricht kommen oder ihn schwänzen, interessiert mich nicht. Aber wenn Sie den Aufwand betreiben und hierherkommen, erwarte ich stillschweigenden Fleiß und einen offenen Geist. Das heißt im Klartext: keine Handys, kein Internetsurfen, keine Briefzettelchen. Wenn ich auch nur einen davon durch meinen Klassenraum fliegen sehe, befördere ich den Unruhestifter in Kreatives Schreiben Teil 1. Dort können Sie Ihre Ergüsse der Welt mitteilen, ohne mich dabei zu stören.«

Wow. Das war mal eine Ansage. Mrs Garcia war in etwa so kuschelig wie eine Käsereibe. Sie war gerade mal zwei Minuten im Raum und schon hatte ich Respekt vor ihr – und panische Angst, in diesem Fach durchzufallen. So ähnlich schien es auch den anderen Studenten zu gehen, denn man hörte nur noch einheitliches Klicken von Kugelschreiberminen, die ausgefahren wurden, oder das Klackern von Laptoptastaturen. Mrs Garcia warf uns einen scharfen Blick zu, wartete, bis die Aufmerksamkeit sämtlicher Studenten wieder auf sie gerichtet war, und begann mit ihrer Vorlesung.

# RYAN

Ich beobachtete Ivy, wie sie über ihren Block gebeugt dasaß und hektisch mitschrieb. Der ganze Saal schien in einen angsterfüllten, fast schon panischen Zustand verfallen zu sein. Ich hatte nicht mal einen Block dabei, geschweige denn einen Stift. Die Uni wusste von mir und meiner Funktion als Begleitschutz. Offiziell war ich nur als Gaststudent eingeschrieben und musste keine Credits abliefern, um ins nächste Semester zu kommen. Demnach war ich auch nicht gezwungen, so zu tun, als würde ich dem Unterricht folgen, während ich eigentlich Ivy anstarrte und dieses Kleid verfluchte.

Sie hatte ein knallgelbes Kleid angezogen – und ich wurde auch noch scharf dabei. Angestrengt versuchte ich, meine Gedanken in eine andere Richtung zu lenken, was bei dem langweiligen Geplapper über Literatur ziemlich schwer war. Ständig ging es nur um Liebe, Leid und Krieg. Und das alles in einer Sprache, die absolut nicht mehr aktuell war. Am liebsten würde ich Mr Darcy sagen, wo er sich seinen Stolz hinstecken konnte. Diese Art von Büchern war das Langweiligste, womit man sich meiner Meinung nach beschäftigen konnte. Außer vielleicht mit Briefmarken sammeln.

Die Professorin schien schwer motiviert zu sein, ihre Studenten schon am ersten Tag zur Verzweiflung zu treiben. Sie warf mit dem Beamer so schnell eine PowerPoint-Folie nach der anderen an die Wand und kommentierte das Ganze mit Jahreszahlen und französischen Namen, dass es an ein Wunder grenzte, wenn man auch nur ein Drittel von dem Stoff mitbekam. Die Hälfte der Studenten hatte bereits nach zehn Minuten aufgegeben – sowohl mit Zuhören als auch mit Mitschreiben. Andere starrten nur noch panisch auf die Dozentin.

Ivy kritzelte indessen verbissen weiter. Immer wieder verengten sich ihre Augen zu Schlitzen, während sie konzentriert auf die Folie starrte, ohne dabei auch nur einmal im Schreiben innezuhalten. Unauffällig schielte ich auf ihre Mitschrift und musste ein Grinsen unterdrücken. Für ein Mädchen hatte sie eine ziemliche Sauklaue. Wie sie das jemals wieder entziffern wollte, war mir ein Rätsel.

Auf einmal steckte sie fluchend ihren Stift hinters Ohr, wühlte hektisch in ihrer Tasche herum und holte etwas heraus.

»Nicht lachen«, zischte sie und setzte sich eine riesige Brille auf die Nase, mit der sie aussah wie eines der Chipmunks ….

Ich prustete los. Erst zwei Sekunden später wurde mir klar, dass die Warnung mir gegolten hatte. Schnell versuchte ich, das Lachen mit einem Hustenanfall zu überspielen. »Nette Brille«, presste ich erstickt hervor, wofür ich einen unauffälligen Mittelfinger unter der Bank kassierte.

Himmel! Dafür, dass Ivy immer noch fluchte wie eine Zwölfjährige, warf sie mit ganz schön krassen Gesten um sich. Unauffällig beobachtete ich sie weiter dabei, wie sie hektisch auf ihrem Zettel herumschmierte und verzweifelt versuchte, alles mitzuschreiben. Als sie meinen Blick bemerkte, funkelte sie mich wütend an. »Hör auf, mich anzuglotzen.«

»Warum?«, flüsterte ich zurück. »Bist du etwa immer noch sauer wegen vorhin?«

»Sauer? Ich? Nicht doch. Ich finde es toll, wenn du mich wegen zwei Parfumtussis einfach sitzen lässt.«

»Parfumtussis?«, echote ich verblüfft.

»Ja! Es stinkt hier immer noch nach Hello Kitty Pink Wild Tiger.«

»So einen Duft gibt es doch gar nicht.«

»Ach ja? Willst du wetten?«

»Niemals. Ivy, sag mal, bist du etwa eifer…«

»Die Dame mit den pinken Haaren und der junge Herr mit den Nieten im Gesicht! Möchten Sie uns nicht an Ihrem sicher überaus interessanten Gespräch teilhaben lassen?«

Keine Ahnung, wer mehr zusammenzuckte, Ivy, ich oder der gesamte Saal. Ivy sah panisch auf, als die Professorin uns quer durch den Saal ansprach, während ich mir auf die Lippen biss. Scheiße.

»W…wie bitte?« Ivys Stimme war nur noch ein hohes Piepsen und sie sah aus wie Bambi im Scheinwerferlicht.

Mrs Garcia schnaubte und trat mit ihren Storchenbeinen ein paar Schritte nach vorne. »Da wir bereits geklärt haben, dass ich keine unnötigen Störungen in meinem Kurs wünsche, und ich Sie für eine kluge Person halte, würde ich gerne wissen, warum Sie es als nötig erachten, meinen Unterricht zu stören. Entweder Sie diskutieren gerade über den wesentlichen Grund der Spätentwicklung der Amerikanischen Literatur im 19. Jahrhundert oder es handelt sich um einen Notfall. In beiden Fällen würde mich Ihr Getuschel brennend interessieren.«

»Ich … ähm … ich …«

Hektisch blätterte Ivy durch ihre Unterlagen und suchte nach einer Notiz, die sie als Diskussionsgrund vorschieben konnte. Doch ihre Mitschrift war so unleserlich, dass sie höchstens Ort,

Zeit und Datum würde vorlesen können. Mit jeder quälenden Sekunde, die verstrich, wurde sie blasser.

»Ja? Reden Sie ein wenig lauter, meine Liebe. Ich glaube, inzwischen wollen wir alle wissen, welche Weisheiten Sie mit uns teilen wollen.«

»Ich … ich …«

»Wir haben gerade über die Ablösung der klassischen europäischen Literatur gesprochen. Und warum sich die Amerikanische Literatur erst so spät von europäischen Vorbildern gelöst hat. Im Prinzip verdanken wir diese neue Entwicklung Autoren wie Mark Twain, die der Ansicht waren, ihre *Americanness* unterstreichen zu müssen. Aber bedeutet das nicht auch, dass die Amerikanische Literatur nur deshalb entstanden ist, weil diese Autoren ihren Länderstolz hervorheben und sich von Europa differenzieren wollten?«

Es war mucksmäuschenstill im Raum. Alle starrten mich an und ich bereute … nein, eigentlich bereute ich es nicht, Ivy geholfen zu haben. Immerhin war das mein Job.

Mrs Garcia verengte die Augen. »Ich verstehe, Mr …?«

»MacCain. Ryan MacCain.«

»Schön, Mr MacCain. Den amerikanischen Schriftstellern ging es nicht darum, sich von Europa zu differenzieren. Vielmehr waren sie darin bestrebt, sich Europa ebenbürtig zu stellen. Das taten sie in erster Linie dadurch, dass sie sich von dem klassischen Leitbild lösten und sich stattdessen in der Eigenständigkeit ihrer noch jungen, aber doch stolzen Nation ausdrückten. Ein Bestreben, aus dem sich die *Great American Novel* herauskristallisiert hat«, klärte sie mich mit harter Stimme auf.

»Das heißt, man könnte diese Autoren als Rebellen bezeichnen?«, hakte ich nach.

Sie schnaubte. »Wenn Sie so wollen, Mr MacCain. Allerdings hat das Abgrenzungsverhalten der USA gegenüber dem Kontinent auch gleichzeitig die politische Stimmung widergespiegelt.«

»Also war die *Great American Novel* eine Art Propaganda?«

Mrs Garcia neigte den Kopf. »Sie haben eigenartige Ansichten, Mr MacCain. Um das zu klären, müssten wir wohl die gesamte Stunde diskutieren. Aber da Sie dieses Thema so brennend zu interessieren scheint, dürfen Sie mir bis Ende nächster Woche gerne eine Arbeit über dieses Thema abliefern.«

»Was?« Entsetzt starrte ich sie an, doch Mrs Garcia hatte bereits die nächste PowerPoint-Folie an die Wand geworfen.

Seufzend lehnte ich mich zurück. Kacke! Wie sollte ich die Professorin jetzt davon überzeugen, dass ich gar kein Student war, sondern nur das Maul aufgerissen hatte?

Als es endlich zum Ende der Vorlesung klingelte, war ich nicht der Einzige, der erleichtert aufstöhnte. Der gesamte Saal klappte in sich zusammen. Nur Ivy warf mir immer wieder schiefe Blicke zu, während sie ihre Sachen in die Tasche packte.

»Was schaust du so? Habe ich was im Gesicht?«, fragte ich gereizt. Ächzend stand ich auf und streckte mich. Diese Stühle waren so ungemütlich, dass mir alles wehtat.

Ivy zog eine Augenbraue hoch und warf sich die Tasche über die Schulter. »Nicht im Gesicht, sondern im Kopf – und es ist offensichtlich ein Hirn. Woher weißt du das alles?«, fragte sie neugierig. »Ich meine, die Hälfte von dem, was du gesagt hast, habe ich ja nicht mal verstanden.«

Statt zu antworten, zuckte ich nur mit den Schultern.

»Sag schon«, bohrte sie nach, während ich uns einen Weg zwischen den Studenten zur Tür bahnte. Was gar nicht so einfach war. Immer wieder warf ich einen prüfenden Blick durch den Raum.

»Ich habe bereits ein Semester studiert, bevor ich mich für eine Ausbildung als Bodyguard entschieden habe. Das alles ist also nichts Neues für mich«, erklärte ich ihr und drängte mich an ein paar Typen vorbei.

Ivy war dicht neben mir. »Du hast studiert?«, fragte sie neugierig.

»Jap.«

»Warum hast du aufgehört?«

Oh. Diesen Blick kannte ich noch gar nicht von ihr. Ihre blauen Augen waren starr auf mich gerichtet, als würde sie jedes kleinste Detail analysieren wollen. Betont gleichgültig zuckte ich erneut mit den Schultern.

»Ich wollte nicht mehr.«

»Du wolltest nicht mehr?«, echote sie ungläubig.

»Sagte ich doch gerade.«

»Warum zum Teufel sollte man das nicht wollen?«, fragte sie und deutete in Richtung des Studententrubels. »Ich meine, das alles ist doch total aufregend. Das ist unser Leben, hier können wir endlich sein, wer wir wollen, und … und …« Sie kam ins Stottern, als sie meinen Gesichtsausdruck bemerkte. »Was?«, fragte sie verunsichert.

Scharf sog ich die Luft ein. Ich atmete tief durch und versuchte ruhig zu bleiben, doch es gelang mir nicht wirklich. »Ich habe mich eben anders entschieden«, sagte ich gereizt. »Nicht alle haben so viel Zeit und Kohle, um auf einen Selbstfindungstrip zu gehen, Ivy. Es gibt Menschen, die wissen bereits, was sie wollen, ohne dabei von zu Hause abhauen zu müssen.«

Als ich merkte, wie Ivy zusammenzuckte, bereute ich es, ihr

die Worte so direkt an den Kopf geworfen zu haben. »Ivy, sorry, ich …«

»Nein!« Abwehrend hob sie eine Hand, vermied es jedoch, mich dabei anzusehen. »Vergiss es einfach. Entschuldige, dass ich gefragt habe.«

»Ivy!«

»Lass es, Ryan.«

Na toll. Jetzt war sie wieder sauer auf mich. Und ich konnte es ihr nicht mal vorwerfen. Ich war echt ein Arsch. Aber dieses Thema brachte eine Wut in mir hoch, von der ich dachte, dass ich sie längst unter drei Tonnen Schweiß, Mühsal und Arbeit vergraben hatte.

Wir schwiegen den gesamten Weg bis zur nächsten Vorlesung, die im Gebäude für Naturwissenschaften stattfand. Ohne mich zu beachten, huschte Ivy in den Hörsaal. Gerade als ich hinterherschlüpfen wollte, spürte ich eine Hand auf meiner Schulter. Verwirrt starrte ich auf die manikürten Finger, die sich in mein Shirt gekrallt hatten, und … Mein Blick wanderte nach oben. Oh! Sie gehörten zu einer der Blonden von vorhin.

»Hi Ray!« Sie grinste mich frech an. »Danke wegen des Kaffees vorhin. Sag mal, du hast nicht zufällig Lust auf einen Brunch?«

Als ich nicht sofort reagierte, klimperte sie verführerisch mit den Wimpern. Die waren niemals echt. Zumindest hatte ich noch nie Wimpern gesehen, die bis zum Haaransatz reichten. Wie hieß das Mädchen noch mal? Chanel? Coco? Nein, aber irgendwas mit C.

»Äh …« Schnell machte ich mich von ihr los und deutete auf Ivy. »Sorry, aber ich habe jetzt Bio und muss …«

»Nein, schon gut, du musst gar nichts«, unterbrach mich Ivy.

»Viel Spaß euch beiden. Wir sehen uns nach der Vorlesung.« Damit knallte sie die Tür zu und ließ mich einfach stehen. Fuck.

# IVY

Ich sollte nicht so angepisst sein, aber Holy Moly, ich war kurz davor, eine Voodoo-Puppe zu basteln, den Namen *Ryan* draufzukritzeln und den Schädel mit einem spitzen Bleistift zu malträtieren.

Immer wieder ertappte ich mich dabei, wie ich in der irrationalen Erwartung zur Tür sah und darauf hoffte, dass Ryan doch noch hereinspazieren würde. Aber er tat es nicht. Natürlich nicht. Die Tür blieb zu und ich saß ohne ihn in der letzten Reihe. Obwohl ich versuchte, mich auf die Bio-Vorlesung zu konzentrieren, wanderten meine Gedanken immer wieder zu Ryan. Ich war so sauer auf ihn, dass ich nicht mal eine vernünftige Mitschrift zustande brachte. Zumindest keine, die man letztendlich auch lesen konnte.

Zu Beginn der Vorlesung hatte ich auch ein-, zweimal nach dem hübschen Studenten, den Ryan vorhin so unfreundlich vertrieben hatte, Ausschau gehalten. Aber er war nicht aufgetaucht. Wahrscheinlich besuchte er gerade einen anderen Kurs. Oder er wollte sich nicht noch mal in einen vollkommen überfüllten Hörsaal setzen. Die Studenten vor mir hatten sich auch kurz darüber unterhalten, ob sie die nächsten Tage nicht einfach blaumachen sollten. Spätestens ab der zweiten Woche würde sich dann auch der Andrang soweit gelegt haben, dass man vernünftig sitzen konnte.

Seufzend pustete ich mir eine Haarsträhne aus dem Gesicht

und konzentrierte mich wieder auf den Vortrag über Zellteilung. Oder zumindest darauf, so mitzuschreiben, dass ich meine Notizen später auch noch entziffern konnte. Dass Ryan vorhin mein unleserliches Gekritzel gesehen hatte, war mir immer noch total peinlich.

Eigentlich sollte ich erleichtert sein, dass Ryan nicht hier war. So konnte er mir wenigstens nicht auf die Nerven gehen. Oder mich ablenken. Aber irgendwie fühlte ich mich seltsam beklommen ohne ihn. Beinahe schüchtern.

Ich hatte ein paarmal versucht, mit dem Typ neben mir zu reden. Doch jedes Mal, wenn ich mich dazu überwunden hatte, ihn anzusprechen, hatte er mit seiner anderen Banknachbarin gequatscht und ihr ziemlich auffällig auf die Brüste gestarrt. Als sie ihn dann ernsthaft gefragt hatte, wo sich die linke Gehirnhälfte befand – und seine Antwort »Öh … glaube links?« lautete –, war mir endgültig die Lust vergangen, mich mit jemandem unterhalten zu wollen.

Als Dr. Preus, unser Biologiedozent, endlich die Stunde für beendet erklärte und den Raum verließ, blieb ich einfach sitzen und überlegte, was ich jetzt tun sollte. Und vor allem, wie ich mich in Ryans Gegenwart verhalten sollte. Denn wenn ich ehrlich zu mir selbst war, gab es keinen triftigen Grund, wütend auf ihn zu sein. Außer vielleicht den, dass Ryan mir grundsätzlich auf die Nerven ging und ich tatsächlich … eifersüchtig war. Oh Shrimp. Verzweifelt vergrub ich das Gesicht in den Händen und stöhnte. Hatte ich denn sonst kein Leben, mit dem ich mich beschäftigen konnte? Ich musste dringend mal meine Prioritäten klären.

»Hey. Willst du so lange hier sitzen bleiben, bis die Putzkolonne dich aufwischt?« Es klackte und eine blaue Flasche Gatorade landete auf meinem Tisch.

Verwirrt starrte ich von dem blauen Getränk zu Ryan, der sich geschmeidig neben mir in den nächsten Stuhl fallen ließ und dabei ziemlich unsexy ächzte. »Hölle, sind diese Dinger unbequem. Warum bleibst du bei diesen Folterinstrumenten freiwillig sitzen?«

Ich seufzte tief. »Keine Ahnung«, murmelte ich und zog das Friedensangebot in Form von blauem Sportwasser an mich. »Ich denke nach …«

»Über?«

Dich, mich … die Welt. Keine Ahnung. Aber das konnte ich natürlich nicht laut sagen. Hilflos zuckte ich mit den Schultern.

»Denkst du gerade sehr langsam oder sehr leise?«, fragte er mich, während er mich mit hochgezogener Augenbraue ansah.

»Ach, verpiss dich.«

»Wie du meinst. Deine Sache.«

Ryan verschränkte die Arme vor der Brust und sah mich ernst an. Seine grünen Augen waren dumpf und seine Haare sahen ein wenig zerstört aus. Wahrscheinlich hatte das blonde Mädchen ordentlich darin herumgewühlt.

Aah! Ich musste damit aufhören!

Schnell senkte ich den Blick und zog das Haargummi heraus, sodass meine Haare wie ein Vorhang mein Gesicht verdeckten. Ich versteckte mich. Vor ihm, vor mir, vor dem, was in meinem Herzen nistete und hervorbrechen wollte.

Mein Herz schlug unnatürlich schnell, während ich auf eine Reaktion von ihm wartete. Einen Kommentar, einen Scherz, egal was. Aber alles, was mir entgegenschlug, war eine gähnende Stille, die viel zu laut gegen meine Ohren drückte. Der Stuhl knackte, als ich mein Gewicht verlagerte und schließlich die Haare aus dem Gesicht strich und Ryan ansah.

Er beobachtete mich.

Zögernd öffnete ich den Mund, doch ich brachte keinen Ton heraus. Etwas in meiner Brust zog sich zusammen und mein Herz raste. Ich wollte etwas sagen. Etwas tun, was diese Situation weniger unangenehm machte. Was die Stille zwischen uns wieder füllen würde, ohne neue Probleme zu verursachen. Stattdessen spürte ich, wie meine Augen nass wurden. Oh nein!

»Ivy …« Seufzend rutschte Ryan näher zu mir heran und schien nicht genau zu wissen, wie er mich am besten trösten sollte. Zögernd nahm er meine blassen Hände in seine und begann, mit dem Daumen über meine Knöchel zu streicheln. »Ivy, sieh mich an«, bat er.

Ich atmete ein paarmal tief durch und versuchte krampfhaft, die Tränen zurückzuhalten. So recht schien es mir aber nicht zu gelingen, denn Ryan zog irgendwo ein Taschentuch hervor und reichte es mir.

Dankbar griff ich danach und putzte mir die Nase. »Tut mir leid. Ich weiß gar nicht, was mit mir los ist.«

Ryan ließ meine Hand los und strich langsam über meine Knie. »Gib dir selbst ein wenig Zeit, dich einzugewöhnen, Ivy«, sagte er ruhig. »Ich weiß, du willst hier durchstarten und endlich du selbst sein. Aber gib dir Zeit. Und dafür, dass du erst ein paar Tage hier bist, machst du das bereits fantastisch.« Er lächelte und etwas in meiner Brust ächzte. Schnell wich ich seinem Blick aus, doch Ryan hob mein Kinn an und zwang mich, ihn wieder anzusehen. »Schau mich an, Ivy.«

»Was?« murrte ich.

Die Stelle, an der er mich berührte, prickelte wie verrückt. Als würden Tausende Volt durch meine Haut jagen. Ryans Finger zuckten.

Seine Lippen öffneten sich und ein warmer Glanz lag in seinen

Augen, der aber schon mit dem nächsten Wimpernschlag durch einen spöttischen Ausdruck ersetzt wurde. »Du hast da übrigens was an der Backe. Das wollte ich dir schon die ganze Zeit sagen.« Er deutete auf meine linke Wange.

Hektisch rubbelte ich mir über die Haut. »Ist es weg?«

»Nein … hier noch.« Ryan zeigte auf meine andere Wange.

Fest rieb ich auch darüber. »Jetzt?«

»An der Nase noch.«

»An der Nase?«

»Ja. Du weißt schon, dieses Ding, das aus deinem Gesicht schaut.«

»Sag mal, verarschst du mich?«, rief ich.

Er grinste und lehnte sich zufrieden zurück. »Nur ein bisschen.«

»Ryan!«

»Was denn? Wenigstens hast du jetzt wieder ein bisschen Farbe im Gesicht. Wir sind in Florida, da sollte niemand so blass sein.«

»Und niemand sollte so ein Kotzbrocken sein«, ätzte ich.

Er lachte. »Selbsterkenntnis ist der erste Schritt zur Besserung. Ich weiß, dass ich ein Arsch sein kann. Aber ich komme bestens damit klar.« Seine Stimme wurde sanfter. »Du hingegen solltest vielleicht darüber nachdenken, wer *du* bist und wer du letzten Endes sein willst.«

Etwas zog sich in meiner Brust zusammen. »Danke für den Rat, Dr. MacCain, ich werde morgen darüber meditieren. Soll ich auch ein Traumtagebuch führen und Ihnen bei der nächsten Sitzung daraus vorlesen?«

»Alles klar, du wirst wieder frech. Dir geht's also besser.«

Gerade als er aufstehen wollte, fasste ich blitzschnell nach seiner Hand und hielt ihn zurück. Ich räusperte mich. »Weißt du denn wirklich, wer du bist?«, flüsterte ich. Dabei vermied ich es – wie der Feigling, der ich war –, ihn anzusehen.

Ryan überlegte kurz. »Ich weiß, wer ich sein *möchte*«, sagte er schließlich. »Aber ich selbst zu sein, kann ich mir nicht leisten.«

»Das ist eine ziemlich verkorkste Antwort«, murmelte ich.

Ryan drückte noch mal meine Hand und löste sich dann aus meinem Griff. »Ich bin auch ziemlich verkorkst.«

So wie ich. Aber das auszusprechen, fühlte sich beinahe zu intim an. Als würden wir uns etwas teilen, das wir nicht teilen sollten.

Ich hob den Kopf und unsere Blicke trafen sich. Plötzlich lag eine Spannung in der Luft, die mir einen kalten Schauer über den Rücken jagte. Mein Atem stockte.

Ryan war auf einmal viel zu nahe. Und trotzdem wünschte ich mir, er würde auch die letzten Zentimeter noch überbrücken. Der Stuhl knackte unter mir, als ich mich nach vorn lehnte. Ryan kam mir entgegen und …

»Hey, habt ihr zufällig mein Handy gesehen?«

Abrupt fuhren wir auseinander.

Oh Gott!

»Was ist?«, blaffte Ryan. Es klang fast wie ein Knurren.

Der Student, der uns gerade unterbrochen hatte, stand immer noch in der Tür und sah uns ein wenig verlegen an. Irgendwas an ihm kam mir trotz der unangenehmen Situation seltsam bekannt vor. Er hatte schwarze Haare, die sich leicht kringelten, und sein Hals wirkte ein wenig zu lang für den Rest des Körpers.

»Sorry.« Der Typ schluckte. »Ich wollte euch nicht stören. Ich … äh, geh dann mal wieder …«

»Hey, du bist doch der 7-Eleven-Typ!«, rief ich, als mir endlich einfiel, woher ich ihn kannte.

Überrascht sah er zu mir zurück. Langsam verschwand der verlegene Gesichtsausdruck und wich einem dämmernden Wiedererkennen. Ein Grinsen breitete sich auf seinen Lippen aus. »Ah, das Gatorade-Mädchen. Hey! Hätte nicht gedacht, dich wiederzusehen.«

»Gatorade-Mädchen?«, echote Ryan.

»Na?« Der Junge grinste verschmitzt und schob schüchtern die Hände in die Hosentaschen. »Hattest du schon Grusilla Garcia? Denkst du bereits darüber nach, das Land zu wechseln? Keine Sorge, so ging es uns allen am Anfang.«

Ich musste ebenfalls grinsen und fühlte, wie sich mein Puls endlich wieder normalisierte. »Ja. Heute früh in Klassische Literatur – und es war furchtbar«, sagte ich. »Sie hat uns beim Tuscheln erwischt.« Ich deutete mit dem Daumen auf Ryan und mich.

»Autsch.« Der Typ verzog das Gesicht. »Aber mach dir nichts draus. An meinem ersten Tag hat sie einen Typen zum Heulen gebracht. Und ich tue jetzt einfach mal so, als wäre es nicht ich gewesen.«

Wir kicherten beide, während Ryan nur gequält das Gesicht verzog.

»Wir waren auch kurz davor«, gab ich zu.

»Waren wir gar nicht«, widersprach mir Ryan.

»Keine Sorge.« Der Junge grinste breit. Genau wie Ryan hatte auch er zwei sehr niedliche Grübchen in der Wange. »Die ersten Wochen sind immer am härtesten. Danach hat sie dich entweder als hoffnungslosen Fall abgestempelt und ignoriert dich bis ans Ende des Semesters, oder sie will deine verdorbene Seele zur Literatur bekehren und drückt dir eine Sonderaufgabe nach der anderen aufs Auge.«

Ich prustete los. »Wie bei Ryan.«

Der Typ sah Ryan mitleidig an. »Möge das Licht mit dir sein, mein Sohn.«

»Das Licht ist einen Scheiß mit mir. Wer bist du überhaupt? Und woher kennt ihr euch?«

Verdutzt guckte ich ihn an. Warum war er auf einmal so unfreundlich? Unauffällig stieß ich ihm meinen Ellenbogen in die Seite. »Das ist …« Schuldbewusst kam ich ins Stocken. »Sorry, wie war noch mal dein Name?«

Er lachte. »Jeff«, sagte er und zwinkerte mir verschwörerisch zu.

»Genau, Jeff! Wir haben uns auf dem Weg hierher kennengelernt. Er war so heldenhaft, meine ersten Gatorades in Freiheit abzukassieren.«

Jeff biss sich amüsiert auf die Unterlippe. »Das Zeug stand dort schon seit drei Jahren im Regal. Danach mussten wir zum ersten Mal, seit ich dort arbeite, nachbestellen.«

»Aha …«, sagte Ryan skeptisch, während er die Arme vor der Brust verschränkte. Wieder stieß ich ihm meinen Ellenbogen in die Seite, doch er ignorierte es einfach.

»Ich weiß gar nicht, ob ich mich damals vorgestellt habe. Ich bin Ivy.« Lächelnd streckte ich Jeff meine Hand entgegen.

»Ivy, wie schön!«, sagte er fröhlich und schlug ein. »Ich hoffe, wir sehen uns in ein paar Kursen. Oder vielleicht hast du ja Lust, jetzt gleich bei uns im Schauspielclub mitzumachen? Ich bin gerade auf dem Weg dorthin.«

Ich spürte einen spontanen Widerwillen, als ich mir vorstellte, wie ich am Rand einer Bühne stand und mit den Armen wackelte und einen Baum imitierte. Oder noch schlimmer: Ich als Baum, während meine Mutter mit zusammengekniffenen Lippen in der ersten Zuschauerreihe saß.

»Himmel! Bloß nicht«, stieß ich hervor.

»Komm schon!« Jeff lächelte mich scheu an. »Ich lade dich danach auch zum Lunch ein. Ein Freund von mir weiß, wie man das gute Essen bekommt.«

»Ich weiß nicht …« Unwohl wand ich mich, doch es war Ryan, der mir einen sanften Schubs in den Rücken gab.

»Ich mag den Kerl zwar nicht«, flüsterte er mir zu, »aber es klingt nach genau dem richtigen Kurs für dich, um Freunde zu finden. Du hast heute keine Pflichtkurse mehr. Es wird dir bestimmt Spaß machen.«

Oh, das waren ja plötzlich ganz andere Töne. Gerade noch hatte er Jeff regelrecht angeknurrt. Misstrauisch sah ich ihn an. Er versuchte es zwar zu verstecken, aber seine Augen verrieten ihn. Er mochte Jeff nicht. Aber noch viel weniger mochte er das, was zwischen uns passiert war.

Enttäuschung machte sich in mir breit. »Bist du sicher?«, fragte ich. »Du wirst auch mitkommen müssen.«

Ryan grinste, doch es wirkte aufgesetzt. »Wie gut, dass ich ein grandioser Schauspieler bin. In der fünften Klasse durfte ich sogar den Romeo spielen.«

Unweigerlich musste ich schmunzeln. Ryan als Romeo? Ich hatte noch nie Theater gespielt, schon gar nicht eine Hauptrolle. Aber wenn Ryan den Romeo spielte, würde ich nur zu gern Julia sein.

Ich seufzte. »Okay, Jeff. Dann kommen wir gerne mit«, sagte ich.

»Spitze!«, rief Jeff erfreut. »Dann gehen wir gleich los … das heißt, halt, wartet kurz. Ich muss nur noch mein Handy suchen.«

# IVY

Der Schauspielkurs war am absolut anderen Ende des Campus. Keuchend eilte ich Jeff und Ryan hinterher. Die beiden rannten zwar nicht, aber sie hatten einfach viel längere Beine als ich. Für jeden Schritt, den sie machten, musste ich fast drei machen, um aufschließen zu können.

»Wartet mal kurz!« Schnaufend quetschte ich mich zwischen die beiden und funkelte Ryan vorwurfsvoll an. »Musst du so schnell laufen?«

»Musst du so langsam gehen?«, kam prompt die Retourkutsche.

Ich verdrehte die Augen und blieb stehen. »Jetzt wartet doch mal kurz. Ich glaube, ich habe mir ein Steinchen in die Sohle eingetreten.«

In meiner besten artistischen Verrenkungskunst hob ich den Fuß und lugte auf den staubigen Flipflop. Um dabei das Gleichgewicht nicht zu verlieren, stützte ich mich an Jeffs Schulter ab und pulte den Kieselstein aus der Sohle.

»Danke!« Erleichtert grinste ich Jeff an, der amüsiert auf meine Hand guckte. »Oh, sorry.« Verlegen zog ich sie zurück.

Jeff winkte lächelnd ab. Seine Wangen waren ebenfalls leicht gerötet.

»Okay, ich glaube, wir haben genug blöd grinsend in der Gegend rumgestanden. Kommt schon, ihr zwei!«, sagte Ryan genervt und – eine Hand auf meinem Rücken – dirigierte mich weiter.

Energisch schüttelte ich Ryans Hand ab. Es gab keinen Grund, auch noch einen Herzinfarkt zu riskieren. Ich zwang mein Herz, regelmäßig zu schlagen. Zwang mich zu denken, aber nicht zu fühlen.

Schnell wandte ich mich an Jeff. »Warum bist du eigentlich im Schauspielkurs?«

Jeff sah mich verwirrt an. »Weil ich gerne auf der Bühne stehe«, sagte er. Seine Stimme klang zwar freundlich, aber es schwang auch ein leises Seufzen mit. Als hätte er die Frage schon sehr oft gehört. Oder als müsste die Antwort eigentlich klar sein.

»Oh klasse, aber ich meine … warum willst du zum Schauspielkurs für die Erstsemester?«

»Oh!« Jeff grinste. »Der Kurs mischt sich am Anfang des Semesters immer durch, damit die Anfänger einen Eindruck von dem Ganzen bekommen. Ein Freund von mir ist heute auch zum ersten Mal dabei. Wenn du willst, stelle ich ihn dir vor.«

»Klar, immer gern!« Ich strahlte. »Woher kennt ihr euch?«

»Ach …« Jeff biss sich auf die Unterlippe und zögerte. »Na ja, unsere Eltern kennen sich. Und er ist in der gleichen Verbindung wie ich.«

»War ja klar, dass er ein Verbindungsaffe ist«, murmelte Ryan leise. Aber ich hörte es trotzdem. Und Jeff schien es ebenfalls gehört zu haben.

»Affe würde ich jetzt nicht sagen«, kommentierte er ruhig. »Letztens hatte ich eindeutig noch zu wenig Körperbehaarung dafür.«

»Was du nicht sagst.« Ryan grinste und checkte Jeff einmal gründlich ab, während er spöttisch eine Augenbraue hob.

Ich schnappte nach Luft. »Ryan!«, rief ich und sah ihn böse an, bevor ich mich wieder an Jeff wandte. »Hör nicht auf ihn, Jeff.

Als die Sozialkompetenzen verteilt wurden, war Ryan gerade dabei, sich sein Piercing stechen zu lassen.«

Jeff sah mich verwirrt an, während Ryan nur vielsagend mit den Augenbrauen wackelte und seine Hände in den Hosentaschen vergrub. Schnell hakte ich mich bei Jeff ein und zog ihn von Ryan weg. Lachend ließ er es geschehen.

Als wir wenig später das Clubgebäude betraten, hallte, flötete, trötete und trällerte es aus Dutzenden Türen hervor. Und etwas dudelte sehr laut und sehr schrill.

Ich zuckte zusammen. »Ach du meine Güte! Was ist das denn?«

Jeff verzog das Gesicht. »Der Dudelsackclub.«

Na, zumindest wusste ich jetzt, in welchen Club ich mich einschreiben würde, wenn Ryan mir auf die Nerven ging. Offenbar hatte er meinen Blick bemerkt, denn er zeigte knurrend die Zähne. »Wag es ja nicht! Das würde Krieg bedeuten.«

Ich unterdrückte ein Lachen.

Jeff beobachtete uns ein paar Sekunden lang amüsiert, ehe er mich freundlich nach oben dirigierte. »Sag mal …«, raunte er mir zu. »Wobei habe ich euch vorhin eigentlich unterbrochen?«

Schlagartig begannen meine Wangen zu brennen.

»Seid ihr zusammen?« Jeff zog fragend eine Augenbraue hoch.

Ich schüttelte heftig den Kopf. Wahrscheinlich waren inzwischen auch meine Ohren knallrot. »Nein. Ryan und ich … wir … sind nur Freunde. Wir hängen gezwungenermaßen aneinander, wegen … unserer Eltern«, improvisierte ich.

»Ah ja.« Jeff zwinkerte mir zu, bevor er vor einer weißen Doppeltür anhielt. »Wir sind da«, verkündete er, während er die Tür öffnete und sie mir – ganz gentlemanlike – aufhielt. Gerade als ich hindurchgehen wollte, tauchte Ryan neben mir auf und hielt mich zurück.

»Warte kurz«, murmelte er und ging vor mir hinein. Ungläubig starrte ich ihm hinterher. Von wegen. Ich war doch kein Hund, den man vor der Tür anleinte. Schnell schlüpfte ich durch die Tür und sah mich neugierig um.

Der Schauspielclub entpuppte sich als großer, luftiger Raum. Der Boden war aus altem Holz, das bei jedem Schritt knarrte. Stühle, die eindeutig schon ausrangiert worden waren, standen fein säuberlich aufgereiht vor einer aus Holzpaletten zusammengebastelten Bühne. Hohe Glasfenster, die sich die gesamte Dachschräge entlangzogen, sorgten für ein warmes Licht, das den umherfliegenden Staub zum Funkeln brachte.

»Was versteht du eigentlich unter *Warte kurz*?«, fragte Ryan verärgert, als er sich umdrehte und mich genau hinter sich fand.

»Es ist toll hier«, rief ich voller Freude. Ryans Bemerkung ignorierte ich einfach.

»Ja. Hier fließt zwar nicht viel Geld rein …« Jeff war neben uns getreten. »… aber am Ende kommt immer etwas ziemlich Cooles dabei raus. Das meiste bauen wir selbst. Im Moment sieht die Bühne deshalb auch noch improvisiert aus, aber das ist nur das Rohkonstrukt. Der Skulpturen- und Zeichenclub macht am Ende des Semesters immer eine richtig tolle Kulisse draus. Wenn du malen kannst, solltest du auf jeden Fall auch mal diese Kurse besuchen.«

»Lieber nicht«, würgte ich ihn ab, da meine künstlerischen Ergüsse allerhöchstens als *verstörend extrovertiert* bezeichnet werden konnten. Von *qualitativ hochwertig* waren sie meilenweit entfernt.

Wir schienen die Letzten zu sein, die eintrudelten, denn es waren bestimmt schon zwei Dutzend Studenten sämtlicher Altersstufen anwesend. Manche saßen auf der Bühne und unterhielten sich. Andere machten seltsame Stimmübungen, die irgendwie schräg klangen … als würde ein Robbenbaby schreien. Wieder andere zappelten herum, als wäre ihnen eine Kakerlake in den Kragen gekrochen. Hoffentlich musste ich das nicht auch machen.

Plötzlich sah ich aus dem Augenwinkel einen blonden Haarschopf auf uns zukommen.

»Hey, Jeff! Da bist du ja endlich«, rief er quer durch den Raum.

»Holy Moly! Das Abercrombie-Model«, stieß ich hervor und suchte reflexartig nach einer Versteckmöglichkeit. Ryans Verhalten vorhin war mir immer noch peinlich. Wo war nur das Loch, in das ich hineinspringen konnte?

Die Jungs guckten mich verwirrt an. Doch als Ryan den Kopf drehte und bemerkte, wer da gerade auf uns zukam, schnaubte er. »Der schon wieder.«

»Oh, das ist Alex. Alexander van Klemmt. Alex, das sind Ivy und Ryan«, stellte Jeff uns vor.

Alex sah mich einen Moment lang verdutzt an, bevor er Ryan mit einem deutlich kühleren Blick streifte und ihm kurz zunickte. Ryan verzog nur das Gesicht. Ich verstand nicht, was er schon wieder für ein Problem hatte, aber es würde mich nicht davon abhalten, mich mit Jeff und Alex anzufreunden.

»Mein Muffinbuddy!«, rief Alexander und schenkte mir ein freundliches Lächeln. »Schön, dich wiederzusehen.«

»Ihr kennt euch schon?« Jeff sah uns erstaunt an.

Wir nickten gleichzeitig.

»Sie hat ihren Muffin mit mir geteilt«, erklärte Alex.

»Ach, hat sie das?« Ryan klang schon wieder extrem feindselig.

»Ja, im Gegensatz zu dir war Ivy …«

»Van Klemmt?«, unterbrach ich die Jungs, bevor sie sich gegenseitig an die Gurgel gehen konnten. »Der Name kommt mir irgendwie bekannt vor.«

»Tatsächlich?« Alex legte den Kopf schief und musterte mich. »Du kommst mir ebenfalls bekannt vor. Wie war noch mal dein Nachname?«

»Re… äh, Bennet«, korrigierte ich mich schnell, als ich Ryans warnenden Blick sah.

Alex runzelte verwirrt die Stirn. »Reähbennet?«, hakte er nach.

»Nein … Bennet. Ivy Bennet.«

Alex lächelte. »Bennet wie aus *Stolz und Vorurteil*?«

»Ja, genau so.«

Als ich Alex' zweifelnden Blick merkte, zog sich mein Magen zusammen. Aber zumindest Jeff sah aus, als würde er es mir abkaufen.

Plötzlich spürte ich Ryan hinter mir, der wie ein großer finsterer Schatten schützend einen Arm um meine Schultern legte. Genervt versuchte ich ihn abzuschütteln, doch das war in etwa genauso einfach, wie eine Statue zu einer Reaktion zu zwingen.

Alex musterte mich immer noch zweifelnd, bevor er nachdenklich zwischen Ryan und mir hin und her sah. In seinem hübschen Kopf schienen sich gerade ein paar Zahnräder in Bewegung zu setzen. Auf einmal weiteten sich seine Pupillen, als hätte er etwas Essenzielles begriffen. Doch schnell setzte er ein nichtssagendes Lächeln auf.

»Bennet, schöner Name«, sagte er betont lässig. »Hey, wollt ihr euch vielleicht zu mir setzen?« Er deutete auf ein paar Plätze weiter vorne.

Erleichtert stieß ich den Atem aus und nickte. Ryan sah aus, als würde er mich am liebsten am Kragen packen und verschwinden wollen. Aber das würde ich nicht zulassen. Schließlich war es seine Idee gewesen, hierherzukommen. Und Alex und Jeff waren eine zu nette Abwechslung, um jetzt einfach abzuhauen. Außerdem musste ich noch sicherstellen, dass Alex keinen Verdacht geschöpft hatte, wer ich wirklich war. Ryan würde sich natürlich sofort darum kümmern, aber ich wollte, dass Alex noch alle seine Zähne behielt. Schließlich konnte er damit so hübsch lächeln. Und wenn ich mich mit ihm anfreunden wollte, war es wahrscheinlich auch kein guter Icebreaker, einen angepissten Security auf ihn anzusetzen.

Entschlossen schüttelte ich Ryans Hulk-Arm ab und folgte Alex, der uns durch die Masse an Studenten lotste. Dafür, dass er angeblich auch das erste Mal hier war, gab es bereits erstaunlich viele Leute, die ihm zuwinkten und beim Namen riefen. Obwohl er stets charmant zurückgrüßte, blieb er nicht stehen, sondern ging direkt zu seinem Platz und räumte die Stühle neben sich frei. Seine Tasche und etwas, das wie ein Geigenkoffer aussah, landeten auf dem Boden. Bevor Ryan noch auf die Idee kam, mir wieder die Tour zu vermiesen, setzte ich mich schnell neben Alex und schenkte ihm ein dankbares Lächeln. Währenddessen machte Jeff es sich auf der anderen Seite von Alex gemütlich. Da ich ganz außen saß, war in unserer Reihe kein Platz mehr. Ryan schnaubte, schnappte sich einen freien Stuhl und setzte sich direkt hinter Alex und mich.

Neugierig sah ich mich noch mal genauer im Raum um. Von hier aus wirkte die Bühne schon um einiges größer und weniger spartanisch als auf den ersten Blick. Ich musste auch zugeben, dass diese aufeinandergeschichteten Paletten einen erstaunlich modernen Touch besaßen.

»Jeff, weißt du schon, was dieses Semester aufgeführt wird?«, fragte Alex plötzlich.

»Zumindest nicht noch mal *Cats*.« Jeff grinste. »Ich darf dieses Jahr dem Prof ein wenig zur Hand gehen und konnte ihn überzeugen, dass niemand mehr sehen will, wie Katzen den Mond anheulen.«

»Gott sei Dank. Die Aufführung letztes Jahr war einfach nur grauenhaft.« Alex schüttelte sich.

»Ich dachte, du studierst erst seit diesem Semester?«, erkundigte ich mich verwundert.

Alex nickte. »Ja, tu ich auch«, erklärte er und fischte mit einer lässigen Bewegung eine Cola-Flasche aus seiner Tasche und begann, an deren Verschluss herumzuspielen. »Aber Jeff hat mich letztes Jahr eingeladen, mir die Aufführung anzusehen. Er meinte, es könnte meinen Horizont erweitern.« Dramatisch legte er sich eine Hand an die Stirn und seufzte affektiert.

»*So* habe ich das ganz sicher nicht gesagt«, verteidigte sich Jeff augenrollend.

Schmunzelnd sah ich zwischen den beiden hin und her. Sie waren absolut unterschiedlich, wie Tag und Nacht: Alex sah aus wie einem Werbeplakat von Abercrombie entsprungen, während Jeff … na ja, irgendwie Jeff war. Selbst wenn er wirklich nette Grübchen und hübsche Augen hatte. Trotzdem wollte mir noch nicht ganz in den Kopf, wie die beiden zusammenpassten. Ihre Haltung, ihre Persönlichkeit, selbst wie sie redeten, war komplett gegensätzlich. Zwei Welten, die miteinander kollidierten und doch auf seltsame Weise miteinander harmonierten. Während Jeff in einem 7-Eleven arbeitete, musste Alex' Familie ziemlich reich sein. Meine Mutter hatte ein paarmal erwähnt, dass die Van Klemmts eine einflussreiche Anwaltsfamilie waren. Einmal hatte sie mich auf einer Benefizgala sogar deren jüngstem Sohn vorstellen wollen. Damals hatte ich es jedoch vorgezogen, den Verkupplungsversuchen meiner Mutter – und somit auch dem Sohn – aus dem Weg zu gehen. Stattdessen hatte ich heimlich Lachsröllchen gefuttert und Champagner getrunken. Daher waren meine Erinnerungen an diesen Abend auch etwas verschwommen. Vage erinnerte ich mich an einen hübschen blonden Typen mit knackigem Hintern, der ein paarmal an mir vorbeigelaufen war. Ob das Alex gewesen war?

Ich räusperte mich leise. »Hey.« So unauffällig wie möglich rutschte ich näher zu Alex, der sich lässig zurücksinken ließ und einen Arm um meine Lehne legte. Er neigte leicht den Kopf in meine Richtung und sah mich fragend an.

Nervös strich ich ein paar nicht vorhandene Falten aus meinem Kleid. »Tut mir leid, dass Ryan heute früh so ein Arsch gewesen ist«, flüsterte ich.

Alex schmunzelte. »Kein Problem. Ich will mich auch nicht zwischen euch drängen. Ist nicht ganz mein Stil.«

Ich lächelte erleichtert. »Wir sind übrigens nicht zusammen, du hast dich also nirgendwo dazwischengedrängt. Ryan ist einfach nur unmöglich.«

Alex lachte. »Seid ihr nicht? Weiß Bad Boy das auch?«

Ich schnaubte. »Ryan tut nur so, als wäre er ein knallharter Typ.«

»Verstehe. Aber wenn ihr nicht zusammen seid, warum rennt er dir dann hinterher wie ein liebeskranker Teenager?«

Ich seufzte. »Das ist eine längere Geschichte«, murmelte ich. Hoffentlich bohrte er nicht weiter nach.

Doch Alex nickte nur verständnisvoll. Ob er doch mehr wusste, als er offen zugeben wollte?

»Ich hab dich irgendwo schon mal gesehen, oder?« Alex musterte mich nachdenklich. »Nur wo …?«

»Denk lieber nicht zu viel drüber nach, sonst bekommst du noch Kopfschmerzen«, witzelte ich.

Alex' Augen leuchteten amüsiert auf. »Wie du meinst. Das wird dich aber was kosten, meine Hübsche.«

Meine Muskeln versteiften sich. Da war es. Ich seufzte. »Was willst du?« Hoffentlich klang ich nicht ganz so armselig, wie ich mich gerade fühlte.

»Hmm.« Alex hob eine Augenbraue und seine Lippen verzogen sich zu einem süffisanten Grinsen. »Wie wäre es mit deiner Nummer und heute Abend Pizza?«

Aha! Wusste ich es doch, dass … Moment, was? »Pizza?«, fragte ich ungläubig.

»Ja, so nennt man dieses Fladenbrot mit Käse und Tomatensoße. Ich habe gerne Artischocken drauf und weil ich ein Gentleman bin, verzichte ich auch auf Zwiebeln.«

»Nur du und ich?«, stotterte ich vollkommen verwirrt. Wann kam das Erpressen? Nach der Pizza?

Alex lachte und zwinkerte mir gutmütig zu. »Wenn du willst, können wir auch zu Jeff rübergehen. Sein Zimmer liegt direkt gegenüber von meinem. Und er hat eine abgefahrene Sammlung von alten Horrorfilmen. Wir können uns also einen netten Filmabend machen.«

»Und … das ist alles?«, stammelte ich.

»Na klar. Was hast du denn gedacht?«

»Keine Ahnung. Nicht so was Nettes?«

Vorsichtig rückte er noch ein Stück näher. »Ich glaube«, flüsterte er mir ins Ohr, »in dieser Sache sitzen wir im gleichen Boot, Miss *Bennet*. Außerdem reißt mir dein Pitbull bei der kleinsten falschen Berührung die Nase ab. Worauf ich gut und gerne verzichten kann. Die war nämlich teuer.« Er warf einen Blick zu Ryan nach hinten, der genau zwischen uns saß und Alex tatsächlich gerade musterte, als würde er ihm am liebsten ins Gesicht beißen.

Ich knabberte an meiner Unterlippe. »Sorry. Er ist mein … Begleitschutz.«

»Habe ich mir fast gedacht. Du kannst ihn jedenfalls mitnehmen. Aber sag ihm, er soll nicht rumschnüffeln. Mein Zeug ist tabu, klar?«

Ich nickte. »Dann sehen wir uns wirklich bei dir?«

»Ja. Halb acht? Delta Phi. Frag einfach nach uns. Die Jungs bringen euch dann hoch.« Er grinste. »Hey, Jeff!«, sagte er etwas lauter, damit auch Ryan uns verstehen konnte, ohne beim unauffälligen Lauschen quasi auf unserem Schoß sitzen zu müssen. »Ivy kommt heute zum Pizzaessen vorbei. Such schon mal einen Film aus.«

Jeffs Augen leuchteten auf, während Ryan ein entsetztes Gesicht zog.

»Klasse!«, rief Jeff begeistert. »Kennst du schon die *Rocky Horror Picture Show*?«

Ich nickte und konnte es noch immer nicht ganz glauben, dass Alex mich eingeladen hatte. »Klar. Wer kennt die nicht?«

Jeff stöhnte. »Du hast ja keine Ahnung, wie ungebildet manche Menschen auf diesem Gebiet sind. Aber falls du keine Lust auf Dr. Frank hast, können wir uns auch gerne einen Hitchcock ansehen. *Vertigo* ist einfach spitze und danach können wir auch …« Wahrscheinlich hätte Jeff nonstop so weitergemacht, wenn in diesem Augenblick nicht der Professor den Raum betreten hätte.

»Entschuldigt die Verspätung, meine Lieben. Mrs Garcia hat mich fast unten im Flur erwischt und ich musste ein waghalsiges Ausweichmanöver durch die Akazien riskieren, um zu euch zu kommen.« Er schnaufte übertrieben laut, was allgemeines Gelächter hervorrief. Ich fand ihn sofort sympathisch.

Während der Professor sein grau meliertes Haar zur Seite strich, den Gürtel zurechtrückte und einen Aktenkoffer auf die Bühne stellte, kehrte im Saal allmählich wieder Ruhe ein.

»Sehr schön, sehr schön«, sagte der Professor, als auch die letzten Gespräche verstummt waren. »Wie ich sehe, sind auch ein paar neue Gesichter unter uns. Das freut mich wirklich sehr. Vor allem nach unserem fundamentalen Erfolg von *Cats* letztes Jahr.«

Alex lachte leise.

»Aber dieses Jahr …« Ächzend kletterte der Professor auf die Bühne. »Dieses Jahr war Jeff so lieb, mir einen – wie er es nennt – *zeitgemäßeren* Vorschlag zu unterbreiten. Ich kann mit diesem Zeug ja nicht wirklich viel anfangen. Aber nachdem er mir versichert hat, dass viele von euch Lust hätten, so einen Blödsinn nachzumachen, will ich mich nicht gegen die Kreativität der Jugend stellen. Bitte, Jeff. Klär doch mal alle auf, was wir dieses Jahr vorhaben.«

Sichtlich stolz stand Jeff auf und winkte lächelnd. »Hallo zusammen. Also, ähm, für dieses Jahr haben wir *The Walking Dead – das Musical* geplant …« Am Schluss brach seine Stimme ein wenig, aber das bekam vermutlich keiner mit, denn der gesamte Raum explodierte vor Begeisterung. Ich selbst eingeschlossen. Einen Zombie bekam ich allemal hin. Vor allem mit dessen anspruchsvollem Text.

Aufgeregt drehte ich mich zu Ryan um, doch der schien von dem Trubel um sich herum rein gar nichts mitzubekommen. Stattdessen starrte er auf sein Handy, als hätte es ihn gerade gebissen. Als er meinen fragenden Blick bemerkte, drückte er den Anrufer weg und schob wortlos das Handy in seine Tasche. Die gesamte restliche Stunde ignorierte er mich.

# RYAN

Warum rief er schon wieder an? Erst kam jahrelang kein Anruf, keine Nachricht, nicht mal ein beknacktes Rauchzeichen – und auf einmal rief er innerhalb von zwei Tagen zweimal an. Ich wollte und konnte mich mit dieser Scheiße gerade nicht auseinandersetzen. Zumindest nicht hier und jetzt, in diesem Raum voller fremder Leute. Fuck!

Als ich Ivys fragenden Blick auf mir spürte, drückte ich schnell den Anruf weg und steckte das Handy zurück in meine Hosentasche.

Ivy runzelte die Stirn. Ihr Zopf hatte sich gelöst, sodass ihr das blonde Haar in wilden Locken über die Schultern fiel. Bis eben hatte sie noch unglaublich fröhlich ausgesehen. Sie hatte vor Freude regelrecht gestrahlt, doch jetzt war ein sorgenvoller Ausdruck in ihre Augen getreten.

»Alles okay?«, fragte sie leise, während die anderen Studenten auf die Bühne zuströmten.

Ich ignorierte ihren besorgten Blick und zog mich wortlos in eine dunkle Ecke zurück. Auf dieses Bühnendings stellte ich mich jedenfalls nicht. Oh nein, ohne mich.

Ivy sah mir irritiert nach. Schließlich drehte sie sich um und folgte – mit hängenden Schultern – den anderen auf die Bühne. Sofort kam ich mir wie der größte Arsch auf Erden vor. Nur weil ich schlechte Laune hatte, musste ich ihr nicht gleich den Tag versauen. Das hatte sie nicht verdient. Ich verstand ja selbst nicht, warum ich so gereizt war. Jeff ging mir zwar auf den Sack, aber zumindest war er harmlos. Ganz im Gegensatz zu Mr Alexander – I'm sexy and I know it – Klemmt. Ich mochte ihn nicht. Er verkörperte für mich so ziemlich jede schlechte Meinung und alle Vorurteile, die ich mir von einem Rich Kid gebildet hatte. Er war das beste Beispiel dafür, wie Ivy hätte sein können, es aus irgendeinem unerfindlichen Grund aber doch nicht war. Künstlich, teuer duftend und hohl wie eine Nuss. Die beiden zusammen zu sehen – und vor allem zu bemerken, wie gut sie sich verstanden –, verursachte mir regelrechte Magenschmerzen. Erst recht, wenn ich mir die beiden auf dieser Bühne vorstellte.

Plötzlich vibrierte das Handy in meiner Tasche erneut. Verdammtes Ding! Schnell holte ich es hervor und drückte die Anzeige weg. Der Name *Konstantin* verschwand vom Display. Ich wollte es gerade wieder zurück in die Hosentasche schieben, als eine Nachricht eintrudelte. Sie war knapp gehalten und kam schneller, als ich den Sperrbutton drücken konnte.

*Fyi! Bin back@home.*

# IVY

Ich machte mir Sorgen um Ryan. Irgendetwas stimmte nicht mit ihm.

Nachdem er den Anruf weggedrückt hatte, hatte er sich wortlos in eine Ecke zurückgezogen. Seitdem beobachtete er mit finsterer Miene, wie Alex und ich uns an den Händen hielten und versuchten, uns in eine Wetterlage hineinzuversetzen. Oder sollten wir bereits was anderes machen? Verwirrt starrte ich auf Alex' Finger, die auf meine Unterarme trommelten.

»Was genau machst du da?«

Er guckte amüsiert. »Der Prof meinte, wir sollten den Regen auf unserer Haut spüren, also mache ich das.«

»Toller Regen.«

Eine seiner Augenbrauen zuckte provokant hoch. »Soll ich dich für den 4D-Effekt noch ein bisschen anspucken? Dann ist es auch noch nass.«

Wir kicherten. Plötzlich lief Jeff an uns vorbei und versuchte, eine Wolke zu sein. Zumindest murmelte er die ganze Zeit »Wolke, Wolke, Wolke, Fluff, Fluff, Fluff!«

»Genau so macht man das, Ladies and Gentlemen«, lobte der Professor Jeff und applaudierte begeistert. »Das Erste, was ihr in meinem Kurs lernt, ist, euch bis auf die Knochen zu blamieren. Danach ist euch nichts mehr peinlich und ihr seid bereit, euch auf eine Bühne zu stellen.«

»Jeff ist voll in seinem Element«, sagte ich und lachte, als Jeff wenig später wie eine Schnecke vorbeikroch.

»Ja«, sagte Alex leise und kurz blitzte etwas in seinen Augen auf, was ich nicht richtig deuten konnte. »Jeff kommt nicht oft aus sich heraus, aber wenn er auf der Bühne steht, ist er ein komplett anderer Mensch.«

»Woher kennt ihr euch eigentlich?«, fragte ich, während ich auf Anweisung des Professors dazu überging, mit den Armen zu wackeln, um einen Schmetterling nachzuahmen. Das »Flatter, Flatter, Flatter« verkniff ich mir dann doch.

Alex stellte sich auf ein Bein und ahmte einen Flamingo nach. »Seine Eltern arbeiten für meine. Sein Vater ist unser Hausmeister und seine Mutter war das Kindermädchen. Wir sind zusammen aufgewachsen. Aber dann hat Jeff ein Jahr Highschool übersprungen und kam früher ans College.«

»Wow! Jeff ist wohl einer von den Extraschlauen, was?«

»Ja, er hat hier ein Stipendium.«

»Mhm, das muss schön sein«, murmelte ich.

Der Professor räusperte sich. »Alles klar, jetzt versetzen wir uns geistig in die Welt des Meeres. Zeigt mir den Spirit der Unterwasserwelt!«

Meeresbewohner? Irritiert hielt ich inne und sah, wie Jeff begeistert … okay, ich hatte keine Ahnung, was er da nachmachte.

Alex legte sich auf den Boden und murmelte: »Seestern, Seestern, Seestern.«

Das klang gut. Ich legte mich dazu und zusammen versuchten wir, einen Seestern zu imitieren.

»Was soll schön sein?«, griff Alex unsere Unterhaltung wieder auf. »Ein Stipendium zu haben?«

»Nein, ich meinte: Es muss schön sein, mit jemandem aufzuwachsen. Ich habe keine Geschwister. Dafür hatte ich eine Menge Dienstmädchen … Maria mochte ich am meisten«, erzählte ich stockend. Obwohl die anderen Studenten sich bereits wieder in etwas anderes hineinversetzten, blieben wir noch liegen und sahen uns an.

Alex wiegte leicht den Kopf. »Ich glaube, für Jeff war das nicht immer so leicht. Er lebte in einem Haus voller Geld, hatte selbst aber kaum genug Taschengeld, um sich das Essen in der Mensa leisten zu können. Er meinte zwar immer, es würde ihn nicht stören, dass ich mehr bekam als er … dass es egal wäre … Und weißt du, ich glaube ihm das sogar. Jeff ist ein toller Mensch. Viel besser als ich. Aber je älter wir wurden, desto größer wurde auch die Kluft, die sich zwischen uns aufgetan hatte. Seine Eltern bekamen zwar wenig Gehalt, aber dafür kamen meine für Jeffs Schulkosten auf. Deshalb waren wir auch zusammen an einer privaten Highschool. Aber im Grunde wussten alle, dass er dort nicht wirklich hingehörte. Keine Ahnung, wie oft seine Nase gebrochen war oder er Schrammen abbekam. Und ich Idiot war zu feige, ihm zu helfen. Ich habe einfach weggesehen und so getan, als wäre es kein großes Ding. Ich … es hat etwas zwischen uns zerbrochen. Jeff und ich sind zwar immer noch befreundet, aber er vertraut mir seitdem nicht mehr – und ich kann ihm das nicht einmal verübeln. Ich hasse die Distanz, die seitdem zwischen uns herrscht. Aber am meisten hasse ich mich selbst dafür, wie ich Jeff behandelt habe.« Er schluckte. »Wenn ich ehrlich bin, weiß ich gar nicht, warum er überhaupt noch mit mir befreundet sein will.«

»Sehr schön, meine Lieben«, unterbrach uns der Professor. »Und jetzt vom Wasser in die Erde. Seid etwas Erdiges!«

Alex und ich setzten uns in den Schneidersitz. Während er mit seinen Armen wackelte und versuchte, einen Baum nachzumachen, murmelte ich: »Vollkornweizen, Vollkornweizen, Vollkornweizen.«

Wir mussten lachen. Nach einer Weile wurde ich wieder ernst. »Bist du deshalb hier an einem öffentlichen College?«, fragte ich leise. »Wegen Jeff?« Ich warf einen Blick zu Jeff, der gerade eine Blume mimte.

Alex seufzte. »Ja, das bin ich ihm schuldig. Er war viel zu lange in meiner Welt. Sie war nicht gut für ihn. Also folge ich ihm jetzt in seine. Klingt komisch, oder?«

»Nein«, flüsterte ich und schluckte. »Ich verstehe das.«

Alex lächelte wehmütig. »Du bist wahrscheinlich die Einzige hier, die das wirklich nachvollziehen kann.«

»Okay, meine Herrschaften, Schluss für heute! Das war wundervoll, einfach wundervoll. Wir sehen uns am Freitag wieder.« Der Professor klatschte in seine Hände und erlöste uns endlich von seinen seltsamen Lockerungsübungen.

Ächzend streckte ich meine Beine und ließ mich dann dankbar von Alex hochziehen.

»Und?« Sofort stand Jeff neben mir und grinste breit. »Wie hat es euch gefallen?«

»War lustig«, sagte ich grinsend. Und das war es wirklich. »Ich werde mich gleich für den Kurs einschreiben.«

»Echt?«

»Absolut. Du doch auch, Alex, oder?« Ich stieß ihm leicht in die Seite.

»Na klar. Ich fand mich selbst irre gut als Seestern. Du hättest mich sehen sollen. Ivy war dagegen nur lahmes Seegras.«

»Hey, gar nicht wahr!«, rief ich empört. Plötzlich spürte ich eine leichte Berührung an meinem Ellenbogen.

»Ivy, können wir los?«

Ryan stand hinter mir und sah mich ungeduldig an. Er schien immer noch schlecht gelaunt zu sein. Sofort war die Sorge um ihn wieder da und etwas zog sich in mir zusammen. Gleichzeitig bekam ich ein schlechtes Gewissen. Ich hatte die ganze Stunde so viel Spaß gehabt, dass ich glatt vergessen hatte, dass es Ryan nicht gut ging.

»Klar. Ich hole nur noch schnell meine Tasche. Geh schon mal vor«, sagte ich leise. Ryan nickte knapp und verschwand ohne ein weiteres Wort aus dem Raum.

»Alles okay bei ihm?«, erkundigte sich Jeff. Obwohl er vom Schauspielunterricht immer noch ganz aufgeregt war, schien er bemerkt zu haben, dass Ryan irgendwie mitgenommen aussah.

»Ich weiß es nicht«, gab ich zu und schulterte meine Tasche. »Wäre es okay, wenn wir den Filmabend verschieben?« Unsicher sah ich zu den beiden Jungs und betete innerlich, mir nicht gerade die einzige Chance auf eine neue Freundschaft zu versauen.

»Was? Warum?« Jeff verzog enttäuscht das Gesicht, doch Alex schenkte mir nur ein wissendes Lächeln.

»Kein Problem. Kümmere dich um deinen Pitbull.«

»Danke.« Erleichtert atmete ich auf. »Bis morgen!«, rief ich über die Schulter zurück, während ich aus dem Raum eilte.

Ryan wartete neben der Tür auf mich, die Arme vor der Brust verschränkt. Die Frage, was mit ihm los war, brannte mir auf der Zunge, doch nur ein einziger Blick in seine grünen Augen, die noch dunkelgrüner als sonst schimmerten, machte klar, welche Antwort ich bekommen würde. Nämlich gar keine.

»Komm mit.« Wie selbstverständlich nahm ich Ryans Hand, ignorierte das Flattern in meinem Bauch und zog ihn hinter mir her. Er war so überrumpelt, dass er mir einfach folgte.

»Was? Wohin?«

»Raus! Wir machen eine kleine Spritztour.«

»Was?«, rief er und blieb abrupt stehen. Er löste seine Finger von meinen und sah mich beinahe schockiert an.

Ich ignorierte seinen Blick und ging einfach weiter. Folgen musste er mir ja so oder so.

»Ivy, wir können doch nicht einfach abhauen. Du musst morgen wieder in die Uni, außerdem hast du eine Verabredung.«

»Die habe ich verschoben«, klärte ich ihn auf, während wir das Uni-Gebäude verließen und durch das kurze Parkstück zu meinem Auto gingen. Zum Glück war der Parkplatz ganz in der Nähe.

»Warum sagst du deine Verabredung ab?« Ryan starrte mich verwirrt an.

*Wegen dir, du Blödmann!,* hätte ich am liebsten geantwortet, aber das traute ich mich dann doch nicht. »Mir ist eingefallen, dass ich noch ein paar Sachen einkaufen muss«, sagte ich ausweichend. »Das hat Vorrang.«

Ryan guckte mich schief an. »Hä?«, brachte er schließlich nur heraus.

Ich winkte ab, schloss mein Cabrio auf, setzte mich hinters Steuer und öffnete das Verdeck. »Komm schon, steig ein …« Einladend klopfte ich auf den Beifahrersitz neben mir.

Ryan starrte gequält auf das Auto. »Muss ich wirklich?«

»Wenn du nicht laufen willst, dann ja.« Während er überlegte, startete ich den Motor. »Jetzt oder nie, Ryan. Wenn du nicht mitkommen willst, tut es Alex ganz bestimmt.«

Er schnaubte kurz. Doch dann ging er um den Wagen herum und kletterte ächzend auf den Beifahrersitz. Na also, ging doch.

In mich hineingrinsend fuhr ich langsam vom Campus. Dabei musste ich immer wieder stehen bleiben und Studenten ausweichen, die plötzlich überall herumliefen. Schließlich wollte ich niemanden überfahren. Gerade als ich vom Gelände fuhr, klingelte mein Handy.

»Kannst du mal auf Lautsprecher stellen?«, bat ich Ryan und setzte den Blinker. »Das Handy ist in meiner Tasche«, fügte ich hinzu, während ich abbog.

»Klar.« Ryan nahm das Handy raus, stellte die Bluetooth-Verbindung her und flippte den Anruf auf die Anzeige des Autos.

»Ivy?«, hörte ich es Sekunden später.

Holy Shrimp! Das hatte mir gerade noch gefehlt. »Hallo Mom«, rief ich.

»Ivy? Ich kann dich kaum verstehen, rennst du gerade?«

»Nein, Mom, ich fahre mit dem Auto. Warte kurz, ich lasse das Verdeck hoch.« Ich seufzte. Am liebsten hätte ich eine Empfangsstörung vorgetäuscht. Aber leider ließ sich Sybil Redmond von so was nicht aufhalten. Zumindest nicht auf Dauer. Notfalls würde sie Brieftauben losschicken. Es war also egal, was ich tat. Diesem Gespräch würde ich nicht ausweichen können.

Das helle Verdeck des Cabrios surrte zu und schloss den Fahrtwind aus. »Verstehst du mich jetzt besser, Mom?«, erkundigte ich mich.

»Nein. Aber das liegt wahrscheinlich daran, dass du wieder nuschelst, Ivy«, sagte meine Mom mit strenger Stimme.

Ich verdrehte die Augen. »Ich nuschle nicht, Mom. Was kann ich für dich tun?«

»Was du für mich tun kannst? Ich bin deine Mutter. Kann ich meine einzige Tochter nicht anrufen und fragen, wie es ihr geht? Du hast dich schließlich drei Tage lang nicht gemeldet.«

Was für ein Unsinn. Wir wohnten in einem so großen Haus, dass ich es schon mal geschafft hatte, ihr eine ganze Woche nicht zu begegnen. Da hatte sie auch nicht angerufen und gefragt, ob ich zufällig im Westflügel verschollen war. Ich atmete ein paarmal tief durch. »Natürlich kannst du das, Mom. Mir geht es übrigens gut. Und euch?«

»Alles bestens, wie immer eigentlich. Du kennst uns ja. Dein Vater hat im Moment viel zu tun, weshalb ich mich um alles alleine kümmern muss.« Meine Mom seufzte. Im Hintergrund konnte ich ein leises Klirren hören. Wahrscheinlich stand sie gerade an der Bar und untersuchte die Champagnergläser auf Wasserflecken.

»Das tut mir leid«, sagte ich etwas sanfter, weil ich wusste, dass meine Mutter wirklich viel Zeit alleine verbrachte. Genau wie ich. Noch nie hatte ich mit einem Menschen so viel Zeit an einem Stück verbracht wie mit Ryan.

Ich folgte der Beschilderung, setzte den Blinker und bog in den Gemini Boulevard ab. Kurz darauf tauchte auch schon das für Florida typische Flachgebäude vor uns auf und ich fuhr auf den Besucherparkplatz, auf dem so gut wie nichts los war. Ich hatte den Laden bereits auf der Fahrt zum College entdeckt und mir fest vorgenommen, in den nächsten Tagen mal hier shoppen zu gehen. Zum Glück hatte ich ihn jetzt problemlos und ohne mich zu verfahren wiedergefunden.

»Wie auch immer«, sagte meine Mutter, während erneutes Klirren durch den Lautsprecher drang. Sie war also zu den Scotchgläsern weitergewandert. »Ich wollte nur sichergehen, dass du dir zu Thanksgiving ein paar Tage freinimmst.«

»Das haben wir doch bereits besprochen. Ich komme zum Essen, aber ich habe nur drei Tage frei.«

»Papperlapapp«, wiegelte meine Mom ab. »Eine Woche mindestens. Dein Vater und ich planen eine wichtige Sponsoren-Gala und es gibt einige Veranstaltungen, bei denen wir dich dabeihaben wollen.«

»Ach Mom.« Ich seufzte. »Ich weiß, euch ist das wichtig, aber ich werde doch schon Weihnachten zu dem Benefizkonzert kommen. Das sollte doch wirklich reichen.«

»Nichts da. Die Goldbergs werden auch da sein und Benjamin freut sich schon auf dich.«

Ein entnervtes Stöhnen entfuhr mir. »Ich freue mich aber nicht auf Benjamin Goldberg, Mom!«

»Ivy!«

»Mom!«, hielt ich streng dagegen. »Thanksgiving ist schon in knapp zwei Monaten und ich kann mir nicht gleich zu Beginn des Semesters so viel freinehmen.«

»Natürlich kannst du das. In Princeton konnte ich es schließlich auch …«

»Ja, aber …«

»Was aber?«

Beinahe hätte ich gesagt, dass ich mir meinen Platz am College nicht erkauft hatte, doch das wäre nicht ganz fair gewesen. Meine Mutter mochte viel sein, aber dumm war sie nicht. Ihren Doktor in Architektur hatte sie letztendlich nicht, weil ihre Beine so perfekt symmetrisch waren.

»Nichts«, sagte ich seufzend. »Ich komme.« Was blieb mir auch anderes übrig?

»Sehr schön. Chloé wird sich bestimmt auch freuen, dich wiederzusehen. Sie und ihre Eltern sind ebenfalls eingeladen. So, jetzt muss ich Schluss machen. Die Franklins sind jeden Augenblick da. Gott, wie sehr ich Leute hasse, die pünktlich sind.«

»Ich weiß. Genauso wie Leute, die sich an Geschwindigkeitsbegrenzungen halten.«

»Das sind die Schlimmsten!«

»Absolut. Bis bald, Mom.«

»Bye, Schatz.«

Als sie aufgelegt hatte, herrschte eine bedrückende Stille im Wagen. So war das immer mit Sybil Redmond. Sie hatte eine so dominante Ausstrahlung, dass sie mit dem Verlassen eines Raumes oder dem Beenden eines Gesprächs immer ein unbehagliches Schweigen zurückließ.

Ryan räusperte sich. »Klingt nett … deine Mom.«

Ungläubig verzog ich das Gesicht. »Wirklich?«

»Na ja.« Er zuckte verlegen mit den Schultern. »Zumindest wirkte sie sehr … engagiert.« Ja, das Wort *engagiert* traf meine Mutter wohl sehr gut.

»So!« Ryan öffnete die Tür und stieg aus. Sofort strömte ein Schwung heißer Luft in den Wagen. »Vielleicht kannst du mir jetzt auch noch verraten, warum wir ausgerechnet vor einem Dollar Tree stehen, Miss Millionenschwer?«

*Um dich abzulenken*, hätte ich am liebsten gesagt. *Um dich wieder lächeln zu sehen*. Stattdessen griff ich nach meiner Tasche, stieg aus und lief wortlos in Richtung des Ein-Dollar-Shops.

# RYAN

»Was machen wir hier, Ivy?«, fragte ich verwirrt, während ich ihr wie ein Hündchen hinterherlief.

»Wonach sieht es denn aus?« Ivys Augen leuchteten, als sie mir eine Jumbopackung Gummibärchen unter die Nase hielt. »Wir kaufen Snacks für den Ausflug.«

»Welchen Ausflug?«

»Den Ivy-zerrt-Ryan-zu-einem-Ausflug-Ausflug!«

Ivy war mit Abstand das durchgeknallteste Mädchen, dem ich jemals begegnet war. Wir waren verdammt noch mal in einem Dollar Tree! Hier stank es nur so nach wertlosem Plastik, die Neonröhren tauchten den Laden in ein so grelles Licht, dass ich meine Sonnenbrille aufsetzen musste, um nicht zu erblinden, und überall lag Zeug herum, das selbst für einen Dollar noch zu teuer war. Und Ivy liebte es.

»Hast du schon mal so viele Gummibärchen in einer Tüte gesehen, Ryan? Für nur einen Dollar?«, fragte sie und ihre Stimme überschlug sich fast vor Aufregung.

»Ivy.« Lachend nahm ich ihr das Gummizeug aus der Hand. »Das Ablaufdatum ist von 2014!«

»Ach Quatsch. Gummibärchen können gar nicht schlecht werden«, wiegelte sie ab, nahm mir die Packung wieder aus der Hand und ließ sie kurzerhand in ihren Einkaufswagen fallen. »Hier gibt es einfach alles«, schwärmte sie, während sie noch mehr Süßigkeiten in den Wagen warf. »Guck mal, fünf Liter Eistee!«

»Ivy, wir gehen!«, sagte ich streng und dirigierte sie zur Kasse. Den ganzen Weg über warf sie immer wieder scheinbar wahllos Zeug in ihren Einkaufswagen. Ihr Hauptkriterium schien dabei »Hauptsache bunt und mit Zucker« zu sein.

Eine plötzliche Bewegung am Rande meines Blickfeldes irritierte mich. Unwillkürlich checkte ich die Reihen ab, doch ich sah nur einen Studenten in Hawaiihemd, der zu den Steckdosen schlenderte. Er schien uns nicht zu beachten, trotzdem zog ich Ivy entschlossen weiter. Je schneller wir hier rauskamen, desto besser. Ich wollte kein Snob sein, aber einen Dollar Tree betrat man nur, wenn man absolut pleite und verzweifelt war. Oder auch beides.

Während Ivy ihre Einkäufe auf das Band legte, ließ ich meinen Blick immer wieder nervös durch den Laden wandern. Vielleicht übertrieb ich auch, aber ein seltsames Gefühl ließ mich unruhig werden. Als ich wieder den Hawaiihemd-Typen von vorhin sah, der seine Einkäufe – Batterien und Red Bull – hinter uns aufs Band legte, wurde ich misstrauisch. Vor allem, als er Ivy für meinen Geschmack viel zu genau musterte. Nicht so wie Jeff, der hoffnungslos verknallt war, und auch nicht so wie Alex, der eindeutig etwas von Ivy wollte, sondern mit einer kalten Berechnung. Sofort begannen bei mir sämtliche Alarmglocken zu schrillen.

»Hey!«, sagte er schließlich in diesem nervtötenden Surfer-Slang. »Bist du auch an der UCF?«

Er sah dabei Ivy an, nicht mich. Sein Verhalten störte mich immer mehr. Gerade als Ivy sich lächelnd umdrehte, um zu antworten, ging ich abrupt dazwischen. Würgte das Gespräch ab, bevor es überhaupt in Gang kommen konnte.

»Nein, ist sie nicht«, erklärte ich mit kalter Stimme.

»Was?« Ivy starrte mich an. »Natürlich bin ich …«

»Wir sind nur zu Besuch«, unterbrach ich sie und ließ den Typen nicht aus den Augen. »Und du?«

Etwas in seinem Blick flackerte. Es war ihm offensichtlich unangenehm, selbst mit Fragen konfrontiert zu werden. »Yep. Journalismus. Im fünften Semester, Mann.«

»Oh, dann bist du bald fertig?«, erkundigte sich Ivy interessiert. In diesem Augenblick hätte ich ihr am liebsten den Hals umgedreht. Verdammt! Konnte dieses Mädchen nicht einmal still sein?

Der Typ seufzte übertrieben gequält. »Joah, jetzt stehen bald die Abschlussarbeiten an. Ich brauch noch ’ne gute Story, sonst werd ich vom *Florida Sun Magazine* nicht übernommen.«

»Oh, das tut mir leid, aber ich bin sicher, du findest noch etwas Gutes. Was ist denn dein Spezialgebiet?«, fragte Ivy, die endlich ihre Platinum Card zückte, bezahlte und mir die Einkäufe reichte.

»Politik und Wirtschaftspresse«, erzählte der Typ weiter. Der Blick, mit dem er Ivy dabei musterte, jagte mir einen Schauer über den Rücken. Wie ein hungriger Wolf, der ein Kaninchen anstarrte. Verdammt.

»Komm, wir gehen, *Haidi*!« Ich sprach sie betont mit ihrem zweiten Vornamen an. Sie guckte verdutzt. Und bevor sie noch etwas Dummes tun konnte, wie etwa zu protestieren, schnappte ich mir ihre Hand und zerrte sie zum Ausgang.

»Tja, viel Glück noch!«, rief Ivy verwirrt hinter sich. Am liebsten hätte ich sie geschüttelt.

Der Typ winkte. »Danke, werd ich haben.«

Draußen zog ich Ivy einfach weiter. Vor dem Auto ließ ich sie los und wackelte mit den Fingern. »Schlüssel her, Ivy!«

»Was? Nein, das ist mein Auto! Was ist …«

»Ivy, gib den scheiß Schlüssel her«, fuhr ich sie an.

Ivy starrte mich schockiert an. Ihr Kinn schob sich trotzig vor, trotzdem kramte sie in ihrer Tasche herum und warf mir das klimpernde Ding zu. Sie war sichtlich beleidigt. Bevor ich auch noch ein schlechtes Gewissen bekommen konnte, schubste ich sie auf den Beifahrersitz. Als kurz darauf die Tüten auf ihrem Schoß landeten, schnappte sie erschrocken nach Luft.

»Was ist denn los?«, rief sie verwirrt.

»Verdammt, Ivy«, fluchte ich, während ich ebenfalls einstieg, den Sitz zurückstellte, den Wagen startete und losfuhr. Im Rückspiegel konnte ich den Typen sehen, der uns hinterherstarrte. Mist, er starrte auf das Nummernschild. Nicht gut. Gar nicht gut.

Ich fuhr vom Parkplatz und nahm die Abzweigung weg vom Campus – nur für den Fall, dass der Typ auf die Idee kommen sollte, uns zu folgen. Mit angespannten Schultern warf ich immer wieder prüfende Blicke in den Rückspiegel. Erst als ich mir sicher war, dass er uns zumindest nicht unmittelbar an der Stoßstange klebte, entspannte ich mich ein wenig.

Gerade als ich die Abzweigung zurück zur Uni nehmen wollte, kreischte Ivy mir ins Ohr: »Falsche Richtung!«

Fluchend trat ich auf die Bremse und bog in die andere Richtung ab. »Wo zum Teufel willst du denn hin?«

»Bleib mal stehen«, fauchte sie.

Genervt setzte ich den Blinker, um am Straßenrand stehen zu bleiben.

»Ryan, was soll das?«, fragte Ivy wütend und gleichzeitig besorgt.

Ich warf ihr einen finsteren Blick zu. »Im Ernst? Ivy, das war gerade ein Wirtschaftsjournalist, der eine Abschlussstory sucht.

Dein Gesicht sieht man vielleicht nicht jeden Tag in der *Florida Gazette*, aber wenn er auch nur ein bisschen Ahnung hat, weiß er, wer du bist. Und wahrscheinlich wittert er gerade die große Story.«

»Meinst du?«, fragte Ivy verunsichert.

»Ja, meine ich. Er wird das Auto bestimmt auf dem Campus suchen. Wir müssen das Nummernschild austauschen lassen.«

Ivy schnaubte. »Jetzt übertreibst du aber.«

»Glaubst du?«

»Ja! Und du musst in Richtung der FL-417 fahren!«

»Warum?«

»Hast du den Ausflug schon vergessen?« Sie schien fest entschlossen zu sein.

Ich seufzte. »Richtig, der Ausflug. Wie weit ist es?«

»Nicht weit«, winkte Ivy ab und tippte etwas in ihr Handy ein. »Laut Maps etwa eine halbe Stunde.«

»Wohin?«

»Ist eine Überraschung«, sagte sie nur und deutete nach rechts. »Fahr da lang.«

»Na gut«, murmelte ich und fuhr zur State Road hinaus.

Ivy wirkte ausgesprochen zufrieden mit sich selbst. Gut gelaunt machte sie das Radio an und gab mir immer wieder Anweisungen, wohin ich fahren sollte. Die karge Landschaft Floridas glitt an uns vorbei. Alles unweit der Küste war meist staubiges Grasland, nur ab und zu sah man einen Cracker Barrel Country Store oder eine der vielen Wendy's-Filialen.

Die Sorge um den Hawaiihemd-Typen nagte auch weiterhin an mir, und ich ertappte mich dabei, wie ich immer wieder prüfende Blicke in den Rückspiegel warf. Doch niemand schien uns zu verfolgen, nichts wirkte verdächtig. Trotzdem würde ich auf dem

Rückweg meinen Dad anrufen und ihn bitten, zumindest das Nummernschild tauschen zu lassen. Irgendetwas an der Art und Weise, wie der Typ Ivy angesehen hatte, hatte mir nicht gefallen, da konnte Ivy behaupten, was sie wollte. Auf meine Instinkte war Verlass – was man von meinen Hormonen im Augenblick leider nicht behaupten konnte.

Krampfhaft versuchte ich, mich auf die Straße zu konzentrieren und nicht ständig zu Ivy hinüberzusehen. Sie hatte das Fenster ein Stück heruntergelassen und der Wind zerrte an ihren hellen Haaren, die in der Nachmittagssonne beinahe golden glänzten. Ihr süßer Geruch kitzelte in meiner Nase.

»Hier abbiegen, Ryan«, rief Ivy plötzlich.

Hektisch setzte ich den Blinker und bog scharf ab. Hinter uns hupte jemand, was ihm aber nur meinen Mittelfinger einbrachte. Ivy sog scharf die Luft ein und hielt sich an ihrem Gurt fest.

»Was war das denn?«, fragte sie vorwurfsvoll.

Ich stöhnte. »Nächstes Mal sagst du bitte früher Bescheid, wenn wir abbiegen müssen.«

Die nächsten zehn Minuten fuhren wir auf einer abgelegenen Straße weiter, an der sich hohes Schilf entlangzuziehen begann.

»Wir fahren zum Lake Jesup?«, fragte ich skeptisch, als ich das Schild sah, das auf den See in einem Kilometer Entfernung hinwies. »Was wollen wir denn da, Ivy? Das Ding ist doch allerhöchstens eine etwas zu groß geratene Pfütze.«

»Ist es gar nicht«, verteidigte Ivy den See. »Außerdem fahren wir nicht direkt zum Lake Jesup. Hier bitte links.«

Ich schnaubte, bog jedoch wie befohlen in einen kleinen Feldweg ein. Vor uns tauchte ein uraltes Schild auf: *Willkommen im Lake Jesup Park.*

»Ein Naturpark?«, fragte ich irritiert und fuhr auf den angezeigten Parkplatz.

Ivy nickte. »Ich war hier früher schon mal mit Maria, einer Hausangestellten«, sagte sie. Ich hatte den Motor noch nicht mal ausgestellt, als Ivy auch schon aus dem Wagen hüpfte.

»Und was genau wollen wir hier? Wandern?«, fragte ich und stieg ebenfalls aus.

»Nein, Gummibärchen essen. Komm schon, Ryan«, sagte sie. Ivy klang dabei so entschlossen, dass ich mir einen weiteren Kommentar verkniff und ihr folgte.

Der Park schien seit seiner Öffnung weder saniert noch wirklich gepflegt worden zu sein. Zumindest sah es von außen so aus. Das ursprünglich minzgrüne Kassenhäuschen hatte einen gräulichen Stich bekommen. Es war so krumm und schief, dass ich Angst hatte, es würde jeden Augenblick über uns zusammenbrechen.

Ivy ging schnurstracks auf das Häuschen zu und kaufte nicht nur die Eintrittskarten – die mit fünf Dollar pro Person eigentlich viel zu teuer waren –, sondern auch gleich zwei Packungen Vogelfutter, die sie in ihre hintere Hosentasche schob, ehe sie durch das Drehkreuz eilte. Himmel, konnte die schnell sein, wenn sie wollte.

Ich beeilte mich, ihr hinterherzukommen. Verblüfft blieb ich stehen, als wir auf einen schmalen Weg traten, der links und rechts von solch dicken Bäumen umwachsen war, dass man sich ein wenig wie im Dschungel fühlte. Die Wurzeln der Bäume hatten sich zum Teil so weit aus dem Boden gebohrt, dass man darunter durchgehen konnte wie unter einem Tor.

»Wow«, sagte ich beeindruckt und legte den Kopf in den Nacken. Die Bäume waren so hoch, dass das Sonnenlicht nur schwach durch das Blätterdach drang. Kleine Lichtflecken tanzten über den Boden.

»Es sieht noch genauso aus wie damals«, sagte Ivy und strich mit der Hand über eine Wurzel, an der langes weißes Moos hing. »Hier fühlt man sich wie in einer anderen Welt.«

»Und du warst hier mit einem Dienstmädchen?«, fragte ich. Neugierig folgte ich ihr den schmalen Weg entlang. Offenbar hatte sie ein Ziel vor Augen, denn Ivy lief ohne zu zögern durch den Park.

»Ja, mit Maria«, sagte Ivy und stieg über eine Wurzel hinweg. »Sie hat einige Jahre für uns gearbeitet. Und sie hat immer auf mich aufgepasst, wenn meine Eltern nicht zu Hause waren. Wir waren früher öfter hier, da ein Vetter von Maria im Park gearbeitet hat. Deshalb mussten wir auch nie Eintritt zahlen.« Sie grinste schief.

»Hier arbeiten Leute?«, fragte ich skeptisch und sah mich im Unterholz um.

»Du wirst schon sehen«, sagte Ivy verschwörerisch und drehte sich zu mir um. Dabei übersah sie eine Wurzel und kam prompt ins Straucheln. Blitzschnell sprang ich nach vorn, packte sie um die Taille und zog sie wieder hoch.

»Aufpassen, Ivy.«

»Ich … ja … danke, ich sag's der Wurzel«, stotterte sie und sah mich mit großen Augen an.

Wir waren uns so nahe, dass ihr Atem meinen Hals streifte. Meine Nackenhaare stellten sich auf und ich ließ sie so abrupt los, dass sie einen Schritt zurücktaumelte.

Ivy räusperte sich und sah sich ein wenig desorientiert um. »Wo wollte ich noch mal … ah ja«, murmelte sie und ging weiter. Prompt blieb sie wieder mit ihren Flipflops hängen und ruderte mit den Armen. Schnell packte ich ihre Hand und zog sie zurück auf die Füße.

»Ich halte dich lieber mal fest«, sagte ich spöttisch und verschränkte meine Finger mit ihren. »Sonst brichst du dir noch den Hals und das wollen wir doch nicht, oder?«

Ivy schluckte. »Nein, das wollen wir nicht.«

Ihre Wangen leuchteten in einem verräterischen Rot. Sie warf mir einen schüchternen Blick zu, öffnete den Mund, zögerte, schloss ihn wieder und sah ruckartig weg. Ich musste mir ein Grinsen verkneifen, während wir schweigend weiterliefen. Schon bald lichtete sich der Weg und machte einer großen Lichtung Platz. Dahinter lag auch der Jesup-See und warf ruhige Wellen. Die für Florida typischen Kraniche stakten am Ufer entlang, wo auch mehrere kleine Pavillons standen.

Ivy räusperte sich und deutete nach links, wo ein modernes Backsteingebäude zu sehen war. »Dort hinten gibt es ein Alligatorengehege«, erklärte sie und ließ meine Hand los.

Am liebsten hätte ich sofort wieder nach ihr gegriffen und sie an mich gezogen. Angestrengt unterdrückte ich den Impuls und sah mich um.

»Dort werden verletzte Alligatoren gepflegt und danach wieder in die Freiheit entlassen.«

»Also sollten wir lieber nicht im See schwimmen, was?«, witzelte ich.

Ivy schauderte. »Warst du schon mal in einem See, in dem man tatsächlich schwimmen konnte, ohne Gefahr zu laufen, von etwas gefressen zu werden?«

»Nein«, gab ich zu und musste schmunzeln, als ich an mein Zuhause in Miami dachte. »Unser Haus steht direkt am Miami River«, erklärte ich, während wir auf einen Steg zusteuerten, der ein Stück ins Wasser ragte. »Früher konnte ich sogar mit dem Kanu in die Highschool fahren. War ganz praktisch, besonders, als ich den Führerschein noch nicht hatte. Andererseits hatten wir auch beinahe jede Woche ein bis zwei Alligatoren im Garten sitzen, einmal sogar im Pool.« Ich lachte bei der Erinnerung daran, wie begeistert die Zwillinge gewesen waren, als ein zwei Meter großer Alligator in unserem Pool gesessen hatte.

»Wirklich?« Ivy schmunzelte.

Vorsichtig gingen wir über den Holzsteg. Das Holz war alt und große Teile davon so mit Wasser vollgesogen, dass es so gut wie unmöglich war, mit den rutschigen Sohlen einen guten Halt zu bekommen. Prompt rutschte Ivy aus und ich konnte sie gerade noch auffangen, bevor sie ins Wasser fiel.

»Holy Moly! Ist das rutschig«, stieß sie hervor, während sie sich an mich klammerte.

Ich musste mir ein Grinsen verkneifen. »Sollen wir umdrehen?«

»Ah, nein, alles gut«, nuschelte sie, suchte sich hektisch eine halbwegs trockene Stelle und setzte sich schnell nieder.

Ich balancierte am Rand entlang und genoss den Wind, der mir dabei durch die Haare fuhr. Neben uns leckten die Wellen am Holz des Stegs.

»Das solltest du lieber lassen, sonst fällst du am Ende noch ins Wasser.«

»Bitte, ich bin doch nicht du.« Ich schnaubte übertrieben, ließ mich aber trotzdem neben Ivy auf den Steg sinken. »Ist übrigens schön hier«, gab ich zu und atmete tief die warme Luft und den Geruch der Natur ein.

Außer uns war kein einziger Mensch zu sehen. Ivy begann, das Vogelfutter auszupacken und den Kranichen zuzuwerfen, die im Wasser herumstaksten und sich sofort hungrig draufstürzten.

»Wir haben ein Haus ziemlich weit außerhalb von Miami. Bei

uns sprüht jeden Monat ein Angestellter Gift, sodass wir nicht mal Käfer in unserem Garten haben«, sagte sie leise.

»Magst du Käfer denn so gerne?«, fragte ich amüsiert.

Sie seufzte. »Nein, aber Tiere generell. Früher wollte ich immer ein Haustier haben. Hund, Katze, Hamster, egal was, aber meine Mom hat eine Allergie gegen so ziemlich alles, was Haare hat. Was Menschen nicht ausschließt.« Sie verdrehte die Augen. »Darum habe ich als Kind oft im Garten nach Tieren gesucht. Nach kleinen Schnecken oder Fröschen, aber ich habe nie welche gefunden.«

»Du hast Angst vor der Spinne in deinem Zimmer, aber wolltest Frösche als Kuscheltiere?«, fragte ich, nahm ebenfalls eine Handvoll Vogelfutter und warf es den Kranichen zu.

»Ja.« Sie zuckte mit den Schultern. »Frösche sind ja auch was anderes als Spinnen. Alles, was so viele Beine hat, ist mir nicht ganz geheuer.«

»Zumindest hattet ihr so keine Kakerlaken. Das ist uns nämlich mal passiert«, warf ich ein. »Die ganze Siedlung war überrannt von den Viechern und wir mussten für zwei Tage im Hotel wohnen, während die Häuser ausgeräuchert wurden.«

Ivy schauderte. »Gut, vielleicht war das mit dem Gift doch keine so schlechte Idee«, murmelte sie und griff im gleichen Moment in die Packung wie ich.

Als sich unsere Hände berührten, erstarrten wir gleichzeitig. Ich spürte, wie ihre Finger kaum merklich zurückzuckten. Mein Daumen hingegen verselbstständigte sich und streichelte sanft über ihren Handrücken. Ivy war nicht die Einzige, der plötzlich das Atmen schwerfiel.

»Was machen wir hier eigentlich, Ivy?«, fragte ich sanft und hörte selbst, wie rau meine Stimme klang.

»Ich bin nicht besonders gut in so was«, sagte sie unsicher.

»Was meinst du?«

Ihre Wangen liefen rot an. »Mich um andere zu kümmern und sie aufzuheitern. Ich war meistens alleine. Manchmal gab es noch meine Freundin Chloé oder meine Mutter. Aber wenn es einer von ihnen schlecht ging, bin ich mit ihnen shoppen gegangen. Wenn ich ihnen etwas geschenkt habe, waren sie danach immer fröhlich. Aber ich glaube, bei dir hätte das nicht wirklich geholfen. Da ist das hier besser.«

»Ja, das hier ist eindeutig besser als Shoppen«, flüsterte ich. Meine Brust zog sich immer weiter zusammen und ich musste mich mit Gewalt davon abhalten, sie nicht noch näher an mich heranzuziehen. »Aber du musst dich auch nicht um mich kümmern. Das ist schließlich mein Job, schon vergessen?«

»Aber dir geht es nicht gut«, sagte sie und eine Spur von Trotz blitzte in ihren Augen auf. »Etwas beschäftigt dich. Du bist seit dem Schauspielkurs irgendwie schlecht gelaunt. Es ist wegen mir, oder?« Sie verhedderte sich förmlich in ihren Worten, bevor sie frustriert aufgab und mich nur traurig anstarrte.

Dieses Mädchen. Sie machte mich vollkommen fertig. Seufzend lehnte ich meine Stirn gegen ihre, um nicht etwas Dummes zu tun. Wie sie zu küssen zum Beispiel.

»Mir geht es gut«, versicherte ich ihr mit rauer Stimme. »Ich habe nur einen Anruf bekommen, mit dem ich nicht gerechnet habe.«

»Von wem denn?«, erkundigte sie sich zögerlich. Als sie sich nervös auf die Unterlippe biss, musste ich wegsehen.

Ich atmete tief durch. »Von meinem Bruder.«

»Und das ist so schlimm?« Ivy blickte mich verwirrt an.

»Nein.« Abrupt stand ich auf und fuhr mir durch die Haare. »Nicht schlimm, nur kompliziert.«

»Oh…«, murmelte Ivy.

Aus irgendeinem Grund schien sie enttäuscht zu sein. Etwa weil ich ihr so wenig Informationen anvertraute? Oder weil ich unseren Körperkontakt unterbrochen hatte? Vielleicht war ich egoistisch, aber ich hoffte, es war Letzteres.

Plötzlich klapperte etwas neben uns. Der spitze Schnabel eines Kranichs schnappte sich die Packung mit dem Vogelfutter und riss sie Ivy aus den Fingern. Erschrocken sprangen wir auf. Ivy stolperte dabei gegen mich und rammte mir dabei ihren spitzen Ellenbogen knapp über dem Nabel in den Bauch. Sie erwischte genau meinen Solarplexus – *Volltreffer.* Mir ging kurz die Luft aus. Ich wich automatisch einen Schritt zurück, rutschte auf dem Steg aus und kippte. Mit einem lauten Klatschen landete ich auch schon im Wasser.

Scheiße, war das kalt! Und dreckig! Ich schluckte einen Mundvoll Brackwasser, während ich hustend nach Luft schnappte.

»Ryan? Lebst du noch?«, rief Ivy mit Panik in der Stimme.

Prustend stand ich auf und spuckte Wasser. Ivy beugte sich so weit über den Steg, dass sie beinahe selbst ins Wasser gefallen wäre. Der Vogel guckte währenddessen frech über ihre Schulter.

»Ryan?«, fragte sie nochmals, als ich mir langsam das Haar aus dem Gesicht strich.

»Duuuu«, knurrte ich und griff nach ihren Armen.

Ivys Augen wurden kugelrund. Sie stieß einen spitzen Protestschrei aus, aber ich zog sie gnadenlos zu mir ins Wasser.

»Holy Moly! Kalt! Kalt! Kalt!«, stieß sie hervor und strampelte kurz mit den Beinen, bis ihr klar wurde, dass sie hier stehen konnte. Ein wenig Schlamm rann ihr die Wange hinunter. »Das wirst du büßen, Ryan MacCain!«, fauchte sie und funkelte mich so böse an, dass ich in schallendes Gelächter ausbrach.

»Du solltest dich mal sehen. Das Schlammmonster kehrt zurück.«

Das Lachen verging mir, als ich eine volle Ladung Wasser abbekam.

»Hast du mich etwa gerade nassgespritzt?«, fragte ich blinzelnd.

»Ich? Nein, ich doch nicht«, sagte Ivy unschuldig.

»Na warte«, knurrte ich und feuerte ihr ebenfalls eine Handvoll Wasser ins Gesicht.

Ivy fluchte, rappelte sich auf und spritzte zurück. »Daneben«, höhnte ich und schluckte im nächsten Augenblick gefühlte drei Liter des Sees.

»Zehn Punkte«, jubelte Ivy.

Prompt revanchierte ich mich in aller Deutlichkeit. Für ein paar Minuten waren wir so damit beschäftigt, uns gegenseitig nass zu spritzen, zu brüllen, zu fluchen und zu lachen, dass ich erst merkte, dass etwas auf uns zukam, als sich die Oberfläche des Sees bereits kräuselte. Der Schreck ließ mich ruckartig innehalten, sodass ich einen Schwall abbekam.

»Scheiße, ein Alligator«, stieß ich hervor.

»Was? Wo?«, rief Ivy und sah sich hektisch um.

Schnell packte ich sie an der Hand, zog sie die wenigen Meter bis ans Ufer. Vorsichtshalber rannte ich noch ein Stück weiter. Alligatoren waren auch an Land verdammt gefährlich. Schnaufend blieben wir stehen. Ich stellte mich schützend vor Ivy – was vollkommener Blödsinn war, aber ich genoss es ein wenig, dass sie sich an mich klammerte und ängstlich über meine Schulter lugte, während das Wasser sich teilte und … eine mickrige Natter sich ans Ufer schlängelte.

»Uuuuuh…«, machte Ivy, »ich glaube, wir wurden gerade beinahe von einer Babyschlange gefressen.«

Shit. Peinlich. »Ja, wir wären fast gestorben«, stimmte ich ernst zu. »Aber ich habe dein Leben beschützt. Ich verlange eine Gefahrenzulage.«

Ivy lachte und kniff mich in die Seite. »Du bist so ein Idiot, Ryan.«

»Wenn du so undankbar bist, lasse ich dich das nächste Mal von einer Amphibie fressen.« Ich versuchte, so ernst wie möglich zu bleiben. Doch Ivys Lachen war ansteckend und kurz darauf stimmte ich mit ein. »Scheiße«, sagte ich schließlich, als wir uns etwas beruhigt hatten. Schwer atmend stützte ich mich auf den Knien ab. »Jetzt sind wir nass.«

»Ach wirklich? Ist mir noch gar nicht aufgefallen, Sherlock«, erwiderte Ivy und wrang sich das Wasser aus den Haaren, während sie die Nase kräuselte. »Du stinkst übrigens!«, stellte sie fest.

»Nein, das kommt alles von dir«, schoss ich zurück, während mein Blick über ihren Körper wanderte.

Ihr Kleid war klitschnass und zeigte deutlich jede ihrer Kurven. Hektisch sah ich weg und schüttelte mein Haar aus wie ein Hund. Ivy fluchte, als sie wieder nass wurde. Ich grinste nur.

»Danke«, sagte ich plötzlich.

Verwundert sah sie mich an »Wofür?«

»Für alles.«

Ivy lächelte. »Sollen wir zurückgehen?«

»Ja, gehen wir und trocknen uns ab. Ich hoffe, du hast Handtücher im Auto.«

Sie schnaubte. »Klar, so etwas habe ich doch immer dabei. Gleich neben meiner Überlebensausrüstung und meinem Surfbrett.«

Ich stöhnte. »Großartig.«

Schweigend liefen wir zurück zum Auto. Obwohl keiner von

uns ein Wort sagte, berührten sich unsere Hände immer wieder wie zufällig – und ohne es zu wollen, musste ich zugeben, dass ich Ivys Nähe und Wärme genoss. Sehr sogar. Viel mehr, als gut für mich war.

Im Auto fanden wir letztendlich eine Vliesdecke, mit der wir uns abtrockneten. Und Floridas Hitze tat ihr Übriges. Immer noch schweigend setzte ich mich wieder hinters Steuer und fuhr vom Parkplatz.

# IVY

Mein Magen knurrte, als wir zurück ins Wohnheim kamen. Doch darum würde ich mich später kümmern. Erst musste ich unter die Dusche und die Reste des dreckigen Seewassers abwaschen. Ich bereute es gerade etwas, nicht vor dem Ausflug noch kurz in die Cafeteria gegangen zu sein. Morgen würde ich das anders machen – und für heute Abend hatten wir immerhin noch fünf Liter Eistee und so viele Gummibärchen, dass uns wahrscheinlich schlecht von dem ganzen Zucker werden würde.

»Soll ich uns Pizza bestellen?«, schlug Ryan vor. »Sie sollten da sein, bis wir uns geduscht haben.« Er schien tatsächlich wieder bessere Laune zu haben. Zumindest hatten wir uns auf dem Nachhauseweg nicht mehr in die Haare gekriegt. Ich verbuchte das als Fortschritt. Schlammschlachten schweißten einen dann eben doch zusammen.

»Ja, bitte«, sagte ich erleichtert. »Ich hole sie dann von unten ab.«

Ryan nickte. »Ich muss auch noch mit meinem Dad sprechen. Das Nummernschild muss auf jeden Fall ausgetauscht werden.«

Schnaubend holte ich ein Handtuch und Duschgel aus meinem Schrank. »Meinst du nicht, dass das etwas übertrieben ist? Der Student war doch harmlos.«

Ryan presste die Lippen zusammen. »Geh duschen, Ivy. Ich bestelle uns zwei Pizzen. Ist Salami okay?«

Ich nickte. Ryan drehte sich wortlos um und verschwand in seinem Zimmer.

Seufzend machte ich mich auf den Weg zu den Duschen. Nach dem unfreiwilligen Bad im See genoss ich das warme Wasser in vollen Zügen. Mit dem Schmutz verschwand auch die Anspannung, die sich den ganzen Tag über in mir angestaut hatte. Und was dabei im Abfluss verschwand, ließ mich schaudern. Der See war wirklich nicht gerade sauber gewesen. Trotzdem musste ich bei der Erinnerung an Ryans verdutzten Gesichtsausdruck, als er ins Wasser gefallen war, lächeln. Prompt schob sich ganz frech die Erinnerung an Ryans T-Shirt, das nass an seiner Haut geklebt hatte, in meine Gedanken. Holy Crap! Schnell verdrängte ich dieses Bild und versuchte, an etwas anderes zu denken, während ich auch die letzten Reste des Sees von mir abwusch.

In das Handtuch gewickelt, lief ich in mein Zimmer zurück und zog mir ein schlichtes Shirt und Shorts an.

Als ich wenig später bei Ryan klopfen wollte, um zu fragen, wann die Pizzen kamen, zögerte ich. Seine Stimme drang gedämpft durch die Tür und etwas in seinem Ton ließ mich innehalten.

»Nein, sonst ist nichts passiert. Das Austauschen des Nummernschildes sollte genügen. … Ja, danke, Dad. Es ist alles in Ordnung, wirklich. … Ja, ich habe Mom angerufen. … Nein, ich lüge nicht. … Okay, erwischt, aber du weißt doch, wie sie ist. Wenn ich anrufe, komme ich eine Stunde nicht mehr von ihr los. Ja … Ja … Nein, wir, also Ivy und ich, wir haben uns Pizza bestellt. Es wird also ein gemütlicher Abend. … Was? Nein, Dad! Ich bin nicht gemein zu ihr! Was denkst du denn von mir? Außerdem bin ich keine fünf mehr. … Hmm, okay, ich versuche es. … Ja, okay, aber Dad …«

Ich hielt unwillkürlich die Luft an, als Ryans Stimme leiser wurde. Er klang plötzlich verunsichert, ganz anders, als ich ihn kennengelernt hatte.

»Ist er wirklich wieder da? Konstantin?«

Eine Weile war es so still, dass mir mein Atem unnatürlich laut vorkam. Natürlich war mir klar, dass ich Ryans Telefonat nicht belauschen sollte, aber ich konnte nicht weghören. Prompt meldete sich auch mein schlechtes Gewissen.

Plötzlich stieß Ryan einen erstickten Ton aus. »Verstehe. Aber warum jetzt? Nach all den Jahren? … Ja, er hat versucht, mich anzurufen. Mehrmals. Ich habe ihn weggedrückt. … Nein, nein, sag ihm einfach gar nichts. … Ja. Tschüss.« Danach wurde es still.

Leise zog ich mich zurück und beschloss, nach unten zu gehen, um dort auf den Pizzalieferanten zu warten. Ryan brauchte eindeutig Zeit für sich selbst, auch wenn ich mir Sorgen um ihn machte. Was war nur mit ihm los? Hatte seine schlechte Laune etwas mit diesem Konstantin zu tun? War Konstantin sein Bruder, den er heute erwähnt hatte?

Tief in Gedanken versunken setzte ich mich vor dem Wohnheim auf die Treppe und musste beinahe noch eine Viertelstunde warten, bis der Pizzabote endlich auftauchte. Er war sichtlich erleichtert, dass er uns nicht suchen musste, und drückte mir die zwei Schachteln kommentarlos in die Hand, bevor er mit seinem Moped wieder davonfuhr. Offenbar hatte Ryan die Pizzen bereits online bezahlt. Ich schnaubte leise und starrte auf die Kartons, die gerade mal lauwarm waren. Na großartig. Jetzt würde ich sie in der Mikrowelle aufwärmen müssen.

Seufzend ging ich in den Gemeinschaftsraum, wo sich gerade eine Gruppe Mädchen auf den Sofas unterhielt, während ein paar Jungs Tischtennis spielten. Zwei weitere zockten auf einer Playstation *Zombie Killer Attack 3*. Ein paar neugierige Blicke folgten mir, als ich zu der kleinen Gemeinschaftsküche ging, die kalten Pizzen aufeinandergestapelt in die Mikrowelle schob und auf drei Minuten Vollhitze stellte. Wenn ich allerdings nicht die ganze Zeit steif vor der Maschine stehen und den Pizzen beim Rundendrehen zusehen wollte, musste ich etwas tun. Nur was?

Hilflos ließ ich den Blick durch den Raum schweifen und versuchte, mir nicht anmerken zu lassen, wie unsicher ich mich fühlte. Es musste doch möglich sein, zu den Mädchen zu gehen und mich mit ihnen zu unterhalten. Seit ich denken konnte, hatte ich mich nach Menschen gesehnt. Nach einem Zuhause, in dem es laut und lustig zuging. Nach einem Ort, an dem man Leute lachen und miteinander sprechen hören konnte. Und nicht nur das Quietschen von feinen italienischen Lederschuhen eines Sicherheitsmannes, der gerade seine Runden drehte. Jetzt hatte ich es endlich geschafft und war vor Nervosität wie gelähmt.

Die Mädchen kicherten und ich versuchte mir einzureden, dass es nicht um mich ging.

»Hey, wohnst du nicht in B 12?«

Erleichtert sah ich auf und blickte in das Gesicht einer hübschen Brünetten, die mich neugierig musterte.

»Ja …« Lächelnd reichte ich ihr die Hand. »Hallo, ich bin Ivy.«

»Soya«, stellte sie sich vor und ergriff meine Hand. »Ich wohne schräg gegenüber. B 6.«

»Soya?«, fragte ich verdutzt.

Soya seufzte und verdrehte die Augen. »Ja, leider. Meine Mom nimmt das mit dem veganen Lebensstil ein wenig zu ernst. Hätte aber auch schlimmer kommen können. Wenn ich ein Junge geworden wäre, hätte sie mich Tofu genannt.«

»Im Ernst?« Ich musste lachen und Soya stimmte mit ein.

»Nein, ist nur unser Running Gag. Aber egal – ich und die Mädels dachten, dass du dich vielleicht zu uns setzen möchtest.«

»Oh, ich …« Mein Blick schweifte zu der Mikrowelle, die gerade *pling* machte. Würde sie die Pizzen noch ein paar Minuten warmhalten? Andererseits, kälter als sie gekommen waren, konnten sie kaum noch werden. »Ähm, ja, gern«, sagte ich schließlich und ließ mich von Soya zum Sofa ziehen.

Vier weitere Mädchen nahmen mich in Empfang, wobei mein Blick zu der großen Blondine zuckte, die … Oh nein, es war eine der Studentinnen, die Ryan in der Vorlesung abgeschleppt hatte. Mein Lächeln fiel wie ein Soufflé in sich zusammen.

»Das sind Courtney, Brook, Basel und Charly«, stellte Soya ihre Freundinnen der Reihe nach vor. »Leute, das ist Ivy«, fügte sie an die Mädchen gewandt hinzu.

»Dann ist das Geheimnis also gelüftet«, sagte Courtney mit einem verhaltenen Grinsen und warf sich ihre künstlich blonde Haarpracht über die Schulter.

»Geheimnis?«, fragte ich verwirrt.

»Wir alle rätseln schon die ganze Zeit, wer das Mädchen ist, mit dem Ray die ganze Zeit herumhängt. Er klebt ja praktisch an deinen Fersen. Fast so, als wäre es sein Job!«

Die vier kicherten und mein Magen zog sich unruhig zusammen.

»Ray? Oh … *der* Ray. Ja, wir sind Zimmernachbarn«, murmelte ich, während sich meine Schultern anspannten.

»Ray ist umwerfend, oder?«, schwärmte Courtney. »Nicht so ein Milchbubi wie die anderen aus dem ersten Semester.« Abfällig deutete sie auf die Jungs, die gerade grölend an der Playstation zockten. »Er ist ein wenig älter, oder?«

»Mhm, ja, neunzehn, glaub ich«, sagte ich.

Soya grinste mich an. »Ich bin heute Morgen aufgewacht, als er versucht hat, dich wach zu klopfen.« Sie kicherte. »Ich glaube, ich habe noch nie so einen genervten Gesichtsausdruck gesehen.«

»Ja.« Ich verzog gequält das Gesicht. »Er hat's nicht leicht mit mir.«

»Was uns aber alle brennend interessiert …« Courtney lehnte sich vor, sodass ich nicht nur einen sehr guten Blick auf ihren pinken BH, sondern auch einen weiteren Schwall ihres Parfums in die Nase bekam. »Seid ihr zwei zusammen oder ist er noch zu haben? Bei dem Kaffee, den er mir heute spendiert hat, wollte er partout nicht mit dieser Information herausrücken.«

»Oh … ähm, wir sind ni… also …«, druckste ich herum, als sich plötzlich ein Arm um meine Schultern legte.

»Hier bist du also. Willst du mich verhungern lassen? Ich warte schon die ganze Zeit auf dich.«

Mein Herz machte einen Satz, als Ryan sich an mich schmiegte. Da war plötzlich so viel Ryan auf einmal … Sein Arm, der sich sanft um meine Taille schlang und mich an sich drückte. Mich umarmte. Seine Schultern, die mich beschützend einrahmten. Seine dunklen Haarspitzen, die meinen Nacken kitzelten.

Die Mädchen sogen scharf die Luft ein. Ungläubig starrten sie uns an. Vor allem Courtney sah aus, als hätte sie gerade etwas Ekliges gesehen. Soyas Augen wurden sogar noch größer, als Ryan sich betont langsam herabbeugte und meine Halsbeuge küsste. Mir blieb die Luft weg, während sich meine Finger in den Stoff des Sitzes krallten.

»Was machst du da?«, flüsterte ich.

»Psst«, gab er zurück, bevor er sich lächelnd aufrichtete. »Hey, Courtney! Wie ich sehe, hast du meine Freundin bereits kennengelernt. Wie schön.«

»Ja.« Courtneys Blick zuckte zwischen uns hin und her. Ein nicht zu deutender Ausdruck schlich sich in ihre Augen, doch ihr Lächeln war so süß, dass ich Zahnschmerzen davon bekam.

Eines der anderen Mädchen – Brook, wenn ich mich nicht irrte – musterte uns nachdenklich. »Das ist ja eine Überraschung«, sagte sie übertrieben freundlich. »Ich wusste gar nicht, dass ihr zusammen seid, Ray. Schade, dann muss ich meinem Zimmernachbarn wohl sagen, dass Ivy bereits vergeben ist … Der hat mich nämlich heute schon nach ihr gefragt. Die Jungs scheinen auf mysteriöse Mädchen zu stehen.«

Ryan grinste schief. »Sicher. Wie auch immer, wir sehen uns bestimmt noch in Literatur.« Er zwinkerte ihnen zu und zog mich sanft vom Sofa.

Ich war immer noch vollkommen verwirrt, sodass ich Ryan wortlos folgte. »Bis später«, murmelte ich und winkte Soya kurz zu. Sie war die Einzige, die nicht aussah, als wollte sie mir den Hals umdrehen.

Ryan beförderte die fertigen und hoffentlich nicht schon wieder kalten Pizzen in die Kartons zurück und dirigierte mich die Stufen hoch in mein Zimmer.

Völlig fertig ließ ich mich auf mein Bett fallen. Ryan setzte sich neben mich und reichte mir dann – als wäre gar nichts gewesen – eine Pizza. Ohne zu zögern, griff er nach meinem Laptop und fragte mich nach dem Passwort.

»1, 2, 3, 4, 5, 6«, murmelte ich.

»Ernsthaft?« Ryan verdrehte die Augen, tippte die Zahlen ein und ging auf Netflix. Ohne zu fragen klickte er auf die letzte Serie, die ich geschaut hatte.

Während im Hintergrund eine Folge *Supernatural* lief, aßen wir schweigend unsere Pizzen. Obwohl sie inzwischen schon wieder fast kalt geworden waren, schmeckten sie ziemlich gut.

»Was sollte das eigentlich gerade?«, brachte ich schließlich hervor, nachdem ich meinen Pizzakarton auf den Boden gestellt hatte. Ich versuchte, jegliche Gedanken an das, was vorhin im Gemeinschaftsraum passiert war, zu verdrängen. Was verdammt schwer bis unmöglich war, da ich immer noch die Stelle fühlen konnte, an der er mich geküsst hatte.

»Mhm?« Mit vollem Mund guckte er mich an und zuckte mit den Schultern. »Ich habe nur dafür gesorgt, dass uns Courtney keinen Ärger mehr macht. Sie hätte uns sonst nie in Ruhe gelassen.«

»Tja, aber jetzt glaubt bestimmt bald das ganze Wohnheim, dass wir ein Paar sind.« Ich funkelte ihn an. Wenn er so weitermachte, würde ich es nie schaffen, mich von ihm fernzuhalten. Vor allem nicht, wenn er mich so berührte wie gerade eben. Wenn er jegliche platonischen Gefühle einfach fortküsste. Ich ertrug das nicht länger. Entweder wir wahrten die Distanz zwischen uns oder … Dieses ständige Hin und Her machte mich völlig fertig. Am liebsten hätte ich ihm ein Kissen an den Kopf geworfen.

»Und was ist so schlimm daran?«, fragte er und stellte seinen leeren Karton auf den Boden.

Er verstand es wirklich nicht. »Was daran so schlimm ist?« Ich stach ihm meinen Zeigefinger in die Brust. »Schlimm daran ist, dass Courtney überall herumerzählt, was für ein tougher, wilder Typ du bist. Wie soll sich da jemals ein anderer Junge an mich rantrauen?«

»Hm, lass mich mal überlegen … gar nicht?«, schlug Ryan vor, wofür er nun tatsächlich ein Kissen ins Gesicht kassierte.

»Das ist nicht lustig, Ryan. Du ruinierst mein Privatleben.«

Das Lachen verschwand aus Ryans Gesicht. »Erstens …«, sagte er, während er mich genauso düster anstarrte wie ich ihn. »… werde ich keinen Typen aufhalten, falls er sich für dich interessiert. Und zweitens: Wen interessiert es, was Courtney erzählt?«

»Mich interessiert es.«

»Warum?«

»Weil … keine Ahnung.« Ich seufzte. »Wahrscheinlich sind sie nur dumme Gänse, die ohnehin über alles und jeden lästern. Aber was, wenn es doch an mir liegt? Was, wenn *ich* die dumme Tussi bin?« Ich schüttelte den Kopf und ließ mich wieder zurückfallen. Müde starrte ich an die Decke.

Ryan lehnte sich gegen die Wand und verschränkte die Arme hinter dem Kopf. »Sei nicht so streng zu dir selbst, Ivy. Und auch nicht zu den Mädels im Gemeinschaftsraum. Sie mögen oberflächlich und zickig sein, aber sie versuchen nur, sich selbst zu schützen. Sieh es einfach als Kompliment, wenn sie dich angiften. Denn das bedeutet nur, dass sie dich als Konkurrenz sehen.«

»Mhm … das hilft mir nicht gerade weiter.«

Ryan seufzte und sah zu mir herab. »Was willst du denn von mir hören? Ich kenne dich noch nicht lange, Ivy, aber was ich sicher weiß, ist, dass du ein Mensch bist, der sich nicht für sich selbst schämen muss. Niemand ist perfekt. Du nicht, ich nicht, und die Mädels unten auch nicht. Dich mit ihnen zu vergleichen, bringt also nichts. Sei einfach du selbst und glücklich damit – das wird ihnen irgendwann die Luft aus den Segeln nehmen.«

»Mhm … ich werde darüber nachdenken, Sensei«, witzelte ich schwach.

Ryan lächelte kurz, doch dann wurde er ganz ernst. »Ivy?«, sagte er leise.

»Ja?«

»Tut mir leid wegen heute.«

»Was tut dir leid?«, fragte ich verwirrt und beobachtete eine Haarsträhne, die ihm in die Stirn fiel.

»Dass du wegen mir geweint hast«, flüsterte er.

»Habe ich nicht.«

»Okay, dann sorry, dass du wegen mir *fast* geweint hast.«

Ich schluckte. »Nicht so schlimm.«

»Und dass das nicht mein bester Tag war.«

Plötzlich berührte etwas ganz sanft meine Fingerspitzen. Ich traute mich nicht hinzusehen, doch ich fühlte Ryans Daumen, der zart meinen Handrücken auf und ab streichelte. Irgendwann verhakten sich unsere Zeigefinger ineinander. Zentimeter für Zentimeter folgten auch die anderen Finger. Schweigend hielten wir Händchen. Und Ryan ließ mich nicht mehr los, bis ich eingeschlafen war.

# IVY

Mrs Garcia stand vor dem Pult und sah mit ihren dunklen Augen über den Rand ihrer Brille hinweg. »*Das Geheimnis des Alchemisten Storitz* wurde von 1898 bis 1901 …«

»Hey!« Ein warmer Atemzug traf meinen Nacken und ich schielte zu Ryan hinüber.

»Was denn?«, flüsterte ich und kritzelte weiter hektisch auf meinem Block herum. Wo waren wir noch mal?

»Storitz griff zu einem ungewöhnlichen Mittel: Er hatte eine Mixtur entwickelt, die …«

Ein Stift pikte mich und ich schlug ihn genervt weg. Wer war noch mal Storitz? Verdammt! Verzweifelt versuchte ich, meine eigene Handschrift zu entziffern und scheiterte kläglich. Die Buchstaben verschwammen vor meinen Augen und alles, was Mrs Garcia sagte, machte heute irgendwie keinen Sinn. Wieder pikte mich Ryan.

»Ich glaube nicht, dass es dein Job ist, mich vom Lernen abzuhalten«, flüsterte ich gereizt und warf Ryan einen finsteren Blick zu.

Ryan zog eine Augenbraue hoch und verzog schmollend den Mund. »Ich langweile mich hier zu Tode«, sagte er leidend und fuhr sich durch das dunkle Haar. »Wollen wir nicht lieber rausgehen und was anderes machen?«

»Nein! Ich muss diese Vorlesung besuchen.«

»Ach, komm schon.«

»Wenn dir so langweilig ist, geh dir einen Kaffee holen und warte draußen auf mich.« Ich versuchte, mich wieder auf Mrs Garcias Vortrag zu konzentrieren, die gerade … Shit! Ich hatte den Faden verloren. Stöhnend ließ ich den Stift fallen und vergrub das Gesicht in den Händen.

»Ivy!«

»Was ist denn?«

»Ich kann mir keinen Kaffee holen. Jemand könnte dich in meiner Abwesenheit töten.«

Schnaubend nahm ich die Hände vom Gesicht und starrte ihn ungläubig an. »Und wer, bitte schön?«

Ryan verengte die Augen zu Schlitzen und deutete auf einen Studenten mit schwarzen Haaren und Nietenhalsband, der eine Reihe vor uns saß. Er sah genauso überfordert aus, wie ich mich fühlte, und spielte nervös mit seinem Stift herum. »Er könnte dich mit seinem *Go to fucking hell*-Kugelschreiber erstechen.«

Ich verdrehte die Augen und sah wieder aufmerksam zu Mrs Garcia, als ich etwas an meinem Knie fühlte. Zuerst war es nur eine hauchzarte Berührung, danach eine warme Hand, die sanft über meinen Oberschenkel strich. Und ich trug nur einen Rock! Ich riss die Augen auf und sah zu Ryan hinüber.

»Wa…was machst du da?«, flüsterte ich in Ryans Richtung, der mir nur ein freches Grinsen schenkte.

»Den Unterricht interessanter gestalten«, raunte er mir zu.

»Ryan!« Ich spürte, wie mir die Hitze in die Wangen stieg. Insbesondere, als Ryans Daumen weiter über meine Haut streichelte. Die Berührung war kaum wahrnehmbar – und trotzdem hatte ich innerhalb von Sekunden eine Gänsehaut. Schnell biss ich mir auf die Unterlippe, um kein verräterisches Geräusch zu machen.

Ryans grüne Augen blitzten, seine Lider senkten sich ein wenig und er schenkte mir seinen besten Schlafzimmerblick. Mein Herz schlug so kräftig in meiner Brust, dass es mich wunderte, dass Mrs Garcia es nicht hören konnte. Mein ganzer Körper kribbelte, während er seine Finger leicht über meine Haut wandern ließ. Ich spürte seinen Atem in meinem Nacken, als er sich geschmeidig zu mir herüberlehnte und mich sanft auf den Hals küsste. Ich schloss die Augen und seufzte leise.

»Du hast eine Gänsehaut, Ivy«, raunte Ryan mir ins Ohr und ließ meine Gedanken Achterbahn fahren. Ich spürte seine Zähne, die sanft an meinem Ohrläppchen knabberten, und sog scharf die Luft ein. »Nicht aufhören zu atmen«, sagte Ryan mit rauer Stimme.

»Vorsicht, die … die anderen … können uns sehen.«

Ryan lachte. »Welche anderen? Es gibt nur dich und mich.«

Verdutzt öffnete ich die Augen und tatsächlich: Der Vorlesungssaal war leer. Mrs Garcia war verschwunden, genau wie alle anderen Studenten. Selbst die Tafel war leer gewischt. Wann war das denn passiert? War die Stunde schon zu Ende und ich hatte es nicht mitbekommen?

Nur Ryan war noch da. Und er war mir viel, viel zu nahe. Sein Stuhl knackte, als er mein Gesicht mit der freien Hand umfasste und mich küsste. Seine Lippen waren weich und schmeckten ein wenig nach Zahnpasta und etwas, das Ryan sein musste. Absolut köstlich.

»Du treibst mich in den Wahnsinn, Ivy«, murmelte er an meinen Lippen. »Wenn du in der Nähe bist, kann ich an nichts anderes mehr denken.«

»Was?«, fragte ich und schauderte, als er meinen Hals küsste. Meine Hände wanderten wie von selbst nach oben und fuhren durch sein Haar. Ich konnte seine Piercings fühlen, die bei jedem Kuss kühl über meine Haut tanzten.

»Du hast mir den Kopf verdreht, Ivy Redmond!«

Ich lehnte meine Stirn an seine und schluckte schwer. »Ich … ich …« Die Worte blieben mir im Hals stecken. Stattdessen küsste ich ihn und versuchte, all das, was ich im Augenblick fühlte und doch nicht aussprechen konnte, in diesen Kuss zu legen.

Ryan stöhnte. Seine Zunge drang in meinen Mund ein und ließ mich mit jeder Bewegung atemloser zurück. Ich hörte mich selbst seinen Namen flüstern und …

Der verdammte Wecker klingelte. Keuchend riss ich die Augen auf und setzte mich abrupt auf. Mein ganzer Körper war heiß, kribbelte und mein T-Shirt klebte verschwitzt an meinem Rücken. Ich knallte die Faust auf den Wecker und ließ mich schwer atmend ins Kissen zurückfallen.

Das konnte einfach nicht wahr sein! Wie konnte sich Ryan MacCain nur in meine Träume stehlen? Noch dazu so! Das war einfach nur peinlich!

Ich war nun schon seit über einer Woche an der UCF. Die Freshman Week war an mir vorbeigezogen, ohne dass viel mehr passiert war, als dass ich mich zum Schauspielkurs angemeldet und mich mit Alex und Jeff getroffen hatte. Ryan hielt sich seit unserem Ausflug an den See zurück. Für seine Verhältnisse war er schon fast nett, sodass wir uns nur noch höchstens dreimal am Tag anbrüllten. Obwohl seit diesem Abend, an dem wir Händchen haltend eingeschlafen waren, nichts weiter zwischen uns passiert war, musste ich immer wieder an Ryan denken. Wann immer er in meine Richtung blickte, wurde ich nervös und hatte Schwierigkeiten, mich im Unterricht zu konzentrieren. Und jetzt auch noch dieser Traum … Ich schauderte.

Schnell packte ich Mr Snuffels, meinen Stoffhasen, den ich vorsorglich vor Ryan unter meinem Kopfkissen versteckt hielt, und presste mein Gesicht stöhnend in sein weiches Kunstfell. Immer noch kribbelte mein ganzer Körper, und meine Gefühlslage schwankte zwischen schwindelerregend heißer Aufregung und abgrundtiefer Scham.

Ryan hatte deutlich gemacht, dass er keine Beziehung mit mir anfangen wollte … oder konnte. Was auch immer. Er wollte seinen Job nicht riskieren. Und ich verstand das. Der Kuss zu Beginn des Semesters war ein Versehen gewesen und der Kuss an meinem Nacken nach dem Ausflug eine Demonstration von … Tja, so ganz wusste ich selbst nicht, was das gewesen sein sollte, aber ich musste dringend anfangen, darüber hinwegzukommen. Ryan war toll und witzig und …

Abrupt setzte ich mich wieder auf und schwang die Beine aus dem Bett. Ich tastete blind nach dem Lichtschalter und knipste die Lampe an. Die Glühbirne blinzelte dabei genauso müde, wie ich mich fühlte, und ich rieb mir über die brennenden Lider. Eigentlich wollte ich mich nur wieder hinlegen und weiterschlafen – am besten ohne Ryan als Hauptact. Doch ich brauchte jetzt frische Luft!

Gequält wie eine alte Oma stand ich auf und kippte das Fenster. Sofort drang mir das laute Geschrei der Zikaden entgegen und die ersten Sonnenstrahlen krochen über das dunkle Holzimitat meines Schreibtisches.

Oh Gott, ich hasste es, so früh aufstehen zu müssen. Heute war Mittwoch und in zwei Stunden begann mein Kurs bei … ich checkte schnell meinen Stundenplan und vergrub erneut stöhnend das Gesicht in den Händen. Mrs Garcia. Danke, liebes Unterbewusstsein, für diesen Traum!

Ich wischte vier SMS und zehn WhatsApps von meinem Vater zur Seite und überlegte kurz, mich einfach krank zu stellen. Dann könnte ich Ryan wenigstens einen Tag lang ausweichen. Doch so, wie ich ihn inzwischen kannte, würde er darauf bestehen, mich gesund zu pflegen. Und so viel platonische Nähe würde ich niemals unbeschadet überstehen. Am Ende fiel ich noch über den armen Kerl her und …

Seufzend legte ich das Handy weg, schnappte mir mein Handtuch von der Schreibtischstuhllehne und holte das Shampoo aus dem Schrank. Entschlossen machte ich mich auf den Weg ins Bad. Vor Ryans Tür blieb ich kurz stehen und lauschte. Ob er schon wach war? Doch aus seinem Zimmer drang nur ein lautes, schiefes Schnarchen und ich spürte, wie sich ein leises Lachen auf meine Lippen stahl. Bevor ich noch länger grinsend hier herumstehen konnte, gab ich mir innerlich einen Tritt und zwang mich weiterzugehen.

Oh Gott. Wenn das so weiterging, würde ich noch zum Stalker werden. Dabei wusste ich doch ganz genau, was Sache war. Und außerdem war Ryan ein sarkastischer Idiot, der … Ich seufzte. Wem wollte ich denn etwas vormachen? Ich war so sehr in Ryan MacCain verknallt, dass ich sogar von ihm träumte. Sich jetzt noch etwas vorzulügen, wäre völlig absurd.

Ich knallte das Shampoo mit mehr Wucht als beabsichtigt auf die Ablage des Duschraums. Zum Glück war außer mir noch niemand da. Schnell zog ich mich aus und stellte mich unter die Dusche. Während das warme Wasser auf meine Haut prasselte, fragte ich mich zum wiederholten Mal, wie meine Pläne in so kurzer Zeit schon so katastrophal schiefgehen konnten. Alles war perfekt gewesen: College, Freunde, erste Liebe, endlich leben. Aber nein, ich musste mich ja gleich am ersten Tag in meinen Bodyguard verknallen. Toll, einfach toll! Diese Schwärmerei musste dringend aufhören. Als ich endlich das Wasser wieder abdrehte, war meine Haut schon ganz schrumpelig und die ersten anderen Studentinnen kamen müde ins Bad geschlurft. Schnell wickelte ich mich in das flauschige Handtuch und eilte wieder in mein Zimmer zurück – bevor Ryan mich am Ende noch halb nackt im Flur erwischte … und mir mit seinem ätzenden Ausgeschlafener-Morgenmensch-Lächeln und seinen rein platonischen Umarmungen das Leben schwer machte.

Völlig erledigt von diesem ganzen Gefühlschaos ließ ich mich platt auf das zerwühlte Bett fallen und schielte zum Wecker hinüber. Es war zehn vor sieben. Das hieß, Ryan war wahrscheinlich gerade beim Joggen. Also blieb mir noch genug Zeit, um mich wieder in den Griff zu bekommen. Und meinem Dad zu antworten.

# RYAN

Ich war seit fünf Uhr wach und starrte missmutig an die hässliche graue Decke. Mein Vorgänger musste entweder ein Messerwerfer gewesen sein oder gerne Poster an die Decke genagelt haben, denn überall waren Löcher, die jemand mit Kaugummi verputzt hatte. Inzwischen wusste ich auch, dass es exakt zwanzig Vertiefungen waren. Ich hatte sie in der letzten Stunde mehrmals gezählt, in der Hoffnung, doch wieder einzuschlafen. Leider erfolglos.

Stöhnend fuhr ich mir über das Gesicht. Ich wollte gar nicht wissen, wie beschissen ich aussehen musste. Meine Gedanken wollten einfach nicht zur Ruhe kommen. Dabei hatte ich es endlich geschafft. Alles, wofür ich in den letzten Jahren gekämpft hatte, wofür ich mit meinem Vater gestritten hatte … Ich hatte endlich einen Auftrag bekommen, bei dem ich beweisen konnte, dass ich das Zeug zu einem Bodyguard hatte. Ich durfte das nicht vermasseln. Und dann war ausgerechnet Ivy gekommen und … Fuck!

Ich musste dringend eine Runde laufen und den Kopf frei kriegen. Sonst würde ich nicht wie sonst ein Guten-Morgen-ich-liebe-das-Leben-und-dich-nur-platonisch-Lächeln aufsetzen können, sondern jegliche Bedenken über Bord werfen und alles aufs Spiel setzen. Und das alles nur, um diese Lippen noch mal küssen zu dürfen. Aber das war keine Option. Nicht zuletzt auch wegen Ivys Sicherheit, die ich eindeutig nicht mehr gewährleisten konnte, wenn ich die ganze Zeit nur sie im Kopf hatte.

Ich wollte mich gerade aus dem Bett quälen, als ich Ivys Tür zufallen hörte. Mit gespitzten Ohren lauschte ich ihren Schritten, die vor meiner Tür plötzlich innehielten. Mein Herz schlug schneller. Es war völlig irrational, aber ich bekam Panik bei dem Gedanken, dass sie bemerken könnte, dass ich schon wach war, und sie dann womöglich zu mir reinkam. Meine Selbstbeherrschung hing gerade am seidenen Faden und ich brauchte Zeit, um mich zu sammeln.

Schnell begann ich laut zu schnarchen und kam mir im gleichen Augenblick wie der größte Idiot auf Erden vor. Was tat ich denn da? Gerade als ich mit der schlechtesten Schnarchdarbietung aller Zeiten aufhören wollte, hörte ich ein Geräusch, das verdächtig nach einem Lachen klang, bevor ihre Schritte sich kurz darauf abrupt entfernten. Wahrscheinlich ging sie in Richtung der Duschen.

Erleichtert atmete ich auf, schwang mich endgültig aus dem Bett und warf mir ein Shirt und eine Jogginghose über. Dann schlüpfte ich in meine Turnschuhe, stöpselte meine Ohren zu und drehte die Musik so laut auf, dass sie meine Gedanken übertönte. Die kreischenden Gitarren und die tiefen Bässe vibrierten in meinen Adern, während ich die Treppen nach unten lief und das Wohnheim verließ. Kaum war die Tür hinter mir zugefallen, begann ich zu laufen.

# IVY

»Ich hasse Mrs Garcia.«

Missmutig knabberte ich an meinem Sandwich, während Alex genüsslich seinen Frappuchino schlürfte. Ryan saß mit verschränkten Armen neben mir und hielt sich zum größten Teil aus unserem Gespräch raus.

»So schlimm fand ich es heute gar nicht. War doch ganz nett, eine Stunde lang angebrüllt zu werden.« Alex grinste.

»Na ja, für diejenigen, die schon wieder zu spät waren, war es ja nicht ganz so lang …«, zog ich ihn auf.

»Hey, ich bin eben ein Freigeist! Der Wecker ist mein natürlicher Feind. Und wenn ich dir so zusehe, wie lustlos du an deinem Sandwich herumkaust, bereue ich meine Entscheidung, überhaupt aufgestanden zu sein und mit dir brunchen zu gehen.«

»Du bist mitgekommen, weil du selbst noch nichts zum Frühstück hattest, Mr Freigeist«, nuschelte ich und pulte an einer Tomatenscheibe herum.

Ryan seufzte. »So, das reicht.« Er rupfte mir das Brot aus den Fingern und verschlang den Rest mit einem einzigen Bissen.

»Hey, das nennt man Mundraub«, protestierte ich.

Wortlos schob er mir einen riesigen Chocolate Cookie zu. Ich nahm das Friedensangebot an und biss genüsslich ab, während ich den Blick über den Campus schweifen ließ. Bisher war der Tag ganz gut gelaufen. Nach Klassischer Literatur hatten Alex und ich spontan beschlossen, brunchen zu gehen, da meine nächste Vorlesung – Biologie – erst in zwei Stunden anfangen würde. Ich hatte Jeff zwar auch eine Nachricht geschrieben, doch der musste heute die Frühschicht eines Kollegen übernehmen, weshalb ich ihn erst später sehen würde. Danach stand der Horrorfilm-Abend an, den wir endlich nachholen wollten. Ryan würde mitkommen, hatte aber versprochen, sich zurückzuhalten. Was auch immer das heißen mochte. Heute Morgen war die Stimmung zwischen uns (mal wieder) etwas angespannt gewesen. Das Bedürfnis, meine Hand auszustrecken und seine zu nehmen, war so groß, dass ich frustriert in meinen Keks biss.

»Sag mal.« Alex spielte mit der Sonnenbrille in seinem perfekt sitzenden Haar. »Ich wollte gerne etwas mit dir besprechen.«

»Mhm?«, murmelte ich und beobachtete Ryan, der gerade seinen zweiten Espresso runterstürzte. Ohne Zucker. Iiiih.

Ich war mit meinen Gedanken so sehr bei Ryan, dass ich erschrocken zusammenzuckte, als Alex mir etwas unter die Nase hielt. Es war eine Einladung. Aber nicht einfach irgendeine Einladung. Sondern die zur Gala meiner Eltern. Das schwere reinweiße Büttenpapier war mit schlichten, aber stilvollen Blattgoldverzierungen am Rand veredelt worden. Datum sowie das übliche Pipapo wie Dresscode hob sich glänzend von der Karte ab. Unterschrieben war die Einladung mit Familie Redmond. Darunter war sogar ein Familienfoto von uns abgebildet. Ich konnte mich noch genau an den Tag erinnern, an dem das Bild – kurz vor Semesterbeginn – extra für diesen Anlass gemacht worden war. Wir waren im Salon und ich hatte auf einem Stuhl gesessen, die Beine übereinandergeschlagen, während meine Eltern hinter mir standen und übertrieben in die Kamera lächelten. Am schlimmsten war jedoch das Kostüm, das hatte schrecklich gekniffen.

»Ich habe heute diese interessante Einladung von meiner Mutter bekommen«, sagte Alex gedehnt, während ich langsam zu ihm aufsah.

Ryan bemerkte meinen Stimmungswechsel, sah scharf zu Alex und schnappte ihm blitzschnell die Karte aus der Hand. »Bist du noch ganz dicht? Du kannst doch nicht vor aller Augen mit diesem Ding rumfuchteln?«, sagte er mit nur mühsam unterdrückter Wut. »Soll jeder wissen, wer Ivy ist?«

Doch Alex zog nur eine unschuldige Miene.

Ich seufzte. Alex wusste also, wer ich war. Und ausgerechnet meine Eltern hatten mich verraten.

»Ganz ruhig, Pitbull«, gab Alex zurück, während er betont verschwörerisch zu mir hinübersah.

»Und? Hast du zufällig auch eine Einladung zu dieser Gala bekommen?«

»Zu Thanksgiving?«, fragte ich zögerlich.

Alex nickte.

Ich atmete tief durch und versuchte, mich wieder zu sammeln. »Hast du deiner Mutter erzählt, dass wir an dieselbe Uni gehen?«, fragte ich leise und schlug die Beine übereinander. Dass ich dabei Ryans Unterschenkel streifte, war purer Zufall.

Alex schüttelte nur den Kopf. »Ich war selbst überrascht. Meine Mom kam gestern damit an, ob ich einen neuen Anzug bräuchte. Wir hätten nämlich eine Einladung von den *Redmonds* bekommen.« Er dehnte meinen Nachnamen und unterlegte ihn mit gespielter Feierlichkeit.

Frustriert schloss ich für einen Moment die Augen. »Meine Familie hat mich auch dazu abkommandiert. Eigentlich wollte ich hierbleiben, aber das wird wohl nichts.«

»Zu blöd«, stimmte Alex zu und rührte in seinem Kaffee herum.

»Bitte behalte es für dich«, flüsterte ich leise und sah ihn beinahe flehend an.

Alex musterte mich nachdenklich, bevor ein überraschend verständnisvoller Ausdruck über sein Gesicht huschte. Er nickte kaum merklich, was endlich die Luft zurück in meine Lungen strömen ließ.

Er räusperte sich. »Die Verbindung wollte eigentlich zu Thanksgiving eine Party schmeißen«, sagte er wieder in normaler Lautstärke und so locker, als wäre nichts gewesen. »Aber da die meisten nach Hause fahren, werden wir sie wohl eine Woche früher veranstalten. Du bist eingeladen, wenn du willst.«

Sofort war ich hellwach. »Gerne, ich war hier bisher erst auf einer Party – und da habe ich mir Ryan eingefangen.«

»Ehrlich?« Alex grinste und sah zu Ryan, der uns immer noch anfunkelte.

»Könnte man auch umgekehrt sehen«, murmelte er.

Ich schnaubte. »Wäre also nett, mal auf eine Feier zu gehen, auf der ich nicht über eingebildete Typen stolpere.«

Alex schmunzelte. »Dann darf er gerne draußen warten, während wir uns drinnen amüsieren.«

Ryan zuckte zusammen, reagierte jedoch nicht auf Alex' Kommentar und spielte weiterhin den professionellen Security. »Wir müssen los, wenn wir nicht zu spät kommen wollen«, sagte er abrupt.

Seufzend schnappte ich mir meine Tasche und stand auf, während Alex sitzen blieb. »Was für ein Glück, dass ich erst in einer Stunde Geografie habe.« Alex grinste. »Bis heute Abend dann!«

Ich winkte zum Abschied und folgte Ryan über den Campus. Er hatte die Hände tief in den Hosentaschen vergraben und sah sich aufmerksam nach allen Seiten um.

»Suchst du nach etwas Bestimmtem?«, erkundigte ich mich, während wir das Gebäude der Naturwissenschaften betraten.

»Nur einen aufdringlichen Journalismus-Studenten«, murmelte Ryan.

Erst als wir den Biologie-Vorlesungssaal betraten, entspannte er sich endlich und schenkte mir ein schiefes Lächeln. »Ich bin nur vorsichtig.«

Wir suchten uns einen Platz in der vorletzten Reihe, und während ich meine Sachen auspackte, stellte mir Ryan ein blaues Gatorade auf den Tisch.

»Danke.« Lächelnd trank ich einen Schluck.

Pünktlich auf die Minute kam der Professor und begann, über Mikroorganismen und Zellen zu reden. Das meiste, was wir gerade durchnahmen, hatten wir schon in der Highschool gelernt. Der Unterricht war genauso langweilig wie letzte Woche. Während ich mir Notizen machte, sah ich immer wieder unauffällig zu Ryan hinüber. Er hatte es sich auf seinem Stuhl gemütlich gemacht und schrieb oder zeichnete irgendwas in sein Notizbuch. Die Ähnlichkeit zwischen dieser Situation und meinem Traum war so frappierend, dass ich unruhig auf dem Stuhl herumrutschte. Zum Glück trug ich heute eine Hose und keinen Rock.

Plötzlich landete ein Zettelchen auf meinem Tisch. Neugierig entfaltete ich es und las:

*Sagt er noch ein Wort,*
*Schlafen wir alle gleich ein,*
*Und sabbern uns voll.*

*#Haikusreimensichimmernochnicht*
*– Ryan der Große –*

Grinsend ließ ich den Zettel verschwinden.

Am Ende der Stunde war der Professor der Erste, der aus dem Raum stürmte, während ich noch meine Notizen verstaute.

»Warum schreibst du eigentlich alles mit?«, erkundigte sich Ryan. »Alles, was er da gerade heruntergebetet hat, steht auch in deinen Skripten.«

»Ich weiß, aber so merke ich es mir schneller und muss nicht so viel pauken«, sagte ich und schloss meine Tasche.

Ryan seufzte. »Kleiner Streber. Aber im Ernst, müssen wir hier jedes Mal sitzen? Es reicht doch auch, wenn wir zu den Prüfungen anwesend sind.«

»Nur zu den Prüfungen?«, fragte ich ungläubig. »Wer macht denn so was?«

»Na, ich zum Beispiel.«

»Du?« Verwirrt starrte ich ihn an. »Du machst doch nichts.«

Er bedachte mich mit einem genervten Blick. »Ich hab auch schon ein Semester studiert, schon vergessen? Es ist an jeder Uni das Gleiche. Die Prüfungen reichen, der Rest ist reine Zeitverschwendung.«

»Zeitverschwendung? *Du* bist Zeitverschwendung.« Insgeheim musste ich Ryan aber recht geben. Den Unterricht hatte ich mir irgendwie spektakulärer vorgestellt.

»Keine Sorge.« Ryan rempelte mich freundschaftlich an. »Sobald du dich auf eine Fachrichtung festlegst, wird auch der Stoff interessanter. Es sind immerhin nur die Orientierungskurse. Ein, höchstens zwei Semester und du hast es hinter dir.«

»Aber das ist ja das Problem. Ich habe keine Ahnung, was mich am meisten interessiert«, sagte ich betrübt, während wir uns dem Strom der Studenten anschlossen, die den Hörsaal verließen.

»Kopf hoch, Süße.« Ryan grinste. »Immerhin hast du nächstes Semester noch die Sprachkurse vor dir.«

»Ich weiß. Eigentlich wollte ich dieses Semester auch schon ein paar Sprachkurse machen, aber die meisten waren zeitgleich mit den Orientierungskursen«, gab ich zu.

Ryan nickte, holte sein Handy heraus und klickte sich durch. Neugierig lugte ich über seine Schulter und sah meinen Studienplan.

»Du willst dich für die Leistungskurse anmelden?«, fragte Ryan beeindruckt. »Deutsch auch? Kannst du das überhaupt?«

»Ach, nicht perfekt«, winkte ich ab. »Besser bin ich in Französisch und Spanisch. Und in Latein war ich auch schon mal fitter.«

Verblüfft guckte Ryan mich an. »Sag mal, wie viele Sprachen kannst du eigentlich?«

»Äh …« Ich überlegte und musste sogar mit den Fingern nachzählen. »Vier. Wobei ich nur drei fließend spreche. In Russisch und Italienisch habe ich nur Grundkenntnisse. Da bin ich froh, wenn ich überhaupt nach dem Weg fragen kann.«

Ryan stemmte die Tür mit der Schulter auf und ließ mir den Vortritt. »Und woher zum Teufel kannst du so viele Sprachen?«

Ich zuckte mit den Schultern. »Es hat gewisse Vorteile, wenn man ständig von ausländischen Hausangestellten oder Au-pairs umgeben ist. Mein Dad erzählt immer gern, dass ich als Kind besser Französisch als Englisch sprechen konnte.«

»Das ist …« Ryan schien nach einem passenden Wort zu suchen. »… total schräg.«

»Ja, ist es.« Ich lachte. »Aber ich habe auch schöne Erinnerungen. Maria zum Beispiel …« Ich fühlte einen wehmütigen Stich, wie immer, wenn ich ihren Namen aussprach. Schnell räusperte ich mich. »Sie hat mir viel beigebracht. Wegen ihr ist Spanisch fast meine zweite Muttersprache.« Ich grinste schief. »Dad hat mich oft dolmetschen lassen, wenn er Kundentermine aus Übersee hatte.«

»Und das macht dir Spaß?«, hakte Ryan nach.

»Ich denke schon«, murmelte ich und lauschte kurz unseren Schritten, die auf dem Kies knirschten. Wir gingen so nah beieinander, dass wir uns hätten berühren können. Ich seufzte. »Zumindest fällt es mir leichter als Mathe. Und Biologie finde ich zu trocken.«

Ryan schenkte mir einen mitleidigen Blick. »Nun, vielleicht solltest du dich ab nächstem Semester einfach in eine Richtung orientieren, die dir Freude macht.«

»Mhm, Schauspiel macht mir Spaß«, zog ich ihn auf und musste wieder an die letzte Kursstunde denken. Wir sollten eine bekannte Szene nachspielen oder einen Schauspieler nachmachen, durften dabei aber nur in einer Fantasiesprache sprechen. Und die anderen Studenten mussten sie erraten. Alex, Jeff und ich hatten unser Bestes gegeben, Jacky Chan zu imitieren, indem wir durch den Raum rannten und laut *Zing – Zang – Zung – Hiaaa* brüllten.

Ryan schauderte bei der Erinnerung übertrieben. »Glaub mir, die Welt muss deine Interpretation eines Karatemeisters nicht unbedingt sehen.«

»Du bist einfach unmöglich!«

Lachend schubste ich ihn weg. Ryan wollte sich gerade dafür revanchieren, als jemand atemlos unsere Namen rief. Überrascht drehten wir uns um und sahen Jeff, der auf uns zugejoggt kam.

»Hey! Da seid ihr ja.« Keuchend stützte er sich auf den Knien ab. Immer noch knallrot im Gesicht, sah er mich an. »Geht ihr … auch … zur Kunst-AG?«, fragte er nach Luft schnappend.

»Ja, du auch?« Ich lächelte und Jeffs Augen leuchteten auf.

»Jap«, sagte er, während wir uns wieder in Bewegung setzten. »Ich habe ein Kunststipendium hier und bin Tutor bei Professor Kimchi. Ich darf euch Frischlinge unterrichten.«

»Wirklich?« Verblüfft blinzelte ich ihn an. »Nicht schlecht! Was machen wir denn heute?«

Jeff räusperte sich. Sein Blick zuckte plötzlich zu Ryan. »Ja, das ist so eine Sache. Ich hatte etwas Besonderes geplant, um das Interesse an der Kunst hochzuhalten. Aber … äh … Ryan, kann ich mal kurz mit dir sprechen?«

»Mit mir?« Ryan stutzte.

»Ja bitte.« Jeff sah viel zu hoffnungsvoll aus, als dass Ryan hätte Nein sagen können.

Und tatsächlich blieb Ryan stehen und musterte Jeff misstrauisch. »Klar. Gehst du schon mal vor, Ivy? Oder willst du warten?«

»Ah nein, macht nur. Wir sind ja schon fast da«, winkte ich ab und deutete auf die MacKenzie Hall. Im Gegensatz zum Rest der Uni, der hauptsächlich aus rotem Ziegelstein bestand, handelte es sich hierbei um ein modernes Gebäude mit hellem Anstrich und sehr viel Glas. »In welchen Unterrichtsraum muss ich, Jeff?«

»10 C«, gab er zurück.

Ich ging entschlossen weiter. Trotzdem schielte ich immer wieder unauffällig zurück und beobachtete, wie Jeff auf Ryan einredete. Mir schwante Übles. Gerade als ich das Gebäude betrat, rempelte mich jemand hart an und stieß mir die Tasche aus der Hand. Da ich meine Studienunterlagen einfach nur hineingestopft hatte, sprangen die überstrapazierten Schnallen auf und der gesamte Inhalt verteilte sich über den Boden.

»Oh nein! Das tut mir leid.« Ein Typ, der mir seltsam bekannt vorkam, lächelte mich entschuldigend an.

»Macht nichts. Ich hätte besser aufpassen sollen«, gab ich zurück, kniete mich hin und sammelte meine Sachen wieder ein.

»Trotzdem ärgerlich.« Er bückte sich und reichte mir ein paar meiner Unterlagen. »Vor allem, wenn man so viel dabei hat.«

»Danke.« Ächzend richtete ich mich auf und legte den Kopf schief. »Korrigier mich, wenn ich mich irre, aber kennen wir uns nicht? Du kommst mir so bekannt vor.«

»Ja, stimmt.« Er hielt mir die Hand hin. »Ich bin Austin. Wir haben uns letztens im Dollar Tree getroffen.«

»Oh …« Meine Hand zuckte in seiner. So unauffällig wie möglich zog ich sie zurück. »Ach ja, der Journalist, richtig? Hast du schon etwas für deine Abschlussprüfungen gefunden?«, fragte ich weiter, um nicht unhöflich zu wirken.

»Noch nicht.« Er seufzte. »Aber ich arbeite dran.«

»Tja, na dann viel Glück noch. Ich muss los.« Ich schob mich an ihm vorbei und eilte zum Kunstraum.

»Danke, dir auch«, rief er mir hinterher.

Als ich endlich im Kunstraum saß, schlug mein Herz immer noch viel zu schnell. Holy Moly. Was, wenn Ryan recht hatte?

# RYAN

»Wo warst du denn so lange?«, fragte Ivy, als ich mich fünfzehn Minuten später neben sie fallen ließ.

»Jeff wollte einfach nicht zum Punkt kommen«, erklärte ich und sah mich aufmerksam um.

Die Kunst-AG fand in einem Raum statt, der nicht viel größer war als ein gewöhnliches Klassenzimmer. Im Gegensatz zu den Hörsälen, gab es hier normale Tische und Stühle. Allerdings waren so viele Studenten gekommen, dass sie teilweise zu dritt an einem Tisch saßen.

»Sehr schön! Es freut mich, dass sich so viele für den Kunstkurs interessieren. Da Professor Kimchi sich offensichtlich verspätet, werde ich schon mit der Einführung beginnen«, sagte Jeff sichtlich nervös, während er große Kunstblöcke verteilte.

»Skizzierst du nicht mit?«, erkundigte sich Ivy, als sie sah, dass ich die Blöcke einfach weiterreichte, ohne mir einen davon zu nehmen.

»Nope. Ich sitze einfach nur rum und sehe hübsch aus.« Ich klimperte mit den Wimpern.

Ivy zog nur die Augenbraue hoch. Am liebsten würde ich ihr zeigen, wie verdammt gut ich aussehen konnte, doch ich hielt mich zurück. Alles zu seiner Zeit.

Als Jeff in die Hände klatschte, konnte ich mir nur mühsam ein diabolisches Grinsen verkneifen.

Während Ivy Jeff aufmerksam zuhörte, konnte ich in Ruhe ihr Profil betrachten. Ihre Stupsnase war ein wenig gekräuselt und ich bemerkte, dass ihre Lippe leicht geschwollen war, als hätte sie nervös drauf herumgekaut. Meine innere Alarmglocke begann zu klingeln. Schnell checkte ich den Raum. Doch ich sah weder etwas Ungewöhnliches noch einen triftigen Grund, warum Ivy so angespannt war. Der Gedanke, dass etwas passiert sein könnte, während ich mit Jeff gesprochen hatte, schoss mir in dem Augenblick durch den Kopf, als Jeff irgendetwas über ein freiwilliges Modell erzählte und auf mich zeigte. Wie auf Kommando starrte mich der ganze Raum an. War das mein Stichwort? Ups.

»Ryan?«, fragte Jeff und sah mich beinahe flehend an. »Du machst es doch noch, oder?«

»Klar!« Grinsend stand ich auf und genoss den verdutzten Ausdruck auf Ivys Gesicht. Vielleicht war ich deshalb ein schlechter Mensch, aber ich freute mich schon auf ihre Reaktion, wenn sie herausfand, dass ich den ganzen Monat Modell stehen würde. Und vor allem, wenn sie erfuhr, was alles von mir gezeichnet werden würde.

»Was machst du?«, zischte sie mir zu.

Ich zwinkerte. »Sagte ich doch schon: hübsch aussehen«, flüsterte ich zurück und stellte mich nach vorn.

»Hey. Ich bin Ryan«, sagte ich fröhlich und winkte leicht in die Runde. »Jeff hat mich überredet, euch die nächsten Wochen ein paar meiner Körperteile zur Verfügung zu stellen.«

Die Mädels kicherten. Selbst ein paar der Jungs sahen amüsiert aus. Mit dieser Aktion würde ich wahrscheinlich ziemlich viel Aufmerksamkeit auf mich ziehen. Doch das war es mir wert. Jeffs Frage vorhin hatte mich ziemlich verblüfft, aber schließlich hatte ich mich überreden lassen. Nicht weil ich ihm einen Gefallen tun wollte, sondern weil ich wusste, dass Ivy ihn mochte und ihr eine Freundschaft mit ihm viel bedeutete. Insofern opferte ich mich gerne als Nacktmodell und würde es klammheimlich genießen, dass Ivy mich ganze eineinhalb Stunden anstarren musste.

»Niemand muss zum Beginn dieses Kurses schon zeichnen können«, sagte Jeff und lächelte beruhigend in die Runde. »In den nächsten Stunden bringe ich euch Techniken bei, mit denen ihr in kürzester Zeit lernt, optische Tiefen, Schattierungen und vor allem Proportionen zu zeichnen. Wir beginnen mit etwas Einfachem: dem Schwung eines Schulterblattes. Ich demonstriere euch die Technik, die ich dabei verwende, und ihr probiert es anschließend selbst aus. Ryan, kannst du bitte dein T-Shirt ausziehen?«

»Natürlich«, sagte ich und zog mir das Shirt in einer fließenden Bewegung über den Kopf. In der Klasse brach wieder leises Kichern aus.

»Ja, also … ähm, die Tattoos müsst ihr noch nicht mitzeichnen«, sagte Jeff.

Ich zwinkerte Ivy zu. War ich gerade böse? Oh ja.

# IVY

Ryan zog sein Shirt aus! Seine Hände griffen über Kreuz den Saum seines dunkelblauen Shirts, hoben es hoch und entblößten Zentimeter für Zentimeter seine braune Haut. Der Stoff glitt nach oben. Gab den Blick auf seinen muskulösen Oberkörper, auf den schwarzen Schriftzug auf seinem Rippenbogen und auf das Sonnentattoo auf seinem linken Brustmuskel frei. Oh mein Gott, er … Meine Gedanken setzten abrupt aus. In meinen Ohren summte es. Wie gebannt starrte ich auf seine durchtrainierten Bauchmuskeln, die sich unter der straffen Haut abzeichneten. Seine Jeans war von jener Sorte, die sehr tief an den Hüften hing. Wenn er eine Boxershort trug, sah man sie jedenfalls nicht.

»Er hat hammer Tattoos«, flüsterte ein Mädchen neben mir aufgeregt, während Ryan nur selbstzufrieden grinste. Allerdings nicht zu ihr, sondern direkt in meine Richtung.

Das weiche Nachmittagslicht fiel durch die Fenster, verfing sich in seinen grünen Katzenaugen, die voller Schalk blitzten. Verdammt! Er hatte mich beim Starren erwischt. Ryan zwinkerte mir verschmitzt zu. Dieser … dieser … dieser … Das machte er doch mit Absicht! Mit hochrotem Kopf kniff ich die Lippen zusammen, schlug die Beine übereinander und starrte mit heißen Wangen auf meinen Zeichenblock hinab. Oh Jeese! Ich würde Jeff so was von den Marsch blasen, wenn diese Stunde vorbei war.

Jeff räusperte sich und bat Ryan, sich umzudrehen. Ich atmete tief durch und sah wieder zu Ryan. Sofort fiel mein Blick auf die schwarzen Runen, die sich seine gesamte Wirbelsäule entlangzogen.

»Äh ja«, fing Jeff an. »Seht ihr hier die Linie des Schulterblatts?« Jeff strich mit dem Stift über Ryans Schulterblatt, das sich unter der Haut abzeichnete. »Das Erste, was ihr wissen müsst, ist der Winkel, in dem ihr zu zeichnen beginnen wollt. Welchen ihr dabei aussucht, ist im Grunde egal. Wichtig ist nur, dass das Längenverhältnis, das ihr mit dem ersten Strich setzt, das Maß für den gesamten restlichen Körper festlegt. Wir werden zu Anfang nur die Form des Schulterblattes nachzeichnen und ihm mit ein paar einfachen Schattierungen dreidimensionale Vertiefungen verschaffen, indem wir Muskeln als Schatten andeuten. Seht ihr das hier?« Er deutete links von Ryans Schulterblatt und fuhr mit dem Stift sanft bis zu dessen Wirbelsäule. Kaum merklich breitete sich auf Ryans Haut eine Gänsehaut aus. »Das hier sind Muskelstränge, die das Schulterblatt halten. Wenn ihr genau hinseht, könnt ihr erkennen, welche Schatten sie werfen. Außerdem verleihen sie dem gesamten Bild eine Struktur. Ihr werdet sehen, je genauer ihr zeichnet, je genauer ihr den Linien folgt, desto naturgetreuer wird die Zeichnung. Damit später auch die Proportionen stimmen, haltet euch einen Bleistift vor das Gesicht, kneift ein Auge zu und messt so die Abstände. Als Hilfe könnt ihr dabei euren Daumen als Markierung benutzen und danach einfach alles eins zu eins auf euer Papier zeichnen. In etwa so.«

Jeff machte ein Auge zu, hob den Stift und hielt diesen im gleichen Winkel wie Ryans Schulterblattwölbung. Dann zeichnete er den Schwung auf sein Blatt, kniff wieder das Auge zu, maß den nächsten Abstand und zeichnete es wieder auf dem Papier nach. Innerhalb kürzester Zeit entstand so Ryans Schulterblatt.

Während Jeff skizzierte, erklärte er uns ganz genau, was er gerade tat. Dabei wiederholte er immer wieder die wichtigsten Tipps und obwohl ich wirklich keine Ahnung vom Zeichnen hatte, klang diese Technik erstaunlich einfach. Und sie funktionierte auch.

Meine plumpen Linien waren zwar nichts im Vergleich zu Jeffs selbstbewussten Strichen, doch nach einer Viertelstunde hatte ich tatsächlich so etwas wie ein Schulterblatt gezeichnet. Überrascht betrachtete ich meine ersten künstlerischen Versuche. Ich musste zugeben, dass mir das Zeichnen tatsächlich Spaß machte. Zumindest bis ich die Mädchen neben mir tuscheln hörte.

»Ja, Courtney hat mir von ihm erzählt. Er wohnt im gleichen Wohnheim wie sie. Sie meint zwar, er hat eine Freundin, aber die sei so hässlich, dass es nur eine Frage der Zeit ist, bis er sich nach was Besserem umsieht.«

Meine Ohren zuckten. Ungläubig guckte ich auf. Die beiden brünetten Mädchen neben mir steckten gerade tuschelnd die Köpfe zusammen, während sie immer wieder zu Ryan schielten. Je länger ich den beiden zuhörte, desto wütender wurde ich. Meine Freude am Zeichnen verpuffte genauso schnell, wie sie gekommen war.

»Er hat eine hässliche Freundin?«, flüsterte die eine Brünette kichernd.

Die andere nickte nachdrücklich. »Total! Sie meinte, es wäre so eine moppelige Zicke, die ihn die ganze Zeit anblafft und extrem eifersüchtig ist. Courtney hat ihn auf die Party der Deltas eingeladen. Wir sollten also auf jeden Fall auch hingehen.«

Moppelige Zicke? Wütend und gleichzeitig auch gekränkt sah ich an mir hinab. Ich war definitiv nicht dick! Sicher, wenn ich saß, fielen mir nicht gleich die Rippen raus. Aber jeder hatte beim Sitzen ein kleines Speckröllchen.

»Sollen wir ihn nach seiner Zimmernummer fragen?«, flüsterte das eine Mädchen.

»B 12. Weiß ich schon alles.« Ihre Freundin grinste.

»Glaubst du, er steht jetzt öfter Modell? Wenn er immer dabei ist, werde ich keinen Tag fehlen.«

»Ist er. Das hat Jeff doch vorhin gesagt.«

Ich schnaubte. Mit Jeff musste ich eindeutig mal ein ernstes Wort reden, was meinen Bodyguard anging. Wütend funkelte ich den Missetäter an, der gerade durch den Raum ging und sich die gezeichneten Entwürfe ansah, bevor ich mich wieder meiner Zeichnung widmete. Leider war meine Konzentration völlig im Eimer. Nach nur wenigen Minuten sah mein Entwurf nicht mehr aus wie ein Schulterblatt, sondern wie eine Kartoffel. Eine Kartoffel mit Beinen. Toll.

Als Jeff bei mir vorbeikam und den Entwurf sah, blinzelte er irritiert. »Probleme mit der Umsetzung, Ivy?«

»Frag nicht«, murmelte ich frustriert.

Jeff verkniff sich sichtlich ein Lachen und ging weiter. Gott sei Dank!

Als der Kurs endlich endete, legte ich erleichtert Stift und Kunstblock weg, während Ryan sein Shirt wieder anzog. Jeff klopfte ihm schüchtern auf die Schulter und sagte etwas zu ihm, was beide lachen ließ. Die Mädels neben mir seufzten.

»Er steht so was von auf meiner Liste für dieses Semester«, sagte das eine Mädchen, das gerade seine Sachen zusammenpackte.

Die andere warf das lockige Haar zurück und drückte ihre Brust durch, während sie in Ryans Richtung strahlte. »Und was willst du wegen der Freundin machen?«

»Ach, was sie nicht weiß, macht sie nicht heiß, oder?«

Als beide in lautes Gelächter ausbrachen, riss mir endgültig der

Geduldsfaden. Meine Nasenflügel blähten sich und ich merkte, wie ich vor Wut förmlich kochte. Sich eine Stunde lang von Fremden anhören zu müssen, wie hässlich und unfähig man im Gegensatz zu Ryan MacCain war, holte etwas in mir hervor, von dem ich gedacht hatte, es tief in mir weggesperrt zu haben. Eine Version von mir selbst, eine Person, die in einer sprichwörtlichen Schlangengrube aufgewachsen war und gelernt hatte, sich durchzubeißen, um zu überleben.

Ohne darüber nachzudenken, erhob ich mich. So abrupt, dass der Stuhl laut über den Boden schabte. Die beiden Mädchen sahen verwundert in meine Richtung. Ihre Augen wurden groß, als ich mit wiegenden Hüften auf Ryan zuging. Mit einer Hand streichelte ich provokant über seine Armmuskeln.

»Hey, Hübscher«, murmelte ich und strich sanft über seine Brust.

Ryan zuckte irritiert von meiner plötzlichen Nähe zurück. Sein Mund stand leicht offen, während sich seine Brauen verwirrt zusammenzogen. »Äh, alles klar bei dir, Ivy?«, fragte er verunsichert.

Ich lächelte ihn an und fand mich selbst nur ein ganz klein wenig peinlich. »Na klar.« Okay, sehr peinlich.

Er musterte mich misstrauisch und versuchte, sich vorsichtig aus meinem Griff zu lösen. Aber ich hatte andere Pläne und ließ meine Finger über seinen Arm wandern. »Du hast echt gut ausgesehen«, sagte ich. »Bist du fertig? Können wir jetzt gehen?« Ich linste zu ihm hoch und biss mir kokett auf die Lippen. *Spiel mit! Spiel mit! Spiel mit!*

»Was? Ja, okay«, sagte er immer noch irritiert.

Als ich hörte, wie die Mädchen hinter mir wieder anfingen zu tuscheln, setzte für eine Millisekunde mein Verstand aus. Und bevor Ryan einen Schritt zurückweichen konnte, vergrub ich meine Hände in seinen Haaren, zog sein Gesicht zu mir heran und küsste ihn.

Ich spürte, wie Ryan scharf die Luft einsog, und ein triumphierendes Lächeln stahl sich auf meine Lippen. Ryan war plötzlich wie zur Salzsäule erstarrt. Er rührte sich nicht, aber das musste er auch nicht. Ich hatte alles im Griff … oder so. Mein Verstand fing langsam wieder an zu arbeiten. Ich wusste, dass ich mich von ihm lösen sollte. Am besten sofort. Doch leider schien ich vergessen zu haben, wie das ging. Meine Lippen prickelten und meine Knie wurden weich, während meine Finger von seinen Haaren über die Schultern zu seiner Brust wanderten.

Erst nach ein paar Sekunden merkte ich, dass Ryan meinen Kuss erwiderte. Sein Herz pochte unglaublich schnell unter meiner Hand, während der Stift in seiner Zunge zärtlich über meine Unterlippe strich. Ich war gerade dabei, genüsslich seufzend die Augen zu schließen, als ein Zeichenblock mit einem lauten Knall zu Boden fiel und uns beide zurück in die Realität riss.

Unsere Lippen trennten sich. Ryans Brust hob sich heftig und seine Pupillen waren so stark geweitet, dass das Schwarze beinahe sämtliches Grün verschluckte. Seine Lippen glänzten und ich verbot mir selbst, darüber nachzudenken, was für einen riesigen Fehler ich hier gerade gemacht hatte.

»Hast du Hunger?«, fragte ich provokant und zog ihn einfach hinter mir her. Alle Augen im Raum folgten uns. Nachlässig warf ich mir die Tasche über die Schulter und sah zu Jeff hinüber, der uns mit offenem Mund anstarrte.

»Wir sehen uns später in der Cafeteria, ja?«, rief ich ihm lächelnd zu, während wir den Raum verließen.

Ryan stolperte hinterher. »Ivy! Was zum Teufel war *das* gerade?«, zischte er mit einer Stimme, die klang, als wäre er gerade aus dem Bett gefallen. Sofort lief mir eine Gänsehaut über den Rücken.

»Psst!« Hektisch schubste ich ihn in den gegenüberliegenden Raum, der hoffentlich leer war. Schnell schlug ich die Tür zu, keine Sekunde zu früh, denn im gleichen Augenblick strömten die Studenten aus dem Kunstraum. Schwer atmend lehnte ich mich gegen die Tür und lauschte dem Fußgetrappel, das sich von uns entfernte.

»*Das* war seine Freundin?«, hörte ich eines der beiden Mädels noch fragen, bevor seine Stimme im allgemeinen Tumult unterging.

Als auch die letzten Schritte verklungen waren, stieß ich einen tiefen Seufzer aus. Nervös starrte ich auf meine Fußspitzen. Wie sollte ich das jetzt erklären? Vielleicht konnte ich schnell weglaufen, bevor es zu dem unangenehmsten Gespräch des Millenniums kam. Wobei, nein. Ryan war eindeutig schneller als ich.

Ich riskierte einen schüchternen Blick auf Ryan, der mich immer noch vollkommen verwirrt anstarrte.

»Ähm.« Ich räusperte mich und knetete nervös meine Finger. »Was muss ich tun, damit du diese kleine, sehr peinliche Situation vergisst und so tust, als wäre nie etwas gewesen?«

Ryans Augenbraue zuckte hoch. Er verschränkte die Arme vor der Brust und lehnte sich gegen den nächsten Schreibtisch. »Hm, lass mich mal überlegen … Wie wäre es mit einem Fünftausend-Dollar-Bonus?«

»Okay«, sagte ich, ohne auch nur einen Gedanken an diese Summe zu verschwenden. Ein einzelnes Paar Schuhe meiner Mutter war oft teurer.

Ryan schnaubte. »Kann es sein, dass du zu viel Geld hast, Ivy?«

Ich öffnete den Mund, doch er ließ mich gar nicht erst zu Wort kommen.

»Zu so was sagt man nicht einfach *okay*. Außerdem bin ich nicht bestechlich. Also, was sollte diese Show gerade? Letztens warst du noch wütend auf mich, weil ich vor Courtney und ihren Freundinnen behauptet habe, dein Freund zu sein. Aber nach dieser Aktion gerade eben bist du selbst schuld, wenn alle denken, dass wir zusammen sind.«

Ich spürte, wie ich rot im Gesicht wurde. »Ich weiß. Du … du hast ja recht«, brachte ich schließlich hervor und biss mir auf die Lippe. »Ich habe nicht wirklich nachgedacht.«

Wahrscheinlich würde ab jetzt jeder Junge an der Uni einen großen Bogen um mich machen. Ich hatte mir gerade mein eigenes Grab geschaufelt. *R.I.P., Sozial- und Sexualleben, war schön, euch nie gekannt zu haben.*

»Shit! Es tut mir so leid«, sagte ich und vergrub das Gesicht in den Händen.

»Ivy, mir ist vollkommen egal, was die anderen von uns halten. Ich will nur nicht, dass du am Ende wieder mir die Schuld in die Schuhe schiebst.«

»Werde ich nicht«, murmelte ich und nahm langsam die Hände herunter. »Ich wollte nur, dass die beiden Mädchen endlich die Klappe halten!«

»Welche Mädchen?«, hakte Ryan nach.

»Die beiden Brünetten neben mir. Offensichtlich erzählt Courtney überall herum, dass ich eine dicke, fette Kuh bin, die du jederzeit abschießen wirst. Und da ist mir halt eine Sicherung durchgebrannt.«

Ryan schaffte es, gleichzeitig verwirrt und amüsiert auszusehen. Am liebsten hätte ich ihn getreten – oder gleich noch mal geküsst.

Meine Lippen prickelten immer noch und auch meine Fingerspitzen kribbelten bei der Erinnerung daran, dass ich wenige Minuten zuvor noch meine Hände in seinen Haaren vergraben hatte.

Ryan musterte mich eine gefühlte Ewigkeit lang, bevor er tief durchatmete. »So geht das nicht, Ivy«, sagte er schließlich.

Ich schluckte. »Ich weiß.«

»Du kannst mich nicht einfach so küssen. Das ist nicht gut. Für uns beide nicht. Wenn wir nicht damit aufhören, werden wir dieses Semester niemals überstehen.«

»Ich weiß.«

»Nächstes Mal, wenn eines der Mädchen lästert, hör einfach nicht hin oder rede mit mir, okay?«

»Okay«, sagte ich matt. Ich war so froh, dass Ryan bereit war, das Thema fallen zu lassen. »Es tut mir leid«, flüsterte ich noch einmal.

»Ivy.« Zwei Fingerspitzen schoben sich unter mein Kinn und hoben es an, zwangen mich, seinen Blick zu erwidern. »Du musst dich nicht für den Kuss entschuldigen«, sagte er leise. In seinen Augen flackerte es. »Aber er darf sich auch nicht wiederholen, okay?«

»Okay«, murmelte ich und war froh, als Ryan seine Hand wieder sinken ließ. Sicherheitshalber verschränkte ich auch die Arme vor der Brust, um sie davon abzuhalten, etwas Dummes zu tun. Wie sich an seine Brust zu schmiegen. »Dann darfst du aber auch nicht einfach dein Shirt ausziehen.«

Er verzog das Gesicht. »Ich weiß. War eine dumme Idee. Soll ich Jeff sagen, dass ich nicht weiter Modell stehe?«

Ich wollte gerade nicken, als mir wieder einfiel, wie erleichtert Jeff vorhin war. Frustriert seufzte ich. »Nein, mach weiter. Aber wenn wir deinen Hintern zeichnen sollen, melde ich mich krank.«

Ryan lachte leise. »Geht klar.« Er zögerte kurz, dann räusperte er sich. »Wir sollten was essen gehen. Ich verhungere gleich.«

Für einen Moment wirkte es, als hätte er etwas ganz anderes sagen wollen. Aber wahrscheinlich hatte ich mir das nur eingebildet.

Seufzend drehte ich mich um und öffnete die Tür. Ryan war dicht hinter mir, als ich den Raum verließ.

Draußen stießen wir auf Jeff, der gerade dabei war, den Kunstsaal abzuschließen. Als er uns bemerkte, grinste er und es war ihm an der Nasenspitze anzusehen, was er dachte.

»Hey, Jeff. Die Stunde war wohl ein voller Erfolg, was?«, begann Ryan das Gespräch, bevor es zu einer unangenehmen Stille kommen konnte. Er wirkte vollkommen ruhig, als wäre nichts zwischen uns passiert.

»Ja, dank dir.« Jeff lächelte schief. Sein Blick huschte zu mir und ich sah die stumme Frage darin. Jap, ich würde viel erklären müssen.

»Begleitest du uns in die Cafeteria?«, fragte Ryan.

Jeff sah aus, als wollte er am liebsten ablehnen, doch als er meinen flehenden Blick auffing, seufzte er nur und folgte uns aus dem Gebäude.

Die Mensa befand sich praktischerweise genau gegenüber. Der Speisesaal war, ähnlich wie das Kunstgebäude, mit hohen Fenstern und reinweißen Wänden eines der moderneren Gebäude am Campus. Neugierig sah ich mich um und musterte die anderen Studenten, die es sich mit ihrem Essen auf weißen Bänken bequem machten und dabei vergnügt redeten und lachten. Ich nahm mir ein leeres Tablett und stellte mich an. Das Ganze war so … normal, dass sich meine Stimmung sofort hob. Jeff hingegen wirkte nicht ganz so gut gelaunt, während er mir mit einem Tablett in der Hand folgte.

»Was gibt es heute?«, fragte ich ihn.

Jeff sah mich wenig begeistert an. »Kantinenlasagne – mit Nudeln.«

»Ziemlich geschmacklos«, ergänzte Ryan, als er meinen ratlosen Blick sah.

»Woher willst du das wissen?«, fragte ich.

Er grinste. »Hab ich schon gegessen, als du mich damals aus dem Biokurs geworfen hast.«

Ich verengte die Augen zu Schlitzen. »Mit Courtney?«

»Ja.« Er seufzte gequält. »Glaub mir, ich bereue es zutiefst. Das Essen war genauso langweilig wie sie.«

Toll!

Nachdem jeder von uns sein Essen bezahlt hatte, suchten wir uns einen Tisch. Ryan rückte mir einen Stuhl zurecht und machte übertrieben einen Diener.

»Danke, James«, säuselte ich hoheitsvoll und im breiten englischen Akzent, während ich mich setzte.

Jeff kicherte. »Was für ein Service.«

»Immer gerne doch, die Herrschaften, soll ich auch noch den roten Teppich auslegen?«, näselte Ryan im gleichen schlechten Britisch zurück.

»Nein, heute den goldenen, James, der rote ist in der Reinigung«, gab ich zurück, als ich plötzlich etwas klicken hörte. Wäre ich nicht so darauf trainiert gewesen, dieses Geräusch selbst aus der lautesten Menschenmasse herauszuhören, wäre es mir nicht mal aufgefallen. Doch das leise *Klick* ließ mich ruckartig aufsehen. Mein Blick huschte quer durch den Raum und da sah ich ihn. Austin. Der Journalismus-Student senkte gerade eine Kamera und versteckte sie blitzschnell in seiner Tasche.

»Ryan!« Abrupt griff ich nach Ryans Ärmel.

Er erkannte sofort, dass etwas nicht stimmte. »Was ist los?« Seine gesamte Haltung änderte sich, seine Muskeln waren angespannt, während er sich aufrichtete und sich aufmerksam in der Mensa umsah. Jeff musterte uns verwirrt.

»Erinnerst du dich an den Typen aus dem Dollar Tree?«, flüsterte ich und deutete zu Austin hinüber. »Ich glaube, er hat uns fotografiert.«

Ryan wandte schnell den Kopf in Austins Richtung.

»Ich glaube, du hast recht«, wisperte ich. »An dem Typen stimmt etwas nicht.«

Ryan sah mich ernst an. »Was hat er gemacht?«

»Er hat mich heute vor der Kunst-AG angerempelt und meine Tasche ist aufgegangen. Aber ich glaube, er wollte so nur an meinen Studentenausweis gelangen. Dort steht zwar mein falscher Name, aber was, wenn er irgendwas vermutet? Und gerade eben stand er dort drüben und hatte eine Kamera in der Hand.«

Ryans Nackenmuskeln spannten sich an. »Ich kümmere mich drum«, knurrte er und drehte sich so schwungvoll herum, dass Jeff zusammenzuckte. Ryan sah aus, als würde er ihn gleich angreifen. »Jeff. Ich muss noch was erledigen. Könntest du auf Ivy aufpassen, solange ich weg bin? Wir treffen uns dann bei euch zum Filmabend, okay? Ihr könnt auch meine Lasagne essen …«

»Ich … ähm …«, stotterte Jeff. Er warf mir kurz einen verwirrten Blick zu, bevor er sich wieder an Ryan wandte. »Ähm, klar. Kein Problem.«

»Danke. Du bist der Beste!« Ryan schlug ihm kollegial auf die Schulter und war schon im nächsten Augenblick im Mensagetümmel verschwunden.

»Alles in Ordnung, Ivy?«, fragte Jeff leise. Seine Stimme klang besorgt. Aber es schwang auch noch etwas anderes mit, das ich nicht richtig deuten konnte.

»Klar …« Ich lächelte gezwungen. Vermutlich war es nicht besonders überzeugend. »Warum sollte es das nicht?«

Jeff presste die Lippen zusammen und funkelte mich wütend an. »Ich bin nicht dumm, Ivy. Irgendwas stimmt hier nicht.«

Prompt überkam mich ein schlechtes Gewissen, aber ich konnte ihm auch nicht die Wahrheit sagen. Oder doch? Würde er es verstehen? Ich biss mir auf die Unterlippe und zuckte hilflos mit den Schultern. »Kann ich es dir später erklären?«, fragte ich leise, um mir ein wenig mehr Zeit zu erkaufen.

Jeff war dabei, ein guter Freund zu werden, und Lügen waren kein guter Nährboden für eine angehende Freundschaft. Aber ich konnte es ihm nicht erzählen – zu viel stand auf dem Spiel, falls er seine Klappe nicht halten konnte. Was ich zwar nicht glaubte, aber leider konnte ich es auch nicht ausschließen. Dafür kannten wir uns noch nicht lange genug.

Jeff schien in meinem Blick zu sehen, dass ich nicht mit der Sprache herausrücken würde, und nickte resigniert. »In Ordnung«, sagte er ernst. Er sah mich noch einen Moment unentschlossen an, bevor er sich räusperte. »Äh, dann guten Appetit.«

Prompt begann mein Magen zu knurren. Die Lasagne war zwar mit Nudeln und nicht mit Blättern gemacht, aber sie roch erstaunlich gut.

»Itadakimasu!«, rief ich glücklich, klatschte in die Hände und verbeugte mich vor Jeff, der mich verblüfft anglotzte.

»Was?«, stammelte er.

Ich kicherte und begann die Pasta aufzuspießen. Wer auch immer dafür verantwortlich gewesen war, sie auszusieben, hatte in etwa zehn Minuten zu lange dafür gebraucht. Aber ich durfte mich nicht beschweren. Mein letzter Versuch, Nudeln zu kochen, hatte beinahe in einem Küchenbrand geendet.

»Das ist Japanisch und bedeutet so viel wie *Lasst es euch schmecken*«, erklärte ich und begann zu essen. Die Soße war ziemlich süß und schien hauptsächlich aus Ketchup zu bestehen. Lecker!

»Du kannst Japanisch?«, fragte Jeff, während er lustlos in seinem Essen herumstocherte.

Ich schluckte den Bissen hinunter. »Ein bisschen, nicht viel.«

»Woher?«

»Ah, meine Eltern waren oft in Japan, als ich noch klein war. Und einmal hatten wir auch ein japanisches Au-pair-Mädchen.« Ich biss mir auf die Zunge, doch es war ohnehin schon zu spät.

Jeff musterte mich stirnrunzelnd. »Du kommst aus einer ähnlichen Familie wie Alex, oder?«, fragte er schließlich.

»Was meinst du?«, fragte ich unschuldig und leckte meinen Löffel ab.

Er seufzte und begann seine Serviette in kleine Teile zu zerpflücken. »Alex meinte bereits am Anfang des Semesters, dass er glaubt, dich schon mal gesehen zu haben. Und ich war lange genug mit reichen Leuten zusammen, um zu erkennen, wenn jemand nicht zur unteren Mittelschicht gehört.«

»Und woran erkennst du das?«

Jeff schob sein Tablett weg und musterte mich eindringlich. »Bei dir ist es fast nicht zu sehen«, gab er leise zu. »Nur manchmal scheint deine Haltung nicht zu deiner fröhlichen, ungezwungenen Mimik zu passen.«

»Shrimp!«, fluchte ich und versuchte, mich lässiger hinzusetzen, doch wie von selbst richtete ich mich wieder gerade auf. »Mist, das ist gar nicht gut.« Seufzend legte ich mein Besteck zur Seite und guckte deprimiert auf mein Essen.

»Warum willst du nicht, dass andere wissen, dass du wohlhabend bist?«, fragte Jeff verwirrt.

Ich schenkte ihm ein zögerliches Lächeln. »Na ja, es ist weniger das Geld als mein Name, der damit verbunden ist. Könntest du das bitte für dich behalten, Jeff? Ich möchte hier gerne ein normales Leben haben. Ich selbst sein, ohne Geld, Namen und dem ganzen anderen Quatsch.«

»Quatsch?« Er sah mich ungläubig an und schnaubte. »Glaub mir, Ivy, wenn du zusehen musst, wie sich deine Eltern Tag für Tag halb zu Tode schuften, um eine Familie zu ernähren, würdest du das nicht Quatsch nennen.« Jeff klang plötzlich richtig beängstigend.

»So meinte ich das nicht«, flüsterte ich. »Es ist nur, dass meine Familie … schwierig ist. Mein Leben ist ziemlich kompliziert und ich möchte hier einfach nur Ivy sein … und nicht die Tochter meiner Eltern, verstehst du das?«

Jeff musterte mich nachdenklich. »Also bist du wie Alex«, stellte er trocken fest.

Ich seufzte. So in etwa. Nur noch vermögender. Aber das würde ich ihm nicht auf die Nase binden. »Bitte behalt es für dich«, bat ich ihn noch mal.

Er verzog das Gesicht, nickte jedoch. »Kein Problem, von mir erfährt niemand etwas«, versprach er und ich glaubte ihm. Jeff war ein freundlicher Mensch. Ich kannte ihn zwar noch nicht so lange, aber wenn ich an die Art und Weise dachte, wie Alex über Jeff sprach, dann wusste ich, dass er ein Mensch war, der das Herz am rechten Fleck sitzen hatte.

»Danke«, sagte ich leise.

Jeff räusperte sich. »Was ich nur nicht verstehe, ist Ryan. Er passt irgendwie nicht zu dir.«

»Wie meinst du das?«

Jeff schürzte die Lippen und schien zu überlegen, was er sagen sollte, während er mit den Fingern die abgerissenen Papierknöllchen zu einem Berg auftürmte. »Ryan hat einen ganz eigenartigen Blick. Ein bisschen wie ein Raubtier.« Ich wusste genau, was er meinte. Es war dieses Dunkle, diese fixierte Aufmerksamkeit, die nicht normal für einen knapp zwanzig Jahre jungen Menschen war.

»Außerdem verstehe ich eure Beziehung nicht«, fuhr Jeff fort. »Seid ihr zusammen? Nur befreundet? Freundschaft plus? Manchmal verhaltet ihr euch ungewöhnlich distanziert, und dann wiederum knutscht ihr vor allen rum. Das ist doch nicht normal …«

Wow. Jeff war wirklich aufmerksam.

»Du solltest Psychologie studieren«, sagte ich, ohne auf seine Fragen einzugehen.

Jeffs Mundwinkel hoben sich. »Ich werde mich als Vertrauenslehrer bewerben, wenn ich mit meinem Studium fertig bin. Sieh das hier einfach als Übung für mich. Also, was ist da los mit euch?«

»Nichts ist los.« Ich seufzte. »Aber Ryan hat ziemlich viel durcheinandergebracht.«

Jeff sah mich verwirrt an. »Das verstehe ich nicht.«

»Musst du auch nicht«, beschwichtigte ich ihn und wechselte schnell das Thema. »Erzählst du mir auch, was da zwischen dir und Alex läuft?«

Jeff zuckte zusammen. »Ich weiß nicht, was du meinst«, sagte er etwas zu schnell. Ein gehetzter Ausdruck trat in seine Augen und es war, als würden Emotionen in ihm hochkommen, die er mühsam zu unterdrücken versuchte.

»Mhm…«, sagte ich und lehnte mich zurück.

Unangenehmes Schweigen breitete sich zwischen uns aus, da wir beide offenbar nicht wussten, was wir jetzt sagen sollten.

»Bist du satt?«, erkundigte er sich schließlich.

»Nein«, gab ich zu, aber die Lasagne war inzwischen kalt und ungenießbar geworden. Und auch der Kuchen, den ich mir als Nachtisch genommen hatte, war so hart, dass man damit glatt jemanden erschlagen könnte.

»Ich auch nicht.« Seufzend stand er auf. »Komm, wir gehen in die Verbindung und bestellen uns etwas beim Chinesen. Dann freut sich auch Alex.«

»Na, solange sich Alex freut, ist ja alles gut«, zog ich ihn auf und bekam dafür prompt einen leichten Boxhieb auf den Arm verpasst.

# RYAN

»Kennst du seinen Namen?«, fragte mein Vater.

»Nein, nicht wirklich«, gab ich zu und ließ meine Finger über die Tastatur des Computers in der Wohnheimverwaltung fliegen, während ich das Smartphone zwischen Ohr und Schulter eingeklemmt hatte.

Libby hatte nur unter Androhung höherer Gewalt zugestimmt und mir ihren Platz samt Studentenregister überlassen. Die höhere Gewalt war in diesem Fall Carl Redmond, der zwar nicht persönlich Vorstand der UCF war, diesen aber kannte. Ein Anruf von ihm hätte gereicht, um mir sämtliche Zugänge zu den Akten der Studenten zu gewähren. Doch dazu war es zum Glück nicht gekommen, denn Libby hatte schließlich doch nachgegeben.

Seit zwei Stunden durchsuchte ich jetzt schon die Dateien sämtlicher Journalismus-Studenten und kam auf eine Gesamtzahl von über dreitausend. Mit ein paar Klicks filterte ich alle weiblichen Studentinnen raus, durchsuchte die Auflistung sämtlicher Studenten aus dem letzten Semester und hatte schließlich nur noch zweihundertfünfzig zur Auswahl. Zweihundertfünfzig männliche Studenten, durch deren Dateien ich mich per Hand durchklicken musste, weil ich prinzipiell nur wusste, wie der Typ aussah. Was bedeutete, dass ich mir jedes Foto einzeln ansehen musste. Aber wenn ich ihn endlich gefunden hatte, würde ich seine Daten an Harry weitergeben, damit er sich darum kümmern konnte. Ob mit Bestechung, Verwarnung oder unter Androhung einer Exmatrikulation, lag jedoch ganz an der Kooperationsbereitschaft des Möchtegern-Paparazzi.

»Wie geht es ihr?«, erkundigte sich Harry, während ich mich durch die digitalen Akten klickte.

»Gut. Sie hält sich tapfer, du hast sie gut instruiert.«

»Das Mädel hat eben doch was zwischen den Ohren«, brummte Harry zufrieden über mein Lob. »Sie ist ein liebes Mädchen. Ihr kommt doch gut miteinander aus, oder?«

»Ja«, sagte ich und klickte einen John Bolder weg.

»Sehr schön.« Die Erleichterung in Harrys Stimme war deutlich zu hören. Genauso wie das unterdrückte Ächzen.

»Macht der Rücken wieder Probleme?«, fragte ich besorgt, während ich die nächste Studentenkartei aufrief.

»Immer wieder«, gab Harry zu. »Ist in letzter Zeit ein wenig stressig zu Hause.«

Er sagte nichts weiter dazu, aber das musste er auch nicht. Ich wusste auch so, was los war. Trotzdem war ich froh, dass mein Vater *ihn* nicht erwähnte. Und ich traute mich auch nicht, nachzufragen. Zumindest nicht, solange diese Sache hier meine volle Konzentration erforderte. Ich musste Ivy beschützen. Und wenn dieser Möchtegern-Paparazzi meinte, sich mit der Familie Redmond anlegen zu müssen, war er selbst schuld, wenn er am Ende wie eine Kakerlake zerschlagen werden würde.

»Geht es den Zwillingen gut?«, fragte ich, um ein unverfängliches Gespräch am Laufen zu halten. Solange ich diesen Typen nicht hatte, würde Harry nicht auflegen, und ich selbst konnte erst wieder aufatmen, wenn ich wusste, dass sich mein Vater um diese Angelegenheit kümmerte.

Harry schnaubte und ich musste unweigerlich grinsen, weil ich ihn förmlich vor mir sah, wie er sich frustriert die Glatze rubbelte. »Die zwei sind richtige Satansbraten. Sie wurden von der Schule suspendiert. Drei Tage lang. Deine Mutter hatte beinahe einen Anfall, als der Anruf kam.«

»Was haben sie denn angestellt?«, fragte ich lachend.

»Was weiß ich«, brummte Harry. »Die zwei sind viel zu schlau. Sie meinten, sie hätten versucht, Milchsäure herzustellen. Jetzt stinkt wohl die ganze Schule nach Kotze.«

Ich lachte lauter. Die Zwillinge stellten immer irgendeinen Unfug an und trieben uns damit in den Wahnsinn. An ihrem sechsten Geburtstag hatten sie einen Chemiekasten für Kinder geschenkt bekommen – und das war der Anfang vom Ende gewesen. Seitdem waren sie nicht mehr zu stoppen. Und es war nur noch eine Frage der Zeit gewesen, bis sie zu weit gingen.

»Knuddel die beiden für mich«, bat ich.

Harry brummte nur zustimmend. Wir wussten beide, dass er es nicht tun würde, aber zumindest konnte ich mich dann verteidigen, wenn sich die Zwillinge wieder mal beschwerten, weil ich mich nie meldete. Dabei lag es gar nicht daran, dass ich zu faul war, um sie anzurufen, aber ein Gespräch mit den Zwillingen war in etwa so entspannend, wie mit einem Eichhörnchen auf Speed zu reden. Vor allem mit Josh war es ein Ding der Unmöglichkeit, eine normale Unterhaltung zu führen.

»Und wie geht es dir mit dem Studium?«, unterbrach Harry meine Gedanken.

Ich verdrehte die Augen. Nicht dass ich mit dieser Frage nicht gerechnet hätte, aber trotzdem … »Ich studiere nicht, Dad, ich arbeite.«

»Ja, aber du sitzt doch jeden Tag in der Vorlesung, oder nicht? Wie gefällt es dir da?«

»Bisher war es ganz in Ordnung«, gab ich zu und klickte mich weiter durch die Dateien. Noch fünfzig Studenten. Langsam sollte der Typ mal auftauchen. Außer er hatte gelogen und war gar kein Student an der UCF. Das würde die gesamte Sache natürlich um einiges verkomplizieren.

»Und?«, bohrte Harry nach.

Ich seufzte. Harry war manchmal wie ein Pitbull. »Nichts *und*. Das hatten wir alles schon, Dad. Studieren ist nicht mein Ding. Ich mag meine Arbeit und ich will auch weiterhin … warte, ich glaube, ich habe ihn!« Triumphierend starrte ich auf das Bild, das gerade auf dem Bildschirm aufgepoppt war.

»Wer ist es?«, fragte Harry sofort. Der plaudernde Unterton war aus seiner Stimme verschwunden.

»Sein Name ist Austin Freeman«, las ich vor. Ich kopierte schnell die Akte und schickte sie Harry per E-Mail, bevor ich weiter durch Freemans Kartei scrollte. »Er ist Student im sechsten Semester. Unterdurchschnittlicher Notenschnitt. Kein Wunder, dass er auf die große Story hofft. Mit so einem miserablen Abschluss wird er höchstens bei der Klatschpresse angenommen«, sagte ich. »Es ist eine Adresse nahe der Uni angegeben. Kein Vorstrafenregister. Aber er hat offenbar einen hohen Studienkredit aufgenommen.«

»Danke.« Ich hörte ein leises Klicken und vermutete, dass Harry gerade meine Mail öffnete. »Ich kümmere mich darum. Scheint mir ein etwas unvorsichtiger junger Mann zu sein. Ich melde mich, falls es Probleme geben sollte. Halte Ivy die nächsten Tage von Ärger fern.«

»Mach ich«, versprach ich und beendete das Gespräch.

Müde ließ ich mich in den Stuhl zurücksinken und betrachtete das Foto.

# IVY

»Oh mein Gott, er hat ihm gerade das Auge ausgepikt«, rief Jeff aufgeregt.

Alex lachte, während ich mir panisch die Decke vors Gesicht hielt.

Die letzten Stunden hatten wir in Alex' Zimmer verbracht – und langsam bereute ich es, dem Horrorfilm-Marathon zugestimmt zu haben. Die Lasagne und das chinesische Essen, das wir danach noch bestellt hatten, lag mir immer noch schwer im Magen.

»Jeff, du hast gesagt, dass wir uns einen Klassiker ansehen. Von *Die Vögel* war nicht die Rede«, jammerte ich und zuckte zusammen, als sich eine Schar Vögel auf die Dorfbewohner stürzte.

Die Jungs johlten, während ich mich kaum traute, hinzusehen.

»*Die Vögel* ist ein Klassiker«, stellte Alex klar.

Jeff ließ sich von diesem blutigen Massaker nicht davon abhalten, genüsslich eine Tüte Chips zu essen, während auf dem Bildschirm die Vögel gerade die Dorfbewohner zu Vogelfutter verarbeiteten.

»Können wir nicht bitte etwas anderes schauen?«, stieß ich hervor. Als ein Rabe wie aus dem Nichts auftauchte und sich auf die Leute stürzte, machte ich einen solch erschrockenen Satz, dass ich halb auf Alex landete. Lachend fing er mich auf und schlang schützend die Arme um mich. Der plötzliche Körperkontakt ließ mich zögerlich innehalten. »Sorry«, murmelte ich und spürte, wie ich rot wurde.

»Schon gut«, flüsterte er und wickelte sich eine Strähne meines Haars um den Zeigefinger und zog neckisch daran. »Gibt Schlimmeres, als von Ivy Redmond besprungen zu werden.«

»Ja … ähm … kommt nicht wieder vor«, stammelte ich und machte mich sanft von ihm los. Für einen kurzen Augenblick trafen sich unsere Blicke. Erst jetzt fiel mir auf, dass Alex eine kleine Narbe an der Augenbraue hatte.

»Wo hast du die her?«, fragte ich neugierig und zeigte auf die betreffende Stelle.

»Was? Ach, du meinst diese kleine Narbe hier?«, fragte Alex und fuhr sich über die Augenbraue. Ein Ausdruck, den ich nicht ganz deuten konnte, huschte über seine Züge, und sein Blick zuckte eine Millisekunde zu Jeff hinüber, der gerade gebannt dabei zusah, wie eine Schar Möwen sich über einen armen Dorfbewohner hermachte.

»Kleiner Freak«, murmelte er so leise, dass ich ihn kaum verstehen konnte. Er räusperte sich verlegen. »Die ist von einer Prügelei.«

Verwundert sah ich zu ihm hoch. »Du prügelst dich?«

»Nein, eigentlich nicht.« Seine Lippen verzogen sich zu einem wehmütigen Lächeln. »War eine Ausnahme. Es gab da etwas, das ich klarstellen musste …« Sein Blick wanderte wieder zu Jeff und plötzlich wurde seine Miene so weich, dass sich in mir etwas zusammenzog.

»Du hast dich für Jeff geprügelt?«, fragte ich so leise, dass er uns nicht hören konnte.

Alex schenkte mir ein schiefes Lächeln und zuckte mit den Schultern. »Nachdem Jeff von der Highschool abgegangen war, hatten sich die Arschlöcher, die ihm jahrelang das Leben schwer gemacht hatten, sofort ein anderes Opfer gesucht. Da bin ich irgendwie ausgetickt. Bin nicht stolz drauf. Aber eigentlich hätte ich das schon viel früher machen sollen …«, murmelte er.

»Weiß Jeff davon?«, fragte ich.

Alex schüttelte den Kopf. »Er denkt, ich bin betrunken gegen einen Laternenpfosten geknallt.«

Wir lachten leise.

Eine Weile musterte ich Alex nachdenklich. Irgendwie wurde ich nicht ganz schlau aus ihm. Er ließ zwar den arroganten Rich Boy raushängen, aber etwas an ihm war sehr … leidenschaftlich, auch wenn er versuchte, das vor der Welt und vor sich selbst zu verstecken. Und in seinen Augen lag ein Ausdruck, den ich nur zu gut kannte. Einsamkeit.

In einem Anflug von Zärtlichkeit und Verständnis nahm ich Alex' Hand in meine und unsere Finger verflochten sich. Aufmunternd drückte ich sie. Alex lächelte dankbar und erwiderte meinen Druck.

Plötzlich drang wieder ein Schrei aus dem Fernseher, sodass ich erschrocken zusammenzuckte. Jeff hingegen lachte sich schlapp.

»Heiliges Gatorade!«, stieß ich hervor. Mein Herz pochte so schnell, dass ich meine Hand von Alex' löste und sie mir an die Brust presste. »Ich bekomme hier noch einen Herzinfarkt mit euch«, krächzte ich.

Alex seufzte und stieß Jeff mit dem Ellenbogen in die Seite. »Alter, mach den Fernseher aus. Wir machen was anderes.«

»Was?« Abrupt sah Jeff auf. »Nein. Jetzt kommen doch erst die guten Stellen.«

»Du bist so ein Freak.« Lachend boxte Alex ihn gegen den Arm. »Ausmachen«, befahl er streng.

Jeff sah Alex mit einem sehr seltsamen Gesichtsausdruck an, seine Wangen waren knallrot angelaufen. Er brummte, schaltete jedoch ab und rieb sich den Arm. »Was sollen wir stattdessen machen?«

»Wir …« Alex grinste, stand ruckartig auf und holte etwas aus seiner Schreibtischschublade. »Wir weihen Ivy in die hohe Kunst des Pokerns ein«, verkündete er und drehte sich mit den Karten in der Hand wieder zu uns um.

»Oh nein«, stieß Jeff hervor und warf mir einen gequälten Blick zu. »Ivy, willst du das wirklich tun? Überleg dir das gut. Der Typ zockt nicht nur beim Pokern, er schlachtet einen praktisch ab.«

Fasziniert beobachtete ich Alex' Finger, während er die Karten gekonnt auffächerte, wieder zusammensteckte und sie in einer unglaublichen Geschwindigkeit mischte.

»Kannst du pokern, Ivy?«, fragte Alex mit leuchtenden Augen und setzte sich mir und Jeff gegenüber. »Wir spielen Texas Hold'em, sagt dir das was?«

»Ja, aber ich hab es bisher nur am Handy gespielt«, gab ich zu und wechselte in den Schneidersitz.

»Alex war in der Highschool im Bridge und Poker Club. Er hat sogar den landesweiten Wettbewerb gewonnen«, erklärte mir Jeff. »Früher musste ich immer stundenlang mit ihm üben und die Wetteinsätze haben mich jedes Mal Kopf und Kragen gekostet.« Er funkelte Alex an, der breit grinste.

»Ah, tu nicht so, als hätte es dir keinen Spaß gemacht, dem Schulskelett ein Tutu anzuziehen und damit Walzer zu tanzen.«

»Das Video ist immer noch auf YouTube«, beschwerte sich Jeff und brachte mich damit zum Lachen. Dieses Video musste ich unbedingt finden.

Alex grinste amüsiert, während er blitzschnell die Karten austeilte. Erst an uns und danach drei in die Mitte, die er für alle sichtbar aufdeckte. Es waren ein Pik Bube, eine Herz Acht und ein Kreuz Ass. »Machen wir es so: Der Gewinner darf sich von den anderen was wünschen, egal wann, egal was.«

»Geh nicht drauf ein, Ivy«, warnte mich Jeff, nahm jedoch bereits die Karten auf. »Du verkaufst hier gerade deine Seele an den Teufel.«

»Zumindest ist es ein heißer Teufel«, sagte ich und grinste verschmitzt, was mir ein Augenzwinkern von Alex einbrachte, der gerade seine Karten hochnahm.

Ich griff ebenfalls nach meinen beiden Karten und betrachtete sie nachdenklich. Gar nicht mal so schlecht. Eine Karo Zehn und eine Herz Sieben. Das war doch ein guter Anfang. Als ich aufsah, lieferten sich Alex und Jeff bereits einen Blickkampf über ihre Karten hinweg.

»Angst?«, fragte Alex.

»In deinen Träumen, Klemmt«, schoss Jeff zurück.

Offenbar nahmen die beiden Poker wirklich nicht auf die leichte Schulter.

»Lady first«, bot Alex mir schließlich an. »Gehst du mit oder willst du aussteigen?«

Ich ging mit und auch Jeff machte weiter. Alex legte eine Karte verdeckt neben den Stapel und deckte eine weitere auf. Eine Herz Sechs. Das war gut! Oder? Ich schielte zu den Jungs. Jeff knabberte an seiner Lippe, während Alex das perfekte Pokerface aufsetzte. Auch diesmal gingen alle mit und Alex deckte die nächste und letzte Karte auf, diesmal war es eine Zehn. Oh, nicht gut. Ich unterdrückte ein Stöhnen und versuchte, mir nichts anmerken zu lassen. Aber es gelang mir nicht so ganz. Dabei sah es bei Alex so einfach aus. Er hatte die Augen zu einem Schlafzimmerblick herabgesenkt und ein cooles Lächeln auf den Lippen, während er gespannt in die Runde blickte.

»Okay, aufdecken«, befahl Alex.

Aus dem Augenwinkel bemerkte ich, wie ausgerechnet Jeff auf meine Karten schielte. Schnell senkte ich sie.

Jeff seufzte theatralisch und warf seine Karten auf das Bett. »Verloren. Schon wieder. Welche Schmach, von Alexander van Klemmt geschlagen worden zu sein«, jammerte er und ließ sich fallen, direkt auf mich drauf. Überrascht kippte ich hintenüber. Himmel, war der schwer!

»Jeff! Was machst du da?«, rief ich erschrocken und schob ihn lachend von mir.

Doch Jeff ignorierte meine verzweifelten Versuche und blieb einfach liegen. »Aus, vorbei. Jetzt darf ich ihm wieder die Schuhe putzen.«

Alex schnaubte. »Reiß dich zusammen und lass Ivy aufdecken.«

»Ja, Ivy, gewinne und rette meine Ehre«, rief Jeff. Im gleichen Augenblick spürte ich ein Ziehen an meiner Hand. Jeff lag so auf mir, dass Alex nicht sehen konnte, wie er blitzschnell eine meiner Karten austauschte.

»Was m…«, fing ich an, als Jeff ein kurzes »Scht« zischte, mir zuzwinkerte und sich wieder aufrappelte.

Langsam setzte ich mich ebenfalls auf und pustete mir eine Haarsträhne aus dem Gesicht. Mein Blick zuckte zu Alex, der uns skeptisch musterte. »Seid ihr zwei jetzt fertig oder soll ich rausgehen?«

»Nein, wir sind fertig«, sagte Jeff und stupste mich an. »Komm schon, Ivy. Zeig dem Weltmeister, was du draufhast.«

»Äh…«, sagte ich verwundert und schaute nochmal kurz in

meine Karten. Jeff hatte die Zehn mit einerm Joker getauscht. Zögernd sah ich wieder zu Jeff.

Er nickte eindringlich. War das sein Ernst? Ich sollte schummeln?

Alex' Augenbrauen wanderten nach oben, während er mich über seine Karten hinweg ansah. »Auf drei decken wir beide auf«, schlug er vor.

»Okay. Eins, zwei … drei!«

Wir legten unsere Karten offen und starrten gebannt auf das Ergebnis. Alex hatte drei Asse! Drei! Also drei einer Sorte, aber ich hatte mit dem Joker eine Straße und damit …

»Gewonnen!«, jubelte Jeff und stieß die Arme in die Luft, als hätte er die Kombination gerade selbst gelegt.

Er sah so begeistert aus, dass ich losprustete.

»Wir … äh, ich meine Ivy hat gewonnen und du hast verloren«, rief Jeff und lachte Alex aus, der ungläubig die Karten anstarrte.

»Was? Nein! Ihr habt doch gemogelt!«, stieß er hervor.

Jeff lachte nur und zog mich in eine stürmische Umarmung. »Ivy, du Champ! Wünsch dir was«, sagte er und ließ mich wieder los. »Komm … lass Alex eine Runde nackt um den Campus laufen. Ich hol die Kamera.«

»Du bist so ein Idiot, Jeff! Im Deck gab es gar keinen Joker«, knurrte Alex.

Jeff und ich rissen überrascht die Augen auf und wechselten einen panischen Blick.

»Oh, äh … echt nicht?«, stieß Jeff hervor.

Und bevor einer von uns beiden reagieren konnte, hatte sich Alex bereits auf Jeff gestürzt. Jeff ruderte wild mit den Armen und kippte nach hinten. Sofort begannen sich die beiden wie zwei Hunde zu balgen.

Lachend krabbelte ich so schnell ich konnte weg, um nicht unter einem von ihnen begraben zu werden.

Im gleichen Augenblick wurde die Tür so abrupt aufgerissen, dass wir alle erschrocken zusammenzuckten.

»Äh…« Ein großer Typ mit Militärhaarschnitt blinzelte uns an. »Alles klar bei euch?«, erkundigte er sich zweifelnd.

»Klar, Mann.« Keuchend richtete sich Alex auf, blieb allerdings auf Jeff sitzen und verpasste ihm noch schnell einen weiteren Hieb.

»Sorry für die Störung.« Der Kerl sah aus, als hätte er uns gerade bei etwas Unanständigem erwischt. »Aber da unten steht ein Typ, der sagt, er heißt Ryan und will das Mädchen abholen.«

»Oh, Gott sei Dank«, stieß ich hervor und korrigierte mich schnell. »Ich meine, oh … schade, gerade wurde es spannend.«

»Kein Problem«, sagte Alex. »Wir machen das nächste Mal einfach eine Revanche. Der Fairness halber. Oder hat jemand was dagegen?« Herausfordernd guckte er zu Jeff hinunter, der unter Alex' Gewicht ächzte.

»Gerne.« Ich lachte und schnappte mir meine Uni-Tasche. »Okay, dann bis morgen.«

»Alles klar, bis dann«, sagte Alex, während ich dem Typen mit dem Bürstenhaarschnitt in den Flur folgte.

»Lass mich nicht mit ihm allein, Ivy«, rief Jeff mir verzweifelt nach.

Kichernd schloss ich die Tür. »Tschau Jungs!«

Immer noch lachend lief ich die Treppen nach unten. Die Verbindung war ein großes dreistöckiges Haus, in dem eindeutig nur Männer wohnten, denn es roch nach Käse, ungewaschener Wäsche und im Wohnzimmer lief gerade ein Footballspiel. Es war laut und voller Leben. Ich mochte es hier. Ein paar der Jungs nickten mir sogar zu, als ich an ihnen vorbei zur Tür schlüpfte.

Ryan selbst lehnte an der Veranda und richtete sich lächelnd auf, als ich neben ihn trat.

»Danke fürs Retten.«

»Was?«

»Ach, nichts. Danke fürs Abholen«, korrigierte ich mich und starrte mit heißen Wangen zum grollenden Himmel hoch.

»Wir sollten uns beeilen, bevor es zu regnen anfängt«, sagte Ryan. Er sprach genau das aus, was ich gerade dachte.

Ich nickte. »Und? Was gibt es Neues?«, fragte ich Ryan, während wir in Richtung unseres Wohnheims liefen.

Ryan seufzte und fuhr sich müde durchs Haar. Am liebsten hätte ich seine Hand genommen und sie tröstend gedrückt, doch ich hielt mich zurück.

»Wir haben ihn«, sagte er und lächelte schmal. »Er heißt Austin Freeman. Harry regelt das. Der Typ sollte dich in Zukunft also in Ruhe lassen.«

»Gut.« Meine Schultern entspannten sich ein wenig, als die Sorge von mir abfiel. Dabei hatte ich gar nicht bemerkt, wie angespannt ich den ganzen Abend über war. »Dir ist aber nichts passiert, oder?«, fragte ich leise.

Ryan lachte. »Keine Sorge, ich habe nur das Studentenregister durchforstet. Es gab weder eine schweißtreibende Verfolgungsjagd noch eine heftige Prügelei. Explodierende Autos waren leider auch nicht dabei.«

»Wie schade«, sagte ich ironisch.

»Und du?« Ryan zog eine Augenbraue nach oben. »Hattest du einen schönen Abend? War er so, wie du ihn dir vorgestellt hast?«

»Ja, doch.« Abgesehen von dem Horrorfilm. Bei dem Gedanken daran lief es mir immer noch kalt den Rücken runter. Jeese! Der würde mich noch ewig verfolgen. Dabei hatten wir ihn nicht mal ganz gesehen. Als ich einen dunklen Schatten in einem der Bäume sitzen sah, rückte ich unwillkürlich näher an Ryan heran. War das gerade ein Vogel?

Ryan runzelte besorgt die Stirn. »Ist was passiert?«

Flüchtig berührte ich seinen Oberarm. »Nein, nichts, alles gut.« Ich grinste schief. »Jeff war nur der Meinung, mich in die hohe Kunst der Horrorfilme einweisen zu müssen, und das war …« Ich suchte nach den richtigen Worten.

»Gruselig?«, bohrte Ryan amüsiert nach.

»Fürchterlich«, gab ich zu und zog die Strickjacke, die ich heute Morgen eingepackt hatte, noch fester um mich.

Tatsächlich wurde es gerade ein wenig kühl. Zumindest für floridianische Verhältnisse. Niemand außer uns war auf der Straße. Weiter vorn flackerte eine Laterne und ließ spitzkantige Schatten über den Asphalt zucken. Unweigerlich fühlte ich eine Gänsehaut über meinen Rücken kriechen. Als auch noch ein Donner grollte und kurz darauf ein Blitz über den inzwischen fast schwarzen Himmel zuckte, klammerte ich mich so fest an Ryans Hand, dass ich sie fast zerquetschte.

Er guckte irritiert auf meine Finger hinunter. »Und was wird das, wenn es fertig ist?«

»Ich halte mich an dir fest. Dann kann ich dich im Notfall den Monstern zum Fraß vorwerfen und ganz schnell weglaufen«, flüsterte ich. Waren das Vögel in den Bäumen? Würden sie sich gleich wie Piranhas auf uns stürzen und Ryan und mich in kleine Stücke hacken?

»Oje, dich hat es ja richtig erwischt, was?«

»Ja, ich bin wohl wirklich nicht der Horrorfilm-Typ«, krächzte ich und zuckte schon wieder zusammen. Mein Herz raste. Was war das? Was war … oh, nur mein Schatten. Na toll, warum musste der auch so gruselig aussehen?

Ryan verdrehte genervt die Augen. »Hör auf, dir ins Höschen zu machen, Ivy, da ist nichts.«

Toller Bodyguard! Aber zumindest hielt er weiterhin meine Hand, während wir das Verbindungsviertel verließen und das kurze Stück Park, das zum Wohnheim führte, durchquerten. Hier war allerdings nur spärlich beleuchtet, sodass die gezackten Umrisse der Bäume unheimliche Schatten warfen. Als es am Himmel bedrohlich rumpelte, war ich kurz davor, unter Ryans Hoodie zu kriechen.

Zumindest schien ich nicht die Einzige zu sein, der die aktuelle Atmosphäre an die Nieren ging, denn Ryan beschleunigte seine Schritte. Und im gleichen Augenblick spürte ich etwas Nasses in meinem Nacken. Ryan blieb so abrupt stehen, dass ich stolperte, während der nächste Regentropfen auf meiner Nase landete.

»Was ist?« Hektisch sah ich mich um. »Siehst du Piranhavögel, die uns das Bein abbeißen wollen?«

»Nein, ich … Was?« Entgeistert guckte er auf mich herab und schnaubte belustigt. »Was bitte habt ihr euch angesehen?«, fragte er, während er sich mit der freien Hand durch das Haar fuhr. »Ach egal. Und nein, ich dachte nur, etwas gesehen zu haben, aber da war … nichts.« Er schien selbst nicht ganz überzeugt zu sein, denn der wachsame Ausdruck in seinen Augen blieb. Was mir ganz und gar nicht behagte.

Mein Blick zuckte über die Baumreihen, doch ich konnte nichts erkennen.

»Komm«, murmelte er schließlich und zog mich schnell weiter.

»Vogelpiranhas?«, fragte ich panisch.

Er seufzte nur. Der Regen wurde immer stärker, die Tropfen trafen rhythmisch meine Kopfhaut und liefen kitzelnd über meine Wangen … beinahe wie Fingerspitzen, die sanft über meine Haut wanderten. Ich wischte mir die Haare hinter die Ohren und warf einen kurzen Seitenblick auf Ryan. Auch ihm lief das Wasser übers Gesicht und schon nach wenigen Schritten waren wir vollkommen durchnässt.

Als wir keuchend die Türen zum Wohnheim aufstießen, ging das Unwetter mit voller Wucht nieder. Wo sich gerade noch ein Gehweg befunden hatte, bildeten sich bereits tiefe Pfützen und als wir den Eingangsbereich betraten, quietschten meine Flipflops unanständig laut auf dem Boden. Ein paar Studenten, darunter auch Soya, sahen verwundert auf, als wir wie zwei begossene Pudel an ihnen vorbeiliefen. Flüchtig winkte ich ihr zu. Ich sah noch, wie sie diese Geste amüsiert erwiderte, dann fiel auch schon die Tür zum Treppenhaus hinter uns zu. Ryan hielt meine Hand immer noch umklammert und zog mich weiter die Stufen zu unseren Zimmern hoch. Unsere Finger waren inzwischen wahrscheinlich das einzig Warme an uns. Zumindest an mir, denn die Aircondition war hier drinnen so kalt eingestellt, dass meine Zähne anfingen zu klappern.

»Ist dir kalt?«, fragte Ryan.

»Ein bisschen«, murmelte ich, während wir ein paar Studenten auswichen, die uns mitleidig ansahen.

Zum Glück erreichten wir kurz darauf unsere Zimmer. Ich hatte eigentlich erwartet, dass Ryan mich wie üblich ablud und dann nach nebenan verschwand, doch stattdessen zückte er seine eigene Magnetkarte, öffnete die Tür zu *seinem* Zimmer und schob mich hinein.

»Was soll das?«, fragte ich verdutzt, als auch schon ein Handtuch auf meinem Kopf landete und Ryan kräftig an mir herumzurubbeln begann.

»Du bist eiskalt«, knurrte er. »Ich will nur vermeiden, dass du einen Schnupfen bekommst.«

»Bekomme ich gar nicht!«, verteidigte ich mich und spürte das Kitzeln in meiner Nase. Noch bevor ich *oh nein* denken konnte, rümpfte ich die Nase und musste heftig niesen.

»Siehst du?! Du hast das Immunsystem einer Amöbe«, hielt mir Ryan vor, warf das Handtuch weg, fischte ein neues aus dem Schrank und schubste mich aufs Bett. »Hier, trockne dich ab. Ich hol dir einen Pyjama«, sagte er.

»Den kann ich aber auch selbst holen«, rief ich. Doch mein Protest wurde völlig ignoriert und vom Zuschlagen der Tür kommentiert.

Ein wenig verdattert saß ich auf dem Bett, trocknete mich ab und sah mich dabei flüchtig im Zimmer um. Obwohl es in etwa genauso unspektakulär war wie meines, begann mein Herz prompt schneller zu schlagen. Ich ertappte mich sogar dabei, wie ich schnupperte, ob der Raum nach Ryans Duschgel roch. Tat er. Holy Moly! Bevor ich noch auf dumme Ideen kommen konnte – wie mich zum Beispiel wie eine Irre in seinem Bett zu wälzen –, wurde die Tür auch schon wieder aufgestoßen und Ryan kam mit einem komischen Gesichtsausdruck zurück.

»Sag mal, hast du keinen Schlafanzug?«, fragte er mich perplex. »Ich habe nur das hier gefunden und da scheint etwas zu fehlen. Der Stoff und so …«

Er hob meine Unterwäsche hoch. Ein Seidennachthemd, das so knapp war, dass es gerade mal über den Po ging. Es war eines der wenigen Stücke, die ich von zu Hause mitgenommen hatte und tief – sehr tief – im Schrank vergraben hatte. Man musste schon danach wühlen, um es zu finden. Ich hatte es in dem Glauben mitgenommen, im Wohnheim endlich meine Fantasien ausleben zu können. Tja, das war zumindest der Plan gewesen, bevor Ryan MacCain es gefunden hatte. Er starrte das Teil immer noch an, als könnte es jederzeit losbeißen.

»Ich schlafe nur im Shirt!« Blitzschnell riss ich ihm die Reizwäsche aus der Hand, knüllte das weiche Fabrikat zusammen und versteckte es unter seinem Kissen, weil mir spontan kein anderer Ort einfiel, wo ich es aus seinem Blickfeld bekam.

Ryan sah mich gequält an. »Wann zum Teufel wolltest du denn *so was* anziehen? Und vor allem: *für wen?*«

»Für Männer, die ich nicht bezahlen muss, damit sie an meiner Seite bleiben«, erwiderte ich bissig. Ich war immer noch wütend, weil er in meinen Sachen rumgewühlt hatte.

Ryan presste die Lippen zusammen. Er war blass geworden, was aber auch daran liegen konnte, dass ihm ebenfalls kalt war. Im Gegensatz zu mir tropfte er immer noch den Boden voll, schien sich dabei allerdings mehr Gedanken um meine als um seine eigene Gesundheit zu machen.

Er atmete einmal tief durch, sein rechtes Auge zuckte und ich sah es förmlich in seinem Hirn rattern, bevor er seinen Schrank erneut aufriss und mir etwas Schwarzes, Weiches in die Hand drückte. »Hier! Geh warm duschen und zieh das an.«

»Und was ist *das* genau?«, fragte ich misstrauisch und rollte es auf.

Ein großes schwarzes Shirt aus Baumwolle mit der Aufschrift *Sorry I'm late. I didn't want to come!*

»Das ist mein Bauchtanzkostüm.« Ryan verdrehte die Augen und schubste mich zur Tür. »Geh jetzt duschen, Ivy.«

Ich schnaubte über seinen *bossy* Ton. »Sonst noch was, Sergeant?«

Statt einer Antwort, zog er nur eine Augenbraue hoch.

Ich schnaufte, drehte mich um und ging ins Bad, um mich mit Ryans Shirt bettfertig zu machen.

Frisch geduscht und nicht mehr vor Kälte zitternd, machte ich mich auf den Weg zurück zu meinem Zimmer. Als ich vor Ryans Tür ankam, blieb ich zögernd stehen. Meine nassen Klamotten klemmten wie ein Päckchen unter dem Arm. Dummerweise befand sich meine Reizwäsche aber immer noch unter seinem Kissen und so, wie er vorhin schon geguckt hatte, würde er wohl einen Herzinfarkt bekommen, wenn er das Träger-Nachthemd mitten in der Nacht direkt unter seinem Kopf fand.

Zögerlich hob ich die Hand, um zu klopfen, als ein tätowierter Arm hinter mir auftauchte und die Tür aufsperrte. Erschrocken drehte ich mich um und zuckte zurück, als ich sah, dass Ryan nur in Boxershorts hinter mir stand und frech grinste. Dabei klackerte das Zungenpiercing gegen seine Zähne. Was dieses Geräusch in mir auslöste, wollte ich gar nicht erst näher ergründen.

»Na, schon Sehnsucht nach mir gehabt?«, zog er mich auf und ging in sein Zimmer.

Eine Grimasse schneidend folgte ich ihm. »Hab nur etwas vergessen. Ich bin gleich wieder weg.«

Schnell holte ich die Reizwäsche unter seinem Kissen hervor und packte sie zu den nassen Klamotten unter meinem Arm. Ich wollte gerade wieder verschwinden, als mir Ryan plötzlich den Weg versperrte.

»Willst du …« Er biss sich auf die Lippe und räusperte sich. »Ähm … willst du noch mit mir einen Film ansehen?«

Verwundert sah ich ihn an. »Was?«

Er seufzte. »Film, du und ich.«

»Ähm … klar«, sagte ich verblüfft. »Auf deinem Bett?«

Er verdrehte die Augen, machte es sich auf dem Bett gemütlich und klopfte neben sich auf die Matratze.

»Auf was hast du Lust?«, fragte er mich, nachdem ich mich misstrauisch gesetzt hatte.

»Keine Ahnung … *Twilight*?«, zog ich ihn auf.

Ohne mit der Wimper zu zucken, zog er den Laptop auf seinen Schoß, tippte etwas ein und einen Augenblick später huschte Edward Cullen über den Bildschirm.

»Okay, was ist los mit dir?«, fragte ich lachend, legte die Wäsche ab und knuffte ihn gegen den Oberarm.

»Warum?«

»Du bist viel zu nett. Und überhaupt … *Twilight*?!« Ich deutete abwechselnd auf ihn und den Bildschirm.

Ryan zuckte nur mit den Schultern und lehnte sich seufzend zurück. »Ich hab schon Schlimmeres gesehen. Ich bin abgehärtet.«

»Was ist denn schlimmer als Glitzervampire?«, fragte ich neugierig.

Er verzog das Gesicht. »*Barbie – die Magie der Delfine*.«

Ich prustete. »Oh mein Gott! Lass uns das ansehen!« Ich griff nach dem Laptop, um den Film zu wechseln.

»Niemals«, grollte er und packte mein Handgelenk, während er gleichzeitig den Laptop wegschob, sodass ich ihn nicht mehr erreichen konnte. Und bevor ich reagieren konnte, hielt er auch meine andere Hand fest.

Grinsend hob ich meinen Fuß und fuhr mit dem großen Zeh auf dem Cursorpad herum.

»Du kleines Biest«, schimpfte Ryan, während er den Laptop so weit wegschob, dass er auf den Boden polterte. Gleichzeitig warf er mich auf das Bett zurück und pinnte meine Handgelenke über meinem Kopf fest. Breitbeinig kniete er über mir und lachte unweigerlich auf, als ich versuchte, mich zu befreien.

»Ich will das sehen!«

»Das ist fürchterlich«, sagte Ryan, aber auch seine Mundwinkel zuckten.

»Es geht um Delfine«, rief ich lachend, während ich erneut versuchte, ihn wegzudrücken, doch Ryan war in etwa so leicht wie ein Baum.

»Nicht! Hör auf, Ivy! Sonst tue ich dir noch weh.«

»Erst wenn ich Barbie auf Delfinen reiten sehen darf«, sagte ich entschlossen und bewegte mich wieder stärker unter ihm.

Er knurrte und senkte sein gesamtes Körpergewicht auf mich herab.

»Himmel, bist du schwer! Wie viel wiegst du? Zehntausend Kilo?«

»Reine Muskelmasse, Baby«, sagte er grinsend. Plötzlich erstarrte er.

Eine Sekunde später spürte ich auch, wieso. Eine Beule in seinen Boxershorts, die immer größer wurde. Augenblicklich wurde mein Mund trocken und ich hörte auf, mich zu bewegen. Als ich zu ihm hochsah, trafen sich unsere Blicke. Dunkles Grün auf helles Blau.

»Ich glaube, du hast da ein kleines Problem«, flüsterte ich, während mir langsam die Röte in die Wangen kroch.

Ryans Rückenmuskeln versteiften sich und seine Hände umklammerten mich fester. Sein ganzer Körper war angespannt. »Problem ja … klein eher weniger«, murmelte er stockend.

Ich schnaubte und traute mich nicht, mich zu bewegen. Er sich offensichtlich auch nicht.

»Du bist ein echter Idiot, Ryan MacCain«, sagte ich leise und leckte mir über die trockenen Lippen.

Ryans Blick folgte der Bewegung. Fasziniert beobachtete ich, wie seine Augen dunkler wurden.

»Da muss ich dir ausnahmsweise mal zustimmen. In letzter Zeit komme ich auf ziemlich blöde Ideen«, sagte er mit rauer Stimme.

Eine dunkle Haarsträhne fiel ihm ins Gesicht, als er kaum merklich näher kam. Oder bewegte ich mich auf ihn zu? Das Denken fiel mir immer schwerer. Unsere Gesichter waren nur noch einen knappen Zentimeter voneinander getrennt. Unser Atem vermischte sich, seine harte Brust drückte gegen meine weiche und ich schloss die Augen, als Ryans Lippen meine streiften …

Das Klingeln eines Handys ließ uns abrupt auseinanderfahren. Panisch starrten wir uns an. Eine Sekunde, zwei … Was zum Teufel taten wir da? Es war, als hätte uns jemand einen Kübel kaltes Wasser über den Kopf geschüttet.

»Scheiße!« Ryan sprang wie von der Tarantel gestochen auf und schnappte sich das Handy. »Ja?«, blaffte er in den Hörer.

Mit klopfendem Herzen richtete ich mich auf und lehnte mich schwer atmend mit dem Rücken gegen die Wand. Ich musste mich unbedingt beruhigen.

Ryan hatte sich halb von mir weggedreht, die dunkle Haarsträhne hing ihm immer noch in die Stirn, aber ich konnte deutlich sehen, wie Ryan die Zähne fest zusammenbiss. Plötzlich spürte ich einen heftigen Stich der Sehnsucht.

»Verstehe. Ja, danke, Dad«, sagte Ryan und legte auf.

Wortlos warf er das Handy vor sich auf die Matratze, setzte sich in einigem Abstand zu mir aufs Bett und schob den heruntergefallenen Laptop wie einen Schutzschild zwischen uns. Hätte er nicht schneller geatmet als normal, hätte man meinen können, die letzten Minuten waren gar nicht passiert.

»Was ist los?«

Ryan warf mir einen flüchtigen Blick zu. »Das war Harry. Sie haben Austin Freeman eine Abmahnung zukommen lassen. Du musst dir also keine Sorgen mehr um ihn machen.«

»Oh, das ist … gut«, flüsterte ich.

Ryan nickte und drückte auf Play. Ich war so in Gedanken versunken, dass ich hinterher nicht mehr sagen konnte, welchen Film wir uns nach *Twilight* angesehen hatten.

# IVY

Ich stand vor dem Spiegel und zupfte zum gefühlt tausendsten Mal an meinem Shirt herum. Eigentlich hatte ich es immer sehr gemocht, da sich der Stoff weich an die Haut schmiegte. Es war zartrosa und passte somit auch perfekt zu den rosa Strähnchen in meinen Haaren, die ich mir nach dem Duschen noch nass zu einem Pferdeschwanz gebunden hatte. Da es draußen fast 35 Grad hatte und die Sonne bereits gnadenlos auf den Campus herunterknallte, hatte ich dazu eine eng anliegende, kurze weiße Hose angezogen. Ich versuchte mir einzureden, dass der Knopf auch letzten Sommer schon so gedrückt hatte und Blutzirkulation in den Beinen eindeutig überbewertet wurde. Ich kniff den Hintern zusammen und zog den Bauch ein, der seit vorhin nicht aufhören wollte, zu flattern und Purzelbäume zu schlagen. Und das alles nur, weil ich zum wiederholten Mal von diesen grünen Augen geträumt hatte. Verdammt. Frustriert stieß ich die Luft aus.

Die restliche Woche und das Wochenende waren wie im Flug vergangen. Auch wenn die Zwischenprüfungen noch nicht anstanden, hatte ich mit Alex und Jeff bereits ein Lern-Wochenende eingelegt. Da die Bibliothek heillos überfüllt gewesen war und wir nicht leise sein wollten, hatten wir uns vor der Hitze in das italienische Café am Campus verkrochen und dort letztendlich mehr Eis gegessen als wirklich gelernt. All das hatte allerdings nicht geholfen, meine Gedanken an Ryan zu verdrängen. Seit unserem

Filmabend hatte er kaum ein Wort gesprochen. Nachdem ich noch während des Films eingeschlafen war, hatte Ryan mich zurück in mein Bett getragen und zugedeckt. Ich war dabei kurz wach geworden, hatte aber nur noch mitbekommen, wie die Tür mit einem leisen Klicken ins Schloss gefallen war.

Am nächsten Tag war Ryan irgendwie merkwürdig – und das hatte sich bisher auch nicht geändert. Er lächelte und antwortete zwar, wenn man ihn etwas fragte, allerdings nur sehr knapp. Und sobald ich ihn nicht in meiner unmittelbaren Nähe brauchte, verzog er sich wieder. Entweder in sein Zimmer oder er hielt sich im Hintergrund, wo er … na ja, so tat, als wäre er ein richtiger Bodyguard. Unauffällig, höflich, distanziert.

Das ganze Wochenende über hatte ich mir den Kopf darüber zerbrochen, ob ich etwas gesagt oder getan haben könnte, was seine plötzliche Distanziertheit erklärte. Leider fiel mir kein logischer Grund ein. Schließlich war an dem Abend zwischen uns nichts passiert. Wir hatten rechtzeitig aufgehört.

Frustriert knabberte ich an meiner Unterlippe und zog erneut an dem T-Shirt herum. Vielleicht sollte ich doch lieber das Polo anziehen? Eine andere Hose? Oder vielleicht sollte ich auch die Haare offen …

Ein Schlag krachte gegen die Tür und ließ mich einen Satz in die Luft machen. Heilige Scheiße! Ich war noch nicht lange an der Uni, trotzdem erkannte ich schon allein am Klang der Faust, die meine Tür malträtierte, wer in der nächsten Sekunde reingestürmt kommen und mir einen Caramel Marshmallow Latte unter die Nase halten würde.

»Ivy, bist du fertig? Wir kommen zu spät zu deinem Kurs!« Die Tür flog auf und der Grund, warum ich so verdammt nervös war, stand unverschämt gut aussehend in der Tür. »Frühstück für den

Morgenmuffel«, sagte Ryan und hielt mir den Kaffee samt glasiertem Schokodonut mit Vanillefüllung unter die Nase.

»D…danke«, sagte ich zaghaft und musterte ihn. Ob er heute auch noch so distanziert war? Oder hatte sich seine Laune inzwischen gebessert? Ich schenkte ihm ein scheues Lächeln und roch genüsslich an meinem Kaffee, was Ryan das erste amüsierte Schnauben seit Tagen entlockte. »Was?«, fragte ich, als ich seinen Blick auf mir spürte.

Ryan schüttelte den Kopf. »Wenn du jemals einen Mann so ansehen würdest wie diesen Zuckerkram, dann hätten wir ein großes Problem. Dann müsste ich meine Dienstwaffe auspacken, um ihn uns vom Leib zu halten.«

Er machte wieder Scherze! Gott sei Dank. Damit er meine Erleichterung nicht sofort bemerkte, verdrehte ich trotzdem die Augen und versuchte, das Bild von Ryan mit Schokoladenglasur, das sich gerade in meine Gedanken geschlichen hatte, zu verdrängen.

»Können wir los?«, fragte Ryan ungeduldig. »Oder bist du noch nicht fertig?«

»Ich … äh … nein … also, eigentlich bin ich fertig. Sieht es … äh, sehe ich okay aus?«

*Sehe ich okay aus?* Was redete ich denn da für einen Mist? Hektisch biss ich mir auf die Zunge und wich Ryans amüsiertem Blick aus, als er mich erneut von oben bis unten musterte.

»Du siehst gut aus«, sagte er schließlich. Obwohl er eine professionelle Miene aufsetzte und die tätowierten Arme vor der Brust verschränkte, hatte sich etwas an Ryans Gesichtsausdruck verändert. Für einen Moment schien es, als würde er mich … sehnsüchtig ansehen. Doch der Ausdruck war so schnell wieder verschwunden, dass ich einen Stich der Enttäuschung spürte. Schnell hob ich den Becher an die Lippen und nahm einen viel zu großen Schluck von meinem Kaffee.

»Vorsicht, heiß!«

Ryans Warnung kam leider zu spät. Entsetzt riss ich die Augen auf, verschluckte mich und begann zu husten. Ryan schaffte es, gleichzeitig zu lachen und zu seufzen, machte einen Schritt auf mich zu und schlug mir ein wenig zu hart auf den Rücken. Ich stolperte hustend nach vorne und streckte hechelnd meine brennend heiße Zunge heraus.

»Heif, heif, heif!«, jammerte ich und hüpfte auf der Stelle, was Ryan nur noch mehr zum Lachen brachte.

Trotzdem drehte er sich um, hockte sich vor meinen Minikühlschrank, der für seine mickrige Größe unglaublich viel Lärm machte, und begann darin herumzuwühlen. Seine Rückenmuskeln bewegten sich dabei geschmeidig und ich erwischte mich selbst dabei, wie ich ihn regelrecht anstarrte, während ich die pochende Zunge immer noch herausstreckte. Es wurde immer schlimmer.

»Hier!« Ryan drehte sich zu mir um und hielt dabei triumphierend eine Packung Honig hoch.

»Waf?«, fragte ich verdattert und zwang mich, die Zunge zurück in den Mund zu stecken. Meine Finger krallten sich in die Donuttüte, als Ryan plötzlich auf mich zuging und direkt vor mir stehen blieb.

»Honig hilft gegen Verbrennungen«, klärte er mich auf und wedelte mit besagtem Heilmittel vor meiner Nase herum. »Zunge raus, Ivy!«

Vielleicht bildete ich mir das auch nur ein, weil mein Hirn mit so viel berauschendem Ryan-Geruch ein wenig überfordert war, aber seine Stimme klang auf einmal ein wenig belegt. Prompt räusperte er sich und ich spürte seine Fingerspitzen, die sanft mein

Kinn anhoben. Meine Zunge reagierte schon beinahe peinlich schnell.

Ryan schmunzelte, öffnete klickend den Deckel und ließ ein paar schillernde Tropfen hinabfallen. Die blumige Süße landete auf meiner Zunge und sofort ließ das stechende Brennen etwas nach. Ich seufzte und schloss erleichtert die Augen. Als ich sie kurz darauf wieder aufschlug, bemerkte ich, dass Ryan auf meine Lippen starrte. Mein Herzschlag beschleunigte sich – nicht nur wegen seines Blicks, sondern auch, weil Ryan immer noch viel zu nahe war.

Plötzlich zuckte er ertappt zusammen. »Du … ähm … solltest vielleicht den Honig mitnehmen, das wird wohl noch ein wenig wehtun«, sagte er und fuhr sich mit einer Hand durch die Haare, sodass ich kurz die Ringe in seinen Ohren aufblitzen sah. »Können wir los? Wir haben noch fünf Minuten oder wir kommen zu spät. Schon wieder.«

Ich riss den Blick von Ryan los und sah zu meinem Wecker … Oh shit! Er hatte recht. Wir hatten nur noch fünf, nein, vier Minuten und der Literaturkomplex lag ein gutes Stück entfernt.

»Verdammt«, fluchte ich, »nicht schon wieder.« Schnell schlüpfte ich in meine Sandalen und hörte dabei das Fußkettchen an meinem linken Knöchel klingeln. »Tasche?«, stieß ich leicht panisch hervor und drehte mich im Kreis.

»Hab sie«, sagte Ryan, der sich gerade den Riemen über die breite Schulter warf und den Honig hineinsteckte. Ohne sich noch einmal zu mir umzudrehen, eilte er zur Tür.

Schnell folgte ich ihm durch den schmalen Gang, der trotz Tageslicht von grellen LED-Leuchten erhellt wurde, während uns die Klimaanlage eiskalte Luft um die Ohren pustete. Zu rennen war da vielleicht nicht die beste Idee. Vor allem nicht mit einem

Kreislauf, der noch kein Frühstück gesehen hatte. Davon abgesehen war ich immer noch völlig überfordert mit den Gefühlen, die Ryan MacCain derzeit in mir auslöste. Aber wenn ich schon wieder zu spät kam, würde sich das mit Sicherheit negativ auf meine Note auswirken. Mrs Garcia fackelte da nicht lange herum, vollkommen egal, wessen Tochter ich war oder wie oft ich mich darüber beschwerte, wie kurz meine Beine und unverhältnismäßig lange der Weg zur Fakultät war.

»Aus der Bahn!«, brüllte ich daher ein wenig panisch und stieß die Wohnheimtür auf. Der arme Student, der gerade reinwollte, schaffte es zum Glück, noch rechtzeitig wegzuspringen. Sonst hätte ich ihm die Tür glatt gegen die Nase geknallt. Der Kaffee in meiner Hand schwappte über und floss mir klebrig die Finger hinab. Heiß! Wo war das Zeug denn heute aufgebrüht worden? In der Hölle?

»Sorry!«, rief Ryan dem Studenten entschuldigend zu.

Ohne stehen zu bleiben, liefen wir durch die feuchte Hitze Floridas weiter in Richtung Truman House. Die Sonne knallte auf unsere Köpfe herunter und Sekunden später rann mir bereits der Schweiß den Rücken hinab. Die Luftfeuchtigkeit war Mitte September so hoch, dass es sich manchmal anfühlte, als würde man unter Wasser atmen. Der perfekte Augenblick also, um zu bemerken, dass ich meine Sonnenbrille vergessen hatte. Shit! Ach, egal.

Wir schlitterten um die Kurve, wobei ich wie ein Walross schnaufte, während Ryan aussah, als würde er nur einen gemütlichen Morgenspaziergang machen. Er hatte seine Sonnenbrille natürlich nicht vergessen. Wie bei einem Model saß sie auf seiner Nase. Und er besaß sogar die Frechheit, sich im Rennen umzudrehen und rückwärts zu laufen.

»Sollen wir vielleicht ein bisschen Ausdauersport machen, Ivy? Du siehst aus, als würdest du gleich umkippen.«

»Gar. Nicht. Wahr! Ich. Bin. Sportlich«, log ich schnaufend, während wir auf den Parkplatz zusteuerten.

Ryan sprang geschickt – und verflucht noch mal immer noch rückwärts – über das kleine Mäuerchen. Ich stieg hastig darüber und war ziemlich stolz auf mich, mir dabei nicht den ganzen Kaffee übers T-Shirt gekippt zu haben. Keuchend versuchte ich, Ryan einzuholen. Doch der lachte nur und lief noch schneller. Dabei schaffte er es mühelos, den parkenden Autos auszuweichen … als hätte er Augen im Hinterkopf. Offenbar hatte er dann aber doch Mitleid mit mir, denn er wurde langsamer, damit ich wieder zu ihm aufholen konnte. Unsere Schritte hallten laut auf dem Asphalt, während wir an einem Auto vorbeikamen, das gerade rückwärts ausparkte. Ryan riss mich blitzschnell zurück, bevor die Stoßstange des Wagens mich rammen konnte. Ich stolperte über meine eigenen Füße und verschüttete dabei noch mehr Kaffee.

»Schau doch in den Rückspiegel, du Idiot!«, schrie Ryan den Fahrer an, der erschrocken den Kopf aus dem Fenster streckte.

»Was? Sie ist mir doch einfach vors Auto gelaufen!«

Ryan warf ihm einen solch finsteren Blick zu, dass der Student nichts weiter erwiderte und mit quietschenden Reifen davonfuhr. Gott sei Dank, ohne mich als neuen Stoßstangensticker mitzunehmen, die er offensichtlich sammelte. Oder seine Mom. Anders konnte ich mir nicht vorstellen, warum er *Proud Mother of an Anthropology Student* auf sein Auto kleben sollte.

»Danke, das war knapp!«, sagte ich keuchend und stieg mit zitternden Beinen über das Mäuerchen auf der anderen Seite des Parkplatzes. Der UCF-Park breitete sich vor uns aus und ich konnte dahinter bereits die roten Ziegelsteine der Fakultät aufblitzen sehen.

Ich stolperte weiter. Dabei war mir nur zu deutlich bewusst, dass Ryans Hand immer noch an meinem Ellenbogen lag. Mir war schon ein paarmal aufgefallen, dass er mich ziemlich oft an Ellenbogen, Rücken oder Hüfte berührte. Meistens wenn er mich vor etwas beschützen wollte. Und dieses Etwas war zu 99 Prozent ich selbst. Doch anders als sonst zog er die Hand nicht sofort zurück, sondern hielt mich noch ein bisschen fester. Ich glaubte sogar zu spüren, wie sein Daumen hauchzart, kaum wahrnehmbar über den pochenden Puls in meiner Ellenbeuge streichelte. Prompt bekam ich eine Gänsehaut.

Ich war so in Gedanken versunken, dass ich das kleine Loch im Boden übersah und erneut kurz ins Straucheln kam. Eine Strähne löste sich aus meinem Pferdeschwanz und kitzelte meine Nase, während ich keuchend weiterlief. Ich warf einen Blick auf das Literaturgebäude, das immer noch viel zu weit entfernt war, und versuchte einzuschätzen, wie viel Zeit uns noch blieb, bis wir im Vorlesungssaal eine angepisste Mrs Garcia vorfinden würden. Das Ergebnis war ernüchternd. Nämlich gar keine.

»Das schaffen wir niemals rechtzeitig, egal wie schnell wir noch laufen«, stieß ich hervor, lehnte mich vollkommen fertig an den nächsten Baum und schüttelte ein spitzes Steinchen aus meinem linken Schuh.

Ryan schielte zu dem wuchtigen Gebäude hinüber und verzog nach kurzem Überlegen das Gesicht. »Nein. Sollen wir trotzdem gehen?«

»Nein, lassen wir es.« Stöhnend rutschte ich auf das warme Gras herunter. »Lieber eine Stunde blaumachen, als wieder ihre schlechte Laune abbekommen.«

Ryan zog eine Augenbraue hoch. »Okay. Ist ja schließlich nur Literatur. Wer braucht das schon?«

»Eben, niemand! Sind ohnehin schon alle tot.«

»Noch schlimmer.« Ryan ließ sich neben mich fallen und kreuzte die Füße zum Schneidersitz. »Es sind Tote, die meistens total depressiv etwas über Tote geschrieben haben. Man sollte das Fach einfach abschaffen.«

»Entweder das oder endlich *Twilight* als Weltliteratur anerkennen.«

»Hm, darüber lässt sich streiten.«

Ich lachte und streckte meine Beine aus, wobei ich mit den Zehen leicht Ryans Oberschenkel berührte. Himmel! Wie konnte eine so sanfte Berührung so intensiv sein?

»Was hast du gegen *Twilight?* Was würdest du denn als Literatur vorschlagen?«, fragte ich amüsiert und nahm einen Schluck des bereits halb verschütteten Kaffees. Vorsichtig. Meine beleidigte Zunge prickelte zwar, aber zumindest verbrühte ich mir nicht mehr den gesamten Mundraum. Perfekt!

Ryan schürzte die Lippen und fuhr sich wieder mit den Fingern durch das Haar. »Keine Ahnung, *Mad Max*?«

Ich schnaubte. »Das ist ein Film, du Idiot.«

»Ja, aber davor war es ein Buch.«

»War es nicht!«

»Doch! Das war ein alter Science-Fiction-Klassiker, bevor Hollywood es groß rausgebracht hat.«

Skeptisch legte ich den Kopf schief. »Im Ernst? Hast du es gelesen?«

Ryan wackelte mit den Augenbrauen. »Kann sein. Bist du jetzt beeindruckt?«

Ich schmunzelte und nahm einen weiteren Schluck. »Erst wenn

du mir sagen kannst, warum Vampire nur bei Gewitter Basketball spielen können.«

»Also niemals.«

»Wart's ab.«

»Was?«

»Na, unseren nächsten Fernsehabend.«

»Davor kündige ich.«

Lachend klemmte ich den Becher zwischen meine Knie, holte den inzwischen leicht malträtierten Donut aus der Tüte und leckte die herausquellende Füllung ab. Sie war so süß, dass mir die Zähne schmerzten. Also absolut perfekt. Genüsslich aß ich mein Frühstück, während Ryan mich schweigend dabei beobachtete. Ein sanfter Wind fuhr ihm durch die Haare und die warmen Sonnenstrahlen, die durch das grüne Blätterdach drangen, brachten seine grünen Augen zum Funkeln.

»Würdest du wirklich kündigen?«, fragte ich schließlich bemüht unbekümmert und steckte mir das letzte Stück in den Mund.

Ryan verfolgte jede Bewegung aufmerksam und biss sich auf die Unterlippe. »Hm, weiß nicht. Vielleicht sollte ich für das Anschauen von Glitzervampiren einen Gefahrenzuschlag verlangen.«

»Wo liegt denn da die Gefahr?«, fragte ich amüsiert und nahm wieder einen Schluck vom Kaffee.

Ryan grinste und zuckte lässig mit den Schultern. »Na ja, ich könnte eine posttraumatische Belastungsstörung kriegen.«

»Du bist so ein Blödmann!« Ich zupfte eine Handvoll Gras aus und bewarf ihn damit. Die Halme segelten durch die Luft und blieben in seinem Haar hängen.

Ryan stöhnte, verdrehte die Augen und ließ sich auf den Rücken fallen. »Ich bin getroffen!«, röchelte er, rang dabei dramatisch die Hände und ruderte mit den Beinen wie ein Insekt kurz vor dem

Vergiftungstod. »Weißt du denn nicht, dass ich gegen Gras allergisch bin?«

Ich stellte den Kaffee neben mir ab, krabbelte auf allen vieren zu ihm und guckte amüsiert auf ihn hinab. »Gegen Gras?«, hakte ich gedehnt nach.

Ryan nickte und schloss ergeben die Augen. »Ganz fürchterlich. Meine Lungen schwellen zu und sind kurz vor dem Kollabieren. Ich befürchte, du musst mir eine Mund-zu-Mund-Beatmung geben, um mich zu retten.«

Obwohl er es im Scherz sagte, klopfte mein Herz schneller und mein Mund wurde trocken. Zögerlich hob ich eine Hand und legte sie ihm sanft auf die Brust, während Ryan weiterhin im gespielten Todeskampf stöhnte. Meine Fingerspitzen prickelten, als ich den aufgewärmten Stoff seines T-Shirts fühlte, und Ryans Lider flogen wie von Fäden gezogen wieder auf. Er starrte auf meine Hand, die wie festgefroren auf seiner Brust lag. Nur mein Daumen streichelte hauchzart über den Stoff.

»Was machst du da?«

Ich zuckte peinlich berührt mit den Schultern und hielt inne. Ryans Herzschlag pochte unter meiner Handfläche. »Ähm … Herzrhythmusmassage?«

Ryans Pupillen weiteten sich unmerklich. »So machst du eine Herzrhythmusmassage?«

»Äh … ja?« Beschämt zog ich meine Hand zurück, doch Ryan legte blitzschnell seine Hand auf meine.

»Vielleicht solltest du es ein wenig fester machen, damit ich mich auch wieder von dem Anfall erhole.«

»Dem Grasanfall?«, stellte ich lächelnd klar und in Ryans Augen stahl sich ein Funkeln.

Sein Daumen strich hauchzart über meinen Handrücken, während er ernst nickte. »Ich befürchte, ich muss von Ihnen gerettet werden, Miss Bennet.«

Ich biss mir auf die Unterlippe und setzte mich auf meine Unterschenkel. »Aha, mein Bodyguard will also von mir gerettet werden?« Obwohl er meine Finger immer noch umschlungen hielt, begann ich wieder sanft zu streicheln und genoss das Gefühl seiner festen Muskeln, die unter meiner Berührung zuckten.

Ryan kommentierte das nur mit einem zufriedenen Lächeln und ließ seine Hand wieder sinken. Mein Puls hämmerte so laut in meinen Ohren, dass es sogar das Kreischen der Zikaden übertönte. Irgendwie fühlte es sich viel zu intim an, Ryan so zu berühren. In aller Öffentlichkeit. Nachdem er nach dem Filmabend so viel Distanz zwischen uns aufgebaut hatte, war diese Intimität irritierend und gleichzeitig fürchterlich aufregend. Als würden wir etwas Verbotenes tun.

Meine Finger fuhren neugierig über seine Brust, ertasteten den Schwung seines Schlüsselbeins und malten die verschlungenen Schriftzeichen an seinem Arm nach.

»Was bedeuten die?«, hörte ich mich selbst fragen, während ich versuchte, nicht allzu deutlich durchblicken zu lassen, wie sehr mich die Nähe zu ihm überwältigte.

»Das ist Sanskrit und heißt Karuna, Shakti, Santulana und Aanand.« Die fremde Sprache rollte geschmeidig über seine Lippen und der Klang bescherte mir eine Gänsehaut.

»Aha.«

Ryan lachte. »Selbstbewusstsein, Stärke, Balance und Glück.« Er räusperte sich, fing meine Finger ab und inspizierte die hellen Sommersprossen auf meinem Handrücken. Sein Daumen streichelte dabei abwesend über meinen Ballen. »Einer der Nahkampfausbilder auf der Akademie sprach fließend Sanskrit«, erzählte er mir und malte einen unsichtbaren Smiley auf meine Handinnenfläche. »Immer, wenn ich etwas falsch machte – und das war eigentlich immer –«, Ryan grinste bei der Erinnerung, »beschimpfte er mich auf Sanskrit und ließ mich hundert Liegestütze machen. Ich weiß bis heute nicht, was er mir alles an den Kopf geworfen hat, aber ich bin mir sicher, dass es nicht nett war. Wir haben uns gehasst wie die Pest, aber die wichtigsten Lektionen, die er mir beigebracht hat, siehst du auf meinem Arm.«

»Obwohl du ihn nicht gemocht hast?«, fragte ich ungläubig.

Ryan sah mich nachdenklich an. »Manchmal sind die Menschen, die wir am wenigsten leiden können, diejenigen, die uns im Leben am meisten beibringen. Er war genau wie mein Vater der Meinung, ich sollte studieren und die Firma übernehmen, anstatt selbst einer der Angestellten zu sein. Und obwohl von Anfang an klar war, dass der Ausbilder mich nicht als Azubi wollte, hat er mir Charakterstärke eingebläut. Wegen ihm bin ich der Mensch, der ich heute bin.«

Ich schnaubte und schlug ihm gegen die Schulter. »Ein Mensch, der sich von seiner Klientin streicheln lässt, anstatt deren Leben zu beschützen?«, provozierte ich ihn.

An Ryans Kinn zuckte ein Muskel und im nächsten Augenblick hatte er die Beine um mich geschlungen und mich mit einem einzigen eleganten Schwung auf den Rücken geworfen. Von einer Sekunde auf die nächste saß er breitbeinig über mir und sah tadelnd auf mich hinab. »Stellen Sie gerade meine Kompetenz infrage, Miss Bennet?«, fragte er mich ernst. Sein Gesicht war meinem dabei so nahe, dass sich unsere Nasen beinahe berührten.

Hoffentlich sah ich nicht so atemlos aus, wie ich mich fühlte. »Mehr Ihre Moral, Mr MacCain«, flüsterte ich und versuchte, mich unter ihm hervorzuziehen.

Doch Ryan spannte die Muskeln an und hielt mich am Boden fest. Gebannt beobachtete ich, wie das einfallende Sonnenlicht mit seinen Haaren spielte.

»Meine Moral ist normalerweise ohne jeden Fehl und Tadel, Miss Ivy«, murmelte er und strich mir eine verirrte Haarsträhne aus dem Gesicht. »Aber wenn ich in Ihrer Nähe bin, geht sie in Urlaub und lässt mich schutzlos mit Ihnen zurück.«

Ich zwang mich, normal weiterzuatmen, während ich meine Finger, die sich irgendwie an Ryans Seiten geschlichen hatten, vorsichtig über seine Rippenbögen entlangwandern ließ. »Das klingt richtig poetisch, Mr Ryan«, sagte ich leise. »Vielleicht sollten wir doch in den Literaturkurs gehen.«

»Mhm, ja, vielleicht. Schade nur, dass er schon fast vorbei ist. Aber vielleicht weiß ja auch der Biologiekurs ein wenig Ethik und Prosa zu schätzen.«

»Aber Bio fällt heute aus. Stattdessen haben wir Schauspiel«, sagte ich, was Ryan prompt einen finsteren Gesichtsausdruck entlockte.

»Vielleicht sollten wir das auch lieber sausen lassen.«

Ich grinste hinterhältig. »Warum? Ich mag den Professor und seine Aufwärmübungen.«

»Mhm, ja, Atemtechnik mit Alex …«, murmelte er.

»Ryan?«

»Ja?«

»Alles okay bei dir?«

»Na klar.«

»Du warst seltsam die letzten Tage«, flüsterte ich.

Ein Schatten huschte durch seine Augen und ließ das Grün darin irgendwie dumpf wirken. »Ich habe nur meinen Job gemacht«, sagte er schlicht.

Ich fuhr mir mit der Zunge über die Lippen und sah, wie Ryan der Bewegung sehnsüchtig folgte. »Sag mal …« Ich räusperte mich und wusste plötzlich nicht mehr, was ich eigentlich sagen wollte. »Ähm … Willst du nicht mal von mir runtergehen?«, flüsterte ich zaghaft, obwohl alles in mir das Gegenteil wollte.

Ryan presste die Lippen zusammen. »Stört es dich denn?«

Ich schüttelte langsam den Kopf. »Nein, aber ich dachte, du wolltest das nicht?«

Ryan schloss gequält die Augen.

Ich sollte mich zusammenreißen. Sollte das hier rechtzeitig abbrechen, doch es gelang mir nicht. Dafür war Ryan viel zu nah. Sein Körper viel zu warm und seine Augen viel zu grün.

Ryans Finger verkrampften sich um mein Handgelenk, während er scharf die Luft ausstieß. »Ich darf dich nicht küssen, Ivy. Wenn das herauskommt …«

»Und wenn es nicht herauskommt?«, fragte ich leise.

Ryan biss sich in die Unterlippe und das Zittern in seinen Muskeln verriet mir, dass er diese Möglichkeit auch selbst schon in Betracht gezogen hatte.

»Die Wahrscheinlichkeit ist erschreckend hoch, dass ich die Finger nicht mehr von dir lassen kann, wenn ich einmal damit anfange, Ivy«, gestand er und lehnte seine Stirn an meine. »Und spätestens wenn dein Vater hier aufkreuzt, wird es brenzlig.«

»Ryan?«

»Ja?«

»Küss mich bitte. Nur noch einmal.«

Ryans Muskeln spannten sich an. Ich schluckte, schloss die Augen und versuchte die letzten Millimeter zwischen uns zu überwinden. Ich glaubte, seine warmen Lippen bereits auf meinen zu fühlen. Wie im Traum. Wie damals. Doch anstatt warmer, voller

Lippen traf mich plötzlich ein Luftzug und ich schlug panisch die Augen auf.

Ryan wich zurück und sah dabei aus, als hätte ihn jemand in den Magen getreten. »Ich kann nicht. Es tut mir leid, Ivy. Aber ich muss meinen Job machen«, stieß er hervor, sprang auf die Füße und rannte praktisch von mir weg. Ein paar Meter entfernt blieb er stehen und stützte sich schwer atmend gegen einen Baum.

Ich setzte mich auf und versuchte, die Enttäuschung und das Stechen in meiner Brust zu unterdrücken. »Ist …« Ich räusperte mich und biss mir auf die Lippen, als ich spürte, wie meine Augen feucht wurden. Nein. Nicht weinen. Alles, nur das nicht.

»Entschuldigung, das war dumm«, sagte ich leise, aber laut genug, dass er mich hören konnte.

Seine Schultern spannten sich an, sein Kopf zuckte zu mir herüber.

»Sorry«, sagte ich noch einmal.

»Es geht nicht darum, dass ich es nicht will«, fuhr er mich beinahe schon verzweifelt an und stieß sich vom Baum ab. »Aber … scheiße, Ivy, ich kann einfach nicht. Ich … ich …« Er wich meinem Blick aus, als er sich meine Tasche schnappte und den inzwischen kalten Kaffee und die leere Donuttüte wegwarf. »Komm jetzt. Sonst kommen wir zu spät zu Schauspiel.«

Er streckte seine Hand aus, wahrscheinlich, um mir aufzuhelfen, doch ich konnte ihn gerade nicht anfassen, ohne dabei in Tränen auszubrechen. Ich ignorierte seine Hand, rappelte mich mühsam auf und klopfte mir das Gras von den Beinen.

Schweigend machten wir uns auf den Weg. Ich versuchte krampfhaft, die Tränen zu unterdrücken, während das Stechen in meiner Brust zu einem Schraubstock wurde, der mir das Atmen erschwerte.

»Ivy …«, sagte Ryan plötzlich und blieb stehen. Im gleichen Augenblick hörten wir hinter uns jemanden meinen Namen rufen.

»Ivy! Warte!«

Als ich mich verblüfft umdrehte, entdeckte ich Alex, der winkend auf uns zugelaufen kam. Ein breites Lächeln lag auf seinen Lippen und wie immer sah er aus, als käme er gerade aus der Zeitschrift *Rich & Handsome*, die meine Mutter immer las.

»Hey Süße, bist du auf dem Weg zu Schauspiel?«, fragte er gut gelaunt, während er einen Arm um meine Schultern schlang und mich fest an sich drückte.

Ich grinste angestrengt fröhlich und nickte. »Jap. Begleitest du uns?«

»Klar. Ich will mir doch nicht Ryans unsagbares Schauspieltalent entgehen lassen«, sagte Alex grinsend.

Ich lachte. Ryan hingegen zog ein finsteres Gesicht. Also, noch finsterer als vorhin.

»Hast du ein Problem mit meiner künstlerischen Darstellung eines Zombies, van Klemmt?«, fragte er genervt.

Alex verzog unschuldig das Gesicht. »Ganz und gar nicht. Ich bewundere es, wie man so lange grimmig auf einen einzigen Fleck starren kann.«

»Gut«, sagte Ryan und stapfte davon. Wären wir in einem Cartoon gewesen, wäre ihm in diesem Augenblick wahrscheinlich der Kopf rot angeschwollen und wütende Wölkchen aus seinen Ohren geschossen. Er war einfach unmöglich, sobald Alex ins Spiel kam.

Ich verdrehte die Augen.

»Ist Ryan heute mit dem falschen Fuß aufgestanden?«, fragte Alex amüsiert.

Seufzend zuckte ich mit den Schultern. Warum konnte ich nicht für einen Typen wie Alex schwärmen? Der war hübsch, charmant, kam aus ähnlichen Verhältnissen wie ich und wir verstanden uns hervorragend. Wenn er seinen Arm um mich legte, war es, als würde mich mein nicht existenter Bruder umarmen. Bei Ryan hingegen war es nicht unbedingt die Fahne der Fraternisierung, die ich schwingen wollte. Aber vielleicht war seine Abfuhr gerade eben genau der imaginäre Kübel kalten Wassers, den ich brauchte, damit meine liebesblinde Gefühlswelt endlich den Tatsachen ins Auge blicken konnte: Ryan und ich würden nie zusammenkommen. Im Grunde tat Ryan mir also mit seiner schonungslosen Ehrlichkeit nur einen Gefallen. Auch wenn er mein Herz dadurch in Einzelteile zerlegte. Ich sollte seinen Wunsch respektieren und es uns nicht noch schwerer machen, als wir es ohnehin schon miteinander hatten.

»Alex?«, hörte ich mich selbst fragen.

»Mhm?«

»Steht die Party morgen noch?«

Alex strahlte mich an. »Na klar, willst du endlich feiern? Auch wenn wir am nächsten Tag Grusel-Garcia haben?«

»Klar, mit viel Kaffee schaffe ich alles.«

Ganz genau. Ich würde einfach weitermachen und mir jemanden suchen, der nicht Ryan war – und der nicht mal ansatzweise so aussah wie er. Das hieß, keine grünen Augen, keine dunklen Haare, keine Grübchen, keine Piercings, keine Tattoos. Keine Persönlichkeit, bei der ich mich wohlfühlte und die mich zum Lachen brachte. Na toll.

# RYAN

»Ich halte das für keine gute Idee.«

Ivy schnaubte und warf mir einen genervten Blick zu, während sie an ihrem Outfit herumzupfte und sich kritisch im Spiegel betrachtete. »Du hältst in letzter Zeit gar nichts für eine gute Idee, Ryan.«

»Warum willst du unbedingt zu dieser Party gehen?«, fragte ich und starrte weiterhin konzentriert an die Decke. »Du hast morgen Uni, schon vergessen?«

Die engen Leggings mit der schulterfreien Bluse standen ihr hervorragend. Dieses Outfit betonte ihre Figur auf eine Art und Weise, die mich unruhig werden ließ. Wie sollte ich auf sie aufpassen, wenn sie … *so* aussah! Wahrscheinlich musste ich auf der Party noch meine Dienstwaffe zücken, um ihr aufdringliche Studenten vom Leib zu halten.

Ivy seufzte unzufrieden – ob wegen mir oder wegen ihres Outfits wusste ich nicht – und musterte mich abschätzig. »Ja, muss ich. Ich will auch gar nicht durchfeiern, aber ich kann nicht ewig in diesem Zimmer sitzen und darauf warten, dass etwas Spannendes passiert. Und dir zuzusehen, wie du Dutzende Gummibärchen auf einmal in den Mund steckst, zählt nicht.«

»Oh, jetzt tu nicht so, als ob dich das nicht beeindruckt hätte«, sagte ich und rollte mich von ihrem Bett.

Schmunzelnd griff sie nach einer Handtasche, die so klein war, dass ich mich unwillkürlich fragte, was sie bei dieser Miniaturgröße reinstecken wollte außer ihr Handy und … Fuck! Prompt verschluckte ich mich an meiner eigenen Spucke und begann heftig zu husten.

»Ist das ein K…Kondom?«, presste ich hervor.

Ivys Wangen liefen knallrot an, während sie blitzschnell die Tasche schloss. »Nein, Kaugummi«, log sie und rannte im nächsten Augenblick zur Tür hinaus.

Ich schnappte mir schnell meine Lederjacke und lief ihr hinterher. »Oh nein, stehen geblieben!«, rief ich und hielt sie am Oberarm fest.

Sie versuchte, sich aus meinem Griff zu befreien, doch nach einer Weile gab sie schnaubend auf. Mit blitzenden Augen sah sie zu mir hoch. Obwohl sie sich zurechtgemacht hatte, trug sie nur sehr wenig Make-up.

»Was ist?«, fragte sie, obwohl sie ganz genau wusste, was los war.

»Was hast du heute Abend vor?«, fragte ich und ließ sie los. Wenn auch zögerlich. Ich wollte nicht, dass sie zu dieser Party ging. Da draußen war alles … böse! Natürlich reagierte ich gerade vollkommen über, aber …

»Ich habe gar nichts vor«, sagte sie gedehnt. »Aber es ist eine Party, Ryan, und ich nehme lieber Dinge mit, um auf Nummer sicher zu gehen.«

»Um auf Nummer sicher zu gehen?«, fragte ich fast hysterisch. »Du musst auf gar nichts gehen! Höchstens auf Abstand.«

Sie verdrehte die Augen und lief die Treppe hinab. Na toll!

Knurrend beeilte ich mich, sie einzuholen. Dafür, dass Ivy normalerweise jammerte, sobald die Geschwindigkeit über einen halben Stundenkilometer ging, war sie plötzlich erstaunlich schnell.

»Ivy …«, versuchte ich, erneut auf sie einzureden.

Plötzlich drehte sie sich so ruckartig zu mir um, dass ihre Haare flogen. »Hör auf, Ryan!«, fauchte sie. »Ich werde auf diese Party gehen und ich brauche dazu nicht deine Genehmigung.«

Ich erwiderte kühl ihren wütenden Blick. »Stimmt«, gab ich zu, »die brauchst du nicht.« Mit Gewalt riss ich mich zusammen und baute eine Mauer aus kühler professioneller Distanz zwischen uns auf. Ohne die würde ich den Abend wahrscheinlich nicht überleben. »Ich halte mich im Hintergrund. Sag Bescheid, wenn du mit jemandem im Badezimmer knutschen willst.«

Ivys Hände ballten sich zu Fäusten. Für einen Moment sah es aus, als wollte sie noch etwas sagen, doch dann pustete sie sich nur eine Haarsträhne aus ihrem Gesicht und ging weiter.

Die Party war kaum zu verfehlen. Obwohl es noch nicht so spät war, tummelten sich bereits unzählige Leute vor dem blau gestrichenen Haus, und der Geruch nach Bier und Hochprozentigem lag in der Luft.

Während Ivy direkt auf das Getümmel zusteuerte, sah ich mich aufmerksam um. Doch mir fiel nichts Verdächtiges auf. Höchstens ein paar angetrunkene Typen, die Beer Pong spielten. Ein paar andere saßen auf Klappstühlen und ließen ihre Füße in ein kleines Planschbecken baumeln, in dem sie sich zusätzlich noch Bierdosen kalt gestellt hatten. Alles normal so weit. Ich versuchte, mich zu entspannen, doch es wollte mir einfach nicht gelingen.

Ivy schlüpfte ins Haus und schon am Eingang drängten sich so viele Studenten, dass ich Mühe hatte, sie nicht sofort aus den Augen zu verlieren. Zum Glück blitzte ihr heller Haarschopf in dem gedimmten Licht auf, während sie winkend auf Jeff und Alex zusteuerte. Die beiden standen mitten im Flur und unterhielten sich mit einem Mädchen, das schräg gegenüber von Ivy wohnte.

Wie war ihr Name noch mal? Soya? Sie wirkte eigentlich ganz okay – bis auf die Tatsache, dass sie immer mit Courtney unterwegs war. Und der ging ich so gut wie möglich aus dem Weg. Ivy schien sich aus ähnlichen Gründen von Soya fernzuhalten, denn ihr Winken wurde zaghafter.

Prompt spannten sich meine Muskeln an. Am liebsten wäre ich Ivy hinterhergelaufen und hätte … Keine Ahnung, was ich gemacht hätte. Doch ich musste mich auf meine Aufgabe konzentrieren. Auf meinen Job. Also zog ich mich zurück, lehnte mich in eine dunkle Ecke und beobachtete, wie Ivy sich mit den beiden Jungs unterhielt. Die Musik dröhnte so laut, dass ich nichts verstehen konnte, doch offensichtlich hatte Alex sie zu einem Drink eingeladen, denn er nahm ihre Hand und verschwand mit ihr in Richtung Küche, in der sich bereits die roten Plastikbecher stapelten. Ich wollte gerade hinterher, als sich spitze Fingernägel in meinen Oberarm gruben und mich zurückhielten. Ein penetrant künstlicher Duft drang mir in die Nase.

»Hey Ray, wie schön, dass du es hergeschafft hast. Ich dachte schon, du kommst nicht«, rief mir eine Stimme ins Ohr, die mir seltsam bekannt vorkam. Ich warf einen Blick auf das Mädchen und unterdrückte ein Stöhnen. Die hatte mir gerade noch gefehlt.

»Hey Courtney, alles klar?«, murmelte ich, ohne sie wirklich anzusehen, und hielt nach Ivy Ausschau. Sie redete gerade mit einem dunkelhaarigen Studenten, den ich nicht kannte, lachte und trank aus einem Becher. Ich hoffte, darin war nur Cola. Oder allerhöchstens Bier. Ich wollte wirklich keine Spaßbremse sein, aber ich hatte keine Ahnung, wie Ivy auf Alkohol reagierte. Ich erinnerte mich noch genau an mein erstes Sixpack Bier … oder nein, eigentlich erinnerte ich mich nicht mehr daran.

»… also, wenn du Lust hast, kann ich dir was geben«, sagte

Courtney und ich blinzelte sie verwirrt an. Hatte sie gerade mit mir gesprochen?

»Nein danke«, sagte ich nur. Sie lächelte enttäuscht, schien sich davon aber nicht vertreiben zu lassen. Eher im Gegenteil, sie kam sogar noch näher, drückte sich an mich und neigte den Kopf, sodass ihre blonde Haarmähne über ihre Schulter floss. Dabei sah sie tatsächlich hübsch aus. Prompt meldete sich mein schlechtes Gewissen, weil ich sie gerade so abweisend behandelte. Schnell schob ich ein »Du siehst gut aus« hinterher.

Courtney strahlte. Allerdings leuchteten ihre Augen nicht so schön, wie die einer anderen Person – die gerade sehr tief in ihren Becher sah und ein paar große Schlucke nahm. Scheiße, wenn sie so weitermachte, war sie spätestens in einer Stunde betrunken.

»Hier sind … oh … ich hab meine Handtasche liegen lassen. Bleib hier stehen. Ich hol sie nur schnell. Bin gleich wieder da«, sagte Courtney.

Ich nickte nur und sie verschwand auf ihren viel zu hohen Schuhen, während ich mich auf den Weg zu Ivy machte. Gerade als ich ihr den Becher wegnehmen wollte, fiel mir Jeff um den Hals und strahlte mich an. »Ryan, du bis ja auch da! Hab dich gar nich gesehn!«

Überrumpelt hielt ich ihn fest, weil er sonst wahrscheinlich in den nächsten Blumentopf gefallen wäre. Ich hörte Alex lachen.

»Hey Kumpel, alles klar?«, fragte ich und sah auf einen betrunkenen Jeff hinunter.

»Ja. Ich mein, also klar, unn … woooahh, siehsu gut aus inner Lederjacke«, lallte er und pikste in meinen Bizeps. »Schau ma, Alex, Ryan siehso gut aus, oder? Wie mach er das nur? Kann man das lernen? Geil aus…aussehen für Dummies oder so?«

Ivy prustete und ich hielt Jeff schnell davon ab, noch andere

Muskeln an mir abzutasten. »Kann es sein, dass du schon zu viel getrunken hast?«, fragte ich amüsiert.

Jeff überlegte und schüttelte schließlich den Kopf. »Erst zwei Bier!« Er hielt vier Finger hoch.

»Das ging aber schnell«, stellte ich fest. Sie konnten höchstens eine halbe Stunde früher als wir hier gewesen sein.

Alex zuckte mit den Schultern und grinste Jeff an. »Eigentlich verträgt er mehr, aber er hat beim letzten Pokerspiel gegen mich verloren und er musste seinen Frust natürlich schon vor der Party ertränken.«

Er lachte in sich hinein, während ich die Augenbrauen hochzog. Die beiden spielten Poker?

»Stimmt, hat Ivy nich nochn Wunsch frei? Mussdu nich noch nackt über den Campus laufen?«, warf Jeff ein und lachte, als Alex ihm einen vernichtenden Blick zuwarf.

»Das wünschst allerhöchstens du dir.«

»Was? Is doch gar nicht wahr«, stieß Jeff hervor und lief knallrot an.

»Moment, Ivy hat Poker gespielt? Wann?«, fragte ich völlig verwirrt, während Jeff und Alex einen wissenden Blick tauschten.

»Das soll sie dir selbs ersählen …«, sagte Jeff.

Ließen die beiden das gerade absichtlich so geheimnisvoll klingen? Ich knirschte mit den Zähnen, während Jeff plötzlich mit einem wehmütigen Blick zur Tanzfläche schaute.

»Ich würd gern tanzen«, sagte er und sah dabei … Alex an?

Alex zögerte. »Dann such dir ein Mädchen.«

»Lieber nich …« Jeff ließ die Schultern hängen. »Sagen doch eh alle Nein.«

»Du hast es doch noch gar nicht versucht«, meinte Alex frustriert. »Geh hin, lächle sie an und frag sie.«

Jeff schnaubte. »Ich bin nich wie du, Alex. Das funksioniert bei hässlichen und langweiligen Kerlen wie mir nich.«

»Hässlich? Langweilig? Wer sagt das denn?«, fuhr Alex ihn an. »Du bist der witzigste, netteste Typ, den ich kenne. Und wenn die Mädels das nicht erkennen, haben sie dich gar nicht erst verdient, Mann.«

Jeff kniff die Lippen zusammen. Ich selbst zog die Augenbrauen hoch. Was ging denn da ab?

»Blödsinn. Ich hör doch, was die Mädels sagen. Die wolln alle dich, weil du reich, hübsch und heiß bis und so gut riechst und … und …« Ruckartig verstummte Jeff und wurde noch röter im Gesicht. »Vergiss es«, schob er schnell hinterher.

»Ivy kann doch mit dir tanzen«, schlug ich plötzlich vor und hätte mir am liebsten gleich selbst einen Arschtritt verpasst. Warum sagte ich so etwas? Aber ich wusste genau, warum. Jeff sah zwar aus wie ein hoffnungsvolles Hündchen, aber mir war es lieber, er tanzte mit Ivy – und nicht mit Alex. Fuck! Ich war so ein Arsch.

Jeff sah mich skeptisch an. »Nee … Ivy issu hübsch. Die tanst nich mit mir.«

»Hey, wer sagt das?«, fragte Ivy empört. »Natürlich tanz ich mit dir! Du musst nur fragen.«

»Wa…?« Jeff blieb wenig attraktiv der Mund offen stehen. »Ehrlich?«

»Klar!« Ivy drückte mir lächelnd ihren leeren Becher in die Hand und schnappte sich Jeffs Hand. »Komm!«

Wild entschlossen zerrte sie ihn in die Mitte des Wohnzimmers, wo ein schneller Bass die Wände wackeln ließ. Während ich die beiden dabei beobachtete, wie sie fröhlich herumhopsten, schnüffelte ich unauffällig an dem Becher. Erleichtert stellte ich fest, dass er hauptsächlich nach 7 Up roch.

»Keine Sorge.« Alex verschränkte die Arme vor der Brust und sah mich ernst an. »Ich pass schon auf Ivy auf. Da war nur ein Schuss drin.«

»Mhm…«, brummte ich nur. Ein *Danke* brachte ich nicht über die Lippen. Was sollte ich auch sagen? *Danke, dass du nicht meine Klientin abfüllst und sie im Badezimmer* … Scheiße! Ich konnte den Satz nicht mal zu Ende denken. Also, nein, er bekam kein *Danke*. Aber immerhin brach ich ihm nicht die perfekte Nase. Wie er Ivy ansah … Dieser Blick und die angespannten Schultern. Das kannte ich … von mir selbst. Fuck!

»Sag mal, du und Jeff …«, fing ich an.

Alex sah mich scharf an. »Es gibt kein ich und Jeff«, sagte er leise, aber so schneidig, dass ich fast schon Angst vor dem Sunnyboy bekam. »Sonst fange ich mit dir und Ivy an!«

Ich verspannte mich. »Zwischen mir und Ivy läuft nichts«, stellte ich klar.

»Dann hätten wir das ja geklärt«, brummte Alex und vermied es dabei, mich anzusehen.

»Klar. Kein Stress«, murmelte ich und hob kapitulierend die Hände.

Schnell warf ich einen Blick zu Ivy. Sie tanzte immer noch mit Jeff, der inzwischen ziemlich grün um die Nase herum aussah. Ivy hob ihren Kopf und unsere Blicke trafen sich. Für einen kurzen Augenblick sah ich nur sie. Ihr Gesicht. Ihr Lächeln. Ihre Augen. Sie sah glücklich aus. So … frei. Sie hatte noch nie schöner ausgesehen.

»Tanz mit ihr«, raunte Alex und gab mir tatsächlich einen Schubs in den Rücken.

Ich sträubte mich und schüttelte den Kopf. »Ich kann nicht.«

»Kannst du nicht oder willst du nicht?«

Ich biss die Zähne zusammen. »Das Gleiche könnte ich *dich* fragen. Oder warum muss Ivy mit Jeff tanzen?«

Das saß.

Alex presste die Lippen zusammen. Er sah aus, als könnte er dringend einen Drink gebrauchen. Ich selbst auch. Aber ich würde nichts trinken, solange ich auf Ivy aufpassen musste.

»Kann ich dir mal eine Frage stellen, Klemmt?«, fragte ich zögernd.

Alex zog eine Augenbraue hoch, was ich einfach mal als ein Ja interpretierte.

»Ich versteh dich nicht ...« Ich räusperte mich. Gab mir einen Ruck, um endlich die Frage zu stellen, die mir schon seit einiger Zeit keine Ruhe mehr lassen wollte. »Bist du hetero oder schwul?«

Alex' Mundwinkel kräuselten sich amüsiert, während ein verspielter Ausdruck in seine Augen trat. »Fragst du das, weil du Angst hast, dass ich dich anbaggern könnte? Oder Ivy?«

Ich schnaubte. »Beides.«

»Ich bin nicht wählerisch, falls das deine Frage beantwortet. Aber keine Sorge ...« Er grinste mich an. »Dich würde ich nicht mal mit der Kneifzange anfassen.«

»Gut«, brummte ich. Dann gab es zumindest eine Sache, in der wir uns einig waren. Nur leider war Klemmt damit für Ivy nicht vom Tisch. Fuck!

Ich warf Alex noch einen finsteren Blick zu, dann richtete ich meine Aufmerksamkeit wieder auf Ivy, die gerade Jeff dabei zusah, wie er einen Roboter nachahmte. Ivy lachte. Dabei warf sie den Kopf in den Nacken, sodass ich die schlanke Linie ihres Halses bewundern konnte. Die Sehnsucht, zu ihr zu gehen und tatsächlich mit ihr zu tanzen, sie einfach nur kurz in den Armen zu halten, wurde so groß, dass ich mich regelrecht dazu zwingen musste, nicht sofort zu ihr zu laufen. Meine Muskeln spannten sich an, strebten nach vorn. Zu ihr. Und gerade als ich tatsächlich den ersten Schritt machte, versperrte mir Courtney den Weg.

»Ray! Ich habe dich gesucht! Du solltest doch warten«, rief sie und zog einen Schmollmund.

Seufzend blieb ich stehen. »Was denn, Courtney? Ich kann gerade …« Misstrauisch hielt ich inne. »Was ist mit deinen Augen?«, fragte ich und zuckte im nächsten Augenblick zurück, als sie mich mit erstaunlicher Kraft packte, nach unten zog und ihre Zunge in meinen Mund stieß.

Ich war so überrumpelt, dass ich mich nicht zur Wehr setzte. Courtneys schlanker Körper presste sich an mich, während sie mir ziemlich aufdringlich etwas mit ihrer Zunge in den Mund schob. So tief, dass ich mich beim nächsten Atemzug prompt verschluckte. Scheiße! Hustend riss ich mich von Courtney los und spürte, wie mir etwas kleines Rundes die Speiseröhre nach unten rutschte.

»Scheiße! Was war das?«, fragte ich.

Courtney grinste. Ihre Pupillen waren klein wie Stecknadelköpfe. »Nichts Schlimmes, nur was zum Lockerwerden. Du wolltest es doch.«

»Was?«, blaffte ich vollkommen entsetzt und riss mich von ihr los. »Wie kommst du darauf? Ich … fuck.« Gehetzt sah ich mich um und sah gerade noch, wie Ivy den Raum verließ.

»Alex?« Hilfe suchend drehte ich mich um, doch Alex war gerade mit Jeff beschäftigt, der in eine Topfpflanze kotzte. Scheiße! Ich musste Ivy hinterher. Aber vorher musste die Droge aus mir raus. Keine Ahnung, wie lange es dauerte, bis sie wirkte, aber mir wurde bereits schwindelig.

Beinahe panisch eilte ich ihr hinterher und folgte den rosa Haarspitzen, die zwischen den Studenten aufblitzten. Ohne Rücksicht zu nehmen, drängte ich mich durch die Menge, hechtete über Flaschen und Becher hinweg, trampelte eine Treppe nach oben und sah gerade noch eine Tür zuschlagen.

»Ivy!« Meine Faust krachte gegen das Holz. »Ivy! Mach auf!«, rief ich und rüttelte an dem Türgriff. »Fuck! Das ist ein Notfall!«

»Geh weg!« Ihre Stimme drang nur gedämpft durch die Tür, aber sie klang aus irgendeinem Grund wütend. Ich wollte sie nicht noch mehr verärgern, aber scheiße, mir lief die Zeit davon.

»Ivy, mach die Tür auf!«, brüllte ich und hörte endlich ein Klicken. Ivy starrte mich finster an. Sie war in einem Badezimmer. Dem Himmel sei Dank!

»Ich habe gesagt, du sollst mich … hey!«

Ich rannte an ihr vorbei, klappte den Klodeckel hoch und steckte mir zwei Finger in den Mund.

Ich hörte sie entsetzt aufkeuchen. »Ryan, was machst du da?«

Ich konnte nicht antworten, weil sich mir gerade der Magen umstülpte. Kein schöner Anblick, trotzdem musste ich noch mal alles hochwürgen, um sicherzugehen, dass die Pille rauskam.

»Ryan, ist alles okay?«, fragte Ivy.

Ich nickte nur, als eine kleine weiße Tablette in der Kloschüssel landete. Sie sah ein wenig aufgeweicht aus, aber zumindest war das Gröbste draußen. Erleichtert drückte ich meine heiße Stirn gegen den Klodeckel und spülte. Ohne hinzusehen.

»Himmel, Ryan!«, rief Ivy und schüttelte mich ein wenig kräftiger. »Was ist passiert? Ist dir schlecht? Hast du Fieber?« Sie tastete meine Stirn ab.

Ich griff nach ihrer Hand und drückte kurz ihre Finger, bevor ich mich aufrappelte, zum Waschbecken taumelte und den Mund ausspülte.

»Alles okay«, sagte ich heiser und warf einen Blick in den Spiegel. Mein Gesicht war blass und in dem schwachen Licht der Energiesparlampe sah ich aus wie ein Zombie. Ich seufzte. Hoffentlich waren die Wirkungen von dem kleinen Rest der Pille nicht allzu groß.

»Courtney hat mir irgendwas untergeschoben«, erklärte ich und trocknete mir die Hände nachlässig an der Jeans ab, bevor ich mich auf den Boden sinken ließ und den Rücken gegen die Badewanne lehnte. »Ich war kurz davor, auf einen Trip zu gehen, nach dem du mich wahrscheinlich von den Bäumen hättest pflücken können.«

»Oh«, sagte Ivy verdattert und sah mich an. Sie rutschte wie ich zu Boden und lehnte sich gegen die Tür, sodass wir uns gegenübersaßen. Ihre Beine berührten meine. »Ich dachte, ihr hättet euch geküsst«, gab sie zu.

Ich verzog das Gesicht. »Haben wir auch. Aber nur sie mich. Ich hätte ganz gut drauf verzichten können.«

»Ist … ist denn alles draußen?«, fragte Ivy und sah mich besorgt an.

Stöhnend fuhr ich mir durchs Haar. »Denke schon. Aber ich bleibe lieber mal sitzen, um auf Nummer sicher zu gehen …«

»Gut.« Ivy nickte und schlang die Arme um ihre Beine. »Ich warte mit dir.«

»Das musst du nicht«, wehrte ich ab, obwohl ich nicht wusste, wie ich auf sie aufpassen sollte, wenn ich gerade außer Gefecht gesetzt war.

Sie zog nur spöttisch eine Augenbraue hoch. »Doch, ich bleibe.«

»Wie du meinst …«, raunte ich und schloss die Augen. Im Augenblick war ich zu fertig, um mich mit ihr zu streiten.

Ich spürte, wie Ivy mich besorgt musterte. Angestrengt versuchte ich, nicht ganz so miserabel auszusehen, wie ich mich fühlte. Was mir wahrscheinlich nicht gelang. Meine Haut spannte unangenehm und in der Luft lag eindeutig der saure Geruch nach Erbrochenem. Absolut uncool.

»Sorry, ich wollte dir nicht deine erste Party verderben«, murmelte ich leise, um die Stille zwischen uns zu füllen.

»Schon gut.« Sie seufzte. »Es war sowieso nicht so lustig, wie ich mir das vorgestellt habe.«

»Nein? Wie hast du es dir denn vorgestellt?«, erkundigte ich mich und öffnete die Augen so weit, dass ich ihr beschämtes Schulterzucken sehen konnte.

»Ich weiß nicht. Anders eben. Außerdem dachte ich, dass der Alkohol hier besser schmeckt.«

Ich grinste. »Noch nie hochprozentigen Alkohol getrunken?«

Sie schnaubte. »Natürlich. Auf Partys und Galas wird andauernd getrunken. Im Grunde überlebt man das alles nur, indem man sich die Kante gibt. Hast du schon mal einer vierstündigen Podiumsdiskussion über die Ressourceneffizienz in Schwellenländern zugehört? Neunundneunzig Prozent aller Anwesenden sind dabei so gelangweilt, dass sie ab der Halbzeit sturzbetrunken sind. Dort interessiert es niemanden, ob du schon einundzwanzig bist oder nicht.«

»Klingt, als würdest du das nicht so toll finden«, murmelte ich.

»Ja, nein, keine Ahnung.« Sie zuckte mit den Schultern. »Das ist nun mal meine Welt. Aber immer wenn ich sehe, wie leicht man bei diesen Veranstaltungen an Alkohol kommt, obwohl man noch nicht alt genug ist, muss ich wieder daran denken, was …« Sie verstummte und biss sich auf die Unterlippe.

»Was ist passiert?«

Sie verzog das Gesicht und rümpfte die Nase. »Ich will nicht darüber reden.«

»Komm schon.«

»Nein.« Sie schüttelte den Kopf.

»Warum nicht?«

»Weil es peinlich ist.«

»Das sind die besten Geschichten.«

»Ach ja?« Sie guckte skeptisch.

Ich nickte und wackelte schwach mit den Augenbrauen. »Wenn du willst, fange ich auch an und erzähle dir, wie ich in der siebten Klasse versucht habe, ein Mädchen zu beeindrucken, indem ich so getan habe, als hätte ich schon Brusthaare.«

Ich hörte ein unterdrücktes Prusten und Ivys Augen funkelten amüsiert. »Wie kann man denn so tun, als hätte man Brusthaare?«

»Ich habe mir alte Haare aus dem Abfluss draufgeklebt«, sagte ich und verzog das Gesicht.

Ivys Prusten wurde zu einem schallenden Lachen. Unweigerlich musste ich mitgrinsen.

»Iiih! Warum um Himmels willen machst du so was?«, rief sie glucksend.

Schnaubend versuchte ich, mich bequemer hinzusetzen, was gar nicht so einfach war, denn in meinem Kopf drehte sich alles. »Ich habe gehört, wie mein älterer Bruder darüber geredet hat, dass Mädels auf Brusthaare stehen … Tja, Dreizehnjährige leider nicht.«

Ivy kicherte. Sie gab sich zwar Mühe, ernst zu bleiben, doch das gelang ihr in etwa so gut wie mir, gerade sitzen zu bleiben.

Plötzlich wurde ihr Gesichtsausdruck milder.

»Na schön, ich erzähle es dir. Aber ich warne dich: Meine Geschichte ist nicht so lustig wie deine.« Sie räusperte sich. »Als ich zehn war«, begann sie, während sie nervös an einer langen Haarsträhne herumspielte, »gab es ein wichtiges Staatsdinner. Ich weiß nicht mehr wo, mit wem oder weshalb, aber es war ein sehr wichtiger Tag für meinen Vater und ich wollte einen guten Eindruck machen. Meine Mom instruierte mich tagelang im Voraus, wie ich zu sitzen, zu gehen und sogar aufs Klo zu gehen hätte: nicht gleich nach dem Empfang, wenn, dann kurz vor dem Dinner und niemals währenddessen.«

Ein harter Zug mischte sich bei diesen Worten in ihr Gesicht. Mein Magen verkrampfte sich. Vielleicht hätte ich sie doch nicht drängen sollen, die Geschichte zu erzählen. Ivys Kindheit schien mir ein vollkommen anderes Kaliber zu sein als meine eigene.

»Wie auch immer«, fuhr sie fort und zuckte ergeben mit den Schultern. »Das Menü hatte mehrere Gänge und als Nachtisch gab es handgefertigte Rumtrüffel. Obwohl ich sie eklig fand, habe ich alle gegessen. Ich hatte zu große Angst, dass meine Mutter mit mir schimpfen würde, wenn ich meinen Teller nicht leer aß. Tja, zehn Minuten später war ich sturzbetrunken.« Sie lächelte bei der Erinnerung.

Ihre blauen Augen färbten sich grau, ihre Wimpern senkten sich und warfen lange Schatten.

Ivy atmete kurz durch, bevor sie weitererzählte. »Ich habe mich noch am Tisch übergeben und meine Mutter schämte sich für mich in Grund und Boden. Mein Vater war … enttäuscht. Mehr sage ich dazu nicht.«

»Aber du warst zehn!«, stieß ich ungläubig hervor.

Sie zuckte mit den Schultern. »Das war egal, ich hatte die Frau des Senators vollgekotzt!«

Ich starrte sie mit offenem Mund an. Ihre Mundwinkel zuckten und ich merkte, wie sich meine ebenfalls kräuselten. Und plötzlich prusteten wir los. Ivy lachte so laut und hemmungslos, dass ihr ein kleines Grunzen entkam. Schnell schlug sie die Hand vors Gesicht, doch das Grunzen wurde immer stärker, was mich nur noch mehr zum Lachen brachte. Mein Herz schlug viel zu schnell. Und kurz darauf wurde mir so unglaublich schwindlig, dass ich erst merkte, wie ich zur Seite rutschte, als die Welt bereits schief stand.

»Oh«, brachte ich immer noch lachend hervor.

»Ryan!« Erschrocken nahm Ivy die Hand von ihrem Gesicht und rutschte über den Boden zu mir. »Geht es dir gut?« Ihre Finger strichen mir die Haare aus der Stirn und ich schloss stöhnend die Augen. Ihre Finger waren so angenehm kühl auf meiner heißen Haut.

»Ryan?« Ivy tätschelte meine Wange.

»Jaaa?«, fragte ich gedehnt und schlug die Augen auf. Wann hatte ich die Augen geschlossen? Wie lange? Worüber hatten wir gerade noch gesprochen? Über Ivys Brusthaare?

Die Zunge klebte mir dick und pelzig am Gaumen, und ich konnte kaum noch einen klaren Gedanken formulieren. Ivys blasses Gesicht erschien über mir. Die drei Sommersprossen leuchteten mir entgegen. Hell und strahlend wie kleine Sterne. Sterne mit rosaroten Haaren. Wieder musste ich lachen.

»Oje … dich hat's ja voll erwischt«, sagte sie und musterte mich besorgt. »Warte! Ich hole Alex.«

»Neeein. Bleib bei mir«, murmelte ich. Am liebsten hätte ich mich selbst getreten, weil ich so erbärmlich klang.

Ich spürte, wie Ivys Finger zuckten. Erst jetzt merkte ich, dass ich ihre Hand fest umklammerte. Oh. Ich lockerte meinen Griff.

Plötzlich wurde mir wieder schwindelig und ich ließ den Kopf auf die Bodenfliesen sinken.

Ivy sah sich hektisch um, fand schließlich etwas Flauschiges, was sie mir sanft unter den Kopf schob. Was war das? Oh … ein Handtuch.

»Warte hier«, sagte Ivy eindringlich und stand auf. »Ich komme gleich wieder.«

Bevor ich protestieren konnte, war sie schon weg. Alles drehte sich und mir wurde immer schlechter. Was zum Teufel hatte Courtney mir da untergejubelt?

# IVY

Ich rannte die Treppe hinunter und sah mich hektisch nach Alex um. Wo war er nur hin? Jeff war vom Alkohol übel geworden, doch Alex hatte mir versichert, dass er Jeff nur kurz nach draußen bringen würde, um frische Luft zu schnappen. Und wenn sie nicht den halben Campus leer geatmet hatten, dann müssten sie schon längst wieder zurück sein. Hoffentlich waren sie nicht einfach gegangen, denn ich wusste nicht, wie ich Ryan ohne Hilfe nach Hause bringen sollte. Vielleicht war es doch besser, einen Krankenwagen zu rufen? Ryan hatte die Pille zwar wieder hochgewürgt, aber so wie es aussah war trotzdem etwas in seinem Blutkreislauf gelandet. Ich wusste nur nicht, wie viel. Seine Pupillen waren nur minimal geweitet, aber das konnte sich auch noch ändern. Ich hatte eindeutig zu wenig Ahnung davon. Meine Erfahrung mit Drogen war gleich null.

Unsicher blieb ich stehen, sah mich um und wurde auf eine Gruppe Menschen aufmerksam, die sich im Kreis um etwas versammelt hatte. Unter den Studenten entdeckte ich plötzlich einen vertrauten braunen Haarschopf.

»Soya!« Als ich das Mädchen am Arm berührte, zuckte sie erschrocken zusammen und starrte mich mit verheultem Gesicht an. Ihre Augen waren gerötet und ihre Wangen ganz fleckig. »Soya, was ist los?«, fragte ich überrascht und versuchte, irgendetwas zu erkennen. Einer der Studenten machte einen Schritt zur Seite und ich sah jemanden in stabiler Seitenlage am Boden liegen.

»Courtney geht es nicht gut«, schniefte Soya und schnäuzte in ein Taschentuch. »Wir haben einen Krankenwagen und die Polizei gerufen. Sie hat irgendwas genommen und ist dann zusammengebrochen.«

Schockiert starrte ich sie an, während sich mein Magen zusammenzog. Das war nicht gut. Gar nicht gut.

»Ich habe ihr gesagt, sie soll es nicht nehmen. Dieser Typ sah irgendwie komisch aus«, sagte sie vollkommen aufgelöst.

Mir wurde plötzlich ganz schlecht. »Welcher Typ?«, fragte ich betont ruhig.

»So ein Typ halt. Ich glaube, er war auch Student. Groß, braunes Haar, hatte einen Surferslang.« Sie wischte sich die Tränen aus den Augen, verschmierte dadurch aber nur ihre Mascara. »Er hat gesagt, ihr kennt euch.«

Ich versteifte mich und mein Magen ballte sich noch fester zusammen. »I…ich kenne ihn aber nicht.«

Soya verengte die Augen zu schmalen Schlitzen und atmete zittrig ein. »Er hat uns angequatscht und meinte, er wäre ein Freund von dir. Er wollte, dass wir dir diese Pillen bringen. Aber Courtney hat selbst ein paar genommen. Ich … oh Gott … ich habe ihr noch gesagt, sie soll es nicht tun, aber sie hat nur gelacht und gemeint, sie könnte dich nicht leiden und …« Der Rest ging in unverständlichem Schluchzen unter.

Mir wurde abwechselnd heiß und kalt. Mein Kopf ratterte, während mein Puls vor Angst in die Höhe schoss. »Kommt der Krankenwagen bald?«, fragte ich möglichst ruhig.

Soya nickte. »Aber was war das für ein Zeug, das wir dir geben sollten?«

»Ich weiß es nicht«, stammelte ich. Im gleichen Augenblick wusste ich aber, dass Soya mir nicht glaubte. »Entschuldige mich bitte.«

Abrupt drehte ich mich um und zwang mich, nicht Hals über Kopf davonzulaufen. Ich atmete tief durch und versuchte, ruhig zu bleiben, schließlich lag Ryan immer noch im Badezimmer und brauchte meine Hilfe. Verzweifelt sah ich mich um. Ich hatte keine Ahnung, was ich jetzt tun sollte. War es wirklich dieser Austin gewesen, der Courtney das Zeug zugesteckt hatte? Wenn ja, dann verstand ich nicht, was er sich davon erhoffte. Warum glaubte er, mir Pillen unterschieben zu müssen? Einmal davon abgesehen, dass ich sie niemals genommen hätte, machte die ganze Situation keinen Sinn. Und hatte Harry sich nicht um ihn gekümmert? Bestimmt hatte Soya nur etwas falsch verstanden. Oder ich. Es gab ja auch noch andere Studenten an der UCF, auf die Soyas Beschreibung passte.

Das Näherkommen einer Sirene riss mich aus meinen Gedanken. Im ersten Moment wusste ich nicht, ob ich erleichtert oder besorgt sein sollte. Erleichtert, dass vielleicht endlich ein Krankenwagen kam und Ryan helfen konnte, oder besorgt, weil dann natürlich auch die Polizei kommen würde. Und die würden sich sicher fragen, warum ein Security, der eigentlich seinen Job machen sollte, wegen Drogenkonsum flachlag. Ob Absicht oder nicht, er wäre seine Reputation schneller los, als er niesen konnte.

Fluchend beschloss ich, nach oben zu gehen. Ryans Gesundheit ging vor, selbst wenn er … Ungläubig blieb ich stehen. Ryan kam leicht schwankend die Treppen runter. Er sah immer noch ziemlich mitgenommen aus. Seine Haare waren ein völliges Chaos und sein Gesicht war in etwa so blass wie die Wand.

»Ryan!« Blitzschnell war ich bei ihm und schlang einen seiner

Arme um meine Schultern. »Ryan, wie geht es dir? Sieh mich an!«

Ryan hob den Kopf. Seine Lippen waren zu einem Strich zusammengepresst und er roch, als hätte er sich noch einmal übergeben. Doch seine Augen waren normal. Dem Himmel sei Dank.

»Mir geht's gut«, beschwichtigte er mich. »Mir ist nur ein wenig schwindelig.«

»Sicher? Der … der Krankenwagen ist schon da. Vielleicht solltest du mitgehen.«

»Kranken… was?« Alarmiert sah er sich um.

Von draußen strahlte das blaue Licht von Rettungswagen und Polizei ins Wohnzimmer und die wenigen Studenten, die noch hier waren, zerstreuten sich schneller, als man *Überraschung* hätte sagen können.

»Was ist passiert?«

»Courtney ist zusammengeklappt«, sagte ich leicht panisch. Den Rest ließ ich erst einmal weg. Ich würde es ihm erzählen, sobald es ihm besser ging.

»Scheiße!« Fluchend sah sich Ryan um. »Dachte mir schon, dass es nicht einfach nur was zum *Lockerwerden* gewesen ist.«

»Willst du nicht auch ins Krankenhaus, nur um sicher zu sein?«

»Nein.« Er schüttelte den Kopf und holte tief Luft. »Mir geht es gut. Ein bisschen wirr im Kopf, aber es wird schon wieder besser.«

Zweifelnd sah ich ihn an, doch Ryan wankte einfach weiter. Damit er nicht zusammenbrach, nahm ich seine Hand und verschwand mit ihm durch den Hinterausgang der Küche. Gerade als die Tür hinter uns zufiel, kamen die Sanitäter, gefolgt von den Polizisten, zum Vordereingang herein.

Vorsichtig schlichen wir uns um das Haus herum. Hätte ich

bleiben und den Sanitätern oder der Polizei sagen sollen, was ich wusste? Aber wir hatten keinerlei Beweise. Und wenn Soya etwas ausplauderte, was Drogen und mich in ein und demselben Satz beinhaltete, würde ich bis zum Hals in Schwierigkeiten stecken. Dann müsste ich auch noch meinen Vater anrufen. Verdammt.

Ryan atmete schwer, doch er hielt sich auf den Beinen. Meine Sorge um ihn ließ etwas nach, aber ich würde trotzdem die Nacht bei ihm bleiben. Nur um auf Nummer sicher zu gehen. Sollte sich sein Zustand wider Erwarten verschlechtern, würde ich den Rettungswagen rufen und Harry informieren. Die Hauptsache war, dass es Ryan gut ging.

Als wir endlich in seinem Zimmer ankamen, war ich so erschöpft, dass meine Muskeln zitterten. Ryan stöhnte und fiel einfach mit dem Gesicht voran in sein Bett. Obwohl ich am liebsten das Gleiche getan hätte, blieb ich stehen und zog ihm die Schuhe aus. Seine Jacke fehlte. Wahrscheinlich hatte er sie im Verbindungshaus vergessen. Müde zog ich auch meine Schuhe aus und kroch zu ihm ins Bett. Er brachte gerade noch so viel Energie auf, sich zur Seite zu rollen, damit ich nicht von der Bettkante fiel. Schnell prüfte ich seine Stirn. Sie war nass geschwitzt. Aber Fieber schien er keines zu haben.

»Wie geht es dir?«, fragte ich leise.

»Gut«, nuschelte er. »Nur … müde.«

»Dito«, sagte ich und zog die Bettdecke über uns beide. »Ich bleibe hier. Falls du was brauchst, sag es einfach, okay?«

»Mhm…«, brummte er zustimmend. »Ivy?«

»Ja?«

»Danke«, flüsterte er kaum hörbar.

Meine Brust zog sich zusammen und ich schloss fest meine Hand um seine. »Kein Problem.«

Zu gern hätte ich noch ganz andere Dinge gesagt. Denn hier im Dunklen, seinem Atem lauschend, war ich nicht zu stolz, mir selbst einzugestehen, dass ich längst viel mehr für ihn empfand. Nur zu ängstlich, um es laut auszusprechen.

# RYAN

Ich wachte von dem Geräusch einer zuschlagenden Tür auf. Stechende Kopfschmerzen breiteten sich zwischen meinen Brauen aus und als ich es endlich schaffte, die Augen zu öffnen, traf grelles Sonnenlicht meine empfindliche Netzhaut. Stöhnend blinzelte ich gegen die Helligkeit. Nur wenig später spürte ich eine kühle Hand, die sich auf meine Stirn legte.

»Ryan?«, flüsterte eine Stimme. »Wie geht es dir?«

Ivy? Was machte sie in meinem Zimmer?

»Töte mich!«

»Oje, so schlimm?« Sie klang halb besorgt, halb belustigt.

»Schlimmer.«

»Warte! Ich hab was für dich«, sagte sie und ihre Hand verschwand von meiner Stirn.

Mühsam öffnete ich wieder die Augen und zwang mich, sie offen zu halten. Ivy stand neben mir, eine Flasche Wasser und eine Schachtel Aspirin in der Hand, und lächelte besorgt.

»Gott sei Dank!«

Stöhnend setzte ich mich auf und nahm mir eine Tablette und spülte sie gierig mit Wasser hinunter. In meinem Mund hatte ich einen grauenhaft schalen Geschmack.

»Wie spät ist es?«, fragte ich völlig fertig.

»Halb acht. Ich muss zur Vorlesung, wollte aber noch kurz nach dir sehen«, sagte Ivy.

Verwundert starrte ich sie an. Tatsächlich. Sie war bereits angezogen. Allerdings sah sie ziemlich blass aus und dunkle Ringe zeichneten sich unter ihren Augen ab.

»Kannst du dich erinnern, was gestern passiert ist?«, fragte Ivy, die sich neben mich aufs Bett setzte und mich besorgt musterte.

Ich rieb mir die schmerzende Stirn. »Vage«, gab ich zu. »Ich weiß, wir waren auf dieser Party und Courtney hat mir irgendwas untergeschoben. Aber danach ist alles ein wenig verschwommen.«

Je mehr ich mich an gestern zu erinnern versuchte, desto stärker wurden die Kopfschmerzen. Ich wusste nur noch, dass Ivy unglaublich verängstigt ausgesehen hatte. Stirnrunzelnd sah ich auf und musterte sie. »Wie geht's dir? Ist dir was passiert?« Nackte Angst packte mich bei der Vorstellung, dass Ivy in Gefahr gewesen war und ich nicht hatte für sie da sein können. Und das alles nur wegen dieser Pille.

»Alles in Ordnung«, beschwichtigte sie mich und hob die Hand, als wollte sie mir über die Wange streicheln. Mitten in der Bewegung hielt sie inne. »Ich …« Sie zögerte und obwohl mein Schädel dröhnte, sah ich, wie ein Anflug von Angst in ihre blauen Augen trat.

»Was ist passiert?«, fragte ich und nahm ihre Hand in meine.

»Nichts. Dir geht es schlecht. Ruh dich aus. Ich komme nach den Kursen wieder und bringe was zu essen mit.« Sie lächelte schwach und drückte beruhigend meine Finger, bevor sie ihre Hand zurückzog und aufstand.

Zweifelnd starrte ich sie an. Es sah doch ein Blinder, dass etwas nicht stimmte, und gestern war verdammt viel schiefgelaufen.

»Einen Scheiß tust du ohne mich«, ächzte ich und stand ebenfalls auf. Okay, im Grunde stolperte ich eher. Aber das Ergebnis zählte – und das war, noch vor Sonnenuntergang auf den Beinen zu stehen. Möglichst, ohne mich noch mal vor ihren Augen zu übergeben. »Ich komme mit und du erzählst mir, was los ist.« Schnell holte ich ein frisches T-Shirt aus dem Schrank und zog es mir über. Sogar richtig herum. Goal!

»Es ist nichts.« Ivy biss sich auf die Unterlippe und bemühte sich, nicht auf meine Brust zu starren – was ihr aber nicht wirklich gelang.

Wäre ich fitter gewesen, hätte ich die kleine Peepshow, die ich hier gerade ablieferte, genossen, so aber angelte ich nur nach meinen Schuhen und versuchte angestrengt, nicht umzukippen. Shit! Wann hatte ich mich das letzte Mal so geschlaucht gefühlt?

»Es ist meine Aufgabe, auf dich aufzupassen. Ich komme mit«, brummte ich und zog die Schuhe an, während ich mir nachlässig mit den Fingern durchs Haar fuhr. Eine Sonnenbrille landete auf meiner Nase. Jetzt noch Kaffee und ich könnte sogar reden, ohne dabei das Gefühl zu haben, im Stehen einzuschlafen. »Gehen wir.«

Ivy sah mich skeptisch an, seufzte dann aber ergeben und ging nach draußen. Ihre Tasche schlug dabei rhythmisch gegen ihre nackten Beine. Ich folgte ihr, steckte aber vorher noch schnell die Packung Aspirin ein. Mein Bauchgefühl sagte mir, dass ich es heute noch brauchen könnte.

»Also, was ist los?«, fragte ich, als ich Ivy eingeholt hatte.

Ivy verzog das Gesicht und spielte an einer Haarsträhne herum. »Diese Pillen ...«, begann sie. »Ich glaube, die Tabletten, die du genommen hast, kamen von diesem Austin Freeman.«

Ich stutzte und sah sie irritiert an. Ich hatte mit viel gerechnet, aber nicht mit dieser Info. »Wie kommst du darauf?«

Sie begann an ihrem Daumennagel zu knabbern. Immer wieder sah sie sich unruhig um, als würde sie jemanden unter den

Studenten suchen, die sich im Park tummelten. So nervös hatte ich sie noch nie gesehen und das machte mir Sorgen.

»Soya hat mir gestern erzählt, dass die Tabletten von einem Typen kamen, der wie dieser Austin aussah. Courtney sollte sie eigentlich an mich weitergeben, aber stattdessen hat sie sie selbst genommen und ähm … dir untergejubelt.«

Ich runzelte die Stirn. Unsere Schritte knirschten auf dem Kies. »Das macht keinen Sinn. Freeman hat eine offizielle Verwarnung bekommen und die klare Anweisung, sich von dir fernzuhalten und keine Fotos zu machen. Und warum sollte er dir Drogen geben? Hättest du sie denn genommen?«

»Wa…? Nein, natürlich nicht«, stieß Ivy hervor und umklammerte den Riemen ihrer Tasche. »Ich weiß selbst, dass es keinen Sinn macht. Ich meine, was hätte er davon?«

»Mhm…« Ich versuchte nachzudenken, doch prompt brach mir wieder der Schweiß aus. »Kam gestern eigentlich auch die Polizei?«, fragte ich.

Sie nickte. »Polizei und Krankenwagen.«

Ich schnalzte mit der Zunge. Da war ich ja knapp einer Katastrophe entkommen. »Nehmen wir mal an, Freeman hat nicht damit gerechnet, dass Courtney die Pillen selbst nimmt. Sondern sie brav an dich weitergibt. Was hätte Freeman davon gehabt?« Ich überlegte und versuchte, den schalen Geschmack in meinem Mund hinunterzuschlucken. Mein ganzer Körper war so dehydriert, als hätte ich die letzten Tage in der Wüste verbracht. Ich sollte mir unbedingt noch vor der Vorlesung ein Wasser besorgen.

Ivy knabberte an ihrer Unterlippe und zuckte schließlich ratlos mit den Schultern. »Keine Ahnung. Er hätte ein Foto davon machen können, wie ich Drogen in der Hand halte?«

Meine Gedanken rasten und ich blieb vor der Fakultät stehen.

Obwohl mir schrecklich heiß war, rann mir ein kalter Schauer über den Rücken. »Wir hätten ein Skandalfoto«, stieß ich hervor. »Stell dir die Schlagzeilen vor: *Millionärstochter wegen Drogenbesitz verhaftet.*«

Sie blinzelte erschrocken. »Aber ich hätte sie doch niemals genommen!«

»Ja, aber ein Foto reicht schon, um dich in Schwierigkeiten zu bringen. Und für ihn springt neben einer Titelstory auch noch ein Haufen Kohle raus.«

Ivy runzelte die Stirn. »Warum sollte er so etwas tun? Er wurde doch schon verwarnt, oder?«

»Vielleicht ist es ihm egal«, murmelte ich. »Aber wenn er wirklich so weit geht … Wer weiß, was er sich als nächstes ausdenkt …«

Schweigend gingen wir weiter. Aus den Augenwinkeln bemerkte ich, wie Ivy mir immer wieder besorgte Blicke zuwarf, und als wir den Hörsaal betraten, war sie schon fast so blass wie ich. Sie sah sich nervös um. Als sie Alex entdeckte, der wild winkte, atmete sie erleichtert auf. Ich hasste es, wie sie sofort auf ihn zusteuerte.

»Hey, na ihr? Alles gut überstanden?«, fragte Alex gut gelaunt.

Ivy schnaubte, holte aus und knallte ihm die flache Hand gegen den Hinterkopf. Der verdutzte Ausdruck auf Alex' Gesicht ließ mich leise auflachen.

»Au! Wofür war das denn?«, rief er.

»Wo bist du gestern gewesen?«, fuhr Ivy ihn an und ließ sich auf den freien Platz neben ihm fallen.

Ich setzte mich daneben und musste ein erleichtertes Ächzen unterdrücken. Scheiße, ging es mir schlecht.

»Wieso?« Alex setzte eine unschuldige Miene auf. »Ich habe Jeff nach Hause gebracht. Der war so dicht, dass er mir die ganze

Nacht demonstrieren wollte, dass er an meinem Ellenbogen lecken kann, ohne dass ich es spüre.«

»Gestern war eine absolute Kata…«, fing Ivy an und hielt mitten im Satz irritiert inne. »Warte mal. Er hat an deinem Ellenbogen geleckt?«

Alex lief knallrot an. »Da gibt es angeblich so eine Stelle, an der man nichts fühlen kann.«

Ivy blinzelte. »Und?«

Alex wurde noch röter. »Ich habe es definitiv gefühlt, aber Jeff war gestern auch nicht unbedingt ein Koordinationsgenie.«

Ivy kicherte, während ich mir gequält die Stirn massierte. Dieses Bild würde ich mein Leben lang nie wieder aus dem Kopf bekommen.

»Aber was ist mit euch?«, fragte Alex irritiert. Sein Blick wanderte vielsagend zu mir, während sich ein verschmitztes Grinsen auf seinem Gesicht ausbreitete. »Hat es da jemand gestern ein wenig übertrieben?«

Ivy stupste Alex an. »Hör auf. Gestern ist es noch ziemlich übel zugegangen. Courtney ist zusammengebrochen.«

Alex guckte skeptisch. »Ist Courtney unser neues Codewort für Ryan?«

»Nein.« Sie verdrehte die Augen und packte aus ihrer Tasche eine Flasche Gatorade, die sie nervös auf- und wieder zuschraubte. »Courtney ist dieses große blonde Mädchen, das sich hier an alle Typen ranschmeißt.«

Alex blinzelte verwirrt.

Ivy seufzte. »Die, die so laut lacht.«

»Ach *die* Courtney«, sagte Alex ziemlich verspätet, während er Ivy anstarrte.

Van Klemmt irritierte mich. Gestern noch hatte er eindeutig

Jeff hinterhergesehen, aber heute schien er sich wieder mehr für Ivy zu interessieren. Schnell schüttelte ich den Kopf und sah dabei aus dem Augenwinkel einen braunen Haarschopf, der den Hörsaal betrat.

»Ivy. Soya ist hier.« Mit einem Kopfnicken deutete ich auf das Mädchen, das sich gerade zwei Reihen vor uns einen Platz suchte.

Ivy schoss hoch. »Sind gleich wieder da, Alex«, sagte sie.

Verwundert schaute Alex uns hinterher, während ich Ivy folgte. Sie hatte sich bereits einen Weg zu Soya gebahnt, stand nun eine Bankreihe unter ihr und redete auf sie ein. Ich kam gerade dazu, als Soya ratlos die Schultern zuckte und Ivy feindselig musterte.

»Hey, Soya«, mischte ich mich ein und lächelte schwach.

Das Mädchen sah zu mir auf und machte im nächsten Augenblick große Augen. »Oh … äh, hey Ray, wie geht es dir?«, stotterte sie verunsichert. Wow, musste ich scheiße aussehen.

»Wie geht es Courtney?«, entgegnete ich, ohne auf ihre Frage einzugehen.

Soyas Wangen färbten sich leicht rot. »Besser, danke«, sagte sie nur knapp.

Ich nickte und schob meine Sonnenbrille hoch.

Soya musterte mich schuldbewusst. »Dich hat es gestern auch ziemlich übel erwischt, was?« Sie räusperte sich. »Tut mir leid, dass Courtney dir auch was von diesem Zeug untergeschoben hat. Ich konnte sie nicht aufhalten.«

»Schon gut. Ist nicht deine Schuld«, winkte ich ab, lehnte mich vor und stützte die Ellenbogen auf ihrem Tisch ab. »Hauptsache ist doch, dass es Courtney besser geht, oder?«

Soya nickte. Ich hörte, wie Ivy leise schnaubte, und musste ein kleines Grinsen unterdrücken. War sie etwa eifersüchtig?

»Sag mal, Soya«, raunte ich und lehnte mich noch weiter vor, sodass mir ihr leicht blumiger Geruch in die Nase stieg. »Du weißt nicht zufällig, was das für Pillen waren, oder?«

Soya zögerte und nestelte nervös an einem Stift herum. »Im Krankenhaus sagten sie, es sei eine Partydroge gewesen. Irgendwas Zusammengepanschtes. Aber sollte Ivy das nicht besser wissen? Der Typ meinte, das Zeug wäre für sie«, sagte sie und blickte giftig zu Ivy hinüber, die bei den Worten zusammenzuckte.

»Ivy hat damit nichts zu tun«, sagte ich.

Soya schnaubte ungläubig. »Aber der Typ hat gesagt …«

»Wie sah er denn aus?«

»Wer?«

»Na, der Typ, der euch die Pillen gegeben hat?«

Soya biss sich auf die Unterlippe. »Ich war gestern selbst nicht so auf der Höhe«, gab sie zu. »Aber er war groß. In etwa so wie du. Und er hatte braune Haare und … oh … und er hatte eine Kamera dabei. Er meinte, er wollte für den Fotokurs ein paar Bilder machen.«

Ivy sog scharf die Luft ein. Ich wechselte einen schnellen Blick mit ihr.

»Danke, Soya.« Lächelnd wickelte ich mir eine ihrer Haarsträhnen um den Finger. Sie klebten ein wenig von altem Haarspray. Am liebsten hätte ich gleich wieder losgelassen, aber Soya sah mich so treuherzig an, dass es die Sache wert war. »Sag mal, ganz unter uns«, flüsterte ich leise. »Was hast du der Polizei gesagt?«

Sie befeuchtete sich die Lippen. »Gar nichts. Ich dachte, wenn ich so tue, als hätte ich keine Ahnung, hat es für uns alle am wenigsten Konsequenzen.«

»Ja, das denke ich auch.« Ich zwinkerte ihr zu. »Danke und sag Courtney gute Besserung von mir.«

»Mach ich«, strahlte sie und als ich mich zufrieden wieder aufrichtete, eilte Ivy bereits wieder auf ihren Platz zurück.

Erst dachte ich, sie wäre beleidigt, weil ich mit Soya ein wenig geflirtet hatte, doch dann hörte ich das Zuknallen einer Tür, gefolgt von klackernden Absätzen. Abrupt drehte ich mich um.

Mrs Garcia steuerte geradewegs auf ihr Pult zu und knallte ihre Tasche auf den Tisch. Schnaubend musterte sie mich. »Haben wir eine neue Sitzordnung, von der ich nichts weiß, Mr MacCain?«

Oh, oh. Schuldbewusst zuckte ich mit den Schultern. »Tut mir leid, ich wollte nur …«

»Was Sie wollen, interessiert mich nicht, Mr MacCain.«

Gerade als ich entschuldigend die Hände hob und auf meinen Platz zurückging, rief sie mich zurück. »Was tun Sie da, MacCain?«

»Äh … mich setzen?«

»Das können Sie gern tun, aber draußen! Mein Unterricht ist nur für diejenigen, die auch ihre Abgaben einhalten.«

»Abgaben?«, echote ich langsam.

Sie verzog das Gesicht und lächelte gefährlich. »Oh ja, Abgaben. Gestern war der Abgabetermin für den Aufsatz über die Entwicklung der amerikanischen Literatur im 19. Jahrhundert. Solange ich diesen nicht auf meinem Tisch liegen habe, will ich Sie in meinem Unterricht nicht mehr sehen!«

»Was?«, fragte ich ungläubig.

Im Raum war es mucksmäuschenstill geworden und der gesamte Vorlesungssaal schien die Luft anzuhalten.

Mrs Garcia zeigte streng zur Tür. »Waren das zu viele Infos für Sie, Mr MacCain? Dann noch mal knapp und verständlich: Raus!«

Fuck. Verzweifelt sah ich zu Ivy hoch, doch die zuckte nur hilflos mit den Schultern.

Ich knurrte und ging nach unten. Direkt vor Mrs Garcia blieb ich stehen. »Bei allem Respekt, Mam«, sagte ich. »Ich bin nicht mal Student, sondern Gasthörer. Ich habe eine Klientin, auf die ich …«

»Mir ist Ihre Aufgabe hier durchaus bekannt, Mr MacCain«, sagte Mrs Garcia. Diesmal so leise, dass nur ich sie hören konnte. »Und falls jemals ein Irrer mit einem Gewehr hier hereinspazieren sollte, werde ich mit Freuden auf Ihre Talente zurückgreifen. Da ich allerdings nicht von einem Amoklauf in meinem Vorlesungssaal ausgehe – zumindest nicht in nächster Zeit –, erwarte ich von jedem Menschen, der in meinem Unterricht sitzt, dass er sein Hirn benutzt. Sie haben die Wahl, das ebenfalls zu tun. Oder aber sie warten draußen. Solange werde ich stellvertretend für Sie darauf achten, dass Miss Bennet nicht gekidnappt wird.«

»Sie können doch nicht …«

»Ich kann und ich werde«, fauchte sie wieder lauter. »Geben Sie mir die ausstehende Arbeit und Sie können wieder am Unterricht teilnehmen. Bis dahin darf ich mich von Ihnen verabschieden. Guten Tag, Mr MacCain.«

Ungläubig starrte ich sie an, schluckte einen bissigen Kommentar hinunter und verließ den Raum.

Seufzend lehnte ich mich vor dem Hörsaal gegen die Wand. Was zum Teufel sollte ich jetzt eineinhalb Stunden lang machen? Ich konnte ja schlecht hier rumstehen und warten, bis die Vorlesung zu Ende war. Scheiße! So hatte ich mir diesen Job nicht vorgestellt.

Mein Blick huschte durch den leeren Flur. Wo Freeman wohl gerade war? Wenn es stimmte, was Soya behauptet hatte, dann steckte er wirklich hinter dieser Drogen-Sache. Und das machte mir mehr Sorgen, als ich zugeben wollte. Ich holte mein Handy hervor und sah mir seine Akte an. Mit einem Klick lud ich mir seinen Stundenplan herunter.

Freeman hatte heute den ganzen Tag Unterricht, inklusive einer Klausur, die er am späten Nachmittag schreiben musste. Das hieß, seine Wohnung war wahrscheinlich leer. Da ich seine Adresse hatte, könnte ich die Zeit sinnvoll nutzen und ein wenig herumschnüffeln. Herausfinden, ob er irgendwo in seiner Wohnung Drogen versteckte oder ob er belastendes Material über Ivy gesammelt hatte.

Eigentlich sollte ich in so einem Fall meinen Dad anrufen. Ich war nicht instruiert, Alleingänge zu machen. Einfach loszustürmen und nachzusehen, was Freeman vorhatte, war nicht Teil meines Jobs, und wenn etwas Auffälliges passierte, sollte ich alles an meinen Dad oder einen seiner Kollegen weitergeben. Mein Finger schwebte schon über der grünen Taste, trotzdem zögerte ich. Immerhin ging es hier um Ivy. Wenn ihr Vater davon Wind bekam, dass jemand an der Uni daran interessiert war, Ivy in einen Skandal zu verwickeln, würde es nicht lange dauern, bis er seine Tochter zwang, das Studium abzubrechen. Damit würde Ivys schlimmster Albtraum in Erfüllung gehen und das alles wäre meine Schuld. Andererseits wäre ich sofort meinen Job los, wenn herauskam, dass ich vorsätzlich Informationen verschwiegen hatte.

Fuck! Seufzend steckte ich das Handy in die Tasche, schloss die Augen und lehnte den Kopf gegen die Wand. Was sollte ich nur tun?

»Ryan?« Träge sah ich auf und blickte in Jeffs blasses Gesicht.

»Jeff, was machst du hier?«, fragte ich ein wenig erschrocken.

»Äh, studieren?«

»Wirklich?« Ich zog skeptisch eine Augenbraue hoch. »Siehst dezent scheiße aus.«

»Danke«, krächzte er und grinste, »genau wie du.«

»Wo du recht hast …«, brummte ich und verschränkte die Arme vor der Brust. »Was machst du hier mitten im Flur?«

Jeff schnaubte müde. »Das Gleiche wollte ich dich gerade fragen.«

»Ich spiele mit Ivy Verstecken. Sie ist da drin und sucht mich noch.« Ich deutete auf die Tür zum Vorlesungssaal.

Jeff sah mich amüsiert an. »Hat Garcia dich rausgeworfen?«

»Scheiße, ja.«

Jeff lachte. »Hast du etwa zu laut geredet?«

»Nein. Eine Deadline verpasst.«

»Autsch. Fataler Fehler.« Jeff verzog das Gesicht und gähnte.

»Du solltest ins Bett gehen, Mann«, sagte ich und lief zum Ausgang.

»Kann leider nicht, hab heute Schicht im 7-Eleven. Bin nur hier, weil ich ein Buch aus der Bibliothek holen musste«, sagte Jeff, der mir … folgte? Scheiße. Hoffentlich hatte ich den jetzt nicht an der Backe kleben.

Seufzend stieß ich die Tür auf. Ivy würde noch eine ganze Weile in der Vorlesung stecken. Ich konnte also die Zeit produktiv nutzen und Freemans Wohnung unter die Lupe nehmen. Falls ich Jeff loswurde.

Doch Jeff machte keinerlei Anstalten, abzubiegen. Er ließ sich auch nicht von meinem finsteren Blick einschüchtern.

»Sag mal, Ryan …« Jeff sah mich nachdenklich an. »Ich weiß, dass du Alex und mich nicht besonders gut leiden kannst, aber hast du nicht Lust … keine Ahnung, mal etwas mit mir zu machen?«

»Ich … baggerst du mich gerade an?«, fragte ich überrumpelt und blieb stehen.

»Was? Nein!«, rief Jeff. »Nein, natürlich nicht, aber ich dachte, du könntest vielleicht einen Freund gebrauchen. Ivy ist toll, sie ist meine Freundin, also bist du automatisch auch mein Freund. Aber irgendwie bleibst du immer auf Abstand. Also dachte ich mir, es kann nicht schaden, einen Schritt auf dich zuzugehen.« Unsicher sah er mich an.

»Ich brauche keine Bromance, Jeff«, sagte ich ruppiger, als er es eigentlich verdient hatte. »Außerdem habe ich gerade was Dringendes zu erledigen und keine Zeit für … na ja … das hier.« Ich deutete zwischen uns.

»Gibt es ein Problem? Wegen deinem Job? Soll ich helfen?«

»Nein danke, das schaffe ich allei… Meinem Job?«, hakte ich alarmiert nach. Fuck! Wusste er was? Hatte Ivy geplaudert?

Jeff war meine Gesichtsentgleisung nicht entgangen, denn er schluckte und zuckte mit den Schultern. »Keine Panik, ich sags niemandem«, versuchte er, mich zu beruhigen. »Ich finde es gut, dass du auf Ivy aufpasst. Aber deswegen musst du dich doch nicht völlig von jedem und allem isolieren. Jeder braucht Freunde, Ryan.«

Entnervt knirschte ich mit den Zähnen und trat auf ihn zu. Eines musste man dem Kerl lassen: Er hatte mehr Mumm, als man ihm zutraute. Er zuckte nicht mal zusammen.

»Woher weißt du von meinem … Job?«, fragte ich ihn hart.

Jeff schnaubte und zog eine Augenbraue hoch. »Ist nicht so schwer zu erraten, wenn man mal weiß, wer Ivy ist. Ich bin nicht blöd – und ich kann eins und eins zusammenzählen. Keine Sorge, ich verrate es niemandem.«

»Das will ich dir auch geraten haben, außer du willst, dass Ivy auffliegt. Und glaub mir, dann fliegst du mit … vom College.« Ich war mir nicht ganz sicher, ob meine Drohung auch wirklich der Wahrheit entsprach, aber wichtig war im Augenblick nur, dass Jeff die Klappe hielt.

»Ich sage nichts, versprochen.«

»Gut«, brummte ich, drehte mich abrupt um und ging weiter. Ich brauchte in etwa zehn Schritte bis ich bemerkte, dass Jeff mir immer noch folgte. »Fuck, Jeff! Hör auf, mir nachzulaufen!«

»Tu ich doch gar nicht«, sagte er schnell und hob unschuldig die Hände. »Ich muss zur Arbeit, schon vergessen? Mein Auto steht da hinten.« Er deutete in Richtung Parkplätze. »Siehst du, ich biege hier ab. Bis später.«

Kopfschüttelnd blickte ich ihm nach und holte mein Handy raus, um nach passenden Busverbindungen zu suchen, die mich möglichst nahe zu Freemans Wohnung brachten. Oder um im Notfall auch ein Taxi zu rufen. Zu Fuß wollte ich die Strecke dann doch nicht zurücklegen.

Wenig später erreichte ich endlich die Bushaltestelle und überprüfte noch mal die Buszeiten. Stirnrunzelnd starrte ich auf das Display, als plötzlich ein silberner Golf vor mir stehen blieb. Jeff saß am Steuer, beugte sich über den Beifahrersitz und öffnete mir die Tür.

»Steig ein. Ich fahre dich.«

Offenbar gab Jeff nicht auf. Ungläubig starrte ich ihn an. »Wie oft soll ich dir noch sagen, dass du …«

»Ja, ja … du bist ein Man in Black. Du hast die Erlaubnis, mich danach auch zu blitzdingsen. Jetzt steig ein. Mit dem Bus brauchst du eine Ewigkeit.«

»Du weißt doch gar nicht, wo ich hinwill.«

Jeff schnalzte mit der Zunge. »Egal wohin, mit dem Bus brauchst du ewig. Jetzt komm.«

Zögerlich schielte ich auf mein Handy. Der Bus würde in zwanzig Minuten kommen. Die Fahrt würde weitere fünfzehn Minuten dauern und je nachdem, wie lange ich bei Freeman brauchte, würde ich wahrscheinlich nicht wieder rechtzeitig da sein, wenn Ivys Vorlesung endete.

Seufzend schwang ich mich auf den Beifahrersitz und warf Jeff einen schiefen Blick zu. »Du nervst, Mann …«

»Dafür sind doch Freunde da«, sagte Jeff und lachte über meinen Gesichtsausdruck. »Wohin?«

Als ich ihm die Adresse nannte, nickte er nur und fuhr los, ohne sie ins Navi einzugeben. Offensichtlich wusste er, wo wir hinmussten. Logisch, wenn man bedachte, dass er schon länger hier studierte und auch in der Nähe arbeitete.

Jeff machte das Radio an und ein Song der Rolling Stones schallte lauthals durch das kleine Auto. Überrascht sah ich zu ihm hinüber. »Du hörst die Stones?«

Er grinste mich an und trommelte mit den Fingern im Takt der Musik aufs Lenkrad. »Klar. Warum nicht?«

»Alter, no offense – aber ich habe dich eine Wolke nachahmen sehen. Ich hätte nicht gedacht, dass du auf Rock stehst.«

»Das eine hat doch mit dem anderen nichts zu tun«, sagte Jeff belustigt. »Schauspiel hilft mir, aus mir herauszukommen. Wie du sicher gemerkt hast, fällt mir das im Normalfall eher schwer. Die alten Rockklassiker hingegen erinnern mich an meinen Dad. Er hat sie früher oft mit mir gehört.«

»Früher?«, fragte ich. Mir war der seltsame Ton in seiner Stimme nicht entgangen.

Jeff nickte. »Er ist vor zwei Jahren gestorben, gerade als ich ans College kam.«

»Oh, das tut mir leid«, sagte ich betroffen.

Ich wollte mir gar nicht vorstellen, wie es wäre, wenn mein Dad plötzlich starb.

»Schon gut.« Jeff rang sich ein Lächeln ab und setzte den Blinker. »Am härtesten hat es meine Mutter getroffen. Sie muss sich auch noch um meine zwei kleinen Brüder kümmern.«

»Arbeitest du deshalb im 7-Eleven, obwohl du ein Stipendium hast?«, erkundigte ich mich.

Jeff nickte. »Ja. Es ist nicht viel, aber so weiß ich wenigstens, dass sie genug Geld haben, um die Stromrechnung zu bezahlen. Da schieb ich gern ein paar Stunden in einem versifften Supermarkt.«

»Ich versteh, was du meinst.« Ich konnte nicht anders, als Respekt vor Jeff zu empfinden. Vielleicht steckte doch mehr in der Bohnenstange, als ich angenommen hatte.

»So, wir sind da«, sagte Jeff und hielt vor einem ziemlich abgefuckten Gebäudekomplex. Der Putz war braun und bröckelte, und auf dem kargen Rasen stand nur ein altes Klettergerüst, das aussah, als würde es jeden Moment zusammenbrechen.

»Bist du sicher, dass das die richtige Adresse ist?«, fragte Jeff und runzelte die Stirn. »Sieht mehr nach Zombieapokalypse aus.«

»Ja, ich bin mir sicher«, murmelte ich und öffnete die Autotür. »Danke, Jeff.«

Ohne mich noch mal umzudrehen, lief ich zur Haustür, um mir die Klingelschilder anzusehen. Plötzlich hörte ich, wie eine Autotür zuschlug. Abrupt wandte ich mich um und sah Jeff auf mich zukommen. »Was machst du da, Jeff?«

»Wonach sieht es denn aus? Ich begleite dich. Sonst wirst du hier noch ausgeraubt oder so.«

»Ich bin ein Bodyguard. Ich kann sehr gut auf mich selbst aufpassen.« Schnaubend fuhr ich mir durch die Haare. »Geh! Du musst doch arbeiten, oder nicht?«

Jeff wollte gerade antworten, als ich aus dem Augenwinkel einen Schemen hinter der milchgläsernen Eingangstür wahrnahm. Schnell bedeutete ich ihm, still zu sein.

Eine Stimme drang dumpf nach draußen. »Nein, ich habe im Grunde alles, was ich brauche.«

Das war eindeutig Freeman. Mein Herz schlug schneller. Ich packte Jeff am Kragen und stieß ihn hinter die Hausecke.

»Hey, was …«

»Psst!«, zischte ich und lugte um die Ecke. Im gleichen Augenblick öffnete sich die Tür und Freeman kam heraus.

»Nein, ich habe wirklich alles, was ich brauche«, wiederholte er laut. Er hatte das Handy fest umklammert, während er sichtlich genervt den Rucksack abstellte und sich durch die Haare fuhr. »Nein. Das gestern war vielleicht nicht ideal, aber nachweisen kann man auch nichts. Die Kleine ist schon wieder aus dem Krankenhaus draußen und kann sich an nichts erinnern. … Ja. … Nein. Keine Ahnung, vielleicht sollten wir es doch mit den Fotos versuchen, die wir bereits haben. Sie ist klar drauf erkennbar und …«

Meine Nackenhaare stellten sich auf. Langsam ging ich in die Hocke. Jeff sah mich verwundert an und blieb einfach stehen. Auch gut. Solange er mir nicht im Weg stand und die Klappe hielt, war alles okay.

Freeman kratzte sich indessen ausgiebig im Nacken. »Nein, wir warten ein paar Tage, bis etwas Gras über die Sache gewachsen ist. Danach können wir es noch mal probieren. Sie ist im Schauspielkurs. Beim alten Gotzek sollten wir uns problemlos untermischen können. Einer mehr oder weniger, der einen Seestern nachahmt, wird schon nicht weiter auffallen.«

Ich hörte Jeff empört nach Luft schnappen und machte ihm nochmals ein Zeichen, still zu sein. Er nickte schuldbewusst und hielt sogar demonstrativ die Luft an. Ich verdrehte die Augen. Schließlich sah ich wieder zu Freeman. Erst jetzt fiel mir auf, dass etwas aus seiner hinteren Hosentasche herausragte. Es sah aus wie ein Frischhaltebeutel. Wenn das mal nicht seltsam war.

Angestrengt versuchte ich meinen Puls zu beruhigen, während ich Freeman nun noch genauer musterte. Er sah ziemlich fertig aus. Unter seinen Augen lagen tiefe Schatten und offenbar hatte er sich schon länger nicht mehr rasiert. Wahrscheinlich hatte er letzte Nacht nicht besonders viel geschlafen.

Freeman schnaubte in sein Handy. »Soll das ein Witz sein? Natürlich wird sich die ganze Sache rentieren. Ivy Redmond ist erst der Anfang. Hast du die PDFs bekommen, die ich dir geschickt habe? … Ja, krass oder? Ich dachte auch erst, ich hätte mich bei der Summe verlesen. Welcher Investor pimpt eine Firma mit über fünf Milliarden auf? Noch dazu eine sterbende Firma … Ich habe vorhin die Anschrift des Investors überprüft und bin bei einer Briefkastenfirma in Thailand gelandet. Ich sage dir, das ist ein Fass ohne Boden. Und ein ziemlich großes, das nur noch mit Geld ausgestopft wird. Wir sollten …«

Ich musste ein Geräusch gemacht haben, denn Freeman verstummte mitten im Satz und sah stirnrunzelnd in meine Richtung. Ich zuckte zurück, doch es war zu spät.

»Fuck!«, stieß er erschrocken hervor und steckte schnell das Handy weg.

Okay, jetzt oder nie. Bevor er davonlaufen konnte, stürmte ich aus meinem Versteck hervor, packte ihn am Kragen und drückte ihn gegen die Hauswand.

»Scheiße!«, fauchte Freeman, während er gegen meinen Griff ankämpfte. Sein Gesicht verzog sich zu einer knurrenden Fratze. »Was willst du von mir?«, krächzte Freeman und schnappte angestrengt nach Luft. Die Venen an seinem Hals traten deutlich hervor und sein Kopf lief knallrot an.

Jeff kam mit einem erschrockenen Keuchen aus seinem Versteck. »Ryan, was tust du da?«, fragte er entsetzt. Ich warf ihm einen scharfen Blick zu, der ihn sofort verstummen ließ.

»Dieser Typ hat eine Lektion verdient«, sagte ich und drückte fester zu.

Freeman würgte. Ich wusste genau, wie viel Druck ich ausüben musste, damit mein Griff zwar unangenehm war, jedoch keinen Schaden anrichtete. Freemans Röcheln war echt übertrieben.

»Das ist Körperverletzung! Ich werde dich anzeigen«, krächzte er und kratzte an meinem Unterarm.

Ich lachte nur und brachte meine Nase so nah an sein Gesicht, dass ich seinen Geruch nach alten Zigaretten und Schweiß einatmen musste.

»Du willst mich verklagen?«, knurrte ich und verstärkte meinen Griff. Freeman hustete. »Tja, dann lass uns mal über das hier reden!« Mit der freien Hand holte ich die Frischhaltetüte aus seiner Hosentasche hervor und hielt sie ihm unter die Nase. Wie vermutet, waren Tabletten drin.

Freemans Nasenflügel bebten. »Das geht dich nichts an. Hau ab oder ich verklage dich.«

»So, wirst du das?«, fragte ich. »Dann sag mir mal, warum ein Mädchen namens Soya behauptet, du hättest Courtney diese Dinger für Ivy gegeben.«

»Keine Ahnung, wovon du sprichst. Was willst du überhaupt von mir, Mann?«

Offensichtlich war ihm nicht bewusst, in welchen Schwierigkeiten er gerade steckte. Ich hatte mich noch nie so zusammenreißen müssen, um jemandem nicht die Zähne einzuschlagen. Ich atmete tief durch. »Okay, noch mal von vorn, Freeman. Sind die Drogen von dir oder nicht?«

Er stöhnte gequält. »Fick dich!«

Ich schüttelte ihn. »Sind die von dir oder nicht?«

Freeman verzog nur das Gesicht.

»Muss ich dir erst die Nase einschlagen, bevor du mit der Sprache herausrückst?«, fragte ich. »Du hast bereits eine Verwarnung bekommen, Freeman. Überleg dir also gut, was du als Nächstes sagst.«

»Du kannst mich mal«, stieß er hervor und versuchte vergeblich, sich aus meinem Griff zu befreien. »Du hast nichts gegen mich in der Hand. Ein Anruf bei der Polizei und du landest im Kittchen, wo du hingehörst.« Abfällig musterte er meine Tattoos.

Ich grinste. »Ach ja? Und wie willst du der Polizei die Happy Pills erklären? Und falls dir das bis jetzt noch nicht klar war, ein Anruf von *mir* und du bist schneller exmatrikuliert, als du nach Hilfe schreien kannst.«

Freeman wurde blass wie die Wand. »Ich lasse mir nicht drohen. Ich bin Journalist. Es ist mein Job, eine Story zu schreiben.«

»So? Und da gehören *Fake News* auch dazu?«, fragte ich spöttisch.

»Ich habe nichts getan. Du kannst also nichts beweisen.«

Teufel, war der Kerl stur. Ich knurrte genervt und verstärkte meinen Griff. »Wo sind die Fotos?«

»Welche Fotos?«

»Die, die du von Ivy gemacht hast. Wo sind sie?«

»Ich weiß nicht, wovon du redest.« Freeman stellte sich immer noch stur, doch seine Augen zuckten für eine Millisekunde zu seiner Tasche, die immer noch am Boden lag.

Ich folgte seinem Blick und schnalzte mit der Zunge. »Jeff, spiel doch bitte mal kurz meinen Sidekick und schau nach, ob in der Tasche eine Kamera ist.«

Jeff zögerte und sah aus, als wollte er am liebsten weglaufen. Doch schließlich gab er sich einen Ruck, öffnete die Tasche und zog eine Spiegelreflexkamera raus.

»Danke, Kumpel.« Während ich Freeman mit einer Hand weiter gegen die Wand presste, nahm ich Jeff die Kamera ab. »Na dann schauen wir mal, was für Material du gesammelt hast«, murmelte ich und begann, mich durch die letzten Bilder zu klicken.

»Das ist illegal«, knurrte Freeman und zappelte.

Ich schnaubte. »Selbst schuld, du hast damit angefangen.«

»Ich habe gar nichts getan! Ich habe nur …«

»… versucht, Ivy Drogen unterzuschieben und ein Skandalfoto zu veröffentlichen?«, beendete ich seinen Satz und hielt ihm die Kamera vor die Nase. Die Motive auf dem Display waren klar und deutlich zu erkennen. Ivy, die lachend aus einem roten Becher trank. Ich klickte weiter. Ivy, wie sie mit Jeff tanzte. Auf dem nächsten Bild: Ivy, wie sie etwas sehnsüchtig ansah. Mich? Ich klickte weiter. Ivy, wie sie Alex etwas ins Ohr flüsterte und lachte.

»Du warst auf der Party gestern.«

Freeman grunzte. »Und? Es ist nicht verboten, jemanden zu fotografieren.«

»Wenn es dir am Campus untersagt worden ist, dann schon«, sagte ich wütend. »In diesem Fall ist es dir sogar explizit verboten worden. Und was machst du? Rennst sofort los und kaufst Drogen für das nächste Foto. Sag mal, bist du eigentlich noch ganz dicht?«

Freeman funkelte mich unter wirren braunen Haarsträhnen an. »Scheiß drauf!«

Ich erwiderte seinen Blick und schließlich war es Freeman, der als Erster wegsah. Zufrieden löschte ich die Fotos. Danach gab ich Jeff die Kamera und bat ihn, die Speicherkarte zu entfernen.

Jeff starrte mich überrascht an. »Meinst du wirklich? Wir können doch nicht einfach …«

»Da waren Fotos von Ivy drauf«, unterbrach ich ihn. »Ich hab sie zwar gelöscht, aber ich will nicht riskieren, dass er die Bilder irgendwie wiederherstellt.«

Jeff zögerte, schien dann aber einzusehen, dass ich recht hatte, und entfernte die Speicherkarte und hielt sie mir hin. Dankbar steckte ich sie ein, bevor ich mich wieder an Freeman wandte. »Hast du die Fotos auch noch in einer Cloud gespeichert?«

Freeman sah mich nur verbittert an.

»Wenn ja«, sagte ich, »rate ich dir, alle Bilder zu löschen. Sollte auch nur ein einziges davon im Netz auftauchen, bist du deinen Platz an der Uni los.«

»Verpisst euch«, stieß Freeman hervor.

Grinsend ließ ich ihn los, nahm Jeff die Kamera ab und warf sie Freeman zu. Der war so überrascht, dass er sie nicht rechtzeitig auffing. Mit Genugtuung hörte ich, wie etwas zu Bruch ging, als die Kamera auf dem Boden landete. Ich packte Jeff, der Freeman noch einen entschuldigenden Blick zuwarf, an der Schulter und zog ihn zum Wagen.

»Das war aber ganz schön heftig«, murmelte Jeff, als wir in sein Auto gestiegen waren.

»Tja, manchmal ist das die einzige Methode, um noch mehr Probleme zu verhindern«, sagte ich ernst und ließ mich von Jeff zurückfahren.

Obwohl er deswegen wahrscheinlich zu spät zur Arbeit kam, beschwerte er sich mit keinem Wort. Er brachte mich sogar bis direkt vor das Fakultätsgebäude, sodass ich genau zum Ende der Vorlesung ankam.

# IVY

»Na, Ryan, alles klar?«, fragte ich gut gelaunt, nachdem ich gemeinsam mit Alex den Hörsaal verlassen hatte.

Ryan lehnte neben der Tür zum Vorlesungssaal und grummelte, was wohl so viel wie *Nein* heißen sollte. Oder *Verpiss dich*. Oder *Ich liebe dich, Ivy, und ich will für immer mit dir zusammen sein, scheiß auf den Job*. Okay, nein, das war dann wohl doch eher Wunschdenken.

»Gute Neuigkeiten: Die nächsten Vorlesungen fallen aus. Sollen wir ins Wohnheim gehen?«, fragte ich ihn, während Alex auf seinem Smartphone herumtippte.

Ryan nickte und stieß sich ab. »Gute Idee. Ich muss dringend in einem Bett schlafen.«

»Ja, Bett klingt gut«, bestätigte ich, mit den Gedanken völlig woanders. »Danke, Alex. Ich sag dir dann wegen später noch Bescheid, ja?«

»Mach das, und cool, dass du zur Party mitkommst.«

»Klar.« Ich wollte gerade losgehen, als Ryan mich am Arm packte.

»Was für eine Party?«, fragte er.

Verwundert über seinen harten Tonfall, sah ich auf. »Ah, nichts Großes. Bei Alex und Jeff in der Verbindung läuft heute diese Veranstaltung, *Hoes before Bros*. Da bringen alle Jungs ein Date mit und Alex hat mich gefragt, ob ich ihn begleiten will.«

»Und du willst dahin? Und das nach gestern?«, fragte Ryan ungläubig.

Ich zuckte mit den Schultern. »Vielleicht. Ich habe mich noch nicht entschieden«, sagte ich leise.

Ryan schob seine Sonnenbrille hoch und funkelte mich an. »Nichts da, du lässt die nächsten Wochen die Partys erst mal ausfallen. Ich habe keine Lust, am Ende wieder jemandem drohen zu müssen.«

»Drohen?«, fragte ich irritiert.

Ryan knurrte und sah zu Alex hinüber, der uns aufmerksam musterte. Wir mussten wohl besser als eine Soap sein.

»Nicht hier«, murmelte Ryan, packte mich am Ellenbogen und zog mich weiter.

»Was ist los mit dir, Ryan?«, presste ich hervor und wand mich aus seinem Griff.

»Ich erlaube dir nicht, da heute hinzugehen.«

»Du *erlaubst* es mir nicht?«

»Genau«, erwiderte Ryan.

Ungläubig schüttelte ich den Kopf und lief zurück zum Wohnheim. Innerlich kochte ich vor Wut, aber ich versuchte, ruhig zu bleiben und Ryan nicht mitten auf dem Campus anzubrüllen. Beim Wohnheim angekommen, stieß ich die Tür auf und rannte praktisch in mein Zimmer hoch. Ryan war mir dabei dicht auf den Fersen und als ich die Tür zuschlagen wollte, trat er sie einfach mit dem Fuß wieder auf und stürmte mir hinterher. Dieser Kerl machte mich so was von fertig!

»Sag, was mit dir los ist, oder ich werf dich aus dem Zimmer«, fauchte ich ihn an. »Ich meine es ernst. Ich bin am College. Hier sind die ganze Zeit Partys. Oder bist du eifersüchtig auf Alex?«

Ryan schnaubte. »Ja, genau. Ich bin eifersüchtig auf Alex. So weit kommt's noch. Nein, weißt du, wo ich gerade war? Bei Austin fucking Freeman. Ich durfte gerade Dutzende Paparazzifotos von dir löschen. Also nein, du bleibst hier, bis ich weiß, dass der Kerl keinen Ärger mehr macht.«

»Du … du warst bei Freeman?«, stotterte ich. »Da waren Fotos?«

»Viele. Und darum bleibst du auch hier und lässt das Date mit Alex sausen, klar?«

»Ach, darum geht es also? Das ist kein Date!«

»Ist es schon«, sagte Ryan und funkelte mich wütend an.

Sein Blick war so intensiv, dass sich die Härchen an meinen Unterarmen aufstellten.

Ich schluckte. »Du kannst mir nicht verbieten auszugehen, Ryan.«

Er schnaubte. »Doch. Wenn dort draußen ein Irrer herumläuft und Skandalfotos von dir schießen möchte, dann schon«, gab er zurück.

»Tja, Pech, ich lasse mich aber nicht einsperren. Alex ist mein Freund und wenn er mich bittet, ihn zu begleiten, dann tue ich das auch«, sagte ich bestimmt.

»Alex ist nicht dein Freund«, rief Ryan wütend.

»Ach nein, sondern?«

»Alex ist der Typ, der dir an die Wäsche will, weil er Jeff nicht haben kann. Er benutzt dich doch nur als Lückenfüller.«

»Tut er nicht«, fuhr ich ihn an. »Und selbst wenn, würde es dich nichts angehen.«

»Natürlich geht es mich etwas an.«

»Warum?«

»Warum?«, echote er ungläubig. »Du willst wirklich wissen warum?«

»Ja, warum? Was ist plötzlich dein Problem, Ryan? Ich dachte, zwischen uns sei alles geklärt.«

»Das dachte ich auch.«

»Also, was ist dein Problem?«

»Nein, was ist *dein* Problem?«

»Mein Problem ist, dass ich dich mag«, platzte es ohne jede Vorwarnung aus mir heraus. Oh Gott! Was hatte ich da nur gesagt? Ich … oh nein, so musste sich ein Mensch fühlen, der gerade einen Autounfall baute – nur dass ich hier eher einen Beziehungsunfall verursachte.

»Was?« Ryan starrte mich überrascht an.

Ich seufzte. »Ich mag dich, Ryan MacCain, aber du treibst mich in den Wahnsinn. Du bist ein Idiot und ich mag dich trotzdem so sehr, dass es wehtut.«

Als sich unsere Blicke kreuzten, hatte ich das Gefühl, in mir würde ein Band reißen, das längst überspannt war. Im Nachhinein wusste ich nicht mehr, wer den ersten Schritt gemacht hatte. Wer als Erstes die Hände in die Haare des anderen vergraben hatte. Ob ich zuerst meine Lippen auf Ryans oder er seine auf meine gepresst hatte. Alles, was ich wusste, war, dass mein Körper in Flammen stand. Ich fühlte, schmeckte, roch nichts anderes als Ryan.

Das Piercing in seiner Zunge streifte meinen Mundwinkel und innerhalb der nächsten Sekunde fielen wir ineinander verkeilt auf das Bett. Die Federn in der Matratze gaben ein knarrendes Geräusch von sich, als Ryan mich an sich zog und an meiner Unterlippe knabberte. Ich stieß ein leises Seufzen aus, das sofort von Ryans Mund aufgefangen wurde.

Feste Hände streichelten den Schwung meines Halses. Mein Puls raste, während seine Zunge mit jeder Berührung Schauder über meinen Rücken jagte. Er hörte auf, mich zu küssen. Stattdessen presste er mich so fest, so verzweifelt, so hungrig an sich, dass mir fast der Atem stockte. Das Gefühl, von Ryan gehalten zu werden, seinen Körper so nahe an meinem zu spüren, war das beste Gefühl seit Ewigkeiten.

Schwer atmend sah Ryan mich an. Sein Blick blieb sehnsüchtig an meinen Lippen hängen und diesmal war es definitiv ich, die den Abstand zwischen uns überbrückte und ihn küsste. Es war meine Zunge, die sich in seinen Mund stahl. Aber es war sein Geschmack, der meine Sinne flutete. Sein Duft, der mich umgab, und seine Berührung, die meine Seele zum Zittern brachte. Ryan zu küssen fühlte sich an wie Achterbahn zu fahren. Erst dieser angsteinflößende Augenblick, wenn man über den Rand des Abgrunds blickte, sich der enormen Höhe bewusst wurde, bevor man in der nächsten Sekunde in die Tiefe stürzte. Das kurze Aussetzen der Schwerkraft, die einem den Atem aus den Lungen drückte, bevor man von der nächsten Kurve aufgefangen wurde. Gefolgt von dem Adrenalin, das durch den gesamten Körper schoss.

Ryans Zunge streichelte meine, während er mich immer noch fest umklammerte. Es war, als würde er sich selbst im freien Fall befinden. Noch nie in meinem Leben hatte sich etwas so … richtig angefühlt. Am liebsten würde ich ihm sagen, dass ich mit ihm zusammen sein wollte. Dass mir die Konsequenzen egal waren. Aber das durfte ich nicht. Ich wusste, wie wichtig ihm sein Job war. Wenn ich meine Gedanken laut aussprach, würde das Leuchten aus seinen Augen verschwinden. Er würde aufhören, mich zu berühren. Und dann gäbe es kein Zurück mehr. Aber vielleicht wollte ich das auch gar nicht. Vielleicht wollte ich nur ihn und mich.

Plötzlich klingelte ein Handy. Meins, um genau zu sein. Die

Melodie hallte so laut durch das Zimmer, dass wir erschrocken zusammenzuckten. Ryan löste sich von mir und ich spürte, wie sich seine Muskeln anspannten.

»Willst du nicht rangehen?«, fragte er atemlos, während seine Finger mit meinen rosa Haarspitzen spielten.

Ich schüttelte den Kopf.

»Warum nicht?«

»Weil ich gerade etwas Besseres zu tun hab«, flüsterte ich und erwiderte Ryans Blick. Seine Augen leuchteten wie sattes Moos, und seine Lippen waren rot und geschwollen von unseren Küssen.

Ryan öffnete den Mund, klappte ihn aber wieder zu, bevor er zitternd seine Stirn gegen meine lehnte. So lagen wir eine gefühlte Ewigkeit da, während das Handy aufhörte zu klingeln, nur um im nächsten Augenblick wieder anzuspringen.

Offenbar rangen wir beide um Worte, die nach oben strebten. Aber weder Ryan noch ich fanden den Mut, sie auszusprechen. Schließlich gab ich mir einen Ruck, doch das *Ich liebe dich* blieb auf halbem Weg stecken, stattdessen schlüpfte etwas anderes heraus: »Bitte küss mich noch mal.«

Gequält schloss Ryan die Augen. Er vergrub sein Gesicht an meinen Hals und atmete tief durch, sodass ein warmer Lufthauch meine Haut kitzelte. Ich spürte seine Lippen an meinem Puls. Ein hauchzarter Kuss, den ich kaum wahrnahm, bevor sich sein ganzer Körper anspannte.

Das Bett quietschte, als er von mir abrückte und mich alleine zurückließ. Er sah mir nicht in die Augen. Schwer atmend wich er einen Schritt zurück. Dann noch einen. Bei jedem Schritt schien er ein Stück meines Herzens mitzunehmen. Ich fühlte mich plötzlich so schutzlos wie noch nie zuvor in meinem Leben. Ich wartete und wartete, hoffte, dass er doch wieder zu mir kam, doch mit jeder Sekunde, die verstrich, zog sich mein Herz immer mehr zusammen.

Ryan atmete tief durch. Seine Hände ballten sich zu Fäusten und endlich sah er mich an. Ein verhangener Blick aus zwei müden Augen.

»Wir dürfen das nicht«, sagte er leise und flüchtete aus meinem Zimmer.

# RYAN

Kaum war Ivys Tür hinter mir ins Schloss gefallen, stürmte ich aus dem Wohnheim. Raus, ich musste raus! Nach Luft schnappen. Die Enge in meiner Brust loswerden.

Das Einzige, was ich im Moment wahrnahm, waren meine schnellen Schritte auf dem Asphalt, der unter mir nur so dahinflog. Ich hatte keine Ahnung, wohin ich rannte. Hauptsache weg. Keuchend lief ich weiter, obwohl ich am liebsten sofort wieder umdrehen würde. Zu Ivy zurückgehen und mich bei ihr entschuldigen. Sie in die Arme nehmen und sie nie wieder loslassen. Aber ich konnte nicht. Ich konnte nicht. Ich konnte nicht. Jeder Tritt auf den Boden war wie ein Mantra. Jeder Schritt, den ich mich von ihr entfernte, war Teil meiner Entscheidung – und die brachte mich fast um.

In diesem Augenblick hasste ich mich selbst. Ich hasste die gesamte Welt. Meinen Bruder. Meine Entscheidungen. Meinen Job. Und ein Teil von mir hasste sogar Ivy. Ein kleiner Teil, der das wahrscheinlich nur tat, um mich vor dem großen Rest zu schützen, der Ivy hoffnungslos verfallen war. Als sie mich vorhin angesehen hatte, da war mir klar geworden: Ich liebte Ivy Redmond. Es hatte keinen Sinn mehr, es zu leugnen. Und wenn ich ehrlich war, hatte ich das auch nie getan. Ich hatte es höchstens verdrängt.

Ich konnte nicht aufhören, an Ivy zu denken. Wie sie mich angesehen hatte … Ihre Augen hatten noch nie blauer gestrahlt.

Ihre Haut hatte in dem sanften Licht geleuchtet wie Perlmutt und ich konnte immer noch ihre Stimme hören. *Bitte küss mich noch mal.*

Ich lief noch schneller, während ich in Gedanken jedes *Bitte* mit einem *Wir dürfen nicht* beantwortete. Irgendwann blieb ich stehen. Keine Ahnung, wann oder wo. Meine Beine brannten und ich schmeckte Blut in meinem Mund. Keuchend lehnte ich mich gegen einen Baum.

Frustriert holte ich aus und schlug mit der Faust gegen den Stamm. Ein stechender Schmerz zog sich durch meinen Unterarm. »Es tut mir so leid«, flüsterte ich gequält und ignorierte die schiefen Blicke, die mir von ein paar Studenten zugeworfen wurden.

Völlig fertig mit den Nerven ließ ich mich ins Gras fallen. Ich winkelte die Beine an und lehnte mein Kinn gegen die Knie. Irgendwo lachte jemand leise. Der Wind wehte einen salzigen Geruch in meine Richtung. Aus irgendeinem Grund musste ich sofort ans Meer denken, und daran, wie gerne ich mit Ivy an den Strand fahren würde. Mit ihr in der prallen Sonne an der Küste entlang spazieren, die kalten Wellen an den nackten Zehen genießen und ihre Hand in meiner halten, während ich sie so lange küsste, wie ich wollte … Aber dieses Szenario würde es niemals geben. Denn dafür müsste ich alles aufgeben. Sogar mich selbst.

Verzweifelt lehnte ich den Kopf gegen den Baum und schluckte, als ich plötzlich ein Brummen in meiner Hosentasche hörte. Mit steifen Fingern holte ich das Handy heraus und als ich den Namen auf dem Display sah, spürte ich, wie sich mein Herzschlag beschleunigte.

»Ja, Mr Redmond?«, meldete ich mich und hoffte, dass ich dabei nicht ganz so fertig klang, wie ich mich fühlte.

»Wo ist meine Tochter, MacCain?«, fragte er gereizt, ohne sich großartig mit Begrüßungsfloskeln aufzuhalten.

Ich unterdrückte ein Seufzen. »Im Wohnheim, Mr Redmond. Warum? Gibt es ein Problem?«, erkundigte ich mich höflich.

»Ob es ein Problem gibt?«, brüllte Carl Redmond. »Ich versuche schon den ganzen Tag erfolglos, meine Tochter zu erreichen. Mich hat heute morgen die Bank angerufen. Anscheinend hat meine Tochter vor knapp einem Jahr einen Dauerauftrag eingerichtet. Es werden monatlich 2000 Dollar auf ein Bankkonto in Mexiko überwiesen. Ich will wissen, was da vor sich geht!« Carl Redmond schrie inzwischen so laut, dass ich das Handy kurz vom Ohr weghalten musste.

»Ich weiß es nicht«, gab ich stockend zu. »Davon höre ich zum ersten Mal. Sind Sie sicher, dass das Geld nach Mexiko geht?«

»Natürlich bin ich mir sicher«, blaffte er mich an. »Wären Sie so nett, mich an meine Tochter durchzustellen? Es wird Zeit, dass sie mir hier einige Dinge erklärt. Vor allem, wer Austin Freeman ist.«

Ich richtete mich so schnell auf, dass mein Nacken knackte. »Haben Sie gerade Freeman gesagt?«, fragte ich alarmiert.

Carl Redmond schnaubte. »Zumindest habe ich von einem Austin Freeman eine E-Mail bekommen, in der er mir droht, Dinge an gewisse Leute weiterzugeben, von denen ich nicht möchte, dass sie sie bekommen, sollte ich nicht meinen durchgedrehten Security zurückziehen. Ich nehme mal an, damit sind Sie gemeint.«

»Kann sein. Welche Dinge?«, hakte ich nach.

Redmond zögerte kurz, bevor er ein wenig zu emotionslos behauptete: »Ich weiß es nicht. Ich habe bereits mit Harry über diese Sache gesprochen. Er war mit dem Namen offensichtlich vertraut und meinte, der Junge mache seit geraumer Zeit Probleme. Welche Art von Problemen?«

Ich räusperte mich und stand auf. »Keine großen«, log ich aalglatt und begann, zum Wohnheim zurückzujoggen. »Ich nehme an, Sie wollen Ivy gleich sprechen und nicht erst morgen?«

Redmond schnaubte. »Wenn es keine Umstände macht«, sagte er ironisch.

»Nein, gar nicht, ich war nur gerade eine Runde joggen und muss erst ins Wohnheim zurückgehen.«

»Was?«, rief er. »Sie sollten doch in der Nähe meiner Tochter bleiben!«

*Wenn er wüsste, wie nah seine Tochter und ich uns bis vor Kurzem noch gewesen waren* … Ich schluckte. »Nein, gerade nicht.«

»War nicht abgemacht, dass Sie vierundzwanzig Stunden am Tag auf Ivy aufpassen?«, brüllte Redmond.

Da hatte aber jemand schlechte Laune. Nur leider traf er damit gerade genau den Falschen. Meine Nerven lagen blank und meine Stimmung war inzwischen auf den Nullpunkt gesunken. »Bei allem Respekt, Mr Redmond, Ihre Tochter ist eine erwachsene Frau und kann auch fünf Minuten auf sich selbst aufpassen, ohne sich dabei das Genick zu brechen. So viel sollten Sie ihr zumindest zutrauen, sonst brauchen Sie keinen Security, sondern einen Babysitter.«

»Sie *sind* der Babysitter, MacCain«, sagte Redmond kühl. »Und ich kann Sie genauso schnell feuern, wie ich Sie eingestellt habe, nur damit Ihnen das klar ist. Ich halte sehr große Stücke auf Harry und sein Vertrauen in Sie. Ich investiere auch gerne in Ihre Zukunft, allerdings haben Sie dafür auch Ihren Job zu machen – und der ist es, meine Tochter keine einzige Sekunde aus den Augen zu lassen.«

»Ich melde mich, wenn ich bei ihr bin«, sagte ich gepresst.

»Gut«, knurrte Redmond und legte einfach auf.

Fluchend steckte ich das Handy in meine Hosentasche und eilte zurück ins Wohnheim. Mein Puls raste und die einsetzende Angst war wie eine Faust, die mein Herz packte und zudrückte. Ohne stehen zu bleiben, stürmte ich die Treppen hoch, vorbei an ein paar Studenten, die mich verdutzt anschauten, bis zu Ivys Zimmer. Dort angekommen ließ ich meine Faust gegen die Tür krachen.

Eisiges Schweigen antwortete mir.

Leider hatte ich dafür keine Zeit. Ich war nämlich gerade dabei, meinen Job zu verlieren. Allein der Gedanke daran versetzte mich noch mehr in Panik.

»Ivy«, brüllte ich, »dein Vater will dich sprechen. Ruf ihn an. Jetzt!«

Mein Herz raste und als ich mit der flachen Hand verzweifelt und am Ende meiner Nerven gegen die Tür schlug, hinterließ ich nasse Flecken auf dem Holz. Als Ivy immer noch nicht reagierte, nahm ich schwer atmend ihre Schlüsselkarte aus meiner Hosentasche und stieß die Tür auf.

»Ivy, du musst …«

Stockend hielt ich inne. Das Zimmer war leer. Das Bettzeug noch genauso zerwühlt wie in dem Augenblick, als ich sie zurückgelassen hatte. Fuck!

»Ivy«, rief ich. Und diesmal blieb mir wirklich die Stimme weg.

»Suchst du sie?«

Ruckartig wirbelte ich herum und erschreckte damit Soya, die einen Hopser zurück machte und sich keuchend die Hand auf das Herz hielt.

»Himmel! Was ist denn mit dir los?«, fragte sie.

Ich versuchte, tief durchzuatmen, mich zu beruhigen, doch das gelang mir in etwa so gut, wie Ivy nicht zu küssen. »Weißt du, wo sie ist?«

»Öhm, ja …«, sagte Soya verwirrt und trippelte auf ihren hohen Schuhen von einem Bein aufs andere. »Sie ist vor etwa zwanzig Minuten zu dieser Party gegangen. Ich wollte da auch gerade hin.«

Die Party! Ich hätte es wissen müssen. Ohne mich bei Soya zu bedanken, fuhr ich auf dem Absatz herum und rannte zurück nach draußen. Mein Herz hämmerte wie wild in meiner Brust. Das Blut pumpte mir durch die Adern und der Campus verschwamm förmlich zu einer dunklen Masse aus Bäumen und verwunderten Gesichtern.

Sie war zu Alex gegangen. Sie war tatsächlich zu *ihm* gegangen. Meine Gedanken sprangen von einem Bild zum anderen. Ivy, wie sie Alex anlächelte. Alex, der sie in den Arm nahm. Sie tröstete. Ich schnaubte. Ein Teil von mir wusste, dass ich nicht mehr rational dachte. Ich hatte gesehen, wie Alex Jeff ansah. Trotzdem machte es mich rasend, dass Ivy ausgerechnet zu ihm gegangen war.

Aber ein anderer Teil von mir hatte längst das Kommando übernommen. Ich hatte diesen Teil von mir jahrelang mit schweißtreibendem Training und zermürbender Selbstdisziplin unterdrückt. Doch jetzt nahm er Oberhand. Es war ein deutlich jüngerer Ryan, der gerade in mir hervorkam. Eine Version von mir, die auf alles und jeden wütend war. Am allermeisten auf sich selbst.

# IVY

Jeff sah beunruhigt zu mir herüber, als ich den nächsten Shot kippte und angeekelt das Gesicht verzog. Der Erdbeerlimes war mir eindeutig lieber gewesen. Leider war der aber schon leer, sodass mir nur Tequila oder Leitungswasser übrig geblieben waren. Das Bier, das es auf der Verbindungsparty gab, brachte ich beim besten Willen nicht hinunter. Keine Ahnung, wie das Zeug hieß, aber es war einfach nur ekelhaft. Also musste der Tequila herhalten – und damit der nicht ganz so schlimm schmeckte, tauschte ich die Zitronenspalte gegen ein Stück Schokoladenkuchen ein. So ließ sich ein gebrochenes Herz bestimmt wieder gut zusammenkleben. Obwohl ich inzwischen an dem Punkt angelangt war, an dem auch nur der Tequila reichen würde.

Mein Kopf fühlte sich ganz leicht an. Ich versuchte mir einzureden, dass ich nicht mehr ganz so verheult aussah wie noch vor einer halben Stunde, sondern eher wie ein Albinokaninchen, dem die Nase lief und Heißhunger auf Kuchen hatte … Schließlich war das gerade schon mein zweites Stück und der sechste Tequila … oder war es andersherum? Mhm …

»Bist du sicher, dass du noch einen willst?«, fragte Alex zögernd. Er saß im Schneidersitz neben mir und hielt mir ein Glas mit klarer Flüssigkeit hin.

Mit zitternder Unterlippe nickte ich, doch Jeff war schneller und nahm Alex das Glas ab, bevor ich danach greifen konnte. »Ich glaube, Ivy hat genug«, sagte er.

»Ich kann selbst entscheiden, was ich will«, murmelte ich und schnappte mir das Glas zurück. Dabei schwappte der halbe Inhalt über und tropfte auf den Teppichboden.

Jeff straffte die Schultern. »Nein, kannst du nicht«, sagte er und tauschte einen besorgten Blick mit Alex.

Nach einer Weile zuckte Alex resigniert mit den Schultern. »Wenn es ihr hilft. Wir sollten allerdings ausmachen, wer ihr die Haare zurückhält, wenn sie anfängt zu kotzen.«

Jeff schnaubte. »Schau sie dir doch an. Sie sieht aus, als hätte Slenderman sie erwischt.«

Na danke auch. Allerdings hatte ich das Gefühl, dass es hier nicht mehr nur um mich ging. Als ich vorhin völlig aufgelöst hier angekommen war, hatten die beiden sich gerade lautstark angeschrien. Aber kaum hatten sie mein verheultes Gesicht gesehen, hatten sie abrupt aufgehört, sich anzubrüllen. Sie hatten sich noch ein letztes Mal heftig angefunkelt und dann versucht, mich aufzuheitern. Jeff mit Kuchen. Alex mit Kartentricks. Und ich mit Alkohol. Meine Methode fand ich bisher am besten. Doch der Waffenstillstand hatte nicht besonders lange gehalten, denn Alex und Jeff waren kurz davor, sich an die Gurgel zu gehen.

»Hör auf, immer alles besser zu wissen, Jeff«, blaffte Alex. »Du magst zwar schlauer sein als ich, aber sie wird schon wissen, was sie will.«

»Ach, was will sie denn?«, äffte Jeff.

Ich hatte Alex und Jeff noch nie so wütend erlebt. Schockiert beobachtete ich die beiden, während ich mir einfach selbst nachschenkte und den Alkohol runterspülte. Mein Magen gluckerte und wurde mit einem Bissen Kuchen besänftigt.

»Ein bisschen Spaß haben vielleicht?«

Jeff sprang so ruckartig auf, dass ich vor Schreck zusammenzuckte. »Spaß? Spaß?! Hier geht es nicht um Spaß, sondern darum, dass du Angst hast, über Konsequenzen nachzudenken!«

Verwundert starrte ich Jeff an, der immer lauter wurde. »Dir geht es immer nur darum, Spaß zu haben. Was anderes interessiert dich nicht. Du bist rücksichtslos meinen … den Gefühlen anderer gegenüber. Dir ist alles egal, Hauptsache, du amüsierst dich! Das hast du früher schon mit deinem Spielzeug gemacht. Hauptsache, neu und aufregend, und wenn es kaputt ging, war es dir verdammt noch mal egal. Es landete in einer Ecke. Aber weißt du was? Ich habe keine Lust, kaputt gemacht zu werden!«

Alex öffnete den Mund, doch Jeff stürmte einfach davon, stieß ein paar Leute zur Seite und verschwand ins obere Stockwerk.

Perplex starrte ich ihm hinterher. »Was war das denn?«, fragte ich verwundert.

Wortlos nahm mir Alex die Flasche aus der Hand, schenkte sich selbst ein Glas ein und kippte den Tequila hinunter, dann noch einen. Beim dritten sah er schon nicht mehr ganz so blass aus.

»Kuchen?«, fragte ich und hielt ihm meinen Teller unter die Nase.

Alex seufzte und schüttelte den Kopf. Trotzdem nahm er sich im gleichen Augenblick ein großes Stück Kuchen. Noch während des Kauens verzog er das Gesicht. »Das schmeckt ja furchtbar.«

Ich schnaubte. »Sei nicht so ein Snob, Alex.«

»Lass mich doch«, murmelte er mit vollem Mund. Nach einer Weile ließ er sich seufzend zurücksinken.

»Was ist denn passiert?«, fragte ich und rutschte näher, um mich an ihn lehnen zu können. Seine Nähe beruhigte mich irgendwie, auch wenn er etwas knochiger war als Ryan. Er roch auch nicht so gut wie Ryan … Ryan roch nach Ryan. Alex nach Hugo Boss.

Alex seufzte erneut und fuhr sich durchs Haar. Er sah völlig fertig aus. »Du zuerst.«

Ich schluckte. »Ryan will mich nicht«, sagte ich leise und starrte auf das leere Glas in meiner Hand.

Alex sah mich mitleidig an. »Das tut mir leid.«

Ich zuckte mit den Schultern. Wäre der Alkohol nicht gewesen, der gerade gute Dienste tat, meine Gefühle in Schach zu halten, wäre ich bestimmt wieder in Tränen ausgebrochen. So spürte ich zum Glück hauptsächlich einen leichten Schwindel in meinem Kopf. Vielleicht sollte ich langsam aufhören zu trinken.

»Und? Was ist bei dir los?«, fragte ich so leise, dass er mich über die Musik hinweg eigentlich gar nicht gehört haben konnte.

Aber Alex schien die Frage trotzdem verstanden zu haben. Gequält schloss er die Augen. »So ziemlich dasselbe. Ich habe mir einen Ruck gegeben und Jeff gesagt, dass ich mit ihm zusammen sein will.«

»Und?«

»Er will nicht.«

»Das ist scheiße.«

»Du sagst es.« Er öffnete wieder die Augen und drehte träge den Kopf, um mich ansehen zu können. Ein harter Zug spielte um seine Mundwinkel. »Das Ironische an der Sache ist, dass ich früher wirklich immer mein Spielzeug kaputt gemacht habe. Für ihn.«

»Hä?«, fragte ich wenig intelligent. Zu meiner Verteidigung sei gesagt, dass der Alkohol in mir gerade dabei war, meine Gehirnzellen abzutöten.

»Früher habe ich haufenweise Spielzeug bekommen. Jeff war oft bei mir zum Spielen, aber immer, wenn ich ihm mein neues

Spielzeug gezeigt habe, sah er traurig aus. Ich konnte es nicht ertragen, dass Jeff unglücklich war. Also habe ich das Spielzeug kaputt gemacht, damit er wieder lächelte. Ich war wohl damals schon ein Idiot. Scheint sich mit dem Alter nicht geändert zu haben.«

Mitleidig verzog ich das Gesicht. Mein Magen hob sich bedrohlich, doch zum Glück blieb alles unten.

Alex seufzte deprimiert. »Warum kann ich mich nicht in dich verlieben, Ivy? Du verstehst mich. Du weißt immer, was ich meine. Vor dir müsste ich mich nicht rechtfertigen. Und du hast keine Angst vor Geld.« Er schnaubte leise. »Jeff ist absolut unfähig, Geschenke anzunehmen. Letztens habe ich ihm eine Ray-Ban-Sonnenbrille geschenkt, da ist er völlig ausgeflippt und hat darauf bestanden, das Ding zurückzugeben.«

»Viele Menschen sind es einfach nicht gewöhnt, so viel Geld zur Verfügung zu haben«, sagte ich sanft und strich ihm eine Haarsträhne aus der Stirn. »Mein Vater predigt immer ›Ein Mensch, der *für* Geld arbeitet, wird niemals so viel verdienen wie ein Mensch, der *mit* Geld arbeitet.‹ Aber weißt du, er hat recht damit: Wir kommen aus einer Welt, in der Geld keine Rolle spielt. Ob ich jetzt eine Tasche für 20 oder für 20 000 Dollar kaufe, ist vollkommen belanglos. Es macht auf dem Konto keinen Unterschied. Bei all der Sorglosigkeit vergisst man manchmal, dass es Menschen gibt, die zu Geld ein ganz anderes Verhältnis haben.«

»Jeffs Verhältnis zu Geld ist … pingelig«, knurrte Alex, nahm sich die Flasche Tequila und trank einfach direkt daraus.

Ich schmunzelte. »Vielleicht solltest du das mal mit Jeff klären. Ich mache mir langsam Sorgen um ihn.«

»Ach, dem geht es gut. Der schmollt nur in seinem Zimmer und zählt seine Briefmarken«, winkte Alex ab und wollte erneut aus der Flasche trinken.

Schnell nahm ich ihm den Tequila weg und stellte ihn auf dem Tisch ab. Ein wenig wacklig stand ich auf und griff grinsend nach seiner Hand. »Lass uns tanzen.«

Er blinzelte irritiert. »Jetzt?«

»Ja, jetzt. Ich mag den Song.«

Alex lauschte und lachte amüsiert. »*It's now or never* von Elvis?«

Ich zuckte mit den Schultern. »Komm schon«, drängte ich ihn. Ächzend stand Alex auf und ließ sich von mir in die Mitte des Wohnzimmers ziehen, wo die Dichte an feiernden Studenten exponentiell zunahm, zumal daneben auch das Bierfass stand.

Plötzlich blieb Alex stehen, wirbelte mich herum in eine perfekte Grundstellung. Langsam legte ich meine Hand auf seine Schulter. Offenbar war ich nicht die Einzige, die Tanzunterricht erhalten hatte, denn schon nach wenigen Schritten bewegten wir uns so mühelos durch die plump zuckenden Menschen, dass es schon fast peinlich war. Alex wirbelte mich im Kreis und fing mich wieder auf, bevor er einen gekonnten Ausfallschritt machte. Nett, aber irgendwie wurde mir dabei ziemlich schlecht.

»Wow, du bist echt gut«, sagte ich und kam dabei leicht aus dem Takt.

Alex grinste. »Danke. Man lernt so einiges an Privatschulen. Blöd nur, dass es eine Jungsschule war, in der man immer ewig diskutieren musste, wer die Frau tanzt.«

Ich lachte. »War Jeff dein Tanzpartner?«

»Immer.«

»Warst du die Frau?«, fragte ich amüsiert.

Alex schnaubte belustigt. »Nein, wir haben uns abgewechselt. Im Grunde habe ich nur getanzt, weil es Jeff eine Freude gemacht hat …« Seine Augen wurden dunkel. Traurig. »Ich habe früher immer ziemlich abfällig über das Tanzen gesprochen. Aber jetzt vermisse ich es, vermisse die Zeit mit Jeff …« Am Schluss war Alex so leise geworden, dass ich seine Worte kaum noch verstanden hatte.

Prompt führte er mich in eine schnelle Schrittfolge. Damn! War er gut. Alex' Hand streichelte sanft über meinen Rücken.

»Das mit Ryan tut mir übrigens leid.«

»Ja. Mir auch.«

»Und da lässt sich wirklich nichts machen? Soll ich mal mit ihm reden?«

Ich lachte leise. »Das ist ein nettes Angebot, aber ich glaube nicht, dass das etwas bringt. Ich muss mich wohl oder übel woanders umsehen.«

Alex runzelte die Stirn, während er mich nachdenklich ansah. »Vielleicht kann ich euch trotzdem helfen. Wir könnten Ryan ein wenig eifersüchtig machen.« Er grinste verschmitzt. »Vielleicht funktioniert das, um ihn aus der Reserve zu locken?«

Ich prustete. »Danke, aber ich bin mir nicht sicher, ob das wirklich funktionieren würde. Außerdem wäre Jeff sicher nicht begeistert davon.«

»Wie du meinst, aber wenn du meine Hilfe brauchst, bin ich für dich da, okay?«

»Okay«, sagte ich leise und erwiderte sein Lächeln.

Alex senkte langsam den Kopf hinab. Ich spürte seinen Atem, bevor seine Lippen auf meine trafen und er mich sanft küsste. Ein einfaches Aneinandertreffen der Lippen, das genauso harmlos wie zärtlich war. Ein Teil meiner Anspannung fiel von meinen Schultern, während Alex seine Einsamkeit mit meiner teilte.

Der Kuss konnte höchstens ein, zwei Sekunden gedauert haben, als Alex ruckartig von mir gezogen wurde und ein großer

Körper sich zwischen uns drängte. Was zum …? Mein Herz jagte los, als ich eine vertraute Stimme hörte.

»Das war ein ziemlich großer Fehler«, fauchte Ryan und packte Alex am Shirt.

»Lass ihn los, Ryan«, rief ich den wohl klischeehaftesten Standardspruch, seit es Hollywood gab.

Doch Ryan ignorierte mich einfach. Ich wollte gerade einen Schritt auf ihn zumachen, um ihn zu beruhigen, als er ruckartig den Kopf drehte. Er warf mir einen so wütenden Blick zu, dass ich erschrocken zusammenzuckte. Rasend vor Zorn wandte er sich wieder an Alex, der zum Glück so klug war, sich nicht zu wehren, sondern nur vorsichtig die Hände hob.

»Ryan!«, sagte er ruhig. »Alles gut! Tief durchatmen, das ist ein Missverständnis, mehr nicht.«

»Ein Missverständnis?«, brüllte Ryan. Es schien ihm vollkommen egal zu sein, dass er gerade die Party crashte. Die Musik wurde abgewürgt und ein paar der Verbindungsjungs sahen bereits grimmig zu uns herüber. »Du warst gerade dabei, sie zu küssen, was soll ich da missverstehen?«

Alex zuckte zusammen, hob jedoch trotzig das Kinn. »Ich habe sie nur getröstet!«

»Mit deiner Zunge?« , brüllte Ryan.

»Mit ein wenig Zuneigung, du Idiot!«

»Wer's glaubt. Lass einfach die Finger von ihr!«

Ich musste dringend etwas tun. Am besten, bevor die Verbindungsjungs einen Baseballschläger holen konnten und der Abend in einer Prügelei endete. Hektisch sah ich mich um.

»Sonst was?«, sagte Alex provozierend. »So wie Ivy mir das gerade erklärt hat, klingt es, als hättest *du* sie abserviert. Also heul jetzt nicht rum, nur weil ich sie trösten wollte.«

»Ich habe sie nicht abserviert«, fauchte Ryan so wütend, dass Alex leicht zusammenzuckte und die Schultern anspannte. Schnell lief ich zum Wohnzimmertisch, schnappte mir die Flasche Tequila und eilte zurück.

»Ach nein? Das klang aber ganz anders, als Ivy vorhin völlig verheult hier angekommen ist!«, sagte Alex finster.

»Ich versuche nur, das Richtige zu tun«, brüllte Ryan.

»Ach ja? Dann hör auf, mit ihr zu flirten und ihr falsche Hoffnungen zu machen, nur um sie dann fallen zu lassen«, gab Alex kalt zurück.

Ein Muskel an Ryans Kiefer zuckte. »Du hast doch keine Ahnung«, knurrte er und machte einen Schritt auf Alex zu. Ryan sagte noch etwas, aber so leise, dass ich es nicht hören konnte.

Plötzlich riss Alex überrascht die Augen auf und sein Mund klappte auf, während er Ryan fassungslos anstarrte. Im selben Moment war es mit meiner Geduld endgültig vorbei. Ohne zu zögern, hob ich den Arm und leerte die Flasche Alkohol über Ryans Kopf aus. »Okay, das reicht jetzt!«

»Scheiße!«, rief Ryan erschrocken, als ihm die kalte Flüssigkeit ins Gesicht lief. Ruckartig ließ er Alex los und drehte sich zu mir um.

»Was machst du hier?«, fragte ich gereizt.

»Was ich hier mache?« Fassungslos starrte er mich an. »Du solltest doch im Zimmer bleiben. Wie kannst du einfach abhauen?«

»Ich tue nur das, was du von mir wolltest! Ich lasse dich in Ruhe … immerhin *dürfen wir ja nicht*«, knallte ich ihm seine eigenen Worte entgegen. Wow. Tat das gut.

Blinzelnd wischte sich Ryan den Tequila aus dem Gesicht. Als er einen Schritt auf mich zuging, wich ich synchron einen zurück.

»Okay. Du kommst mit«, sagte Ryan bestimmt und deutete auf die Tür.

»Nein!« Vehement schüttelte ich den Kopf.

»Du. Kommst. Mit«, sagte Ryan mit nur mühsam unterdrückter Wut. Und ehe ich reagieren konnte, packte er mich am Arm und zog mich in Richtung Tür.

Ein spitzer Protestschrei entkam mir, als Ryan mich ohne stehen zu bleiben hinter sich herzog.

»Sollen wir ihr helfen?«, fragte einer der Studenten zögerlich.

»Nein«, schnaubte Alex. »Die beiden haben dringenden Klärungsbedarf.«

Na vielen Dank auch! Vielleicht sollte ich mir die Sache mit der Freundschaft doch noch mal überlegen. Aber vorher musste ich Ryan loswerden. »Ryan, lass mich sofort los«, rief ich aufgebracht und schlug gegen seinen Arm.

»Nein«, erwiderte er stur.

»Du bist so ein Arschloch«, presste ich hervor, während ich hilflos hinter ihm herstolperte.

Ryans Schultern spannten sich an. »Ich weiß«, murmelte er.

Draußen wehte ein überraschend kühler Wind. Es regnete auch leicht und über uns grollte der Himmel. Ryan lief immer schneller, sodass ich kaum noch mit ihm Schritt halten konnte. Erst als wir das Verbindungsviertel hinter uns gelassen und das kleine Parkstück, das zum Wohnheim führte, erreicht hatten, wurde er langsamer. Bisher hatte ich das Stückchen Natur immer als sehr einladend und heimelig empfunden, doch heute jagte es mir eine Gänsehaut über den Rücken. Durch das aufziehende Gewitter war die Sonne hinter dichten grauen Wolkenbänken verschwunden und der Park so gut wie ausgestorben. Der Unwille, von Ryan wie ein unartiges Mädchen nach Hause gezogen zu werden, wurde so groß, dass sich mein Magen zusammenzog. Das Gerenne half auch nicht wirklich, meinen Magen zu beruhigen.

»Lass mich los«, ächzte ich.

»Nei…«

»Warte! Mir wird schwindlig!«, sagte ich und stolperte nach vorn, gegen Ryan. Unwillkürlich hielt er mich fest, während ich nach Luft rang.

»Ich kann das nicht, Ryan«, sagte ich mit kratziger Stimme und drückte seine Brust weg. »Ich kann dieses platonische Freundeding einfach nicht.«

»Ich auch nicht«, sagte Ryan leise.

Müde sah ich zu ihm hoch.

»Ivy …«, stieß er hervor und atmete tief ein. »Es tut mir so leid. Ich wollte dich niemals verletzen. Ich …«

Plötzlich – von einer Sekunde auf die andere – tauchte hinter Ryan eine Person auf. Freeman. Und an seinen Fingern glitzerte etwas, das verdächtig nach einem Schlagring aussah.

»Pass auf!«, schrie ich.

Doch bevor Ryan reagieren konnte, krachte auch schon Freemans Faust gegen seinen Hinterkopf. Ryan ging wie ein gefällter Baum zu Boden.

Ich war so erschrocken, dass ich nicht mal schreien konnte, als noch ein zweiter Typ mit Anabolikamuskeln aus der Dunkelheit auftauchte. Mein Herz raste und meine Kehle war vor Angst wie zugeschnürt. Hilflos musste ich zusehen, wie Ryan vor Schmerz fluchte und versuchte, sich aufzurichten.

»Praktisch, dieses Ding.« Freeman betrachtete grinsend den Schlagring, der wie ein obszöner Schmuck an seinen Fingerknöcheln leuchtete.

»Das ist er also?«, fragte der Typ, der offenbar zu viel Zeit im Sportstudio verbrachte.

»Ja, das ist die Ratte«, bestätigte Freeman und trat nach Ryan, der vor Schmerzen aufstöhnte.

Zitternd wich ich einen Schritt zurück – direkt in die Arme eines weiteren Studenten, der sich mir unbemerkt von hinten genähert hatte und mich sofort festhielt.

Ich ächzte erschrocken. »Scheiße! Finger weg«, fauchte ich, was den Typen jedoch nur abfällig schnauben ließ.

Adrenalin flutete meine Adern. Ein Ruck ging durch meinen Körper, während ich versuchte, dem Typen wehzutun. Egal wie. Egal wo. Ein Instinkt, von dem ich nicht gewusst hatte, dass ich ihn besaß, übernahm die Kontrolle. Ich trat, fluchte und kratzte. Der Typ grunzte und drehte mir ruckartig den Arm auf den Rücken, sodass ich vor Schmerz aufschrie.

»Und das ist die Kleine?«, hörte ich ihn verwundert fragen. Fast enttäuscht.

Freeman nickte, starrte jedoch weiterhin auf Ryan hinab, der sich mit verbissener Miene aufrichtete. Als Ryans Blick kurz zu mir hochzuckte, konnte ich die Angst in seinen Augen deutlich erkennen. Rote Schlieren liefen ihm langsam die Schläfe hinab.

»Freeman«, sagte Ryan betont kühl und wischte sich das Blut weg.

Freeman schnalzte mit der Zunge und trat Ryan unglaublich schnell in den Magen. »Wir haben noch eine Rechnung offen.«

Ryan krümmte sich ächzend, biss jedoch die Zähne zusammen. »Einen Scheiß haben wir«, knurrte er und spuckte verächtlich aus. Er hob den Blick und sah Freeman hasserfüllt an.

»Lass mich los!«, zischte ich unterdessen den Typen an, der meinen Arm immer noch festhielt.

»Keine Sorge, Süße«, sagte er. »Austin will nur deinem Freund hier eine kleine Lektion erteilen. Wenn du still bist, passiert dir nichts.«

»Mir passiert nichts?«, höhnte ich. »Hast du eine Ahnung, was mit euch passiert, wenn das hier vorbei ist?«

Der Typ grunzte nur belustigt und packte mich noch fester. Ich verzog das Gesicht, als mein Arm vor Schmerzen pochte. Doch das war lange nicht so schlimm wie die Angst um Ryan.

»Sag ihm, er soll sie sofort loslassen, Freeman. So dumm, ihr etwas anzutun, kannst nicht mal du sein.«

»Oh, keine Sorge. Ihr wird nichts passieren. Das hier ist was rein Persönliches zwischen uns beiden«, sagte Freeman und ballte die Faust.

Der andere Typ hatte sich währenddessen hinter Ryan geschlichen und holte im gleichen Augenblick aus wie Freeman.

»Ryan! Hinter di…«, brüllte ich. Doch sofort wurde ich von einer großen Hand abgewürgt, die sich mir auf den Mund presste.

Ich atmete viel zu hektisch und meine Sicht verschwamm. Erst verspätet wurde mir klar, dass das Ryan war, der sich so schnell bewegte, dass Freemans Faust ins Leere traf. Mit weit aufgerissenen Augen beobachtete ich, wie Ryan MacCain von einer Sekunde auf die andere den Security in sich herausholte. Problemlos wich er auch dem Faustschlag des Studenten hinter sich aus, sodass der Schlag stattdessen Freeman traf.

Ächzend schnappte Freeman nach Luft, während der Student irritiert nach hinten stolperte.

Als Freeman erneut zum Schlag ausholte, machte Ryan einen Schritt zur Seite, packte Austins Arm und nutzte dessen Schwung, um ihm ruckartig den Arm auf den Rücken zu drehen.

Freeman schrie vor Schmerz auf, als sein Schultergelenk mit

Gewalt nach hinten gebogen wurde. Ryan trat ihm hart in die Kniekehle, sodass ihm die Beine wegknickten. Beinahe gleichzeitig schlang Ryan seinen Unterarm um Austins Hals und drückte zu.

Freeman brüllte und fluchte. Spucke flog ihm von den Lippen, während er vergeblich versuchte, sich aus Ryans Griff zu winden.

»Bleib zurück oder ich breche ihm den Arm«, stieß Ryan warnend hervor, als Freemans Kumpel auf ihn zustürzte. Der Junge blieb abrupt stehen. »Und du«, befahl Ryan dem Typen, der mich immer noch festhielt. »Lass Ivy los!«

Als der Typ nicht sofort reagierte, verzog Ryan das Gesicht und übte noch mehr Druck auf Freemans Arm aus, sodass er schmerzerfüllt aufschrie.

»Tu, was er sagt! Tu, was er sagt!«, röchelte er.

Ruckartig wurde ich freigelassen. Ich schnappte erleichtert nach Luft und stolperte ein paar Schritte nach vorn.

»Ivy«, sagte Ryan, »lauf und ruf die Polizei. Freeman hat spontan Lust bekommen, die nächsten paar Jahre im Knast zu verbringen.«

»Aber ich kann dich doch nicht alleine lassen«, wandte ich entsetzt ein.

»Geh!«, brüllte Ryan so laut, dass Freemans Kumpel erschrocken zusammenzuckten.

»Oh nein, ohne mich!«, rief der eine. »Du hast behauptet, dass wir nur einen Kerl ein wenig aufmischen würden.«

»Fickt euch! Ich lasse mich doch nicht verarschen«, fauchte Freeman und dann ging es ziemlich schnell.

Ruckartig stieß er nach hinten und rammte seinen Hinterkopf in Ryans Gesicht. Ryan stöhnte schmerzerfüllt auf. Freeman riss sich los, entfernte sich ein paar Schritte von Ryan. Gleichzeitig holte er etwas kleines Schwarzes aus seinem Hosenbund hervor und richtete es auf mich. Schreckensstarr blickte ich in die Mündung einer Waffe.

»Ruhig bleiben oder ich schieße«, fauchte er.

Ryan erstarrte. Vorsichtig wich er einen Schritt zurück, dabei ließ er die Waffe jedoch nicht aus den Augen.

Meine Hände fingen an zu zittern und kalter Schweiß rann mir den Rücken hinunter, während Freemans Kumpel fluchend den Rückzug antraten.

»Austin, was machst du da?«, fragte der Typ, der mich festgehalten hatte, fassungslos.

»Scheiße«, fluchte der andere, »spinnst du? Was soll die Aktion?«

Freeman schien selbst zu bemerken, dass er gerade dabei war, eine riesengroße Dummheit zu begehen, denn er leckte sich nervös über die Lippen. Als Ryan sich vorsichtig in seine Richtung bewegte, zuckte er erschrocken zusammen. »Bleib weg!«, kreischte er und richtete seine Waffe auf Ryan.

Ryan hob abwehrend die Hände. »Alles gut«, sagte er ruhig. »Tief durchatmen. Hör auf und leg die Waffe weg.«

Unauffällig wich ich einen Schritt zurück. Ich musste die Polizei verständigen. Oder Harry anrufen.

»Keine Bewegung oder ich schieße«, fauchte Freeman in meine Richtung.

Abrupt blieb ich stehen.

Ryan zog ein finsteres Gesicht. »Hör auf«, wiederholte er seine Worte langsam. »Denk nach, was du da gerade machst. Diese paar Fotos sind die Konsequenzen nicht wert.«

Freeman lachte verächtlich. Seine Hand an der Waffe zitterte. Schweiß trat auf seine Stirn. »Nicht wert? Nicht wert? Hast du eine Ahnung, wie viel diese Story wert ist? RedEnergies hat Hunderte Mitarbeiter entlassen. Darunter auch meinen Vater.« Er zitterte immer stärker. »Niemand hat darüber berichtet. Die Welt hat es verdient, zu erfahren, welchen Mist RedEnergies baut.«

»Dein Vater?«, hakte Ryan nach und ging einen weiteren Schritt auf Freeman zu.

»Dreißig Jahre hat er in diesem Drecksladen gearbeitet. Jahrelang war er kaum zu Hause, weil er sich für die Firma den Arsch aufgerissen hat. Und dann haben sie ihn ohne jede Vorwarnung rausgeschmissen. Wir haben alles verloren – und das nur wegen ihrem Vater«, sagte Freeman aufgebracht und deutete mit der Waffe auf mich.

Ich zuckte zusammen. Ryan machte einen blitzschnellen Ausfallschritt, packte ihn am Schussarm und versuchte, ihm die Waffe aus der Hand zu schlagen. Freeman schrie erschrocken auf und stolperte zurück.

Plötzlich zerriss ein lauter Schuss die Luft.

»Ryan!«, schrie ich und stürzte panisch nach vorn. Dabei stolperte ich prompt über meine eigenen Füße und fiel hin. Sofort rappelte ich mich wieder hoch und rannte weiter auf Ryan zu, der sich stöhnend die Schulter hielt. Ich hatte solche Angst um ihn, dass ich nur am Rande mitbekam, wie die anderen Typen die Flucht ergriffen.

Freemans Blick zuckte hasserfüllt zu mir, danach zu Ryan, der schmerzverzerrt in die Knie ging.

»Scheiße!«, stieß Freeman hervor, warf die Waffe weg und verschwand ebenfalls mit hektischen Atemzügen in der Dunkelheit.

»Ryan!«, rief ich und ließ mich neben ihm zu Boden sinken. Meine Fingerspitzen berührten seine Schulter und als ich meine Hand hob, klebte daran nasses Blut.

»Ruf … einen Krankenwagen … und die Polizei«, ächzte Ryan. Sein Gesicht war blass und auf seiner Stirn glitzerte der Schweiß.

»Ja … ja … Krankenwagen.« Völlig aufgelöst und mit zitternden Fingern holte ich das Handy aus meiner Hosentasche. Als ich jedoch den Entsperrungsknopf drückte, blieb das Handy schwarz. »Nein! Nein, nein, nein«, rief ich panisch und begann, wild auf das Handy zu drücken. »Ryan? Keine Angst. Ich hole Hilfe!«, beschwor ich ihn und strich ihm die Haare aus dem Gesicht. »Ryan? Hörst du mich? Mein Akku ist leer. Ich hole Hilfe, ja?«

Ryan schaffte es gerade noch zu nicken. Dann senkten sich seine Lider zitternd, bevor er in meinen Armen ohnmächtig wurde.

# RYAN

Ich fühlte mich grauenhaft. Als hätte ich drei Nächte lang Party gemacht und mich danach von einem Känguru verprügeln lassen. Außerdem war mir eiskalt und ich zitterte am ganzen Körper. Als wäre mein kleiner Bruder wieder mal zu mir ins Bett gekommen, um bei mir zu schlafen. Dabei stahl er mir auch immer die Decke und ich wachte am nächsten Morgen als Eisklotz auf.

Doch leider wachte ich jetzt nicht auf. Um mich herum blieb es dunkel. Ich zitterte immer heftiger und versuchte, die Augen zu öffnen, doch meine Lider fühlten sich unglaublich schwer an … als würden Gewichte dran hängen. Auch meine Finger wollten sich nicht bewegen. Panik überkam mich. Wo war ich? Was war los? Wo war …

Eine leichte Berührung an meinen Fingerspitzen riss mich aus meiner Panik. Die Berührung wurde fester und eine warme Hand schloss sich um meine. Klammerte sich förmlich daran fest, während etwas Nasses meine Wangen traf.

»Ryan.« Die Stimme drang nur schwach durch den Nebel, der sich immer mehr verdichtete. »Schön weiteratmen, hörst du? Der Krankenwagen ist gleich da. Ryan, kannst du mich hören?«

Ivy! Das war Ivy. Und sie weinte. Schluchzte regelrecht. Es klang, als stünde sie kurz vor einem Nervenzusammenbruch. Ich wollte ihr sagen, dass sie aufhören sollte zu weinen. Schließlich gab es keinen Grund dazu … oder? Ich wollte sie in die Arme nehmen und an mich drücken. Doch die Dunkelheit hielt mich fest im Griff. Plötzlich hörte ich einen schrillen Ton, der immer näher kam. Eine Polizeisirene? Warum kam die Polizei?

»Ivy, der Rettungswagen ist da«, sagte eine Stimme. Eine männliche Stimme, die mir bekannt vorkam. Alex! Dieser Scheißkerl.

»Ist gut«, schniefte Ivy leise und ließ meine Hand los. Sofort wurde wieder alles taub und leblos. Das Atmen fiel mir immer schwerer und mir wurde noch kälter. So scheißkalt …

»Keine Angst. Alles wird wieder gut, Ryan.« Es war nur ein Flüstern, gefolgt von einer sanften Berührung auf meiner Stirn. Ein Kuss? Küsste Ivy mich? Leider war das Gefühl viel zu schnell wieder verschwunden.

Ich trieb ab, hörte das Rauschen von Stimmen, ohne sie wirklich zu verstehen. Einzelne Wortfetzen drangen durch, aber das meiste davon machte keinen Sinn. »… stabil … Ausweis … Blutgruppe … B 12 … Schulterdurchschuss … Verletzung … Arterien … axillaris … brachialis … Puls … 45 … 120 … schwach … stabil … Bradykardie … Fraktur … Hinterkopf …«

»Wird er wieder gesund?«

»Sind Sie eine Angehörige?«

»Nein, aber ich muss … Harry? Harry, ich bin's, Ivy. Du musst sofort … Es ist … Ryan … er ist … nein … er hat nicht … Nein, er ist ohne Bewusstsein … Ich weiß es nicht …«

Ivy. Hatte ich ihr noch sagen können, dass ich sie liebte? Hoffentlich. Ich hatte keine Ahnung, was passiert war, aber ich hoffte, dass sie wusste, was ich für sie empfand. Ich hoffte, sie würde …

Meine Gedanken wurden immer träger. Die Kälte ließ langsam nach und Wärme durchströmte mich, brachte alles in mir zum Kribbeln. Danach setzte ruckartig der Schmerz ein. Ein heißes Pochen, das von meiner Schulter ausging und durch meinen gesamten Körper pulsierte. Ich hörte jemanden schreien. War ich das? Es klang so seltsam. Verzerrt, verzweifelt. Ich biss die Zähne zusammen, bevor sich ein anderes Gefühl in mir ausbreitete. Es wurde immer stärker, zog mich hinab, drückte meinen Verstand nach unten.

Ich dämmerte weg.

Nichts. Da war nichts mehr.

# IVY

»Miss Redmond?«

Erschrocken zuckte ich zusammen. War ich etwa eingeschlafen? Ich blinzelte müde und sah verwirrt hoch. Offenbar war ich tatsächlich eingeschlafen, denn von draußen drang helles Sonnenlicht in das Krankenzimmer. Ryan war gestern Abend noch medizinisch versorgt worden und als sie ihn dann auf sein Zimmer gebracht hatten, war ich bei ihm geblieben. Ich wollte ihn nicht alleine lassen. Zu groß war meine Angst um ihn. Immer wieder wirbelten die Ereignisse von gestern Abend durch meinen Kopf: leuchtende Sirenen; Ärzte, die sich um Ryan kümmerten; Harry, dem jede Farbe aus dem Gesicht gewichen war, als er seinen Sohn gesehen hatte, …

Wo war Harry überhaupt? Er hatte doch auch bei Ryan bleiben wollen. Hatte da sein wollen, wenn sein Sohn aufwachte.

Mein Blick fiel auf Ryan, der vor mir im Krankenhausbett lag und schlief. Er atmete ruhig, und sein Brustkorb hob und senkte sich gleichmäßig. Auf seinem Zeigefinger steckte eine Klammer, die seinen Herzschlag maß. Das leise maschinelle Piepen des Herzmonitors war das beruhigendste Geräusch, das ich jemals gehört hatte.

»Miss Redmond?«, fragte die Stimme wieder und riss mich endgültig aus meiner verschlafenen Lethargie.

Ich wandte den Kopf und sah einen fremden Mann im Türrahmen stehen. Er war ziemlich groß. Seine Haare waren zu einem kurzen Militärhaarschnitt geschnitten und er stützte sich auf einen Gehstock, obwohl er nicht älter als dreißig sein konnte. Etwas an ihm irritierte mich. Allerdings war ich noch zu müde, um zu wissen, was.

»Ja?«, brachte ich krächzend hervor und räusperte mich. »Entschuldigung, sollten wir uns kennen?«

Der Mann lächelte und offenbarte ein paar Grübchen an seiner Wange. »Wahrscheinlich nicht. Allerdings habe ich schon viel von Ihnen gehört.« Als er meinen verwirrten Gesichtsausdruck bemerkte, fügte er hinzu: »Harry erzählt oft von Ihnen.«

»Oh ...« Ich blinzelte fahrig, unfähig, einen klaren Gedanken zu fassen. »Falls Sie Harry suchen, der ist vermutlich in die Cafeteria gegangen, um sich einen Kaffee zu holen.«

»Ich weiß«, sagte er leise und sah ein wenig verloren aus. »Ich wollte zu Ihnen und ...« Er schluckte. »... und zu meinem Bruder.«

*Bruder.* Das Wort hallte wie ein Echo in meinen Gedanken wider. *Bruder?* Hatte Ryan schon einmal einen älteren Bruder erwähnt?

»Oh ... äh ... na klar, soll ich rausgehen und Sie ein wenig alleine lassen?«, fragte ich und stand auf.

Ryans Bruder winkte ab, schloss die Tür hinter sich und humpelte auf mich zu. Ich überließ ihm meinen Stuhl, den er dankbar annahm. Ächzend setzte er sich hin und streckte sein Bein aus. Gedankenverloren massierte er sein Knie, während er auf seinen Bruder starrte.

»Wie geht es ihm?«, erkundigte er sich leise.

Ich seufzte und setzte mich neben Ryan aufs Bett. »Er ist stabil. Eigentlich müsste er jederzeit aufwachen.«

»Harry sagte, es war ein glatter Durchschuss an der Schulter?«, murmelte der Mann. »Wissen Sie Genaueres?«

Ich zuckte mit den Schultern. »Wenn ich es richtig verstanden habe, ist die Kugel glatt durch den Schultergürtel geschlagen. Er musste also nicht operiert, sondern nur genäht werden. Allerdings war der Blutverlust sehr hoch, sodass er ohnmächtig geworden ist.«

»Hätte schlimmer kommen können.«

»Ja, hätte es«, stimmte ich zu und fühlte, wie das Grauen von gestern Nacht wieder nach mir griff. Ich schüttelte es ab und musterte stattdessen Ryans Bruder. Jetzt wurde mir auch klar, was mich vorhin so irritiert hatte. Es waren seine Augen. Sie waren genauso grün und katzenhaft wie die von Ryan.

Er bemerkte meinen neugierigen Blick, lächelte und streckte mir seine Hand hin. »Ich bin übrigens Konstantin. Konstantin MacCain.«

»Freut mich. Ivy. Ivy Redmond«, stellte ich mich ebenfalls vor und schlug ein. Seine Hand war riesig. Richtige Pranken.

»Hat Ryan von mir erzählt?«, fragte er leise, während er meine Hand so fest umklammert hielt, als hätte er Angst, ich könnte sie loslassen.

Peinlich berührt schüttelte ich den Kopf. »Nein, leider nicht.«

Konstantin seufzte und ließ meine Hand endlich los. »Schon gut. Ich bin selbst schuld daran.«

Verwirrt zog ich die Augenbrauen zusammen. »Versteht ihr euch nicht gut?«, fragte ich leise und betrachtete Ryans Gesicht, das sich im Schlaf leicht verzog. Sanft streichelte ich über seinen Arm.

Genau in dem Moment schlug sein Herzschlag auf dem Monitor einmal heftig aus. Ich lächelte, zog die Hand zurück und sah zu Konstantin hinüber, der mich wissend angrinste.

Prompt wurde ich rot. »Sorry«, sagte ich und wich seinem Blick aus, »ist wohl eine zu persönliche Frage.«

Konstantin stieß einen tiefen Seufzer aus und fuhr sich sichtlich müde über den leichten Bartschatten an seiner Wange. »Früher waren wir uns sehr nahe«, sagte Konstantin leise. Für einen Augenblick sah es so aus, als wollte er Ryans Hand nehmen. Doch dann tat er es doch nicht und massierte sich stattdessen fester das Knie.

»Und jetzt nicht mehr?«

»Nein«, murmelte Konstantin, »jetzt nicht mehr. Ich habe ihn jahrelang nicht gesehen, um ehrlich zu sein.«

»Das tut mir leid.«

Er lächelte mich traurig an. »Hast du Geschwister, Ivy?«, fragte er.

»Nein, leider nicht. Aber ich hab mir immer einen großen Bruder gewünscht.«

Er grinste. »Große Brüder werden überbewertet, glaub mir, ich bin einer.«

»Trotzdem«, flüsterte ich. »Besser, als einsam zu sein.«

Konstantin sah mich an und etwas, das ich nicht deuten konnte, huschte durch seine kantigen Züge.

»Ryan und mich trennen fast zehn Jahre«, sagte er leise. »Ich hatte mir immer Geschwister gewünscht, aber unser Dad gründete damals frisch die Firma und es dauerte eine Zeit, bis meine Eltern beschlossen, dass ich wohl wirklich ein Geschwisterchen brauchte.« Er lachte traurig. »Als Ryan kam, war ich stolzer als unsere Eltern selbst. Und es dauerte nicht lange, bis uns allen klar war, dass Ryan eine kleine Intelligenzbestie war und später keine Probleme haben würde, an eine Elite-Uni aufgenommen zu werden. Ich war da vollkommen anders.« Er seufzte schwer. »Ich hatte nur Unsinn im Kopf. Ich war so unglaublich arrogant und die ganze Zeit auf den nächsten Adrenalinkick aus. Nach der Highschool begann ich dann meine Ausbildung in der Navy, wurde aber wegen einigen … Dummheiten rausgeworfen.« Seufzend hielt er inne. Offenbar erinnerte er sich nicht gern an sich selbst von früher.

Schweigend sah ich Konstantin an. Ich hatte keine Ahnung, warum er mir seine Lebensgeschichte erzählte, aber ich wollte jedes kleinste Detail davon wissen. Vor allem, weil Ryan eine Rolle darin zu spielen schien.

Konstantin schluckte, bevor er fortfuhr. »Damals war ich knappe zwanzig – und Ryan gerade mal zehn. Er hat mich immer viel zu sehr bewundert. Als die Navy mich rauswarf, nahm Harry mich in die Firma auf. Ich weiß noch, wie fasziniert Ryan damals die Waffen angesehen hat, wenn ich am Schießstand damit geübt habe. Ich hätte ihm sagen sollen, dass es nicht drauf ankam, ob man ein bescheuertes Kreuz in der Mitte eines Kreises treffen kann, sondern dass es viel wichtiger ist, dass man was im Köpfchen hat.«

Gebannt lauschte ich Konstantins tiefer Stimme, während meine Verwirrung immer weiter wuchs. Der Ryan, den ich kennengelernt hatte, war so vollkommen anders. Ich versuchte, mir Ryan als Kind vorzustellen, mit zu langen schwarzen Haaren, großen grünen Augen und einer Zahnlücke. Der Gedanke an Ryan als kleiner Junge, der ständig seinem großen Bruder nacheifern wollte, brachte mich unweigerlich zum Lächeln.

»Er hat sich seitdem sehr verändert«, stellte ich leise fest.

Konstantin nickte ernst. »Das ist meine Schuld … Unsere Mom war damals hochschwanger mit den Zwillingen und ist für ein paar Tage zu unserer Granny gefahren. Harry hatte Nachtschicht und ich sollte auf Ryan aufpassen. Doch stattdessen schmiss ich eine

Party.« Er verzog das Gesicht. »Ich war nach kürzester Zeit sturzbetrunken und prahlte damit, dass ich den besten Job aller Zeiten hatte. Ich hab mit meiner Dienstwaffe rumgefuchtelt, als wäre ich Lucky Luke. Und danach hab ich sie ungesichert liegen gelassen.«

Ich sog überrascht die Luft ein.

Konstantin warf mir einen kurzen Blick zu, bevor er wieder zu Ryan sah. Ein trauriger Ausdruck war in seine Augen getreten. »Ryan ist nachts aufgewacht und als er die Waffe sah, ist er damit zum Schießstand hinters Haus gegangen, um zu üben. Ich hab einen Knall gehört und bin sofort in den Garten gerannt. Und dort sah ich, wie Ryan – mit der Zunge zwischen den Zähnen – versuchte, eine Dose vom Zaun zu schießen. Genauso, wie ich es immer getan hatte, um ihn zu beeindrucken. Ich hab nach ihm gerufen. Dabei hat er sich so sehr erschreckt, dass er die Waffe verzog und mein Bein traf.« Seine Finger strichen über die betreffende Stelle.

»Oh Gott«, flüsterte ich. »Das tut mir leid.«

Er lächelte mich an. »Das muss es nicht. Aber mir tut es leid. Nicht für mich, sondern für Ryan. Mein Knie war hinüber und ich musste den Dienst quittieren. Doch wegen meines miserablen Notenschnitts wollte mich sonst niemand anstellen. Also begann ich zu trinken und fiel letztendlich in eine schwere Depression. Als meine Eltern die Notbremse zogen und mich in eine Entziehungsklinik schickten, war der Schaden bereits angerichtet. Vor allem an Ryan.«

Mit einem Kloß im Hals sah ich zu Ryan, der ruhig und gleichmäßig atmete. Was würde ich jetzt dafür geben, dass er die Augen aufschlug und mir versicherte, dass es ihm gut ging?

Konstantin seufzte. »Ich habe ihm damals die Schuld an allem gegeben. Hab meine ganze Wut an ihm ausgelassen. Ich hab ihn sogar im Vollsuff angebrüllt, dass er mir ein Leben schuldete und dass aus so einem Hänfling wie ihm niemals etwas werden würde. Ich war so dumm, ich …« Konstantin verstummte und ein harter Ausdruck trat in seine Augen.

»Was ist passiert?«, flüsterte ich. Etwas in meiner Brust zog sich schmerzhaft zusammen.

»Er veränderte sich. Er schwänzte die Schule und prügelte sich ständig. Währenddessen habe ich mich immer mehr abgeschottet. Nicht nur von Ryan, sondern von meiner ganzen Familie. Es hat Jahre gedauert, bis ich mich getraut habe, mit ihnen wieder Kontakt aufzunehmen. Aber als ich wieder zu Hause auftauchte, um mich für alles zu entschuldigen, war Ryan bereits weg, um seinen ersten Job zu erledigen.«

»Seinen ersten Job … du meinst mich?«, fragte ich leise.

Konstantin nickte. »Ich habe mir den Kopf darüber zerbrochen, warum er Security geworden ist. Ich glaube, ihn haben die Schuldgefühle so sehr aufgefressen, dass er am Ende dachte, er sei es mir schuldig, das Leben zu leben, das ich nicht mehr haben konnte.« Konstantin lächelte traurig. »Ich habe ihn angerufen. Wollte mit ihm reden, doch er blockte ab. Und dann kam der Anruf, dass Ryan angeschossen wurde …«

Konstantin verstummte und beinahe glaubte ich, Tränen in seinen grünen Augen schimmern zu sehen. Doch er schniefte nur und schüttelte seufzend den Kopf.

Mit einem Kloß im Hals sah ich zu Ryan. Erst nach einer Weile merkte ich, dass mir die Tränen die Wangen hinabliefen. Das alles erklärte so viel. Ryans undurchschaubare Tiefen, aber vor allem sein Verhalten. Diese Wut und das schon beinahe wahnhafte Pflichtbewusstsein. Und vor allem diese Zerrissenheit, die er mir gegenüber empfand. Eine Zerrissenheit, die letztendlich dazu geführt hatte, dass er angeschossen wurde.

»Er liegt nicht wegen dir hier, sondern wegen mir«, sagte ich erstickt. Ich sah nur verschwommen, wie Konstantin mir ein Taschentuch reichte.

»Danke!« Mit zitternden Fingern nahm ich es und putzte mir die Nase. »Ich bin einfach abgehauen. Weil ich wütend auf ihn war.« Schluchzend vergrub ich mein Gesicht in den Händen und spürte, wie die Schuldgefühle wieder an mir zerrten. Ich war so dumm gewesen.

»Es ist nicht deine Schuld, Ivy«, sagte Konstantin beruhigend.

Als ich zu ihm aufschaute, sah ich, dass er lächelte. Warum war er so nett zu mir? Er sollte mich hassen! Harry war ebenfalls viel zu nett zu mir gewesen, als er ins Krankenhaus gekommen war. Hatte mich nur in den Arm genommen und mich sein tapferes Mädchen genannt.

»Ivy«, wiederholte Konstantin. »Es gehört zu Ryans Job, seine Schutzbefohlene wieder einzufangen, falls sie abhaut. Er liegt nicht deinetwegen hier, sondern weil ihn ein Arschloch angeschossen hat.«

»Haben sie … haben sie Freeman schon gekriegt?«, fragte ich leise und Konstantin nickte.

»Dein Vater wird schon dafür sorgen, dass er es bereut«, sagte er.

*Mein Vater*. Es war seltsam, aber weder er noch meine Mom hatten mich angerufen. Harry meinte nur, mein Dad würde sich um alles kümmern. Trotzdem hatte ich Angst vor dem ausstehenden Anruf. Bisher war mein Handy still geblieben – was daran lag, dass der Akku leer war. Um es genau zu wissen, hätte ich es aufladen müssen, doch meine Kraft reichte nicht mal mehr dafür aus. Die letzten Stunden mit Ryan fühlten sich an, als würde uns jemand eine Verschnaufpause gönnen, bevor die Welt vollends in sich zusammenkrachte.

Vorsichtig griff ich nach Ryans Hand, die leicht zuckte. Als würde er träumen. Kaum zu glauben, was er in seinem Leben schon alles durchgemacht hatte. Einmal mehr wurde mir bewusst, wie anders ein Leben sein konnte als jenes, das ich achtzehn Jahre lang geführt hatte. Ein goldener Käfig, aus dem ich auszubrechen versucht hatte, obwohl ich ein Vogel mit gestutzten Flügeln war. Kein Wunder, dass ich abgestürzt war.

Ein Klopfen ließ uns ruckartig aufsehen. Kurz darauf öffnete sich die Tür und Harry kam in einem zerknitterten Anzug herein.

»Oh, entschuldigt, habe ich euch gerade unterbrochen?«, fragte Harry, sichtlich überrascht, uns beide zusammen zu sehen. Sein Blick zuckte kurz zu Konstantin und dann wieder zurück zu mir.

Ich schüttelte den Kopf.

Harry seufzte und rieb sich über den kahlen Kopf. »Ivy, ich weiß, du bist müde, aber ich muss leider etwas mit dir unter vier Augen besprechen. Hast du kurz Zeit?« Seine Stimme klang tief und immer ein wenig rau.

Ich nickte zögerlich. Alles in mir drängte danach, mich herabzubeugen und Ryan einen Kuss auf die Stirn zu hauchen. Oder auf die Lippen. Aber seine Familie sah zu und ich konnte nicht zulassen, dass Ryan wegen einer unbedachten Reaktion meinerseits noch mehr Ärger bekam als ohnehin schon. Müde stand ich auf und folgte Harry in den Flur hinaus.

Zu meiner Verwirrung wartete dort bereits ein Mann in einem steifen, schwarzen Anzug auf uns. Bei genauerem Hinsehen erkannte ich jedoch, dass er kaum älter war als ich selbst. Er konnte höchstens einundzwanzig sein. Aber der Anzug und seine Haltung verliehen ihm eine viel erwachsenere Ausstrahlung. Sein sandfarbenes Haar war kurz geschnitten und streng nach hinten gekämmt. Seine Augen waren so dunkelbraun, dass sie beinahe schwarz wirkten, und auf seinen Lippen lag ein schales Lächeln.

»Ivy …«, begann Harry und deutete auf den Jungen. »Das hier ist Maxton. Dein neuer Begleitschutz. Maxton, das ist Ivy Redmond.«

»Miss Redmond, es freut mich sehr, Sie kennenzulernen«, sagte Maxton sachlich, während er die Hände straff hinter dem Rücken verschränkt hielt. Seine Haltung war dabei so steif, als hätte er einen Besenstiel verschluckt.

»Neuer Begleitschutz?«, echote ich ungläubig. »Warum?«

Harry seufzte schwer. »Ich habe mit deinem Vater gesprochen. Freeman hat gestanden. Der Prozess läuft, aber dein Schutz hat immer noch höchste Priorität. Maxton wird dich ab jetzt begleiten.«

»Höchste Priorität?«, fragte ich schrill. Ich massierte mir die schmerzenden Schläfen, während ich verzweifelt versuchte, meine Gedanken zu ordnen. »Ryan liegt mit einer Schusswunde in diesem Zimmer und ist noch nicht aufgewacht – und das nur meinetwegen. Scheiß auf Sicherheitsprioritäten! Hier geht es nicht um mich, sondern um ihn!«

»Nein, es geht um dich, Ivy«, sagte Harry ungewohnt streng und sah mich mit einem durchdringenden Blick an. »Es ging hierbei immer nur um dich. Ryan wusste, worauf er sich einlässt. Schusswunden gehören zu diesem Job, genauso wie gebrochene Knochen oder jede andere Verletzung. Er wusste, was er tat, und er hat seinen Job erfolgreich ausgeführt. Und da er deswegen ausfällt, wirst du von jemand anderem bewacht werden.«

»Aber Ryan … ich kann ihn doch nicht alleine lassen«, sagte ich mit zitternder Stimme.

Harry schloss kurz die Augen, bevor er mir sanft seine große Hand auf die Schulter legte. »Ich habe auch keine Wahl!«, sagte er so leise, dass ich ihn kaum verstand. »Ryan ist mein Sohn. Er liegt in diesem Bett und ich habe keine Ahnung, was ich zu ihm sagen soll, wenn er aufwacht. Ich habe das Gefühl, auf ganzer Linie versagt zu haben. Als Vater, als Security, als Freund deines Vaters, dir gegenüber …« Er schüttelte den Kopf und sah mich dann direkt an. »Es ist am besten für uns alle, wenn Maxton den Job vorerst übernimmt. Bitte tu mir den Gefallen.«

»O…okay«, hauchte ich leise. Was sollte ich denn auch sonst tun?

Nachdenklich musterte ich Maxton, der mir ein professionelles Lächeln schenkte. Maxton war wahrscheinlich kein schlechter Kerl oder Security. Aber da fehlte so viel … Die grünen Augen, die dunklen Haare, die Tattoos, die Piercings. Ohne jede Vorwarnung brach ich in Tränen aus. Mitten im Gang. Harry und Maxton starrten mich fassungslos an.

»Es tut mir alles so leid, Harry«, murmelte ich.

Von einer Sekunde auf die andere wurde ich in eine feste Umarmung gezogen.

»Schon gut, Mädchen«, sagte Harry und seine starken Arme drückten mich fest an sich. »Es tut mir leid. Es ist nicht deine Schuld. Alles wird gut …«

Schluchzend vergrub ich das Gesicht an seiner Brust. Ich konnte einfach nicht mehr. Maxton hatte sich mittlerweile unauffällig zurückgezogen. Ganz der perfekte Security. Bestimmt hatte mein Vater ihn ausgesucht. Aber er war nicht Ryan. Bei dem Gedanken an ihn musste ich noch heftiger schluchzen, und irgendwann verfrachtete mich Harry auf einen unbequemen Besucherstuhl. Jemand – ich glaube, es war eine Krankenschwester – reichte mir einen Pappbecher Wasser und es dauerte noch eine ganze Weile, bis ich endlich aufhören konnte zu heulen.

Harry kniete vor mir und nahm mir sanft den Pappbecher ab. »Geht es wieder?«, fragte er leise.

»Klar«, flüsterte ich und versuchte, die Tränen wegzuwischen.

Harry seufzte. »Ich weiß, das klingt jetzt seltsam, aber ich bin froh, dass dir mein Sohn so wichtig ist. Ryan hat bisher nicht viele Menschen an sich herangelassen, seit … seit das mit seinem Bruder passiert ist.«

»Ich weiß.« Schniefend sah ich auf. »Konstantin hat mir davon erzählt.«

Harry nickte. »Ivy«, fing er zögernd an, »kann ich dich etwas fragen?«

»Sicher.« Müde rieb ich mir die Augen.

»Kann es sein, dass du und Ryan …«

Was auch immer er hatte fragen wollen, es wurde von Ryans Tür unterbrochen, die gerade ruckartig aufgerissen wurde.

»Er ist wach!«, platzte Konstantin heraus. »Er ist wach und beschwert sich, dass die Kissen zu hart sind.«

»Dem Himmel sei Dank!«, stieß Harry hervor. Ohne zu zögern sprang er auf und stürzte in das Zimmer.

Ich war ihm knapp auf den Fersen, als mir plötzlich ein Handy unter die Nase gehalten wurde. Irritiert sah ich in Maxtons Gesicht hoch.

»Ihr Vater ist dran. Er möchte mit Ihnen sprechen, Miss Redmond«, sagte er sanft.

Ich erstarrte. Nein! Nicht jetzt! Wie angewurzelt verharrte ich vor der offenen Tür und sah, wie Konstantin und Harry am Krankenbett standen. Harrys breiter Rücken verstellte mir die Sicht auf Ryans Gesicht. Aber ich hörte ihn leise lachen. Er lachte! Er war wach!

Eine zentnerschwere Last schien von meinen Schultern zu fallen und ich spürte, wie die Erschöpfung über mich hereinbrach. Ich war so müde und gleichzeitig dermaßen erleichtert, dass ich sekundenlang ins Leere starrte, bis Maxton sich scharf räusperte. Erschrocken sah ich auf und zog die Schultern nach oben. Stimmt. Da war ja noch was.

Alles in mir sträubte sich, diesen Anruf entgegenzunehmen. Ich wollte im Augenblick nur zu Ryan, hatte absolut keine Lust, mit meinem Vater zu telefonieren, aber Maxton hielt mir das Handy praktisch vors Gesicht. Zögernd nahm ich es ihm ab.

»Hallo?«, sagte ich leise.

»Du kommst nach Hause. Jetzt.«

»Daddy, ich …«

»Der Wagen steht schon vor dem Krankenhaus«, unterbrach mich mein Vater und legte auf.

Meine Augen füllten sich wieder mit Tränen, die ich aber mit Gewalt zurückhielt. Als ich Ryan erneut lachen hörte, wurde die Sehnsucht nach ihm beinahe unerträglich groß. Ein Seufzen entrang sich meinen Lippen, während Maxton mich sanft am Ellenbogen berührte.

»Wir sollten gehen, Miss Redmond«, sagte er leise.

»Ich … nein, ich kann nicht gehen …«, antwortete ich und machte einen Schritt nach vorn. Ich musste zu Ryan, mich selbst davon überzeugen, dass es ihm gut ging. Ich wollte ihn berühren, ihn küssen … Aber etwas hielt mich zurück.

Plötzlich eilten ein Arzt und eine Krankenschwester an mir vorbei und betraten das Zimmer. Im selben Augenblick machte Harry einen Schritt zur Seite, sodass ich Ryans Gesicht sehen konnte. Er lächelte müde seinen Bruder an. Noch nie hatte ich solch einen Ausdruck auf seinem Gesicht gesehen. Er wirkte beinahe friedlich. Glücklich. Ganz anders als in den letzten Wochen. Die Zeit mit mir hatte ihn ausgelaugt. Ihn zerrissen. Sowohl seelisch als auch körperlich. Ich tat ihm nicht gut.

Mein Herz ächzte, als mir bewusst wurde, dass Ryan nur glücklich werden konnte, wenn ich ihn in Ruhe ließ. Es war seine Familie, die er gerade brauchte. Nicht mich. Er brauchte Konstantin, damit das, was in seinem Inneren zerbrochen war, wieder heilen konnte. Ich war dabei keine Hilfe. Im Gegenteil. Am Ende machte ich alles wieder schlimmer.

Obwohl es mir selbst das Herz zerriss, drehte ich mich um und verließ das Krankenhaus.

# RYAN

Meine Zunge klebte an meinem Gaumen fest und als ich es endlich schaffte, sie loszubekommen, und mir über die Lippen leckte, lag in meinem Mund ein Geschmack, als hätte ich drei Tage lang durchgesoffen.

Scheiße, was hatte ich angestellt? Mühsam öffnete ich die Augen. Sie waren völlig verklebt und als ich den Blick schweifen ließ, hatte ich keine Ahnung, wo ich war. Überall war es weiß, alles wirkte neu und steril. In der Decke fehlten die Löcher und an der Wand klebten keine Poster. Auch der Geruch war anders. Es roch scharf nach Desinfektionsmittel und ein wenig sauer, nach künstlicher Zitrone. Wo zum Teufel war ich? Und noch viel wichtiger: Wo war Ivy?

Ruckartig versuchte ich mich aufzusetzen. Sofort schoss ein pochender Schmerz durch meine Schulter, der mich aufstöhnen ließ. Ich fluchte und spürte ein Paar Hände, das mich sanft, aber bestimmt wieder zurückdrückte.

»Wow, immer ruhig mit den jungen Pferden. Werd erst mal richtig wach«, sagte eine Stimme, die mir irritierend bekannt vorkam, auch wenn sie das letzte Mal noch nicht so tief geklungen hatte.

Erschrocken wandte ich den Kopf zur Seite. »Konstantin?«, stieß ich ungläubig hervor, als ich in ein Paar grüne Augen starrte, die meinen bis auf einen winzigen blauen Fleck im rechten Auge haargenau glichen.

»Hallo Ryan«, sagte er und lächelte. Er lächelte!

Ich zuckte zusammen und sog zischend den Atem ein, als der Schmerz in meiner Schulter wieder zunahm. Was zum Teufel war da …? Mein Blick fiel auf einen weißen Verband, der sich um meine Schulter und den Brustkorb spannte.

»Was ist passiert?«, platzte ich heraus, ohne genau zu wissen, ob ich damit die Bandage oder Konstantins Anwesenheit meinte.

»Du bist angeschossen worden«, sagte Konstantin leise.

Ich war *was?* Verwirrt runzelte ich die Stirn und versuchte, mich zu erinnern. Doch die Anstrengung, meinem vernebelten Gehirn nützliche Informationen entlocken zu wollen, bescherte mir die Kopfschmerzen des Jahrhunderts. Nur sehr langsam kamen bruchstückhafte Bilder hoch: Freeman, eine Waffe, Ivys blasses Gesicht, ein Schuss, gefolgt von … einer tanzenden Eiswaffel, die *My Heart will go on* sang. Ich blinzelte irritiert. Nein, das musste ein Traum gewesen sein. Ich schüttelte den Kopf, um ein wenig Ordnung in meine Gedanken zu bekommen.

»Ein wenig«, sagte ich schließlich.

Verwirrt starrte ich zu Konstantin hoch und musste schlucken. Er hatte sich verändert. Wobei ich zugeben musste, dass in den letzten Jahren die Erinnerung an ihn immer mehr verblasst war. Die Zwillinge konnten sich gar nicht an ihn erinnern. Sie kannten ihren ältesten Bruder nur von den Fotos, die über unserem Sofa hingen. Eine Zeit lang war es fast so, als wäre er gestorben. Zumindest, bis er vor einigen Wochen angerufen hatte.

Konstantin schien meinen skeptischen Blick zu bemerken, denn er räusperte sich und lächelte verlegen. »Du siehst übrigens scheiße aus, kleiner Bruder.«

Ich schnaubte. »Und du alt«, gab ich zurück, was ihn das Gesicht verziehen ließ.

»Touché. Ist ja auch schon eine kleine Weile her.«

»Ja, zehn Jahre und vier Monate. Aber wer würde das schon zählen?«

Konstantin rieb sich den Nacken und vermied es, mich anzusehen. »Wir klären das später, Kleiner«, flüsterte er schließlich. »Ich werde es wiedergutmachen.«

Ich lachte bitter. »Ich bezweifle, dass du das kannst.«

Konstantin nickte, als hätte er keine andere Antwort erwartet. »Wie fühlst du dich?«, fragte er nur.

»Beschissen«, gab ich zu und schnaubte unwillig. »Diese blöden Kissen sind viel zu hart.«

Konstantin grinste. »Alles klar, Prinzessin. Ich lasse dir von Ivy neue holen. Dann kann sie sie dir noch ganz romantisch aufschütteln.«

Meine Augen weiteten sich, als mir immer mehr Details einfielen. Ivys Schrei. Ivys blaue Augen. Ivys Sommersprossen. Ihr Kuss. Ivy …

Der Herzmonitor begann hektisch zu piepsen.

»Wow, was ist denn jetzt lo…«, begann mein Bruder, doch ich ließ ihn gar nicht erst ausreden, sondern setzte mich ruckartig auf, was den Schmerz in meiner Schulter exponentiell nach oben schießen ließ. Ich knirschte mit den Zähnen und hielt schwer atmend still.

»Wo ist sie?«, stieß ich hervor. »Wo ist Ivy? Geht es ihr gut? Ist sie …«

»Hey, ganz ruhig. Ivy geht es gut. Sie hat die ganze Nacht bei dir gesessen und ist nur mal kurz raus. Sie kommt gleich wieder«, versicherte Konstantin mir. Der Monitor, auf den mein Bruder nervös schielte, piepste immer noch viel zu schnell. »Komm runter, Ryan. Alles ist gut!«

»Ivy!«, würgte ich trotzdem noch mal hervor. »Ich muss sie sehen.«

Mein Bruder nickte und stand auf. Sein Knie knackte vernehmlich und mein Blick zuckte zu dem Stock, auf den er sich schwer stützte. Das Gefühl, das bei diesem Anblick in mir hochkam, war beinahe genauso übel wie der Schmerz in meiner Schulter.

»Ich hole sie. Dad ist auch da«, sagte er und humpelte zur Tür, nur um in den Gang zu brüllen, dass ich wach war und mich über die zu harten Kissen beschwerte.

Erleichtert schloss ich die Augen, als ich kurz darauf Ivys Stimme hörte. Sie war da. Es ging ihr gut. Ihr war nichts passiert. Gott sei Dank. Endlich schaffte ich es, mich zu beruhigen. Doch gleichzeitig breitete sich wieder Panik in mir aus. Ich musste bestimmt scheiße aussehen. Fuck! Trotz der Schmerzen setzte ich mich gerade hin, strich mir die Haare zurück und versuchte, nicht wie jemand auszusehen, der vor Kurzem angeschossen worden war.

»Junge«, rief mein Vater, der an Konstantin vorbei auf mich zueilte und mich so fest umarmte, dass er mich dabei fast erdrückte. Genauso, wie er es auch früher immer getan hatte. Dieser Mann konnte seine Kraft einfach nicht einschätzen. Das war auch einer der Gründe, warum wir nie Porzellan besessen hatten.

»Hey Dad, schön, von dir zerquetscht zu werden«, brachte ich erstickt heraus.

Harry löste sich von mir und lachte. »Dem Himmel sei Dank! Du bist schon wieder frech, dann kann ich den Ärzten ja sagen, dass sie dich postwendend entlassen können.«

»Klar kannst du das. Und gib mir ein paar Baumstämme, die ich werfen kann.«

»Wir sind so froh, dass du wach bist. Du hast uns einen ganz schönen Schrecken eingejagt.« Die Erleichterung war meinem Vater deutlich ins Gesicht geschrieben. Genauso wie die Müdigkeit. Offenbar hatte er nicht besonders viel geschlafen, denn er sah aus, als würde er gleich auf dem einzigen Stuhl kollabieren.

Wo war Ivy? Ich versuchte, an meinem Vater vorbeizusehen, doch der bewegte sich genauso viel wie ein sturer Maulesel. »Die Zwillinge und deine Mutter kommen später. Ich wollte nicht, dass die Kleinen sich so große Sorgen machen, darum waren wir uns einig, dass deine Mutter bei ihnen bleibt, solange du schläfst.«

»Die Zwillinge kommen?«, fragte ich erfreut. Himmel, hatte ich die kleinen Monster vermisst.

Konstantin verzog das Gesicht. »Die zwei sind die absolute Plage. Gestern haben sie *Van Helsing* gesehen und danach den ganzen Tag versucht, mich mit meinem eigenen Stock zu pfählen.«

Ich konnte mir das Bild so gut vorstellen, dass ein Lachen aus mir herausbrach, und für einen Moment war es wieder wie früher – als wir noch andere Menschen gewesen waren. Der kurze Augenblick wurde letztlich von einem Arzt und einer Schwester unterbrochen, die sich zu uns ins Zimmer gesellten.

»Mr MacCain, ich bin Doktor Dawn, Ihr behandelnder Arzt. Wie fühlen Sie sich?«, fragte er und zückte ein sehr kalt aussehendes Stethoskop.

Dabei erhaschte ich einen Blick hinaus in den Flur und erstarrte. Da stand sie. Mitten in der Tür. Ivy, und hinter ihr … Ich hielt die Luft an. Hinter ihr stand ein großer blonder Typ, den ich nur zu gut kannte. Er hieß Maxton und er hatte ein Jahr vor mir die Ausbildung absolviert. Was machte er hier?

Maxton sagte etwas zu Ivy. Sie antwortete ihm, sah dabei aber todunglücklich aus. Ivy hob ihren Blick und schaute in meine Richtung. Aber es schien, als würde sie einfach durch mich hindurchsehen. Ihre Augen wurden dunkel wie Sturmwolken und rosafarbene Haarsträhnen fielen ihr vor das Gesicht. Am liebsten wäre ich aufgesprungen und zu ihr geeilt, um sie zu trösten. Die Sehnsucht nach ihr wurde so groß, dass meine Wunde wieder zu pochen anfing. Ich wollte ihr gerade zurufen, als sie sich wortlos umdrehte und ging. Maxton sah noch kurz zu mir zurück und nickte mir spöttisch zu, bevor er ihr folgte.

Ivy verließ mich! Einfach so. Ohne ein einziges Wort zu sagen. Offensichtlich hatte sie mich bereits aussortiert. Ich war für sie nichts weiter als eine kaputte Ware, die sie sofort durch ein neues, besseres, blonderes Arschloch ersetzt hatte. Sie ging, ließ mich alleine zurück und drehte sich kein einziges Mal nach mir um. Der Herzmonitor setzte für einen Augenblick aus. Offensichtlich konnte man ein gebrochenes Herz auch messen.

# IVY

***VIER WOCHEN UND 62 GATORADES SPÄTER …***

»Sind Sie bereit zu fahren, Miss Redmond?«

Ich sah von meinem Handy auf und wischte die Nachricht weg. »Ja«, sagte ich und lächelte gezwungen, als ich meinem Security die Reisetasche reichte. »Danke, Maxton.«

»Haben Sie auch nichts vergessen? Führerschein? Ausweis?«

»Nein, ich denke, ich habe alles.« Ich ließ meinen Blick noch mal durch das kleine Zimmer wandern. Dabei sah ich den Kalender neben meinem Schreibtisch, in dem der morgige Tag rot angestrichen war.

Wir hatten November. Thanksgiving stand vor der Tür und ich würde nach Hause zurückfahren. Am liebsten wäre ich hiergeblieben. Nicht, dass ich außerhalb meiner Vorlesungen sonderlich viel Zeit in diesem engen Zimmer verbracht hätte, aber alles war besser, als nach Hause zurückzugehen.

Die Tage nach Ryans Unfall hatten mir gereicht. Noch jetzt schrillte mir die Stimme meiner Mutter in den Ohren, als sie mich angeschrien hatte. Mein Vater hatte während der Auseinandersetzung die ganze Zeit geschwiegen. Was beinahe noch grusliger gewesen war als der Nervenzusammenbruch meiner Mutter. Aber schließlich war ihr die Puste und meinem Vater der Brandy ausgegangen. Wortlos hatten sie mir den Exmatrikulationsvertrag der UCF vor die Nase gelegt. Ich sollte ab nächstem Semester in Princeton studieren. Sie hatten schon alles geregelt. Auch, dass ich mitten im Semester aufhörte. Ab heute war ich also offiziell keine Studentin mehr an dieser Universität und dieses Zimmer würde ab nächstem Semester jemand anderem gehören. Ich ließ beinahe alles zurück. Das meiste konnte ich weder zu Hause noch in Princeton gebrauchen.

Eigentlich hätte ich mich gegen diese Entscheidung wehren sollen. Meine eigenen Interessen durchsetzen und für mein Recht, selbstständig über meine Zukunft bestimmen zu können, kämpfen sollen. Aber mir hatte schlicht und einfach die Energie dazu gefehlt. Ich war schon dankbar gewesen, zumindest noch bis zu den ersten Prüfungen an die UCF zurückkehren zu können, damit ich in Princeton daran anschließen konnte.

Meine restliche Zeit an der UCF war zwar kurz gewesen, aber es war besser als nichts. Maxton hatte die ganze Zeit in Ryans Zimmer gewohnt. Er hatte mich in die Uni begleitet, war dabei höflich und zuvorkommend geblieben, war mir niemals auf die Nerven gegangen und hatte auch nie meinen beinahe schon exzessiven Gatorade-Verschleiß kritisiert. Ich hatte es gehasst. Nicht Maxton persönlich. Er konnte schließlich nichts dafür, aber ich hasste mich selbst. Dafür, wie die Sache mit Ryan ausgegangen war. Diese gesamte Situation war meine Schuld gewesen.

Der Vorfall mit Freeman war natürlich nicht unbemerkt geblieben. Als ich an die UCF zurückgekehrt war, hatte jeder gewusst, wer ich war. Die Mädchen hatten mich neidisch angesehen und die Jungs hatten ständig meine Nähe gesucht, mit mir geflirtet, mich zu Partys eingeladen …

Irgendwann hatte ich es nicht mehr ausgehalten und Maxton gebeten, sie mir vom Hals zu halten.

Ich stieß einen tiefen Seufzer aus und sah wieder auf mein

Handy. Zum wiederholten Mal starrte ich auf eine der vielen unbeantworteten Nachrichten, die ich Ryan geschrieben hatte.

*Ryan, es tut mir leid. Ich musste leider gehen. Hoffe, dir geht es gut. xo Ivy*

Ich wusste, dass Ryan meine Nachrichten gelesen hatte, aber er hatte keine einzige beantwortet. Die letzten vier Wochen hatte er mich vollkommen ignoriert. Dabei vermisste ich ihn so sehr, dass ich nachts nicht schlafen konnte. Um mich zumindest ein wenig abzulenken, traf ich mich oft mit Alex oder Jeff. Entweder, oder. Beide zusammen waren in etwa so angenehm, wie Katz und Hund in ein Zimmer zu sperren. Spätestens nach drei Minuten gingen sie sich gegenseitig an die Gurgel. Und im besten Fall schwiegen sie sich an.

Alex hatte einmal bei einem Poker- und Tequila-Abend Jeff gebeten, an Thanksgiving mit uns mitzukommen. Da Alex und ich zu denselben Veranstaltungen mussten, hätten wir uns zu dritt eine schöne Zeit machen können. Doch Jeff hatte ihm nur den Stinkefinger gezeigt. Die ganze Situation war mehr als nur anstrengend. Für uns alle. Jeff wollte nicht mit Alex reden, Alex nicht mehr mit Jeff und ich wollte mit der gesamten Welt nichts mehr zu tun haben. Wir waren echt ein tolles Trio.

Mit einem Seufzen steckte ich das Handy in meine Tasche und folgte Maxton aus dem Zimmer. Dabei stieß ich gegen die Kommode und etwas kleines Quadratisches rutschte hervor. Irritiert hob ich es auf. Es war ein Foto. Mein Atem beschleunigte sich, als ich das Polaroid-Bild erkannte, das Ryan und mich vor dem Springbrunnen zeigte. Ryan lachte und ich sah fasziniert zu ihm auf. Mit zittrigen Fingern steckte ich das Polaroid in meine Handtasche und verließ das Zimmer.

Gemeinsam mit Maxton ging ich nach draußen. Vor dem Wohnheim wartete bereits ein Wagen meines Vaters, der uns nach Hause bringen würde. Meinen blauen Mini hatte gestern jemand abgeholt. Alleine fahren durfte ich nicht.

»Hey Ivy, alles klar?«

Ich schreckte aus meinen Gedanken hoch und sah Alex und Jeff, die sich keines Blickes würdigten. Aber wenigstens brüllten sie sich nicht an.

»Ja.« Ich gab Maxton ein Zeichen, dass er schon mal vorgehen sollte. »Hier sind die Schlüsselkarten«, sagte ich zu Libby, die gerade aus der Verwaltung rauskam.

»Danke, Süße«, sagte Libby und nahm mir die Karten ab, bevor sie mich in eine weiche, mütterliche Umarmung zog. »Mach es gut in Princeton. Wir werden dich sehr vermissen. Wirklich sehr«, flüsterte sie mir ins Ohr und tätschelte mir den Rücken.

Ich drückte sie kurz. »Das ist lieb, danke.«

Sie lächelte mich an, drehte sich um und ging wieder zurück in ihr Büro. Alex und Jeff begleiteten mich noch zu dem Wagen, der bereits mit laufendem Motor auf mich wartete. Maxton saß neben dem Chauffeur vorn, sodass ich die gesamte Rückbank für mich alleine hatte.

»Willst du wirklich nicht mitkommen, Jeff?«, fragte ich hoffnungsvoll.

Er lächelte gequält und schüttelte den Kopf. Seine Haare waren deutlich länger als vorher. Alex behauptete, dass er Ryan nachahmen wollte und kläglich daran scheiterte, aber nur zu stur war, das auch zuzugeben. Ich selbst vermutete eher, dass Jeff einfach nicht sonderlich auf sein Äußeres achtete, weil er mit etwas ganz anderem beschäftigt war.

»Nein, tut mir leid. Ich bleibe. Aber Alex …«, er warf ihm einen giftigen Blick zu, »… wird hoffentlich gut auf dich aufpassen. Und ich komme dich dafür in den Winterferien besuchen.«

»Versprochen?«

»Versprochen!«, sagte er und drückte mich fest an sich.

Kurz schloss ich die Augen und lehnte meinen Kopf an seine Schulter. »Kannst du das mit Alex nicht einfach klären?«, flüsterte ich, obwohl wir dieses Thema bereits x-mal durchgekaut hatten.

»Nein, ich denke nicht«, sagte er genauso leise und drückte mich ein letztes Mal.

Seufzend machte ich mich von ihm los und wandte mich an Alex. »Du bist bei dem Dinner dabei?«

Er nickte. »Und bei der Gala auch. Keine Sorge, ich gehe dir mehr als genug auf den Sack und werde dich mit meiner strahlenden Präsenz beglücken.«

»Okay«, sagte ich schwach und umarmte auch ihn zum Abschied.

»Schreib mir, wenn du zu Hause angekommen bist. Und falls deine Eltern Stress machen, kannst du jederzeit zu mir kommen, ja?«, raunte er mir ins Ohr.

Ich nickte, ließ ihn los und stieg ins Auto. Durch die verdunkelte Scheibe konnte ich Jeff und Alex nur schwach erkennen. Sie waren nicht mehr als zwei Schemen, die übertrieben viel Abstand voneinander hielten. Diese Idioten.

»Kann es losgehen, Miss Redmond?«, fragte mich der Chauffeur.

»Ja, bitte.«

Als wir die UCF hinter uns gelassen hatten, zog ich mein Handy aus der Tasche und starrte auf das Display. Eine neue Nachricht war eingegangen. Eine WhatsApp-Nachricht samt Bild. Das Ganze war ein wenig verwackelt, aber man konnte klar und deutlich

Ryans dunklen Haarschopf erkennen. Er lag lachend auf einer Wiese, während zwei kleine Kinder entweder versuchten, ihn mit einem Seil zu erwürgen, oder versucht hatten, Seil zu springen. Beides schien nicht ganz geklappt zu haben.

*Es geht ihm besser. Zumindest körperlich. Seine Schulter sollte in zwei Monaten wieder voll funktionstüchtig sein. Ich melde mich, falls es etwas Neues gibt. LG, Konstantin*

Ich senkte das Handy und verdrängte mein schlechtes Gewissen. An miesen Tagen – und die waren in letzter Zeit ziemlich oft – kam ich mir wie eine Stalkerin vor. Aber ich konnte nicht anders. Die Sorge um Ryan hatte mich einfach nicht schlafen lassen.

Ich tippte den Chatverlauf mit Ryan an und die Nachrichten, die ich ihm bisher geschrieben hatte, ploppten allesamt auf.

*Wie geht es dir? Melde dich doch bei mir. xo Ivy*

*Harry hat mich angerufen und mir gesagt, dass deine Schulter wieder ganz wird. Glückwunsch! xo Ivy*

*Ich vermisse dich …*

Die letzte Nachricht war von vor über zwei Wochen und er hatte sie nicht einmal gelesen. Die beiden Häkchen waren grau:

*Ich werde nach Princeton gehen.*

Nichts. Keine Reaktion. Keine Antwort. Ich hatte kurz überlegt, ihn einfach anzurufen, aber das habe ich mich letzten Endes doch nicht getraut. Zu groß war die Angst gewesen, dass er einfach auflegen würde. Und wer konnte es ihm verübeln? Er war wegen mir angeschossen worden. Wegen mir hatte er Schmerzen. Ich hasste mich dafür wohl mehr, als er es gerade tat. Dass er nicht zurückschrieb, hatte ich eindeutig verdient. Trotzdem fühlte es sich an, als würde mir eine Faust das Herz zusammendrücken.

Deshalb hatte ich Konstantin gebeten, mich über seinen Zustand auf dem Laufenden zu halten. Und das tat er. Beinahe jeden Tag. Manchmal schickte er auch Fotos von Ryan. Ich hatte eines, auf dem er auf dem Sofa saß und ein Buch las. Auf einem anderen sah er sich gerade einen Film an. Und einmal hatte ich sogar ein Bild bekommen, auf dem er sich eine Pommes in die Nase schob. Das Foto war jetzt mein neues Hintergrundbild.

Meistens schickte Konstantin allerdings nur kurze Nachrichten, in denen er mir sagte, ob es Ryan gut ging oder nicht. Ryan schien jedes Mal große Schmerzen zu haben, wenn es regnete. Da es aber bisher kein einziges Mal geregnet hatte, nahm ich an, dass es ein Scherz gewesen sein sollte. Ryans Wunde verheilte ziemlich gut und die Ärzte hatten ihm – bis auf leichte Schmerzen beim Heben des Armes – eine volle Genesung versprochen. Er würde wieder als Bodyguard arbeiten können. Angeblich hatte er bei Harry bereits nach einem neuen Auftrag verlangt. Es würde ihm also wieder gut gehen und das war für mich das Wichtigste.

»Miss Redmond, wir sind da.«

Ich schreckte auf, als Maxton plötzlich neben mir stand und mir die Tür aufhielt. Tatsächlich. Wir waren zu Hause. Die drei Stunden Fahrt waren einfach an mir vorbeigezogen. Wie so viel in letzter Zeit.

»Danke«, murmelte ich, nahm meine Tasche, atmete einmal tief durch und stieg aus. Langsam ging ich die kiesbestreute Auffahrt hoch und sah mich um. Links und rechts erstreckte sich der grüne Rasen, der von einer Sprinkleranlage frisch gehalten wurde. Meine Mutter musste in den letzten Wochen sehr fleißig gewesen sein, denn neben dem Haus stand ein neuer Pavillon. Der alte war meistens für Teepartys verwendet worden. Keine Ahnung, was sie jetzt mit dem neuen vorhatte, aber er war groß genug, um ihn als Elefantengehege zu nutzen. Außerdem schien Dad sich ein neues Auto gekauft zu haben. Zumindest kannte ich den schwarzen Ferrari, der direkt vor der Haustür parkte, noch nicht. Vielleicht hatten wir aber auch nur Besuch – was ich allerdings gerade nicht gebrauchen konnte. Alles, was ich im Augenblick wollte, war, kurz meine Eltern zu begrüßen und danach direkt in mein Zimmer zu gehen und so lange *Avatar – Der Herr der Elemente* zu sehen, bis ich einschlief. Prinz Zuko hatte es mir irgendwie angetan. Vor allem in der dritten Staffel erinnerte er mich mit den ungebändigten Haaren ein wenig an Ryan.

Seufzend ließ ich mir von Maxton die Tür aufschließen und betrat die große Eingangshalle. Das Haus war so aufgebaut, dass man immer durch die Halle gehen musste, egal wo man hinwollte. Dementsprechend war sie auch sehr geschmackvoll eingerichtet worden – inklusive einer riesigen Glaskuppel, die mein Vater für antiquiert hielt. Ich fand es einfach nur völlig übertrieben, doch meine Mutter hatte schon immer ein Faible für den imperialistischen Stil gehabt.

Der Marmor quietschte unter meinen Schuhen, während ich das große Wohnzimmer ansteuerte. Wir hatten insgesamt drei Wohnzimmer: eines für die Familie, eines, in dem wir Besuch empfingen, und ein drittes, weil es offensichtlich nicht reichte, wenn man nur zwei Wohnzimmer besaß.

Wie es der unglückliche Zufall wollte, hatte ich das richtige

Wohnzimmer ausgesucht, denn als ich näher kam, hörte ich Gläser klirren, gefolgt von dem perfekten Lachen meiner Mutter. Keine Ahnung, wie man bei einem Lachen die richtige Tonlage treffen konnte, aber meine Mutter war dazu imstande.

Ich bog um die Ecke und lugte misstrauisch in das sonnendurchflutete Zimmer. Zwei helle Sofagarnituren dominierten den Raum. Der Tisch in der Mitte war aus hellem Holz und so riesig, dass man darauf Stepp tanzen konnte. Die Südseite war vollkommen verglast, sodass man einen wundervollen Ausblick auf den gepflegten Garten und den Pool hatte. Die Terrassentür stand weit offen und mein Dad war gerade dabei, einem Pärchen den perfekten Ausholschwung zu demonstrieren, während meine Mom auf dem Sofa saß und zusah.

Ich seufzte. So viel zu meinen Plänen. Typisch, dass sie sich nicht mal heute nur für mich Zeit nahmen und stattdessen Gäste einluden. Aber ich kannte es nicht anders. Am Ende schwatzte mein Vater ihnen eine Partie Golf auf, spendierte ein Dinner im Club und eventuell noch die Platzreife und zog somit elegant den nächsten großen Deal an Land.

Sophie – unsere aktuelle Haushälterin aus Frankreich –, die gerade an der Bar meines Vaters etwas mixte, das wie ein Martini aussah, bemerkte mich als Erste und zwinkerte mir freundlich zu. Sekunden später drehte sich auch meine Mutter zu mir um. Sofort hatte ich das Gefühl, von einem Falken anvisiert zu werden.

»Ivy«, rief sie überrascht, während sie mich kritisch musterte. Ihr war deutlich anzusehen, was sie von meinen Shorts und dem Einhorn-T-Shirt hielt. Dazu trug ich Sneaker und soweit ich mich gerade erinnerte, hatte ich mir heute Morgen nicht mal die Mühe gemacht, meine Haare zu kämmen, sondern sie nur schnell zu einem Dutt aufgetürmt.

»Mäuschen, da bist du ja!«, sagte mein Vater erfreut, während er mir fröhlich zuwinkte. »Wir haben schon auf dich gewartet!«

Die Besucher lächelten über seine Begrüßung und ich setzte meine beste Miene auf. Immer wenn Besuch anwesend war, spielten wir das Glückliche-Familie-Spiel. Die Regeln waren simpel: Es wurde freundlich gelächelt, mein Vater prahlte mit seinem *schlauen Mäuschen*, ich nickte, war brav und erzählte nur Unverfängliches. Und wenn die Gäste am Ende des Abends wieder gingen, hatten sie von den Redmonds den Eindruck einer Bilderbuchfamilie, die sich liebte und von der man nur bewundernd sprechen konnte.

»Ivy, Liebes, schön, dass du da bist. Wir haben dich vermisst«, fügte nun auch meine Mutter hinzu. Dabei klang sie bewundernswerterweise weder affektiert noch gekünstelt. Sie schaffte es immer, solche übertriebenen Aussagen völlig ehrlich rüberzubringen.

Ich unterdrückte ein Seufzen, ließ meine Handtasche neben das Sofa fallen und küsste sie auf die Wange.

»Hallo, Mama. Schön, wieder hier zu sein«, spielte ich mit. Nach ein paar Sekunden richtete ich mich wieder auf und ließ mich von meinem Vater drücken, der mit seinem Besuch im Schlepptau hereinkam.

»Mein Mäuschen. Frisch von der Uni für die Feiertage zurück«, prahlte er prompt los. »War die Fahrt sehr schlimm?«

»Nein, alles gut.« Ich lächelte und streckte höflich meine Hand zu den Besuchern aus. »Hallo, ich bin Ivy«, stellte ich mich vor.

Das Pärchen musste bereits auf Ende sechzig zugehen. Beide hatten grau melierte Haare und trugen Kleidung, die wohl leger aussehen sollte, der man aber allein an den perfekten Bügelfalten und dem Glanz des Stoffes ansehen konnte, dass es teure Qualität sein musste.

»Das sind Mr und Mrs Goldberg. Sie sind Investoren unserer Kampagne«, stellte mein Vater das Ehepaar vor, während wir uns die Hand schüttelten. Der Händedruck der Frau war so schwach und flüchtig, als hätte sie Angst, mich zu berühren.

»Goldberg?«, fragte ich und legte den Kopf schief. »Gehören Ihnen die Hotels und Boutiquen rund um Silicon Valley und Aspen?«

»Ja, genau!« Mrs Goldberg nickte erfreut. Ihr Hals war so dünn, dass ich Angst bekam, ihr Kopf könnte einfach abbrechen. Ihr Mann war um einiges stämmiger und hatte ein Lächeln, das mehr wie ein Zähnefletschen aussah.

»Sie haben eine sehr aufmerksame Tochter, Mr Redmond«, sagte er zu meinem Vater.

»Ja, das habe ich wirklich. Sie ist ein tolles Mädchen«, erwiderte mein Vater und küsste meine Wange. Oha, es musste um verdammt viel Geld gehen. »Was möchtest du trinken, Liebes?«

»Eine Cola, bitte.« Als ich den Blick meiner Mutter auffing, wandte ich mich mit einem unterdrückten Seufzen an das Hausmädchen. »Sophie, könntest du mir bitte eine Diät-Cola geben?«, fragte ich sie auf Französisch.

»Gerne«, erwiderte sie freundlich, stellte den Martini auf den Tisch und füllte ein Glas Cola für mich.

»Oh, du sprichst Französisch?«, erkundigte sich Mrs Goldberg neugierig.

»Ein wenig.« Ich setzte ein bescheidenes Lächeln auf, von dem ich wusste, dass meine Eltern es sehen wollten. »Meine Grammatik ist leider nicht perfekt.«

»Das hat sich aber anders angehört. Du klingst beinahe akzentfrei«, wechselte Mrs Goldberg plötzlich selbst ins Französische. »Meine Familie stammt ursprünglich aus Kanada«, fügte sie hinzu, als sie meinen überraschten Blick bemerkte. »Es ist selten, hier Französisch zu hören. Woher kannst du es?«

»Ivy ist sehr sprachtalentiert«, sprang mein Vater ein, ebenfalls auf Französisch, wobei ihm eindeutig ein schwerer Akzent anzuhören war.

Die Goldbergs nickten anerkennend.

»Und du studierst?«, fragte Mr Goldberg.

»Ja.« Zögerlich sah ich zu meinem Vater.

»Sie geht ab nächstem Semester nach Princeton«, sagte er, ohne mit der Wimper zu zucken.

Mr Goldberg wirkte beeindruckt, während Mrs Goldberg mich mit einem seltsam stechenden Blick ansah. »Und freust du dich auf Princeton? Hast du dich schon für eine Richtung entschieden?«, fragte sie interessiert.

»Nein«, platzte es aus mir heraus. Als mein Vater sich übertrieben räusperte, verbesserte ich mich schnell. »Also, ich meine, ich habe mich noch für keinen Schwerpunkt entschieden, nein. Aber ich mag Sprachen und Literatur.«

Mrs Goldberg nickte zwar, trotzdem hatte ich den Verdacht, dass sie mehr ahnte, als meinen Eltern lieb war. »Hast du schon mal überlegt, im Ausland zu studieren? In Vancouver gibt es eine fantastische Universität. Ich für meinen Teil halte es für eine gute Sache, wenn sich junge Menschen auch abseits von zu Hause entfalten können. Meine Kinder haben allesamt im Ausland studiert. Und da dein Französisch so gut ist, wäre es doch schade, wenn du dieses Talent nicht förderst. Ich stehe in Verbindung mit dem Dekan der Ashton University. Wenn du möchtest, lege ich ein gutes Wort für dich ein.«

Mir verschlug es regelrecht die Sprache, während ich mir ihre Worte immer wieder durch den Kopf gehen ließ. An diese Möglichkeit hatte ich noch gar nicht gedacht. Ich könnte weggehen. Am anderen Ende des Kontinents eine Sprache sprechen, die hier nur in den Grundzügen unterrichtet wurde – und die für meine Mutter so uninteressant war, dass sie davor zurückschrecken würde, mich zu besuchen. Mein Vater war ohnehin zu beschäftigt und es war eindeutig zu weit weg, als dass sie mich für ein paar langweilige Galadinner zurückrufen konnten.

»Ich … ja … das ist eine toll…«

»Aber nein, das geht nicht! Wir würden Ivy viel zu sehr vermissen. Und sie uns«, unterbrach mich meine Mutter lachend. »Familienzusammenhalt wird bei den Redmonds großgeschrieben. Und Princeton ist eine hervorragende Universität. Ich war selbst dort und davor schon meine Mutter. Es ist eine wundervolle Tradition, wie ich finde.«

Mrs Goldberg lächelte, sah dabei jedoch nicht besonders begeistert aus. »Tradition ist wirklich eine gute Sache, allerdings halte ich nicht viel davon, wenn es die Jugend davon abhält, sich selbst zu entfalten. Aber wie auch immer, ich muss Ihnen ein Kompliment zu Ihren Vorhängen machen, Mrs Redmond. Ist das Chiffon?«, wechselte sie ziemlich abrupt das Thema.

Erleichtert ging meine Mutter auf den Themenwechsel ein, während ich mitten im Raum stand und mich weit, weit weg wünschte.

# RYAN

»Fllleeeisch! Ich liieeebe Fllleeeeisch! Besonders von kleinen bööösen Zwillingen.«

Ich ignorierte den Schmerz in meiner Schulter und stapfte breitbeinig auf die beiden zu. Dabei wackelte ich herum wie eine Made, während ich meine Hände nach den kleinen Monstern ausstreckte.

»Aaah, der Zombie kommt näher«, kreischte Sherly, die einen Kochtopf auf dem Kopf trug und einen Kochlöffel in meine Richtung schwang.

Josh schnaubte und rückte das Nudelsieb auf seinem Kopf zurecht. »Ach, so langsam wie der ist, kommt er frühestens übermorgen bei uns an.«

»Na wartet! Ich kann auch schneller …«, brummte ich, ließ mich auf alle viere fallen und krabbelte auf sie zu.

Sherly schrie auf und warf ihren Löffel nach mir. Er zog einen knappen Meter an mir vorbei und zerdepperte eine Vase. Überrascht hielt ich inne und musterte die Scherben. Das würde Ärger geben.

»Auf ihn«, brüllte Josh und warf ein Kissen nach mir. Er konnte besser zielen als Sherly und da ich immer noch abgelenkt war, landete das Ding kurz darauf direkt in meinem Gesicht.

»Bääh …«, krächzte ich. »Zombie mag kein Kissen, schon gar nicht mit Blümchen drauf.«

Überrascht stöhnte ich auf, als Josh sich auf meinen Rücken schwang und mich zu würgen begann. Verflucht! Der Kleine war vielleicht doch nicht mehr so klein. Mein Arm knickte ein und ich ging zu Boden, während mich Sherly mit einem Handstaubsauger attackierte.

»Saug ihm die fauligen Augäpfel raus«, befahl Josh.

Sherly nickte wild entschlossen, sodass ihre dunklen Locken auf und ab hüpften. Sie kam meinem Gesicht gefährlich nahe.

»Aua, das ist meine Nase«, rief ich.

»Zombies haben keine Nase«, belehrte mich meine kleine Schwester in bester Klugscheißermanier.

»Dieser hier schon.« Ich warf Josh ab und stürzte mich auf Sherly.

Sherly quietschte vor Lachen, als ich an ihrem Bein zu knabbern begann. »Mhmm… lecker Beinchen … ich liebe Beinchen von Sherly!«

»Josh! Hilf mir«, schrie sie lachend.

»Lass sie los«, brüllte Josh und knallte mir ein Buch – wo hatte er das auf einmal her? – auf den Kopf.

Ich verdrehte die Augen, röchelte, warf mich auf den Rücken und zuckte mit den Beinen. »Zombie von Literatur erschlagen!«, krächzte ich und schloss mit einem übertriebenen Gurgeln die Augen.

»Na endlich, ich dachte schon, der stirbt nie«, sagte Josh erleichtert. »Komm Sherly, wir skalpieren ihn!«

»Jaaaa!«, rief sie begeistert.

Moment! Sie wollten *was*? Erschrocken riss ich die Augen auf.

»Okay, ihr kleinen Monster, ich glaube, das ist genug. Lasst Ryan in Ruhe.« Konstantin kam in den Raum gehumpelt und sah die Zwillinge streng an.

»Neeein! Wir haben doch gerade erst angefangen«, jammerte Sherly.

»Genau!«, sagte Josh beleidigt. Er hielt bereits eine Schere in der Hand. Scheiße, wo hatte er die denn her?

»Okay, das reicht wirklich. Holt euch Kekse. Dad versteckt welche ganz unten in seinem Schreibtisch.«

»Kekse«, jubelte Josh. Sofort ließ er die Schere fallen und rannte aus dem Wohnzimmer.

»Ich bin schneller«, rief Sherly und eilte ihm hinterher.

Erleichtert ließ ich mich zurück auf den Wohnzimmerboden fallen, schloss die Augen und atmete ein paarmal tief durch.

»Hast du Schmerzen?«

Ich hörte, wie Konstantin sich auf das Sofa setzte, seine Knie ausstreckte und ächzte.

»Ein wenig«, murmelte ich und tastete nach der Einschusswunde. Manchmal fühlte es sich an, als würde immer noch eine Kugel drin stecken. Seit ich im Krankenhaus aufgewacht war, wollte mein Kopf einfach nicht zur Ruhe kommen. Hauptsächlich, weil eine gewisse Person in meinen Gedanken herumspukte. Andauernd nur sie.

»Hier!«

Ich öffnete die Augen und sah ein gelbes Pillendöschen vor meiner Nase schweben.

»Danke«, murmelte ich, nahm eine Tablette aus dem Döschen und schluckte das Schmerzmittel trocken hinunter.

»Du kannst so viel gut gelaunter Zombie spielen, wie du willst, ich sehe dir doch an, dass du mies drauf bist«, stellte mein Bruder fest.

»Ach echt?«, knurrte ich und schloss wieder die Augen.

»Seit wann kannst du eigentlich so gut schauspielern?«, wechselte Konstantin das Thema, als die Stille zwischen uns unangenehm wurde.

Ein Grinsen huschte über mein Gesicht. »Ivy hat mich in den Schauspielunterricht geschleift. Ihr Vollkornweizen war toll.«

»Muss ich das kapieren?«

»Nein.« Ich lachte und wurde gleich darauf wieder ernst. Verzweifelt versuchte ich, die schmerzhaften Erinnerungen an Ivy als Vollkornweizen wieder zu verdrängen.

»Du vermisst sie, oder?«, fragte Konstantin leise.

»Wen? Die Vollkornweizenfelder?.«

»Du weißt genau, wen ich meine …«

»Nein, keine Ahnung.«

»Ryan!«

»Konstantin!«, äffte ich ihn nach.

Mein Bruder schnaubte. »Du benimmst dich wie ein Kleinkind. Wenn du sie vermisst, dann ruf sie doch einfach an.«

»Oh, ich glaube, du bist die letzte Person, die mir *darüber* einen Vortrag halten darf«, sagte ich und setzte mich ruckartig auf. Wütend funkelte ich ihn an.

Konstantin presste die Lippen zusammen. »Ich will nur, dass es dir gut geht. Du stehst ziemlich neben dir, seit du aus dem Krankenhaus entlassen wurdest. Du isst fast nichts, schläfst wenig und bist wortkarg. So kenne ich dich gar ni…«

»Genau!« Ich ballte die Fäuste und musste mich zusammenreißen, um ihn nicht anzubrüllen. »Du kennst mich nicht! Weil du dich jahrelang nicht gemeldet hast. Du hast kein Recht …«

»Whoa, ganz ruhig! Du hast ja recht. Ich bin ein Arsch, das ist uns allen klar. Und ich werde mein Leben lang daran arbeiten, meine Fehler wiedergutzumachen. Aber mach bitte nicht dieselben

ben wie ich. Vor allem, wenn du Ivy wirklich magst. Zieh dich nicht von ihr zurück. Wenn du Ivy magst …«

»Ich mag sie nicht«, fauchte ich und sprang auf. Die Schmerzen ignorierte ich. »Ivy ist ein verzogenes Rich Kid, das andauernd Süßkram in sich reinstopft und jede Vorlesung verschlafen hätte, wenn ich sie nicht geweckt hätte. Sie ist wie ein kleines Kind, dem man hinterherrennen muss. Sie grunzt beim Lachen, denkt sich dämliche Gedichte aus, die sich nicht reimen, und sie hat die schönsten blauen Augen …« Ich schnappte nach Luft und starrte heftig atmend auf meinen Bruder hinab, der genauso überrascht von diesem Ausbruch zu sein schien wie ich selbst.

»Schön zu wissen, dass du vollkommen normal in der Birne bist«, sagte er schließlich trocken. »Im Ernst, warum meldest du dich nicht bei ihr?«

»Weil ich keine Lust auf ihr dummes Mitleid … Woher weißt du, dass ich nicht auf ihre Nachrichten antworte?«, fragte ich und kniff die Augen zusammen.

Konstantin zögerte kurz, bevor er die breiten Schultern straffte. »Ich schreibe mit ihr«, gestand er schließlich.

»Du tust *was?*«

»Ich halte sie auf dem Laufenden, wie es dir gesundheitlich geht«, korrigierte er sich selbst. »Sie hat mich darum gebeten, als du nicht geantwortet hast. Sie macht sich Sorgen um dich.«

»Und wann zum Teufel hattest du vor, mir das zu sagen?«

»Eigentlich gar nicht.«

»Was?«

Konstantin verdrehte die Augen. »Komm mal runter. Ich hatte nicht gedacht, dass du die ganze Sache so in den Sand setzen würdest.«

»Die ganze Sache? Welche Sache? Zwischen Ivy und mir gibt es keine Sache.«

»Das glaubst du doch selbst nicht. Mir kannst du nichts vormachen.«

»Zwischen uns ist nichts.« Ich presste die Lippen aufeinander. Ich war kurz davor, ihn mit seinem eigenen Stock zu verprügeln, damit er endlich die Klappe hielt. Aber das würde wohl meine Schulter nicht mitmachen. Verflucht!

»Was ist denn dein Problem? Ich verstehe dich einfach nicht.« Konstantins Stimme klang so genervt, wie ich mich fühlte.

»Mein Problem? Mein Problem ist, dass ich gefeuert werde, wenn ich etwas mit meiner Klientin anfange.«

Konstantin schnaubte. »Das ist dein Problem?«

»Hölle, ja! Und das ist ein verdammt großes Problem.«

»Du hast Angst, deinen Job zu verlieren?«

»Ja.«

»Und das ist alles?«

»Nein, sie ist auch einfach mit Maxton abgehauen«, platzte es aus mir heraus. Am liebsten hätte ich mir die Zunge abgebissen.

»Du meinst den anderen Security?«

»Der Typ ist ein absolutes Arschloch. Und sie ist einfach mit ihm abgehauen. Sie hat mich links liegen lassen.«

Mein Bruder kratzte sich den Bart. »Bist du etwa eifersüchtig, dass jemand anderes ihr neuer Security ist?«

»Nein!«

»Klingt aber danach. Harry hat dir doch angeboten, bei der Gala ihr Security zu sein, wenn du bis dahin wieder fit bist. Maxton ist lediglich dein Ersatz. Sobald du den Job wieder übernimmst, ist er weg vom Fenster.«

»Mit meiner Schulter kann ich noch nicht in den Dienst. Das

war doch nur ein Mitleidsangebot. Und ich will sie auch gar nicht wiedersehen!«

Konstantin schnaubte ungläubig. »Doch willst du. Du hast Angst, dass sie dich abservieren könnte.«

»Sie kann mich gar nicht abservieren. Dafür müsste man zusammen sein und das waren wir nie.«

»Wegen deines Jobs.«

»Ganz genau.«

»Ein Job, für den du dir eine Kugel eingefangen hast, um sie zu beschützen.«

»Richtig«, fauchte ich. »Und sie war nicht gerade sehr dankbar dafür.«

»Aber was zählt, ist doch, dass du sie beschützt hast, oder?«

Meine Schultern bebten, während ich den Blick abwandte. »Ja, aber ich hätte es früher ahnen sollen. Das alles ist nur passiert, weil ich meinen Job nicht richtig gemacht habe. Ich war zu abgelenkt und am Ende musste Ivy darunter leiden.«

»Also hast du ein schlechtes Gewissen?«, hakte er nach.

»Ach, keine Ahnung«, murmelte ich müde. Plötzlich fühlte ich mich so erschöpft, als hätte ich tagelang nicht geschlafen.

»Ich glaube, du magst sie wirklich.«

Ich stieß ein trockenes Lachen aus. »So fühlt es sich an, jemanden zu mögen?«

»Ja. Liebe ist fürchterlich. Die Hälfte der Zeit willst du nur, dass es aufhört.«

»Und die andere Hälfte?«

»Ist es verdammt noch mal das Beste, was dir je passiert ist.«

»Und seit wann bist du der große Beziehungsexperte?«

»Bin ich nicht. Aber es gibt da jemanden, der mir sehr wichtig ist«, sagte er mit rauer Stimme.

»Oh … seid ihr … zusammen?«, fragte ich verunsichert. Der seltsame Ausdruck im Gesicht meines Bruders verwirrte mich.

Konstantin schluckte und senkte den Blick. »Nein«, sagte er leise und fing an, sein Knie zu massieren. »Ich habe es verbockt. Und ich will nicht, dass du es ebenfalls tust.«

»Und was soll ich jetzt machen?«, murmelte ich schwach.

Konstantin verzog mitleidig das Gesicht. »Das weiß ich auch nicht, aber wenn du gar nichts tust, wirst du es bereuen. Glaub mir.«

Nachdenklich starrte ich ins Leere. Ich wusste nicht, was ich darauf sagen sollte. Meine Gedanken wurden von dem Geschrei der Zwillinge unterbrochen, das bis zu uns ins Wohnzimmer drang. Kurz darauf brüllte meine Mutter quer durch das Haus, wer auf die bescheuerte Idee gekommen war, ihnen das Keksversteck zu verraten.

Konstantin seufzte und stand langsam auf. »Ich sollte ihr beim Kochen helfen. Ich hol dich später. Versuch, bis dahin nicht im Selbstmitleid zu ertrinken, und antworte dem armen Mädchen. Das kann ja keiner mehr mitansehen«, knurrte er und humpelte aus dem Raum.

»Lauf, Forrest, lauf«, rief ich ihm spöttisch hinterher.

Er zeigte mir den Mittelfinger. »Du kannst mich mal, Vollkornweizen!«

Touché.

Frustriert blies ich die Backen auf und sah mich um. Hier hatte ich höchstens noch fünf Minuten meine Ruhe, bevor die Zwillinge mich wieder belagerten. Das Buch, das ich zuvor gelesen hatte, war mir letzten Endes auf den Kopf geknallt worden.

Seufzend hob ich es auf und ging langsam in mein Zimmer hoch. Dort angekommen, schloss ich die Tür ab, damit die kleinen Monster nicht hereinplatzen konnten. Müde ließ ich mich vor das Bett sinken, holte den Xbox-Controller heraus und versuchte, mich mit Zocken abzulenken – was überhaupt nicht funktionierte. Frustriert gab ich auf, stellte auf Pause und starrte auf mein Handy, das auf dem Nachtkästchen lag. Es blinkte. Hatte Ivy mir geschrieben? Mit klopfendem Herzen öffnete ich die Nachricht und stellte enttäuscht fest, dass es nur Jeff war. Er meldete sich fast jeden Tag und fragte, wie es mir ging. Und das, obwohl ich ihm nicht antwortete. Ich wusste einfach nicht, was ich sagen sollte. Super beschissen war nicht gerade die salonfähigste Antwort.

Aus Gewohnheit öffnete ich Instagram und scrollte mich einmal quer durch. Ein paar ehemalige Highschool-Mitschüler auf einer Bootstour nach Hawaii. Ein paar Arbeitskollegen, die Bilder von ihrem Job posteten. Meine Mutter hatte ein Bild von einem Basilikumstrauch gepostet – warum auch immer – und auf dem nächsten Bild … Ich hielt den Atem an. Alex van Klemmt hatte vor fünf Minuten ein Bild geteilt. Der Schönling trug einen grauen Anzug, in dem er so unverschämt gut aussah, dass es fast in den Augen wehtat. An seiner Seite stand Ivy. Sie trug ein langes, fließendes Kleid. Ihre schier endlosen Beine steckten in hochhackigen Schuhen. Sie sah so wunderschön aus, dass sich mir sämtliche Nackenhaare aufstellten. Die beiden sahen aus, als wären sie das perfekte Traumpaar. Ich hasste es! Ich hasste alles davon. Wütend schloss ich Instagram und sah dabei eine weitere Nachricht von Jeff auftauchen.

*SOS! Du musst mich anrufen! Es geht um Ivy.*

Fuck. Wütend warf ich das Handy quer durch den Raum und polterte die Treppen nach unten.

# IVY

»Du willst *was* machen?« Alex starrte mich an, als hätte ich ihm gerade erzählt, dass ich plante, nächsten Monat auf den Mars zu fliegen.

»Ich werde nach Vancouver gehen«, sagte ich breit lächelnd, weil uns die Kameras vor der Location in Downtown Miami immer noch fotografierten. Seit einer gefühlten Ewigkeit.

Die ganze Aufmerksamkeit der Presse galt eigentlich den Red-Carpet-Sternchen, die mein Vater eingeladen hatte, und wir waren dabei aus Versehen ins Blitzlichtfeuer geraten. Der ganze Rummel hier wurde nur veranstaltet, um der Welt zu demonstrieren, dass RedEnergies zu den Topunternehmen gehörte. Gleichzeitig wollte mein Vater dadurch den immer öfter aufkommenden Verdacht, dass die Firma seit geraumer Zeit rote Zahlen schrieb, widerlegen. Bisher schien es gut zu funktionieren. Mein Vater sah den ganzen Tag schon äußerst zufrieden aus und das Lachen meiner Mutter konnte tatsächlich als ehrlich durchgehen.

»Bist du völlig übergeschnappt?«, fragte Alex fassungslos, als er langsam meine Taille losließ und mir ins Restaurant folgte.

Drinnen strebte ich als Allererstes das Büfett an. Meine Mutter hatte mir die letzten Tage höchstens Tautropfen zum Essen gegeben, damit ich in dieses hässliche Kleid passte. Und ich hatte nun als Akt der Gerechtigkeit vor, das Büfett zu plündern.

»Du klingst schon wie meine Eltern«, schnaubte ich und

schnappte mir ein Schokotörtchen, das hübsch mit Blattgold drapiert auf einem Tablett lag.

»Aber du kannst doch nicht einfach nach Kanada abhauen.« Alex sah mich immer noch vollkommen fassungslos an. »Das ist ein Land, das einem unschuldigen Essen den Namen *Poutine* gegeben hat!«

Genervt verdrehte ich die Augen und biss in das nächste Kuchenstück. Holy Moly, war das lecker! Ich und mein Magen brummten zufrieden.

»Wie willst du das überhaupt anstellen? Ich kann mir nicht vorstellen, dass deine Eltern zulassen, dass du Princeton sausen lässt.«

»Werden sie auch nicht«, sagte ich und sah mich nach einer Serviette um. Da ich keine fand, leckte ich mir schnell die Finger ab und schnappte mir einen Champagner. Alkohol war immer gut, um einen Abend wie diesen zu überleben. Und er half auch dabei, nicht ständig an einen gewissen Security zu denken – was ich in letzter Zeit viel zu oft getan hatte.

Alex schnaubte. »Was hast du dann vor?«

»Mich dort anmelden, hinfliegen und meinen Eltern eine Nachricht schreiben. Sie können dann Maxton hinterherschicken.«

Alex kniff sich in die Nasenwurzel. »Also machst du den gleichen Blödsinn wie bei der UCF.«

»So in etwa.«

»Weil das ja auch so gut geklappt hat«, murmelte Alex. »Wirst du dich dann in Maxton verlieben? Oder nimmst du einen kanadischen Typen, der *Poutine* isst?«

»Hast du etwa was gegen kanadisches Fast Food?«, fragte ich und nahm mir eine Praline.

Alex schüttelte den Kopf. Ob über meine Pläne oder über meinen – zugegebenermaßen exzessiven – Heißhunger auf Süßigkeiten, wusste ich nicht. Aber es war mir auch egal.

»Ivy, im Ernst. Überleg dir das noch mal. Du kannst mich doch nicht einfach mit Jeff und Mrs Garcia alleine lassen.«

Ich verzog das Gesicht und nahm einen Schluck Champagner. »Ich wäre doch ohnehin in Princeton. Und bevor ich mein Leben dort an die Wand fahre, fliege ich lieber nach Kanada. Das klingt zumindest nach Abenteuer.«

»Wenn du von einem Bären gefressen werden als Abenteuer bezeichnen willst, dann stimme ich dir voll und ganz zu.«

Ich stieß ihn in die Seite. »Alex, ich kann das einfach nicht«, sagte ich und sah zu den Paparazzi hinüber, die offenbar gerade einen neuen Star ablichteten. Zumindest dem Gekreische und Gebrüll nach zu urteilen. Seufzend wandte ich mich wieder an Alex. »Ich kann nicht einfach hierbleiben und mein Leben lang bereuen, dass ich nicht ich selbst sein durfte. Und …«

»Oh Ivy, bitte! Ich kenne niemanden, der so sehr er selbst ist wie du«, unterbrach Alex mich streng. »Du brauchst doch keinen Selbstfindungstrip. Du läufst nur vor Ryan davon.«

Ich verengte die Augen zu Schlitzen und schnaubte. »Wie kann man vor jemandem davonlaufen, der gar nicht da ist?«

»Vielleicht kommt er ja noch …«

»Das bezweifle ich. Harry hat mir gesagt, dass er den Job nicht zurückhaben will. Und Maxton ist schließlich auch ein guter Security.«

»Maxton hat einen tollen Arsch«, stimmte Alex mir zu und nahm mir meinen Champagner aus der Hand, den er mit einem großen Schluck leerte. »Aber er ist langweilig wie Brot. Und er sieht deine Mom an, als wäre sie ein Stück Kuchen.«

»Das ist eklig, Alex.«

»Aber es ist so was von wahr. Morgen ist auch noch die große Sponsoren-Gala. Vielleicht kommt Ryan ja doch?«

»Wird er nicht.«

»Warum nicht?«

»Weil er mich hasst.«

»Verdammt, Ivy. Ruf ihn doch einfach an.«

»Ivy! Oh my god! Ivy! Hier drüben!«, unterbrach uns eine schrille, laute Stimme.

Verwundert blickten wir auf und sahen eine braunhaarige Schönheit auf uns zu stolzieren.

»Wer ist das denn?«, flüsterte Alex.

Ich seufzte und nahm mir ein neues Getränk. Hochprozentig diesmal.

»Chloé Hilton«, stieß ich hervor und sah mich unauffällig nach einem Fluchtweg um. Aber entweder musste ich einen gewagten Kopfsprung in die Punschschüssel machen oder ich versteckte mich hinter Alex, wofür er aber eindeutig zu schmal war.

»Chloé Hilton?«, echote Alex beeindruckt. »*Die* Hilton?«

Ich konnte gerade noch grimmig nicken, als ich auch schon in eine Umarmung gezogen wurde, die nach Chanel und Boshaftigkeit roch.

»Ivy! Du bist von der Uni zurück? Warum hast du denn nichts gesagt? Ich freue mich so, dich zu sehen! Lass dich ansehen. Du siehst einfach fabelhaft aus. Hat deine Mutter das Kleid ausgesucht? Ihr Geschmack ist einfach nur göttlich und ….«

»Hi Chloé«, unterbrach ich ihren Redefluss, wand mich aus ihrem Griff und zwang mich zu einem Lächeln. »Was machst du hier?«

»Was ich hier mache?« Sie lachte, als hätte ich gerade einen Witz erzählt. »Dieses Event steht seit Anfang des Jahres auf meiner Agenda. Und – Holy Shit, wer ist denn der heiße Typ neben dir?«

Sie lächelte Alex an, der prompt zurückgrinste. Ich konnte es ihm nicht mal übel nehmen. Wie sehr hatte ich Chloé früher bewundert. Ihre Aufmerksamkeit hatte mir jedes Mal das Gefühl gegeben, jemand Besonderes zu sein. Zumindest bis ich herausgefunden hatte, dass ihr Lächeln genauso falsch war wie das meiner Mutter.

»Alexander van Klemmt«, sagte Alex zwinkernd und streckte Chloé die Hand entgegen. »Freut mich, dich kennenzulernen.«

»Chloé Hilton«, stellte sie sich vor und zog Alex näher zu sich. »Van Klemmt? Kommst du aus Europa?«

»Meine Familie stammt aus den Niederlanden.«

Ach echt? Das war mir neu.

»Ja, er kommt aus den Niederlanden und er hat einen Freund«, ergänzte ich.

Alex kniff die Lippen zusammen, während Chloés flirtender Blick in Desinteresse abdriftete. »Oh, tatsächlich?«

»Nur montags, mittwochs und gelegentlich am 4. Juli.« Alex grinste. »Den Rest der Woche würde ich mich als experimentierfreudig und allzeit bereit bezeichnen.«

»Allzeit bereit gefällt mir. Ivy hat mir gar nicht erzählt, dass sie mit einem so süßen Kerl studiert.«

»Von einer so umwerfenden Freundin wie dir hat sie auch nichts gesagt.«

Beide sahen mich vorwurfsvoll an. Ich knirschte mit den Zähnen und stellte den Drink ab.

»Tut mir leid, mein Fehler. Muss mir entfallen sein, als ich mit deinem *Freund* telefoniert habe, der mir übrigens jede Nacht wegen dir die Ohren vollheult.«

Alex funkelte mich böse an. »Er ist nicht mein Freund.«

»Ja, weil du alles versaust.«

»Entschuldige uns für einen Augenblick, Chloé«, knurrte Alex und griff unvermittelt nach meinem Arm. Dann schleifte er mich quer durch den Saal in eine stille Ecke. Genau hinter eine nackte Frauenbüste.

»Sag mal, was ist denn los mit dir?«, fragte er mich gereizt, sobald er sich versichert hatte, dass uns niemand zuhörte.

»Was mit mir los ist?«, sagte ich und stach ihm meinen Zeigefinger in die Brust. »Was sollte das gerade?«

»Ähm … es nennt sich flirten?«

»Hör sofort auf damit! Sie ist der Teufel höchstpersönlich.«

»Warum sollte ich? Jeff will doch sowieso nichts von mir wissen. Da kann ich mich genauso gut ablenken, oder nicht?«, fragte er aufgebracht.

»Hast du schon mal überlegt, ob vielleicht genau diese Einstellung der Grund ist, warum Jeff keine Beziehung mit dir haben will?«

Alex klappte der Mund auf, doch bevor er etwas sagen konnte, fuhr ich fort: »Wie soll er dir jemals als Partner vertrauen können, wenn du jedem Rock hinterherläufst und dich für ihn schämst?«

»Ich würde mich niemals für Jeff schämen!«

»Ach nein?«, zischte ich. »Aber egal, ich will dich nur vor ihr beschützen.«

»Ist sie denn so schlimm?«, fragte er verwundert.

»Unterschätz sie nicht. Sie ist kein guter Mensch.«

Alex musterte mich nachdenklich. »Das sind wir doch alle nicht«, murmelte er dann.

»Glaub mir. Mit ihr handelst du dir nur Schwierigkeiten ein. Sie ist das Produkt von Pest, Cholera und einem Schuss Wahnsinn, der nach Chanel riecht.«

Alex lachte und fuhr sich durchs Haar. »So schlimm? Was hat sie denn gemacht?«

Ich hatte befürchtet, dass er das fragen würde. Angestrengt schluckte ich. Ein ganzes Jahr hatte ich mit niemandem über diese Sache gesprochen. Mit wem auch? Chloé war damals meine einzige Freundin gewesen und sie war daran schuld, dass Maria … Als ich merkte, wie mir die Tränen in die Augen schossen, räusperte ich mich schnell.

»Wegen Chloé habe ich den einzigen Menschen verloren, der mich immer bedingungslos geliebt hat«, sagte ich leise und biss mir auf die Lippe. Jetzt nur nicht heulen! Tränen konnten an der Situation nichts mehr ändern. Und Maria ging es gut. Zumindest *dafür* hatte ich sorgen können.

Alex sah mich mitleidig an. Plötzlich zog er mich an sich und legte sein Kinn auf meinem Kopf ab. Langsam begann er, mich im Takt der Musik zu wiegen, die von einer Big Band zu uns herüberschallte.

»Was ist passiert?«, murmelte er in mein Haar.

»Wir hatten eine Haushälterin, ungefähr zehn Jahre lang. Ihr Name war Maria«, begann ich zögerlich.

Alex streichelte sanft meinen Rücken und nickte nur ermutigend, während wir uns weiterhin zur Musik bewegten.

»Sie arbeitete sechs Tage die Woche bei meiner Familie und schickte den Großteil ihres Gehalts nach Mexiko zu ihrer Familie«, fuhr ich fort. »Ich glaube, wir waren beide einsam in diesem großen Haus. Ihre Tochter muss in etwa in meinem Alter sein, denn Maria fand in mir einen Tochter- und ich in ihr einen Muttersatz. Sie war immer für mich da. Sie machte das Frühstück, backte mir Kekse nach dem Unterricht … Dank ihr roch es immer nach Essen. Ihre Tapas waren göttlich. Wenn ich Mist baute, hat sie mich auf Spanisch geschimpft und mich am Ohr gezogen, bis ich mich entschuldigte. Und wenn ich eine gute Note bekam, hat sie mich auf den Scheitel geküsst und mir einen Kuchen gebacken.« Ich lächelte traurig. »Sie war es, die mir am Abend eine Geschichte vorgelesen hat. Sie war es, zu der ich ins Bett geschlüpft bin, wenn ich einen schlechten Traum gehabt hatte. Maria hat mich auch immer mit zum Einkaufen genommen, wenn sie der Meinung war, dass ich sonst den Kontakt zur ›realen Welt‹ verlieren würde. Sie war der einzige Mensch, der mir im Leben mehr zugetraut hat als, na ja, das hier …« Ich deutete um uns herum.

Alex nickte langsam. »Maria war dein Jeff«, sagte er leise und brachte es damit auf den Punkt.

»Ja, Maria war mein Jeff. Außer ihr hatte ich eigentlich nur eine weitere gute Freundin: Chloé. Sie kam oft zu uns zu Besuch. Aber Maria mochte sie nicht. Sie nannte sie immer eine *maldita rata* – eine verdammte Ratte. Am Anfang wusste ich nicht, was sie damit meinte, bis ich … bis ich Chloé eines Tages dabei erwischte, wie sie das Hochzeitscollier meiner Mutter stehlen wollte.« Ich schauderte bei der Erinnerung.

»Oh, nicht gut«, brummte Alex.

»Nein«, sagte ich leise. »Keine Ahnung, wie zwanghaft ihre Kleptomanie ist, aber Maria muss sie früher schon ein paarmal erwischt haben und hat ihr den Schmuck rechtzeitig abgenommen. Aber diesmal war ich schneller gewesen. Und weil ich mich nicht getraut habe, nach oben zu gehen und die Juwelen zurückzulegen, hat Maria das für mich gemacht. Dabei hat meine Mom sie dann erwischt.«

»Fuck.«

»Genau.«

»Und dann?«

»Maria hat behauptet, dass sie die Kette gefunden hätte und sie nur zurückbringen wollte. Aber meine Mom hatte vorher schon einen Verdacht, dass jemand ihren Schmuck stahl. Chloé hat wohl einige Jahre lang immer wieder unbemerkt Kleinigkeiten eingesteckt. Was meiner Mom natürlich aufgefallen war, vor allem da manchmal auch teure Stücke gefehlt haben.«

»Und deine Mom hat geglaubt, Maria hätte den Schmuck gestohlen?«

Meine Unterlippe zitterte. »Ja«, brachte ich hervor. »Und ich habe nichts gesagt, um sie zu verteidigen. Ich hatte Angst, dass Chloé Ärger bekommen würde. Sie war meine einzige Freundin und ich dachte nicht, dass meine Eltern Maria wirklich feuern würden. Sie war wie ein Familienmitglied. Zumindest für mich.«

»Sie haben sie entlassen?«

Ich schluckte. »Fristlos, ja. Maria musste danach zurück nach Mexiko.«

»Shit.«

Ich lächelte traurig. »Als für mich die Entscheidung anstand, ob ich nach Princeton oder Harvard gehen sollte, habe ich sofort Maria angerufen. Sie hat mir geraten, meinen eigenen Weg zu gehen. Deshalb bin ich auch an die UCF. Ich wollte ein anderer, ein besserer Mensch werden. Jemand, auf den ich stolz sein konnte … Da Maria wegen mir entlassen worden war, habe ich einen Dauerauftrag bei der Bank eingerichtet, der den Großteil meines Taschengelds an sie überweist. So kann zumindest ihre Tochter studieren.«

Ich atmete tief durch. Irgendwie war es befreiend, ihm das alles zu erzählen. Auch wenn ich mir insgeheim wünschte, jemand anderes würde vor mir stehen, mich in die Arme nehmen und tröstend an sich drücken.

»Aber meine Eltern haben das mit dem Dauerauftrag herausgefunden.« Ich seufzte. »Es gab einen riesigen Krach deswegen.«

Alex verzog das Gesicht. »Hast du großen Ärger bekommen?«

Abwesend betrachtete ich das Muster auf seiner Krawatte. »Nein. Mein Dad hat mir einen Deal angeboten: Sie überweisen Maria weiterhin das Geld für die Studiengebühren, dafür höre ich an der UCF auf und gehe stattdessen nach Princeton. Also bin ich darauf eingegangen. Allerdings habe ich nicht damit gerechnet, dass ich dann auch Ryan nicht mehr sehen würde. In Princeton …« Meine Stimme brach. »In Princeton wird mich Maxton begleiten«, sagte ich heiser.

Alex sog scharf die Luft ein. »Ivy, das tut mir so leid …«

»Versprich mir nur eins«, unterbrach ich ihn. »Mach das mit Jeff nicht kaputt. Nichts ist es wert, die einzigen Menschen in unserem Leben, die *uns* sehen – und nicht nur unser Geld –, zu verlieren.«

Er antwortete nicht, aber in seinem Gesicht regte sich etwas. Eine kaum wahrnehmbare Veränderung um seine Kinnpartie herum, die den strengen Eindruck milderte und das Grübchen in seinem Kinn hervorhob. Sein Blick wurde weicher. »Danke«, flüsterte er.

»Wofür?«

»Dafür, dass du meine Freundin bist.« Er lächelte und hauchte mir einen Kuss auf den Scheitel.

Ein entzückter Schrei, gefolgt von einem Blitzlicht, ließ uns erschrocken auseinanderfahren. Chloé stand mit einem Fotografen vor uns und fächelte sich Luft zu.

»Na, das erklärt ja so ziemlich alles. Ivy, Süße«, rief sie begeistert, »warum hast du denn nicht gesagt, dass Alex dein Freund ist? Ihr werdet das neue Traumpärchen. Stimmt doch, oder, Steve?«

Der Fotograf neben ihr nickte und streckte mir die Hand hin, auf die ich entsetzt starrte.

»Hi, ich bin Steve von der *Times*. Ihr zwei Hübschen kommt morgen in die Zeitung.«

Scheiße! Ich würde Chloé umbringen!

# RYAN

Als ich aufgewacht war, hatte meine Schulter nur wenig geschmerzt. Zum ersten Mal seit Langem hatte ich wieder das Gefühl, heute könnte ein guter Tag werden. Keine Ahnung, was mich zu diesem hirnrissigen Irrtum verleitet hatte. Wahrscheinlich diese scheißfröhlichen Vögel, die sich jeden Tag vor meinem Zimmer ihre Seelen aus dem Leib zwitscherten. Vielleicht war es aber auch der Geruch nach Waffeln gewesen. Oder es lag daran, dass die Zwillinge schon in der Schule waren und ich deshalb heute ausnahmsweise mal ausschlafen konnte.

Alles hätte super sein können, wäre da nicht diese beschissene Zeitung gewesen. Keine Ahnung, wer die überhaupt auf den Frühstückstisch gelegt hatte. Niemand von uns las eine gedruckte Zeitung. Ab und zu eine auf dem iPad, aber doch nicht old-fashioned auf Papier.

Aber da sie nun mal auf dem Tisch lag, hatte ich angefangen, sie durchzublättern. Und als ich zu den Klatschseiten kam, verschluckte ich mich fast an meinem Kaffee.

»Verdammt«, röchelte ich und knallte die Tasse auf den Tisch, sodass der Inhalt überschwappte.

»Ryan, nicht fluchen«, rief meine Mutter vorwurfsvoll und warf mir einen bösen Blick zu, der abrupt von einer besorgten Miene abgelöst wurde, als sie meinen entsetzten Gesichtsausdruck sah. »Was ist los, Honey?«

»Nichts«, knurrte ich.

Genau in dem Augenblick kamen auch Dad und Konstantin in die Küche. Die beiden merkten natürlich sofort, dass etwas passiert sein musste. Verzweifelt versuchte ich, die Zeitung zuzuschlagen, doch mein Bruder war schneller – oder ich zu langsam. Ohne auf meinen Protest zu achten, riss er mir die Zeitung aus der Hand.

»Oh«, sagte er nur, als er den Artikel sah.

Ich ballte meine Hände so fest zusammen, dass sich meine Fingernägel in die Haut gruben.

»Was ist denn los?«, wiederholte meine Mutter und stemmte ihre Hände in die Hüften.

»Zwei Millionenerben im Liebesglück«, las Konstantin für unsere Mom laut vor. »Ivy Redmond (18) und Alexander van Klemmt (19) waren das unumstrittene Starpärchen des gestrigen Abends. Auf einer exklusiven Thanksgiving-Feier, ausgerichtet von … blablabla … konnten wir das junge Pärchen im Liebesglück ablichten. Beide gelten als aussichtsreiche Mitglieder der High Society. Und Alexander van Klemmt bringt sogar einen Adelstitel aus Europa mit sich. Eine vielversprechende Partie, wie auch Carl Redmond (50), Sponsor der Gala und Vater von Ivy Redmond, bestätigte. Er sei äußerst zufrieden mit der Wahl seiner Tochter. Miss Redmond, die bisher eher im Hintergrund des Großunternehmens RedEnergies gestanden hatte, erzählte uns freudestrahlend und sichtlich verliebt, dass sie und Alex sich an der Universität kennengelernt hatten – an einem staatlichen College wohlgemerkt. Alle Daumen hoch für so viel Bodenständigkeit. Weiter so, kann man da nur sagen, wir freuen uns für das junge Paar. Jedenfalls dürfen wir auf die heutige Sponsoren-Gala gespannt sein. Vielleicht läuten ja demnächst die Hochzeitsglocken.«

Ich sprang so schnell auf, dass der Kaffee umkippte.

»Oh nein, Ryan!«, rief meine Mutter, während mein Vater hektisch ein paar Servietten ausbreitete.

Wütend riss ich Konstantin die Zeitung aus der Hand und zerkleinerte das Schundblatt in winzige Teile, bevor ich aus der Küche stürmte. Schwer atmend raste ich die Treppe hoch. Meine Schulter pochte immer heftiger. Ich stolperte und stieß mir das Knie an einer Kante an. Fluchend rannte ich weiter und knallte die Tür zu meinem Zimmer hinter mir zu. Keuchend lehnte ich mich mit der Stirn dagegen.

»Warum?«, flüsterte ich gequält und schlug mit der Faust gegen die Tür. Immer wieder hämmerte ich gegen die Zimmertür, während mir ständig dieselbe Frage durch den Kopf hallte. Warum? Das Pochen in meiner Schulter wurde noch heftiger und auch meine Fingerknöchel brannten, doch das nahm ich kaum wahr. Dafür spürte ich den Schmerz in meiner Brust umso mehr. Ivy und Alex so glücklich lachend zusammen zu sehen, war schlimmer, als noch einmal angeschossen zu werden.

»Ryan?« Konstantin klopfte gegen meine Tür. »Ryan, ist alles in Ordnung?«

»Hau ab!«

»Aber …«

»Du sollst abhauen!«, brüllte ich.

Konstantin schnaubte laut, bevor er wieder die Treppen runterpolterte.

Erschöpft sank ich zu Boden, lehnte mich gegen die Tür und versuchte, die Tränen zu unterdrücken. Ich würde jetzt nicht losheulen – nur über meine Leiche! Wütend holte ich mir meine Schmerztabletten aus der Hosentasche und schluckte drei Stück auf einmal. Als ich mich anschließend im Schrankspiegel betrachtete, erkannte ich mich selbst kaum wieder. In den letzten Wochen hatte ich sichtlich abgenommen. Die Haut spannte an meinem Kinn und meine Augen sahen dumpf aus. Tiefe Schatten lagen darunter und meine Haare waren eine absolute Katastrophe. Kurz: Ich sah scheiße aus. Also genau so, wie ich mich fühlte. So konnte es nicht weitergehen …

Das plötzliche Klingeln meines Handys riss mich aus meinem Selbstmitleid. Als ich auf dem Display Alex' Namen aufleuchten sah, schnaubte ich. Verfluchter Bastard! Der hatte mir gerade noch gefehlt. Wütend drückte ich den Anruf weg. Doch nur wenige Sekunden später klingelte es erneut. Wieder drückte ich ihn weg und überlegte, das Handy im Klo zu versenken und so zu tun, als wäre es Alex' Kopf. Als es ein drittes Mal dudelte, warf ich das Mistding in eine Ecke.

»Ryan?«, fragte meine Mom ein paar Minuten später, während sie gleichzeitig die Tür öffnete, die mir gegen den Hinterkopf knallte. Erschrocken rückte ich weg und sah meine Mutter mit großen Augen an.

»Geht es dir nicht gut?«, fragte sie vorsichtig, ließ die Türklinke los und ging in die Hocke, um mir ihre Hand auf die Stirn zu legen. »Hmm, Fieber hast du keins, aber du schwitzt«, stellte sie stirnrunzelnd fest.

»Mom, was machst du hier?«

Sie sah mich besorgt an. »Da ist ein Anruf für dich«, sagte sie und hielt unser schnurloses Haustelefon hoch.

»Wer ist es?«, erkundigte ich mich kraftlos.

Sie zuckte mit den Schultern. »Ich weiß es nicht, aber er sagte, es sei wichtig.«

»Okay, danke«, murmelte ich und nahm ihr das Telefon aus der Hand. Hauptsächlich, damit sie wieder verschwand. Ich liebte meine Mutter abgöttisch, aber gerade war mir jeder Kontakt zu Menschen zu viel. Ich selbst war mir zu viel.

»Soll ich dir was bringen?«, fragte sie zögerlich. »Oder willst du zum Arzt?«

»Nein, alles gut. Ich sag Bescheid, wenn ich was brauche, okay?«

»Sicher?«, fragte sie misstrauisch.

»Sicher«, bestätigte ich.

Meine Mom warf mir noch einen besorgten Blick zu, doch dann drehte sie sich um und schloss die Tür hinter sich. Erleichtert atmete ich auf.

»Hallo?«, sagte ich in den Hörer, ohne wirklich darüber nachzudenken, wer dran sein könnte. Aber das war ein Fehler. Ein echt blöder Fehler.

»Hey, Pitbull.«

Meine Nackenhaare stellten sich auf und meine Finger verkrampften sich, bis das Plastik in meiner Hand ächzte. »Van Klemmt! Was willst du?« Am liebsten hätte ich sofort aufgelegt, aber sein nächster Satz hielt mich davon ab.

»Sie fliegt nach Kanada.«

»Was?« Fassungslos starrte ich ins Leere.

»Ivy«, präzisierte Alex. »Sie fliegt nach Kanada.«

»Was?«, echote ich noch mal. Meine Schallplatte schien gerade nicht mehr herzugeben.

»Ivy will ab jetzt in Kanada studieren«, sagte Alex betont langsam, als wäre ich schwer von Begriff.

»Was? Nein, sie studiert in Princeton. Harry hat mir erzählt, dass sie wechseln wird.«

»Nein, eben nicht«, sagte Alex genervt. »Sie hat sich diese Idee in den Kopf gesetzt, am anderen Ende der Welt endlich Ruhe vor ihrer Familie zu haben. Heute Morgen kam die Bestätigungsmail der Uni. Sie wurde angenommen. Sie wird fliegen.«

Ich schnaubte. »Und was soll ich da machen? Ihr am Flughafen hinterherrennen und sie in letzter Sekunde davon abhalten, in den Flieger zu steigen?«

»Nein, du Idiot! Der Flug geht erst Ende des Monats. Was ich will, ist, dass du deinen Arsch in Bewegung setzt und heute Abend auf diese Gala kommst.«

»Ich soll *was* tun?«

»Du sollst deinen Arsch hierher bewegen!«

»Um deiner Meinung nach was zu tun? Euch beim Traumpaartanz zuzusehen?«

»Nein! Um ihr zu sagen, dass du ein Idiot warst, dass du sie liebst. Und natürlich, um sie davon abzuhalten, dass sie abhaut.«

»Wieso solltest du das wollen?«, fragte ich völlig perplex. »Ihr seid ja jetzt zusammen.«

Van Klemmt schnaubte. »Du solltest wirklich nicht alles glauben, was die Presse schreibt, Ryan. Komm her. Tanz mit ihr. Entschuldige dich bei ihr. Du brichst ihr mit jedem Tag das Herz.«

*Ich* brach *ihr* das Herz? Wohl eher umgekehrt!

»Wer sagt, dass sie das überhaupt will?«, fragte ich mit rauer Stimme. »Sie hat doch dich.«

Alex seufzte. »Sie liebt nicht mich, sondern *dich*, du Idiot. Sag deinem Vater, dass du am Abend die Schicht als ihr Security übernimmst. Anders kommst du sonst nicht rein. Wir sind erst beim Dinner bei ihr zu Hause und fahren danach zu der Veranstaltung. Sei pünktlich«, sagte er und legte auf.

Verwirrt starrte ich auf das Telefon und versuchte, meine Gedanken zu entwirren. Mein Herz schlug viel zu schnell und etwas, das ich seit fast vier Wochen nicht mehr gefühlt hatte, breitete sich in mir aus: Hoffnung.

Fuck. Hoffnung war gefährlich. Aber dennoch riss ich die Tür auf und rief nach meiner Mom.

»Was ist?«, brüllte sie von unten zurück.

»Hol die Küchenschere! Du musst mir die Haare schneiden!«

# IVY

Ich war kurz davor, mir selbst die Kugel zu geben. Wenn mein Sitznachbar mir noch einmal ins Gesicht atmete und mich fragte, ob mein Shrimp-Cocktail schmeckte, würde ich schreiend davonlaufen. Alex hatte das Glück, mir genau gegenüberzusitzen, während er sich mit der alten Mrs Bloomsbury unterhielt, die ihn gerade zum gefühlt zehnten Mal gefragt hatte, was er denn studierte. Amüsiert hörte ich dabei zu, wie er ihr immer wieder eine andere Geschichte auftischte.

»Ich studiere Feminismus«, eröffnete er ihr gerade feierlich. »Mir liegt das Recht der Frau in dieser männerdominierten Welt sehr am Herzen.«

»Wirklich?«, fragte Mrs Bloomsbury skeptisch. »Kann man so etwas als Mann überhaupt studieren?«

»Als kastrierter schon«, antwortete Alex, ohne mit der Wimper zu zucken.

Ich prustete in meinen Wein. Irgendwie tat sie mir ja auch leid, aber wenn man einen ganzen Abend lang immer wieder dieselbe Frage beantworten musste, war etwas Kreativität vermutlich erlaubt. Außerdem sah Mrs Bloomsbury nicht aus, als würde sie Alex den kleinen Scherz übel nehmen. Sie schien einfach nur glücklich zu sein, jemanden zum Reden gefunden zu haben.

Ich legte mein Besteck fein säuberlich zur Seite und fing an, an meiner Stoffserviette herumzuspielen. Das Essen fand bisher nur mit den Sponsoren bei uns zu Hause statt. Zum Glück war das Dinner fast vorbei. Nur der Nachtisch fehlte noch. Danach würden alle die Küche loben, die Frauen würden noch mal kurz im Bad verschwinden und sich die Nase pudern, bevor wir geschlossen zur Gala ins Four Seasons fuhren, wo das Programm auch mit den restlichen Gästen starten sollte.

Den ganzen Tag schon hatte ich mich nicht eine Sekunde lang entspannen können. Meine Eltern hatten sich an den Vorbereitungen für den heutigen Abend beinahe selbst übertroffen. Mom hatte sogar den halben Westflügel renovieren lassen, in dem wir gerade aßen. Der Tisch war neu, genauso wie die Stühle. Und der Kronleuchter war aus modernem Lavastein. Alles musste perfekt sein. Kein Wunder, dass ihr Lachen deshalb ein wenig überspitzt wirkte. Und Dad sah aus, als würde er vor Anspannung gleich aus der Haut fahren. Trotzdem schien der Abend ein Erfolg zu sein. Zumindest roch es in der Luft bereits nach Alkohol, teurem Parfum und Geld. Wenn alles nach Plan lief, wäre RedEnergies nach dem heutigen Abend größer im Geschäft als jemals zuvor.

Die Erwartungen und die wiederholten scharfen Blicke meiner Mutter ließen mich immer dünnhäutiger werden. Ich war heilfroh, zumindest Alex an meiner Seite zu haben. Selbst meinem Sitznachbarn schien die Spannung im Raum langsam unangenehm zu werden. Er sah verunsichert in sein leeres Weinglas.

»Möchtest du noch Wein, Benjamin?«, fragte ich höflich.

»Nein danke, Ivy.« Er lächelte freundlich. »Ich muss morgen noch fit sein.«

»Ein großer Auftrag im Büro?«, fragte ich, obwohl es mich nicht wirklich interessierte. Aber Benjamin und seine Eltern waren die besten und vor allem bestbezahltesten Architekten in den Südstaaten.

»Nein. Meine Freundin hat Geburtstag und wir fahren zusammen ans Meer.«

Überrascht sah ich ihn an. »Du hast eine Freundin?« Benjamin nickte und sah mich dabei mit derart leuchtenden Augen an, dass ich erst jetzt merkte, dass sie einen besonderen Grauton hatten. Wie ein Sturmhimmel. Ungezähmt und ein wenig wild. Fasziniert starrte ich ihn an.

»Ihr Name ist Lucy«, sagte er und seine Wangen nahmen prompt dieselbe rote Farbe an wie seine Krawatte.

Ich war so verblüfft, dass ich ein paarmal blinzelte.

»Wie lange seid ihr denn schon zusammen?«, fragte ich diesmal ehrlich interessiert nach.

»Seit fast zwei Jahren. Sie ist Assistentin in unserer Firma und ich werde ihr morgen einen Heiratsantrag machen.«

Mein Mund klappte auf. »Ich … wow, ich weiß nicht, was ich sagen soll, Benjamin.«

»Wie wäre es mit *Herzlichen Glückwunsch*?« Alex lachte. »Jetzt musst du uns nur noch verraten, wie du es geschafft hast, eine Beziehung zwei Jahre lang nicht zu versauen. Ivy und ich haben es innerhalb kürzester Zeit vermasselt. Wenn du uns dein Geheimnis verrätst, krönen wir dich auch zu unserem offiziellen König. Ivy ist übrigens die Präsidentin des Einsamkeits-Clubs, ich bin nur Schatzmeister.«

Ich verdrehte die Augen. »Hör nicht auf ihn, Benjamin. Er ist nur verbittert, weil seine Liebe nicht erwidert wird.«

»Das sagt die Richtige«, brummte Alex.

Ich trat ihm unter dem Tisch gegen das Schienbein. Prompt bekam ich ebenfalls einen Tritt ab.

Benjamin sah verwundert zwischen uns hin und her. »Ich dachte, ihr zwei seid zusammen? Habe ich da etwas falsch verstanden?«

Alex und ich seufzten gleichzeitig.

»Glaub nicht alles, was in der Presse steht«, sagte ich leise, während ein Kellner meinen Teller abräumte. »Alex ist nämlich schwul.«

Alex knirschte mit den Zähnen. »Allerhöchstens bi«, murmelte er und ließ sich von einem Kellner Wein nachschenken.

Benjamin sah aus, als könnte er sich nicht entscheiden, ob er sich über uns amüsieren oder sich für uns genieren sollte. Wahrscheinlich tat er beides.

Zum Glück kam in dem Moment der Nachtisch. Sofort stürzte ich mich auf meine Vanillecreme mit Karamellsoße.

»Also?«, bohrte Alex nach und spülte den Alkohol mit noch mehr Alkohol runter. Den Pudding ignorierte er. »Wie hast du es geschafft, das Herz deiner süßen Lucy zu erobern?«

»Ich weiß nicht«, sagte Benjamin und stützte das Kinn in der Hand ab. »Ich glaube, wir hatten einfach nur Glück. Der Anfang war eine absolute Katastrophe. Ich sah sie im Büro und war sofort Hals über Kopf verliebt. Aber ich brauchte fast eine Woche, bis ich mich traute, sie anzusprechen.« Er lachte bei der Erinnerung. »Und danach haben wir uns stundenlang unterhalten.«

Benjamin sah gerade so glücklich aus, dass sich mein Herz schmerzhaft zusammenzog. Ich musste wieder an Ryan denken und wie sehr ich ihn vermisste. Schnell schüttelte ich mich und atmete ein paarmal tief durch, bevor ich Benjamin ein Lächeln schenkte.

»Ich hoffe, du lädst mich zur Hochzeit ein, Benjamin.«

»Gerne, Ivy. Du warst mir in den letzten Jahren immer die angenehmste Gesellschaft, weißt du? Deshalb habe ich meist darum gebeten, neben dir sitzen zu dürfen.«

Und ich hatte mich immer nur beschwert.

Das Knarren eines Stuhls riss mich aus meinen Gedanken. »Sehr geehrte Gäste«, begann mein Vater, der mit einem Glas Champagner in der Hand aufgestanden war. »Ich denke, das Essen wird bald abgeräumt, und wenn Sie nichts dagegen haben, werden wir uns alle in etwa einer halben Stunde im Four Seasons treffen. Ihre Zimmer sind reserviert und für den Transfer ist gesorgt. Ich hoffe, Sie haben bisher einen amüsanten und unterhaltsamen Abend gehabt. Ich danke Ihnen allen, dass Sie RedEnergies und meine Familie unterstützen.« Er hob feierlich sein Glas und die Gesellschaft applaudierte höflich.

»Na endlich, mir ist schon der Hintern eingeschlafen«, murmelte Alex, während wir nach draußen gingen. »Und wenn ich mir noch länger Benjamins Liebesglück hätte anhören müssen, hätte ich womöglich etwas Blödes getan.«

»Etwas Blödes wie Jeff anzurufen und ihm zu sagen, dass du ein Idiot bist?«, witzelte ich.

»Nein, das weiß er schon«, brummte Alex.

Ich tätschelte ihm mitleidig den Arm. Armer Alex.

Hinter uns konnte ich Mrs Bloomsbury hören, die Benjamin gerade fragte, was er studierte. Höflich wie immer begann er, ihr von seinem abgeschlossenen Architekturstudium zu erzählen.

Da wir die ersten waren, die das Haus verlassen hatten, konnten wir uns aussuchen, mit welcher Limousine wir fahren wollten. Zur Auswahl standen die schwarze, die schwarze und die schwarze. Alex strebte Letzterer entgegen und zu meiner Verwunderung sah ich Harry, der uns die Tür aufhielt.

»Harry! Was ist mit Maxton? Ist ihm was passiert?«, fragte ich alarmiert.

Harry schenkte mir ein knappes Lächeln, während er sich die Krawatte zurechtrückte. Auf seiner Nase saß eine Sonnenbrille, obwohl es bereits stockdunkel war. »Maxton fühlt sich heute nicht gut. Er hat sich daher freigenommen. Ich habe schon für einen Ersatz gesorgt.«

»Oh … sag Maxton bitte alles Gute von mir. Ich hoffe, er ist bald wieder fit.«

»Mach ich, Ivy. Als Entschädigung fahre ich euch.«

Ich grinste dankbar und ließ mich neben Alex in den Sitz fallen. In der Limousine war locker Platz für sechs Leute, weshalb Harry noch wartete, bis Benjamin und Mrs Bloomsbury ebenfalls eingestiegen waren, bevor er losfuhr.

»Ein schöner Abend«, sagte die alte Frau und lächelte uns alle der Reihe nach an. »Und mein Enkel hatte schon Angst, ich würde mich langweilen.«

»Ihr Enkel?« Verwirrt sah ich Benjamin an, doch der hob nur unschuldig die Hände.

»Ja, dieser junge Mann hier«, krächzte sie und tätschelte Alex die Wange.

Überrascht zog ich eine Augenbraue hoch und musterte Alex, der plötzlich rot wie eine Tomate war. »Ihr seid verwandt? Das hast du noch gar nicht erwähnt, Alex.«

Er verdrehte die Augen. »Manchmal vergisst sie, wer ich bin, und dann weiß sie es plötzlich wieder. Da soll mal einer durchblicken.«

»Heißt du dann Alexander Bloomsbury van Klemmt?«, fragte ich amüsiert und auch Benjamin konnte ein Grinsen nicht unterdrücken.

Alex presste die Lippen zusammen und verschränkte die Arme vor der Brust. »Kein Kommentar.«

Mrs Bloomsbury lachte ebenfalls. »Oh nein. Er heißt Alexander Ludwig Maria van Klemmt Bloomsbury.«

Der ganze Wagen schüttelte sich vor Lachen – außer Alex, der zu beschäftigt damit war, seine Oma strafend anzusehen.

»Oma!«

»Lass mir doch den Spaß, mein Schatz. Wir sollten diesen Abend genießen. Ich sag nur Feminismus und so.«

Holy Moly! Ich liebte diese Frau. Meine eigene Oma hatte mich immer nur angebrüllt.

Wenige Augenblicke später blieb das Auto stehen und Harry sah uns im Rückspiegel an. »Wir sind da. Alle aussteigen und viel Spaß.«

Ich warf einen Blick nach draußen, doch durch die getönten Fenster war nicht viel zu erkennen, außer dass wir vor dem Four Seasons standen. Dutzende Menschen – ich nahm an, dass es Journalisten waren – tummelten sich neben einer Absperrung. Dass mein Vater diese ganze Sponsoringsache in die Öffentlichkeit hatte ziehen wollen, wurde mir immer unangenehmer. Spätestens nach heute wäre ich niemals unerkannt an der UCF geblieben. Vielleicht war es doch ganz gut, dass ich dort nicht mehr studierte.

»Bereit?«, fragte Alex mit seltsamer Stimme.

Ich nickte und sah den Schatten eines breitschultrigen Mannes, der uns die Tür öffnete und sowohl Benjamin als auch Mrs Bloomsbury nach draußen half. Alex – ganz der Gentleman – deutete mir an, vor ihm auszusteigen.

Draußen herrschte ein regelrechtes Blitzlichtgewitter, sodass ich dankbar nach der helfenden Hand des Security griff. Jetzt durfte ich nur nicht auf den Saum meines Kleides treten. Aber natürlich versagte ich auf ganzer Linie. So viel Publikum machte mich einfach nervös! Da wuchs der Leistungsdruck, der in diesen High Heels auch so schon enorm hoch war, noch mehr. Und gerade als ich mich aufrichten und einen Schritt vom Auto weggehen wollte, verfing sich mein Absatz.

Ich fluchte, spürte, wie ich den Halt verlor … und wurde von zwei starken Armen aufgefangen. Peinlich! Peinlich! Peinlich! Was musste der arme Bodyguard nur von mir denken? Er machte noch keine zwei Sekunden seinen Job und schon musste er mich retten.

»Sorry … ähm … danke«, stammelte ich und vermied es, ihn anzusehen. Meine Wangen waren bestimmt knallrot.

Der Security lachte. »Keine Ursache.«

Ich erstarrte. Diese Stimme. Mein Herz schlug plötzlich schneller und als ich aufsah, hatte ich das Gefühl, als würde die Welt um mich herum stehen bleiben. »Ryan?«, hauchte ich ungläubig.

Ryan zuckte beinahe beschämt mit den Schultern, während er sanft eine Hand auf meinen Rücken legte. Obwohl er mich kaum berührte, spürte ich seine Wärme sogar durch das Kleid hindurch. Ich blinzelte heftig und atmete ein paarmal tief ein und aus.

Die Welt nahm wieder Fahrt auf, als sich Alex neben mich stellte und mir einen Arm um die Schultern legte.

»Hey, Pitbull. Nette Frisur«, sagte er amüsiert.

Ryan schnaubte leise.

»D…deine Haare …«, stammelte ich. »Sie sind kurz.«

»Ja, ich … das ist …« Ryan stockte. Seine Wangen färbten sich rot, während er sich verlegen über das Haar strich, das ihm jemand mit etwas Gel zurückgekämmt hatte. Die Frisur hob die markanten Züge seines Gesichts noch deutlicher hervor. Seine grünen Katzenaugen wirkten größer, seine Wangenknochen schärfer und als er mir ein Lächeln zuwarf, stockte mir fast der Atem.

»Was zum …«, fing ich an, wurde aber von Alex unterbrochen.

»Er erklärt es dir später, ohne Zeugen und so«, sagte er und zog mich vor die Journalisten, wo er sofort ein professionelles Lächeln aufsetzte. »Lächeln, Ivy!«

Ich versuchte es, musste dabei aber die ganze Zeit zu Ryan hinübersehen. Während der Fotosession stand Ryan etwas abseits und beobachtete das Geschehen. Er war die Ruhe in Person, die Arme hinter dem Rücken verschränkt, die Beine leicht gespreizt. Sein Gesicht wirkte blass und seine Miene unergründlich. Genau wie Harry hatte auch Ryan inzwischen eine Sonnenbrille aufgesetzt, die seine grünen Augen verdeckte. Und – oh mein Gott! Er trug einen Anzug! Samt Krawatte! In seinem Ohr erkannte ich einen Ohrstöpsel, durch den ihm offensichtlich gerade Anweisungen durchgegeben wurden, denn er nickte kurz, bevor er sanft meinen Ellenbogen nahm und mich ins Hotel brachte.

Obwohl viele Gäste noch draußen standen und sich von den Journalisten ablichten ließen, hatten sich bereits erstaunlich viele Menschen im Empfangsbereich des Hotels versammelt. Während Alex ohne zu zögern auf sie zuging, um sie zu begrüßen, blieb ich einfach stehen und sah Ryan an.

»Was ist mit deinen Piercings?«, fragte ich überrascht. Erst jetzt war mir aufgefallen, dass er sie rausgenommen hatte.

Ryans Mundwinkel hoben sich. Ohne Piercing wirkte seine Unterlippe fast noch voller. Mein Blick blieb daran hängen und ich spürte, wie mir warm wurde.

»Angst, was mit ihnen passiert ist?«, raunte er.

»Ja, leben sie noch?«, hauchte ich.

Er nickte ernst. »Keine Sorge, morgen kommen sie wieder dorthin, wo sie hingehören.«

»Gott sei Dank«, stieß ich hervor und blinzelte irritiert auf das Glas Champagner, das ich plötzlich in der Hand hielt. Wo kam das denn her? Verwirrt sah ich auf und begegnete dem amüsierten Blick von Alex, der mir kurz zuprostete, bevor er sich wieder unter die Gäste mischte.

»Was machst du hier?«, flüsterte ich.

»Meinen Job«, sagte Ryan ruhig und holte mich mit diesem knappen Satz wieder in die Realität zurück.

Da hatten wir es. Ich war sein Job. Das war ich immer gewesen. Und daran würde sich auch nichts ändern. Ich grub die Fingernägel in meine Handflächen, um mich daran zu hindern, etwas Unüberlegtes zu tun. Am liebsten würde ich ihm alles an den Kopf werfen, was mich in den letzten Wochen nicht hatte schlafen lassen. Es gab so vieles, was ich ihm sagen wollte, was ich ihm ins Gesicht brüllen wollte. Allem voran, warum er nicht auf meine Nachrichten reagiert hatte. Und warum er jetzt plötzlich neben mir stand, als wäre nichts passiert, und dabei noch die Frechheit besaß, so unverschämt gut auszusehen.

Ich atmete tief durch und musste mich mit Gewalt daran erinnern, dass ich hier eine Rolle zu spielen hatte. Heute Abend war ich Ivy Redmond, Tochter eines der reichsten Ölmagnaten Amerikas. Und Ryan MacCain war mein Bodyguard. Nicht mehr und nicht weniger. Ich konnte es mir nicht erlauben, ihm hier eine Szene zu machen oder mich in seine Arme zu werfen und ihn so lange zu küssen, bis er mich um Verzeihung bat.

»Verstehe«, sagte ich daher nur und straffte die Schultern.

Ohne ihn weiter zu beachten, ging ich auf die Gäste zu und begann, mich mit ihnen zu unterhalten. Gesichter, Namen und Gespräche verschwammen zu einem Einheitsbrei und ich lächelte, bis meine Wangen schmerzten. Als mein Vater endlich ankam und alle in den großen Festsaal bat, taten mir bereits die Füße weh. Diese High Heels waren die reinste Tortur.

Ich wollte gerade ebenfalls in den Saal gehen, als Ryan mich zurückhielt. »Alles okay?«, fragte er besorgt.

»Ja, alles bestens.«

Ryan schnaubte leise und deutete mit dem Kopf auf meine Schuhe. »Du humpelst leicht. Hast du Blasen?«

»Ja, aber geht schon …«

»Nichts da«, unterbrach er mich und führte mich zu einem Stuhl. »Lass mal sehen.«

Überrascht stützte ich mich an seiner Schulter ab, als er mir den rechten Schuh auszog und sich meine Ferse ansah. Mein Blick wanderte zu seinen dunklen Haaren, die im Nacken kurz und nur vorn in der Stirn ein wenig länger waren. Wer auch immer ihm die Haare geschnitten hatte, er hatte gewusst, was er tat. Sein würziger Geruch stieg mir in die Nase und meine Gedanken, die ohnehin schon aus der Bahn geworfen waren, kamen noch mehr ins Trudeln.

»Ryan, hör auf. Es geht schon«, sagte ich leise und drückte ihn weg.

Ryan richtete sich auf und sah mich entschlossen an. »Warte hier!«, befahl er. »Ich hole ein Pflaster.« Ohne auf eine Antwort zu warten, drehte er sich um und verschwand in Richtung Rezeption.

Fassungslos starrte ich ihm hinterher, während mein Herz so schnell pochte, als wäre ich einen Marathon gelaufen. Was passierte hier gerade? Jede Sekunde mit ihm war die reinste Folter und gleichzeitig das, wonach ich mich so lange gesehnt hatte.

Seufzend sah ich mich um. Inzwischen waren alle Gäste im Festsaal verschwunden, was bedeutete, dass ich mich beeilen musste. In nur wenigen Minuten würde mein Vater seine Rede halten und RedEnergies und das geplante Re-Branding vorstellen. In den nächsten zwei Stunden würde erst mein Vater genau erklären, wie er mit dem Geld der Sponsoren das Unternehmen neu ausrichten wollte, und danach würden einige unserer Sponsoren versuchen, noch mehr Investoren an Land zu ziehen. Und ich – das hatte mein Vater sich gewünscht oder besser gesagt mir befohlen – sollte die Abschlussrede halten und mich im Namen der Familie bedanken.

Ein kluger Schachzug, wie ich fand. Vorausgesetzt ich schaffte es, mich an meinen Text zu erinnern. Was ich im Moment aber bezweifelte, denn das Denken fiel mir gerade etwas schwer. Es wurde sogar noch schlimmer, als Ryan zurückkam, sich wieder vor mich hinhockte, meinen nackten Fuß nahm und mir das Pflaster auf die Ferse klebte. Seine Hände, die warm und ein wenig rau auf meiner Haut lagen, jagten einen angenehmen Schauer über meinen Rücken. Als ich den Blick von seinen Fingern losriss, die sanft über meinen Knöchel massierten, trafen sich unsere Blicke. Seine Augen hatten einen dunklen Ton angenommen und in den smaragdgleichen Tiefen lag so viel … so viel Ryan. So viel Gefühl und gleichzeitig so viel Angst und Schmerz, dass mir fast ein wenig schwindelig wurde. Ich wusste nicht, was er gerade dachte, aber er presste die Lippen fest zusammen und ich sah die rhythmische Bewegung seines Kehlkopfes, als er schluckte.

»Wir müssen reden«, murmelte er.

Ich nickte wie ferngesteuert.

»Aber später«, sagte er, schob mir den Schuh wieder auf den Fuß und half mir auf. »Du musst rein«, sagte er.

Richtig, die Rede.

»Später«, wiederholte ich und ließ mich von Ryan in den Saal führen. Seine Hand lag dabei die ganze Zeit warm an meinem Rücken.

Kaum hatte ich Platz genommen, betrat mein Vater die Bühne.

Applaus brandete los und verebbte erst wieder, als er mit seiner Rede begann. Meine Gedanken drifteten zu Ryan. Ich spürte immer noch ein Kribbeln auf meiner Haut. Und obwohl ich mich zwang, nicht in seine Richtung zu sehen, konnte ich seinen Blick deutlich fühlen. Die ganze Zeit.

# RYAN

Ich kannte diesen Blick. Während ich bei den anderen Securitys am Rand des Saals stand, konnte ich kein einziges Mal wegsehen. Wie lange hatten wir uns jetzt nicht gesehen? Es kam mir wie eine beschissene Ewigkeit vor. Wie hatte ich nur glauben können, dass ich einfach zurückkommen könnte und alles wäre wieder wie zuvor? Was hatte mich überhaupt dazu bewogen, heute hierher zu kommen? Alex? Ich selbst? Sehnsucht? Dummheit? Oder … Hoffnung? Aber worauf?

Ich wusste, dass Hoffnung nur eine Illusion war, die einen teuer zu stehen kommen konnte. Und ein Blick in ihr Gesicht hatte gereicht. Die Entschlossenheit und Stärke, die in Ivys Augen schimmerte, hatte mir eins klargemacht: Am Ende des Abends würde ich derjenige sein, der auf die Knie gehen und um Vergebung bitten würde. Was auch immer ich hier erreichen wollte, was auch immer ich von Ivy einfordern wollte, es würde mich einen hohen Preis kosten. Ich würde darum kämpfen müssen.

Mr Redmonds Eröffnungsrede und die darauffolgenden Sponsoren-Beiträge zogen in völliger Bedeutungslosigkeit an mir vorbei. Ich konnte einfach nicht aufhören, Ivy anzusehen. Sie trug ein schulterfreies, hautenges silbernes Kleid mit einem Schlitz an der Seite, der bis Kniehöhe reichte. Das helle Haar tanzte in dichten Locken um ihre Schultern und das Licht, das von der Bühne auf sie fiel, verlieh ihrer Haut einen beinahe schon perlmuttähnlichen Schimmer. Sie sah aus wie eine Eisprinzessin. Stolz reckte sie das Kinn und ließ sich kein einziges Mal anmerken, ob sie sich langweilte oder nicht. Die Ivy, die dort saß, war mir völlig fremd. Sie wirkte in diesem Augenblick durch und durch wie ein Wesen aus einer anderen Welt.

Als der Mann am Rednerpult – ich hatte seinen Namen vergessen – sein Loblied auf RedEnergies zu Ende geröchelt hatte, stand Ivy langsam auf. Keine Ahnung, wie dieses Mädchen zuvor noch über ihr eigenes Kleid hatte stolpern können. Sie bewegte sich so elegant und zielstrebig, dass praktisch der gesamte Raum die Luft anhielt.

Ich sah kurz zu Mr und Mrs Redmond, die in der ersten Reihe saßen und Ivy aufmerksam beobachteten. Mrs Redmond sah aus, als wollte sie am liebsten aufspringen und ihrer Tochter eine nicht existente Fussel von der Schulter wischen. Carl Redmond hingegen schien sich nicht entscheiden zu können, ob er stolz oder nervös sein sollte. Aber das wusste ich in diesem Augenblick auch nicht. Ivy jagte mir gerade einen ziemlichen Respekt ein. In diesem Moment wurde mir erst bewusst, dass ich trotz der Wochen, die ich mit ihr verbracht und in denen ich ihre Qualitäten zu schätzen gelernt hatte, eine wichtige Seite von ihr noch nie zu Gesicht bekommen hatte. Eine Seite, die ich eindeutig unterschätzt hatte.

Ivy stellte sich an das Rednerpult, räusperte sich kurz und ließ ihren Blick über die Zuschauermenge schweifen. Obwohl der Leistungsdruck, der dabei auf ihr lastete, enorm sein musste, ließ sie sich nichts anmerken. Nur ihre Hände zitterten leicht – was ich aber nur sehen konnte, weil ich im richtigen Winkel stand. Damn, hatte sie ein gutes Pokerface drauf.

Sie räusperte sich ein weiteres Mal und wartete, bis das Wispern im Raum abgeklungen war, bevor sie zu sprechen begann.

»Guten Abend, meine Damen und Herren. Für diejenigen unter Ihnen, zu denen ich heute Abend noch keinen persönlichen Kontakt hatte und die ich noch nicht begrüßen konnte, möchte ich mich noch einmal kurz vorstellen. Mein Name ist Ivy Redmond und ich habe vor einigen Monaten mein Studium begonnen. Vielleicht erinnern Sie sich noch daran, wie dieser wichtige Schritt in Ihrem Leben für Sie gewesen ist. Aber egal, wie lange er nun schon zurückliegt, ich denke, Sie alle wissen noch ganz genau, was Sie damals gefühlt haben: Vorfreude auf das Ungewisse, aber gleichzeitig auch lähmende Angst vor dem Scheitern. Ich selbst habe nicht einmal im Ansatz geahnt, was auf mich zukommen würde. Selbstverständlich hatte ich Hoffnungen, Wünsche und Vorstellungen – allesamt mehr oder weniger konkret. Aber ich kann Ihnen versichern, dass alles, was ich mir vorgenommen hatte … absolut nicht funktioniert hat.«

Leises Gelächter hallte durch den Raum. Nur Ivys Mutter sah immer noch aus, als hätte sie einen Besen verschluckt.

Ivy räusperte sich leicht und schenkte dem Publikum ein zartes Lächeln. »Nichtsdestoweniger kann ich behaupten, in den letzten Monaten wohl mehr gelernt zu haben als in all den Jahren zuvor. Ich habe gelernt, was es heißt, zuzuhören, ich habe gelernt, Dinge zu hinterfragen und was es heißt, zu vertrauen. Am allermeisten mir selbst. Ich habe Freundschaften geschlossen und letztendlich habe ich auch gelernt … zu lieben.«

Plötzlich war es mucksmäuschenstill im Raum und sämtliche Blicke waren auf Ivy gerichtet.

»Ich habe viel Theoretisches gelernt. Aber ein …« Ihr Blick zuckte kaum merklich zu mir, bevor ein sanfter Ausdruck über ihre schönen Züge huschte, »… ein Freund von mir hat mir etwas für das Leben beigebracht. Vielleicht bekommen wir nicht immer das, was wir wollen, allerdings allemal das, was wir brauchen. Unser Leben ist keine gerade Linie, die immerwährend nach oben strebt. Nein, das Leben lässt uns fallen, bis wir am Boden zerbrechen. Immer und immer wieder, bis wir letzten Endes aus vielen kleinen Bruchstücken bestehen, die uns zu dem machen, wer wir sind. Wir alle sind zerbrochene Wesen, die danach streben, wieder ganz zu sein.« Als das letzte Wort ihren Mund verlassen hatte, sah sie mich an – nur mich. Ich glaubte, in diesem Augenblick hatte ich aufgehört zu atmen.

»Sie müssen mir verzeihen, wenn diese Worte für diesen Abend unangemessen sentimental klingen«, sagte Ivy leise und doch gut verständlich. Ihr Blick bekam etwas Wehmütiges, während sich ihre Mundwinkel zu einem ironischen Lächeln hoben. »Doch ich denke, dass diese Worte nicht nur unsere eigenen, persönlichen Erfahrungen beschreiben. Sie spiegeln auch die aktuelle Situation von RedEnergies wider. Diese Firma ist wie das Herzstück, wie die zweite Seele meiner Familie. Und das Leben … nun, ab einem gewissen Punkt bricht es uns alle. Menschen genauso wie Unternehmen. Aber es liegt an uns, ob wir die Scherben wieder aufsammeln oder sie zerbrochen am Boden liegen lassen. Es liegt an uns, ob wir etwas Wundervollem, etwas, das seit Jahrzehnten besteht, zur Heilung verhelfen wollen. Es ist keine Frage des Mitleids. Es ist eine Frage des Stolzes, jemand anderem helfen zu können, wenn dieser die Hilfe am nötigsten braucht. Ich danke Ihnen.«

Ivy verließ das Podium und das Publikum brach in tosenden Applaus aus. Nach und nach erhoben sich die Leute von ihren Sitzen. Ich konnte mir nicht vorstellen, dass es bei einer solchen Veranstaltung regelmäßig Standing Ovations gab. Aber heute gab es sie. Mir lief ein Schauer den Rücken hinab und als Ivy auf ihren Platz zurückging, wusste ich genau, was ich zu tun hatte.

# IVY

Meine Hände waren feucht und mir war ein wenig übel. Mit aller Kraft unterdrückte ich das Zittern meiner Knie und ließ mich wieder auf meinen Platz sinken. Mein Vater stand auf, trat ans Rednerpult und der Blick, mit dem er mich bedachte, hätte nicht stolzer sein können. Die Erleichterung, es zumindest einmal richtig gemacht zu haben, ließ sämtliche Anspannung wie die Luft aus einem Luftballon aus mir entweichen. Das war mein Geschenk an ihn. Meine Hilfe für RedEnergies, bevor ich nach Kanada ging und nach meinen eigenen Vorstellungen lebte.

Das Schlussplädoyer meines Vaters zog an mir vorbei, ohne dass ich ein einziges Wort mitbekam. Die Finanzierung war ihm ohnehin zugesichert. Die Luft im Saal war inzwischen so stickig, dass ich am liebsten nach draußen gegangen wäre, doch gleich würde das große Beglückwünschen und Networken beginnen. Ich musste also noch ein wenig durchhalten.

Kaum war auch der letzte Applaus verklungen, steuerte ich direkt die Bar am anderen Ende des Saals an und nahm mir ein Glas Champagner. Es dauerte nicht lange, bis auch die anderen Gäste nachkamen. Als sie mich entdeckten, begannen sie sofort damit, mir begeistert die Ohren vollzuquasseln. Ich nickte höflich, nippte an meinem Getränk und wechselte von einem Bein aufs andere. Meine Füße brachten mich um. Wer hatte sich nur solche Folterinstrumente ausgedacht? Noch zwei Minuten und ich würde einfach die Schuhe ausziehen. Man konnte mir schließlich auch barfuß gratulieren.

Gerade als ich dachte, es nicht mehr länger auszuhalten, begann die Band zu spielen. Inzwischen waren auch die Stühle weggeräumt worden, sodass sich die Menschenmasse nun wieder leichter verteilen konnte. Häppchen wurden herumgereicht und nach nur wenigen Minuten wagten sich auch schon die ersten Gäste auf die Tanzfläche. Ich musste grinsen, als ich Alex entdeckte, der gerade mit Mrs Bloomsbury einen flotten Walzer hinlegte.

Er bemerkte meinen Blick, schnitt eine Grimasse und formte mit den Lippen die Worte: »Bitte hilf mir!«

Ich schüttelte mit einem fiesen Grinsen den Kopf und lehnte mich gegen eine Säule.

»Willst du ihn nicht retten?«

Ruckartig sah ich hoch. Ryan hatte die Arme vor der Brust verschränkt und beobachtete mich.

»Nein, der kann ruhig ein bisschen leiden«, sagte ich.

Ryan lachte, wurde aber sofort wieder ernst. »Tun dir die Füße immer noch weh?«

»Hast du seit Neuestem einen Fußfetisch oder warum interessiert dich das Thema heute so?«

Ryan grinste und zuckte mit den Schultern. »Erwischt. Zu Hause habe ich mir sogar einen Ivy-Fußschrein errichtet. Jetzt fehlt mir nur noch das Originalexemplar.«

»Ist das gerade eine Anspielung, dass du mit meinem Fuß einen auf *Saw* machen willst, oder reicht dir ein Gipsabdruck?«

»*Saw?*«, fragte er perplex.

Ich nickte ernst. »Du weißt schon, der Teil, wo sich der Typ den Fuß absäbeln muss.«

Ryan starrte mich fassungslos an. »Ich glaube, du hast zu viel Zeit mit Jeff und seiner Horrorfilm-Sammlung verbracht.«

»Eindeutig«, sagte ich. »In den letzten Wochen musste ich mir fast jeden Tag *Bambie* ansehen, um das zu kompensieren.«

Ryan grinste. Das amüsierte Funkeln in seinen Augen ließ mein Herz höher schlagen. Aber gleichzeitig spürte ich auch einen Kloß im Hals. Was taten wir hier eigentlich? Ich fühlte mich in seiner Gegenwart so unbeholfen, so ratlos. Sollten wir ab jetzt einfach so tun, als wäre nichts gewesen? Als wäre er nicht meinetwegen angeschossen worden? Mein Blick wanderte zu seiner Schulter, die er sichtlich schonte. Ich konnte es kaum ertragen.

Ryan schien meine Gedanken lesen zu können, denn sein Gesichtsausdruck wurde sanfter. »Mach dir um mich keine Sorgen. Das mit dem Schuss war nicht deine Schuld.«

»Tut es weh?«, flüsterte ich.

»Ein wenig.«

»Ein wenig wenig oder ein wenig viel?«

»Ein wenig … viel.«

»Bist du denn überhaupt schon diensttauglich?«

»Nein, eigentlich nicht«, murmelte er. »Erst in ein paar Wochen.«

»Warum bist du dann hier?«

Ryan sah mich an. Ein seltsamer Ausdruck huschte über sein Gesicht. »Weil ich … weil ich mich … entschuldigen wollte. Dafür, dass ich nicht auf deine Nachrichten geantwortet habe.«

»Ach.« Ich winkte ab, als wäre das keine große Sache. Aber am liebsten hätte ich ihn geschüttelt. Auf diese Erkenntnis kam er jetzt? Vier Wochen später?

»Du hattest Wichtigeres im Kopf. Größere Probleme.«

»Nein …«, murmelte er. »Ich hatte … dich im Kopf.«

»Oh«, brachte ich schwach heraus. »Das tut mir … leid?«

Er lächelte. »Ja, ich habe mir auch ziemlich lang selbst leidgetan.«

»Aber jetzt nicht mehr?«

»Nein, jetzt nicht mehr.«

»Warum?«

»Weil ich endlich weiß, was ich will.«

»Gatorade?«

Er lachte. »Nein, ganz bestimmt nicht.«

Unsere Blicke trafen sich und da war es wieder, dieses Herzklopfen. Das rasende Pochen, das Ziehen … Genau wie zu Beginn des Studiums, als er noch Ray war. Wir öffneten beide gleichzeitig den Mund.

»Ivy, ich …« – »Ryan, ich ..«

»Ivyyy!«

Wir zuckten beide zusammen und mir sank das Herz in die Hose. Nicht die schon wieder.

»Ivy«, flötete Chloé und kam auf uns zugeschwebt wie ein Teufel im Engelskostüm.

Ryan starrte sie an, als würde er ihr am liebsten ihre Clutch in den Rachen stopfen.

»Aber holla, was hast du da schon wieder für einen hübschen Mann an deiner Seite?«, rief sie begeistert, als sie Ryan entdeckte.

»Das ist Ryan. Ein Security«, brachte ich mühsam hervor.

Chloé musterte Ryan von Kopf bis Fuß. »Ein Bodyguard? Kennen wir uns schon?«

Ryan straffte die Schultern. »Ich bin nur für Ivy zuständig«, stellte er klar. Ich verschluckte mich bei dem Satz fast an meinem Champagner.

»Tatsächlich?«, sagte Chloé ungläubig. »Ivy scheint ja in letzter

Zeit alle schönen Männer anzuziehen. Apropos, wo ist eigentlich dein Freund Alex?«

»Weiß nicht, du kannst ihn gerne suchen gehen.«

»Aber nein.« Sie riss gespielt entsetzt die Augen auf. »Ich kann mich doch nicht zwischen euch drängen. Alex ist schließlich dein Freund und ihr seid einfach wundervoll zusammen. Warum holst du ihn nicht her, während ich mich solange mit deinem Bodyguard unterhalte?« Sie wandte sich mit einem zuckersüßen Lächeln an Ryan. »Welche Körperteile trainierst du denn so?«, fragte sie.

Ryan runzelte die Stirn. »Ganzkörper?«, sagte er platt.

»Oh, ich liebe Ganzkörper«, sagte Chloé und hob vielsagend die Augenbraue. »Wie …«

Doch Ryan unterbrach sie einfach. »Entschuldige, ein Notfall«, sagte er, packte meine Hand und schleifte mich auf die Tanzfläche.

Chloé starrte uns einen Moment lang verblüfft hinterher, bevor sie ihre Augen zu schmalen Schlitzen zusammenkniff und die Lippen fest zusammenpresste.

»Was machst du da?«, fragte ich panisch, als Ryan mich mit einem Schwung in seine Arme zog.

»Dieser Nervensäge aus dem Weg gehen«, brummte er und fing an, mich im Takt zu bewegen.

Ich war so verblüfft, dass ich ihm automatisch die Tanzführung überließ. Ich wusste gar nicht, dass Ryan tanzen konnte. Es waren zwar keine Standardschritte, aber er hatte offensichtlich Rhythmusgefühl. Wir wiegten uns zu der langsamen Musik und ich fühlte mich so glücklich wie schon lange nicht mehr.

»Wir sollten damit aufhören«, flüsterte ich trotzdem. »Was, wenn mein Vater uns sieht?«

»Dann wird er wohl sehen, wie ein Bodyguard mit seiner Tochter tanzt.«

»Du kannst in Teufels Küche kommen!«

»Wegen ein bisschen tanzen? Wohl eher nicht. Außerdem habe ich den Invalidenbonus auf meiner Seite.« Er zuckte leicht mit der Schulter. »Noch bin ich nicht offiziell wieder im Dienst, also kann er mich auch nur schwer feuern.«

»Das kann er immer«, sagte ich düster und sah zu ihm auf. »Und ich will nicht, dass du wegen mir noch mehr Ärger bekommst.«

Ryan seufzte. »Ach, Ivy. Wegen dir habe ich noch nie Ärger bekommen. Höchstens wegen mir selbst.« Vorsichtig legte er seine Stirn an meine. »Weißt du, warum ich mich in den letzten Wochen nicht gemeldet habe? Weil ich mich geschämt habe. Ich dachte, du willst nichts mehr mit mir zu tun haben.«

»Wie kommst du denn auf so was?« fragte ich ungläubig und geriet kurz aus dem Takt.

Ryan zögerte kurz. Als er schließlich antwortete, waren seine Lippen meiner Stirn so nahe, dass ich das Wispern praktisch fühlen konnte. »Damals, als ich im Krankenhaus aufgewacht bin, bist du einfach gegangen. Mit Maxton. Ich dachte, du hättest mich ausgetauscht, aber das war nur … Ich habe mich selbst belogen. Ich wollte einen Grund haben, um sauer auf dich zu sein, weil ich mich sonst meinen Gefühlen hätte stellen müssen. Und davor hatte ich zu große Angst.«

»Oh …«, brachte ich schwach hervor.

Seine Hände streichelten sanft über meinen Rücken und bescherten mir eine Gänsehaut.

Ich schloss kurz die Augen, bevor ich hinzufügte: »Ich bin gegangen, weil mich mein Vater praktisch dazu gezwungen hat«, murmelte ich und versuchte, den Kloß in meinem Hals hinunterzuschlucken. »Außerdem dachte ich, du wärst ohne mich besser dran. Wenn ich daran denke, wie du angeschossen wurdest … Ryan, ich … ich kann mir das einfach nicht verzeihen! Ich habe Albträume davon, wache schreiend auf. Jedes Mal will ich dir helfen und kann nicht, und du … und du …« Eine Träne lief mir über die Wange.

»Schhht …«, sagte er leise und wischte sie weg. In seinem Blick lag ein Ausdruck, den ich nicht deuten konnte.

»Es tut mir so leid, Ryan«, brachte ich erstickt hervor. »Die letzten Wochen waren schrecklich ohne dich. Ich will nicht, dass du wieder weggehst.«

Ryan seufzte und zog mich fest in seine Arme. »Ich war ein Idiot, Ivy«, sagte er leise. »Eigentlich bin ich immer noch einer und du hast etwas Besseres verdient, aber …«

Grinsend sah ich zu ihm hoch. »Hast du gerade zugegeben, dass du ein Idiot bist?«

»Ja«, sagte Ryan verlegen. »Ich sage viel dummes Zeug, wenn ich nervös bin.«

»Ich auch …«

Er lachte leise. »Ich weiß, ich habe die Piranhavögel nicht vergessen …«

Sein Atem traf meine Lippen und jagte mir einen Schauder über den Rücken. Unsere Blicke trafen sich und in diesem Augenblick wurde Ryan zum Mittelpunkt meiner Welt.

Ich schluckte und bevor ich mich doch noch zurückhalten konnte, purzelten die Worte ohne Filter aus meinem Mund. »Ryanichliebedich.«

Auch wenn ich gewollt hätte, ich hätte sie nicht zurückgenommen. Er hatte es verdient, sie zu hören. Sie gehörten ihm, genauso wie ich, wenn er es wollte.

Ryans Augen wurden groß, sein Mund klappte auf. »Was?«

»Ähm, ich meine … Ich liebe dich … natürlich nicht, aber ähm …«

»Tust du nicht?«, fragte er verwirrt, doch ehe ich noch mehr Blödsinn reden konnte, drückte er mich unvermittelt weg. Verletzt sah ich zu ihm hoch und bemerkte, dass er alarmiert auf etwas hinter mir starrte. »Deine Mutter kommt«, flüsterte er.

Instinktiv zuckte ich zurück, wandte den Kopf und tatsächlich: Die hochgewachsene Gestalt meiner Mutter bahnte sich einen Weg durch die tanzenden Gäste. Enttäuscht und peinlich berührt wollte ich mich von Ryan lösen, doch der hielt mich fest und neigte den Kopf, sodass sein Atem meine Haut streifte. Als er sprach, jagte mir seine Stimme winzige kleine Schauder über den Rücken.

»Dann würde ich sagen: Ich liebe dich auch«, flüsterte er. »Die ganze Zeit schon.«

Erleichtert atmete ich auf und ich musste mich an seiner Schulter festhalten, um nicht einfach umzukippen. »Wirklich?«, hauchte ich.

»Ivy! Was machst du da?«, fragte meine Mutter aufgebracht, während ihr Blick zwischen Ryan und mir hin und her schoss. Und – Holy Moly! Sie zog eine Miene, als hätte sie uns gerade bei etwas Unanständigem erwischt. Gut, zwei Sekunden später hätte sie das vielleicht auch.

»Ich … er … wir …«, stammelte ich, doch Ryan schob mich nur sanft von sich und schenkte meiner Mutter ein unschuldiges Lächeln.

»Ihrer Tochter war schwindlig, Mrs Redmond. Ich wollte sie gerade dazu bringen, eine Kleinigkeit zu essen und zu trinken, damit sie nicht umkippt«, behauptete er, ohne mit der Wimper zu zucken.

»Hast du vorhin nichts gegessen?«, fragte meine Mutter irritiert.

»Nein, ich war zu nervös.« Hoffentlich glaubte sie Ryans Lüge.

Meine Mutter sah mich einen Moment lang skeptisch an. Doch dann zuckte sie nur mit den Schultern und warf Ryan erneut einen schiefen Blick zu. »Sie sind Ryan, oder? Harrys Junge. Sollten Sie nicht mit einer Schussverletzung im Bett liegen? Oder habe ich da etwas missverstanden?«

Kein *Danke, dass Sie meine Tochter gerettet haben*. Kein sorgenvolles *Wie geht es Ihnen*? Nein, meine Mutter doch nicht. Sie klang beinahe, als wäre sie enttäuscht, dass Ryan der Kugel nicht ausgewichen war. Schließlich hätte das jeder vernünftige Mensch gemacht.

Ryan lächelte höflich und verschränkte die Arme hinter dem Rücken, während ich die Luft anhielt. »Ich bin nur heute für Maxton eingesprungen, Mrs Redmond.«

»Maxton?«, fragte sie und blinzelte irritiert. »Wer soll das sein?«

»Mein Security in den letzten Wochen, Mom«, half ich ihr auf die Sprünge. »Du hast ihn schon getroffen und ihn wegen seiner schlecht gebundenen Krawatte aus dem Teesalon geworfen.«

Meine Mutter rümpfte bei der Erinnerung die Nase. »Ah, richtig. Wieso ist Matthew heute verhindert?«

»Maxton«, verbesserte ich sie.

Sie winkte ab. »Wie auch immer.«

»Er hat eine Erkältung, soweit ich weiß«, sprang Ryan wieder ein. »Nichts, was in ein paar Tagen noch ein Problem sein sollte.«

Meine Mutter nickte und presste die Lippen zusammen. »Gut, gut, wir werden ihm eine Genesungskarte schicken.«

Würde sie natürlich nicht. Die Gesundheit von Angestellten war ihr vollkommen egal.

»Kommst du, Ivy?«, fuhr sie beinahe im selben Atemzug fort. »Die Chainstons möchten sich gerne mit dir unterhalten.«

»Um ehrlich zu sein, habe ich ein wenig Kopfschmerzen. Ich würde mich gerne hinlegen.« Ich vermied es, in Ryans Richtung zu schielen, als er sein Lachen hinter einem Hustenanfall versteckte.

»Kopfschmerzen?«, fragte meine Mutter ungläubig. »Heute?« Alarmiert schoss ihre Hand nach vorn und griff nach meiner Stirn. »Papperlapapp, höchstens ein bisschen warm. Reiß dich einmal zusammen, Ivy. Noch vier Stunden und wir haben es geschafft. Du kannst ja dann später nach Hause fahren. Morgen haben wir übrigens eine Pediküre zusammen mit den …«

»Aber Mama …«

»Nichts aber«, unterbrach sie mich. Ohne Rücksicht nahm sie mich am Arm und zog mich quer durch den Raum. »Lächeln!«, zischte sie, während ich verzweifelt zu Ryan zurücksah. Kopfschüttelnd und mit besorgtem Blick folgte er uns.

Meine Mom ging so schnell, dass ich Mühe hatte, nicht zu stolpern. Ich versuchte, mich zu entspannen und ein professionelles Lächeln auf meine Lippen zu zaubern. Es waren schließlich nur vier Stunden. Aber mein ganzer Körper sträubte sich dagegen, sehnte sich nach Ryan.

Er hatte gesagt, dass er mich liebte. Dass er es schon immer getan hat. Wie sollte ich denn jetzt weiter höfliche Konversation betreiben, wenn ich am liebsten Ryan in ein freies Zimmer schleifen und ihn so lange küssen würde, bis er diese drei Worte so oft wiederholt hatte, dass ich mir sicher sein konnte, sie mir nicht eingebildet zu haben.

Doch meine Mutter zog mich unerbittlich zu den Investoren. Ein Mann Ende fünfzig begrüßte mich freundlich.

»Ivy Redmond«, tönte er. »Da sind Sie ja. Ihre Rede hat uns allen sehr gefallen.«

»Ja, danke. Schön, dass Sie da sind«, erwiderte ich höflich.

»Sagen Sie, meine Liebe«, sagte der Mann munter, während er mich aufmerksam musterte. »Da Sie ja so ein schlaues Köpfchen sind, würde es mich ausgesprochen interessieren, was Sie vom aktuellen Aktienmarktanteil von RedEnergies halten. Der Kurs geht wohl wieder nach oben, denken Sie nicht?«

»Oh ja, das kann gut sein«, stammelte ich und fing mir einen strafenden Blick von meiner Mutter ein.

Hilflos sah ich mich um. Irgendjemand musste mich doch retten können. Hauptsache, ich musste nicht die Frage beantworten, ob RedEnergies proaktiv in den westeuropäischen Markt einsteigen würde, wenn sich die Unruhen in den Zinssätzen des amerikanischen Finanzmarkts verringert hätten.

»Ivy, Liebling, da bist du ja!«

Holy Moly! *Be careful what you wish for.*

Alex stand plötzlich neben mir und strahlte mich an. Noch ehe ich etwas sagen konnte, beugte er sich zu mir herab und gab mir einen Kuss – auf die Lippen! Verdattert starrte ich ihn an. Was sollte das denn jetzt?

»Alexander, wie schön, Sie zu sehen«, rief meine Mutter, klang dabei aber eher verärgert über die abrupte Störung als tatsächlich erfreut.

Alex lächelte einnehmend. »Mrs Redmond, ich muss Ihnen zu dem gelungenen Abend gratulieren.«

»Danke schön«, sagte meine Mutter knapp und nickte, als ihr auffiel, dass die Umstehenden uns neugierig musterten. »Meine

Herrschaften, darf ich vorstellen: Alexander van Klemmt. Seine Eltern sind im juristischen Bereich tätig und er studiert an der gleichen Universität wie meine Tochter.«

*Studierte.* Aber das würde sie natürlich nicht sagen, weil sie sonst einige unangenehme Dinge erklären müsste.

»Van Klemmt? Ist Ihr Vater zufällig Henry van Klemmt, der im Invers-Fall verhandelt hat?«, erkundigte sich ein Mann mit Schmerbauch.

»Ja«, bestätigte Alex. »Das ist er. Sie müssen sich unbedingt mit meinem Vater darüber unterhalten, er kann Ihnen alles Nähere erzählen. Der Invers-Fall ist sein drittliebstes Gesprächsthema, gleich nach kubanischen Zigarren und dem alles entscheidenden Hole-in-one, das er am Tag meiner Geburt geschlagen hat.«

Was zum Teufel tat er da gerade?

»Können wir etwas für dich tun, Alexander?«, fragte meine Mutter steif.

Er nickte und zog ein leidenschaftliches Gesicht. »Ich war so frei, Ihre Unterhaltung über den Aktienmarkt mit anzuhören, und ich würde mich liebend gern dieser Diskussion anschließen. Es gibt kein Thema, das mich derzeit mehr anö...äh...interessiert.«

»Tatsächlich?«, fragte meine Mutter.

»Wirklich?«, echote ich ungläubig.

»Unbedingt«, sagte er dramatisch und drückte meine Hand. »Schatz, wärst du so lieb und holst mir etwas zu trinken? Am liebsten einen Single Malt«, sagte er und ließ unauffällig etwas in meine Hand gleiten, das sich wie eine Schlüsselkarte anfühlte.

»Sind Sie denn schon einundzwanzig, junger Mann?«, fragte der Mann vor uns stirnrunzelnd.

»Nein, natürlich nicht, wie dumm von mir.« Seufzend klatschte sich Alex die Hand gegen die Stirn. »Dann hole mir doch bitte einen Kindersekt, Ivy. Den guten Stoff mit Pfirsichgeschmack. Lass dich nicht mit billigem Himbeeraroma abspeisen, ich weiß, dass sie ein paar Flaschen Pfirsich ganz unten bunkern.«

»Ich … ähm … na klar«, stotterte ich verwirrt.

Alex nickte ernst und hauchte mir erneut einen Kuss auf die Wange. »Zimmer 81. Viel Spaß«, raunte er mir ins Ohr, bevor er sich räusperte und um einiges lauter sagte: »Pass auf dich auf und nimm deinen Security mit.«

Alex half mir tatsächlich, mit Ryan verschwinden zu können? Am liebsten hätte ich ihn umarmt.

»Natürlich, Schatz. Bin gleich zurück«, sagte ich mit einem strahlenden Lächeln.

Betont langsam ging ich in Richtung Bar, während ich mich hektisch nach Ryan umsah. Ich entdeckte ihn nur wenige Meter entfernt. Er stand mit verschränkten Armen an einer Säule und starrte mich fassungslos an. War etwas passiert? Was auch immer es war, es würde leider warten müssen, denn erst einmal musste ich uns beide unbemerkt in den Aufzug und dann hoch bis in Zimmer 81 schmuggeln.

»Ryan, es gibt einen Notfall … äh … oben«, sagte ich wenig elegant, schnappte mir seine Hand und schleifte ihn hinter mir aus dem großen Festsaal hinaus.

Ryan schüttelte meine Hand ab und blieb stehen. Was machte er denn da? »Was war *das* gerade?«, fragte er mit einem leichten Zittern in der Stimme.

»Was genau meinst du?«, fragte ich verwundert und griff erneut nach seiner Hand. Dieser sture Esel sollte sich endlich in Bewegung setzen, bevor wir noch Aufmerksamkeit erregten.

Ryan schluckte und ließ sich von mir weiterziehen. Erst als wir an der Rezeption vorbei – und somit außer Hörweite – waren und vor dem Aufzug standen, blieb er stehen und wand sich wieder aus meinem Griff.

Wütend funkelte er mich an. »Du hast Alex geküsst! Ich dachte, ihr seid nicht zusammen.«

Fassungslos starrte ich ihn an. »Das war doch nicht echt!«, sagte ich aufgebracht und drückte den Knopf, um den Aufzug zu rufen.

Er sah aus, als würde er mir kein Wort glauben. Seine Nasenflügel bebten. »Scheiße, das wirkte aber verdammt echt. Du kannst nicht mit van Klemmt zusammen sein.«

»Ach nein? Was für ein Glück, dass wir es auch nicht sind.« Schnaubend schob ich ihn in den Aufzug hinein und drückte den Knopf zum achten Stock.

Die Türen glitten zu und wir setzten uns extrem langsam in Bewegung. Frustriert pustete ich mir eine Haarsträhne aus dem Gesicht.

»Wenn ihr nicht zusammen seid, was sollte das dann gerade?«

»Keine Ahnung, Ryan. Es ist Alex. Er macht ständig schräges Zeug. Vielleicht ist er auf seinem Ego ausgerutscht und dabei auf meine Lippen geknallt.«

»Das ist nicht witzig, Ivy«, knurrte er.

»Nein, ist es nicht.« Seufzend sah ich zu ihm hoch. Merkte er denn gar nicht, wie ich mich fühlte? Dass es für mich nur ihn gab? »Bitte sag mir noch mal, dass du mich liebst«, flüsterte ich.

»Ich … nein. Darauf kannst du lange warten.« Er schnaubte. »Ich musste gerade zusehen, wie du zwei Minuten nachdem ich dir gesagt habe, dass ich dich liebe, einen anderen geküsst hast.«

Frustriert blies ich die Backen auf. »Verdammt, Ryan«, stieß ich hervor. »Das hat er doch nur gemacht, um uns zu helfen, damit wir von meiner Mutter loskommen. Er hat uns sogar eine Schlüsselkarte für ein Hotelzimmer besorgt. Siehst du?«, sagte ich und hielt ihm die Karte unter die Nase.

Ryan sah mich nur stirnrunzelnd an.

Verdammt, dieser Typ machte mich wahnsinnig! »Hör auf, so ein Gesicht zu ziehen, Ryan.«

»Welches Gesicht?«

»Das da! Ich liebe dich, hörst du? Ich liebe alles an dir, Piercings, Tattoos, deine Komplexe, deine Ängste und sogar deinen schrägen Humor. Ich liebe dich mit allem, was dazugehört, und wenn du noch ein Wort über Alex sagst, knalle ich dir eine.«

Er starrte mich fassungslos an. Plötzlich schien die Luft zwischen uns zu knistern. Unser Atem klang rau und viel zu laut. Die Anziehungskraft zwischen uns wurde immer stärker. Ryan machte einen Schritt nach vorn, dann noch einen und das Nächste, was ich fühlte, waren seine Lippen, die sich auf meine pressten. Für eine köstliche Sekunde konnte ich ihn wieder schmecken. Meine Unterlippe prickelte und verzog sich zu einem kaum merklichen Schmunzeln, als ich sein Zungenpiercing fühlte, das sich frech einen Weg in meinen Mund bahnte.

Ich war gerade dabei, meine Hände in seinem Haar zu vergraben, als der Aufzug stehen blieb und die Türen aufgingen. Ryan und ich stoben auseinander. Verlegen starrten wir das alte Ehepaar an, das in dem Moment den Aufzug betrat. Die zwei trugen weiße Bademäntel und schienen auf dem Weg zum Pool auf dem Dach zu sein, denn sie drückten den obersten Knopf.

»Guten Abend«, brachte ich mit Mühe heraus.

Ryan gab nur einen erstickten Laut von sich. Quälend langsam fuhren wir nach oben. Ryan stand direkt neben mir, seine Finger berührten meine – und als die Aufzugtüren sich endlich wieder öffneten, stürzten wir beinahe in den Flur und eilten zu unserem Zimmer.

Alex hatte uns eine Suite besorgt. Eine recht exklusive, denn es befand sich nur noch ein weiteres Zimmer hier oben. Ich hielt die Schlüsselkarte an den Sensor und schubste Ryan förmlich nach drinnen. Das Licht ging automatisch an, blieb jedoch gedämpft. Mein Blick fiel auf die Fensterfront, durch die man ganz Miami überblicken konnte. Unsere Silhouetten, die sich darin spiegelten, sahen aus, als wollten sie miteinander verschmelzen.

»Sag es noch mal«, bat ich Ryan und hörte selbst, wie zittrig meine Stimme klang.

Ryan grinste. Seine Lippen verzogen sich zu einem breiten Lächeln und zauberten die Grübchen hervor, die ich so sehr mochte. »Ich liebe dich, Ivy. Seit dem ersten Tag.«

Zitternd schloss ich die Augen, als sich warme Hände um mein Gesicht legten.

»Ich liebe dich, Ivy Redmond. Und es war dumm von mir, jemals so zu tun, als wäre das nicht so.«

Meine Unterlippe bebte. »Was ist, wenn du wegen mir Ärger bekommst?«, fragte ich leise. Obwohl es unangenehm war, ich musste es tun. Denn das Problem verschwand nicht, nur weil wir es vergessen wollten.

»Dann werde ich die Konsequenzen mit Stolz tragen. Aber dich werde ich nicht mehr hergeben, nicht für allen Ärger der Welt«, flüsterte Ryan. Seine Lippen schwebten nur wenige Millimeter vor meinen, sodass ich seinen Atem fühlen konnte. Seine Worte drangen durch meine Haut und ließen meine Seele tanzen. Und endlich, endlich küsste er mich.

Seine Hände wanderten meinen Rücken hinab und hielten mich fest, als meine Knie nachzugeben drohten. Meine Zunge kam seiner entgegen. Suchte, fand und streichelte, während ich mit zitternden Fingern an seiner Krawatte zerrte. Der Stoff löste sich geräuschlos und Ryan zog sein Jackett aus, ohne den Kuss zu unterbrechen. Stöhnend schlang er die Arme um meine Taille und dirigierte mich langsam Richtung Bett.

Ich stolperte bei dem Versuch, endlich die High Heels loszuwerden. Doch Ryan fing mich auf. Er hob mich hoch und trug mich die letzten Schritte bis zum Bett, wo er mich vorsichtig auf die kühle Bettdecke legte. Er kniete sich über mich, küsste mich noch mal, bevor er sich aufrichtete und begann, sein Hemd aufzuknöpfen. Heftig atmend sah ich zu, wie Knopf um Knopf seine Tätowierungen zum Vorschein kamen. Quälend langsam zog er das Hemd aus und ließ es achtlos zu Boden gleiten. Endlich konnte ich seinen nackten Oberkörper bewundern. Ryan war so unglaublich attraktiv, dass mir kurz die Luft wegblieb.

»Ivy«, flüsterte er heiser. »Wenn du mich weiter so ansiehst, wird das hier zu schnell vorbei sein.«

»Wie sehe ich dich denn an?« Klang ich wirklich so atemlos, wie ich mich fühlte?

Ryan beugte sich vor und küsste eine Spur meinen Hals hinab. Seine Lippen und seine Zunge tanzten über meine Haut, bis ich eine Gänsehaut bekam. Stöhnend grub ich meine Nägel in seinen Rücken und zog ihn näher an mich heran.

»Wie das beste Gatorade, das du jemals getrunken hast«, sagte er und schnappte nach Luft, als ich meine Finger in seine Haare krallte.

Anstatt einer Antwort zog ich ihn wieder zu meinen Lippen herab und küsste ihn. Unser Atem vermischte sich und mein Puls beschleunigte sich. Ryans Hände wanderten langsam über meine Arme. Sein Gewicht war angenehm schwer auf mir, während er tausend kleine Küsse auf meinem Gesicht, Kinn und Hals verteilte.

Fahrig spielte ich mit seinem Haar, als er hinter mich griff, um den Reißverschluss meines Kleides zu öffnen. Mit wenigen Bewegungen strich er den Stoff von meinen Schultern. Seine Fingerspitzen wanderten über meine Arme, über meinen Bauch und dann über meine Beine, als er mir langsam das Kleid auszog, um es dann achtlos auf den Boden fallen zu lassen. Mein ganzer Körper kribbelte und das Blut rauschte in meinen Ohren.

Ryan beugte sich wieder über mich, hauchte zarte Küsse auf meine Haut, während ich meine Hände über seinen straffen Oberkörper wandern ließ. Mit jeder entgegengebrachten Berührung wurde sein Atem schneller. Ryan zog sanft am Bund meines Slips und schob den Stoff meinen Oberschenkel hinab. Ich schauderte.

Ryan sah zärtlich auf mich herab. »Du musst keine Angst haben. Ich passe auf dich auf. Ich liebe dich, Ivy.«

Ich lächelte. Nichts, mit Abstand gar nichts, was ich jemals zuvor gefühlt hatte, war mit dem hier vergleichbar. Ich musste keine Zweifel haben. Keine Angst. Das hier war richtig. Das hier war Ryan. Schlank und wunderschön. Mit straffen Muskeln, die sich unter seiner Haut abzeichneten. Ich folgte mit den Fingern den Linien seines flachen Bauchs und streichelte seine kräftigen, runden Schultern. Er war schön. So wunderschön …

Ryan schenkte mir ein bezauberndes Lächeln, das sein gesamtes Gesicht strahlen ließ, bevor er sich schnell aufrichtete, seine Hose einfach samt Unterhose auszog und neben sich warf. Das Auftreffen der Kleidungsstücke hörte ich gar nicht mehr. Er legte seine Hände an meine Wangen und küsste mich, als würde sein Leben davon abhängen. Ich fühlte jede seiner Berührungen überdeutlich genau. Diese Woge aus Gefühlen war so neu und ungewohnt … und ließ mich gleichzeitig befriedigt wie auch erwartungsvoll zurück. Es schien beinahe unmöglich, aber mit jeder Sekunde, die er hier bei mir war, mit jedem Blick, den er mir schenkte, und mit jeder Berührung schlug mein Herz schneller. Unsere Lippen suchten einander, unsere Zungen fanden sich, bis Ryan einen atemlosen Laut ausstieß und den Kuss unterbrach.

»Warte kurz!«

Er drehte sich um und angelte nach seiner Hose. Ich hörte ein Knistern, dann war er wieder bei mir. Mein ganzer Körper kribbelte, zitterte und ich konnte Ryan überall fühlen. Auf mir, um mich und langsam, beinahe zögerlich, auch in mir.

# RYAN

Ivy lag in meinen Armen und schlief. Sie hatte sich schon beinahe verzweifelt an mich geklammert. Ihr Kopf lag auf meiner Schulter und ihre Haare kitzelten meine Nase.

Es konnte nicht viel Zeit vergangen sein, denn draußen war es immer noch dunkel. Am liebsten würde ich wieder die Augen schließen und weiterschlafen, doch die Schmerzen in meiner Schulter hielten mich wach. Ich überlegte kurz, eine Schmerztablette zu nehmen, allerdings wollte ich mich nicht von Ivy lösen. Im Grunde genommen wollte ich sie nie wieder loslassen. In Gedanken versunken betrachtete ich den Schwung ihrer Lippen.

Ivy war so wunderschön. Ich wollte gar nicht dran denken, wie knapp ich daran vorbeigeschrammt war, die Sache mit ihr vollkommen zu vermasseln. Ich hätte von Anfang an für sie da sein sollen. Aber das würde ich nachholen. Jede verlorene Sekunde. Ich würde alles tun, um Ivy glücklich zu machen – und wenn es Monate dauern sollte.

Wenigstens hatte sie mir verziehen. Zumindest schien es so. Ich lächelte, als ich mir die letzten Stunden in dieser Suite noch einmal durch den Kopf gehen ließ. Sanft küsste ich Ivy auf den Mundwinkel und schmunzelte, als sie daraufhin leise murmelnd ihr Gesicht in meiner Halsbeuge vergrub. Ich kuschelte mich an sie und wusste, dass sie alles war, was ich brauchte. Hoffentlich gab sie mir diese eine weitere Chance, um … mehr als ihr Security zu sein. Ich wollte ihr Freund sein. Auch wenn der Gedanke ein bisschen angsteinflößend war.

Als die Schmerzen in meiner Schulter noch mehr zunahmen, löste ich mich vorsichtig von Ivy und angelte nach den Pillen in meiner Tasche. Im gleichen Augenblick hörte ich, wie sie sich bewegte, gefolgt von einem Gähnen.

»Ryan?« Ihre Stimme klang so rau, dass ich lachen musste.

Ich schluckte die Schmerztabletten hinunter, bevor ich mich wieder zurücklegte und sie in meine Arme zog.

»Ich bin hier«, murmelte ich beruhigend. »Schlaf weiter. Es ist noch viel zu früh für Morgenmuffel.«

»Kannst du nicht schlafen?«, flüsterte sie.

Ich seufzte. »Nein. Ich muss andauernd daran denken, was für ein Idiot ich gewesen bin. Dass ich dich beinahe für immer verloren hätte.«

Ivy versteifte sich kaum merklich. »Ryan, da gibt es etwas, das ich dir sagen muss«, gestand sie unsicher.

»Geht es um Kanada?«, fragte ich.

Sie blinzelte verwundert. »J…ja, woher weißt du das?«

»Alex hat es mir erzählt«, sagte ich nur und stützte mein Kinn an ihrer Schulter ab. Gedankenverloren spielte ich mit ihren Haaren. Das Pink war so ausgewaschen, dass es beinahe nicht mehr zu sehen war. Ich vermisste es ein wenig.

»Er wollte, dass ich dich davon abhalte zu fliegen.«

»Und?«, fragte sie atemlos. »Wirst du mich davon abhalten?«

Ich hob den Blick und küsste ihre Schulter. »Willst du denn nach Kanada?«

Ivy zögerte und nickte kaum merklich. »Ja«, hauchte sie. »Ich glaube, ich will das immer noch.«

»Dann komme ich mit«, sagte ich schlicht.

Ihre Augen wurden groß. »Einfach so?«

»Einfach so.« Ich lächelte schief. »Wer bin ich denn, dir vorzuschreiben, wie deine Träume auszusehen haben? Wenn du in Kanada studieren willst, dann mach das. Solltest du dort nicht glücklich werden, begleite ich dich einmal quer durch die Welt, bis du das gefunden hast, was du suchst.«

»Das hört sich wundervoll an«, sagte sie leise. »Aber was ist mit dir? Was sind deine Träume?«

»Meine Träume haben sich in der letzten Zeit ziemlich verändert. Vielleicht muss ich auch noch herausfinden, was ich eigentlich will.«

»Aber du liebst doch deinen Job«, sagte sie.

Ich nickte. »Natürlich, aber vielleicht kann ich mit ein bisschen Glück ja beides haben. Meinen Job und dich.«

Ich grinste und Ivys Augen füllten sich mit Tränen.

»Ich liebe dich, Ryan.«

»Ich liebe dich auch, Ivy«, sagte ich und küsste sie. Langsam ließ ich meine Finger über ihre Haut wandern. Ihr Herz pochte gegen meine Brust und ich entlockte ihr ein kleines Quieken, als ich eine kitzelige Stelle streichelte. Gerade als ich sie auf den Rücken rollen wollte, hörten wir ein Klicken, das beinahe klang, als wäre die Tür aufgegangen. Irritiert hielt ich inne und sah auf.

»Was zum Teufel ist hier los?«

Oh Scheiße!

# IVY

»Was zum Teufel ist hier los?«, brüllte mein Vater.

Ich erschrak so sehr, dass ich fast vom Bett fiel. Hektisch tastete ich mit den Fingern nach dem Bettlaken und hielt es mir vor die Brust, während Ryan mich vor seinen Blicken zu schützen versuchte. Mit blassem Gesicht starrte er meinen Vater an, der mit geballten Fäusten in der Tür stand. Und hinter ihm … hinter ihm entdeckte ich Chloé, die vergeblich versuchte, sich ein Lachen zu verkneifen.

»Chloé!«, rief ich überrascht. »Was tust du hier?«

»Ich?«, sagte sie unschuldig und klimperte mit den Wimpern. »Ist wohl eher die Frage, was du hier machst! Dein Vater war auf der Suche nach dir und ich war nur so freundlich, ihm zu helfen. Mir gehört nämlich das Zimmer gegenüber und ich dachte, ich hätte dich … ähm … gehört.«

Ich hätte ihr am liebsten den Hals umgedreht. Warum? Warum machte sie das?

»Zieh dich sofort an«, befahl mein Vater und wandte sich ab.

Keine Ahnung, wen er genau meinte – mich oder Ryan –, aber wir gehorchten beide. Meine Hände zitterten wie Espenlaub, während Ryan überraschend gefasst aussah. Ein wenig blass um die Nase, aber nicht so, als würde er gleich schreiend aus dem Raum rennen und sich nach Mexiko absetzen.

»Daddy, ich kann das erklären …«, begann ich, doch mein

Vater schnitt mir mit einer einzigen scharfen Geste das Wort ab.

»Das muss nicht erklärt werden, Ivy. Mitkommen«, knurrte er und verließ den Raum.

Ryan folgte ihm und als ich an Chloé vorbeiging, tat ich etwas, das ich noch nie getan hatte. Ich holte aus und schlug ihr direkt ins Gesicht.

»Fuck!«, kreischte sie und taumelte zurück. Fassungslos starrte sie mich an. »Wofür war das denn?«, fragte sie entsetzt, während ich meine Hand ausschüttelte.

»Für alles«, fauchte ich und ließ sie stehen.

Mein Vater schien beschlossen zu haben, uns erst einmal mit vorwurfsvollem Schweigen weich zu kochen, denn er sagte kein einziges Wort, während wir mit dem Aufzug nach unten fuhren. Es war mit Abstand die unangenehmste Fahrt meines Lebens. Als die Türen endlich aufgingen, stapfte mein Vater ins Backoffice hinter der Rezeption und gab uns mit einem Wink zu verstehen, dass wir ihm folgen sollten.

Instinktiv griff ich nach Ryans Hand. Unsere Finger fanden sich, schlangen sich ineinander. Wir sagten kein Wort, aber ich fühlte Ryans Entschlossenheit, als wir das Büro betraten. Die Gala musste sich bereits aufgelöst haben, denn es waren nur noch vereinzelte Stimmen zu hören. Mein Vater setzte sich hinter den wuchtigen Schreibtisch und verschränkte die Arme vor der Brust.

»Soll …« Ryan räusperte sich. »Soll ich meinen Vater holen, Mr Redmond?«, fragte er.

Mein Vater antwortete nicht, denn im selben Moment kam Harry hinter uns herein und schloss die Tür.

»Ryan … Ivy … Ist was passiert?«, fragte er besorgt.

Eine Ader zuckte über die Stirn meines Vaters. »Ob was passiert ist? Nun, vielleicht sollte dir dein Sohn erklären, was passiert ist«, sagte er wütend.

»Ryan?«, wandte Harry sich sichtlich verwirrt an seinen Sohn.

Ryan holte tief Luft und sah seinem Vater direkt in die Augen. »Dad, ich liebe Ivy und ich will mit ihr zusammen sein«, sagte er mit leiser, aber fester Stimme. Allerdings merkte ich, wie angespannt und nervös er war. Seine Finger schlossen sich noch fester um meine.

Harry blinzelte. Sein Blick wanderte zu unseren Händen und er nickte langsam. »Und …?«, hakte er nach.

»Was heißt hier *und?*«, fragte mein Vater aufgebracht. »Ich habe sie gerade zusammen im Bett erwischt! Das ist hier passiert!«

Harry verzog das Gesicht und kratzte sich die Glatze. »Bei allem Respekt, Carl, die beiden sind knapp zwanzig und offensichtlich ineinander verliebt. Was erwartest du da?«

»Was ich erwarte?«, blaffte mein Vater und deutete auf Ryan. »Ich erwarte, dass dein Sohn seinen Job macht. Denn dafür bezahle ich ihn. Ich bezahle ihn nicht dafür, dass er mit meiner Tochter im Bett landet.«

Harry schnaubte. »Jetzt mach aber mal halblang, Carl.«

Überrascht starrte ich Harry an. Ich hatte mit verdammt viel gerechnet, aber nicht damit, dass er uns verteidigen und sich mit meinem Vater anlegen würde.

Mein Vater stand so ruckartig auf, dass die Stuhlbeine über den Boden schabten. Die beiden Männer starrten sich an wie zwei Stiere, die kurz davor waren, ihre Hörner ineinander zu verkeilen.

»Sollen wir uns verdrücken und nach Timbuktu abhauen?«, flüsterte ich Ryan zu.

»Psst«, zischte er zurück.

»Ryan hat seinen Job verdammt gut gemacht«, sagte Harry laut. »Er hat dabei sogar eine verdammte Kugel abbekommen!«

»Hätte er seinen Job richtig gemacht, wäre er gar nicht erst angeschossen worden. Aber dein Sohn war ja zu sehr damit beschäftigt, den Arsch meiner Tochter anzustarren. Sonst wäre es überhaupt nicht so weit gekommen!«, brüllte mein Vater.

»Hörst du dich eigentlich selbst reden, Carl?« Harry schüttelte seufzend den Kopf. »Wann bist du nur so ein Snob geworden? Jahrelang habe ich still zugesehen, wie du dein Kind vernachlässigt hast. Wie Ivy immer unsicherer und ängstlicher geworden ist! Mein Sohn wurde angeschossen, weil er deine Tochter beschützt hat. Und du hattest nicht mal den Anstand, im Krankenhaus vorbeizukommen und nach den beiden zu sehen!«

Harry war immer lauter geworden. Plötzlich knallte er seine Faust mit solcher Wucht auf den Schreibtisch, dass ich erschrocken zusammenzuckte.

»Verdammt, Carl, wir sind seit fast dreißig Jahren befreundet, aber du wirst immer mehr zu einem sturen alten Bock, der sich nur um sein Geld kümmert. Dich interessiert nicht mal, wie es deiner einzigen Tochter wirklich geht. Sie war völlig am Boden zerstört, als mein Sohn im Krankenhaus lag. Wenn du dich auch nur ein bisschen für Ivy interessieren würdest, hättest du längst bemerkt, was zwischen den beiden läuft!«

»Was? Du wusstest davon?«, brüllte mein Vater so laut, dass mir die Ohren schlackerten.

»Jeder Blinde sieht das«, sagte Harry aufgebracht. »Und was soll eigentlich diese Aktion mit Princeton? Himmel, Carl! Lass das Mädchen doch endlich seine eigenen Entscheidungen treffen und einfach dort studieren, wo es will.«

»Das geht dich verdammt noch mal einen feuchten Kehricht an.«

Harry straffte die Schultern. »Das stimmt. Aber es geht mich etwas an, ob mein Sohn glücklich ist oder nicht.«

Mein Vater schnaubte. »Hier geht es nicht um irgendwelche Gefühlsduseleien, sondern um die Zukunft meiner Tochter. Ivy geht nach Princeton. Und Ryan hält sich entweder von ihr fern oder er arbeitet nicht länger als einer unserer Securitys.«

Ich starrte meinen Vater fassungslos an, doch Ryan räusperte sich scharf. Sowohl Harry als auch mein Vater sahen ihn überrascht an.

»Ich würde gerne meinen Job behalten«, sagte er und das Herz rutschte mir in die Hose. »Allerdings kann ich mir ein Leben ohne Ivy nicht mehr vorstellen. Für alles Geld der Welt nicht. Ich liebe Ivy, Mr Redmond.« Seine Stimme war vollkommen ruhig, während er sanft meine Hand drückte.

Mein Vater presste die Lippen zusammen. »Schön, wie du willst. Du bist hiermit fristlos entlassen. Und glaub ja nicht, dass ich zulassen werde, dass du ihr nach Princeton folgst.«

»Das muss er gar nicht«, unterbrach ich ihn sanft.

»Was?« Mein Vater sah mich an. Erst jetzt bemerkte ich, wie erschöpft er wirkte. Wann war mein Vater so alt geworden?

»Ich werde nicht nach Princeton gehen, Dad«, sagte ich leise. »Ich habe mich bereits in Vancouver eingeschrieben. Die Goldbergs waren so nett, mir dort einen Platz für das nächste Semester zu sichern. Und Ryan wird mich begleiten.«

»*Was?*«, riefen beide Männer wie aus einem Mund. Aber während mein Vater aussah, als würde er gleich wieder explodieren, wirkte Harry, als wäre er stolz auf uns.

»Du willst studieren, Ryan?«, fragte er hoffnungsvoll.

Ryan seufzte und schenkte ihm ein müdes Lächeln. »Wenn es sich nicht vermeiden lässt, ja.«

Eine Ader pochte an der Stirn meines Vaters. »Wann hattest du vor, mir deine Entscheidung mitzuteilen, Ivy Redmond?«

*Gar nicht?* »Später?«, murmelte ich. Doch als ich seine verkniffene Miene sah, seufzte ich. Egal was ich jetzt sagte, es würde den Tag nicht mehr retten. »Ich werde nach Kanada gehen, Dad. Und ich lasse mich nicht davon abhalten.«

»Hast du schon unsere Abmachung vergessen?« Seine Stimme klang plötzlich gefährlich leise. »Wenn du nach Kanada gehst, werde ich Maria kein Geld mehr überweisen. Und glaub ja nicht, dass wir dich finanziell unterstützen werden.«

»Dann werde ich eben arbeiten«, sagte ich mit fester Stimme. »Egal wie, ich werde nach Kanada gehen. Und du kannst mich nicht aufhalten.«

Mein Vater schnaubte und ließ sich zurück in seinen Stuhl fallen. »Viel Glück dabei. Ich gebe dir drei Wochen, dann kommst du zurück.«

»Vielleicht. Aber vielleicht unterschätzt du mich auch.«

# EPILOG

»Wir kommen zu spät«, rief Ivy gehetzt und hüpfte auf einem Bein herum, um nicht das Gleichgewicht zu verlieren.

»Wir kommen immer zu spät«, sagte ich genervt und zog mir einen dicken Mantel über. Amüsiert beobachtete ich, wie Ivy ihren Schal überwarf, obwohl sie erst einen Schuh anhatte.

»Warum muss es in Kanada auch immer so kalt sein, dass man zehn Minuten braucht, um sich anzuziehen?«, fauchte Ivy und verhedderte sich in ihrem Pulli.

Seufzend half ich ihr, den Kopf durch das richtige Loch zu stecken. »Dass wir zu spät sind, hat nichts mit der Kleidung zu tun, sondern damit, dass ein gewisser Jemand nicht aufgestanden ist«, sagte ich und grinste, als sie mich empört ansah.

»Dass ich nicht rechtzeitig aufgestanden bin, liegt nur daran, dass ich so müde war, weil du die halbe Nacht …« Sie verstummte und ihre Wangen färbten sich rot.

Ich lachte und drückte ihr einen Kuss auf die Stirn. Oh ja, ich wusste, was ich letzte Nacht getan hatte. »Komm, zieh den zweiten Schuh an. Alex und Jeff haben schon geschrieben, dass sie am Terminal angekommen sind.«

Gehetzt sah Ivy sich um. »Kann ich auch zwei verschiedene Schuhe anziehen?«, fragte sie.

»Du kannst alles. Hauptsache, es ist schnell und du bist in fünf Minuten im Auto«, sagte ich und ging schon mal nach draußen.

Solange Ivy ihren zweiten Schuh suchte und danach vermutlich merkte, dass sie ihre Handschuhe vergessen hatte, würde ich das Auto vorheizen und die Scheiben freikratzen.

Obwohl wir bereits Ende Februar hatten, war es hier immer noch verdammt kalt. Langsam vermisste ich die Hitze Floridas. Trotzdem waren die letzten Monate die schönsten meines Lebens gewesen. Ivy war das Beste, was mir jemals passieren konnte.

Auch wenn die ersten Wochen nach Thanksgiving ziemlich chaotisch und nicht gerade einfach gewesen waren. Ivy war noch in derselben Woche von Zuhause ausgezogen. Und danach musste ich meiner Mutter irgendwie beibringen, dass ich nach Kanada gehen würde. Und dann kam auch noch der Stress dazu, mich an einer Universität einzuschreiben – wo ich doch keine Ahnung gehabt hatte, was ich studieren sollte. Zum Glück hatte Ivy mir bei der Suche nach einem geeigneten Studium geholfen.

*»Überleg doch mal, was du machen möchtest.« Ivys Arme schlangen sich von hinten um mich. Ihr warmer Duft hüllte mich ein und ihre Haare streiften meine Wange.*

*Schnaubend scrollte ich mich durch das Verzeichnis der Universität in Vancouver. »Das ist ja das Problem. Ich hab keine Ahnung, was ich machen möchte.«*

*»Da gibt es doch so einen Eignungstest. Hast du den nicht schon beim letzten Mal gemacht?«, fragte Ivy und drückte mir sanft einen Kuss auf den Nacken.*

*»Hab ich«, brummte ich genervt und klappte den Laptop zu.*

*»Und?«*

*»Da stand, ich soll Koreanologie studieren.«*

*»Was … im Ernst?« Ivys Lachen klang so glücklich, dass ich ebenfalls grinsen musste.*

*»Leider ja. Gefolgt von Atmosphärenwissenschaften«, sagte ich, drehte mich blitzschnell um und zog Ivy auf meinen Schoß.*

*Ivy keuchte überrascht auf, als ich meine Arme um ihre Taille schlang und sie so nahe an mich drückte, dass kein Lufthauch mehr dazwischen passte. Langsam ließ ich meine Finger unter ihr Shirt wandern und hauchte einen Kuss auf ihre Schulter.*

*»Vielleicht …« Ivys Stimme bekam einen rauen Klang, während ich sie weiterküsste. »Vielleicht solltest du Sport und BWL studieren. Dann könntest du später Harry in der Firma aushelfen …« Ihr stockte der Atem, als ich eine empfindliche Stelle hinter ihrem Ohr fand.*

*»Mhmm… Keine schlechte Idee«, brummte ich und ließ meine Finger höher wandern.*

*Ivy schauderte. »Du solltest dich bald entscheiden, Ryan. Du kannst zwar erst ab März das Studium anfangen, aber je eher du dich anmeldest, desto besser.«*

*»Besser … klar«, murmelte ich und knabberte an ihrem Ohr.*

*Ivy kicherte. Plötzlich drückte sie mich ruckartig von sich. »Im Ernst, Ryan! Nimm das nicht so auf die leichte Schulter, sonst …« Ein panischer, leicht trauriger Ausdruck trat in ihre Augen. »Sonst mache ich mir die ganze Zeit Sorgen, dass du es bereuen könntest, deinen Job aufgegeben zu haben, um mit mir zu kommen«, flüsterte sie.*

*Ich schluckte. Langsam ließ ich meine Finger aus ihrem Shirt gleiten und streichelte über ihre Wange. »Ich bereue nichts …«, raunte ich. »Hörst du, Ivy? Ich bereue nichts davon und das werde ich auch niemals tun. Dein Vorschlag klingt gut. Ich werde mich für Sport und BWL anmelden, okay?«*

*»Okay …«, flüsterte Ivy erleichtert. Und diesmal war sie es, die sich nach vorn beugte, um mich zu küssen.*

Bei der Erinnerung, was danach gekommen war, musste ich grinsen.

Ende November waren wir dann nach Kanada geflogen. Und auch wenn Ivys Vater seine Drohung wahr gemacht hatte und sie nicht weiter unterstützte, standen wir letztendlich doch nicht ohne Hilfe da. Meine Eltern finanzierten uns die Wohnung und da man in Kanada um einiges weniger Studiengebühren zahlte als in den USA, mussten wir uns nur das dazuverdienen, was wir sonst noch zum Leben brauchten.

Während ich darauf wartete, dass ich mein Studium beginnen konnte, arbeitete ich zweimal die Woche als Türsteher für einen Nachtclub und Ivy hatte an der Uni eine Stelle als wissenschaftliche Hilfskraft, wo sie dem Dekan zur Hand ging. Vor geraumer Zeit hatte sie sich für die Hauptfächer Englisch, Französisch und Spanisch entschieden.

Meine Gedanken wurden unterbrochen, als Ivy sich zehn Minuten später schwer atmend auf den Beifahrersitz fallen ließ. Ihre Wangen waren rot von der Kälte und sie trug nur einen Handschuh. Ich unterdrückte ein Lachen.

»Fahr los!«, sagte sie und ich trat artig aufs Gas.

»Schreibst du ihnen, dass wir auf dem Weg sind?«, bat ich und reichte Ivy mein Handy.

»Klar«, sagte sie und tippte die Nachricht ein. Kurz darauf hörte ich ein leises Lachen.

»Was ist?«, fragte ich und warf einen schnellen Blick zu ihr hinüber.

»Jeff hat geschrieben, dass sie etwas essen gegangen sind. Und Alex beschwert sich die ganze Zeit über die *Poutine* auf seinem Teller.«

»Warum hat er es dann bestellt?«

»Ich nehme an, um sich darüber beschweren zu können.«

Ivy lachte und strich sich eine Haarsträhne zurück. Die Spitzen leuchteten wieder in einem warmen Pink.

»Warum genau wolltest du noch mal, dass die beiden für ein Jahr zu uns kommen?«, fragte ich und bog zum Flughafen ab.

»Das nennt man Auslandssemester, Ryan. Und wenn die beiden noch länger allein an der UCF herumsitzen, machen sie am Ende noch Schluss.« Sie klang ehrlich besorgt.

»Die zwei machen doch ständig Schluss und kommen wieder zusammen«, sagte ich schnaubend.

»Ich weiß …« Ivy verzog das Gesicht. »Aber ich glaube, die zwei bekommen das schon hin. Auf ihre Weise.«

Sie lächelte mich so zuversichtlich an, dass ich unwillkürlich daran denken musste, wie Ivy dafür gesorgt hatte, dass die beiden sich endlich aussprachen.

*Ich hatte das Studentenvisum gerade noch rechtzeitig bekommen. Zufrieden betrachtete ich den Stempel in meinem Reisepass, bevor ich ihn in meine Tasche zurücksteckte und die Treppe zu meinem Zimmer hochlief. Überrascht blieb ich stehen, als ich Ivy vor meiner eigenen Zimmertür hocken sah, ein Ohr an die Tür gepresst.*

*»Ivy? Was machst du da?«, fragte ich verwirrt.*

*Ivy zuckte zusammen. »Ryan, du bist schon zurück? Hat alles geklappt?« Schnell sprang sie auf und küsste mich zur Begrüßung.*

*»Ja, hat alles funktioniert. Ich habe das Visum«, sagte ich zufrieden, bevor ich sie misstrauisch musterte. »Aber warum hockst du vor meiner Zimmertür?«*

*»Oh … ich … ähm … Ryan, ich glaube, ich hab was angestellt«, murmelte Ivy verlegen und biss sich auf die Unterlippe.*

*»Oh nein, was hast du gemacht?«, fragte ich alarmiert.*

*»Ach, ist nicht so wichtig«, wiegelte sie ab. »Deine Mom hat vorhin Apfelkuchen gemacht. Komm, lass uns runtergehen. Ich bin kurz vorm Verhungern.«*

*Sie wollte an mir vorbeilaufen, doch ich hielt sie fest und sah streng auf sie herunter. »Lenk nicht ab, Ivy! Was ist hier los?«*

*Ivy räusperte sich. »Jeff und Alex sind hier«, sagte sie leise. »Sie … ich … wollte doch nur, dass die beiden zumindest noch einmal miteinander reden, bevor wir fliegen, also habe ich …«*

*»Was hast du?«*

*»Ich habe die beiden eingeladen, ohne ihnen zu sagen, dass der andere auch kommen würde.« Ivy trat verlegen von einem Bein aufs andere. »Erst kam Jeff und als Alex ein bisschen später dazukam, hab ich die beiden in deinem Zimmer eingesperrt.«*

*»Du hast was?«, fragte ich ungläubig.*

*Ivy schaute schuldbewusst zu Boden. »Ich wollte nur, dass sie reden! Ich habe sie eingesperrt und zuerst haben sie sich nur angebrüllt, aber seit ein paar Minuten ist es … ähm … so still. Glaubst du, sie haben sich gegenseitig umgebracht?«*

*»Keine Ahnung«, gab ich zu und starrte zur Tür. Es war tatsächlich sehr still.*

*»Sollen wir nachsehen?«, flüsterte Ivy.*

*»Sollten wir wohl …«, murmelte ich. »Hast du den Schlüssel?«*

*Ivy nickte, schob den Schlüssel ins Loch und sperrte auf.*

*Wir wechselten einen schnellen Blick, doch drinnen rührte sich immer noch nichts.*

*»Hallo? Alex? Jeff?«, fragte Ivy verunsichert und streckte vorsichtig den Kopf durch den geöffneten Türspalt. Ich wollte gerade die Tür ganz aufdrücken, als Ivy erschrocken aufkeuchte. »Holy Moly! Sorry, lasst euch nicht stören«, stieß sie hervor, zog ruckartig den Kopf zurück und machte die Tür wieder zu.*

*»Was? Was ist los?«, fragte ich alarmiert. Ich wollte mich schon an Ivy vorbeidrängen, doch sie hielt mich hektisch zurück.*

*»Glaub mir, Ryan, du willst da nicht reingehen!«, sagte sie mit einer viel zu hohen Stimme.*

*»Warum nicht?« In meinem Kopf liefen gerade alle möglichen Horrorszenarien ab.*

*»Ich glaube, sie versöhnen sich gerade …«, sagte sie nur und lief knallrot an.*

»Was ist? Warum lachst du so komisch?«

»Mhm?« Verwirrt sah ich zu Ivy, die mich misstrauisch musterte. »Ach nichts«, murmelte ich, nahm ihre Hand und küsste ihre Fingerknöchel.

Zehn Minuten später fuhr ich auf den Parkplatz direkt vor der Ankunftshalle und stellte den Motor ab. Schnell stiegen wir aus und liefen zum Eingang. Es fiel mir noch recht schwer, die zum Teil französischen Beschilderungen zu lesen, aber Ivy schien zu wissen, wo es langging, denn sie zerrte mich zielstrebig durch die große Halle.

»Ach ja, ich hab übrigens gestern noch mal mit Maria telefoniert. Sie hat mir von ihrem neuen Job erzählt.«

»Das ist ja toll.«

»Ja. Sie hat uns auch zur Schulabschlussfeier ihrer Tochter eingeladen«, sagte sie und wich ein paar Gepäckwagen aus.

»Das heißt, wir fliegen im Sommer nach Mexiko?«, fragte ich und blieb stehen.

Ivy drehte sich lächelnd zu mir um. Das Licht der Nachmittagssonne schien durch die hohen Fenster und brachte ihre Haare zum Leuchten. »Ja, ich habe die Flugtickets auch schon gebucht.«

»Wow. Das wird bestimmt schön.«

»Sehr.« Ihre Augen strahlten regelrecht vor Freude.

»Du bist so wunderschön, wenn du glücklich bist, weißt du das eigentlich?«, sagte ich leise und zog sie an der Taille zu mir.

Ihre Lippen berührten meine. Der Kuss war süß und flüchtig und schmeckte ein wenig nach Gatorade. Ivy war beinahe ausgeflippt, als sie das Zeug auch hier im Supermarkt gefunden hatte.

»Solange du bei mir bist, bin ich immer glücklich«, flüsterte sie und vergrub ihre kalte Nase in meiner Halsbeuge. »Ich liebe dich, Ryan MacCain.«

»Fast so sehr, wie ich dich liebe, Ivy Redmond.«

# DANKSAGUNG

Ach du meine Güte, ich hätte beinahe vergessen, eine Danksagung zu schreiben, obwohl es keines meiner bisherigen Projekte so sehr verdient hat wie dieses hier.

Zu Beginn möchte ich mich aber bei allen Lesern bedanken, die KISS ME ONCE gerade in den Händen halten:

An alle, die mich bzw. meine Bücher bereits kennengelernt haben: Vielen Dank, dass ihr erneut zu einem *Tack* gegriffen habt. Eure Unterstützung und Begeisterung geben mir mehr Aufschwung, als ihr ahnt.

An alle, die mich erst durch KISS ME ONCE kennengelernt haben: Egal warum oder wie ihr zu diesem Buch gekommen seid, ich hoffe, ihr habt die letzten Stunden genossen und müsst ab jetzt immer grinsen, sobald ihr *Vollkornweizen* hört.

Vielen Dank für eure Lesezeit.

KISS ME ONCE ist für mich ein besonderes Projekt, vor allem auch, weil es mein erstes *Nicht*-Fantasy-Buch ist. Am Anfang hatte ich keine Ahnung, ob ich ein Buch ohne Drachen, Götter oder Teufel überhaupt schreiben kann.

Nun, *hell yes*, so wie es aussieht, kann ich es.

Aber ohne meinen Agenten wäre ich zugegebenermaßen auch nie auf die Idee gekommen, eine reine Lovestory zu schreiben.

Das Gespräch dazu könnt ihr euch in etwa so vorstellen:

Er: »Stella, kannst du Young Adult schreiben?«
Ich *misstrauisch*: »Dürfen Vampire darin vorkommen?«
Er: »Nein!«
Ich: »Darf ich jemanden umbringen?«
Er: »Nein!«
Ich: »Darf er zumindest Piercings und Tattoos haben?«
Er *seufzend*: »Wenn es sein muss, aber bleib anständig.«
Ich: »Ist Vollkornweizen anständig genug?«
Er *irritiert*: »Was?«
Ich *voll motiviert*: »Challenge accepted, ich schreibe es!«

Von dem Buch gab es gefühlte drölfmillionen Versionen, die wir überarbeitet, verworfen und neu geschrieben haben. Das Durchhalten und Zähneknirschen haben sich aber letztendlich ausgezahlt. Vor allem, weil ich sonst niemals beim Ravensburger Buchverlag gelandet wäre – was mich auch direkt zu meinen Lektoren bringt:

Liebe Nadja, auch wenn ich dir wahrscheinlich mit meiner unkonventionellen Art graue Haare beschere, ist die Zusammenarbeit mit dir wundervoll. Danke, dass du die Luft anhältst, die Augen zukneifst und mit mir ins kalte Becken springst!

Liebe Tamara, ohne dich wäre dieses Buch nicht das, was es jetzt ist. Falls es einen Lektoren-Orden gibt, stecke ich ihn dir hiermit feierlich an.

Am Ende sollte wohl auch erwähnt werden, dass ich selbst in Florida war und Ivy demnach auch ein wenig nach mir geformt habe. Inklusive Süßigkeiten-Exzesse und wenig Orientierungssinn.

Auch wenn die Familie Redmond in diesem Buch nicht gut weggekommen ist, gehören die echten Redmonds doch zu den besten Menschen, die ich jemals kennenlernen durfte. Nicht jeder nimmt ein 17-jähriges Mädchen, das schreckliches Englisch spricht, bei sich auf, weil es von seiner ersten Gastfamilie rausgeworfen wurde. Sie werden dieses Buch wahrscheinlich nicht lesen, aber ich hoffe dennoch, dass sie wissen, wie dankbar ich ihnen für diese Monate bin.

♥ Eure Stella

I DON'T
*miss you,*
BUT MY
*heart does.*

Lass mich nicht los
Ravensburger

# LESEPROBE

»Lass mich nicht los« von Sarah Alderson
ISBN 978-3-473-58541-0

## Prolog

*Der Wald ist dunkel wie ein Grab. Nicht der kleinste Schimmer Mondlicht dringt durch die Bäume. Der dumpfe, lehmige Geruch nach nassen Blättern und Erde steigt mir in die Nase, und ich atme ihn so tief ein, als hätte ich lange Zeit die Luft angehalten.*

*Ich laufe los, stolpere über verborgene Wurzeln, ignoriere die Zweige, die mir ins Gesicht und gegen die Arme peitschen, ignoriere die Kälte, die meine Wangen zum Brennen bringt, ignoriere die Feuchtigkeit, mit der sich meine Schuhe, Socken und Jeans vollgesogen haben.*

*Während ich renne, höre ich seine Stimme hinter mir. Er verfolgt mich, kommt immer näher. Ich renne schneller. Ich muss es bis zum Baumhaus schaffen. Dort bin ich in Sicherheit.*

*»Em!« Wieder ruft er meinen Namen. Näher diesmal. »Em!«*

*Es klingt, als wäre er direkt hinter mir.*

*Ich versuche, noch schneller zu laufen, ihn mit einem verzweifelten Sprint abzuschütteln. Aber das ist unmöglich, denn seine Stimme ist nur in meinem Kopf – und ihr kann ich nicht entkommen.*

*Nachdem ich mich durch einen mit Farn bewachsenen Graben gekämpft habe, erreiche ich die Lichtung, renne auf das Baumhaus zu und klettere so schnell ich kann die Leiter hinauf.*

*Eine Hand greift nach meinem Fuß, eine andere nach meinem Oberschenkel.*

*Ich schreie auf, trete nach hinten und obwohl ich dabei fast von der Leiter falle, schaffe ich es irgendwie, mich loszureißen und weiterzuklettern.*

*Kaum habe ich es geschafft, mich auf die Plattform hochzuziehen, beuge ich mich über die Kante und schaue nach unten. Dort ist niemand. Ich bilde mir das bloß ein.*

*Es ist nicht real.*

*Es spielt sich alles nur in meinem Kopf ab.*

*Ich kralle meine Finger in die Holzplanken, auf denen ich liege, klammere mich daran fest, als wäre ich auf dem Deck eines sturmumtosten Schiffs, und warte, bis mein keuchender Atem sich beruhigt und mein Puls langsamer wird.*

*»Em?«*

*Ich schieße hoch und scanne den Waldboden, während mein Herz wie wild gegen die Rippen hämmert. Es ist niemand da. Mit fest zugekniffenen Augen rolle ich mich zu einem Ball zusammen und presse mir die Hände auf die Ohren.*

*»Sei still, sei endlich still!«, schreie ich die Stimme in meinem Kopf an.*

*Meine Haut kribbelt, als würden Würmer über meinen Körper kriechen und dabei eklige Schleimspuren hinterlassen. Ein weiteres Knäuel Würmer windet sich in meinem Magen.*

*Warum?*

*Warum? Warum ich?, frage ich mich wieder und wieder, aber ich bekomme nie eine Antwort. Ich muss irgendetwas falsch gemacht haben. Das ist die einzige Erklärung.*

*Erschöpft vom Weinen und vor Kälte zitternd, öffne ich schließlich die Augen. Mein Blick fällt auf eine halb leere Packung Marshmallows. Waren die Walshs hier? Oder Jake?*

*Ein Rascheln im Unterholz lässt mich erschrocken zusammenfahren. Reflexartig rutsche ich zurück, kauere mich in der hintersten Ecke des Baumhauses zusammen und halte die Luft an.*

*Sind das meine Eltern, die nach mir suchen?*

*Ist es Jake?*

*Oder … ist* er *es?*

# Em

**6 Jahre später**

Wenn ich die Augen schließe und mein Gesicht in die Sonne halte, kann ich so tun, als wäre ich woanders, zum Beispiel auf einer Insel in der Karibik und nicht auf einer vor der Nordwestküste Amerikas. Allerdings ist es mindestens zwanzig Grad zu kalt, um diese Illusion noch länger aufrechtzuerhalten.

Ich stehe da, lausche dem Wasser, wie es ans Ufer plätschert, und versuche, mir mein anderes Leben vorzustellen – meinen Alternativentwurf sozusagen. Das Leben, von dem ich seit Jahren träume. Ein Leben, in dem ich es schaffe, von hier abzuhauen – von dieser Insel, die sich in meine persönliche Version von Alcatraz verwandelt hat, nur mit höheren Mauern und nicht der geringsten Chance, jemals zu entkommen.

Doch als es mir nicht gelingt, mich von hier wegzuträumen, gebe ich auf und öffne die Augen. Wie ein gestrandeter Wal liegt das rote Kajak immer noch vor mir im Sand. Seufzend greife ich danach. Und in diesem Moment ertönt eine Stimme hinter mir.

»Brauchst du vielleicht Hilfe?«

Erschrocken lasse ich das Kajak los und fahre herum.

Mein Gehirn braucht ein paar Sekunden, um zu realisieren, dass er es wirklich ist. Dass tatsächlich Jake McCallister vor mir steht und keine Fata Morgana. Mein Herz macht einen kräftigen

Satz und prallt dann von meinen Rippen ab, als wäre es unsanft aus dem Winterschlaf gerissen worden. Ich atme so tief ein, dass es sich anfühlt, als würden meine Lungen gleich explodieren. Als würde dort ein Vakuum die ganze Luft aufsaugen und ich könnte sie nie wieder ausstoßen.

Ich hasse dieses Gefühl. Hasse es, wie mir das Adrenalin ins Blut und die Tränen in die Augen schießen. Hasse es, wie mein Körper völlig widersprüchlich auf seinen Anblick reagiert, als hätte mich jemand in die falsche Steckdose eingestöpselt und all meine Synapsen gegrillt.

Ich unterdrücke den Impuls, mich auf ihn zu stürzen, denn ich weiß nicht, ob ich ihn umarmen oder ihm eine runterhauen will. Instinktiv balle ich die Hände zu Fäusten.

Das Lächeln auf seinem Gesicht verblasst, als er meine versteinerte Miene bemerkt. Zuerst wirkt es lediglich, als wäre er auf der Hut, doch dann schluckt er und presst die Lippen fest zusammen. Das macht er immer, wenn er nervös ist.

Während ich das registriere, fallen mir gleichzeitig ein Dutzend andere winzige, unbedeutende, überwältigende Einzelheiten an diesem neuen alten Jake auf. Ich sehe die verblasste weiße Narbe an seinem Kinn – die ich ihm verpasst habe – und eine neue Narbe, die quer durch seine Augenbraue verläuft. Dann ist da seine Größe – wir waren immer gleich groß, aber in den letzten Jahren ist er in die Höhe geschossen und überragt mich ein ganzes Stück. Nur seine dunkelbraunen Haare haben sich nicht verändert – sie fallen ihm immer noch widerspenstig und ungebändigt ins Gesicht. Er sieht mich mit demselben verunsicherten Gesichtsausdruck an wie beim allerletzten Mal, als wir uns getroffen haben.

Ich wende den Blick ab und starre in den Sand. Ich zittere am ganzen Körper und kann einfach nicht damit aufhören.

»Em?«, sagt er leise.

Mein Kopf fliegt hoch, bevor ich etwas dagegen tun kann. So nennt mich niemand mehr. Seine Stimme klingt tiefer, weicher als früher. Aber der Tonfall, mit dem er meinen Namen ausspricht, ist immer noch derselbe … und augenblicklich löst sich etwas in meinem Inneren. Denn Jake hat meinen Namen immer ausgesprochen, als würde er nur ihm gehören, ihm ganz allein.

Ich beiße die Zähne zusammen, versuche, meine Gefühle wieder unter Kontrolle zu kriegen, und greife nach Kajak und Paddel. Erst jetzt wird mir bewusst, dass ich nur meinen Bikini und den Neoprenanzug trage, den ich bis zur Taille ausgezogen habe. Die Ärmel schlenkern locker um meine Beine, und mein Bikinioberteil ist voller Sand und Schweiß. Meine Haare kleben am Kopf und schmiegen sich in feuchten Strähnen an meinen Hals. Toll. Echt toll. Wie oft habe ich mir ausgemalt, wie ich aussehen, was ich sagen, was ich tun würde, sollte ich Jake McCallister jemals wieder begegnen, und jetzt spielt das Universum mir diesen üblen Streich.

Ohne Jake weiter zu beachten, ziehe ich das Kajak den Strand hinauf, wobei mir das Blut so laut in den Ohren rauscht, dass ich sein erneutes Hilfsangebot fast überhört hätte.

Als ich mich an ihm vorbeidränge, versetze ich ihm mit der flachen Seite des Paddels einen harten Stoß in den Magen. Er stößt einen unterdrückten Schmerzenslaut aus und taumelt mit auf den Bauch gepressten Händen ein paar Schritte zurück. Ich stapfe den Strand hinauf und versuche, ein Lächeln zu unterdrücken, während ich gleichzeitig seinen Blick in meinem Rücken spüre.

Ich schiebe das Kajak in das Gestell und zerre die Kette durch die Lasche, um es zu sichern. Dabei ist mir überdeutlich bewusst, dass Jake mich beobachtet. Er mustert mich auf dieselbe eindringliche Art und Weise, auf die er früher seine Gegner auf dem Eis beobachtet hat, um herauszufinden, wie sie wohl spielen würden. Na, dann viel Glück, denke ich. Bei mir kannst du deine Spielchen vergessen.

Ich weiß nicht, was Jake nach all diesen Jahren hier in Bainbridge will, aber ich werde bestimmt nicht zulassen, dass er mein Leben ein zweites Mal ruiniert.

# Jake

Shit. Das war wohl nichts.

Ich sehe zu, wie Em mit Nachdruck das Vorhängeschloss am Gestell für die Kajaks zudrückt und dann mit der Schulter die Tür zum Laden aufstößt. Sie fällt mit solcher Wucht hinter ihr ins Schloss, dass das Glas im Rahmen klirrt. Ich zucke zusammen und reibe mir den Bauch, wo Em mich mit dem Paddel getroffen hat. Ob sie das mit Absicht gemacht hat? Wohl eher nicht. Sonst hätte sie es mir bestimmt über den Kopf gezogen.

Alles in mir drängt danach, ihr zu folgen, ihr nachzulaufen. Aber ich tue es nicht. Stattdessen gehe ich runter ans Wasser und schaue über die Bucht. Was habe ich mir nur dabei gedacht? Hierherzukommen. Aus heiterem Himmel aufzutauchen. Was habe ich erwartet? Dass sie sich freuen würde, mich zu sehen? Klar.

Ich stoße ein raues Lachen aus. Wahrscheinlich habe ich es in meinem tiefsten Inneren sogar gehofft, aber ernsthaft damit gerechnet habe ich nicht. Ich habe immer gewusst, dass es nicht so einfach werden würde.

Verdammt. Langsam hebe ich ein Paddel auf, das sie am Strand zurückgelassen hat. Dabei spüre ich wieder ein leichtes Ziehen an der Stelle, an der Em mich vorhin erwischt hat.

Ich habe so viel Zeit damit zugebracht, mir auszumalen, wie

sie auf mich reagieren würde, und bin nie auf die Idee gekommen, mich zu fragen, wie ich auf sie reagieren würde.

Jetzt weiß ich es. All die Zeit, die vergangen ist, seit ich Em das letzte Mal gesehen habe, fühlt sich an wie eine tiefe Schlucht, die wir möglicherweise nicht mehr überbrücken können. Und der dahinter in die Höhe ragende Berg aus Lügen, Schmerz und Leid ist womöglich unüberwindbar. Doch das ändert nichts an der Tatsache, dass Emerson Lowe das einzige Mädchen ist, das mir jemals den Atem geraubt hat.